Das Buch

Eine ganze Familie verschwindet spurlos aus einem Haus am Hamburger Stadtrand. Als der Vater tot in der Elbe treibt, geht die Polizei davon aus, dass er erst seine Familie und dann sich selbst getötet hat. Doch war es wirklich ein erweiterter Selbstmord? Was bewegt einen Menschen zu solch einer Tat? Während Hamburg einen ungewöhnlichen Kälteeinbruch erlebt und zu erstarren scheint, bleiben die Frau und beide Kinder verschwunden. Liegen sie auf dem Grund eines Sees, oder wurden sie vor dem Dauerfrost im Wald begraben? Bald sehen sich der Journalist Jan Fischer und die Fotografin Charlotte Sander durch ihre Recherchen mit einem abgrundtief bösen Gegner konfrontiert.

Der Autor

Markus Kleinknecht schreibt von Orten und Menschen, mit denen er sich auskennt. Er arbeitet in Hamburg seit fast 20 Jahren als TV-Journalist für verschiedene Sender und Agenturen. Polizeigeschichten und die Berichterstattung aus den Gerichten gehören zu seiner täglichen Arbeit. So finden reale Kriminalfälle immer wieder Eingang in seine Romane.

MARKUS KLEINKNECHT

VERHÄNGNISVOLL

Ein Jan Fischer und Charlotte Sander Roman

TWENTYSIX - Verlag

TWENTYSIX - Verlag
Eine Kooperation zwischen der Verlagsgruppe Random
House und BoD – Books on Demand
© 2018 Kleinknecht, Markus
Herstellung und Verlag:
BoD – Books on Demand, Norderstedt
ISBN: 978-3-740-74492-2

Umschlag: Armin Werra
www.markus.kleinknecht.de

PROLOG

Er betrat das Haus kurz nach zwei Uhr morgens. Den Schlüssel steckte er zurück in die Jacke. Alles war ruhig, als Oleg Komarow den Flur entlang zu den Schlafzimmern ging. Das Licht ließ er ausgeschaltet, begnügte sich mit dem, was von den Straßenlaternen durch die Fenster fiel. Da lagen sie und schliefen. Der Junge und das Mädchen. Alexander war sechs und Katja schon zwölf. Nächstes Jahr hätten beide ihr eigenes Zimmer bekommen sollen. Noch teilten sie sich einen Raum und ein Stockbett. Am einfachsten wäre es, ein Kissen erst auf das Gesicht des Jungen, er war noch so klein, dass er sich kaum wehren würde, und dann auf das des Mädchens zu drücken. Schon wäre alles erledigt und vorbei. Für die beiden jedenfalls. Dann noch Christina, die Frau mit der er verheiratet war und die im Zimmer nebenan schlief. Sie würde sich vermutlich auch nicht wehren. Oleg hatte sie schon lange so weit.

Falten gruben sich in seine Wangen, als er die Zähne aufeinander biss. Wie lange er so verharrte, wusste er nicht. Nun saß er am Küchentisch, hatte die Ellenbogen auf die Tischplatte und das Gesicht in die Hände gelegt. Das war es also – sein Leben. Sechsunddreißig Jahre hatte es gedauert, um in diese Situation zu kommen. Bisher hatte er sich aus allem wieder herauswinden können, aber nun ...

Oleg Komarow hatte seine Jugend in Woronesch verbracht, einer russischen Millionenstadt unweit der ukrainischen Grenze. Bis dorthin waren es keine drei Autostunden, bis Moskau immerhin sechs. Woronesch galt für die Wirtschaft als ein Drehpunkt, der den europäischen Teil Russlands mit dem jenseits des Urals verband. Doch Oleg hatte in seiner Jugend nicht viel davon mitbekommen. Er schlug sich mit den Erträgen aus Kleinkriminalität durch und behauptete sich bei den Banden, die die heruntergekommenen Siedlungen, in denen sich sein Leben abspielte, beherrschten. Oleg war nicht kräftig gebaut, dafür schnell und zäh. Seines Nachnamens wegen nannte man ihn »Stechmücke«. Ein Spitzname, der ihm gefiel, denn Stechmücken sind zwar klein, können einem aber ziemlich den Tag und noch mehr die Nacht vermiesen. So war es auch fast nur dieser Name, den er aus der Stadt am gleichnamigen Fluss, der Woronesch, mit an die Elbe brachte. Sein älterer Bruder war durch einen tschetschenischen Bombenanschlag ums Leben gekommen. Und so hatte Oleg nicht lange überlegt, als Dmitrij ihm anbot, mit nach Deutschland zu kommen. Dmitrij war kein echter Freund, aber sie kamen aus demselben Viertel. Ein besseres Leben sollte in Deutschland warten, behauptete Dmitrij. Arbeit, Geld und Frauen.

Es war alles eingetroffen, was Dmitrij gesagt hatte. Zwar anders als geplant, aber es war passiert. Oleg hatte sich angepasst, wo er sich anpassen musste. Und er hatte den Stachel der Stechmücke gezeigt, wo es nötig war. Seit zwei Jahren lebte er jetzt mit Christina und den Kindern in diesem Haus. Sie waren nicht glücklich miteinander, nein, das wäre das absolut falsche Wort. Aber es ließ sich aushalten. Besonders für ihn. Christina tat, was er ihr sagte. Die Kinder gehorchten auch und verhielten sich in der Schule unauffällig. Nach außen hin schien somit alles gut zu laufen. Doch das tat es nicht.

Niemand ahnte, was in Oleg vorging. Der Zwiespalt in ihm wurde immer größer. Er begann ihn von innen zu zerreißen. Die Nachbarn hatten längst aufgehört, die Familie Komarow zum Grillen oder zur Silvesterparty einzuladen. Sie wären sowieso nicht gekommen. Doch was in diesem Haus in ihrer unmittelbaren Nachbarschaft vor sich ging, ahnte keiner von ihnen. Sie waren alle viel zu sehr mit sich beschäftigt. So waren sie, die Deutschen. Nach außen freundlich, aber grundsätzlich alle nur mit sich beschäftigt.

Was würde man über ihn und Christina und die Kinder erzählen, wenn er das getan hatte, was er sich vor dem Nachhausekommen vorgenommen hatte? Was konnten die Nachbarn überhaupt sagen? Sie wussten doch nichts über die Komarows. Gar nichts.

Olegs Kiefer begann zu schmerzen. Wieder hatte er die Zähne aufeinander gebissen; viel zu stark und viel zu lange. Er hätte die Kinder gleich töten sollen und dann Christina. Jetzt hörte er bereits Geräusche aus dem Schlafzimmer. Christina musste wach sein. Auch auf der Straße rührte sich schon was. Ein Auto fuhr am Haus vorbei. Der erste Nachbar auf dem Weg zur Arbeit. Oleg hatte zu lange gewartet. Es war nicht mehr nur das Laternenlicht, das durch die Fenster fiel. Es dämmerte bereits da draußen. Die Siedlung erwachte zum Leben. Als Oleg dies bemerkte, wurde der Schmerz in ihm nur noch stärker, denn er wusste, dass das Leben für ihn und die seinen zu Ende war.

Oleg Komarow hatte sich getäuscht, als er glaubte, Christina habe geschlafen. Sie hatte den Schlüssel in der Tür gehört und seine Schritte auf dem Flur. Ihr Schlaf war leicht, wenn sie überhaupt geschlafen hatte. Sofort hatte sich ihr Pulsschlag erhöht, wusste sie doch, was gleich passieren würde. Es passierte fast immer, wenn er so spät nach Hause kam. Er wollte Sex. Und er bekam Sex. Erst wenn er seinen dürren Körper von ihr herunter gerollt hatte und kurz darauf zu schnarchen begann, konnte auch sie beruhigt einschlafen. Dann war normalerweise alles vorüber. Niemandem im Haus würde dann noch etwas passieren.

Doch das war in dieser Nacht anders. Sie hörte ihn auf dem Flur. Dann nichts mehr. Keine Dusche und keine Toilettenspülung. Er saß allein im Dunkeln. Vielleicht im Wohnzimmer, vielleicht in der Küche. Sie hätte zu ihm gehen können, um *es* hinter sich zu bringen, doch dazu fehlte ihr die Kraft. Unbeweglich blieb sie im Bett liegen und lauschte in die Nacht. Schließlich kroch der Morgen heran, und sie stand doch auf.

Oleg saß am Küchentisch. Den Kopf hatte er auf eine Hand gestützt. Christina sah zuerst nur seinen dunkelblonden Hinterkopf. Was für ein struppiger Mistkerl. Alles an ihm schien drahtig und widerspenstig. Da gab es so gut wie nichts Weiches. Nur ganz selten hatte Christina ein Lächeln bei ihm gesehen. Bis vor einem Jahr war es, soweit sie sich erinnerte, nie vorgekommen. Erst in letzter Zeit bemerkte sie gelegentlich, dass er die Kinder freundlicher ansah und selbst ihr ab und zu freundlich gesonnen schien. Was diese langsame Veränderung bewirkt hatte, wusste sie nicht. War es doch möglich, dass dieser Mann so etwas wie Gefühle hatte?

Christina ging zur Küchenzeile, wollte einen Kaffee kochen, auch, um Oleg bei Laune zu halten. Sie sagte nicht »Guten Morgen.« - »Kaffee?«, war das einzige Wort, das sie aussprach. Als er nicht antwortete und sie sich nun doch zu ihm umdrehte, erschrak sie über seinen Gesichtsausdruck. Der übliche Zorn in seinen Augen war verschwunden. Sie sah nur Verzweiflung. Der Anblick erschütterte sie. Alles in diesem Haus schien allmählich aus den Fugen zu geraten. Auf nichts konnte sie sich verlassen.

Dass Oleg sich in letzter Zeit fast schon nett verhielt, war überraschend genug. Aber jetzt diese Zerbrechlichkeit und offensichtliche Müdigkeit bei ihm. Wo kamen die her? Was passierte hier? Er schien der zäheste und äußerlich am wenigsten zu beeindruckende Mensch, den sie kannte. Was konnte diesen Mann so verändern, dass sie, ohne es zu wollen, plötzlich Mitleid für ihn empfand?

»Möchtest du einen Kaffee?«, fragte sie ihn freundlicher, so, wie es vermutlich die anderen Frauen in den Nachbarhäusern bei ihren Männern taten. Als er den Blick hob und sie eine Weile damit zu durchbohren schien, bekam Christina Angst. Etwas Schreckliches würde passieren. Sie spürte es ganz genau. Als er sich bewegte und der Stuhl ein Stück über den Steinboden kreischte, zuckte sie zurück. Schnell machte sie ein paar Schritte nach hinten, brachte den Küchentresen zwischen sich und diesen Mann. Sofort dachte sie an das Brotmesser in der Schublade vor sich. Doch Oleg hatte nicht vor, sich zu erheben. Er wollte ihr auch nichts tun. Er sagte nur: »Ja.« Und es brauchte eine Weile, bis Christina begriff, dass er damit ihre Frage nach dem Kaffee beantwortete.

Schweigend saßen sie sich gegenüber. Er hielt den Kaffeebecher in beiden Händen, obwohl dieser schon lange leer war. Sie wagte nicht zu fragen, was los war. Zum einen, weil Oleg bei solchen Fragen sehr unangenehm werden konnte, zum anderen aber, weil Christina die Antwort fürchtete. Es war etwas geschehen, das Oleg Komarow in seinen Grundfesten erschüttert hatte. Was immer das war, es konnte nichts Gutes bedeuten. Als Christina die Stille nicht länger ertrug, sagte sie, dass sie die Kinder wecken und für die Schule fertig machen müsse.

»Sie gehen heute nicht in die Schule«, sagte Oleg mit leiser Stimme, sprach mehr zum Kaffeebecher als zu ihr.

Christina hielt in der Bewegung inne. Eine Hand hatte sie auf den Küchenstuhl gelegt, um ihn wieder an den Tisch zu rücken. Ordnung war wichtig in diesem Haus. Oleg hatte ihr beigebracht, wie alles ordentlich zu sein hatte.

»Wir machen einen Ausflug«, sprach Oleg weiter und beantwortete damit die Frage, die unausgesprochen im Raum stand.

»Wohin?«

»Wird eine Überraschung. Und nun mach. Wir wollen rechtzeitig los.« Der Blick, mit dem er sie bei diesen Worten ansah, sagte ihr, dass es besser war, nicht nachzufragen. Aber diesmal konnte sie nicht anders.

»Es wird die Kinder beunruhigen, wenn wir ihnen nicht sagen, wo es hingeht. Und es war doch abgemacht, dass sie regelmäßig zur Schule gehen dürfen.«

»Dann sag ihnen, dass wir zu Miriam fahren.«

»Fahren wir denn zu Miriam?«

»Ja.«

Oleg log. Sie wusste es sofort. Was wäre das auch für eine Überraschung? Miriam war Christinas beste Freundin. Das war sie schon in der Ukraine gewesen. Bevor sie nach Deutschland kamen. Damals in dem kleinen Dorf, in dem sie zusammen aufgewachsen waren. Nur dreißig Kilometer von Donetsk entfernt. Als sie noch gemeinsame Träume hatten. Die Kinder mochten Miriam zwar, aber ein Besuch bei ihr wäre kein Grund gewesen, nicht zur Schule zu gehen.

Wortlos ging Christina zu den Kindern. Sie weckte zuerst Alexander, streichelte seinen Kopf. Die kleinen, zarten Hände, die seine Decke festhielten, berührten ihr Herz. Christina konnte nicht widerstehen, stellte sich auf die Zehen und küsste seine Stirn. Als sie sich Katja im Bett darunter zuwandte, sah diese sie bereits mit offenen Augen an. Christina versuchte zu lächeln. »Aufstehen«, sagte sie nur.

Im Schlafzimmer nahm sie frische Unterwäsche aus dem Schrank. Die vom Vortag lag in der Wäschetonne im Badezimmer. Auch das hatte Oleg ihr beigebracht. Als Christina sich noch eine Wohnung mit Miriam teilte, hatte sie ihre ausgezogenen Sachen einfach auf dem Boden verteilt. Genauso wie Miriam es tat. Hier im Haus hatte Christina es deshalb zuerst auch getan, aber Oleg gefiel das nicht. Er hatte ihr zwar gesagt, dass dafür die Wäschetonne sei, aber sie hatte nicht sofort gewusst, dass er es ernst meinte. Das begriff sie erst, als sie sich mit schmerzenden Rippen und einem brennenden Gesicht auf dem Schlafzimmerboden wiederfand, er mit einem Bein auf ihrer Brust kniete und ihr die herumliegenden Unterhosen und Socken in den Mund stopfte, bis sie daran zu ersticken glaubte. Danach hörte sie besser hin, wenn er meinte, dass er es ordentlich im Haus haben wollte. Zu den Küchenstühlen, die sich beim Aufstehen automatisch ein Stück nach hinten schoben, hatte er nur gesagt, dass es doch schöner sei, wenn man sie gleich wieder an den richtigen Platz rücken würde. Christina hatte den Hinweis verstanden und richtete sich seitdem danach. Und zum Glück folgten die Kinder ihrem Beispiel. Allerdings würde Katja nächstes Jahr dreizehn werden. Wie lange sie noch einfach alle Regeln befolgen würde, die Oleg aufstellte, musste sich dann zeigen.

Im Badezimmer schminkte Christina sich, legte Parfum auf und setzte die Klappe für ihr blindes, linkes Auge auf. Das sah ein wenig verwegen aus, erregte aber bei den Leuten weitaus weniger Aufmerksamkeit als der Anblick, der sich unter der Klappe verbarg. Dann deckte sie den Frühstückstisch für die Kinder. Sie hörte Katja im Badezimmer verschwinden, als sie durch das Küchenfenster etwas sah, was sie noch mehr verstörte als alles andere an diesem Morgen. Oleg hatte die Heckklappe des SUVs offen gelassen. Nun kam er aus dem Schuppen, in dem sich der Rasenmäher und das Gartenwerkzeug befanden. In einer

Hand hielt er einen Spaten und in der anderen ein aufgerolltes Stück Seil. Er legte beides in den Koffer- raum und drückte auf den Knopf, der dafür sorgte, dass sich die Heckklappe des Geländewagens langsam schloss. Als er den Kopf Richtung Haus drehte, trat Christina automatisch einen Schritt nach hinten. Er sollte nicht wissen, dass sie den Spaten gesehen hatte.

1

Für Jan Fischer war es ein merkwürdiges Gefühl, vor dem Hintereingang der Redaktion zu stehen und nicht hinein zu kommen. Seinen Schlüssel hatte er wie alle anderen Angestellten und freien Mitarbeiter am letzten Arbeitstag abgeben müssen. Am nächsten Tag war die letzte Ausgabe vom HT, dem Harburger Tageblatt, erschienen. Das war nun schon einige Monate her. Jan hatte sich in der Zwischenzeit um die Veröffentlichung seines Buches über Serienmörder gekümmert. *Von Tätern und Opfern* hatte er es gemeinsam mit dem Verlag getauft. Ein halbwegs gelungener Titel, wie Jan fand, ebenso wie die Verkaufszahlen der letzten sechs Wochen.

Jan sah an der Häuserfassade seines ehemaligen Arbeitgebers hinauf. Es war ein grauer und nasser Januartag. Schnee und Frost hatte es diesen Winter noch nicht gegeben. Dafür Temperaturen um die sieben Grad und immer wieder Regen. Kein angenehmer Start in das neue Jahr.

Bevor Jan die Klingel an der Hintertür drücken konnte, meldete sich sein Handy. Frieda Engel stand auf dem Display. Frieda war kein Engel, sie war aber auch kein Teufel. Sie war die Ansprechpartnerin des Verlages, bei dem Jan veröffentlicht hatte. Lektorin und Marketing-Spezialistin in einer Person. An den Buchvertrag war Jan über den Zeitungsverlag gekommen, der das Harburger Tageblatt herausgegeben hatte. Die mühsame Suche nach einem Verleger war ihm damit erspart geblieben. Eine Luxussituation, wusste Jan. Aber er hatte ja auch etwas zu bieten. Der Fall, den er für sein Buch als Aufhänger genommen hatte, war ausgiebig durch den Medienwald gegeistert und vielen noch in Erinnerung. Vielleicht hätte er deshalb auch ohne die Hilfe von Petersen, seinem ehemaligen Chefredakteur, einen Verlag für das Buch gefunden. Aber so war es natürlich einfacher gewesen. Außerdem steckte Frieda Engel voller Energie. Sie platzierte Artikel über sein Buch in der Lokalpresse und setzte alle Hebel in Bewegung, damit es ein Erfolg wurde. Als Jan das Telefongespräch entgegennahm, schaffte er es nicht einmal seinen Namen zu nennen. Die Frau am anderen Ende war schneller.

»Jan, ich bin's, Frieda. Hör zu. Tolle Nachrichten. Kennst du *Klartext* von Klara Brandt? Läuft vierzehntägig im Abendprogramm. Die sucht sich immer besonders brisante Themen heraus, zeigt Einspieler und lässt dann Experten dazu Stellung beziehen. Viel Gerede, besonders fürs Fernsehen, aber spannend. Klartext eben. Und die braucht für morgen, halt dich fest, einen Ersatzexperten. Es geht um Kapitalverbrechen an Frauen und Kindern. Ein Kripomensch ist ihnen weggebrochen. Und weil ich da jemanden aus der Redaktion kenne, haben sie bei mir angefragt, ob du nicht einspringen könntest.«

Jan schoss der Schreck in die Knochen, als er sich verkabelt in einem Fernsehstudio sitzen sah. »Aber ich bin kein Experte.«

»*Von Tätern und Opfern* hat sie wahnsinnig begeistert. Serienmörder sind immer ein Thema, weißt du doch selbst. Das passt schon irgendwie. Und für den psychologischen Background haben sie eine andere Expertin. Da musst du dir keine Sorgen machen.«

»Morgen? Geht nicht. Ich bin völlig unvorbereitet. Ich weiß gar nicht, was ich da erzählen soll.«

»Deshalb stellt Klara Brandt ja auch Fragen.« Ein helles Lachen zeigte, dass Frieda es ernst meinte. »Das ist ein Volltreffer, Jan. Kapierst du das nicht. Hallo, Fernsehen. Jan Fischer als Experte. Der Buchtitel wird mehrfach eingeblendet. Dafür sorge ich. Kannst dich drauf verlassen. Und du hast doch schon Übung durch deine Vorträge.«

»Zwei Vorlesungen in winzigen Buchhandlungen. Zwei, Frieda!«

»Genau. Und in Lüneburg habe ich auch schon wieder was für dich. Toll was?«

»Ich bin kein Experte.«

»Willst du Bücher verkaufen?«

Jans Antwort kam tonlos. Er musste *ja* sagen, auch wenn er es nicht wollte. Seine Füße waren mittlerweile eiskalt. Und das kam nicht allein durch die niedrigen Temperaturen.

»Ich freu' mich so für dich, Jan. Das ist eine echte Chance, wird den Titel noch mal so richtig pushen. Du bist ein echter Glückspilz, Jan Fischer, weißt du das? Ja, du weißt es.«

»Also hast du sowieso schon für mich zugesagt, richtig?«

Wieder dieses helle Lachen. Mit den Worten, dass er noch die genauen Eckdaten bekäme, beendete Frieda das Gespräch. Irgendwas von morgens Aufnahmen für einen Einspieler als Kurzporträt von ihm, hatte sie gesagt. Damit die Zuschauer etwas über den Experten erfahren. Nachmittags Briefing über den Ablauf der

Sendung. Und abends dann schon die Liveshow. Jan ließ das Telefon sinken und starrte wortlos darauf, bis das Display von allein erlosch.

Das mit den Buchhandlungen konnte er noch verstehen. Aber warum ins Fernsehen? »Ich bin doch Journalist«, stieß er laut aus, »und kein Zirkuspferd.«

Erst dann drang das Umfeld wieder in sein Bewusstsein. Stimmen und Autolärm drangen von der Straße auf den Hinterhof. Zum Glück war niemand da, der ihn fluchen hörte. Schließlich trat Jan zur Hintertür des Gebäudes und klingelte energisch. Es dauert etwas, bis er sah, wie sich etwas hinter der Milchglasscheibe bewegte. Grinsend empfing Christian Freitag ihn. Der ehemalige Volontär des Harburger Tageblatts trug ein rosa Hemd auf einer blauen Jeans und ein breites Grinsen im Gesicht. Eine ordentliche Portion Pomade bändigte seine Haare. Das war neu. So herausgeputzt sah sein Gegenüber früher nicht aus.

»Jan.«

»Chris.«

Der junge Mann stürmte auf Jan zu und nahm ihn unerwartet in den Arm.

»Da staunst du, was? Hab' einfach 'nen eigenen Laden aufgemacht.«

»Ich staune.« Jan unterstrich die Aussage mit einem Nicken.

»Komm rein, komm rein. Ist ja arschkalt hier draußen.«

Neugierig schaute Jan sich im Erdgeschoss um. Es gab eine mit Papier zugeklebte Schaufensterfront zur Fußgängerzone. Der Tresen der Anzeigenaufnahme, der dort gestanden hatte, solange Jan zurückdenken konnte, war verschwunden, wodurch der Raum unerwartet groß und unpersönlich wirkte. Jan sah alles eine Weile schweigend an, ging dann zurück zu Christian Freitag, der im Durchgang gewartet hatte. Die Wendeltreppe in den ersten Stock quietschte wie ehedem. Christian ging vorweg.

Die Überraschung für Jan setzte sich fort, als er mehrere junge Leute an Computerschreibtischen sitzen und arbeiten sah. Die Tische standen völlig anders als früher. Es gab keine Zweierkonstellationen mehr, die kleine Inseln bildeten. Genau genommen konnte Jan gar keine Ordnung bei der Aufstellung erkennen.

»Komm mit in mein Büro!«, meinte Christian grinsend.

»Sag nicht, du hast dir Petersens Heiligtum geschnappt«, meinte Jan, während sie durch den Raum gingen. Er merkte, wie ihm einige Blicke folgten. Wer ihn direkt ansah, dem nickte er freundlich zu. Es waren vier Männer und drei Frauen, die an den Computern arbeiteten. Keiner von ihnen über dreißig. Jan war in diesem Moment eindeutig der Dinosaurier in diesem Raum. Auch das war anders als früher.

Die Tür zum Büro des ehemaligen Chefredakteurs stand offen. Fast erwartete Jan, Petersen hinter seinem Schreibtisch sitzend zu erblicken, als er Christian in das Zimmer folgte. Das Büro war vollgestopft mit Sitzgelegenheiten. Es gab ein Sofa und mehrere Sessel. Der an die Wand gerückte Schreibtisch mit einem geöffneten Notebook schien nur eine untergeordnete Rolle zu spielen.

»Ich habe mich von Petersens Couch inspirieren lassen«, meinte Christian. »Leider war sie schon weg, als wir hier eingezogen sind. Genauso wie alles andere. Hast es unten ja selbst gesehen. Aber es ist einfach, gebrauchte Büromöbel auf dem Markt zu bekommen. Für 'nen Appel und 'n Ei. Gar kein Problem. Klar, alles an den Ecken abgestoßen, aber na und? Und das andere Zeug hier drinnen haben wir privat gesammelt. Jeder hat mitgebracht, was er entbehren konnte.

»Also pennen hier auch einige?«, wollte Jan wissen.

»Selten«, antwortete Christian. »Dient mehr der Entspannung und dem Austausch. Unser spezieller Thinktank sozusagen. Unsere Gedanken befruchten sich hier gegenseitig.«

»Wirklich nur die Gedanken?«

Christian Freitag grinste erneut. »Sie sind wirklich gut in dem, was sie machen. Auch wenn sie noch jung sind. Martinez kümmert sich um den Sport. Sybill und Claudette machen Wetter und Boulevard. Stefan Politik. Mark und Inez machen Wirtschaft. Aaron Polizeigeschichten. Das läuft. Und wir haben noch mehr Leute im Hintergrund. Homeoffice, Alter. Aber mehr Power hat das Ganze, wenn wir hier zusammen arbeiten. Ich habe dir ja schon am Telefon erzählt, wie alles läuft.«

»Und du bist der Stratege dahinter.«

»Ich halte die Fäden in der Hand. Ich sorge für die Sponsoren und kümmere mich um Werbekunden. Noch sind wir keine bekannte Marke. Aber das kommt. Der Dschungel im Netz ist groß. Da müssen wir noch auf uns aufmerksam machen, aber dann kann es etwas werden.«

»Sie haben dir doch eine Stelle im Haupthaus angeboten. Hast du das Volontariat nicht beendet?«

»Doch. Bin seit dem 15. Dezember fertig.«

»Und kein Angebot als Jungredakteur?«

»Doch.«

»Aber?«

»Das hier ist besser.«

Jan ließ seinen Blick über die alten Sessel und Sofas wandern. Sein Gegenüber lächelte, während er ihn dabei beobachtete.

»Du kennst unser Superhirn noch nicht. Ein Genie am Rechner. Zurzeit schreibt er an einem Code für unsere App. Wenn die erst mal läuft, wird sich unsere Leserschaft exponentiell vergrößern.«

»Ach ja?«

»Jedenfalls wenn wir den Leuten den richtigen Grund geben, uns auf ihren Geräten zu installieren. Wir müssen nur einen richtigen Hammer raushauen. Exklusiv. So dass die Leute sagen, warst du schon beim *Lauffeuer* auf der Seite. Wie – nein? Wo lebst du denn? Das musst du lesen.«

»*Lauffeuer*? Das ist euer Name.«

»Ganz genau.« Christian nickte. »Noch kennt ihn kaum jemand. Aber wenn wir einen richtigen Knaller hätten, dann ...«

»Was denn für einen Knaller?«

Der jüngere Mann blickte Jan durchdringen an. »Was Investigatives. Solche Sachen, wie du sie machst.«

»Ach, komm ...«

»Doch, im Ernst. Du kannst das. Die anderen schreiben Sachen zusammen, machen Querverweise, aber sie recherchieren nicht vor Ort. Ihre Welt ist das Netz. Und genauso brauche ich sie. Aber ich brauche auch jemanden, der sich da draußen auskennt. Der weiß, wie man Geheimnisse lüftet.«

Jan fühlte ein Kribbeln im Nacken. Natürlich wusste er, dass Christian ihm schmeichelte. Aber seine Worte taten einfach gut. Ich bin Journalist und kein Zirkuspferd, dachte er wieder. Das sollte Frieda mal verstehen. Als er an den bevorstehenden Fernsehauftritt dacht, schlug seine Stimmung sofort wieder um. Deprimiert sah Jan zum Fenster. »Da draußen ist es kalt und nass. Mehr kann ich nicht sehen. Was soll ich denn da recherchieren? Wann der Winter endlich zu Ende ist? Also das kann ich dir sagen. Am 20. März. Da ist nämlich Frühlingsanfang.«

Christian Freitag hob die Augenbrauen, dann begann er zu grinsen. »Du brauchst einen Kaffee, Jan Fischer. Ganz klar. Ohne Kaffee kann man mit dir ja nicht reden. Wie konnte ich das vergessen.«

»Kaffee?« Jan zog die Stirn in Falten. »Stimmt. Ich brauche Kaffee.«

Gemeinsam verließen sie das ehemalige Büro des Chefredakteurs und gingen durch die Redaktion zur Kaffeeküche. Diesmal drehte niemand mehr den Blick nach ihnen um. Jan fragte sich, ob irgendjemand von diesen fleißigen Schreiberlingen Geld für das bekam, was er tat. Sybill und Claudette. Aaron oder Martinez. Oder ob hier alle aus reinem Idealismus ihre Zeit verbrachten. Mit der Hoffnung, dass es sich irgendwann vielleicht mal auszahlen würde. Denn Zeit war ja das, was junge Menschen am meisten hatten. Das glaubten sie jedenfalls.

»Hast du noch jemanden aus der alten Riege gefragt, ob er mitmacht?« Jan glaubte die Antwort zu wissen. So dumm konnte Christian nicht gewesen sein. Denn garantiert hätte er sich bei den anderen nur Abfuhren eingeholt.

»Ich war bei Petersen.«

»Nein?«

»Doch.«

»Wie geht es ihm?«

»Sitzt im Wohnzimmer und raucht Pfeife.«

»So schlimm ist es?«

Christian zuckte mit den Schultern. »Ich finde es schlimm. Er hätte hier noch etwas bewegen können. Mehr jedenfalls als von seinem Sofa aus. Aber er sagt, er darf nicht. Bis zu seiner Rente steht er offiziell noch in Diensten des Verlages. Sein Vertrag als Chefredakteur ruht nur. Da darf er nichts für andere machen. Sonst riskiert er seine Bezüge.«

»Klingt ja immer schlimmer.« Jan sah den Becher skeptisch an, den Christian ihm entgegen hielt. Auch die alte Küche war verschwunden. Es gab in dem winzigen Raum, an dessen Türzarge er lehnte, nur einen Kühlschrank und eine darauf stehende Kaffeemaschine. Als Spülbecken diente eine Plastikwanne, die auf dem Boden unterhalb des Wasserhahns stand. Wie das gebrauchte Abwaschwasser von dort in den Abfluss gelangen sollte, war Jan ein Rätsel. Aber der Kaffee roch gut und die schwarze Brühe in dem Becher dampfte. Also nahm er einen Schluck. Christian trank auch. Eine Weile standen die beiden Männer schweigend nebeneinander und lauschten der Kakophonie von Mausklicks und angeschlagener Computertastaturen.

»Hast du von der Familie gehört, die letzte Woche aus Allermöhe verschwunden ist?«, fragte Christian Freitag dann und warf damit seinen besten Köder aus.

2

Jan schlug den Mantelkragen hoch und steckte beide Hände in die Taschen, als er die Redaktion des *Lauffeuers* verließ. Er war mit Absicht ohne Auto da. Es gab Tage, an denen ging man lieber zu Fuß. Um in den Harburger Hafen zu kommen, gab es aus Richtung Süden ein großes Hindernis: die Bahngleise. Es boten sich nur wenige Möglichkeiten, diese zu überwinden. Die meisten waren Brücken für Autos, auf denen Fußgänger nicht besonders gut aufgehoben waren. Jan wählte daher einen kleinen Tunnel, der nun schon seit einigen Jahren für den Fahrzeugverkehr gesperrt war. Durch die Harburger Schlossstraße schritt er an einigen schönen Fachwerkhäusern vorbei. Sie waren Überbleibsel aus einer anderen Zeit und wurden in den Straßen rundherum durch Industrieanlagen eingeschlossen. Weiter vorn lag das Becken des Lotsekanals und in diesem einige Hausboote. Das eine wurde bis vor einer Weile von einem Schlagerstar bewohnt. Wegen aufziehenden Nebels konnte Jan aber nicht viel davon erkennen. Nur die Konturen der Hausboote schälten sich aus dem Dunst.

Um die Frage zu beantworten, die Christian Freitag ihm gestellt hatte, musste Jan sich eingestehen, dass er bisher nicht nur nichts von einer vermissten Familie aus Allermöhe gehört hatte, sondern, dass er seit der Pleite des Harburger Tageblatts überhaupt keine Nachrichten mehr verfolgt hatte. Weder im Radio oder Fernsehen, noch in Zeitung oder Internet. Bis zur Schließung der Redaktion war es für jeden Mitarbeiter normal und unerlässlich gewesen, stets auf dem Laufenden zu sein. Das galt für alle Arten von Nachrichten, ob lokal, überregional oder international. Ob Sport, Politik oder Unterhaltung. Davon hatte Jan sich eine Auszeit genommen. Aber was Christian ihm dann in der Kaffeeküche erzählt hatte, weckte automatisch seine Aufmerksamkeit.

Eine vierköpfige Familie aus Hamburg-Allermöhe war seit vergangenem Freitag spurlos verschwunden. Das Fehlen der Kinder war zuerst in der Schule aufgefallen. Die Polizei wandte sich nach einer erfolglosen Suche vom Wochenende bereits am darauffolgenden Dienstag mit Suchbildern an die Presse. Grund für diese ungewöhnlich schnelle Maßnahme waren die ebenfalls ungewöhnlichen Begleitumstände des Verschwindens. Der PKW, der auf Oleg Komarow zugelassen war, stand im Carport. Im Haus gab es keinerlei Hinweise auf ein Reisevorhaben der Familie Komarow. In den Schränken schien keine Wäsche zu fehlen, die Ausweise des Vaters und der Mutter lagen ebenso in einer Schublade im Elternschlafzimmer wie die Kinderausweise eines Mädchens und eines Jungen. In der Schule hatten sich die Eltern auch nicht gemeldet. Eine Befragung der Nachbarn hatte ergeben, dass Oleg Komarow am Freitag noch mehrfach mit dem Auto gesehen wurde. Die einen sagten, dass die Familie mit im Wagen gesessen hätte, andere meinten, dass Beifahrersitz und Rückbänke leer waren. Später sollte Oleg Komarow noch zu Fuß in der Nähe des Neubaugebiets, in dem das Haus der Familie lag, unterwegs gewesen sein. Doch nach Freitag, siebzehn Uhr, wollte ihn niemand mehr gesehen haben. Bereits am Sonntag suchte die Feuerwehr mit Booten den nahegelegenen Westensee erfolglos ab. Am Montag wurde die Suche auf die nicht weit entfernte Dove Elbe ausgedehnt. Suchhunde wurden im ufernahen Schilf eingesetzt. Kleinboote mit Leichenspürhunden hatten das an dieser Stelle recht schmale Gewässer abgefahren. Doch von der Familie keine Spur.

»Das ist doch genau dein Ding«, hatte Christian Freitag gemeint, als er mit seinem Bericht fertig war.

»Wie meinst du das?«

»Na, verschwundene Personen. Das ist doch quasi dein Spezialgebiet.«

»Blödsinn.«

»Doch, na klar. Und wenn du da etwas rausfinden würdest, was die anderen nicht haben, also eine richtig exklusive Sache, dann könnte das dem Laden hier den entscheidenden Push geben. Unsere App wird auf Handys und Tablets geladen. Werbekunden werden auf uns aufmerksam. Und ab geht's! Ich sage ja nicht, dass du die Leute vor der Polizei finden sollst, aber ein paar exklusive Hintergrundinformationen wären klasse.«

»Entweder sind die alle zusammen abgehauen, oder es ist ein erweiterter Suizid.«

»Richtig.«

»Und die Polizei hat richtig viele Leute, die nach denen suchen.«

»Aber haben sie auch den richtigen Mann?«

»Warum sagst du so was?«

»Weil du der beste bist.«

»Bin ich nicht.«

»Du hast es schon bewiesen.«

»Ich muss mich um anderes kümmern. Meine neue Wohnung ist noch nicht fertig gestrichen. Der Verlag erwartet, dass ich mich aktiv an der Vermarktung des Buches beteilige. Ich habe öffentliche Lesungen. Morgen muss ich zu einer Talkshow im Fernsehen. Da bleibt keine Zeit, um in einer Geschichte rumzustochern, die neben der Polizei auch alle anderen Zeitungen und Sender auf dem Schirm haben. Wenn all diese Leute nichts finden, was soll ich da noch machen?«

»Du findest was ...«

»Nein«, hatte Jan gesagt und den Kopf geschüttelt. Und dann noch einmal, als Christian Freitag nicht aufhörte, ihn durchdringend anzusehen. In diesem Blick hatte eine Gewissheit gelegen, an die Jan noch immer denken musste, während er das Kirchengebäude auf sich zukommen sah, das seit kurzem sein Zuhause war. Auch Christian wusste dass Jan kein Zirkuspferd war. Seine Fähigkeiten lagen woanders.

Die ehemalige Freikirche lag einsam im Nebel. Vermutlich hatte wegen der abgelegenen Gegend ein niedriger Grundstückspreis zum Bau des Gebäudes geführt. Eine Weile hatten die Kirchenmitglieder die umständliche Anfahrt mitgemacht, doch dann waren Monat für Monat immer weniger zum Gotteshaus gekommen und in andere Gemeinden ausgewichen. Die Ursache des Scheiterns war bei der Grundsteinlegung bereits Bestandteil des Baus gewesen.

Jan konnte das nur recht sein. Er hatte seine Abfindung vom Tageblatt in das Objekt gesteckt und war zusätzlich nur mit einer Darlehensrate bei der Bank verpflichtet, die nicht höher lag als der Mietpreis, den er für die Wohnung in Heimfeld gezahlt hatte. Gut, es war etwas exzentrisch, in eine seit Jahren leerstehenden Kirche einzuziehen. Aber es war auch ein erhebendes Gefühl. Das Gebäude selbst war nicht schön. Es gab den für die Gegend üblichen gebrannten Backstein und die Dachkonstruktion war mit gestanztem Blech beschlagen. Aber wenn Licht in der Kirche brannte, strahlte sie Freundlichkeit und Wärme aus.

Jan öffnete die schwere Eingangstür aus Holz und ging im Vorraum an den Möbeln und Kartons vorbei, die er vom Umzugsunternehmen dort hatte abstellen lassen, weil die Räume in der Einliegerwohnung oben noch nicht ganz bezugsfertig waren. Auch wenn das nun schon vier Wochen zurücklag, hatte sich an dem Arrangement noch nichts geändert. Farbeimer und Farbroller lagen bereit. Ebenso Abdeckfolien und Klebeband. Doch Jan konnte sich nicht aufraffen, das Vorhaben in die Tat umzusetzen. In diesem Punkt hatte er Christian Freitag also ungeniert belogen. Renovierungswut war es nicht, die ihn von Recherchen im Fall Komarow abhielt. Andererseits hätte Jan jederzeit mit der Renovierung der Wohnung anfangen können. Er tat es nur nicht.

Stattdessen hatte er sich sein Bettgestell im Gemeindesaal an eine Wand gestellt. Da der große, hohe Raum im Winter kaum warm zu kriegen war, krabbelte Jan beim Zubettgehen erst in einen Schlafsack und zog sich dann noch eine Decke über die Schultern. In der Mitte des Saals hatte er einen Sessel mit Stehlampe. Das war ideal zum Lesen und zum Filme gucken. Denn als Filmliebhaber hatte Jan auf Höhe der ehemaligen Kanzel ein weißes Leinenlaken gespannt, konnte darauf ein Beamerbild projizieren und hatte sich auf diese simple Weise ein privates Kino eingerichtet. Eine Toilette und eine kleine Küche gab es im Erdgeschoss auch. Beide Räume gingen vom Vorflur ab. Es bestand also kein dringender Grund, die kleine Wohnung im ersten Stock sofort bezugsfertig zu machen. Und noch eine weitere Sache hielt ihn davon ab. Beim Besichtigen des Objekts hatte er sich vorgestellt, wie er die Einliegerwohnung mit Charlotte einrichten und sie ihren eigenen Stil bei der Gestaltung der Räume mit einbringen würde. Als er den Kaufvertrag beim Notar unterschrieb, freute er sich heimlich darauf, Charlotte mit dem Vorführen ihres neuen Zuhauses zu überraschen. Es war ihm schwergefallen, nicht vorher schon alles zu erzählen, aber die Überraschung war ihm das Warten wert gewesen. Überrascht war Charlotte dann auch, als er sie in die abgelegene Gegend des Harburger Hafens brachte und ihr den Schlüssel zur hohen Eingangstür in die Hand gedrückt hatte. Aber Jan nicht weniger, als Charlotte während der Besichtigung ziemlich schnell und ziemlich deutlich sagte, dass sie nicht vorhabe, ihre Dachgeschosswohnung aufzugeben. Das habe sie nie gewollt. Wie er denn auf diese Idee komme?

Erst in diesem Moment hatte Jan verstanden, dass er bereits vor dem Kauf des Gebäudes mit ihr über seine Pläne hätte sprechen müssen. Vielleicht hätte er überhaupt mehr mit ihr sprechen sollen. Denn ohne es direkt zu wollen, hatten sie sich in den vergangenen Monaten immer mehr voneinander entfernt. Und das zu Jans Bedauern nicht nur räumlich. Dass er durch den Kauf der Kirche nun viel weiter weg von ihr wohnte als vorher, war da nur äußerlicher Ausdruck der Misere. Angefangen hatte es am Tag, als der Geschäftsführer des Verlages in einer Betriebsversammlung das Ende vom Harburger Tageblatt verkündet hatte. Damals setzte die Fotografin ihn mit dem Wagen vor seiner Wohnung ab, anstatt ihn mit zu sich zu nehmen. Dabei hatte er die vergangenen Monate so oft bei ihr geschlafen, dass es sich für ihn angefühlt hatte, als lebten sie zusammen. Wenn er seitdem mit ihr telefonierte, hatte er stets das Gefühl, das Falsche zu sagen. Und wenn sie sich sahen, war da eine unsichtbare Distanz zwischen ihnen, die es vorher nicht gegeben hatte.

Ja, es stimmte. Es hatte kurzzeitig eine weitere Frau in seinem Leben gegeben. Aber Jan hatte Charlotte anschließend alles erklärt. Es war aus der Situation heraus entstanden. Die andere Frau hatte seine Hilfe gebraucht. Und Charlotte hatte sich in dieser Zeit so völlig widersprüchlich verhalten, dass Jan einfach nicht mehr wusste, woran er mit ihr war. Kurz darauf hatte Jan die Verbindung zu der Anderen gelöst, aber Charlotte konnte er dadurch nicht zurückgewinnen. Wie er auf die Idee gekommen war, dass sie mit ihm zusammen in die alte Kirche ziehen würde, wusste er nach ihrem mehr als deutlichen »Nein« auch nicht mehr. Er hatte wohl gehofft, dass mit dem Umzug in die Kirche auch in seinem Verhältnis zu Charlotte eine neue Zeitrechnung anbrechen würde. Aber das tat sie nicht. Der Schmerz hierüber war manchmal unerträglich. Genau solch einen Moment erlebte Jan, als er nun allein auf seinem Sessel saß und das weiße Laken vor sich anstarrte. Seine Einsamkeit wurde ihm unmittelbar bewusst. Weil er jedoch keine Lust hatte, in Trübsal zu verfallen, erhob er sich wieder aus dem

Sessel und holte einen neuen Film aus seiner Mantel-tasche. Er hatte ihn gekauft, bevor er zu Christian Freitag in die Redaktion gegangen war. Es war eine hochauflösende Filmaufnahme von einem »Queen«-Konzert in Budapest. Aufgenommen mit Fünfund-dreißigmillimeter-Kameras. Demnächst wollte Jan das Laken durch eine reflektierende Leinwand austau-schen. Doch auch so freute er sich schon über das sehr gute Bild und die noch bessere Musik, die die kleine, im Nebel liegende Kirche bald erfüllte.

3

Der Nebel hüllte den Hafen die ganze Nacht ein. Auch am nächsten Morgen lagen der Fischmarkt, die Landungsbrücken und die gegenüberliegenden Werftanlagen noch im Trüben. Charlotte Sander hatte ihre Tasche mit den Objektiven auf das Kopfsteinpflaster gelegt. Sie stand mit ihrer Kamera hinter der Fischauktionshalle. Ein Geländer säumte den Kai. Träge schwappte die Elbe ein Stückchen tiefer gegen die Mauer. Die Kamera war auf ein leichtes Stativ montiert. Sonnenaufgang sollte gegen kurz nach acht Uhr sein. Charlotte war gespannt, was passieren würde. Die Chance, dass die Sonne sich gegen den Nebel durchsetzen würde, stand etwa fünfzig-fünfzig. Auch konnte Charlotte in der Dämmerung nicht sehen, ob Wolken am Himmel waren. Wenigstens erkannte sie etwas weiter den Fluss hinauf schon die Elbphilharmonie, jenen Millionenbau, der die Gemüter der Hamburger wegen der stetig gestiegenen Kosten ganz besonders berührt hatte. Ein neues Wahrzeichen der Stadt sollte das Musikhaus sein. Irgendwie war es das sogar. Aber ob als Prachtstück oder Symbol von Verschwendungssucht, darüber ließ sich noch immer vortrefflich streiten.

Charlotte ließ den Verschluss der Kamera klicken. Immer wieder sah sie zum Horizont. Mit einem hellen Fleck hob sich die Stelle am sonst bläulichen Himmel ab, wo hoffentlich bald die Sonne zu sehen sein würde.

Die Fotografin ging ein paar Schritte weiter, um die beste Position zu finden. Sie wollte einen der großen Kräne auf der anderen Elbuferseite als Vordergrund für ihre Fotos haben. Einige Pendler stiegen am Anleger Altona von einer Linien-Fähre, kamen eine Brücke herauf und gingen an der Fotografin vorbei. Seit Charlotte im vergangenen Herbst von einem fremden Mann bei einem Fotoshooting angegriffen und fast umgebracht worden war, suchte sie sich für ihre Aufnahmen möglichst belebte Plätze. Wo ihr Angreifer damals hergekommen war, oder was ihn angetrieben hatte, wusste sie nicht. Die Verletzungen, die sie bei der Flucht vor ihm davongetragen hatte, waren aber so schwer, dass sie später im Krankenhaus eine Fehlgeburt erlitt. Das hatte Narben nicht nur an ihrem Körper hinterlassen. Seit jenen Tagen verfolgte die Angst sie. Immerhin war der Kerl nicht der erste Mann, der sie überfallen hatte. Schon im Jahr zuvor war ein Fremder in ihre Wohnung eingedrungen. Auch wenn ihre Gegenwehr erfolgreich endete, war sie nicht mehr dieselbe wie früher. Und das wusste sie. Irgendwelche harmlosen Geräusche ließen sie seitdem zusammenzucken und Bewegungen, die sie nur aus den Augenwinkeln wahrnahm, machten sie nervös.

Charlotte warf einen Blick auf ihre Kameratasche, bemerkte dabei ganz genau die schmächtige Gestalt, die nicht weit entfernt an der Kaimauer stand. Der Kerl sah irgendwie unheimlich aus. Sofort verspürte sie den Impuls, ihre Tasche zu holen und zu verschwinden. Als dann aber die Sonne mit gleißendem Licht über den Horizont kroch, vergaß sie die Angst um ihre Ausrüstung und konzentrierte sich auf die Fotos. Egal wie viele Sonnenaufgänge Charlotte schon fotografiert hatte, sie empfand es immer wieder als überraschend, wie schnell das Naturschauspiel vonstatten ging und wie schnell sich dabei die Lichtverhältnisse änderten. Eben noch guckte der Feuerball nur ein kleines Stück über den Rand der Erdkugel, tauchte alles in ein goldgelbes Licht, schon stieg er schnell höher und das Lichtspektrum verschob sich zu einem immer greller werdenden Weißgelb.

Mit dem Farbspiel und ihren ersten Fotos sehr zufrieden, hob Charlotte das leichte Stativ an und ging damit zurück zu ihrer Ausgangsposition. Die eben noch vom Nebel verschleierte Elbphilharmonie wurde jetzt gänzlich vom Sonnenlicht erfasst, wodurch sich eine fantastische Spiegelung auf den Fenstern ergab. Das Glas schimmerte auf der ansonsten grauen Fassade karminrot. Charlotte wollte die Kamera auf das neue Motiv einrichten, als sie merkte, dass ihre Tasche mit den Wechselobjektiven verschwunden war. Erschrocken über den Verlust des teuren Equipments drehte sie sich suchend um die eigene Achse. Sofort sah sie den Burschen, der ihr vorher schon aufgefallen war. Er stand jetzt hinter ihr, lehnte sich gegen das Mauerwerk der alten Fischauktionshalle. Der Kerl trug Chucks, eine löchrige Jeans und eine Kapuzenjacke. Da die Temperaturen in der Nacht auf fast null Grad gefallen waren, erschien Charlotte diese Kleidung als viel zu dünn. Sie selbst hatte einen dicken Mantel und dünne Handschuhe an. Dann sah Charlotte noch etwas. Über der Schulter der jungen Manns hing ihre Ausrüstungstasche.

»He«, rief Charlotte, griff sich die Kamera mit dem Stativ und ging mit kurzen, schnellen Schritten auf den Mann zu. Wenn der dachte, sie würde sich die

Tasche einfach wegnehmen lassen, dann hatte er sich getäuscht. »Das sind meine Sachen.«

Der Mann rührte sich nicht. Er schien keinen Moment an Flucht zu denken. Ungerührt ließ er die Fotografin auf sich zukommen.

»Das ist meine Tasche!«, sagte Charlotte, als sie ihm direkt gegenüber stand.

»Ich weiß«, erwiderte dieser.

Einen Moment war Charlotte wegen dieses Eingeständnisses erleichtert, dann begann sie sich zu fragen, was das hier für ein Spiel werden sollte. Erwartete der Bursche etwa einen Finderlohn? Irgendetwas musste er doch wollen. Warum hätte er die Tasche sonst genommen?

Da sie in diesem Moment nur zu zweit am Kai standen und ein nächstes Fährschiff mit Pendlern nicht in Sicht war, überlegte Charlotte, ob sie fordernd oder besser defensiv mit der Situation umgehen sollte. Früher hätte sie über so etwas nicht nachgedacht. Da hätte sie ihrem Gegenüber die Tasche einfach weggenommen. Wie alt mochte der Bursche schon sein. Von so einer halben Portion hätte sie sich vor den Überfällen auf sie nichts gefallen lassen. Aber wer weiß, vielleicht hatte der Kerl irgendwo in der Nähe ein paar Verbündete. Kriminelle Jugendgangs konnten sehr unangenehm werden. Schnell suchte Charlotte die Gegend mit Blicken ab, konnte aber niemand anderen entdecken.

»Ich habe die Tasche nur genommen, damit sie niemand klaut«, sagte der junge Mann. Seine hochgeschlagene Kapuze machte es schwierig, aber Charlotte schätzte ihn auf etwa sechzehn Jahre ein.

»Na klar«, erwiderte sie ungläubig.

»Ich passe auch noch länger auf. Mach nur in Ruhe deine Fotos.«

»Bin schon fertig. Kann ich sie also wieder haben?«

Der Bursche nahm den Riemen von der Schulter und streckte Charlotte die Tasche mit ausgestrecktem Arm entgegen. »Ist ja deine.«

Sie war noch immer misstrauisch. Auf alles gefasst, hängte sie sich die Tasche um. »Ich gebe dir einen Fünfer, weil du so ehrlich warst.« Im Mantel suchte Charlotte nach ihrem Portemonnaie und fragte sich sofort, ob sie damit den nächsten Fehler beging. Schnell sah sie sich wieder um. Der Junge bemerkte es, sagte aber nichts dazu. Schweigend nahm er den Geldschein entgegen. Dann war das Portemonnaie wieder in Charlottes Tasche verschwunden. Als der Junge kurz grinste, lächelte sie automatisch zurück. Dass er nicht friert, dachte sie, während sie ihn in seinen dünnen Sachen und den ausgelatschten Chucks davonschleichen sah. Fünf Minuten später, als ihre Ausrüstung sicher im Auto lag und sie hinter dem Lenkrad sitzend das Radio einschaltet, hatte sie den Jungen schon wieder vergessen.

4

Die Fernsehaufzeichnung war beendet. Jan konnte die Klemme lösen, mit der ein Mikrophon an seinem Hemdkragen befestigt war, und den verkabelten Sender aus der Tasche nehmen. Die Moderatorin gegenüber tat es ihm gleich und bot dann der anderen Expertin ihre Hilfe an. Beide waren nett und angenehm im Umgang. Trotzdem konnte Jan sich kaum an die vergangenen anderthalb Stunden erinnern. Er wusste, dass er auf Fragen geantwortet und viel erzählt hatte, aber nicht mehr genau, was das war. Große Schweißflecken hatten sich unter seinen Achseln gebildet. Zum Glück trug er ein Jackett über dem Oberhemd. Er fühlte sich wie in Watte gepackt.

Der Tag hatte früh begonnen. Ein Team aus Kamerafrau, Kameraassistent und Redakteur war um acht Uhr morgens bei der ehemaligen Freikirche eingeflogen. Für einen einminütigen Einspieler, der Jan Fischer den Zuschauern der Abendsendung vorstellen sollte, verbrachten sie den ganzen Vormittag mit Dreharbeiten. Szenen im Gemeindesaal entstanden und ließen das Bild eines exzentrischen Schriftstellers entstehen. Danach ging es in den Harburger Hafen. Am Lotsekanal musste Jan sich auf eine Brücke stellen und mit dem Wasser im Hintergrund aus seinem Buch vorlesen. *Zirkuspferd, Zirkuspferd.*

Den frühen Nachmittag hatte Jan frei. Der Beitrag über ihn wurde derweil im Studio geschnitten. Dann fuhr Jan selbst nach Jenfeld. Er lernte Klara Brandt und ihr Team kennen. Er wurde inhaltlich auf die Sendung vorbereitet und dann in die Maske geschickt, um abgepudert zu werden. Mehrfach kamen Kurznachrichten von Frieda Engel auf seinem Handy herein. Worauf er achten sollte. Dass er das bestimmt ganz großartig machen würde. Sie und der Verlag seien stolz auf ihn. Er war froh, als er das Handy vor der Sendung in einen Schrank einschließen musste. Damit sollten Frequenzüberschneidungen mit der Studiotechnik vermieden werden, doch es war für Jan auch eine willkommene Möglichkeit, Friedas Übergriffen zu entkommen.

Thema der Sendung, die Jans Buch hoffentlich einen weiteren Anschub bei den Verkäufen bringen würde, waren Kapitalverbrechen an Frauen und Kindern. Mit Hilfe kleiner Filmbeiträge von nicht mehr als drei Minuten Länge führte Klara Brandt die beiden Experten Jan Fischer und Linda Herrmann immer wieder an verschiedene Aspekte heran. Während Jan von seinen Recherchen über Serienmörder sprach und deren Vorlieben für schwächere Opfer zu erklären versuchte, berichtete Linda Herrmann von den Erfahrungen, die sie als Leiterin einer Organisation gesammelt hatte, die sich dem Kampf gegen sexuelle Ausbeutung verschrieben hatte. Dann war plötzlich alles schon wieder vorbei. Linda Herrmann schien zufrieden. Sie war losgeworden, was sie erzählen wollte. Lächelnd sah sie Jan an. Eine Weile standen sie noch nebeneinander und unterhielten sich, während Techniker das Studio bereits aufräumten. Erst danach holte Jan seinen Mantel aus der Garderobe, nahm Portemonnaie und Handy aus dem Schließfach. Es gab neben zufriedenen Gratulationsmitteilungen von Frieda einen verpassten Anruf. Das war aber gerade erst fünf Minuten her. Obwohl ihm die Nummer nicht sofort etwas sagte, drückte Jan den Rückruf.

Christian Freitag meldete sich. Ein starkes Rauschen verriet, dass der ehemalige Volontär mit seinem Handy irgendwo im Wind stand.

»Was, was, was?«, versuchte Jan ihn zu unterbrechen. »Wo soll ich hinkommen? Ich verstehe dich kaum. Dreh dich mal irgendwie zur Seite.«

Christian brauchte nicht viel zu sagen, bis er ein schnelles »Bin unterwegs« von Jan bekam. Denn dieser fühlte sich sofort elektrisiert, als er hörte worum es ging. Christian war da draußen. Dort wo Jan auch sein wollte. Auf der Straße. An einer Story dran. Nicht in einem Studio.

Auf dem Autobahnstück von Jenfeld nach Moorfleet war Jan plötzlich bester Laune. Er fühlte sich so lebendig, wie lange nicht mehr. Das änderte sich auch nicht, als die Windungen des Allermöher Deichs ihn jenseits der Autobahn immer weiter ins Nirgendwo führten. Eine knappe halbe Stunde nachdem er das Studiogelände verlassen hatte, erreichte er die Abzweigung zu einer Brücke, die über die Dove Elbe führte. Eine Straßensperre verhinderte jedoch das Weiterkommen. Jan stellte seinen Wagen an den Fahrbahnrand hinter einige bereits geparkte Fahrzeuge, stieg aus und ging an den Warnhütchen vorbei, die auf der Straße aufgestellt waren. Weiter vorn standen Einsatzfahrzeuge von Feuerwehr und Polizei. Ein Generator machte Lärm. Jan sah auch ein Fahrzeug der Polizeitaucher in einem Seitenweg weiter unten am Wasser parken.

Auf der Brücke froren Polizisten in zu dünnen Dienstjacken und blickten mit verschiedenen Leuten in Zivil auf das Wasser hinunter. Foto- und Fernsehkameras gaben die einen als Pressevertreter zu erkennen. Bei anderen war Jan sich nicht sofort sicher, ob es Zivilbeamte oder Neugierige waren. Ein Arm wurde gehoben, und Christian Freitag winkte ihn zu sich. Jan stellte sich neben ihn an das Brückengeländer.

»Sie haben ihn gerade rausgezogen«, sagte Christian und deutete auf den nördlichen Uferstreifen.

»Wen?«

Jan sah die weiße Plastikplane, die offensichtlich über einem menschlichen Körper ausgebreitet war. Ein Taucher stakste durchs niedrige Wasser, begleitet von einem Kollegen, der ein Sicherungsseil hielt. Drei Feuerwehrleute in voller Ausrüstung standen daneben und wussten nicht so recht, was sie noch tun sollten. Offenbar hatten sie geholfen, den leblosen Körper aus dem Wasser zu ziehen.

»Wollen wir wetten, dass das Oleg Komarow ist«, meinte Christian Freitag. Trotz des kalten Windes hatte er keine Mütze auf, und Jan musste beeindruckt feststellen, wie gut die Pomade in seinem Haar den Seitenscheitel hielt.

Wasserleichen wurden in Hamburg auf unterschiedliche Arten abtransportiert. Entweder steckte man sie in einen schwarzen Sack und fuhr sie mit einem Rettungswagen weg, sofern ein solcher parallel zum Taucher- und Feuerwehreinsatz alarmiert worden war. Sonst ließ man einen Leichenwagen kommen, der den

Toten direkt nach Eppendorf ins Institut für Rechtsmedizin brachte. Anders als bei Tötungsdelikten oder Brandopfern ging dies meist sehr schnell. Jan hatte das schon einige Male miterlebt. Von der Bergung bis zum Abtransport dauerte es meist nicht länger als eine Stunde. Doch diesmal ließen sich die Verantwortlichen Zeit. Während die Sonne schnell tiefer sank und bald nur noch ein winziger Streifen blau den Himmel erhellte, packten die Leute von der Todesermittlung gerade erst ihre Fähnchen und Fotoapparate aus. Grell zuckten immer wieder Blitzlichter am Ufer auf.

»Was gibt es da denn so Aufregendes?«, wollte Jan wissen.

Christian Freitag zuckte mit den Schultern, doch ein Fotograf, der seit etwa einer Stunde neben ihnen stand und schon mindestens fünf Zigaretten in dieser Zeit geraucht hatte, kam einen Schritt dichter und hatte eine Antwort parat. »Das hier«, sagte er und ließ die beiden anderen auf den Monitor an der Rückseite seiner Kamera sehen. Die Aufnahme, die er präsentierte, war mit einem Teleobjektiv entstanden und zeigte weitaus mehr Details als man mit bloßem Auge von der Brücke aus erkennen konnte. Auch die Lichtverhältnisse waren zur Aufnahmezeit noch viel besser gewesen. Der Tote lag mit dem Gesicht nach unten im Morast. Noch hatte niemand die weiße Plastikplane über ihm ausgebreitet.

»Das da neben seinen Füßen!« Der Fotograf konnte das Foto ohne Probleme präsentieren, weil er nicht zu fürchten brauchte, dass es jetzt noch jemand nachmachen konnte. Den Moment kurz nach der Bergung des Toten hatte er exklusiv. Und bei dem nunmehr herrschenden Zwielicht waren gute Aufnahmen ohne Blitz sowieso nicht mehr möglich. Zwar hatte die Polizei einen mobilen Leuchtballon aufgestellt, um das Unterholz im Uferbereich auszuleuchten, doch wegen des unwegsamen Geländes gab es dort trotzdem weiterhin mehr Schatten als Licht.

»Was ist denn das für ein Ding da?«, wollte Christian Freitag wissen. »Sieht ja aus, wie ein Eimer.«

»Ist auch einer«, bestätigte der Fotograf recht begeistert. »Ein Farbeimer. Moment, ich vergrößere das Detail mal. Da, seht ihr. Fünfzig Liter Deluxfarbe. Matt weiß. Hochergiebig. Könnt ihr sehen?«

»Ja«, erwiderte Christan Freitag. »Na und?«

»Guck mal genau hin. Siehst du nicht, dass der an seine Beine gefesselt ist?«

»Ach du Scheiße!«

»Jip.«

»Fünfzig Liter. Wie schwer ist denn das? Ist Farbe schwerer als Wasser?«

»Keine Ahnung. Aber es hat gereicht, um ihn unten zu halten.«

»Aber nicht für immer.«

Der Fotograf nickte zustimmend. »Wegen der Faulgase. Das gibt Auftrieb.«

Christian Freitag nickte auch.

»Wenn Sommer wäre«, meinte der Fotograf, »wäre er schon viel eher oben gewesen. Vielleicht nach zwei Tagen. Das hängt allein von der Wassertemperatur ab. So hat es eben eine Woche gedauert. Wusstet ihr, dass eine Wasserleiche einen Auftrieb vom Dreifachen ihres Eigengewichts entwickeln kann? Wenn der Bursche etwa hundert Kilo gewogen hat, dann kannst du dir ausrechnen, was für einen richtigen Betonklotz es gebraucht hätte, damit er unten bleibt.«

Der kleine Monitor an der Kamera hatte sich von allein ausgeschaltet, um Strom zu sparen. Nun schaltete der Fotograf ihn wieder ein, und der Farbeimer erschien allen plötzlich ziemlich klein.

»Das wusste er wohl nicht, als er ihn sich an die Beine gebunden hat.«

»Du meist Suizid?«

»Was denn sonst? Sieht das nach einem Mafiamord aus? Mit einem Farbeimer?«, kicherte der Fotograf. Und Christian Freitag lachte auch kurz auf.

»Der Typ hat seine Familie umgebracht«, sprach der Fotograf weiter, »und dann ist er hier ins Wasser gesprungen. Weil es so dicht an der Brücke ist, hat man ihn mit den Suchhunden nicht gleich gefunden. Man sieht ja, die Strömung ist nicht stark. Vermutlich ist er sogar von genau hier gesprungen, wo wir jetzt stehen.«

Jan und Christan Freitag sahen das Brückengeländer an.

»Und wo sind die anderen? Seine Frau und die Kinder?«

»Irgendwo verscharrt«, antwortete der Fotograf und steckte sich eine weitere Zigarette in den Mund. »Wollen wir wetten? Hier im Wasser sind sie jedenfalls nicht.«

Jan wollte schon fragen, wieso nicht, als er begriff, dass sie dann vermutlich auch schon an der Wasseroberfläche treiben würden. »Man weiß ja nie«, sagte er dann.

Der Fotograf ließ seine Kamera sinken, so dass sie kurz darauf vor der Kugel baumelte, die trotz der dicken Jacke, die er trug, einen runden Bauch erahnen ließ. »Das ist klar. Aber spielen wir es doch mal durch.

Er liegt da im Wasser. Hat sich selbst ertränkt. Und seine Frau und die beiden Kinder sind weg. Was glaubt ihr, was da passiert ist.«

»Sie ist mit den Kindern abgehauen, und er hat sich aus Kummer ertränkt«, schlug Christian Freitag vor. Doch der Fotograf winkte gleich ab.

»Die Pressestelle spricht ganz klar davon, dass die Familie keine Reisevorbereitungen getroffen hat. Im Haus war alles noch da. Kleider, Koffer, Papiere. Ohne irgendetwas mitzunehmen, haut keiner ab.«

»Es sei denn, er hat Hilfe.«

»Und wieso dann die Heimlichtuerei?«

»Aus Angst?«

»Vor wem?«

Christian Freitag deutete mit einem Kopfnicken zum Ufer. »Oder sie hat ihn umgebracht, hier versenkt und ist dann mit den Kindern abgehauen.«

»Klingt noch unwahrscheinlicher.«

»Aber möglich ist es.«

»Man hat ihn doch noch mit dem Auto rumfahren sehen. Ohne die anderen. Das sagt die Polizei jedenfalls.«

Grinsend erwiderte Christian Freitag, dass man der Polizei auch nicht alles glauben dürfe. »Vielleicht Zeugenschutzprogramm. Wenn die Frau irgendetwas weiß, und die Polizei sie und die Kinder sicher verstecken will, wäre es doch praktisch, wenn alle glauben, dass die Familie tot ist.«

Interessiert hob der Fotograf die Augenbrauen, dann begann er auch zu grinsen. »Schon klar. Und wieso? Haben sie einen Mord beobachtet? Der Junge als *Einziger Zeuge*? Oder das Mädchen. Die Mutter war ja wohl nur Hausfrau. Im Job kann sie also nichts gesehen haben? Keine hochbrisanten Geschäftstransaktionen oder so. Aber die Idee war gut.«

»Danke.«

»Bleibt also dabei«, meinte der Fotograf. »Er wird sie irgendwo vergraben haben. Alle drei. Und gefunden wurden sie nur noch nicht, weil zurzeit keine Pilzsaison ist. Es sind zu wenige Leute im Wald unterwegs. Vermutlich werden sie aber irgendwann doch gefunden. Wenn es wärmer wird. Von einem Hund ausgebuddelt oder so. Dann wissen wir es genau.«

Jan hatte die Hände in die Taschen gesteckt und hörte dem Gespräch des Fotografen mit Christian Freitag weiter zu. Dabei betrachtete er das Brückengeländer, sah dann hinunter zum Ufer. Eine Gruppe von drei Leuten stand um das zugedeckte Paket herum, das nahe am Wasser lag. Wegen der einheitlichen Ganzkörperschutzanzüge und der weißen Hauben, die die Ermittler der Spurensicherung trugen, konnte Jan nicht erkennen, ob es sich bei ihnen um Männer oder Frauen handelte. Einer ging in die Knie, hob die Plane leicht an, zeigte den beiden anderen Kollegen offenbar etwas. Es gab zustimmendes Nicken der anderen Tatortermittler. Dann wurde die Plane wieder über den toten Körper gelegt. Als Jan den Blick abwendete, sah er, dass Christian ihn direkt anstarrte. Und offenbar tat er dies bereits eine ganze Weile.

»Was?«, entfuhr es Jan.

Christian begann zu grinsen. »Du hast Witterung aufgenommen. Ich kann es dir ansehen.«

5

Charlotte zog ihre üblichen Bahnen durch das Becken der Harburger Schwimmhalle. Schwimmen gehörte für sie wie das Zähneputzen seit langem zum normalen Tagesablauf. Die Fotos vom Sonnenaufgang im Hafen waren gut geworden. Sie hatte zwei für einen neuen Bildband ausgewählt, den sie in Arbeit hatte, und drei weitere in den Katalog einer Bildagentur gestellt, über die sie die Nutzungsrechte von bestimmten Fotos vermarkten ließ. Zufrieden mit sich und dem Tag stieg sie nach einer halben Stunde aus dem Wasser, duschte und föhnte sich, bevor sie sich warm einpackte und ein Tuch um den Kopf wickelte. Außerhalb der Schwimmhalle wartete ein dunkler Januarabend auf sie. Ihren kleinen Wagen hatte Charlotte nicht weit entfernt auf einem Parkplatz abgestellt. Eine Laterne bewegte sich ganz leicht im Wind und warf diffuses Licht auf den Asphalt und die Autos. Jenseits eines Häuserblocks rauschte der Feierabendverkehr durch den Harburger Ring.

Die Fotografin vermisste ihren alten Renault. Der neue Wagen war besser ausgestattet und hatte eine Zentralverriegelung, die sich per Knopfdruck öffnen ließ, trotzdem fehlte es ihm an Charme. Charlotte warf ihre Tasche mit den Schwimmsachen auf die Rücksitzbank, schlug die hintere Tür zu und wollte gerade einsteigen, als sie die Gestalt sah, die nicht weit entfernt regungslos an einem Stromkasten lehnte.

Sofort dachte Charlotte an das Küchenmesser, das sie im Fach der Fahrertür liegen hatte. Neben Verbandskasten und Warndreieck, die im Kofferraum lagen, war es nach dem Kauf das erste, womit sie den Wagen ausgestattet hatte. Doch die dunkel gekleidete Gestalt bewegte sich nicht. Nervös stieg Charlotte ins Auto und drückte den Knopf, der die Türen verriegelte. Ohne zu wissen warum, blieb sie eine Weile still im Wagen sitzen. Es war unmöglich zu sagen, ob die Gestalt neben dem Stromkasten sie beobachtete oder ganz woanders hinsah. Schließlich ließ Charlotte den Motor an, setzte aus der Parklücke, und für einen Moment streifte das Scheinwerferlicht die unheimliche Figur. Sie trug Chucks, eine Jeans und eine für die Jahreszeit viel zu dünne Kapuzenjacke.

6

Jan trocknete sich etwa zur selben Zeit zu Hause ab wie Charlotte im Schwimmbad. Der nagende Wind auf der Brücke hatte ihm zugesetzt. Beinah unbemerkt war die Kälte durch seinen Mantel gekrochen. Selbst die Autoheizung, die er auf der Rückfahrt nach Harburg auf die höchste Stufe gestellt hatte, half da nicht. In der ehemaligen Kirche war er sofort nach oben in die Einliegerwohnung gegangen und hatte sich unter die Dusche gestellt. Nur ganz allmählich kam etwas Wärme zurück in seinen Körper. Widerwillig drehte er irgendwann das heiße Wasser aus und schnappte sich das Handtuch. Weil er sich so gut wie nie in der kleinen Wohnung aufhielt, waren die Heizungen auf niedrigste Stufe eingestellt. Jan wollte damit lediglich einen Frostschaden in den Rohren vermeiden und die Einstellung war nicht dazu gedacht, die Wohnung zu wärmen. So begann Jan sofort wieder zu frösteln, als er, nur in Unterwäsche, zurück zur Treppe und nach unten gehen wollte. Ohne es zu wollen, blieb er im Flur stehen. Sein Blick war auf die Abdeckfolie, die Malerrolle und eine Teleskopstange gefallen, die dort herumlagen, um dann an einem Gegenstand daneben hängen zu bleiben. Es war ein auf dem Fußboden stehender Eimer mit weiß-matter Farbe.

Lange sah Jan den Eimer an. Sehr lange. Als er endlich wieder den Blick hob und seinen Weg nach unten fortsetzte, hätte er gleich noch einmal duschen können. So kalt war ihm beim Anblick des Farbeimers geworden.

Schnell stieg er in eine Trainingshose, zog sich warme Socken an und eine Strickjacke über den an sich schon dicken Pullover. Dann füllte er einen Wasserkocher bis zur Hälfte und schaltete ihn ein. Leise begann sich das Wasser zu erwärmen, bis das entstehende Geräusch zu einem Brodeln wurde.

Christian Freitag hatte Jan in eine Falle gelockt. Und Jan war hinein getappt. Denn sein Verstand hatte nicht erst angefangen, sich mit dem Verschwinden der Familie Komarow zu beschäftigen, seit er den weißen Farbeimer in der Einliegerwohnung angestarrt hatte. Schon im Auto hatte Jan an Oleg Komarow gedacht, den sie tot in der Dove Elbe gefunden hatten. Er hatte an dessen Frau und die gemeinsamen Kindern gedacht: Christina, Katja, Alexander. Und er hatte angefangen, sich Fragen zu stellen. Gleichzeitig war ihm bewusst geworden, dass er sich aber auch in die Falle locken lassen wollte. Er wollte wieder an einer Geschichte arbeiten. Er wollte recherchieren, mit Leuten reden, Spuren verfolgen. Verdammt, er war kein Zirkuspferd. Sollte Frieda dafür sorgen, dass sein Buch verkauft wurde. Sie war die Verlagsfrau. Doch er war Journalist.

Jan goss das kochende Wasser in einen Kaffeefilter, genoss den Geruch, der sich sofort in der Küche ausbreitete. Langsam ging er mit dem vollen Becher in den Gemeindesaal, der nun sein überdimensioniertes Wohnzimmer war. Doch heute Abend würde er keinen Film gucken.

Nach und nach spulte er im Kopf alles ab, was er über Familie Komarow gehört hatte. Er dachte an die

Dinge, die Christan Freitag ihm erzählt und an das, was der Fotograf, dem sie auf der Brücke begegnet waren, zum Thema beigetragen hatte. Jan holte sein Notebook, gab die Suchanfrage »Auftrieb in Flüssigkeiten« ein, kam schnell auf das Archimedische Prinzip und fand, als er den Begriff »Wasserleiche« der Suchanfrage hinzufügte, ein Werk der Rechtsmedizin zum Grundwissen in der Ermittlungstechnik. Letzteres befasste sich ausführlich mit der Behandlung von Wasserleichen.

Jan las darüber, was Algenwachstum über die Dauer des Aufenthalts eines Verstorbenen im Wasser aussagen konnte. Er las von typischen Verletzungen, die dem Toten zugefügt wurden, wenn die Strömung ihn über den Grund eines Gewässers schleifte. Er las von Tierfraß, der dem Toten zusätzlichen Schaden zufügen konnte, ohne dass dies auf einen gewaltsamen Tod hindeuten würde. Es wurden Darmgase thematisiert und die Möglichkeit, Fingerabdrücke zu nehmen, selbst wenn die Leiche schon längere Zeit im Wasser verbracht hatte. Er las von lauter Dingen, über die er sich bisher keine Gedanken gemacht hatte.

Danach suchte er die Presseberichte heraus, die von der Polizei veröffentlicht worden waren. Er sah die Fotos an, mit denen seit Anfang der Woche nach der vermissten Familie gesucht wurde. Er las alles, was die Boulevardblätter zum Thema geschrieben hatten. Es gab einige Fakten und viele Spekulationen. Nach einer ganzen Weile wurde Jan klar, dass er, wenn er sich mit dem Fall wirklich ernsthaft beschäftigen wollte, noch einmal von ganz vorne anfangen musste.

»Aber ich kann nicht umsonst arbeiten«, sagte Jan ohne Begrüßung ins Handy. Und Christian Freitag verstand sofort, was er damit meinte.

»Musst du auch nicht«, erwiderte Christian mit Triumph in der Stimme. »Sag es nur nicht den anderen.«

7

Lauter nette Einfamilien- und Doppelhäuser in einer höchstens zehn Jahre alten Wohnsiedlung. Jan sah die Straße entlang. Hier konnten Kinder noch auf der Straße spielen, Hunde markierten akkurat geschnittene Hecken und Männer strichen ihre Carports mit Allwetterfarbe. Hier lebten freundliche Familien mit fröhlichen Kindern. Jan drehte den Blick. Bei dem Haus mit der Nummer sieben stimmte etwas nicht. Man spürte es sofort, wenn man vor dem Grundstück stand. Das eingeschossige Walmdachhaus war gepflegt, der Rasen, der das Haus umfloss, makellos. Doch genau diese Makellosigkeit war der Punkt. Es gab kein Klettergerüst, keine Schaukel und keine Sandkiste, die ihn verschandelten. Kein Fahrrad lag im Vorgarten, das dem Mädchen des Hauses gehören konnte, und kein Dinocar von ihrem jüngeren Bruder versperrte die Einfahrt. Der Carport mit dem angebauten Schuppen war leer. Die Spurensicherung hatte beide Wagen abgeschleppt. Den SUV des Ehemanns und den Kleinwagen seiner Frau. Ein Siegel der Kriminalpolizei klebte an der Eingangstür des Hauses. Jan holte sein Notizbuch heraus, schrieb nur drei Worte hinein: »Traurig und trostlos«. Dann machte er mit dem Smartphone einige Fotos, obwohl das nicht wirklich nötig war. Das Bild des geduckt daliegenden Hauses hatte sich auch so in seinen Kopf eingebrannt. Das Notizbuch zuklappend, wandte Jan sich ab und sah die Straße hinauf. Ein Mann mit einem sehr kleinen Hund kam den Weg entlang. Das Tier zog heftig an der Leine. Als beide in eine Querstraße abbogen, folgte Jan ihnen mit ausholenden Schritten und sprach den Mann von hinten an. Zuerst reagierte der Hund, sprang herum und stürzte sich kläffend auf den Fremden. Der ältere Mann benutzte beide Hände, um den kleinen Vierbeiner zurückzuziehen.

»Keine Angst«, gab der Mann mit dem Hinweis zu verstehen, dass der Hund ganz lieb sei. Jan sagte, dass er keine Angst habe und betrachtete den älteren Mann. Dessen Stirn war zerfurcht und die Nase auffällig groß. Er trug einen grauen Mantel, der Ausdruck seiner Lebenseinstellung zu sein schien.

»Kannten Sie die Familie, die da drüben gewohnt hat?«, fragte Jan.

Der Mann musterte Jan nun seinerseits. »Wohl von der Presse, was?«

Jan nickte.

»Ich sag nichts im Fernsehen.«

»Ich bin nicht vom Fernsehen.«

Der Mann sah die Straße entlang, entdeckte niemanden.

»Die Komarows, können Sie mir etwas zu denen sagen?«, hakte Jan nach.

»Nicht wirklich. Wusste vorher nicht mal, wie die heißen. Und gesehen habe ich sie auch fast nie. War fast nie jemand im Garten oder so. Und wenn, dann haben sie nicht gegrüßt.«

»Sonst grüßen sich hier alle in der Gegend?«

»Na klar, ist doch eine freundliche Siedlung. Verstehen Sie? Nicht so wie in der Stadt. Die Leute kennen sich und sind nett zueinander.« Der Mann schniefte hörbar, während er dies sagte.

»Aber nicht die Komarows?«

»Die waren aber auch nicht unfreundlich. Das will ich nicht sagen. Ich habe sie einfach nur fast nie gesehen.«

»Sie gehen hier öfter mit dem Hund aus?«

»Jeden Tag viermal, was Herkules? Mindestens viermal, jeden Tag.«

»Seit wann wohnen die Komarows denn hier?«

»Vielleicht zwei Jahre. Die Leute davor waren netter. Hatten auch zwei Kinder. Sind dann aber weggezogen. Weiß nicht, warum.« Der Mann zog erneut die Nase hoch.

»Oleg Komarow hat doch bei einer Spedition gearbeitet. Wissen Sie, was er da genau gemacht hat?«

»Er kam oft sehr spät nach Hause, mehr kann ich nicht sagen. In einer Spedition? Kann sein, wenn es da Schichtdienst gibt«, sagte der ältere Mann. »Wenn wir zwei hier unsere letzte Runde gedreht haben, war sein großer Wagen meist noch nicht in der Auffahrt. Ihrer schon. Aber seiner nicht. Und wir sind immer um kurz nach elf noch mal unterwegs, stimmt's, Herkules?«

Die Miniausgabe eines Hundes japste laut auf, jedoch nicht als Zustimmung, sondern weil er, nachdem er Jans Beine ausgiebig beschnüffelt hatte, das Interesse an ihrem Gesprächspartner verloren hatte und kräftig an der Leine ziehend deutlich machte, dass er weiter wollte. Jan ließ die beiden schließlich gehen. Langsam schritt er selbst die Straße entlang, sah, wie ein Auto an der Fahrbahnkante hielt und eine Frau ausstieg. Während sie den Kofferraum öffnete, ging Jan auf sie zu.

»Jetzt haben Sie mich aber erschrocken«, zuckte die Frau zusammen, als Jan sie ansprach. Mit beiden Händen packte sie Lebensmittel, die sich während der Fahrt offenbar im Kofferraum selbständig gemacht hatten, zurück in eine Tüte. Jan bat um Entschuldigung und fragte gleich darauf nach den Komarows. Dasselbe tat er danach bei weiteren Nachbarn. Bei einigen klingelte er dazu an den Haustüren. Andere traf er im Vorgarten oder ebenfalls auf der Straße an.

Die Auskünfte, die die Leute in der Siedlung über Oleg Komarow und seine Familie geben konnten, waren alle sehr ähnlich, fast schon so, als seien sie abgesprochen. Jan notierte in sein Buch, dass die Komarows, seit sie vor gut zwei Jahren hergekommen waren, sehr zurückgezogen gelebt hatten. Einladungen, die man kurz nach dem Einzug als Willkommensgeste an die Familie gerichtet hatte, wurden nicht angenommen. Eigene Einladungen von der Familie habe es schon gar nicht gegeben. Die Kinder der Komarows spielten nicht wie die anderen Kinder auf der Straße. Man meinte sogar, sie kaum auf dem eigenen Grundstück gesehen zu haben. Kein anderes Kind aus der Nachbarschaft wurde zum Spielen eingeladen. Und auch Christina Komarow bemühte sich während der ganzen zwei Jahre augenscheinlich um Distanz zur Nachbarschaft. Ihre Einkäufe musste sie weiter weg erledigt haben, da sie nie im Supermarkt um die Ecke gesehen wurde.

Jan presste die Lippen aufeinander und dachte auf dem Weg zu seinem Auto daran, was die Frau gesagt hatte, bei der er zuletzt an der offenen Haustür stand.

»Und dann diese Augenklappe«, hatte sie zum Aussehen von Christina Komarow gemeint. »Irgendwie unheimlich.«

8

Die Stewardess nahm dem Mann mit den feinen, asiatischen Gesichtszügen einen Getränkebecher und eine
Papierserviette ab und bat ihn dann, seinen Sitz aufrecht zu stellen. Sie würden in weniger als fünfzehn
Minuten in Hamburg landen. Katō lächelte freundlich zurück. Während des kurzen Fluges von London
nach Deutschland hatte er sich mit der jungen Frau
sehr gut verstanden. Er wusste, dass sein Aussehen
für die meisten Europäer sehr angenehm war. Das lag
daran, dass sein Großvater ein weißes, amerikani-
sches Mädchen geheiratet hatte. Schon deren Sohn
Hiko war dies deutlich anzusehen. Was für japanische
Traditionalisten ein Makel war, kam in vielen anderen Nationen gut an. Hiko erkannte dies früh und
versicherte sich dessen in fast jedem Hafen aufs Neue,
in dem er als Matrose der Handelsmarine landete.
Katō war eines der Ergebnisse dieser zwischen-
menschlichen Experimente. Wie viele Geschwister er
noch hatte, wusste er nicht. Vielleicht wusste es sein
Vater selbst nicht. Katō hatte nie mit ihm darüber gesprochen. Welcher Sohn fragte schon gerne nach den
Kindern, die der Vater mit anderen Frauen hatte?
Und welcher Vater erzählte von sich aus gerne
davon? Katōs Mutter war es damals offenbar auch
egal. Sie liebte beide bis zu ihrem frühen Tod. Eine
Viruserkrankung hatte sie innerhalb weniger Tage so
geschwächt, dass sie mit nur fünfunddreißig Jahren

an einer aufgesattelten Lungenentzündung gestorben war. Damals hatte Hiko den erst zehnjährigen Katō aus Deutschland mit nach Amerika genommen. Später war Katō schon einige Male wieder in Europa gewesen. Auch in Deutschland. Aber niemals wieder in Hamburg. Diese Reise war die erste Rückkehr in seine Geburtsstadt.

Katō nahm kurz seine Brille ab, rieb sich den Nasenrücken und setzte das Gestell mit den runden Gläsern dann wieder auf, während sein Sitznachbar ein iPad für die Landung in einer Tasche verstaute. Die beiden Männer hatten während des Fluges nicht viel miteinander gesprochen. Katō hatte die Erfahrung gemacht, dass er, um seine Ruhe zu haben, die meisten Menschen nur nichtssagend anzulächeln brauchte. Dann hörten sie irgendwann von allein auf, auf ihn einzureden. Vermutlich dachten sie, dass er sowieso die Hälfte nicht verstehen würde. Doch das war ein Irrtum. Neben Japanisch und Deutsch hatte er sich in seiner neuen Heimat auch ein perfektes Englisch angeeignet. Aus Interesse hatte er noch einige romanische Sprachen hinzugefügt. Spanisch und Portugiesisch konnte er recht gut, Französisch nicht so viel, wie er gerne gewollt hätte. Auch ein wenig Russisch gehörte zu seinem Sprachschatz, was sich spätestens mit dieser Reise nach Hamburg auszahlen sollte.

Als Katō nach links aus dem Fenster blickte, sah er, dass das Flugzeug bereits über den Dächern der Stadt schwebte. Da sie sich aus Norden näherten, blieb ihm jedoch der Blick auf die Elbe verwehrt. Zehn Jahre hatte er unmittelbar neben dem Fluss gelebt. Zehn Jahre seine Ausdünstungen eingeatmet, hatte die Schiffshörner und das Schreien der Möwen gehört.

Für einen Moment erinnerte er sich an all das. Er erinnerte sich auch an den Geruch seiner Mutter und an die Wärme, die sie ausgestrahlt hatte, wenn sie ihn an sich drückte. Dann setzten die Räder hart auf der Rollbahn auf. Bremsen griffen. Kollektive Erleichterung machte sich in der Kabine breit. Anzeigen an der Kabinendecke erloschen mit einem Hinweisgeräusch und die Passagiere lösten ihre Sicherheitsgurte.

Katō hatte es nicht eilig. Geduldig wartete er, bis das größte Gedränge in den Gängen vorüber war und die Fächer für das Handgepäck offen standen. Dann erhob er sich und bedankte sich beim Aussteigen bei der freundlichen Stewardess und den anderen Flugbegleitern, die bei ihr standen, mit seinem üblichen Lächeln.

Der Hamburger Flughafen wirkte winzig im Vergleich zu den gigantischen Ausmaßen, die Katō aus Amerika und auch aus London gewohnt war. Alles war in dieser Stadt sehr übersichtlich. Schon der Flughafen war Ausdruck dieser Beschaulichkeit. Gelassen ging Katō zum Laufband für das Gepäck, wartete auf seinen unauffälligen Hartschalenkoffer, zog dessen Griff heraus und rollte ihn hinter sich her zum Ausgang.

Mit dem ersten Blick erkannte er den breitschultrigen Russen, der zwischen den anderen Wartenden jenseits der Schiebetüren zur Empfangshalle völlig deplatziert wirkte. Während Familienangehörige und Freunde aufgeregt mit den eingetroffenen Passagieren redeten, während Blumen überreicht und Küsse ausgetauscht wurden, stand die hünenhafte Gestalt mit den kurzgeschorenen Haaren nur unbeweglich da. Er trug zwar kein Schild, auf dem Katōs Name stand, dennoch wusste dieser, dass der Russe mit der

schlecht sitzenden Lederjacke sein persönliches Emp-
fangskomitee war.

Seit einiger Zeit gab es Ärger in Hamburg. Und Ärger war nicht gut fürs Geschäft. Zunächst hatte man
den Leuten vor Ort freie Hand gelassen, um die Sache
zu bereinigen. Doch sehr erfolgreich waren sie dabei
nicht gewesen. Wenn Katō den Mann ansah, der sich
als Dario vorstellte, wusste er auch wieso. Der Mann
war so grobschlächtig wie seine riesigen Hände. Der
großkarätige Diamantring an der rechten Hand konnte daran nichts ändern. Das hatten die Verantwortlichen offenbar auch erkannt und sich entschlossen,
eine auswärtige Kraft für die Aufgabe anzumieten.

9

Jan stellte seinen Wagen direkt vor die Schranke und nahm damit absichtlich in Kauf, dass der LKW, den er ein Stück weiter hinter sich im Rückspiegel gesehen hatte, nicht auf den Hof des Zentrallagers fahren konnte. Der riesige Lagerkomplex war in Hamburg-Billbrook angesiedelt. Der große Vorteil des Geländes im Pinkertweg war sowohl eine gute Anbindung zur Autobahn als auch die Seitenkanäle zur Elbe. Die Waren konnten somit per Schiff oder LKW an- und abtransportiert werden. Die in die Länge gezogene Lagerhalle hatte zur Straßenseite hin eine Laderampe neben der anderen. Über jedem Tor prangte eine unübersehbar große Nummer. Ganz am Ende des Komplexes war mit bloßem Auge gerade noch eine Achtundneunzig zu lesen. Auf der Rückseite des Geländes gab es einen Verladekran. Er war nicht halb so groß wie die Giganten im Containerhafen, verrichtete aber durchaus seine Dienste, wenn eine Schute oder ein Binnenschiff ankamen.

Als Jan auf das Pförtnerhäuschen neben der Einfahrt zuschritt, sah er bereits, dass ein Mann in blauer Uniform empört von seinem Stuhl aufgesprungen war. Mit hinaufgezogenen Augenbrauen empfing er den Trottel, der seinen Privatwagen mitten in den Weg gestellt hatte und damit die Einfahrt auf das Gelände versperrte. Der eben noch hundert Meter entfernte

LKW begann langsamer zu werden, um dann direkt hinter der Stoßstange von Jans Auto anzuhalten.

»Was soll das denn?«, bellte der Pförtner. »Was meinen Sie, wozu der Parkplatz dort vor dem Zaun ist?«

Scheinbar überrascht schaute Jan in die Richtung, in die der ausgestreckte Arm des Pförtners zeigte. Der zurückweichende Haaransatz des Mannes präsentierte Jan eine glänzende Stirn.

»Den habe ich nicht gesehen.«

»Wie kann man denn den Parkplatz übersehen?«

»Ich habe einen Termin mit dem Leiter der Personalabteilung und wollte nur fragen, wie ich zu ihm komme.«

»Mit Herrn Friedrich?«

»Ja.«

»Weiß ich gar nichts von.«

»Soll ich meinen Wagen eben umparken und Sie fragen solange im Büro nach?«

Jans Vorschlag war scheinheilig. Denn schon stand ein zweiter LKW hinter dem, dessen Front fast Jans Auto berührte. Gemeinsam begannen sie die schmale Zufahrt zu verstopfen.

»Idioten«, zischte der Pförtner. »Können alle nicht richtig gucken.«

Es war offensichtlich, dass ein dritter LKW, der auf das Gelände zufuhr, mit seinem Heck gleich auch die Ausfahrt vom Hof blockieren würde. Wütend schüttelte der Pförtner den Kopf. Es gab klare Regeln für die Anfahrt auf den Hof. Wieso hielt sich keiner daran? Der Mann sprach seine Gedanken mehr für sich selbst aus. Deshalb reagierte Jan nicht darauf.

»Hier, füllen Sie den Laufzettel aus«, meinte der Pförtner dann resigniert und schob Jan ein Blatt

Papier über den Tresen zu. »Name. Uhrzeit. Zu wem Sie wollen. Und zwar schnell.«

»Meinen Namen?«

»Ja. Ihren Namen. Wessen denn sonst? Und dann den von Herrn Friedrich. Zu dem wollen Sie doch?«

Jan nickte.

»Na, also.«

Jan füllte das Papier aus und schob es über den Tresen zurück. Der Pförtner legte das Blatt kurz auf den Kopierer und reichte das Original an Jan zurück. »Unterschreiben lassen und beim Verlassen des Geländes hier wieder abgeben.«

»Dann fahre ich jetzt mit dem Auto rauf?«

»Ausnahmsweise«, gab der Pförtner grimmig zurück. »Parken Sie da an der Seite beim Verwaltungstrakt. Gehen Sie rein und melden Sie sich am Empfang.«

Jan versicherte, dass er es so tun werde. Dann verließ er das kleine Häuschen, winkte dem Fahrer des LKW zu und setzte sich ans Steuer seines Wagens. Die Schranke schwang auf. Jan nickte noch einmal zum Pförtnerhäuschen und fuhr im Schritttempo über den Hof. Ein Verkehrsschild an der Einfahrt hatte ihn zu dieser niedrigen Geschwindigkeit aufgefordert. Es gibt hier Regeln, dachte er grinsend. Und an die wollte er sich halten.

An andere Absprachen hielt Jan sich nicht. Zwar stellte er seinen Wagen wie vom Pförtner gesagt vor dem Verwaltungstrakt ab, ging dann aber nicht hinein, sondern rechts daran vorbei zu den Laderampen. Der erste LKW, den er an der Auffahrt aufgehalten hatte, wurde gerade rückwärts eingeparkt. Der Fahrer leistete gute Arbeit. Er traf die Rampe ganz genau. Jan zeigte ihm einen Daumen nach oben und wartete, bis der Mann ausstieg, um sich bei ihm für die Verzögerung an der Schranke zu entschuldigen. Doch der winkte ab. Offenbar hatte ihm die Situation nicht halb so viel wie dem Pförtner ausgemacht.

Gemeinsam gingen sie am Auflieger entlang zur Laderampe. Der Fahrer klingelte, und das Tor ging ratternd nach oben. Jan hatte derweil sein Smartphone gezogen und ein Foto von Oleg Komarow auf dem Display geöffnet. »Den hier schon mal gesehen?«, fragte er den Fahrer, während sie auf den Lagerverwalter warteten.

Der LKW-Fahrer schüttelte den Kopf. »Sollte ich?«

»Überhaupt noch nie gesehen?«

»Zeig noch mal!«

Jan hielt das Gerät vor die Augen des Mannes. Der zog den Kopf ein Stück zurück. Dann setzte er sich eine Brille auf, die er an einem Band um seinen Hals trug. »Ist das nicht der Bursche, der seine Familie umgebracht hat? Das Gesicht sieht aus wie das aus der Zeitung.«

Jan stimmte zu.

»Und der soll hier gearbeitet haben?«

»Wer hat hier gearbeitet?«, fragte eine Stimme von oben. Beide Männer hoben den Blick. Der Lagerverwalter war neben der Toröffnung erschienen.

»Der hier«, sagte Jan und hielt das Smartphone ein Stück höher.

»Ach der«, erwiderte der Mann, dann kletterte er eine schmale Leiter herunter und stellte sich zu den anderen. Er war deutlich schmaler als der LKW-Fahrer, wirkte aber ausdauernd und zäh. »Ja, der hat hier gearbeitet. Hab ich mir jedenfalls erzählen lassen.«

»Echt? Wann das denn?«, wollte der LKW-Fahrer wissen.

»Ist schon eine Weile her. Wir haben das auch in der Zeitung gelesen. Und dass er hier arbeiten soll. Aber man weiß ja, dass in der Zeitung viel steht und meist nur die Hälfte davon stimmt.«

Der Fahrer und Jan nickten. »Dann kannten Sie ihn nicht persönlich?«

Der Lagerverwalter schüttelte den Kopf. »Ein Kollege von Manni hier kannte ihn. Aber er sagt, das war schon vor einer ganzen Weile, dass er zuletzt hier war.«

»Wen meinst du?«, wollte der Fahrer wissen, dessen Name offenbar Manfred war.

»Na, Tommi sagt das.«

Interessiert hob Manni das Kinn.

»Ja. Tommi sagt, dass der Typ früher auch im Lager gearbeitet hat.«

»Dann hast du ja seinen Job geerbt?«

»Kann man so sagen«, meinte der Lagerverwalter wenig begeistert.

»Und dieser Tommi«, schob Jan ein, »der ist jetzt nicht zufällig da?«

»Auf Achse«, gab der Lagerverwalter zurück. »Wenn er da wäre, könnten Sie ihn nicht übersehen. Oder vielmehr seine Zugmaschine. Die ist nämlich knallrot mit einem springenden Panther auf jeder Tür.«

»Ist sein ganzer Stolz«, stimmte Manni zu. »Die große Muschi!«

Beide lachten frivol.

»Kann mir sonst jemand was zu Oleg Komarow sagen?«, wollte Jan wissen, bekam aber von den noch immer feixenden Männern keine Antwort mehr, weil plötzlich ein weiterer Mann bei ihnen stand und einen grimmigen Blick übte. Er trug eine Allwetterjacke, unter der ein blauer Hemdkragen heraus guckte. Schuhe und Hose sprachen ebenfalls dagegen, dass er zu den Lagerarbeitern oder Fernfahrern gehörte.

»Wollten Sie nicht zu mir?«, sagte der Mann zu Jan und meinte die Frage gleichzeitig als Vorwurf.

»Wollte ich das?«

»Mein Name ist Herr Friedrich. Ich bin hier Leiter der Personalabteilung.«

Offenbar hatte der Pförtner sich doch noch seiner Pflichten erinnert und bei der Verwaltung einen Besucher angekündigt. Als dieser immer länger auf sich warten ließ, musste Simon Friedrich losgegangen sein, um nach dem Rechten zu schauen. An einen Termin für ein Bewerbungsgespräch konnte er sich gar nicht erinnern. Als er Jan dann bei den Arbeitern stehen sah und er erkannte, dass alle drei in ein anregendes Gespräch vertieft waren, begann sein Blutdruck langsam zu steigen.

»Herr Friedrich«, begann Jan offensiv, um dem Mann ein wenig von seiner Dynamik zu nehmen. »Sie habe ich wirklich gesucht.«

»Ach ja?«

»Dabei habe ich mich ein bisschen verlaufen. Gerade wollte ich die Männer hier fragen, wo ich den Verwaltungstrakt finde.«

»Sehr witzig. Sie parken doch direkt davor«, gab Simon Friedrich zurück. »Und ihr? Was ist mit der Ladung?«

»Die wollten wir gerade abladen«, entgegnete der Lagerverwalter, wobei er keineswegs einen annähernd so zerknirschten Eindruck machte, wie Simon Friedrich es sich vielleicht erhofft hatte.

»Na, dann mal los!«

»Ja, ja, Meister. Nun mal nicht hetzen!«

Gemächlich drehten sich der Lagerverwalter und Manni zur Rampe. Das Gespräch, das sie dabei zu führen begannen, schien sich um Fußball zu drehen. Jan schüttelte grinsend den Kopf. »Typen gibt's«, meinte er zu Simon Friedrich. Der erwiderte dies mit einem sichtlich irritierten Blick.

»Also, was wollen Sie jetzt von mir?«

Jan schaltete das Smartphone wieder ein. Nachdem er den Bildschirm entsperrt hatte, erschien das Gesicht von Oleg Komarow darauf.

»Schon mal gesehen?«

Herr Friedrich zuckte kaum merklich zusammen. »Sie sind von der Presse?«

»Richtig.«

»Und da wagen Sie es, sich einfach unter falschem Namen hier einzuschleichen?«

»Ich habe mich nicht unter falschem Namen eingeschlichen. Und ich habe auch niemanden belogen. Ich wollte wirklich zu Ihnen.«

»Aber erst mal die Angestellten aushorchen, was?«

Für die Bissigkeit, mit der der Personalleiter reagierte, konnte Jan sich zwei Gründe vorstellen. Entweder war der Mann ernstlich empört über Jans Vorgehensweise, oder er fühlte sich durch das Auftauchen der »Presse«, wie er es selbst nannte, unerwartet in die Enge getrieben. Jan setzte auf Letzteres und zielte mit seiner nächsten Frage auf eine damit vielleicht verbundene Schwäche.

»Die beiden da sagen, dass Komarow schon lange nicht mehr hier arbeitet. Stimmt das?«

»Komarow?« Der Leiter der Personalabteilung schüttelte den Kopf. »Natürlich arbeitete er hier.«

»Und bis wann?«

»Bis? Na ja, seit er eben verschwunden ist.«

»Bis letzte Woche?«

»Ja, genau.«

Jan fasste sich ans Kinn. »Das ist ja merkwürdig?«

»Wieso? Da ist gar nichts merkwürdig dran. Ich kann Ihnen die Abrechnungen zeigen. Das lief alles ganz reell.«

»Dann kann es nicht stimmen, dass er schon seit zwei Jahren nicht mehr hier war?«

»Nein«, wehrte der einen halben Kopf kleinere Mann ab. Doch seine Augen waren, während er dies sagte, nicht imstande, Jans Blick standzuhalten.

»Ich glaube, diese Unterlagen würde ich mir wirklich gerne mal ansehen.«

»Welche Unterlagen?«

»Die, von denen Sie eben gesprochen haben. Ich nehme an, es handelt sich um Gehaltsabrechnungen?«

»Ich, weiß gar nicht ...«

»Sie haben eben gerade selbst von Abrechnungen gesprochen.«

»Na und? Selbst wenn. Dann sind die natürlich vertraulich. Schon mal was von Datenschutz gehört?« Simon Friedrich schien sich mit seinen Worten selbst bestätigen zu wollen. Ihm war da eine Sache rausgerutscht, die er nun gerne rückgängig gemacht hätte. »Außerdem glaube ich, dass es jetzt das Beste wäre, wenn Sie das Gelände verlassen. Das war hier eine ganz üble Nummer von Ihnen. Am liebsten würde ich die Polizei rufen.«

»Mit welcher Begründung?«

»Hausfriedensbruch.«

»Ich habe mich ganz offiziell angemeldet. Und der Pförtner hat mich reingelassen.«

»Unter Vorspiegelung falscher Tatsachen.«

»Wieso? Ich sagte, dass ich zu Ihnen wollte. Und mit wem spreche ich jetzt?«

»Verlassen Sie einfach das Grundstück. Und kommen Sie nicht wieder. Sonst rufe ich wirklich die Polizei.«

»Also gut«, gab Jan zurück. »Aber vorher müssen Sie mir noch einen Gefallen tun.«

Simon Friedrich sah seinen Gegenüber verärgert an. Einen Gefallen schien er Jan als allerletztes tun zu wollen. »Tut mir leid«, sagte Jan trotzdem. »Aber Sie müssen mir noch diesen Laufzettel hier unterschreiben. Ich fürchte, dass der Pförtner mich sonst nicht wieder vom Hof lässt.«

10

Die Hand, in der Charlotte das Messer hielt, zitterte. Sie hatte sich durch den Kellerausgang aus dem Haus gestohlen und war leise zum Auto geschlichen. Dort versteckte sie sich auf der Rücksitzbank und beobachtete den Fremden, der ihr nicht nur am Schwimmbad aufgelauert hatte, sondern gestern bei Dunkelheit auch vor dem Haus aufgetaucht war. Charlotte hatte ihn entdeckt, als sie sich zum Rauchen auf den Balkon gestellt hatte. Der Kapuzenmann stand nicht weit entfernt von einer Straßenlaterne. Heute hatte sie bereits auf ihn gewartet. Als er erneut bei Anbruch der Dämmerung erschien, war bei Charlotte der Entschluss gereift, den Spieß umzudrehen. Sie wollte nicht länger beobachtet werden. Aus dem Schutz des Autos heraus konnte sie den Unbekannten nun selbst gut im Auge behalten. Er lehnte an einer Hauswand, weit genug von der nächsten Straßenlaterne entfernt, dass sie ihn nicht genau erkennen konnte. Wenn sie die Kamera mit ins Auto genommen hätte, wäre es vielleicht etwas anderes gewesen. Stattdessen griff sie am Fahrersitz vorbei zum Seitenfach an der Tür und tastete nach ihrem Messer. Sie hatte es dort zur Verteidigung versteckt. Auch jetzt plante sie nicht, den Fremden damit anzugreifen. Aber es beruhigte die Nerven, den Messergriff in der Hand zu haben. Die stählerne Klinge war lang genug, um jeden Gegner ernsthaft das Fürchten zu lehren. Erst als Charlotte merkte, wie ihre

Hand zitterte, während die Klinge das spärlich einfallende Licht reflektierte, wurde ihr bewusst, was ihr möglicherweise bevorstand. Wer ein Messer mit sich führte, musste auch bereit sein, es zu benutzen. Für ein oder zwei Sekunden schloss Charlotte die Augen. Ihre Hand beruhigte sich. Als sie wieder durch die Frontscheibe zu ihrem Verfolger blickte, wusste sie, dass sie bereit war, sich zu verteidigen. Denn sie hatte es schon einmal gekonnt. Sie wusste, wie es sich anfühlte, wenn die Schneide einem anderen Menschen ins Fleisch fuhr. Der Kerl da an der Hausmauer brauchte sich nicht einzubilden, dass sie ein wehrloses Opfer sein würde.

Dass die Zeit verstrich, während sie unbeweglich im Wagen hockte und aus dem Fenster starrte, merkte Charlotte daran, wie kalt ihr allmählich wurde. Der Kapuzenmann erinnerte sie an den Burschen, dem sie bei der alten Fischauktionshalle fünf Euro gegeben hatte. Eigentlich hatte der Junge ungefährlich ausgesehen. Doch Charlotte musste vorsichtig sein. Oft waren solche Burschen nicht allein unterwegs. Und es war klar, dass es einen Grund gab, weshalb er sie verfolgte.

Zum wiederholten Male sah Charlotte die Straße entlang, blickte auch aus dem Rückfenster, entdeckte aber keine andere Figur, die sich irgendwo verdächtig in der Gegend herum drückte. Vielleicht war ihr Verfolger wirklich allein.

Als der Kerl sich von der Hauswand abstieß und noch einmal zu Charlottes Wohnung hinaufsah, in der sie mit Absicht das Licht angelassen hatte, versteifte sich ihr Körper. Ihre Faust schloss sich enger um den Messergriff, denn anders als erwartet ging der Fremde nicht in die entgegengesetzte Richtung davon, so dass Charlotte leicht die Verfolgung hätte aufnehmen können, sondern kam direkt auf den Wagen zu. Schnell rutschte sie in den Fußraum vor der Rücksitzbank. Wirklich verstecken konnte sie sich in dem kleinen Auto nicht.

Noch war er zehn Schritte vom Auto entfernt. Dann fünf. Seine Chucks waren so leise auf dem Bürgersteig, dass Charlotte nicht hörte, wie er vorbei ging. Dafür sah sie ihn umso besser. Eine Laterne warf ihr Licht genau in sein Gesicht. Selbst die hochgeschlagene Kapuze nützte da nichts. Es war eindeutig der Junge von der alten Fischauktionshalle. Da bestand kein Zweifel.

Charlotte überlegte, ob er sie an jenem Morgen als ein potentielles Opfer auserkorene hatte, oder ob er schon vorher hinter ihr her und das Treffen an der Elbe bereits kein Zufall war. Beides schien möglich. Wahrscheinlicher schien ihr letzteres. Niemals, dachte sie in diesem Moment, hätte sie ihm Geld geben dürfen. Andererseits war es nun zu spät, um sich darüber zu ärgern.

Durch die Heckscheibe sah sie, wie er um die Straßenecke bog, dann hievte sie sich wieder auf den Sitz, stieß ohne lange zu überlegen die Tür auf und ging ihm schnell hinterher. Das Messer hatte sie noch immer in der Hand. Als sie dies bemerkte, ließ sie die Klinge in ihrer Jackentasche verschwinden. Sie musste dabei vorsichtig sein, um das Innenfutter nicht zu beschädigen, oder sich beim schnellen Gehen mit dem Messer nicht selbst zu verletzen.

Charlotte rechnete damit, dass der Bursche zur S-Bahn gehen würde, um von dort Richtung Innenstadt zu fahren. Immerhin hatte sie ihn das erste Mal im

Hamburger Hafen getroffen. Obwohl dies eine ziemlich lange Verfolgungsjagd bedeutet hätte, wollte Charlotte unbedingt herausfinden, woher der Junge kam. Umso überraschter war sie, als er plötzlich die Straße verließ und zum Gelände der Technischen Universität ging.

Charlotte sah, dass der Platz jenseits der Mensa menschenleer war. Nur in wenigen Gebäuden brannte noch Licht. Die letzten Seminare hatten schon vor einer Weile geendet. Wer jetzt noch in einem der Bauten war, musste einen Schlüssel haben. Professoren, Doktoranden oder Putzkräfte.

Um auf dem übersichtlichen Gelände nicht sofort entdeckt zu werden, ließ Charlotte sich weiter zurückfallen. Sie sah, wie der Junge mit der Kapuzenjacke eine breite Steintreppe erklomm und zu einem der Nebengebäude ging. Die Treppe erwies sich für Charlotte als Problem. Ging sie zu früh hinauf, konnte der Junge sie auf der freien Fläche leicht entdecken. Zögerte sie zu lange, verschwand er vielleicht um eine Häuserecke, ohne dass sie ihn später wiederfand.

Und so war es dann auch. Als Charlotte die oberste Stufe erreichte, war von dem Kerl nichts mehr zu sehen. Irritiert blickte sie sich um. Lauerte er ihr womöglich hinter einem Mauervorsprung auf? Hatte er gemerkt, dass sie hinter ihm her war?

Langsam ging Charlotte weiter. Sie war zu allem bereit, auch zu einer Konfrontation. Das einzige, was in diesem Moment für sie zählte, war herauszufinden, was der Junge von ihr wollte. Kurz darauf wurde ihr aber klar, dass sie ihn wirklich verloren hatte.

Ärgerlich presste sie die Lippen aufeinander und ging langsam noch einmal um die beiden Gebäude herum, in deren Nähe sie ihn zuletzt gesehen hatte. Die Anspannung wich aus ihrem Körper, und sie begann sich einzugestehen, dass es vielleicht besser so war. Wenn möglich, sollte sie den Jungen besser bei Tageslicht stellen. Oder zumindest in einer Gegend, wo es mehr Menschen gab. Falls er sie weiterhin beobachten würde, sollte sich eine entsprechende Gelegenheit finden lassen. Zumindest wusste Charlotte jetzt, mit wem sie es zu tun hatte. Das war ein gutes Gefühl. Der Schatten, der seit gestern vor ihrem Haus lauerte, hatte nun ein Gesicht. Sie würde weiterhin vorsichtig sein, aber Angst hatte sie vor diesem Gesicht nicht mehr.

In diesem Moment fiel Charlottes Blick auf ein halb im Schatten liegendes Kellerfenster. Etwas war an diesem Fenster anders als an den anderen. Dann wusste sie, was es war. Das Fenster war nicht fest verschlossen, sondern nur angelehnt.

Charlotte sah sich in alle Richtungen um, trat dann vom Weg auf ein schmales Kiesbett. Ein niedriger Busch warf seinen Schatten auf das Kellerfenster. Charlotte ging in die Knie und drückte mit einem Finger gegen den Fensterflügel. Lautlos schwang er in den Raum.

Es war ein Fehler, in den Keller zu steigen, und Charlotte wusste es. Dabei störte es sie weniger, dass sie einen Einbruch beging. Vielmehr schreckte sie die Dunkelheit dort unten und das, was sie in dieser erwarten würde. Dennoch ließ sie sich durch die schmale Öffnung gleiten. Mit den Füßen tastete sie die Mauer ab, bevor sie den unteren Fensterrahmen losließ und auf einem nackten Betonboden landete. Sie schaltete die Taschenlampenfunktion ihres Handys ein und zog das Messer aus der Jacke. Obwohl sie nur ganz flach atmete, störten die eigenen Geräusche sie beim Lauschen.

Der Kellerraum, den Charlotte mit dem Lichtstrahl absuchte, war fast leer. Lediglich eine Palette mit Druckerpapier stand an einer Wand, sonst nichts. Langsam ging sie vorwärts, blickte durch die offene Tür, leuchtete in einen Gang dahinter. Heizungsrohre liefen die Decke entlang. Nach wenigen Metern stieß Charlotte auf einen Fahrstuhl. Da sie nicht nach oben wollte, ging sie zurück zu ihrer Ausgangsposition und von dort den Gang in die andere Richtung weiter. Bald stieß sie auf einen weiteren Raum mit unverschlossener Tür. Im Schein ihrer Lampe sah sie einen Schlafsack auf dem Boden liegen. Darunter war etwas Pappe ausgebreitet.

Möglichst leise schlich Charlotte auf das Bündel zu. Schnell wurde ihr klar, dass sich niemand in dem Schlafsack befand. Um sicher zu gehen, stupste sie ihn mit dem Fuß an. Dann hörte sie ein Geräusch hinter sich.

Das Messer in Charlottes Hand befand sich unmittelbar darauf vor der Brust ihres Gegners. Der Junge in der Kapuzenjacke wich zurück, bis sein Rücken die Wand berührte. Auch die zweite Hand nach oben gestreckt, leuchtete Charlotte ihm direkt in die Augen.

»Was?«, brüllte sie ihn an. Das war zunächst das einzige, was sie herausbrachte. Ihre Aufregung hatte sich in Aggression umgewandelt. Wenn der Bursche sich jetzt eine falsche Bewegung leistete, würde ihm das einen bösen Schnitt am Arm einbringen. Oder Schlimmeres.

Nervös blickte Charlotte zur Tür. »Bist du allein?«

Selbst wenn er antwortete, würde sie nicht wissen, ob er die Wahrheit sagte. Trotzdem wiederholte sie die Frage. Der Junge nickte.

»Also, hier bin ich«, zischte sie ihn an. »Was willst du von mir?«

Als der Junge nichts erwiderte, wurde sie noch wütender und trat ihm mit einem Stiefel gegen das linke Schienbein. Erschrocken schrie der Junge auf und presste sich enger an die Wand.

»Willst du mich beklauen, oder vergewaltigen? Dann komm schon, hier bin ich!«

Statt zum Angriff überzugehen, tat ihr Gegner etwas, mit dem Charlotte nicht gerechnet hatte. Er begann zu weinen.

»Hör sofort auf!«, schrie sie ihn an.

Doch der Junge tat das Gegenteil. Er sackte in sich zusammen, sowohl körperlich wie seelisch. Wimmernd rutschte er an der Wand herunter und kauerte sich vor Charlottes Füßen zusammen. Am meisten berührte sie hierbei die Geste, die er mit der einen Hand machte, als sie von einem Fuß auf den anderen trat. Er hob die Hand vor das Gesicht. Es war aber keine aktive Abwehrhaltung wie bei einem Boxer, der sich hinter seiner Deckung versteckte, um danach selbst zum Schlag auszuholen. Die Geste des Jungen war rein defensiv. Er versuchte sein Gesicht zu schützen. Vielleicht vor Schlägen oder noch mehr Tritten? Charlotte wusste es nicht. Sie merkte nur, wie ihre Aggressivität abklang. Der Junge tat ihr plötzlich leid. Mit welchem Recht hatte sie ihn getreten? Offensichtlich hauste der Bursche hier unten heimlich im Keller eines Universitätsgebäudes. Ein Schlafsack schien sein einziges Hab und Gut zu sein. Und sein einziges Verbrechen war es, dass er vor der Schwimmhalle und vor ihrem Haus gestanden hatte. Gab ihr das das Recht, ihn anzugreifen?

Genau betrachtet war die Sache genau andersherum. Nicht der Junge hatte sie überfallen, sondern sie ihn. Bewaffnet mit einem furchteinflößenden Messer hatte sie ihn bis zu seiner Schlafstätte verfolgt und war dort über ihn hergefallen. Offensichtlich starr vor Schreck hatte er keinen Ton herausgebracht, und bevor er sich fassen konnte, um etwas zu sagen, hatte sie ihn getreten.

Als das Wimmern langsam leiser wurde, sagte Charlotte, dass der Junge sich beruhigen könne, sie tue ihm nichts mehr. Sie ließ das Messer sinken, wagte aber noch nicht, es wegzustecken.

11

Über die improvisierte Leinwand in seinem neuen Zuhause ließ Jan eine Diashow der Bilder laufen, die er seit zwei Tagen gesammelt hatte. Dazu brauchte er sein Notebook nur an den Beamer anzuschließen und einen ausgewählten Ordner in Dauerschleife laufen zu lassen. Zuvor hatte er mehrere Fotos aus seinem Smartphone in den Ordner *Komarow* verschoben. Nacheinander tauchten die Aufnahmen vom verlassenen Haus der Familie und dem trostlos aussehenden Grundstück auf. Danach zeigte der Projektor Porträts von allen vier Familienmitgliedern. Die Polizei hatte die Bilder zur Personensuche an die Öffentlichkeit herausgegeben. Dann kamen Bilder, die Jan auf der Brücke gemacht hatte, die über die Dove Elbe führte. Sie zeigten Polizei und Feuerwehrleute beim Ausleuchten der Stelle, an der sie Oleg Komarow aus dem Wasser gezogen hatten. Es gab auch eine Großaufnahme vom Farbeimer, der den Toten für einige Tage unter Wasser gehalten hatte. Dieses Foto hatte Jan von der Homepage einer Boulevardzeitung in den Ordner kopiert. Es war eine Vergrößerung der Aufnahme, die der freiberufliche Fotograf ihm und Christian Freitag bereits auf der Brücke gezeigt hatte. Da das Bild auch in anderen Zeitungen zu sehen war, hatte sich das lange Stehen im Wind wenigstens für diesen Mann gelohnt. Jan hatte von seinem Ausflug stattdessen ein unangenehmes Halskratzen mitgebracht.

Abschließend tauchten einige Fotos vom Zentrallager in Billbrook auf, in dem Oleg Komarow gearbeitet hatte. Jan hatte sie beim Verlassen des Hofes gemacht. Danach begann die Fotoserie von vorn.

Jan saß in seinem Sessel, in der Mitte des ehemaligen Gemeindesaals und ließ die Diashow auf sich wirken. Er sah den leeren Doppelcarport am Haus der Komarows und dachte daran, dass die Spurensicherung beide Fahrzeuge der Familie zur Laboruntersuchung mitgenommen hatte. Jan hatte einer Nachbarin geholfen, ihre Einkäufe vom Auto zum Haus zu tragen, und die hatte ihm dafür genau erzählt, was sie von dem Tag wusste, an dem die Komarows verschwunden waren. Sie habe zwar nicht Zeit, immerzu aus dem Fenster zu starren, aber von der Küche aus könne sie gut zu den Komarows hinüber sehen. Ihren Beobachtungen zufolge sei Oleg Komarow mehrfach in der Einfahrt hin und her gelaufen. »Da war es noch früh. Ich war gerade aufgestanden und habe Kaffee aufgesetzt. Die Bewegungsmelder drüben gingen immer wieder an und aus. Das war irgendwie komisch. Und im Schuppen war er auch immer wieder. Als ob er etwas verladen würde. Das habe ich aber schon der Polizei erzählt. Aber das waren keine eingewickelten Leichen, wenn Sie das jetzt glauben. Keine Ahnung, was er da genau gemacht hat. Aber etwa eine halbe Stunde später, mein Mann war da auch schon aufgestanden, deshalb weiß ich das so genau, also da habe ich dann gesehen, wie Frau Komarow und die Kinder aus dem Haus gekommen sind. Ziemlich früh für die Schule, hab' ich noch gedacht. Frau Komarow hat die Kinder nämlich immer selbst mit dem Auto zur Schule gefahren. Jeden Tag. Sie sind nie mit dem Bus oder Fahrrad gefahren.

Es gab auch keine Freunde, die sie abgeholt haben, oder so. Das weiß ich, weil ich nie jemand anderen bei ihnen gesehen habe. Nie, verstehen Sie? Nein, auch nicht zum Spielen. – Die Komarows waren nun mal so. Mein Mann meinte sogar mal, dass es vielleicht russische Spione wären, natürlich zum Spaß, aber dann meinte er, dass das nicht wirklich sein kann, weil die sich dann ja besser tarnen und bei allen Festen mitmachen würden. Und die Kinder hätten mit anderen Kindern spielen müssen. Verstehen Sie? Zur Tarnung. – Jedenfalls ist Frau Komarow mit den Kindern in den großen Wagen gestiegen, und dann sind sie alle zusammen vom Hof gefahren. – Das klingt jetzt für Sie normal, stimmt's? War es aber nicht. Warum? Weil die Komarow ihre Kinder sonst immer mit ihrem Auto zur Schule gefahren hat. Mit dem Kleineren. Sie hatte ja sonst nichts zu tun. War den ganzen Tag zu Hause.Ich wär' da ja wahnsinnig geworden. Und er war fast immer weg. Arbeiten. Jedenfalls war sein Auto fast nie da. Ja, manchmal sind sie auch zusammen weg. Das kam schon mal vor. Aber nie zur Schulzeit. Das hat immer sie allein gemacht. – Wussten Sie, dass sie eine Augenklappe hatte? Das sah irgendwie unheimlich aus. Also, sie war ja 'ne attraktive Frau, das kann man nicht anders sagen. Gute Figur. Wirklich. Und jung war sie. Aber die Augenklappe. Weiß' nicht. Übertrieben. Fast wie im Film.«

Jan hatte das alles notiert. Aber er brauchte das Notizbuch nicht aufzuschlagen, um sich an das Gesagte erinnern zu können. Die Diashow reichte ihm. Von derselben Nachbarin hatte er erfahren, dass der dunkle Geländewagen am späten Nachmittag wieder im Carport neben dem Kleinwagen von Frau Komarow gestanden hatte. Wann Herr Komarow den Wagen zurückgebracht hatte, wusste sie nicht. Auch nicht, ob er es selbst oder jemand anderer gewesen war. Das hatte Jan erst von einer anderen Nachbarin zu hören bekommen. Diese erzählte ihm etwas später, dass Oleg Komarow gegen Mittag einmal zu Hause gewesen sei. Allein. Jedenfalls hatte die Frau niemanden bei ihm gesehen. Dann sei Oleg Komarow wieder weggefahren. Das Auto habe dann ab etwa drei Uhr wieder im Carport gestanden und sich danach nicht mehr von der Stelle gerührt.

Die zeitliche Lücke zwischen Mittag und drei Uhr nachmittags wurde dann von einer dritten Frau geschlossen, die Jan in einem Backshop ansprach, der zum nächstgelegenen Supermarkt gehörte. Anders als Christina Komarow war Oleg Komarow dort vom Sehen durchaus bekannt. Sein großer Wagen sei ja auch nicht gerade unauffällig, hatte die Verkäuferin gemeint. Und deshalb konnte sie Jan, während dieser einen Kaffee bei ihr an der Theke trank, mit Sicherheit bestätigen, dass Oleg Komarow am frühen Nachmittag auf dem Parkplatz gewesen war. Vom Tresen aus hatte sie durch die Panoramascheiben einen guten Blick auf den Parkplatz. Allerdings wusste die etwa fünfzigjährige Verkäuferin, die offenbar Gefallen an ihrer eigenen Stimme hatte, nicht, ob Komarow etwas im Supermarkt gekauft hatte oder ob er im gegenüberliegenden Baumarkt gewesen war.

Beim Wort Baumarkt hatte Jan den Blick gehoben und sofort an den Farbeimer denken müssen, der mit Oleg Komarow aus der Dove Elbe gezogen worden war. Auch jetzt schüttelte ihn der Gedanke daran wieder. Die Vorstellung, dass Oleg Komarow seine Frau und die beiden Kinder irgendwo ermordet hatte, um anschließend in aller Ruhe Vorkehrungen für das eigene Ableben zu treffen, war gruselig. Jan stellte sich vor, dass Komarow, nachdem er seine Tat am Vormittag vollbracht hatte, erst nach Hause gefahren war, um das Werkzeug zurück zu bringen, das er für die Morde und das Entsorgen der Toten gebraucht hatte, dann zum Baumarkt fuhr, die fünfzig Liter Farbe kaufte, diese zur Brücke brachte, dann den Wagen ins Carport stellte und schließlich zu Fuß zurück zu der über einen Kilometer entfernten Brücke ging, um sich mit dem Eimer an den Füßen in der Dove Elbe selbst zu ertränken. Was für ein Szenario. Und wozu der ganze Aufwand?

Wieso sollten die Toten nicht gefunden werden? Gab es jemanden, den Oleg Komarow damit persönlich treffen wollte? War es ein Akt der Rache? Vielleicht wollte er seine Schwiegereltern bestrafen. Sie sollten wie alle anderen im Unwissenden bleiben, was das Schicksal ihrer Tochter und das der Enkelkinder anging. Konnte es so etwas Verrücktes geben?

Jan dachte, dass es nichts gab, was es nicht gab. Die Schwiegerelterntheorie funktionierte. Dennoch war sie nur eine Theorie. Um zu prüfen, ob etwas daran sein konnte, musste er erst einmal mit den Schwiegereltern reden. Und dazu musste er herausbekommen, wer sie waren und wo sie wohnten. Vermutlich lebten sie nicht einmal in Deutschland, sondern irgendwo in Russland. Das allerdings ließ sich prüfen. Darüber musste es offizielle Informationen geben.

Nun griff Jan doch noch einmal zu seinem Notizbuch und schrieb das Wort *Einwanderungsbehörde* hinein. Dann legte er das Buch wieder zur Seite. Aus irgendeinem Grund waren seine Gedanken während der letzten Viertelstunde immer wieder abgedriftet. Er versuchte sich auf die Geschichte Komarow zu konzentrieren, doch immer wieder schlich sich Charlotte Sander in seinen Kopf.

Seit das Harburger Tageblatt eingestellt worden war, sahen er und Charlotte sich viel zu selten. Bevor er mehr oder weniger bei ihr eingezogen war, hatten sie sich bei Lokalterminen immer wieder automatisch getroffen. Er schrieb die Fakten zusammen, sie machte Fotos. Und auch in der Redaktion hatten sie Kaffee miteinander trinken können, ohne sich vorher extra dazu verabreden zu müssen. Das passierte nun alles nicht mehr. Wenn er bei ihr anrief, musste er jetzt mehr oder weniger einen passenden Grund parat haben. Das war neu und es war lästig.

Jan holte sein Smartphone aus der vorderen Jeanstasche und rief Charlottes Kontakt auf. Dann zögerte er. Erst als das Display wieder erlosch, gab er sich einen Ruck. Doch die Verbindung kam nicht zustande. Stattdessen wiederholte eine unpersönliche Stimme nur die gewählte Nummer und bat um das Hinterlassen einer Nachricht.

»Hi, ich bin's«, sagte Jan. Nun bereute er, dass er sich keinen passenden Text zurechtgelegt hatte. Er sagte Sachen auf Charlottes Mailbox wie, dass er gerade an sie gedacht habe und nur hören wollte, wie es ihr gehe. Dann sagte er, dass sie ihn zurückrufen könne, wenn sie Lust dazu habe. Am Schluss nannte er sicherheitshalber seinen Namen. Unzufrieden trennte Jan die Verbindung und ließ die Hand mit dem Telefon sinken.

Es war dunkel geworden in der kleinen Kirche. Der Projektor war die einzige Lichtquelle im Saal. Mit den wechselnden Motiven veränderte sich auch das Licht auf Jans Gesicht. Er griff zum Whiskyglas, das er neben den Sessel gestellt hatte, trank einen Schluck. Ein auffrischender Wind heulte um das Gebäude und untermalte die Diashow mit allerlei merkwürdigen Geräuschen. Jan sah das trostlose und traurige Grundstück der Familie Komarow. Er sah die Porträtbilder von Oleg, Christina, Alexander und Katja. Und er sah den Toten am Ufer der Dove Elbe.

12

Natürlich war es verrückt, Liam mit zu sich nach Hause zu nehmen. Charlotte wusste das. Doch sie fühlte sich schuldig, weil sie den Jungen verfolgt, mit dem Messer bedroht und schließlich sogar getreten hatte. Wimmernd hatte er vor ihr auf dem kalten Betonboden gelegen. Er hatte darum gefleht, dass sie ihm nicht noch mehr wehtun solle. Und es hatte eine ganze Weile gedauert, bis er sich wieder etwas beruhigt hatte. Beschämt hatte Charlotte gesagt, dass sie ihm nichts tue. Sie wolle nur wissen, wieso er sie beobachte. Der Junge beantwortete die Frage nicht, stattdessen nannte er seinen Namen, als Charlotte ihn danach fragte: Liam Tebbe. Ja, er schlafe hier unten im Keller der Universität. Ja, er sei von zu Hause weggelaufen. Aber nur, weil das dort nicht sein richtiges Zuhause gewesen sei. Ein richtiges Zuhause habe er gar nicht. Seine Mutter sei krank, seinen Vater kenne er nicht und die Pflegeeltern, bei denen er seit zwei Jahren lebte, seien nicht an ihren Kindern, sondern nur am Pflegegeld interessiert. Er sei schon ein halbes Jahr weg von dort. Aber er würde wetten, dass diese Leute, so nannte er sie, noch immer das Pflegegeld für ihn kassierten. Dass er weg war, würden sie dem Jugendamt niemals erzählen.

Nachdem Charlotte all das gehört hatte, war ihre Entscheidung schnell gefallen. Vielleicht zu schnell. Nun stand der Junge bei ihr in der Wohnung unter der Dusche, und Charlotte wusste, dass sie die Nacht über sehr schlecht schlafen würde. Sie kannte den Jungen nicht. Sie wusste nicht, ob er log. Sie wusste noch immer nicht, warum er bei ihr vor dem Haus herumgelungert hatte. Nur eines stand fest: Es war kein Zufall, dass er sie verfolgte.

Charlotte holte Boxershorts und T-Shirt aus dem Schrank. Beides gehörte Jan. Neben diesen beiden Kleidungsstücken gab es noch andere Sachen in ihrer Wohnung, die ihm gehörten. Ein paar Bücher, Zeitschriften, CDs. Er hatte sie nie abgeholt, auch jetzt nicht, nachdem er in seine neue Wohnung gezogen war. Wenn Wohnung die richtige Bezeichnung für eine ehemalige Kirche war. Unwillkürlich schüttelte Charlotte den Kopf, als sie an das wenig einladende Gebäude dachte, das zwischen Harburger Hafen und Süderelbe lag. Wie hatte er nur glauben können, dass sie dort mit ihm einzog? Einfach so ...

Ihre Trennung war unglücklich gelaufen. Das stimmte. Sie hatte zu keiner Zeit einen echten Schlussstrich ziehen wollen. Sie brauchte nur etwas Ruhe, um sich über ihre Situation klar zu werden. Sie war damals schwanger. Von ihm. Und wenn sie das Kind nach ihrem Unfall nicht verloren hätte, wären sie heute beide Eltern. Aber das Schicksal hatte es anders gewollt. Oder wer auch immer. Dann hatte er ihr auch noch erzählt, dass er eine Freundin gehabt hatte. Ein Mädchen, das er bei Recherchen zu seinem Buch kennengelernt hatte. Sie sei einsam gewesen. Er sei einsam gewesen. Blablabla.

Doch auch das wäre vielleicht noch gegangen. Denn sie hatte ihn wirklich gerne. Sie und Jan waren so verschieden, dass sie einfach gut zueinander passten.

Gegenseitig füllten sie die Lücken aus, die im Leben des anderen klafften. Warum hatte er also nicht einfach gesagt, dass er sich eine neue Wohnung suchen wollte? Vielleicht hätte sie dann sogar mitgemacht. So sehr hing sie an dieser Dachgeschosswohnung auch wieder nicht. Im Winter wurde es direkt unterm Dach schnell kalt. Im Sommer sehr heiß. Und zudem wurde Charlotte immer wieder von der Erinnerung gequält, wie dieser gesuchte Serienvergewaltiger eines Abends in ihrem Schlafzimmer auf sie gewartet hatte. Sie hatte den folgenden Kampf gewonnen. Er verloren. Dennoch steckte die Erinnerung in ihren Knochen. Und sie war Teil dieser Wohnung.

Wenn Jan also gesagt hätte, dass er sich *zusammen mit ihr* eine neue Wohnung suchen wollte, dann verflucht, ja, dann hätte sie mitgemacht. Aber diese verdammte Kirche? Er musste total verrückt geworden sein, wenn er auch nur einen Moment geglaubt hatte, dass sie dort mit ihm einziehen würde.

Kurz roch Charlotte an den Kleidungsstücken, die sie sich an die Brust drückte. Und obwohl sie frisch gewaschen waren, glaubte sie in ihnen noch immer einen Hauch von Jan zu riechen. Erneut schüttelte sie den Kopf, verließ mit der Wäsche das Schlafzimmer.

Für Charlotte war es Bedingung gewesen, dass Liam frische Unterwäsche anzog, wenn er in ihrem Bett schlafen wollte. Denn genau das hatte sie ihm angeboten. Er sollte die Nacht in ihrem Schlafzimmer verbringen, während sie sich auf das Sofa legen wollte. So hatte sie mehr das Gefühl, die Sache unter Kontrolle zu behalten. Im Schlafzimmer wäre sie eingesperrt gewesen und hätte nicht mitbekommen, was der Junge nachts in der Wohnung machte. Doch wenn sie in dem Wohnzimmer mit der offenen Küche blieb, hatte sie alles im Blick. Sie würde mitbekommen, wenn Liam auf die Toilette ging. Sie würde merken, wenn er versuchte, heimlich abzuhauen. Und sie würde rechtzeitig merken, wenn er sich doch an sie heran schleichen würde, um irgendein krummes Ding abzuziehen. Egal was passierte, sie würde es rechtzeitig mitbekommen.

Rücksichtsvoll klopfte Charlotte an die Badezimmertür. Sie hörte das Rauschen der Dusche. Der Junge antwortete nicht. Sie kontrollierte die Türklinke. Es war nicht abgeschlossen. Das Rauschen wurde lauter, als sie die Tür öffnete. Charlotte legte die frische Unterwäsche neben das Handtuch, das sie Liam bereits gegeben hatte. Ohne es zu wollen, sah sie zur Duschkabine. Dort traf sie auf seinen Blick, als er die Kabinentür aufschob.

Liam sah schmächtig aus. Seine Beine, Arme und der Schambereich waren stark behaart. Sein Penis hing schlaff zwischen den Schenkeln. Eines wurde Charlotte klar: Egal, was der Junge von ihr wollte, in einer Vergewaltigung sollte es nicht enden. Bei ihm war, während er nackt vor Charlotte stand, keinerlei sexuelle Erregung zu erkennen. Charlotte reichte ihm wortlos das Handtuch. Als Liam den Arm hob, um danach zu greifen, sah Charlotte, dass seine rechte Brustwarze verstümmelt war. Der Anblick erinnerte fast schon an eine Amputation. Ohne sich dagegen wehren zu können, stieg Übelkeit in Charlotte auf. Nun wusste sie, warum Liam weggelaufen war. Für Charlotte war sofort klar, dass diese Verstümmelung nicht angeboren war. Egal wer Liam das angetan hatte, ob seine leibliche Mutter oder seine Pflegeeltern, die

Narbe, die diese Wunde zurückgelassen hatte, war nicht nur äußerlich. Schnell wandte Charlotte sich um und verließ das Badezimmer. Sie wollte nicht, dass er sich vor ihr wegen dieses körperlichen Makels schämte.

Bald drauf pfiff ein altmodischer Wasserkessel. Charlotte machte Tee. Kaffee wäre jetzt für beide die falsche Wahl gewesen, hatte sie entschieden. »Hast du Hunger?«, fragte sie, als sie merkte, dass Liam am Küchentresen stand. Er sagte nichts, doch sie wusste, dass er Hunger hatte. Also sagte sie einfach, dass Aufschnitt und Käse im Kühlschrank seien. Als der Junge noch immer nicht reagierte, öffnete sie den Kühlschrank, holte die Sachen heraus und stellte sie auf die Theke. Dazu legte sie ein Paket Toast.

»Der Tee ist heiß.« Charlotte stellte den Becher mit einem Aufgussbeutel neben einen Teller.

Schweigend begann Liam zu essen. Charlotte sah ihm dabei zu, hielt einen eigenen Teebecher in der Hand.

»Ich wollte dich nicht erschrecken«, meinte der Junge plötzlich. »Wirklich nicht.«

»Und ich wollte dich nicht treten«, erwiderte Charlotte. »Wir sind also quitt.«

Liam nickte stumm. Für einen Moment glaubte Charlotte, wieder Tränen in seinen Augen zu sehen. Dann fasste der Junge sich und aß weiter.

»Ich schlage vor«, meinte Charlotte, nachdem der fünfte Toast in dem Jungen verschwunden war, »dass wir jetzt erst mal schlafen gehen. Und wenn du willst, können wir morgen über alles sprechen. Wir müssen nicht«, fügte sie beschwichtigend hinzu, als Liams Rücken sich augenblicklich versteifte. »Ich sagte ja, dass wir quitt sind. Aber vielleicht willst du es morgen ja. Wenn wir beide etwas ausgeruhter sind und wieder denken können. Einverstanden?«

Liam nickte.

Charlotte holte ihr eigenes Schlafzeug aus ihrem Zimmer und legte es aufs Sofa, während Liam erneut im Badezimmer verschwunden war. Hörbar benutzte er die neue Zahnbürste, die Charlotte ihm gegeben hatte. Anschließend verschwand er im Schlafzimmer, dessen Tür dem Bad schräg gegenüber lag, ohne noch etwas zu sagen. Anders als der Junge verschloss Charlotte die Badezimmertür hinter sich. Als sie fertig war, trat sie noch mal kurz an die Schlafzimmertür und sagte »Gute Nacht« in das Dunkel. Die Tür stand noch halb offen. Für einen Augenblick glaubte sie, dass der Junge ihr geantwortet hatte. Doch dann war sie sich nicht mehr so sicher.

13

Als das Smartphone auf der Sessellehne neben ihm vibrierte, war Jan schon längst im Sitzen eingenickt. Wirre Gedankenfetzen verfolgten ihn. Er glaubte, gesehen zu haben, wie Oleg Komarow seine Frau Christina und beide Kinder erschlagen hatte, bevor er sie in einem dunklen See versenkte. Was er wirklich sah, als er die Augen wieder öffnete, war die noch immer laufende Diashow auf dem gespannten Bettlaken vor ihm. Dann erst bemerkte er, dass das Smartphone klingelte. Das Display zeigte Charlottes Gesicht. Ihr Mund war leicht verzogen, beinah so als würde sie lächeln. Ein freundlicheres Foto hatte er nie von ihr bekommen, doch immer wenn er es sah, musste er selbst grinsen.

Jan war froh, dass Charlotte auf seine Mailboxnachricht reagiert hatte, auch wenn es nun schon mitten in der Nacht war. Er meldete sich kurz und hörte dann eine Weile schlaftrunken zu, was sie zu erzählen hatte. Nur nach und nach wurde er dabei wach. »Was? Der ist jetzt in deiner Wohnung?«, stieß er schließlich ungläubig aus und unterbrach Charlotte damit jäh in ihrem Redefluss. Mit drastischen Worten gab er zu verstehen, dass er die Situation für absolut unangemessen hielt.

»Keine Sorge. Ich liege auf dem Sofa und habe alles im Blick. Im Flur brennt das Licht. Ich merke also sofort, wenn sich da was rührt. Außerdem scheint er mir ganz harmlos. Er ist wirklich ein armes Würstchen.«

»Oder er spielt es dir nur vor.«

Charlotte wies die Vermutung zurück. »Dem geht es wirklich nicht gut.«

»Wenn du willst, bin ich in einer halben Stunde bei dir.« Jans Blick fiel auf die halbleere Whiskyflasche neben seinem Sessel, und ihm wurde bewusst, dass sein Angebot etwas vorschnell war. Falls Charlotte es annahm, würde er sich ein Taxi bestellen müssen. »Oder ihr kommt beide her. Ich habe reichlich Platz, wie du weißt.«

Charlotte krauste unwillkürlich die Stirn. »Entspann dich!«, sagte sie.

»Klar«, erwiderte Jan. »Ich entspanne mich. Aber gut finde ich die Sache trotzdem nicht. Also, wenn was ist, ruf sofort an. Versprich mir das. Ich komme dann echt sofort vorbei.«

»Du bist lieb.«

»Natürlich bin ich das.«

Dann war das Gespräch zu Ende. Jan hörte noch den Nachklang ihrer Stimme, während er das Telefon weiter in der Hand hielt. Es hat zwar ziemlich lange gedauert, bis sie begriffen hat, dass ich lieb bin, dachte er. Aber jetzt weiß sie es wenigstens. Zufrieden ließ er den Kopf gegen den Sessel fallen.

14

Oleg und Christina Komarow hatten Alexander nicht auf die Grundschule in Allermöhe geschickt, sondern in Bergedorf angemeldet. Katja ging auf die benachbarte Gesamtschule. Jan parkte seinen Wagen an der Bordsteinkante. Die Zufahrt auf den Parkplatz der Grundschule wurde ihm von einem Schild verwehrt, auf dem stand, dass er nur für Angestellte der Schule sei.

Es war kurz nach zwölf. Um als Reporter brauchbare Informationen an Schulen zu bekommen, riet es sich, früh morgens zu kommen, wenn die Schüler zum Unterricht eintrafen. Dann erfuhr man Dinge, die von offizieller Seite nicht gesagt wurden. Schuldirektoren und Lehrer beriefen sich zu gerne darauf, dass sie für Interviews die Zustimmung der Schulbehörde brauchten. Egal, ob es in den betreffenden Fällen um eine Salmonelleninfektion in der Mensa oder um einen Scherzbold ging, der eine Schale mit Haschischkeksen vor das Lehrerzimmer gestellt hatte. Doch Jan hatte es nicht früh genug aus dem Bett geschafft, um noch vor Schulbeginn in Bergedorf zu sein. Daher hatte er sich entschieden, es mittags doch zuerst bei den Direktoren der beiden Schulen zu versuchen und dann einige Schüler auf dem Nachhauseweg abzupassen.

Der Haupteingang zur Grundschule war nicht zu übersehen. Da die Korridore während des Unterrichts leer waren, versuchte Jan sich allein in dem Gebäude zu orientieren. Ein Hinweisschild zum Sekretariat half ihm. Hinter den Türen zu den Klassenräumen, die er passierte, hörte er helle Kinderstimmen und Stühlerücken. Die Tür der Schulverwaltung stand offen. Eine Frau saß an einem Schreibtisch mit Computer und Telefon. Einen Tresen, der ihren Arbeitsplatz vom Eingangsbereich abteilte, gab es nicht. Die Wand neben dem Schreibtisch war voller Ablagefächer. Auf der Fensterbank stand eine Birkenfeige und breitete ihre grünen Blätter aus. Die etwa fünfzigjährige Frau blickte Jan weder interessiert noch abweisend über den Rand ihrer Brille entgegen. Als dieser sich vorstellte und fragte, ob er kurz den Schulleiter sprechen dürfe, erhob sie sich von ihrem Stuhl, wies darauf hin, dass hierfür eigentlich eine Terminabsprache wünschenswert gewesen wäre, und ging dann in den Nachbarraum, um Jans Anliegen vorzutragen. Der Schulleiter ließ Jan nicht in sein Büro bitten, sondern erschien gleich selbst mit der Sekretärin im Türrahmen. Er wirkte überraschend jung und durchtrainiert. Jan sagte, dass er wegen Alexander Komarow gekommen sei und erhielt nach einigen weiteren erklärenden Worten die erwartete Abfuhr. Ein Kopfschütteln seines Gegenübers hatte dies schon angedeutet, während Jan noch sprach.

»Natürlich haben die Medien Interesse«, sagte der Schulleiter, der augenscheinlich auch Sportlehrer war, »aber wir dürfen uns über Schüler wirklich nicht äußern.«

»Auch nicht allgemein?« hakte Jan nach. »Ich will ja nicht wissen, welche Noten Alexander hat. Einfach nur, ob er ein normaler Schüler ist, oder ob es irgendwelche Auffälligkeiten gibt.«

Jan sprach über den Jungen mit Absicht nicht in der Vergangenheitsform. Trotzdem schüttelte der breitschultrige Direktor wieder den Kopf. »Alles ganz normal. Etwas still vielleicht. Aber das ist ganz normal bei Kindern, bei denen zu Hause Deutsch nicht die Muttersprache ist. Aber mehr kann ich Ihnen wirklich nicht sagen.«

»Wissen Sie, ob er Freunde in der Klasse hat?«

»Kann ich nicht sagen.«

»Unterrichten Sie seine Klasse manchmal selbst?«

»Ich bin der Deutsch- und Sportlehrer.«

Jan nickte. »Ist es nicht komisch, dass Alexander hier und nicht in Allermöhe angemeldet wurde? Da gibt es doch auch eine Grundschule.«

»Wir haben in Hamburg freie Schulwahl«, sagte der Direktor achselzuckend. »Da dürfen die Eltern sich die Schule aussuchen, auf die sie ihre Kinder schicken. Und wenn wir entsprechend Platz haben, erfüllen wir die jeweilige Wahl. Das muss nicht immer die Schule um die Ecke sein. Unsere Schule ist eben beliebt.«

»Wegen der Gesamtschule nebenan? Die Schwester von Alexander soll dort hingehen.«

»Dann haben Sie ja Ihre Antwort. Offenbar war es für die Eltern praktisch, beide Kinder in benachbarten Schulen unterzubringen. Das kann den Schulweg erleichtern.«

Nicht sehr viel schlauer als vorher verließ Jan das Schulbüro. Als er auf den Schulhof trat, pfiff der Wind in seine geöffnete Jacke. Der Wetterbericht hatte für die kommenden Tage fallende Temperaturen vorhergesagt. Offenbar kündigte sich Ende Januar nun doch noch etwas von dem Winter an, von dem zu Weihnachten nichts zu spüren war. Jan zog den Reißverschluss seiner Jacke zu und ging an verwaisten Spielgeräten zurück zur Straße. Lange brauchte er nicht zu warten, dann beendete eine Glocke die fünfte Schulstunde. Fast augenblicklich war der Hof voller Kinder. Viele liefen zu den Fahrradständern oder zur Bushaltestelle, andere, die nicht das Glück hatten, schon nach Hause zu dürfen, machten sich über die Spielgeräte her. Jan wartete auf dem Bürgersteig jenseits des Schulgeländes auf Eltern, die ihre Erstklässler abholten. Als er eine Frau sah, die ein Mädchen mit einem riesigen Ranzen umarmte, ging er auf die beiden zu und fragte direkt, ob die Kleine eine Klassenkameradin von Alexander Komarow sei. Die Frau musterte Jan nur kurz mit Blicken, bestätigte dies dann und fing von allein an, über die Tragik zu sprechen, die diese Geschichte mit sich brachte. Eine weitere Mutter wurde auf das Gespräch aufmerksam und gesellte sich zu den dreien, nachdem sie ihr eigenes Kind eingefangen hatte.

»Fürchterlich. Einfach nur fürchterlich.«

»Und das hier bei uns! Eigentlich passiert so was doch immer nur woanders.«

»Wir haben ja zu Hause die Hoffnung noch nicht aufgegeben.«

»Nein, wir auch nicht.«

»Der Alexander war doch immer ganz nett zu dir, nicht, Marie?«

Das angesprochene Mädchen nickte.

»Hatte er denn auch einen besonders guten Spielkameraden?«, fragte Jan. »War mal jemand bei ihm zu Hause?«

Das Mädchen schüttelte den Kopf. Der Junge, der neben ihr stand und dessen Ranzen im Vergleich zum

Körperbau ebenso riesig wie der des Mädchens wirkte, hatte gar nicht richtig zugehört. Als Jan ihn direkt ansprach, schüttelte auch dieser den Kopf.

»Marie und Joshua waren ja schon zusammen in der KITA. Aber Alexander war ganz neu. Der kannte hier bei der Einschulung noch keinen.«

»Die war doch schon im Herbst«, meinte Jan.

»Ja, ja. Aber trotzdem. Seine Mutter war auch nicht gerade das, was man kommunikativ nennt.«

»Er schien mir schon ein Einzelgänger, kann man nicht anders sagen. Aber schauen Sie, da kommt seine Klassenlehrerin. Das ist Frau Bayer. Die kann Ihnen bestimmt noch mehr sagen.«

Eine der Mütter deutete auf eine Frau, die ausgerüstet mit Allwetterjacke, Handschuhen und Helm ein Fahrrad vom Schulgelände schob. Da sie offenbar in eine andere Richtung wollte, verabschiedete Jan sich schnell von den beiden Frauen und ihren Kindern, um der Lehrerin hinterher zu laufen. Er erwischte Frau Bayer gerade noch, als sie sich bereits auf den Sattel geschwungen hatte. Die Frau stoppte die Beschleunigung ihres Gefährts und blieb breitbeinig über der Mittelstange stehen. Lange, braune Haare quollen unter dem Fahrradhelm hervor. Ihr fragender Blick sah freundlich und offen aus.

Jan erzählte, dass er gerade beim Schuldirektor gewesen sei und mit ihm über Alexander Komarow gesprochen habe. Die junge Lehrerin nickte sichtlich betroffen. Jan wusste, dass es nicht ganz anständig war, ihr die ablehnende Haltung des Schulleiters zu verschweigen, doch so funktionierte eine öffnende Gesprächsgestaltung nun mal. »Er hat mir erzählt, dass Alexander ein eher stiller und zurückhaltender Junge ist. Auch Freundschaften scheint er nicht besonders leicht zu schließen.«

»Ich weiß«, bestätigte die junge Frau. »Und deshalb habe ich auch versucht, mich um ihn zu kümmern.«

»Haben Sie?«

»Ja. Die lebhaften Kinder dominieren ja leicht mal eine Klasse. Da muss man aufpassen, dass die stillen Kinder nicht zu kurz kommen.«

»Gar nicht so leicht, oder?«

»Nein. Für die individuelle Betreuung fehlt oft einfach die Zeit. Wir haben Vorgaben, auf welchem Stand sich die Kinder am Ende der ersten Klasse befinden müssen. Welche Hefte sie durchgearbeitet haben sollen und so weiter. Manchmal zieht man da einfach den Stoff durch. Und dann wieder sieht man, dass da Kinder sind, für die das alles einfach viel zu schnell geht.«

»War Alexander lernbehindert?«

»Nein, überhaupt nicht. Jedes Kind hat sein eigenes Tempo. Und er war einfach in sich gekehrt. Man musste ihn schon direkt ansprechen, damit man ihn überhaupt zu einer mündlichen Beteiligung bekam. Aber was er dann sagte, war nicht grundsätzlich falsch oder so.«

»Der Schulleiter meinte, dass es vielleicht Sprachprobleme gab, weil bei ihm zu Hause nur Russisch gesprochen wurde.«

»Wissen Sie, ich war einmal bei ihm zu Hause. Genau aus diesem Grund. Und weil ich mir alles mal ansehen wollte. Das ist nicht unbedingt üblich, ich weiß. Aber ich war trotzdem da.«

»Und?«

»Das dürfen Sie jetzt aber nicht schreiben.«

»Ich schreibe gar nichts«, versicherte Jan. »Ich möchte mir einfach nur einen Überblick verschaffen. Also, wie war es in dem Haus?«

Die junge Frau richtete ihren Blick kurz gen Himmel, dann sagte sie, dass dort eigentlich alles in Ordnung gewesen sei. »Er schlief zwar mit seiner größeren Schwester noch in einem Zimmer, aber dagegen gibt es nichts zu sagen.«

»Trotzdem sagten Sie zu Anfang *eigentlich*. Was meinten Sie damit?«

»Habe ich *eigentlich* gesagt? Na ja, es ging schon sehr gesittet dort zu. Keines der Kinder spielte, während ich da war. Und alles war extrem aufgeräumt. Wirklich extrem. Und wirklich alles. Küche. Wohnzimmer. Kinderzimmer. Nicht mal die Schuhe im Flur standen durcheinander. So was habe ich vorher noch nie gesehen.«

»Wie erklären Sie sich das?«

»Keine Ahnung. Vermutlich ist Frau Komarow einfach nur sehr ordentlich.«

»Und Herr Komarow?«

»Der saß still in der Ecke und hat mich keinen Moment aus den Augen gelassen, während ich im Haus war. Aber sehr gesprächig war er nicht. Eigentlich genau so wie Alexander. Sie haben ihn ja jetzt in der Dove Elbe gefunden. Herrn Komarow, meine ich.«

Jan nickte. »Ich war da.«

»Als sie ihn gefunden haben?«

»Ja.«

Die Lehrerin schüttelte den Kopf. »Fürchterlich. Ich hoffe nur, den anderen geht es gut.«

»Glauben Sie das?«

Ohne zu antworten, blickte die junge Frau Jan direkt in die Augen. Der hob irgendwann entschuldigend die Augenbrauen. »Jeder wünscht sich das natürlich«, sagte er dann.

15

Aus der Vogelperspektive betrachtet lagen Hamburgs ehemaliger Freihafen sowie die Stadtteile Wilhelmsburg und Veddel auf einer großen Insel. Zwei Arme der Elbe umflossen diese Insel. Jan überquerte die Norderelbe, fuhr über eine Spitze der Insel und überquerte dann die Süderelbe, um zurück nach Harburg zu gelangen. Auf eine weitere Recherche an Katja Komarows Gesamtschule hatte er keine Lust. Da keine Rushhour war, brauchte er keine halbe Stunde, um seinen Wagen auf den Parkplatz hinter dem ehemaligen Verlagsgebäude zu fahren. Zu einer anderen Uhrzeit hätte es auch gut anderthalb Stunden dauern können.

Wieder war es ein merkwürdiges Gefühl, an der Hausfassade hinauf zu gucken und Licht in den Redaktionsräumen zu sehen, obwohl das *Harburger Tageblatt* bereits seit einigen Monaten nicht mehr existierte. Er klingelte an der Hintertür und wartete darauf, dass Christian Freitag öffnete. Doch Christian war nicht da. Er befand sich auf Kundenakquise, wie Inez zu Jan sagte, die ihm die Tür öffnete. Sie war ein blasses, schmales Mädchen mit einer roten Bob-Frisur. Jans Besuch kam für sie nicht überraschend. Er hatte bereits am Abend vorher mit ihr telefoniert und sein Kommen angekündigt. Inez hätte ihm die Rechercheergebnisse auch am Telefon durchgeben können, doch Jan fand es besser, sich noch einmal persönlich in der neuen Internetredaktion sehen zu lassen. Er betrachtete sich zwar nicht als einen Teil des *Lauffeuers*, wusste nicht mal, ob er den Namen gelungen fand, wollte aber, dass die Leute dort wussten, mit wem sie es zu tun hatten, wenn er sie um einen Gefallen bat.

Anders als bei seinem letzten Besuch bekam Jan dieses Mal keinen Kaffee in die Hand gedrückt. Sein Blick ging durch die Redaktion. Er nickte den Leute zu, die kurz von ihrer Arbeit aufsahen, als er an ihnen vorbei ging. Irgendwie wirkte hier alles falsch und irgendwie auch richtig.

Inez setzte sich an einen Computer und blickte Jan mit zusammengepressten Lippen an. Sie war keine Schönheit, dafür war ihr Gesicht zu blass und schmal, trotzdem wirkte sie auf eine unerklärliche Weise attraktiv. Jan hoffte, dass die BWL-Studentin und selbsternannte Wirtschaftsexpertin der Redaktion in ihrem Fach etwas auf dem Kasten hatte, denn dies würde ihm einiges an eigener Recherchearbeit ersparen. Diese Art der Arbeit war sehr viel leichter, wenn man wusste, wo man nach den richtigen Informationen suchen musste.

Jan wollte wissen, wer hinter dem riesigen Lager vom Pinkertweg steckte, jenem Hallenkomplex mit seinen scheinbar unendlich vielen LKW-Laderampen und dem Schiffsanleger auf der Rückseite, bei dem Oleg Komarow das Kunststück fertig gebracht hatte, gleichzeitig zu arbeiten und nicht zu arbeiten. Die Personalabteilung führte seine Unterlagen offenbar, was bedeutete, dass Oleg Komarow auch ein Gehalt von der Firma bezog, doch von den Lagerarbeitern selbst wollte ihn seit rund zwei Jahren niemand mehr im

Betrieb gesehen haben. Ein Widerspruch, der Jan neugierig gemacht hatte.

»Also?«, sagte er jetzt nur, während er sich auf die Heizung neben dem Schreibtisch setzte.

»Also«, erwiderte Inez.

»*Hansa Transport*, wer steckt dahinter?« Diesen Namen hatte Jan Inez am Telefon genannt. Er hatte ihn auf einem Schild neben der Hofeinfahrt zur Lagerhalle gesehen.

»Das ist nicht schwer herauszufinden. Im Handelsregister wird *Hansa Transport* als Tochterunternehmen von *Kohlmann Logistic* geführt. Ist das ein Begriff, oder muss ich ganz von vorn anfangen?«

Jan wusste nicht, ob ihm die herablassende Art gefiel, mit der Inez ihre Informationen geradezu ausspuckte. Das würde sich noch zeigen. Zunächst amüsierte er sich heimlich darüber und schob es ihrer Jugend zu. »Ist mir ein Begriff«, erwiderte er. »Aber trotzdem bitte ganz von vorn.«

Inez zuckte mit den Schultern. »*Kohlmann Logistic* ist ein seit über hundert Jahren bestehendes Familienunternehmen. Gegründet wurde die Spedition 1913 von Friedrich Kohlmann in Hamburg unter dem Namen *Kohlmann Transporte*. Zunächst benutzte er noch Pferdefuhrwerke, später kamen LKW und Bahntransporte hinzu. Der Betrieb gewann schnell an Bedeutung, und Kohlmann gründete in über dreißig deutschen Städten Niederlassungen. Auch die Machtergreifung der Nazis 1933 konnte seinem Unternehmen nichts anhaben. Eher im Gegenteil. Als der Krieg begann und eine funktionierende Logistik für alle möglichen Transporte immer wichtiger wurde, dehnte sich der Wirkungskreis des Unternehmens auf halb Europa aus. Friedrich Kohlmann brauchte hierzu nicht mal Mitglied der NSDAP zu werden, dennoch war die Sache natürlich nicht astrein. Waffentransporte waren das eine, aber ob er auch mit der Logistik von Bahntransporten in den Osten zu tun hatte, geben die noch erhaltenen Firmenunterlagen aus jener Zeit nicht her. Ich meine die Deportationen in die KZ.«

»Schon verstanden.«

»In umgekehrter Richtung wurde Beutekunst per Bahn ins Reich geholt. Aber das wäre ein eigenes Thema. Jedenfalls übernahm sein Sohn Emil 1947 die Geschäfte. Er war jung und hatte wegen der kriegswichtigen Funktion des Unternehmens selbst nie Soldat werden müssen. Relativ kurz nach Kriegsende stand das Unternehmen unter der neuen Leitung somit offiziell gänzlich mit weißer Weste da.«

»Praktisch«, kommentierte Jan.

Inez nickte dazu. »Nun begann die zweite große Phase der Geschäftsexpansion. *Kohlmann Transporte* wurde zu *Kohlmann Logistic* und somit zu einem Global Player. Und ich finde, dass der Begriff in diesem Fall besonders gut passt. Unter Emil Kohlmanns Leitung spielte das Unternehmen auf den verschiedenen Kontinenten mit. Luftfracht und Schiffsverkehr bekamen einen zunehmend größeren Stellenwert im Unternehmen. In den besten Zeiten hatte es 15.000 Mitarbeiter weltweit, davon in Deutschland rund 5.000. Heute hat *Kohlmann Logistic* noch in 149 Ländern Niederlassungen, 38 in Deutschland. Die Mitarbeiterzahl ist auf unter 10.000 gesunken.«

»Wieso das?«

»Verbesserte interne Arbeitsabläufe zum einen, aber hauptsächlich wegen der Wirtschaftskrise 2008 und deren Folgen. Die Umsatzeinbußen 2008 waren dramatisch. Der *Baltic Dry Index* ist damals innerhalb eines halben Jahres um 86 Prozent gesunken. Oder anders ausgedrückt, fast niemand traute sich mehr, etwas zu verschiffen. Und 90 Prozent des weltweiten Handels werden nun mal über die Meere abgewickelt. Das traf auch *Kohlmann Logistic* mit voller Wucht. 1981 hatte Heiner Kohlmann den Betrieb von seinem Vater übernommen und noch stärker international ausgerichtet. Der exorbitante Reichtum, den sich die Familie damit angehäuft hatte, forderte nun seinen Tribut.«

»Und das war so, weil die Banken nach dem Crash 2008 plötzlich kein Geld mehr für Kredite hatten, stimmt's?«

»Ganz genau. All die tollen Finanzgenies hatten plötzlich Schiss in der Hose. Die Kreditlinien für Transportunternehmen wurden eingefroren und es gab auch keine Akkreditive mehr. Und die sind ja wichtig, weil kein Händler seine Waren losschickt, wenn er nicht weiß, ob er sie später auch bezahlt bekommt. Die Garantie hierfür haben sonst die Banken des Importeurs gegeben. Aber jetzt zierten sie sich einfach.«

»*Kohlmann Logistic* hat eine Lösung für das Problem gefunden.«

»Natürlich. Für kurze Zeit setzte Heiner Kohlmann große Mengen Eigenkapital ein. Und gleichzeitig holte er sich andere Geldgeber an Bord, um so ein Konsortium zu bilden. Logistikunternehmen aus anderen Ländern, die ähnliche Probleme wie er hatten und deshalb froh waren, als jemand den Vorschlag machte, die Last auf mehrere Schultern zu verteilen.

So die offizielle Geschichtsschreibung des eigenen Unternehmens jedenfalls.«

»An der du zweifelst?«

»Vielleicht. Ich weiß es nicht genau. Geld kann man aus allen möglichen Quellen bekommen. Ein Konsortium ist eine gute Sache. Aber ich weiß nicht, ob es in der Krise so leicht war, neue Partner zu finden. Jedenfalls nicht so leicht, wie es das Unternehmen gerne darstellt.«

»Woran denkst du?«

»Ich weiß es wirklich nicht. Aber eins war klar. Kohlmanns Barreserven dürften nicht so groß gewesen sein, wie es hieß. Das meiste Vermögen steckt doch normalerweise im Unternehmen selbst. Nehmen wir allein die Grundstücke. Das Zentrallager, mit dem wir angefangen haben, liegt auf einem 100.000 Quadratmeter großen Areal. Und das mitten in Hamburg. Das sind die echten Werte des Kohlmann-Unternehmens. Aber die kann man ja nicht einfach zu Geld machen. Um also weitermachen zu können, brauchte Kohlmann nicht nur Konsorten, er brauchte echte Geldgeber. Leute die ihr Geld direkt investierten. Gegenwerte hatte Kohlmann ja genug.«

»Aber geklappt hat die ganze Sache.«

»Und wie. *Kohlmann Logistic* steht in Deutschland in den Top Ten der Logistikunternehmen.«

»Und *Hansa Transport* gehört dazu.«

»Anderer Name. Dieselbe Wichse.«

»Hm.« Jan kraulte sein Kinn und blickte in die Luft.

»Problem damit?«, fragte Inez.

»Na ja, irgendwas scheint mir da an krummen Geschäften zu laufen. Aber wenn es dem Unternehmen so gut geht, dann haben die das doch eigentlich gar nicht nötig.«

»Was meinst du?«

»Schmuggel. Lohnt sich der für ein so großes Unternehmen?«

»Schmuggel lohnt sich immer. Besonders wenn man die Möglichkeiten hat.« Inez drehte den Kopf. Laut überlegte sie:»Schmuggel wäre auch ein Weg, um vorübergehend wieder Geld in eine klamme Kasse zu spülen. Wenn sie 2008, 2009 damit angefangen haben, existieren die Strukturen vielleicht heute noch. Warum sollte man mit etwas aufhören, wenn es gut läuft. Also, ich meine, nur weil es illegal ist.«

»Zigaretten oder Drogen?«

»Kommen ohne Ende über den Hamburger Hafen rein. Und danach müssen sie verteilt werden.«

»Hansa Transport könnte die Verteilung übernehmen.«

»Mit zuverlässigem Personal ... warum nicht. Und das müssen nicht nur Drogen sein. Weißt du, was auch sehr gut läuft?« Inez deutete an sich hinunter. »Markenturnschuhe. Geringe Produktionskosten, enorme Gewinnspannen. Ohne Abgaben an den Markenhalter und ohne Zoll. Das geht richtig ab. Außerdem gibt es keinen Spürhund beim Zoll, der echte von gefälschten Turnschuhen unterscheiden kann. Drogen und Zigaretten können sie erschnüffeln. Turnschuhe nicht. Jedenfalls nicht, solange sie nicht getragen wurden.«

Inez grinste. Und nun wusste Jan, dass er das Mädchen mochte. Er nickte längere Zeit stumm für sich, solange, bis er sich selbst komisch dabei vorkam.

Dann stand er auf und fragte, ob Inez einen Kaffee wolle. »Ich geb' einen aus.«

»Sehr witzig«, antwortete diese.

»Nein, im Ernst. Wir gehen gegenüber zum Bäcker. Du bekommst sogar ein Stück Kuchen. Denn das war wirklich gute Arbeit.«

»Danke, aber ich hänge da noch an einer anderen Sache.«

»Komm schon, Inez. Eine halbe Stunde hast du Zeit.« Jan machte eine entsprechend auffordernde Bewegung. Inez verdrehte kurz die Augen, dann schnappte sie sich ihre Jacke. Zusammen gingen sie durch die Redaktion und die quietschende Treppe hinunter. Die Bäckerei, die Jan im Sinn hatte, war wirklich nur um die Ecke. Sie setzten sich an einen kleinen Tisch am Fenster.

»Kohlmann sitzt übrigens zurzeit im Knast«, sagte Inez. Das Kuchenstück, das Jan für sie ausgesucht hatte, lag unberührt auf dem Teller vor ihr.

»Ist bekannt«, erwiderte Jan. »Aber da geht es um etwas anderes. Und es ist bis jetzt auch nur eine Untersuchungshaft.«

Inez nickte. »Aber trotzdem ist er seit einiger Zeit weg vom Fenster. Ich frage mich, wer derweil die Strippen bei *Kohlmann Logistic* zieht. Offiziell ist es seine Tochter Veronica. Aber ob das stimmt?«

»Wieso sollte es nicht stimmen? Weil sie eine Frau ist? So chauvinistisch wird Kohlmann doch wohl nicht sein.«

»Keine Ahnung. Ich habe aber auch gelesen, dass es sein könnte, dass er mit der Übergabe der Firma warten könnte, bis sein ältester Enkel so weit ist. Timothy Friedrich Kohlmann.«

»Timothy Friedrich?«

»Ja. Den zweiten Vornamen hat er offensichtlich wegen seines Urgroßvaters bekommen. Dem Firmengründer. Der Junge ist jetzt vierzehn. Sein kleiner Bruder Florian Emil neun.«

»Und warum wird die Tochter übergangen?«

»Sie soll ein bisschen labil sein.«

Jan schüttelte den Kopf. »Klingt für mich wie die Ränkespiele bei der Thronfolge eines Königshauses.«

»Ist es auch«, stimmte Inez zu. Dann griff sie zur Gabel und steckte sich ein Stück Kuchen in den Mund.

16

Inez hielt es nicht länger als eine halbe Stunde in der Bäckerei aus, dann wollte sie zurück in die Redaktion. Heimlich grinsend stellte Jan fest, dass in ihr ein Feuer für den Job brannte, das er schon lange nicht mehr bei einem Kollegen gesehen hatte. Das schob er, genau wie den latenten Zynismus in allem, was sie sagte, ihrer Jugend zu. Er bedankte sich noch einmal auf dem Hinterhof des Redaktionsgebäudes, erhielt dafür eine wegwerfende Handbewegung, die besagte, dass das doch nichts gewesen sei. Dann steckte Inez die Hände in die Vordertaschen ihrer Jacke. Weil sie noch so nahe beieinander standen, musste sie zu Jan aufblicken. Unerwartet sagte sie dann, dass sie ihn dafür bewundere, was er täte. Immerhin sei er ein gestandener Journalist und Buchautor. »Dass du genau wie wir anderen umsonst für das Lauffeuer arbeitest, finde ich echt klasse.« Das war alles. Sie sagte nicht noch »bis bald« oder so, verschwand nach ihren kurzen Worten einfach durch die Hintertür zur Redaktion. Doch es reichte, damit sich bei Jan ein Kloß im Hals bildete. Denn er war nicht wie die anderen, er arbeitete nicht umsonst. Christian nannte es einen *Spesensatz*, den er Jan aus der Kasse des Lauffeuers gab. Musste er deswegen ein schlechtes Gewissen haben? Stumm schüttelte Jan den Kopf. Aber Ergebnisse wären nicht schlecht. Er wollte etwas liefern. Er musste Christian und mehr noch sich selbst beweisen, dass er sein Geld wert war.

Jan ging zu seinem Wagen und schwang sich auf den Fahrersitz. Kaum zehn Minuten später hielt er vor Charlottes Wohnblock. Sie ließ ihn sofort rein, so als habe sie ihn erwartet, sagte aber, dass er leise sein solle. Im Flur ihrer Dachgeschosswohnung deutete sie auf die geschlossene Schlafzimmertür. Als sie sich dann an der Küchentheke gegenüber saßen, meinte sie, dass ihr Gast sich seit über fünfzehn Stunden nicht gerührt habe. »Das geht nur, wenn man so jung ist«, fügte sie hinzu und zog die Augenbrauen nach oben.

Jan sah Charlotte gerne an. Seit einer Weile hatte er es nicht mehr ungestört tun können. Er mochte ihre Locken. Er mochte ihre katzenhaften Augen, die sie meistens hinter einer Brille versteckte. Er mochte den frechen Leberfleck neben dem Mundwinkel. Er mochte ihre schmalen Hände und alles andere mochte er auch.

»Dann weißt du noch immer nicht, was er von dir will?«

Sie zuckte mit den Schultern. »Er hat gesagt, dass er auf mich aufpassen will.«

»Wie bitte? Das ist ein Scherz, oder? Ich glaube eher, er wollte herausfinden, wann du weg bist, damit er deine Bude ausräumen kann.«

»Das mit der Kameratasche habe ich dir erzählt. Mit der hätte er dann doch einfach weglaufen können.«

»Trotzdem. Hier läuft eine ganz krumme Nummer.« Jan schüttelte den Kopf. »Und was jetzt?«

»Nichts.«

»Du willst ihn einfach weiter pennen lassen.«

»Ja.«

»Und dann?«

»Weiß ich noch nicht.«

»Das ist verrückt.«

Erneut zuckte Charlotte mit den Schultern. »So was habe ich schon mal gemacht. Da hat auch einer bei mir im Hausflur gestanden und wusste nicht mehr, wo er hin sollte. Und dann hat er zwei Tage in meinem Bett gelegen und sich nicht mehr gerührt.«

Jan nickte kurz, sagte, dass das aber etwas anderes gewesen sei. »Du kanntest mich. Und ich war harmlos.«

»Er scheint mir auch harmlos zu sein.«

»Und wenn du dich täuschst?«

»Ich weiß mich zu wehren. Möchtest du einen Kaffee?«

Jan hatte in der Nacht noch etwas vor. Mehr Koffein war ihm da ganz recht. Während Charlotte die Kaffeemaschine befüllte, fragte Jan, ob sie den Kohlmann-Prozess verfolgt habe. Er stellte die Frage nicht einfach so. Beide wussten sie, dass der Unternehmer wegen einer Videodatei vor Gericht stand, die ihm beim Sex mit einem minderjährigen Jungen zeigte. Diese Videodatei hatte sich auf einem Computer befunden, der dem Ehemann einer guten Freundin von Charlotte gehörte. Die Polizei stieß zufällig auf die Dateien. Charlottes Freundin und ihr Mann hatten tot in der gemeinsamen Wohnung gelegen. Offenbar handelte es sich um einen erweiterten Suizid. Der Computer mit den Videodateien war bei den anschließenden Ermittlungen sichergestellt worden. Obwohl die entsprechenden Videoaufnahmen und weiteres kinderpornografisches Material geschützt waren, brauchten die Mitarbeiter des entsprechenden

Dezernats nicht sehr lange, um den Code zu entschlüsseln. Der Ersteller der Festplattenpartition musste einen Fehler bei der Passwortvergabe gemacht haben. Mehrere Männer aus Hamburgs gehobenen Kreisen waren daraufhin in das Visier der Fahnder geraten. Kohlmann war der erste, dem der Prozess gemacht wurde.

»Aber ich krieg das hauptsächlich nebenbei mit«, sagte Charlotte. »Heute werden wohl die Schlussplädoyers gehalten. So viel weiß ich. Und dass es nicht gut für ihn aussieht. Hoffentlich sperren sie ihn schön lange weg. Der alte Sack widert mich an.«

Wut zeichnete sich auf Charlottes Gesicht ab. Nun hatte sie sich doch wieder von der Geschichte gefangen nehmen lassen. Unbewusst schob sie Kohlmann sogar die Schuld für den Tod ihrer Freundin zu. Auch wenn das eindeutig zu weit ging.

»Habe ich dir erzählt, dass Christian in unseren alten Redaktionsräumen eine Internetredaktion aufgebaut hat?«, fragte Jan. »Sie stecken noch in den Kinderschuhen. Aber witzig ist es schon.«

»Welcher Christian? Chris Freitag?«

»Genau der.«

»Das ist ja toll. Wow. Unser kleiner Volontär.«

Jan nickte zufrieden. Offenbar hatte sein Ablenkungsmanöver funktioniert. Sie sprachen eine Weile über unverfängliche Dinge, während es draußen zu dämmern begann und einige Amseln lauthals miteinander stritten. Liam Tebbe rührte sich weiterhin nicht. Der Junge schickte sich offenbar an, die zweite Nacht infolge durchzuschlafen. Jan hingegen hatte andere Pläne. Als es für ihn Zeit zu gehen wurde, standen er

und Charlotte sich einen Moment an der Wohnungstür schweigend gegenüber.

»Darf ich dich kurz in den Arm nehmen?«, fragte er
schließlich.

»Natürlich«, entgegnete sie lachend. »Du darfst sogar noch viel mehr.«

Mit dem Kuss, den er dann bekam, hatte er nicht
gerechnet. Verwirrt blickte er kurz darauf vom
Treppenabsatz noch einmal nach oben. Charlotte
winkte ihm lächelnd zu, ging dann zurück in die
Wohnung. Er winkte auch und fühlte sich so glücklich
wie ein Teenager, der sein Mädchen nach Hause gebracht und dafür den ersten Kuss bekommen hatte.

Die Nacht versprach frostig zu werden. Kein guter
Zeitpunkt für eine Observierung, aber Jan wollte sich
selbst etwas beweisen und Inez aus der Redaktion des
Lauffeuers irgendwie auch. Ihr Lob steckte noch in
seinem Kopf. Und damit auch eine Spur schlechten
Gewissens, weil er sich von Christian für seine Recherche bezahlen ließ, während die anderen mehr oder
weniger nur aus Enthusiasmus für das Onlinemagazin
arbeiteten. Jan nahm sich vor, alle nötigen Vorkehrungen zu treffen, damit er auf dem geplanten Beobachtungsposten vor dem Zentrallager nicht einfror.
Aus seinem neuen Zuhause holte er nicht nur seinen
altgedienten Schlafsack, sondern nahm auch eine
Thermoskanne mit heißem Kaffee mit. Eine halbe
Stunde später stand er mit seinem Auto im Schatten-
bereich von zwei weit auseinander stehenden Laternen. Am liebsten hätte er den Motor und damit die

Heizung des Wagens angelassen, doch das machte sich auf einem Beobachtungsposten nicht so gut.

Trotz des Schlafsacks, in den er hineingekrabbelt war, merkte er schnell, wie die Kälte durch die Karosserie ins Auto kroch. Als auch noch leichter Schneefall einsetzte und schräg durch den gelblichen Schein der Straßenlaternen trieb, fühlte Jan sich, als wäre er ganz allein in der großen Stadt. Vielleicht hätte er einfach bei Charlotte bleiben sollen. Was hatte sie damit gemeint, als sie sagte, dass er sie nicht nur umarmen, sondern noch viel mehr mit ihr machen dürfe? Manchmal war ihm Charlotte ein Rätsel. Dann dachte er an den Kuss von ihr. Ein Abschiedskuss als Zeichen für einen neuen Anfang? Jan hätte nichts dagegen gehabt.

Auf dem Hof der *Hansa Transport* tat sich derweil gar nichts. Jan wusste auch nicht, was er erwartet hatte. Es war einfach nur ein Gefühl, dass man den Laden im Auge behalten musste, das ihn hergetrieben hatte. Wenn Oleg Komarow in den letzten beiden Jahren nicht länger am Tagesgeschäft beteiligt gewesen war, was hätte er dann nachts hier machen können? Keine Firma bezahlte einen Mitarbeiter, wenn er nicht für irgendeine Aufgabe gut war.

Jan umklammerte mit beiden Hände den Kaffeebecher, den er sich gegen Mitternacht eingeschenkt hatte. Dann sah er den Kleinwagen eines Sicherheitsdienstes auf den Hof des Lagers fahren. Der Mann in dem Auto hielt sich dort aber nicht lange auf. Er stieg aus, kontrollierte das Einfahrtstor und dokumentierte dies mit einem elektronischen Gerät. Ob es ein Smartphone oder Tablet war, konnte Jan auf die Entfernung nicht erkennen. Schnell war der Mann wieder im

Wagen. Er blieb noch fünf Minuten mit laufendem Motor stehen, fuhr dann rückwärts vom Hof und setzte seine Tour durch das Industriegebiet fort. Die Uhr in Jans Auto zeigte noch nicht mal halb eins.

Jan beschloss noch bis drei zu bleiben. Das schien ein Ziel, das machbar war. Und um drei würde er vielleicht bis vier verlängern, falls dann noch nichts passiert war. Noch länger brauchte er auf keinen Fall zu bleiben. Die erste, reguläre Schicht würde bestimmt sehr früh anfangen. Falls irgendjemand etwas unbemerkt aus dem Lager wegbringen wollte, dann würde man es vor vier Uhr tun.

17

Geduldig stellte Katō sich am Ende der Schlange an. Sein Pech war, dass eine Schulklasse, die ihren Studientag am Hamburger Landgericht verbringen wollte, unmittelbar vor ihm in die Vorhalle geströmt war und sich an der Sicherheitsschleuse in Zweierreihe aufgestellt hatte. Immer wieder gingen Anwälte und Pressevertreter an den Schülern vorbei, zeigten ihre Ausweise vor und gelangten so vor allen anderen in das Gerichtsgebäude. Diese Möglichkeit stand Katō nicht zur Verfügung. Doch das störte ihn nicht. Er war früh genug gekommen. Nacheinander mussten die Schüler ihre Taschen ausleeren, Gürtel ablegen und Handys abgeben. Ein Körperscanner sorgte dafür, dass nichts vergessen wurde. Nachdem die beiden Justizbeamten in der Sicherheitsschleuse alles auf Harmlosigkeit hin kontrolliert hatten, konnten die Gegenstände wieder eingesteckt werden. Lediglich die Handys wurden gegen Garderobenmarken ausgetauscht. Darauf waren einige Schüler offensichtlich nicht vorbereitet. Unverständnis breitete sich auf ihren Gesichtern aus. Katō passierte das nicht, als er endlich das Drehkreuz passieren durfte und von einem Justizbeamten empfangen wurde. Er hatte sich über die Sicherheitsvorkehrungen informiert und sein Telefon gar nicht erst mitgebracht. Es herrschte auch kein Chaos in seinen Taschen, so dass er sehr schnell mit der Kontrolle durch war. Freundlich lächelte er den Sicherheitsbeamten an.

Der Prozess fand im ersten Stock des Landgerichts statt. Katō orientierte sich an einem Gebäudeplan und nahm dann eine der beiden breiten Treppen nach oben. Da er keinen Wert auf engeren Kontakt mit anderen Besuchern legte, ersparte er sich den viel zu engen Fahrstuhl.

Der Sitzungssaal wurde durch eine Panzerglasscheibe vom Zuschauerbereich getrennt, das Gesprochene über Lautsprecher in den abgeteilten Raum übertragen. Katō setzte sich auf eine Bank in die hinterste Reihe, obwohl vorne noch nicht alle Plätze belegt waren. Er hatte gerne eine Wand im Rücken. Das bewahrte einen im Zweifelsfall vor Überraschungen.

In den vorderen Reihen hatten sich hauptsächlich Pressevertreter niedergelassen. Ihre lockere und laute Art miteinander zu reden, entlarvte sie als Mitglieder dieser Zunft. Während andere Zuhörer, unter ihnen auch Angehörige der Täter- oder Opferseite, meist unerfahren bei Gerichtsbesuchen waren und sich entsprechend zurückhaltend verhielten, verbrachten Gerichtsreporter so viel Zeit in diesen Sälen, dass ihnen offenbar alle Hemmungen abhandengekommen waren.

»Von mir aus kann's jetzt losgehen«, verkündete ein dicker Mann in einer ausgebeulten Windjacke, als der Zeiger einer Wanduhr die volle Stunde erreichte. Andere Zuschauer redeten leise miteinander. Dann betrat die Kammer, bestehend aus einer Richterin und zwei Beisitzern, den Saal. Alle Prozessbeteiligten erhoben sich.

Rechts stand der Staatsanwalt. Links Kohlmann mit seinen beiden Anwälten. Zwei Justizvollzugsbeamte bei der Tür. Sie hatten Kohlmann vom Untersuchungsgefängnis in den Gerichtssaal begleitete. Und am Kopfende des Richterpults ein Schriftführer. Alle Zuhörer hatten sich brav von ihren Sitzen erhoben. Die Vorsitzende sah mit ernstem Gesicht in die Runde, ließ angemessen viel Zeit vergehen, um dann direkt mit der Urteilsverkündung zu beginnen.

Der vorangegangene Prozess hatte drei Verhandlungstage gedauert. Ausführlich hatte der Staatsanwalt die Anklage vorgetragen. Er war ein junger Mann mit strengem Seitenscheitel und einer harten, prägnanten Aussprache. Seinen Ausführungen nach habe Kohlmann als Hauptsponsor eines privaten Jugendchors mit Hilfe des mittlerweile verstorbenen Chorleiters seine Position dazu ausgenutzt, um an mindestens einem minderjährigen Jungen sexuelle Handlungen vorzunehmen. Eine Videoaufnahme aus dem Bestand des Chorleiters zeigte Kohlmann eindeutig beim Analverkehr mit einem Jungen. Zuvor hatte der Junge den in Hamburg bekannten Geschäftsmann oral stimulieren müssen. Das Video war Bestandteil einer ganzen Sammlung ähnlicher Aufnahmen, die viele andere Männer beim Sex mit Mitgliedern des Jugendchors zeigten und zum Teil Anlass zu abgetrennten Verfahren gaben. Kohlmann hatte die Tat wegen der Eindeutigkeit des Belastungsmaterials gestanden.

Die Richterin, Frauke Büren, hielt das schriftliche Urteil in beiden Händen. Ihre blonden, schulterlangen Haare hatte sie zu einem Zopf zusammengenommen. Ihr Gesicht war schmal und hübsch. Sie war sechsundvierzig Jahre alt, wirkte aber mindestens zehn Jahre jünger.

»Im Namen des Volkes ergeht folgendes Urteil«, sagte Richterin Büren laut. Ihr Blick ging starr geradeaus. »Der Angeklagte wird in allen Punkten freigesprochen. Er wird unverzüglich aus der Haft entlassen. Die Kosten des Verfahrens übernimmt der Staat. Zur Urteilsbegründung bitte ich Sie, Platz zu nehmen.«

Ein Raunen ging durch die Zuhörerbänke. Geräuschvoll setzten sich alle wieder. Einige äußerten dabei ihre Fassungslosigkeit. Andere sagten, dass damit doch zu rechnen gewesen sei. Ein Mann mit Kohlmanns Beziehungen und finanziellen Möglichkeiten würde doch immer irgendwie einen Weg finden, um sich aus der Schlinge zu ziehen. Mehrere Reporter gingen durch den Mittelgang zur Tür und verließen den Zuschauerraum, um das Urteil an ihre Redaktionen durchzugeben. Durch eine Sondergenehmigung erlaubte das Landgericht Journalisten, Smartphones und Tabletcomputer bei sich zu behalten. Sie mussten also nicht extra zur Sicherheitsschleuse zurück, um sich ihre Geräte zu holen. Als die Richterin mit der Urteilsbegründung begann, richtete sie ihre klaren, blauen Augen zunächst direkt auf den Staatsanwalt.

»Schon ganz zu Beginn des Verfahrens, Herr Staatsanwalt, hatte ich meine Bedenken geäußert, was die Zulässigkeit des Beweismaterials betrifft. Die von Ihnen vorgeführten Videoaufnahmen befanden sich nicht im Besitz des nunmehr Freigesprochenen, sondern wurden lediglich auf dem Computer eines Mannes gefunden, der seine Stellung als Leiter eines Jugendchors zur Anfertigung dieser Aufnahmen ausgenutzt hat. Wäre er nicht mittlerweile verstorben, würde ihm hierfür zweifellos selbst der Prozess gemacht werden. Die Frage war also zunächst nicht, ob die Aufnahmen den Beschuldigten belasten und ob sie eine Straftat dokumentieren würden, sondern ob sie vom Gericht als Beweismaterial akzeptiert werden konnten.« Kurze Pause. Die Richterin hob das Kinn leicht an. »Ganz offensichtlich sind die Aufnahmen ohne Zustimmung des Beschuldigten entstanden. Sie wurden aus erhöhter Position und aus einem derartigen Winkel aufgenommen, dass davon auszugehen ist, dass die entsprechende Kamera heimlich angebracht wurde. Somit hatte das Gericht zu entscheiden, ob das Persönlichkeitsrecht des Beschuldigten oder die vermutete Straftat aus juristischer Sicht einen größeren Stellenwert darstellten. Nur sehr zögernd hat sich das Gericht zu letzterer Betrachtungsweise durchgerungen, gleichwohl mit dem Hinweis, dass die Staatsanwaltschaft nunmehr zu einer lückenlosen Beweisführung aufgefordert war.« Die Vorsitzende legte eine weitere, kurze Pause ein. »Diese Beweisführung ist nicht nur nicht gelungen, stattdessen präsentierte die Verteidigung hier am letzten Verhandlungstag einen Entlastungszeugen, der sämtliche Vorwürfe gegen den Beschuldigten entkräften konnte. Anders als von der Staatsanwaltschaft und einem hier gehörten Gutachter dargestellt, handelte es sich bei der zweiten auf dem Video gezeigten Person nämlich nicht um einen minderjährigen Schutzbefohlenen des Jugendchors, sondern um einen jungen Mann, der zurzeit der Aufnahme über sechzehn Jahre alt war und die sexuellen Handlungen nach Aussage unter Eid in gegenseitiger Zustimmung ausführte beziehungsweise an sich ausführen ließ. Die vorgelegten Personalpapiere dokumentieren diesen Sachverhalt eindeutig in Anbetracht des eingeblendeten Entstehungsdatums der Aufnahme. Daher ist in diesem Falle nicht nur das Urteil *Im Zweifel für den Angeklagten* geboten, welches ohne die nun erfolgte Altersverifizierung des vermeintlichen Opfers auch noch möglich gewesen wäre, sondern es gibt einen Freispruch erster Klasse, wenn ich dies mal so salopp ausdrücken darf.«

Endlich zeigte Kohlmann eine Reaktion. Er nickte zufrieden, sah seine Anwälte an. Diese nickten ebenfalls und reichten ihm nacheinander die Hand.

»Ein Wort an Sie noch, Herr Kohlmann«, meinte Richterin Büren, nachdem sie den Blick gedreht hatte. »Das Gericht bittet Sie um Verständnis für die Art des Verfahrens. Bei derart schwerwiegenden Vorwürfen war es geboten, den Fall entsprechend zu handhaben. Wir denken, es ist auch für Sie gut, dass die Angelegenheit hiermit zweifelsfrei und endgültig zu einem Abschluss gebracht worden ist. Das Gericht sieht aber auch, dass Sie und Ihre Familie in der Öffentlichkeit und vor allem in der Presse einer Vorverurteilung ausgesetzt waren. Dies bedauern wir. Gleichzeitig weisen wir Sie darauf hin, dass Sie diesbezüglich gegebenenfalls Schadensersatzansprüche geltend machen können. Doch eine entsprechende Einschätzung überlassen wir Ihnen und Ihren Rechtsbeiständen.«

Als die Sitzung geschlossen war, standen Kohlmann und seine Anwälte beieinander und feierten sich gegenseitig. Der Unternehmer war jetzt wieder ein freier Mann und jeder seiner Anwälte um einen ordentlichen Betrag reicher. Kohlmann sammelte sichtlich Kräfte, um gleich den Kameras der Fotografen und Fernsehjournalisten vor dem Gerichtssaal entgegen zu treten. Kurz sah er dabei durch die Glasscheibe in den Zuhörerraum. Ganz hinten saß ein gutgekleideter Mann mit asiatischen Gesichtszügen. Kohlmann wusste, was er diesem Mann zu verdanken hatte.

Mit beiden Händen rückte Katō seine Nickelbrille zurecht, obwohl diese gar nicht verrutscht war. Er war der Letzte, der den Gerichtssaal verließ. Ohne Eile ging er die Treppe hinunter und passierte die Sicherheitstüren. Kohlmann stand mittlerweile auf den Stufen vor dem Gerichtsgebäude. Der kalte Wind, der ihm ins Gesicht blies, schien ihn nicht zu stören. Bereitwillig beantwortete er alle Fragen der Reporter. Er hatte sich medienwirksam für *absolute Offenheit* in diesem Fall entschieden, so stellte er es jedenfalls dar, wobei er sich gleichermaßen demütig und angriffslustig zeigte.

»Die Vorsitzende hat es in der Urteilsverkündung schon sehr gut getroffen«, beantwortete Kohlmann die Frage einer Reporterin. »Ich bin froh, dass die Sache abschließend geklärt ist. Jetzt hat niemand mehr das Recht, irgendwelche Gerüchte über mich zu streuen. Zu dem Verhältnis, das ich mit dem jungen Mann hatte, möchte ich mich nicht weiter äußern. Nur so viel, dass es einmalig war und dass ich es heute als einen Fehler betrachte. Allerdings muss man auch sagen, dass dies eine Privatsache ist. Nur weil ich eine bestimmte Bekanntheit habe, macht mich das nicht automatisch zum Freiwild. Ich muss dies so deutlich sagen, weil auch die Presse einige Dinge über mich geschrieben hat, die eindeutig unterstes Niveau hatten. So etwas nennt man im Allgemeinen eine Schmutzkampagne. Und in der Tat muss ich mit meinen Anwälten daher noch genau überlegen, ob wir nicht nachträglich gegen die Verfasser und Herausgeber dieser Texte vorgehen sollten.«

Dann bat Kohlmann seine Familie um Verzeihung für die schwere Zeit, die sie seinetwegen durchgemacht hatte. Hierbei drückte er kurz den Arm seiner Tochter, die neben ihm stand. Eine elegant gekleidete Hanseatin mit dunklem Mantel und blonden Haaren. Ihr Mund deutete ein verkrampftes Lächeln an.

»Am meisten freue ich mich nun darauf, meine Enkelkinder wiederzusehen«, sagte Kohlmann abschließend. Zusammen mit den beiden Anwälten und seiner Tochter bahnte er sich dann einen Weg an den Fotografen, Kameraleuten, Reportern und den üblichen Schaulustigen vorbei zu einem großen dunkelblauen Mercedes, der in einem eigentlich Polizeifahrzeugen vorbehaltenen Bereich vor der Gerichtstreppe wartete.

Katō hatte weit genug weg gestanden, um alles hören zu können, selbst aber nicht auf einem Foto zu landen oder von einem der Fernsehkameras aufgenommen zu werden. Nun steckte er beide Hände in die Manteltaschen und wendete sich zum Gehen. Erstes Problem gelöst, dachte er zufrieden, während die dunkle Limousine mit Kohlmann und seiner Tochter davon fuhr.

18

Liam Tebbe schlief fast dreißig Stunden. Zunächst hatte Charlotte auf dem Sofa gesessen, um die Schlafzimmertür im Auge zu behalten. Als sich der Junge aber absolut nicht rührte, schlief auch sie relativ entspannt ein. Sie hatte keine Angst mehr vor dem Fremden in ihrer Wohnung. Irgendwie fand sie es sogar ganz beruhigend, dass sie nicht mehr allein war. Trotzdem schloss sie die Badezimmertür ab, als sie am nächsten Morgen duschte. Danach bewegte sie sich ganz normal in der Wohnung, achtete nicht mehr darauf, besonders leise zu sein. Endlich rührte sich etwas im Schlafzimmer. Liam torkelte in den Flur, blickte sie aus verquollenen Augen an und ging wortlos ins Badezimmer. Er brauchte eine halbe Stunde, um angezogen wieder herauszukommen.

»Gut geschlafen?«, fragte Charlotte freundlich.

Liam nickte. »Du hast meine Klamotten gewaschen.«

Sie erwiderte mit einem: »Sorry.«

Liam schüttelte den Kopf.

»Zieh dir deine Jacke an«, meinte Charlotte dann. »Wir gehen etwas frühstücken.«

Die S-Bahn fuhr alle fünf Minuten. Schweigsam trottete Liam neben Charlotte her, als sie am Harburger Bahnhof ausstiegen. Eigentlich stand Charlotte nicht auf Einkaufszentren. Doch heute fand sie es ganz praktisch. Dort war es warm, während sich das Thermometer draußen hartnäckig bei minus vier

Grad hielt. Da es schon Mittagszeit war, boten sich neben den Backshopartikeln allerlei andere Genüsse an. Liam entschied sich für Pizza. Charlotte hatte nicht vor, ihn gleich wieder mit Fragen zu überfallen. Darum sagte sie unmittelbar nachdem er aufgegessen hatte, dass sie für ihn eine dickere Jacke und winterfeste Schuhe kaufen wollte. Erst blickte Liam sie verdutzt an, wollte ablehnen, ließ sich dann aber doch recht schnell breitschlagen, als Charlotte mit dem Argument kam, dass Schlussverkauf sei und die meisten Wintersachen erheblich im Preis reduziert waren.

Die Jacke war kein Problem. Liam entschied sich schnell für ein Modell aus grobem Stoff, das dick gefüttert war und eine große Kapuze hatte. Für die Schuhe brauchten sie etwas länger. Seine Füße waren sehr groß und die meisten Winterstiefel in seiner Größe schon vergriffen. Schließlich fanden sie doch ein passendes Paar. Er behielt sie gleich an, steckte die alten Chucks zu der neuen Jacke in die Einkaufstüte.

»Ich weiß nicht, ob ich das zurückzahlen kann«, meinte er und sah Charlotte direkt an. Wortlos streichelte sie ihm über den Oberarm. Für jeden anderen im Shoppingcenter sah sie aus wie eine liebevolle Mutter, die mit ihrem heranwachsenden Sohn auf Einkaufstour war.

»Wie wäre es mit noch einem Stück Pizza«, fragte sie.

Das war fast zu viel Freundlichkeit für Liam, trotzdem stimmte er sofort zu. Der Mann hinter dem Pizzatresen lächelte. Er hatte Charlotte und Liam wiedererkannt. »Fressen einem die Haare vom Kopf, was?«, meinte er und deutete auf Liam, der sich auf denselben Platz an einem Hochtisch setzte, den er vor etwas mehr als einer Stunde auch schon gehabt hatte.

Charlotte lächelte zurück und bestellte für Liam eine Ecke von derselben Pizzasorte wie vorher. Sie selbst nahm nur ein Glas Rotwein. Für einen Moment fragte sie sich, wie es nun weitergehen sollte. Sollte sie Liam mit der neuen, warmen Kleidung einfach wieder laufen lassen, oder würde sie ihn erneut mit zu sich nach Hause nehmen? Doch dann vergaß sie die Frage sofort wieder, denn als sie mit der Pizza und dem Wein zum Tisch ging, sah sie, dass Liam wie gebannt auf den Fernseher blickte, der im hinteren Teil der Sitzecke über einem Durchgang angebracht war. Sofort folgte Charlotte Liams Blick, denn der Ausdruck in seinem Gesicht zeigte Fassungslosigkeit.

Auf dem großen Bildschirm war Heiner Kohlmann zu sehen, wie er breitbeinig und selbstbewusst auf den Gerichtsstufen stand. Da das Gerichtsverfahren wegen seines Prominentenstatus von überregionalem Interesse war, berichtete ein Nachrichtensender über die Urteilsverkündung. Zwar war der Ton ausgeschaltet, trotzdem informierte ein eingeblendetes Spruchband über Kohlmanns Freispruch.

»Das kann nicht sein«, sagte Liam mit tonloser Stimme, und kaltes Entsetzen griff nach Charlotte, als er mit den Worten fortfuhr: »Sie hatten doch alles auf Video, was er mit mir gemacht hat.«

19

Heiner Kohlmann hatte sich nicht gleich nach Hause fahren lassen. Dort schickte er seine Tochter Veronica hin, um eine spontane Siegesfeier mit den engsten Freunden der Familie und des Unternehmens zu feiern. Also mit höchstens hundert Leuten. Er selbst hatte sich am ehemaligen Hauptsitz der Firma in der *Großen Elbstraße* absetzen lassen. Mittlerweile befand sich die Zentrale des Unternehmens längst in einem Hochhaus in der *City Nord*. Gleich neben den Zentralen von Großunternehmen aus den Energie- und Versicherungsbranchen. Die *City Nord* war extra für die Ansiedlung solcher Konzerne seit 1959 geplant und in Rekordzeit aufgebaut worden. Unzählige Kleingärten und die seit Kriegsende darauf entstandenen Behelfswohnungen mussten weichen, fast fünftausend Menschen wurden umgesiedelt. Anders als etwa in New York sollten nach dem Plan der Stadtentwickler in Hamburg keine Hochhäuser das Gesicht der Innenstadt verschandeln. Gleichzeitig wollte man den Konzernen eine Möglichkeit zur Entfaltung bieten und somit einer drohenden Abwanderung in Städte mit mehr Platz entgegen treten. Dementsprechend glich die City Nord sehr schnell einer menschenfeindlichen Stein- und Betonwüste. Zu Repräsentationszwecken behielt Kohlmann Logistic, damals noch unter Leitung von Emil Kohlmann, die obersten vier Stockwerke der alten Firmenzentrale direkt an der Elbe. Hier hatte

Kohlmann sein Büro mit Panoramablick auf den Fluss und die Hafenanlagen. Wenn hochrangige Vertreter potentieller Neukunden nach Hamburg kamen, empfing er sie hier oder in einem der Konferenzräume in den Stockwerken darunter, deren Blick in den Hafen nicht weniger dramatisch schön war. Gelegentlich fuhren Kreuzfahrtriesen an den Fenstern vorbei und verdunkelten das Innere des Gebäudes. Besonders die Queen Mary II war auf diese Weise immer wieder eine Attraktion für die Mitarbeiter, die das Glück hatten, nicht in der elf Kilometer entfernten Betonwüste zu arbeiten.

Natürlich gab es wichtige Geschäfte, die auf Heiner Kohlmann warteten, und Entscheidungen, die sofort gefällt werden mussten. Die vier Monate, die der Chef in Untersuchungshaft verbracht hatte, waren, trotz brauchbarer Geschäftsführer und ebensolcher Berater, nicht spurlos an der Firmenführung vorbeigegangen. Tatsächlich stapelten sich entsprechende Unterlagen auf dem riesigen Schreibtisch, der neben einer Ledergarnitur die Hauptattraktion des sparsam eingerichteten Raums war. Doch seit er die Tür hinter sich geschlossen hatte, kümmerte Kohlmann sich nicht darum. Er hatte seinen Sessel zum Fenster gedreht und saß nur so da.

Erneut hatte leichter Schneefall eingesetzt. Er trieb mit dem Wind durch den Hafen und war wunderschön anzusehen. Kohlmann wusste, wie es sich anfühlte, wenn einem die Kälte durch das Gesicht schnitt und die Hände binnen Minuten gefühllos wurden.

Durch die Gegensprechanlage auf seinem Schreibtisch verkündete eine nette Stimme, dass Frau

Fleur jetzt da sei. Zoé Fleur. Natürlich war das ein Künstlername, aber ein sehr treffender. Sie war schön, schlagfertig und hatte die richtige Portion Humor. Seit Kohlmanns Frau vor fünf Jahren elendig an Krebs gestorben war, brauchte er zur Begleiten für Empfänge oder wichtige Geschäftsessen eine repräsentative Begleitung. Zoé Fleur erfüllte die Anforderungen in allen Belangen am besten. Nachdem Kohlmann sie das erste Mal zur Begleitung bekommen hatte, verlangte er bei der Escort-Agentur nach keiner anderen mehr. Falls sie schon anderweitig verpflichtet war, musste die Agentur sich etwas einfallen lassen. Denn Kohlmann bezahlte so gut, dass man ihm alle Wünsche erfüllte.

Er erhob sich aus seinem Drehsessel, antwortete durch die Sprechanlage, dass Fleur hereinkommen solle. Wie gewohnt strahlte ihre Erscheinung, als sie den Raum betrat. Der Schnee auf den Schulterpartien ihres Mantels und ihrem Haaransatz hatte sich aufgelöst und umgab sie mit einem Funkeln.

»Legen Sie doch bitte noch kurz den Mantel ab«, bat Kohlmann. »Wir haben noch etwas Zeit bis zur Party.«

Das mit Pailletten besetzte Kleid, das unter dem Mantel hervorkam, glitzerte trotz der indirekten Beleuchtung. Fleur hatte mit ihren fünfunddreißig Jahren das perfekte Alter, um an Kohlmanns Seite zu glänzen. Sie war eine Freude für jeden Betrachter, aber nicht zu jung, um neben einem älteren Mann geschmacklos zu wirken. Nach einem Abitur mit 1,8 hatte sie Fremdsprachensekretärin gelernt, um anschließend noch ein paar Sprachen zu studieren. Mühelos hätte sie in diesem Bereich einen Job finden können, doch schon früh merkte Fleur, dass ihr wahres Talent in der Unterhaltung von Menschen lag. Mühelos bewegte sie sich auf dem Parkett der High Society, beeindruckte die Frauen mit ihrem sprühenden Charme und verzauberte gleichzeitig die Männer. Die Arbeit für den Escort-Service vereinbarte alle ihre Fähigkeiten. Außerdem bekam sie für weniger Aufwand weitaus mehr Geld als jede Sekretärin.

»Wie oft hatte ich jetzt schon das Vergnügen Ihrer Begleitung?«, fragte Kohlmann vom Schreibtisch aus. »Zwanzig- oder dreißigmal?«

Zoé Fleur stimmte zu, während sie ihren Mantel am Garderobenständer neben der Tür aufhängte.

»Und war ich nicht immer ein Gentleman zu Ihnen?«

»Das waren Sie.«

»Dann bitte ich Sie, mir mein folgendes Ansinnen nicht zu verdenken, falls es Ihnen nicht gefällt.«

Zoé Fleur blieb bei der Garderobe stehen und sah Kohlmann an.

»Ich weiß, dass Ihre Agentur Sie sehr gut bezahlt. Vermutlich erhalten Sie für Ihre Arbeit etwa fünfundsechzig oder siebzig Prozent von dem, was ich bezahle. Und ich finde, dass Sie jeden Cent davon verdienen. Ihre Art, mich zu unterhalten, während ich mich mit den größten Langweilern treffen muss, ist einzigartig. Das möchte ich betonen.«

Fleur nickte leicht als Dankeschön für das Kompliment.

»Bisher haben wir es allein bei dieser Art Geschäftsbeziehung belassen. Nun aber möchte ich Sie ganz direkt fragen, ob Sie neben dieser üblichen Art unter gewissen Voraussetzungen zu ganz bestimmten Sonderleistungen bereit wären.«

Zoé Fleur wusste sofort, was Kohlmann meinte. Und tatsächlich kam es vor, dass sie mit einigen Kunden auch ins Bett ging. Dies geschah weniger des finanziellen Anreizes wegen, als dass es dem jeweiligen Augenblick geschuldet war. Einige ihrer Kunden fand sie durchaus attraktiv und anziehend. Nach einem besonders schönen Abend war auch sie dann körperlicher Nähe nicht abgeneigt. Doch in jedem dieser Fälle mussten die entsprechenden Signale vom Mann ausgehen. Auf keinen Fall wollte sie anschließend als eine Art besonders gut bezahlte Prostituierte gelten. Die Männer sollten nicht so über sie denken und sie wollte es über sich selbst auch nicht. Das jeweilige Arrangement verlief daher immer eher nonverbal. Sie setzten den Spaß des Abends ganz natürlich im Bett fort, und anschließend steckte ihr der Mann ein paar Scheine extra in die Manteltasche. Das war alles. Falls es zu einem weiteren Treffen kam, konnten alle ganz ungezwungen zu der üblichen Art ihrer Dienstleistungen zurückkehren.

»Ich meine eine Sonderleistung, die ich selbstverständlich entsprechend honorieren würde. Ohne Ihnen zu nahe treten zu wollen, möchte ich Ihnen konkret dreitausend Euro geben, wenn Sie hier und jetzt noch vor unserem Partybesuch zu dieser Sonderleistung willens wären. Ich habe einen Umschlag mit entsprechender Summe in meinem Schreibtisch. Die Agentur würde hiervon natürlich nichts erfahren. Was sagen Sie zu diesem Vorschlag?«

Die Direktheit des Angebots gefiel Zoé Fleur tatsächlich nicht, sie wusste aber, dass Kohlmann einige Zeit im Gefängnis verbracht hatte und erst heute wieder freigelassen wurde. Damit entschuldigte sie diese Direktheit. Zum anderen mochte sie diesen erfolgreichen und für sein Alter überaus fit wirkenden Geschäftsmann. Wie er es selbst über sich gesagt hatte, war er immer der perfekte Gentleman gewesen. Sie hatten viele schöne Abende miteinander verbracht, und eigentlich hatte sie schon viel eher mit einem ähnlichen, wenn auch weitaus diskreterem Angebot gerechnet. Bei den Kategorien *geht gar nicht* über *unter gewissen Umständen* bis zu *jederzeit gerne* fiel er schon länger in die letzte. Um ehrlich zu sein, war die grundsätzliche Bereitschaft, sich mit einem Kunden auf mehr einzulassen, sogar Voraussetzung, um bei der Agentur aufgenommen zu werden. Andernfalls konnte man noch so toll aussehen, das nützte nichts. Und dreitausend war eine Summe, die ihr noch keiner nebenher gegeben hatte. So brauchte Zoé Fleur nicht lange zu überlegen, um Kohlmanns Vorschlag mit einem wortlosen Nicken zuzustimmen. Durch das viele Geld fühlte sie sich sogar geschmeichelt.

»Dann kommen Sie zu mir und ziehen Sie bitte vorher Ihre Schuhe aus. Die sind ja die reinsten Waffen.«

Lächelnd schlüpfte Zoé Fleur aus ihren High Heels, während Kohlmann den Schreibtisch öffnete und besagten Umschlag herausholte. Barfuß schritt Zoé Fleur auf ihn zu, und sie war in ihrem kurzen Cocktailkleid mit den schwarzen Nylonstrümpfen in diesem Augenblick zweifellos die schönste Frau der Welt. Als sie den Schreibtisch erreichte, griff Kohlmann noch einmal in die Schublade.

»Und diese zweitausend sind dafür, dass die Sache hier auch wirklich absolut unter uns bleibt. Habe ich Ihr Wort darauf.«

Zoé Fleur stimmte zu, nahm den Umschlag, in den Kohlmann auch das restliche Geld gesteckt hatte und ließ ihn in ihrer eleganten Handtasche verschwinden. Kohlmann nickte zufrieden und trat langsam hinter sie. Die überirdisch schöne Frau blickte durch die riesige Panoramascheibe auf die im Wind tanzenden Fahnen, während Kohlmanns Atem ihren Nacken streichelte.

»Ziehen Sie nun bitte Ihren Slip aus.«

Noch hatte der Mann hinter ihr sie nicht wirklich berührt. Zoé Fleur griff kurz an sich hinunter und ein Stück Stoff glitt an ihren Beinen hinunter.

»Leg dich auf den Tisch«, sagte Kohlmann.

Der Blick von Zoé Fleur ging kurz zu der bequem aussehenden Ledercouch, die neben zwei Sesseln und einem niedrigen Tisch auf einem dicken Teppich stand. Der Ort wäre vielleicht passender gewesen, doch wenn Kohlmann den Schreibtisch vorzog, sollte er es so haben. Sie drehte sich um und wollte sich mit dem Hintern auf die Stirnseite des Tisches setzen, doch Kohlmann hielt sie zurück.

»Nicht so. Leg dich mit dem Bauch darauf. Und dann zieh dein Kleid hoch.«

Fleur hob kurz die perfekt gezupften Augenbrauen, dann zog sie ihr Kleid hoch, legte sich vorwärts auf den Tisch und stützte das Gesicht in die Hände.

»Tiefer«, sagte Kohlmann, fasste ihr dabei mit der einer Hand in den Nacken und drückte sie mit der anderen zwischen den Schulterblättern hinunter. Zoé Fleur musste kurz auflachen, denn die gläserne Schreibtischauflage fühlte sich kalt an.

»Ist das zum Lachen?«, fragte Kohlmann und mit einem Mal konnte sie den Klang seiner Stimme nicht mehr richtig deuten. Etwas Unheimliches passierte gerade.

»Es gibt Männer, die behaupten, dass sie aus dieser Entfernung eine feuchte Pussy riechen können«, sagte Kohlmann, während das Klimpern eines Gürtels verriet, dass er seine Hose hinunterließ. »Aber für mich riecht da unten alles nur nach Arsch.«

Zoé Fleur zuckte nicht nur innerlich zusammen, während sie spürte, wie etwas genau in der Gegend herumzustochern begann, von der Kohlmann sprach. Sie wollte schon sagen, dass Kohlmann bei der falschen Körperöffnung zugange sei, als sie hörte, wie er sich mehrfach in die Hand spuckte und sie begriff, dass dem nicht so war.

»Entspann dich und genieß es«, sagte Kohlmann. Dann fuhr ein schneidender Schmerz in Fiona Fleur. Tränen schossen ihr in die Augen, während er ihren Oberkörper weiter auf den Tisch presste. Sie hatte den Kopf auf die Seite gelegt. Das Glas presste sich an ihr Gesicht und war genauso kalt wie der wolkenverhangene Nachmittag jenseits der Panoramascheibe. Die Geräusche, die aus Fleurs Mund drangen, waren keine Laute der Leidenschaft. Nun wusste sie, wofür Kohlmann ihr so viel Geld gegeben hatte.

20

Die Frauen und Männer der SOKO Komarow gingen systematisch allen Hinweisen nach. Die Anteilnahme der Bevölkerung am Verbleib der Familie war weiterhin groß. Das hatte sich auch nicht geändert, als Oleg Komarow tot aus der Dove Elbe gezogen wurde. Der begleitende Medienrummel hatte die laufende Suchaktion sogar noch einmal ins Bewusstsein der Menschen zurückgeholt. Täglich gab es neue Anrufe von Leuten, die die vermisste blonde Frau mit ihren beiden Kindern gesehen haben wollten. Einige sogar nach ihrem offiziellen Verschwinden. Doch diese Hinweise stellten sich jedes Mal als Verwechslungen heraus. Es gab auch Leute, die von Beobachtungen vor dem offiziellen Vermisstendatum erzählen konnten. Die meisten Meldungen bezogen sich auf Oleg Komarow. Der war noch mehrfach in der Nähe seines Hauses gesehen worden, ebenso auf einem Supermarktparkplatz und in einem Baumarkt, der in relativer Nähe zum Haus lag. Im Baumarkt hatte er am Freitagnachmittag um 15:49 Uhr einen Eimer Farbe gekauft. Das ließ sich anhand einer Kassenprüfung genau feststellen. Diesen Farbeimer hatte man an Olegs Füße gebunden aufgefunden, als ihn Polizeitaucher aus dem Wasser zogen. Der Kreis schien sich für Komarow am Ufer der Dove Elbe geschlossen zu haben. Doch die anderen Familienmitglieder hatte man noch immer nicht gefunden. Als dann zwei voneinander unabhängige Informationen herein kamen, dass die gesamte Familie Komarow am frühen Freitagmorgen auf dem Rundwanderweg am Bramfelder See unterwegs gewesen war, entschied man sich, der Sache mit Spürhunden nachzugehen. Der erste Hinweis hierzu lag bereits Mitte der Woche vor. Doch da war die Zahl der konkreten Spuren, die abgearbeitet werden mussten, noch so groß, dass man ihm keine Priorität einräumte. Als nun ein älterer Mann am Telefon auch meinte, er habe die Familie an diesem See gesehen, wurde ein Mitarbeiter der SOKO aufmerksam. Bei der täglichen Besprechung um 8:30 Uhr legte er die beiden zueinander passenden Gesprächsprotokolle vor. Die Hundeführer wurden eine Stunde später alarmiert. Bulli und Cora, ein Weimaraner und eine Labradordame, suchten das Umfeld des Sees getrennt voneinander ab. Bulli zuerst. Er schlug mehrfach am östlichen Ufer an und führte die Polizei bis zu einer Stelle, die nordöstlich mit Blick auf zwei kleine Inseln lag. Cora bestätigte die Fundstelle eine halbe Stunde später. Die Einheit der Polizeitaucher wurde gegen 11 Uhr 30 angefordert und traf gegen 12 Uhr 15 am Bramfelder See ein. Es gab eine Lagebesprechung, der LKW mit der Tauchausrüstung wurde über einen Forstweg möglichst dicht an den Ort heran gebracht, wo Bulli und Cora angeschlagen hatten. Gegen 13 Uhr war der erste Taucher im Wasser. Ein Schlauchboot wurde abgesetzt und unterstützte die Suche. Um 14 Uhr war dann auch Helmut Niemann, der Pressesprecher der Hamburger Polizei, vor Ort. Wie immer wirkte er sehr aufgeräumt und konzentriert. Die ersten Blaulichtreporter waren bereits vor den Polizeitauchern am See gewesen. Den

Hundeeinsatz hatten sie verpasst, doch die Digitalalarmierung für das Taucherteam war ihnen nicht entgangen. Da der nordöstliche Teil des Wanderwegs mit Flatterband abgesperrt war und von dort niemand, der nicht autorisiert war, dichter an die Einsatzstelle herankam, suchten sie sich auf der gegenüberliegenden Seeseite eine Stelle, von der es einen guten Blick auf das Geschehen gab. Mit einem entsprechenden Teleobjektiv konnten sie gute Fotos quer über den an dieser Stelle nicht sehr breiten See machen. Gegen 15 Uhr begann ein Fernsehsender, ein mehrere hundert Meter langes Versorgungskabel bis an den See zu verlegen. Für 16 Uhr war eine Live-Schalte in eine Nachrichtensendung geplant. Pressesprecher Niemann hatte zugesagt, einer hübsch angezogenen Reporterin als Interviewpartner zur Verfügung zu stehen. Genau zu dieser Zeit traf auch Jan an der provisorisch eingerichteten Pressestelle ein. Mit vor der Brust verschränkten Armen stellte er sich nur fünf Meter von der Reporterin auf, die Niemann ein Mikrofon mit blauem Windschutz ins Gesicht hielt. Ohne sich großartig bemühen zu müssen, wurde er so über den aktuellen Stand der Suchaktion informiert.

Jan war noch immer müde von der nächtlichen Observation des Lagerhauses im Pinkertweg und fror innerlich trotz des Pullovers und der dicken Jacke, die er darüber an hatte. Als Christian Freitag ihn anrief und von der Suchaktion am Bramfelder See erzählte, hatte er sich gerade noch mal hingelegt. Er wollte Kräfte sammeln, um in der kommenden Nacht noch einmal das Lagerhaus im Auge zu behalten. Stattdessen zog er sich widerwillig an und fuhr nach Bramfeld. Das war noch umständlicher und weiter, als nach Allermöhe zu kommen. Was um alles in der Welt hätten die Komarows dort verloren gehabt?

Wegen der überhängenden Bäume am Uferbereich lag am Wanderweg noch nicht sehr viel Schnee. Dafür knirschte das gefrorene Laub aus dem vergangenen Herbst unter Jans Schuhsohlen. Der Fernsehsender hatte einen LED-Scheinwerfer aufgestellt, um Niemann auszuleuchten. Während dieser sprach, konnte man auf dem See das Kleinboot hin- und herfahren sehen. Bei der hereinbrechenden Dämmerung war nur noch ein Taucher im Wasser.

Niemann berichtete von der Entscheidungskette, die dazu geführt hatte, dass die Polizei den See absuchte. Er erzählte vom ersten Hinweis, der bereits vergangene Woche eingegangen sei. Da dieser jedoch nicht besonders konkret war und noch viele andere Spuren zu prüfen waren, wurde die Suche an diesem Ort erst heute gestartet. Die Spürhunde hätten auch die Angaben einer zweiten Zeugin bestätigt. Seit ein paar Stunden sei man nun im Wasser, um den Seegrund abzusuchen. Im Prinzip erzählte er exakt das, was bereits in der Pressemitteilung stand.

»Haben die Taucher schon etwas gefunden?«, fragte die Reporterin und hielt den In-Ear-Kopfhörer mit einer Hand fest, der sie mit dem Sendestudio verband.

»Die Suche in solchen Gewässern ist immer mit besonderen Schwierigkeiten verbunden. Der Boden ist morastig. Die Taucher sehen absolut nichts. Sie müssen das gesamte Suchgebiet mit den Händen ertasten. Sie müssen sich das wie bei einem Hampelmann vorstellen, dessen Arme und Beine gleichzeitig bewegt werden. Nur, dass er nicht an der Wand hängt. Die Taucher schweben etwa zehn Zentimeter über dem

Grund und machen dann ihre Arbeit. Das ist sehr mühsam und zeitaufwändig. Wenn sie irgendwo gegenstoßen, müssen sie es genauer untersuchen. Doch bisher haben sie nur größere Äste und ein entsorgtes Fahrrad gefunden.«

Niemanns Ausführungen wurden davon unterstrichen, dass die Fotografen längst ihre Kameras sinken gelassen hatten und die Fernsehkameras der Nachrichtenagenturen seit einiger Zeit unberührt auf ihren Stativen standen. Alle warteten nur darauf, dass auch der letzte Taucher aus dem Wasser kam, damit man die Sachen zusammenpacken und nach Hause fahren konnte. Am frühen Nachmittag hatte noch Hoffnung auf einen schnellen Sucherfolg bestanden. Jetzt rechnete kaum noch jemand damit, dass der letzte Taucher etwas zu Tage beförderte, was die anderen übersehen hatten. Der etwas dickbäuchige Fotograf, den Jan bereits auf der Brücke in der Nähe von Komarows Wohnhaus kennengelernt hatte, stellte sich zu ihm.

»Auch wieder da.«

»Ein bisschen spät, aber besser als nie.«

»Weiß nicht. Das wird doch hier nichts mehr.«

»Warum nicht?«

»Überleg' mal, wenn der Alte schon vor Tagen von allein wieder hochgekommen ist, dann würden die anderen jetzt doch auch schon lange an der Oberfläche treiben.«

»Es sei denn, sie wurden mit besseren Gewichten befestigt. Oder sie klemmen irgendwo fest.«

»Ja, vielleicht.«

»Die Hunde haben doch angeschlagen. Vorher haben sie bestimmt Geruchsproben von den Vermissten bekommen.«

»Da sage ich auch nichts gegen. Aber mal ehrlich. Der hat die doch hier nicht versenkt. Dafür gehen hier viel zu viele Leute spazieren. Das wäre aufgefallen.«

»Also sind sie nicht hier?«

»Nicht im Wasser.« Der Fotograf zwinkerte Jan verschwörerisch zu. »Ich wette, er hat sie irgendwo im Waldstück zwischen dem See und dem Ohlsdorfer Friedhof vergraben. Der liegt doch gleich dahinter.«

»Okay.«

»Aber seit wir Frost haben, lässt sich der Boden natürlich nur noch schwer untersuchen. Vielleicht müssen wir bis zum nächsten Tauwetter warten, bis sie die finden.«

»Könnte sein.«

»Wollen wir wetten?« Die Frage war rhetorisch. Denn der Fotograf grinste zu seinen Worten. »Na ja, Niemann hat schon gesagt, dass sie morgen weitersuchen. Dann kämmt 'ne Hundertschaft das Wäldchen durch. Bist du dann auch wieder dabei?«

Jan zuckte mit den Schultern, doch er wusste schon jetzt, dass er es sich nicht entgehen lassen durfte, dabei zu sein, wenn sie Christina Komarow und ihre Kinder im See oder im Wald fanden. Der erste Teil des Rätsels wäre dann gelöst. Doch mehr noch als der Ort, an dem Oleg Komarow seine Familie verschwinden ließ, interessierte Jan die Frage, warum er es getan hatte. Eine Antwort auf diese Frage würde Jan hier vermutlich eher nicht finden. Trotzdem war es für ihn selbst eine gute Ausrede, um sich diese Nacht doch nicht schon wieder vor die Lagerhalle im Pinkertweg aufzustellen und dort erneut einzufrieren. Er musste schlafen, um am nächsten Morgen fit für das vermeintlich letzte Kapitel in der Vermisstensache Komarow zu sein.

21

Die Blaulichtjournalisten waren am nächsten Morgen lange vor der Polizei wieder an der Einsatzstelle. Während die Mannschaftsbusse der angekündigten Hundertschaft erst gegen zehn Uhr eintrafen, durchstöberten Fotografen das Gelände bereits seit acht Uhr. Bevor Flatterbänder ihnen wieder den Zutritt ans nordöstliche Ufer versperren würden, suchten sie sich eine gute Position am Waldrand. Auch Wolfgang Burmeister, der Fotograf, dessen Namen Jan erst beim Abschied am Abend zuvor erfahren hatte, machte es so. Vorsichtig tapste er den Waldweg entlang, wartete auf etwas Tageslicht, um sich zu orientieren und dann im Unterholz zu verschwinden. Aufmerksam achtete er auf jeden Fleck Erde, auf den er seinen Fuß stellte, denn womöglich handelte es sich dabei um ein Grab. Dann kam die Bereitschaftspolizei zum Einsatz. Die Beamten der Hundertschaft stocherten mit langen Stangen im Untergrund herum. Zwei weitere Suchhunde hatten vorher die von Bulli und Cora angezeigte Uferstelle bestätigt. Von diesen Hunden hatte Wolfgang Burmeister bereits sehr gute Aufnahmen im Kasten, als sich die Polizeikette seinem Versteck näherte. Da es keine Chance gab, nicht entdeckt zu werden, stellte er sich mit seiner besten Unschuldsmiene in die Landschaft und knipste drauflos. Zwei Polizisten sahen sich an und begannen miteinander zu feixen, als sie ihn bemerkten. Die kleine Abwechslung störte sie nicht. Kaum verlegen machte Burmeister noch ein paar Aufnahmen und ging dann quer durch das Wäldchen zum Forstweg. Damit vermied er es, dem eigentlichen Rundwanderweg und somit dem Seeufer zu nahe zu kommen. Ein Einsatzleiter der Polizei wäre sonst vielleicht nicht so gnädig zu ihm gewesen wie die beiden Bereitschaftspolizisten und hätte ihn des Platzes verweisen können. Zufrieden trat er sich die Schuhe ab, als er wieder Gehwegplatten unter den Füßen hatte und ging an der Straße entlang um die östliche Spitze des Sees herum, um zu seinem Auto zu gelangen. Jan parkte direkt dahinter. Als er Burmeister sah, stieg er mit zwei Pappbechern Kaffee aus. Einen hielt er dem Fotografen mit den Worten entgegen, dass er sich gedacht habe, dieser könne vielleicht auch einen gebrauchen.

Burmeister bedankte sich und zeigte bereitwillig die Fotos, die er bisher geschossen hatte. Jan würdigte die Bilder mit anerkennendem Nicken.

»Die setze ich jetzt erst mal vom Auto aus ab«, strahlte der Fotograf »und dann sehen wir weiter.«

»Ich habe schon mit Niemann telefoniert. Als nächstes werden sie ein Kleinboot mit Sonar in den See setzen und den Grund damit absuchen. Verdächtige Stellen sollen anschließend von den Tauchern kontrolliert werden.«

»Auch noch mal schöne Bilder«, meinte Burmeister. »Rufst du mich, wenn was passiert, während ich die Bilder noch kurz auf unseren Server schiebe?«

Jan nickte. Auf eine derartige Kooperation hatte er gehofft, als er den zweiten Kaffee beim Bäcker mitnahm. So würde er sich ab und zu im Auto aufwärmen können, während Burmeister die Fortschritte der

Suchmaßnahmen im Auge behielt. Ohne eigene Kamera war Jan kein Konkurrent für den Fotografen. Warum also nicht das Beste aus der Situation machen?

Das Sonarboot wurde gegen elf Uhr zu Wasser gelassen. Da hatte die Hundertschaft bereits den schmalen Waldgürtel, der sich um den See legte, zur Hälfte abgesucht. Burmeister stand längst wieder neben Jan und fotografierte quer über den See, wie die Techniker ihre Geräte kalibrierten und dann mit dem Boot vom Ufer ablegten. Probeweise fuhren sie ein Stück den See hinauf und kamen dann an die östliche Spitze zurück. Von dort begannen sie mit einem Suchmuster den Grund abzusuchen. Schnell fanden sie die erste auffällige Stelle und setzten eine Markierungsboje ab. Jan hörte den sich immer wieder öffnenden und schließenden Kameraverschluss neben sich klicken.

»Gefällt mir«, meinte Burmeister grinsend. »Dann können ja jetzt die Taucher kommen.«

Doch die Taucher kamen nicht. Unermüdlich fuhr die Besatzung des Kleinboots den See auf und ab. Eine Boje nach der anderen wurde gesetzt. Die Hundertschaft hatte ihre Suche an Land bereits abgeschlossen, als das Boot endlich zurück zum Ufer fuhr.

Helmut Niemann stand der Presse wieder persönlich für Fragen vor Ort zur Verfügung.

»Fertig?«, fragte ihn dieselbe Reporterin vom Fernsehen, die ihn bereits am Vortag interviewt hatte und deren Füße mittlerweile fast am Boden festgefroren waren.

Niemann schüttelte den Kopf. »Mittag«, sagte er. »Eine Stunde Pause.«

Jan sah Frustration im Gesicht der Kollegin und konnte diese sehr gut nachvollziehen. Schnell leerte sich der Platz am Ufer. Alle suchten sich eine Bäckerei, einen Imbiss oder ein Restaurant mit Mittagstisch, um sich aufzuwärmen und mittels fester Nahrung wieder etwas Zuversicht in den eigenen Körper zu bringen. Wolfgang Burmeister zeigte Jan begeistert die Online-Seite einer Zeitung, auf der zwei seiner Bilder zu sehen waren, während er zeitgleich in eine Bratwurst zwischen zwei Brötchenhälften biss.

»Mal wieder schneller als die Mitbewerber«, sagte Burmeister mit vollem Mund. »Und auch besser. Die Suchhunde in Aktion hat sonst keiner so nah wie ich. Und auch die Suchbilder von den Polizisten hier. Ich bin echt zufrieden, Mann.«

»Da hat sich das frühe Aufstehen gelohnt.«

»Kannste so sagen, Mann. Hat sich gelohnt. Aber es ist auch der Jagdinstinkt, der einen antreibt. Gebe ich gerne zu. Ist nun mal so. Guck dir die meisten anderen an. Stehen brav bei der Absperrung. Das Boot auf dem See kriegen sie von da auch. Klar. Aber die echte *Action*, die sieht man doch auf meinen Bildern hier. Und das ist es, was ich liebe.«

Sie brauchten nur fünf Minuten zurück und erreichten das Seeufer daher noch bevor die Leute auf dem Sonarboot ihre Arbeit wieder aufgenommen hatten. Jan sah sich die Gesichter der Herumstehenden an. Hartgesottene Fotografen und Kameraleute vom Fernsehen, die genau wie Burmeister in ihrer dicken Kleidung bestens auf die frostigen Temperaturen eingestellt waren. Daneben frierende Redakteure, die zwar wussten, dass sie heute für einen Außeneinsatz eingeteilt waren und das Thermometer minus vier

Grad zeigte, die aber trotzdem noch irgendwie modisch gekleidet aussehen mussten und dafür in Kauf nahmen, sehr viel empfindlicher als die anderen von der Kälte gequält zu werden. Außerdem kamen immer wieder Spaziergänger und neugierige Anwohner aus der benachbarten Wohnsiedlung vorbei, um zu sehen, was an *ihrem* See so Spannendes passierte. Der größte Teil des Rundwanderwegs war wieder freigegeben. Lediglich einige hundert Meter nördlich und südlich von der Stelle, an der die Hunde angeschlagen hatten, war noch abgesperrt.

Als die Dämmerung einsetzte, hatte die Bootsbesatzung insgesamt neunundfünfzig Bojen über den gesamten See verteilt. Und nicht ein Taucher war bisher ins Wasser gegangen. Die gesamte Suchaktion unter Wasser wurde auf den nächsten Tag verschoben. Wieder gab Niemann ein Abschlussinterview an die versammelte Presse.

Jan fuhr nach Hause, duschte heiß und überlegte, ob es nicht doch Sinn machte, die Einliegerwohnung möglichst bald zu renovieren. Besonders im Winter würden sich die Räume mit normaler Deckenhöhe wesentlich besser heizen lassen als der Gemeindesaal unten. Im Wasserkocher brodelte es. Jan goss zwei fingerbreit Rum in einen Becher, gab das kochende Wasser dazu und rührte etwas Zucker darunter. Auch am nächsten Tag konnte es lange dauern, bis die Taucher Christina Komarow oder eines ihrer Kinder oder alle zusammen finden würden. Es machte daher kaum Sinn, sich schon ab morgens dem Wind und der Kälte am Bramfelder See auszusetzen. Vielleicht sollte Jan einfach Burmeister anrufen, damit dieser sich bei ihm meldete, wenn die Polizei jemanden aus dem See zog. Wenn dieser dann nicht anrief, würde Jan den Tag nutzen, um Kräfte für eine erneute Observierung der Lagerhalle zu sammeln. Doch dann fiel ihm die Frau ein, die am Nachmittag für eine Weile nicht weit von ihm entfernt gestanden hatte. Sie war etwa einen Meter siebzig groß. Trotz des dicken Daunenmantels, dessen knalliges Rot in der winterlichen Umgebung wie ein lauter Schrei wirkte, konnte Jan erkennen, dass die Frau ausladend weibliche Hüften und eine beachtliche Oberweite hatte. Eine hochgeschlagene Kapuze verwehrte ihm, ihre Haarfarbe zu erkennen, dafür sah er braune Augen im Schatten der Kopfbedeckung schimmern. Jan glaubte sich daran zu erinnern, dass die Frau bereits am Tag zuvor kurz am See gestanden und den Tauchern bei der Arbeit zugesehen hatte. Doch das allein war es nicht, was Jan nun an sie denken ließ. Neugierige, die den Weg an den See gefunden hatten, gab es genug. Was Jan viel mehr beschäftigte, war der deutlich slawische Akzent, mit dem sie ihn entschuldigend ansprach, als sie sich beim Weggehen an ihm vorbei drängeln musste. Der Wanderweg war nicht besonders breit, und es standen reichlich Menschen und Technik im Weg herum. Bereitwillig war Jan einen Schritt nach hinten gegangen, um die Frau passieren zu lassen. Ein deutlich zu heftig aufgetragenes Parfüm blieb dabei in der Luft hängen und eben diese russisch anmutende Stimme in Jans Kopf. Ganz plötzlich stellten sich in Jans Gedanken Zusammenhänge zwischen dieser Frau und der verschwundenen russischen Familie her. Warum hätte Oleg Komarow gerade zu diesem See fahren sollen? Vielleicht weil es jemanden in der Nähe gab, den er als Vorwand und zur Beruhigung für seine Frau und die

Kinder vorschieben konnte? Vielleicht eine Freundin, die er zu besuchen vorgegeben hatte? Vielleicht eine Frau in einem schreiend roten Daunenmantel? Nun hatte Jan doch einen Grund, am nächsten Tag noch einmal selbst zum Bramfelder See zu fahren. Aber nicht, um bei der Bergung dreier Wasserleichen dabei zu sein.

22

Die Frau im roten Daunenmantel ließ auf sich warten. Auch an den Tagen zuvor war sie immer erst am späten Nachmittag an der für die Presse eingerichteten Sammelstelle erschienen. Ob das auch diesmal wieder so sein würde, wusste Jan nicht. Deshalb war er selbst ab elf Uhr wieder vor Ort. Während alle anderen den Tauchern beim Einsammeln der Markierungsbojen zusahen, musterte Jan erwartungsvoll jeden Spaziergänger, der auf dem Rundwanderweg um die Ecke bog. Als Burmeister gegen Mittag fragte, ob sie wieder zusammen zur heißen Theke in der Schlachterei wollten, lehnte Jan ab. Er hatte keine Lust, die Frau wegen einem Stück Leberkäse oder einer Frikadelle mit Senf zu verpassen. Zum Glück brachte Burmeister ihm etwas in einer Warmhaltetüte mit.

»Da waren auch Servietten bei«, meinte Burmeister mit Hinweis auf etwas Senf an Jans Mundwinkel. Der tupfte sich das gelbe Zeug aus dem Gesicht, während Burmeister seine x-te Zigarette anzündete.

»Den Burschen scheint das Wetter ja nichts auszumachen«, sagte Jan, während die Taucher ihre Arbeit stoisch fortsetzten.

»Das macht für die keinen Unterschied. Selbst wenn schon Eis auf der Oberfläche wäre.«

»Sind eben dick genug angezogen«, meinte Jan.

Burmeister nickte und blies etwas Rauch in den kalten Nachmittag. Der Himmel hatte sich verdunkelt. Vielleicht würde es nachher wieder Schnee geben.

Der knallrote Mantel erschien gegen fünfzehn Uhr dreißig. Jan erkannte die Frau sofort. Sie kam den Weg mit kurzen Schritten entlang, hatte wieder die Kapuze hochgeschlagen und dasselbe Parfüm aufgetragen. Jan tat ungerührt, als sie an ihm vorbei ging, behielt sie aber ganz genau im Auge. Die Frau stellte sich nah genug an Niemann und zwei Journalisten heran, um nicht aufzufallen, gleichzeitig aber alles zu hören, was der Pressesprecher der Polizei erzählte. Längst hatte sie festgestellt, dass der Großteil der Bojen von der Wasseroberfläche verschwunden war, ohne dass die Taucher etwas aus dem See befördert hatten. Als sie gehört hatte, was sie wissen wollte, trat sie einige Schritte zurück und zündete sich eine schlanke, überlange Zigarette an. Nach fünf Minuten zertrat sie deren glühenden Rest mit ihrer Stiefelspitze und schickte sich an, den Weg wieder zurück zu gehen, den sie gekommen war. Jan verabschiedete sich bei Burmeister mit den Worten, dass er nicht glaube, dass noch etwas passiere.

»Wenn doch, kannste dir meine Fotos dazu in der Zeitung angucken.« Der Fotograf grinste siegesbewusst.

Jan nickte zustimmend, dann setzte er zur Verfolgung der Frau im roten Daunenmantel an. Grundsätzlich wäre es leichter gewesen, sie am Ufer des Sees anzusprechen, dort wo alle dasselbe Interesse zu teilen schienen, doch dann hätten die Kollegen auch auf sie aufmerksam werden können. Und das wollte Jan um jeden Preis verhindern. Die Jungs und Mädels von der

Boulevardpresse konnten zwar alle sehr nett sein, machten ihren Job aber auch nicht erst seit gestern. Wenn die erst einmal eine Fährte witterten, ließen sie in der Regel nicht mehr locker.

Trotz der kurzen Schritte, die die Frau machte, war sie, als Jan den Wanderweg verließ, schon weiter die Straße hinauf als er erwartet hatte. Doch er brauchte keine Angst zu haben, sie zu verlieren: Der rote Mantel war einfach zu auffällig. Er folgte ihr bis zu einem Supermarkt. Sie kaufte Obst und Salat, Quark und Dinkelcornflakes, ließ die Finger von den Süßigkeiten, legte stattdessen noch eine Flasche Wodka und ein Päckchen Zigaretten auf das Laufband an der Kasse.

Auch hier war kein schlechter Ort, um die Frau anzusprechen. Doch dann würde Jan noch immer nicht wissen, wo sie wohnte. Falls sie ihm gegenüber ablehnend war, würde er damit die Möglichkeit aus der Hand geben, sie später noch einmal aufzusuchen. Daher bedachte er die Verkäuferin nur mit einem freundlichen Lächeln, als er durch die Kassenfront ging, ohne etwas zu kaufen, und folgte der Frau, die nun eine halbvolle Einkaufstüte in der Hand hielt, wieder mit entsprechendem Abstand.

Der groben Richtung nach ging es zurück zum See. Doch statt den Rundwanderweg zu benutzen, steuerte die Frau ein Reihenhaus an, durchquerte einen winzigen Vorgarten und zog einen Schlüsselbund aus der Tasche.

Besser jetzt sofort, als hinterher klingeln zu müssen, dachte Jan. Möglichst zwanglos sagte er »Hallo« zum Rücken der Frau und wartete, bis diese sich zu ihm umdrehte. »Haben wir uns nicht vorhin am See gesehen?«

Sie standen nur etwa drei Meter voneinander entfernt. Nun endlich schlug sie auch die Kapuze zurück und Jan konnte mehr vom Gesicht der Unbekannten sehen. Wie Jan es erwartet hatte, war sie irgendwie eine Schönheit, auf eine bestimmte, animalische Weise jedenfalls. Jan gefielen das scharfgeschnittene Kinn und die hoch angesetzten Wangenknochen. Ihre braunen Augen hatte er schon gesehen. Das schwarze, schulterlange Haar passte perfekt dazu.

»Ich will gar nicht erst um den heißen Brei herum reden«, sagte Jan. »Ich wüsste gerne, wann Christina sich das letzte Mal bei Ihnen gemeldet hat.«

Wortlos drehte die Frau sich wieder zur Tür und benutzte den Schlüssel in ihrer Hand.

»War es an dem Freitag als sie verschwand?«

Die Tür schwang auf.

»Wenn Sie mit mir reden, garantiere ich Ihnen, dass ich mit absolut niemandem sonst darüber sprechen werde.«

Die Frau trat in den dunklen Hausflur, und die Tür wurde von innen geschlossen.

Das war doch für den Anfang gar nicht so schlecht, dachte Jan, nachdem er fünf Minuten auf den Gehsteig stehengeblieben war, um zu sehen, ob die Tür wieder geöffnet wurde. Dann drehte er sich um, orientierte sich kurz an den Häuserreihen und ging zurück zu seinem Auto, das nicht mehr als fünfhundert Meter entfernt stand. Er fuhr zu der Straße mit den Reihenhäusern und parkte mit etwas Abstand vom Haus entfernt, in dem die Frau verschwunden war. Den Motor ließ er laufen. Nur langsam begann es im Fahrzeug warm zu werden.

Sein Instinkt hatte Jan also nicht getäuscht. Als er von der Frau an deren Haustür wissen wollte, wann sie Christina Komarow das letzte Mal gesehen hatte, hatte diese nicht gesagt, sie wisse nicht, wovon er rede. Sie sagte nicht, sie kenne keine Christina. Sie war nur wortlos ins Haus gegangen und hatte die Tür geschlossen. So als ob sie damit alles aussperren könnte, was ihr nicht gefiel. Aber das ging nicht. Irgendjemand war immer clever genug, ein paar Verbindungen herzustellen. Jan hatte eben Glück gehabt, dass er es war und nicht einer der Kollegen.

Er musste bis einundzwanzig Uhr warten. Dann kam die Frau, die er für eine Russin hielt, wieder aus dem Haus. Diesmal trug sie einen schwarzen Mantel und hohe Stiefel. Dazwischen schimmerte eine Perlonstrumpfhose. Seit zwei Stunden schneite es ununterbrochen. Während die Frau die Straße entlang zur nächsten Bushaltestelle ging, legte sich Schnee auf ihre Schultern und die mit einem Kunstpelz umfasste Kapuze. Jan folgte dem Bus mit dem Auto. Die Stadtreinigung hatte bereits Salz auf der Straße ausgebracht. So bildeten sich dort schimmernde Pfützen, während der Schnee auf den Gehwegen liegenblieb. In einem nervtötenden Intervall quietschte der Scheibenwischer über seine Windschutzscheibe. Jan hielt genug Abstand zum Bus, um zu sehen, wer an welcher Haltestelle ausstieg. Die Frau, die er verfolgte, blieb fast zwanzig Minuten im Bus sitzen. Beim Aussteigen musste sie mit ihren profillosen Stiefeln aufpassen, um nicht auszurutschen. Etwas unsicher ging sie über den Bürgersteig bis zu einem ehemaligen

Wohn- und Geschäftsgebäude, das an einer Straßenecke der Wandsbeker Chaussee lag. Im Erdgeschoss
gab es einen Tabakladen, einen Friseur und ein thai-
ländisches Restaurant. Das Restaurant hatte noch offen. Bei den anderen Geschäften waren die Rollläden
hinunter gelassen. Die oberen zwei Stockwerke des
Hauses wurden nicht mehr privat bewohnt. Auf einem beleuchteten Schild stand *Carribean Paradise*,
und hinter den abgeklebten Fenstern wurde zahlungs-
willigen Kunden paradiesische Freude versprochen.
Nun wusste Jan, warum die Frau immer erst am späten Nachmittag am See erschienen war. Vorher hatte
sie geschlafen. Denn nachts arbeitete sie.

Die Uhr im Auto zeigte gerade erst halb zehn. Bei einer Achtstundenschicht würde die Frau bis halb fünf
Uhr morgens arbeiten. Aber ob es in diesem Job
gewöhnliche Achtstundenschichten gab, wusste Jan
nicht.

Er strich mit beiden Händen über das Lenkrad. Der
Gedanke, einfach in den Laden gehen zu können und
mit dieser überaus reizvollen Frau für Geld Sex haben
zu können, war irritierend. Jan müsste nicht nett zu
ihr sein; er bräuchte sich keine Mühe zu geben, um
sympathisch zu wirken. Sie würde sich einfach ausziehen und sich ihm hingeben, wenn er dafür bezahlte.
Das angeblich älteste Gewerbe der Welt war so normal
wie nur irgendetwas in eben dieser Welt. Und trotzdem fragte ein Rest kindlichen Verstandes in Jan, wie
dies möglich sein konnte.

Für eine Weile schaltete er das Radio ein, dann wurde ihm klar, dass er nicht die ganze Nacht vor dem
Haus warten konnte. Es machte keinen Sinn. Und er
wollte es auch nicht.

Ein Burger-Laden am Friedrich-Ebert-Damm hatte rund um die Uhr geöffnet. Jan bestellte Pommes Frites und trank einen großen Becher Kaffee. Gegen eins kaufte er sich noch einen großen Kaffee. Es hatte keinen Sinn nach Hause zu fahren. Wenn er das täte, wusste er, würde er ins Bett gehen und nicht vor dem Mittag wieder aufstehen. Schließlich fuhr er zurück zu der Reihenhaussiedlung in der Nähe des Bramfelder Sees und ließ sich samt seines Wagens einschneien. Fast hätte er verpasst, wie die Frau wieder nach Hause kam. Trotz der Kälte im Auto hatte er angefangen zu dösen. Doch das Klappen einer Wagentür riss ihn aus dem Schwebezustand zwischen Wachsein und Schlafen.

Es war ein Taxi, das mit tackerndem Motor am Straßenrand stand. Weiße Schwaden stiegen aus dem Auspuff, als es wieder losfuhr. Jan stieg aus seinem Auto und war, wie schon so viele Stunden vorher, wieder bei der Frau, als diese ihren Schlüssel ins Schloss steckte, um die Haustür zu öffnen. Jan setzte darauf, dass die Müdigkeit, die morgens um fünf zweifellos in ihr steckte, ihre Widerstandskraft herabgesetzt hatte.

»Nicht erschrecken«, sagte er.

Die Frau machte auf dem Absatz kehrt. Eine beschleunigte Atmung machte deutlich, dass er mit seinen Worten genau die entgegengesetzte Wirkung von dem erreicht hatte, was er wollte.

»Tut mir leid. Alles gut. Ich bin's nur noch mal.«

»Was wollen Sie, verdammt?«

»Lassen Sie mich kurz mit rein und wir reden etwas über Christina.«

Die Frau sah Jan ungläubig an, dann blickte sie die Straße in beide Richtungen entlang.

»Da ist niemand«, sagte Jan. »Kein Fotograf und auch sonst niemand. Ich bin allein. Wenn Sie mich reinlassen, sieht uns kein Mensch. Und ehrlich, ich will nur reden. Wir reden über Christina und dann verschwinde ich wieder. Und ich erzähle niemandem, dass wir uns getroffen haben. Das verspreche ich.«

»Mir wurde schon so viel versprochen in Leben.« Der slawische Akzent der Frau trat jetzt wieder klar hervor.

»Das kann ich mir denken.«

»Das können Sie ganz bestimmt nicht.« Ärgerlich zog sie die Stirn in Falten. »Kommen Sie rein. Aber glaub' ja nicht, dass ich wehrlos bin. Irgendein Scheiß und deine Eier sind ab. Verstanden?«

Jan nickte. Während sie gemeinsam in den Hausflur gingen, nahm er sich vor, auf Abstand zu bleiben. Zum einen wollte er nicht bedrohlich auf die Frau wirken. Zum anderen hing ihre Warnung weiter über ihm.

»Schuhe aus!«, sagte sie.

Jan zog seine Winterstiefel aus.

»Hier rein in Küche«, meinte die Frau. »Damit das klar ist, dies ist der einzige Raum in Haus, in den Sie kommen. Nicht in mein Wohnzimmer und nicht in mein Schlafzimmer. Und mein Badezimmer dürfen Sie auch nicht benutzen.«

»Völlig in Ordnung.« Jan setzte sich auf einen abgenutzten Küchenstuhl, weil sie mit einer Hand darauf deutete.

»Wenn wir jetzt reden, wer sagt mir, dass morgen nicht gleich der nächste vor meiner Tür steht?«

»Keiner«, gab Jan zu. Dann sagte er erneut, dass er aber versprechen könne, dass er niemanden von ihr erzählen würde. Um zu beweisen, dass er mit offenen Karten spielte, holte er seinen Presseausweis aus der Tasche und legte ihn auf den Tisch.

»Ich bin Jan Fischer.«

Nach kurzem Zögern sagte die Frau, dass sie Miriam heiße. »Ich habe Sie auch am See gesehen. Es war dumm von mir, dorthin zu gehen.«

»Die Suche war erfolglos. Man hat Christina und die Kinder auch gestern nicht gefunden.«

»Ich weiß.«

»Wo könnten Sie sonst sein?«

Miriam goss sich ein Glas Wein ein und trank davon, ohne Jan auch etwas anzubieten. Die Flasche mit Schraubverschluss hatte angebrochen auf der Anrichte gestanden. Jan blickte durch die Küche. Sie war weder besonders unordentlich noch besonders aufgeräumt. Benutztes Geschirr stand neben dem Waschbecken, aber es war noch nicht genug, um ein schlechtes Licht auf Miriam zu werfen.

»Haben Sie eine Idee?«

»Wo er sie hat vergraben? Oleg?«

»Ja, Oleg.«

Miriam hatte ihren Mantel anbehalten, nun suchten ihre Finger nach den Zigaretten in den Taschen. Als sie die Packung gefunden hatte, zündete sie sich eine an. Ihre Finger zitterten leicht dabei.

»Keine Ahnung wo. Aber er hat sie umgebracht, das weiß ich. Und das reicht.« Grauer Rauch stieg auf und füllte den Raum zwischen Jan und der Frau.

»Sie sind auch Russin?«

»Ich? Nein. Ich aus Ukraine. Genau wie Christina.«

»Christina Komarow war keine Russin.«

»Nein.«

»Und Oleg Komarow?«

»Oleg ja.«

»Dann habe sich die beiden erst in Deutschland kennengelernt?«

»Ja.«

»Ist Christina hier aufgewachsen?«

»Nein.«

Der gefliese Fußboden unter Jans Füßen war kalt. Er fragte sich, wieso er die Schuhe ausziehen musste. »Seit wann war sie in Deutschland.«

Miriam blickt kurz zur Decke und schien zu rechnen. »Drei Jahre?«

Jan nickte, während sich der Rauch im Zimmer verteilte. »Haben Sie eine Idee, was passiert ist? Warum hat Oleg das getan?«

Die Frau zuckte nur mit den Schultern. Sie lehnte weiter an der Spüle, trank aus ihrem Glas, nahm einen Zug von der Zigarette.

»Wollte sie ihn verlassen?«

Wieder ein Schulterzucken.

»Haben Sie sich oft gesehen? Sie und Christina meine ich?«

»Nicht mehr oft. Manchmal telefonieren wir. Oleg war nicht guter Mensch.«

»Hatten Sie Angst vor Oleg?«

Noch ein Schulterzucken. »Man müsste dumm sein, wenn nicht.«

»War er gewalttätig?«

»Er war russischer Mann.«

»Und Christina? Hatte sie Angst vor ihm?«

»Sie waren verheiratet.«

Das kann viel bedeuten, dachte Jan. Dann fragte er, ob Oleg Komarow gut zu den Kindern gewesen sei. Miriam überlegte, sagte schließlich ja.

»Wissen Sie von Problemen bei seiner Arbeit?«

Die Frau schien nicht zu verstehen, oder sie wollte es nicht. Sie drückte die Zigarette auf einer Untertasse hinter sich aus und legte beide Arme um den Oberkörper. Offensichtlich war sie müde und ihr begann trotz des Mantels, den sie noch immer nicht abgelegt hatte, kalt zu werden. »Reicht das jetzt? Können Sie jetzt gehen und mich in Ruhe lassen?«

Langsam erhob sich Jan von seinem Stuhl. »Ich werde niemandem von Ihnen erzählen«, sagte er, während sie gemeinsam zurück in den Flur gingen.

»Gut. Danke.« Die Frau sah ihrem ungebetenen Gast beim Schuheanziehen zu. »Ich hoffe, dass es stimmt.«

»Ganz sicher«, sagte Jan. Als er sich wieder aufrichtete, war er über einen Kopf größer als die Frau. In diesem Augenblick kam es ihm komisch vor, dass sie ihm vorhin Gewalt angedroht hatte. Ihr Körper wirkte jetzt viel schmächtiger und schwächer als noch vor einer Viertelstunde.

»Wann haben Sie Christina kennengelernt?«

»Was?«, erwiderte die Frau. »Wir schon immer Freundinnen.«

»Dann sind Sie zusammen nach Deutschland gekommen?«

»Bitte gehen jetzt. Ich fertig erzählt.«

Jan nickte. Er hatte mehr erfahren, als er erhofft hatte. Seine Taktik war sichtlich aufgegangen. Durch die Müdigkeit hatte Miriam bestimmt mehr erzählt, als er sonst aus ihr herausbekommen hätte. Andererseits war er auch müde, und zu einer anderen Stunde wären ihm vielleicht noch bessere Fragen eingefallen. Am Ausgang schaute er der Frau noch einmal in ihre schimmernden Augen. Wortlos schloss sie die Tür, als er draußen war, und Jan wurde bewusst, dass er ihr bei seiner ersten Einschätzung Unrecht getan hatte. Sie war nicht nur *irgendwie* schön.

23

Charlotte hatte Liam Tebbe drei Tage und drei Nächte Zeit gelassen, von selbst über die Geschichte zu erzählen, die ihn quälte. Natürlich hatte sie ihn wieder mit zu sich nach Hause genommen, nachdem er völlig aufgewühlt im Harburger Shopping-Center auf den Bildschirm beim Pizzastand gestarrt hatte. Heiner Kohlmann war freigesprochen worden. Liams Entsetzen darüber ließ einige Schlüsse zu. Die Erklärung aber, warum Kohlmann ein schlechter Mensch war, blieb der Junge ihr weiterhin schuldig. Charlotte hatte zunächst Verständnis dafür, wusste sie doch, weswegen Kohlmann vor Gericht gestanden hatte. Und die Gedanken, die ihr deswegen kamen, waren fürchterlich. Trotzdem fragte sie sich, ob kein Mann ohne schriftliche Aufforderung über seine Gefühle sprechen konnte, nicht mal einer, der noch nicht mal richtig einer war. Dann entschied sie, dass sie nicht länger warten wollte. Unausgesprochenes schaffte Missverständnisse. Vielleicht dachte sie trotz aller Hinweise in die total falsche Richtung. Unwahrscheinlich, aber möglich. Gegen neun Uhr morgens weckte sie Liam, der weiterhin jeden Tag bis zum Mittag schlief, und schleifte ihn an den Küchentresen.

»Ich will jetzt wissen, was los ist«, sagte sie unumwunden, nachdem das erste Toast in Liam verschwunden war.

Entweder hatte er sie nicht gehört, oder er hatte sie nicht hören wollen. Jedenfalls zeigte er keine direkte Reaktion. Um nicht wirklich wie seine Mutter zu wirken, wartete Charlotte gespannt, ob ihre Aufforderung möglicherweise langsam in seinem Inneren wirkte. Und offenbar war dem auch so. Denn plötzlich stand Liam auf und holte das Tablet, das sie ihm geliehen hatte. Er öffnete eine Onlinezeitung und tippte zum Herausstellen auf eines der Fotos. Der entsprechende Artikel zum Bild beschäftigte sich mit der Freilassung Kohlmanns und einer Vorverurteilung des Prominenten durch Öffentlichkeit und Medien. Besonders die Dauer, die sich entsprechende Zeitungen und auch einige Fernsehsender mit unbewiesenen Behauptungen beschäftigten, wurde bemängelt. Das Foto, das Liam vergrößert hatte, zeigte Kohlmann, wie er neben seiner Tochter auf den Gerichtsstufen stand. Im Gesicht sah der Unternehmer etwas mitgenommen aus. Man sah ihm aber auch die Erleichterung und den Triumph an, die ihn in diesem Moment erfüllen mussten.

»Da ist er«, sagte Liam.

Charlotte nickte. »Ich weiß. Ein grauenhafter Mensch.«

»Nicht Kohlmann.« Liam sah Charlotte von der Seite an, aber nur kurz. »Den hier meine ich!« Dabei deutet er auf eine Reihe Menschen, die hinter dem Transportunternehmer standen. Einige, offenbar Leute vom Radio, hielten Mikrofone von der Seite in Kohlmanns Richtung. Andere standen einfach nur so da und schauten, was passierte. Alle erhofften sich, die Fragen der Fernsehreporter zu verstehen und die entsprechende Antwort mitzubekommen.

»Der da.« Mit dem Finger berührte Liam eine Stelle auf dem Display. »Den kenne ich. Der heißt Oliver. Wetten, dass er es war, der Kohlmann sein falsches Alibi gegeben hat?«

Charlotte sah über Liams Schulter und fasste sich automatisch an ihre Brille. »Mach noch mal etwas größer!«

Liam machte mit Daumen und Zeigefinger eine spreizende Bewegung auf der Tabletoberfläche. Der Kopf der Person, auf die Liam gedeutet hatte, wurde noch größer, das Bild dadurch aber nicht schärfer. Es hatte bereits seine maximale Auflösung erreicht. Die Person stand einfach zu weit weg, um optimal gezeigt zu werden, zumal der Fokus der Aufnahme bei Kohlmann lag und nicht auf den Leuten dahinter.

»Oliver Jensch«, sagte Liam. »Ich bin mir ganz sicher. Er war bestimmt drei Jahre älter als ich. Solostimme. Sehr eingebildet. Keine echten Freunde.« Liam nickte für sich selbst zur Bestätigung. »Den haben sie gekauft, damit er sagt, dass er das auf dem Video war und nicht ich.«

»Wieso?«

»Das ist doch nur logisch«, meinte Liam viel zu laut. »Warum sollte er sonst dort stehen?«

»Die Zeugenvernehmung war schon Tage früher, soweit ich weiß. Warum sollte er jetzt noch mal dorthin kommen, selbst wenn er es war?«

»Keine Ahnung.« Nun flackert die Wut auch in Liams Augen. »Du glaubst mir nicht, stimmt's? Niemand hat mir je geglaubt.«

Es gelang Charlotte, dem Blick des jungen Mannes standzuhalten. Dann begriff sie. »Deine Pflegeeltern wussten, was Kohlmann mit dir gemacht hat ...«

»Natürlich. Denn ich habe es ihnen erzählt. Aber sie sagten, ich soll mir solche Geschichten nicht ausdenken.«

»Und trotzdem hast du weiter bei ihnen gewohnt?«

»Zwischendrin war ich mal ein paar Nächte weg. Das hat die aber gar nicht weiter gekratzt. Und irgendwo musste ich dann ja wieder schlafen. Ich war erst dreizehn. Dann bin ich eben jedes Mal irgendwann wieder zurück. Sie haben mich ja nicht geschlagen, oder so.«

Charlotte sah wieder das Foto an. »Er könnte natürlich auch einfach nur neugierig gewesen sein, dieser ... Oliver?«

Liam nickte. »Oliver Jensch. Aber der ist nicht neugierig auf andere. Der war sich immer selbst genug.«

»Na ja, das weiß man nie.«

»Dann werde ich ihn fragen!«

»Meinst du, der antwortet dir einfach? Das sind ganz schöne Anschuldigungen, die du da vorbringst. Und guck dir den Burschen mal an. Mit dem ist nicht zu spaßen. Das ist ein ganz schöner Koloss. Das sehe ich auch so, selbst wenn das Bild unscharf ist.«

»Dann kommst du eben mit.«

Charlotte schnaufte durch die Nase und drückte damit gespieltes Amusement aus. Dann sah sie Liam direkt an und nickte.

24

Es war das Geräusch der ins Schloss gezogenen Wohnungstür, das Charlotte weckte. Als sie die Augen öffnete, wusste sie, dass Liam weg war. Er hatte weiterhin im Schlafzimmer übernachtet, während Charlotte mit dem Sofa vorliebnahm. Die ersten Nächte war sie noch aufmerksam gewesen, dann begann sie Liam zu vertrauen, sich zu entspannen und tiefer zu schlafen. Vielleicht war er um das Sofa herum gegangen, bevor er verschwand. Vielleicht hatte er sie eine Weile angesehen und mit stummen Lippen einen Abschied formuliert, während sie schlief. Vielleicht hatte er sie verflucht und sich selbst nur mit Mühe davon abgehalten, ihr irgendeinen schweren Gegenstand auf den Kopf zu hauen. Möglich war es. Oder er war einfach so gegangen. Ohne sich umzusehen, ohne einen Gedanken an sie zu verschwenden. Charlotte wusste es nicht.

Bis zum nächsten Abend hatte sie Hoffnung, dass er zurückkommen würde. Selbst in der darauffolgenden Nacht wartete sie auf Geräusche an der Tür. Sie war noch nicht wieder in ihr Schlafzimmer gezogen. Vom Sofa aus hatte sie einen besseren Blick auf den Flur. Aber Liam kam nicht zurück. Und sie wusste auch, warum.

Oliver Jensch ausfindig zu machen, war nicht besonders schwierig gewesen. Liam hatte sich über Telefon bei seinen Eltern nach ihm erkundigt, während Charlotte zuhören durfte. Er erzählte Olivers Mutter, dass sie früher gemeinsam im Chor gesungen hatten. Offenbar wussten seine Eltern gar nicht, was vor Gericht passiert war. Oliver hatte nicht mit ihnen darüber gesprochen. Über gar nichts. Und seine Vernehmung hatte unter Ausschluss der Öffentlichkeit stattgefunden. Immerhin war Oliver zum Zeitpunkt der Videoaufnahme, die ihn mit Kohlmann zeigen sollte, noch minderjährig gewesen. Bei seiner Aussage kam deshalb das Jugendschutzrecht zum Tragen.

Charlotte hatte sich im Internet zum Thema Sex mit Kindern und Jugendlichen schlau gemacht. Seitdem wusste sie, was das Strafgesetzbuch zum sexuellen Verkehr mit Minderjährigen sagte. Die Aussage von Oliver Jensch, dass er sich als Sechzehnjähriger einvernehmlich mit Kohlmann getroffen habe und beide nicht gewusst hätten, dass sie dabei gefilmt wurden, bedeutete für den Unternehmer den Freispruch. Ganz anders hätte die Situation ausgesehen, wenn das Gericht Liam als Opfer auf dem Video erkannt und anerkannt hätte. Der war zur Entstehungszeit der Aufnahme unter vierzehn Jahre alt gewesen. Selbst wenn er sich freiwillig mit Kohlmann getroffen hätte, wäre dies strafbar für den alten Mann gewesen. Da Liam darüber hinaus von seinem Chorleiter zum Kontakt mit Kohlmann genötigt wurde und Kohlmann als Mäzen des Chors sich damit an einem Schutzbefohlenen vergangen hatte, wäre der Unternehmer mit absoluter Sicherheit zu einer mehrjährigen Gefängnisstrafe verurteilt worden. Also musste Oliver nur seine Aussage widerrufen, damit die Gerechtigkeit doch noch zum Zuge käme.

Gemeinsam waren Charlotte und Liam zu Oliver Jensch gefahren. Mit seinen neunzehn Jahren wohnte der noch immer bei den Eltern. Ins Haus wurden seine Besucher allerdings nicht vorgelassen. Der ziemlich groß gewachsene Oliver Jensch zog die Haustür hinter sich zu und fertigte Liam und Charlotte im Vorgarten ab. Der Bursche wirkte auf Charlotte genauso groß und breit, wie sie ihn sich vorgestellt hatte. Ein rasierter Kopf und die dadurch betonte Nackenpartie ließen ihn geradezu brutal wirken. Mit drastischen Worten wehrte er Liams Vorwürfe ab. Er habe nicht vor, mit Liam oder irgendjemand anderem über die Sache zu sprechen. Das sei eine absolute Privatangelegenheit. Liams Behauptung, dass *er* die missbrauchte Person auf dem Video gewesen sei und nicht Oliver wischte dieser mit einer Handbewegung vom Tisch. Das könne nicht sein, andernfalls hätte er ja vor Gericht gelogen. Ob Liam das vielleicht behaupten wolle? Liam bejahte das. Doch Oliver Jensch riet ihm, das öffentlich nicht zu wiederholen. Denn sonst würde Liam nicht nur plötzlich mit einer Anklage wegen Falschaussage dastehen, er würde sich auch Oliver zum persönlichen Feind machen. Und das sei ganz gewiss kein Spaß. Oliver würde es sehr persönlich nehmen, wenn man ihn in aller Öffentlichkeit als Lügner bezeichnete. Als Liam fragte, ob dies eine Drohung sei, grinste Oliver Jensch breit und empfahl, dass Liam seinen Kopf benutzen solle, um diese Frage zu beantworten, solange er noch einen habe.

Verzweifelt und gedemütigt war Liam mit Charlotte vom Hof gegangen.

»Typisch Oliver Jensch«, sagte er mit Tränen in den Augen. Wut schwang in seiner Stimme mit.

»Er hat recht, du kannst nichts beweisen.«

»Du glaubst mir also auch nicht!«

Der Blick, mit dem er dies zu Charlotte sagte, war für sie kaum zu ertragen gewesen.

»Darum geht es nicht. Das Gericht hat seiner Version geglaubt. Du hättest eher mit der Wahrheit herauskommen sollen. Als Zeuge vor Gericht hätte man dir geglaubt.«

»Ich dachte, das Video reicht. Man sieht darauf doch, was er mir angetan hat.«

Charlotte zuckte mit den Schultern. Sie hatte das Video nie gesehen. Sie wusste nicht, was und wer darauf zu erkennen war. Und darüber war sie irgendwie auch ganz froh. Natürlich sagte sie das nicht zu Liam, doch ihr Schulterzucken reichte wohl aus, um ihn wissen zu lassen, was sie dachte.

Anschließend war er noch einmal mit in ihre Wohnung gekommen. Doch sie sprachen nicht mehr über die Sache. Er aß kaum etwas zum Abendbrot, was bereits kein gutes Zeichen war. Dann zog er sich früh ins Schlafzimmer zurück, und war aus der Wohnung verschwunden, bevor Charlotte am nächsten Morgen aufwachte. Sie hatte es verbockt. Das war ihr klar. Sie hätte sich zu ihm bekennen sollen. Nun war er wieder allein irgendwo da draußen.

25

Charlottes Anruf kam überraschend, aber keineswegs zu einem ungünstigen Zeitpunkt. Sie fragte, ob Jan Lust zu einem Spaziergang um den Außenmühlenteich habe. Jan fand die Idee gut, und sie vereinbarten, dass er Charlotte zu Hause abholen würde. Dann brauchten sie bei Frost und Eis nicht mit zwei Autos zu fahren. Das war der eine Gedanke. Jan erkannte aber zugleich, dass er auf diese Weise später vielleicht die Chance bekam, mit zu Charlotte in die Wohnung zu kommen. Diese Idee gefiel ihm spontan noch besser als die mit dem Spaziergang.

Als Jan seinen Wagen vom Neuschnee freigeräumt hatte und der Motor endlich lief, rief er wie vereinbart noch mal bei Charlotte an, um zu sagen, dass er nun losfahre. Sie stand an der Straße, als er bei ihr einbog. Obwohl er kaum mehr als zehn Minuten für die Strecke gebraucht hatte, sah Charlotte schon ziemlich durchgefroren aus. Die Anzeige im Auto zeigte minus acht Grad an. Das Tiefdruckgebiet aus Skandinavien der vergangenen Tage wurde gerade durch eines aus Sibirien abgelöst, wodurch für große Teile Mitteleuropas die Tür zu einem Tiefkühlfach geöffnet wurde. Wieder war es der Ostwind, der die Kälte mit sich brachte und die tendenziell weiter sinkenden Temperaturen noch unerträglicher machte.

Jan und Charlotte schritten dementsprechend schweigend den etwa drei Kilometer langen Rundwanderweg um den Außenmühlenteich entlang. Eine deutlich sichtbare Eisschicht hatte sich auf dem See gebildet. Jan musste automatisch an Christina, Alexander und Katja Komarow denken, und an die ausdauernde Suchaktion, die noch vor wenigen Tagen an einem ganz ähnlichen See stattgefunden hatte. Die Vorstellung an ein derartiges Grab war nicht schön. Ebenso sehr fröstelte es Jan bei der Vorstellung, dass die Familie irgendwo im Wald in der mittlerweile tiefgefrorenen Erde vergraben sein konnte. Dann schweiften seine Gedanken zu der ukrainischen Frau ab, die sich Miriam nannte. Sie hatte so verletzlich gewirkt, als sie, vom Zigarettenrauch umhüllt, übermüdet in ihrer Küche stand. Gleichzeitig hatte Jan gewusst, dass eine Menge Energie in dieser Frau steckte.

Jan blickte Charlotte von der Seite an. Sie hatte ihren Schal bis dicht unter die Augen gezogen. Auf dem Kopf saß eine Pudelmütze.

»Hier, an dieser Stelle, ist im Frühjahr immer das Schwanennest«, sagte er, als sie schon fast um den See herum waren. »Gut, dass die ihr eigenes Winterquartier haben. Sonst würden die sich ja den Arsch abfrieren.«

Charlotte nickte. Sie war nur noch auf die Wärme eines wenige hundert Meter weiter gelegenen Cafés aus. Wehe, wenn die noch nicht offen hatten. Im Sommer holten sich die Kinder dort ihr Eis oder Pommes. Heute brauchten Jan und Charlotte nur etwas Heißes zu trinken. Im Café brannte Licht. Erleichtert atmete Charlotte auf, als Jan die Tür öffnete und ihnen die

170

Wärme ins Gesicht schlug. Sie gingen am Kuchentresen vorbei und setzten sich an einen Tisch beim Fenster.

Er bestellte einen schwarzen Kaffee, bekam trotzdem ein kleines Kännchen mit Kaffeesahne dazu geliefert. Sie entschied sich für einen Latte Macchiato, der in einem Glas serviert wurden, damit man das Spiel von Milch und Kaffee besser sehen konnte.

»Hier gehe ich erst mal nicht mehr weg«, sagte Charlotte und drängelte sich mit den Beinen dichter an die unter dem Fenster befestigte Heizung.

»Was macht dein Besucher?« fragte Jan. Er sprach die Frage möglichst beiläufig aus. Nicht, dass es sonst womöglich noch eifersüchtig gewirkt hätte.

»Abgehauen«, sagte sie.

»Was, echt?«

»Gestern Morgen.«

»Und, was mitgenommen?«

Charlotte antwortete nicht, weil sie wusste, dass es Jan freuen würde, wenn sie zugab, dass es so war. Er war zwar nicht der Ich-Habe-Es-Dir-Ja-Gesagt-Typ, trotzdem wollte sie ihm diese Genugtuung nicht gönnen. Auch wenn diese sich vielleicht nur auf seinem Gesicht spiegeln würde.

»Also?«

»Sage ich nicht.«

Jan nickte und nahm einen etwas zu großen Schluck Kaffee. Die Hitze, die seine Speiseröhre hinunter ran und sich sogleich im Magen verteilte, war für einen Moment unangenehm, dann beruhigte sich das Gefühl.

»Wie kommst du bei deiner Sache voran?«

»Weiß ich selbst nicht«, gestand Jan. »Ich habe das Gefühl, dass da irgendwas in einem Lagerhaus in Billbrook gelaufen ist. Irgendein krummes Ding. Und Komarow hatte damit zu tun. Aber ob das was mit der Sache zu tun hat, weiß ich auch nicht. Ein Mensch kann ja aus allen möglichen Gründen plötzlich ausrasten. Das passiert nicht nur, wenn man ihm den Job kündigt. Und die Ehe zwischen den beiden schien sowieso nicht richtig zu laufen. Oleg und Christina. Er ist Russe, sie Ukrainerin. Und mit den Kindern stimmte auch was nicht.«

Charlotte hob auffordernd die Augenbrauen, als Jan eine Pause machte.

»Weiß nicht, was. Die Lehrerin von dem Kleinen hat erzählt, dass er sehr schweigsam gewesen sei. Aber das sei normal, wenn Kinder die Sprache nicht richtig können, weil zu Hause nur in der Muttersprache gesprochen wird. Sonst sei wohl alles irgendwie in Ordnung gewesen. Kein verwahrloster Haushalt, oder so was. Eher das Gegenteil. Alles extrem pikobello. Warum also geht ein sechsunddreißigjähriger Mann aus Russland los, löscht seine Familie aus und geht anschließend selbst ins Wasser?«

»Ist das nicht eher typisch als merkwürdig? Also, ich meine, wenn es passiert, dann läuft es doch meistens genau so.«

Jan schüttelte den Kopf. »Weiß nicht. Dann liegen sie meist alle zusammen in einem Haus. Man braucht sie nicht erst zu suchen. Warum verbuddelt er sie irgendwo, wenn er sich danach ja doch selbst umbringt? Wohl kaum, um seine Tat zu vertuschen. Da kann ihm ja nun keiner mehr was.«

»Vielleicht Rache? Vielleicht hasst er jemanden, der an der Frau und den Kindern hing?«

»Habe ich auch schon gedacht. Aber wie soll ich das nachprüfen? Ich habe nicht vor, mal eben kurz in die Ukraine zu reisen, um die Eltern und Verwandten der Frau ausfindig zu machen. Würden sie hier irgendwo wohnen ... okay. Aber so ...«

Beide guckten aus dem Fenster. Zwei dick eingepackte Figuren spazierten genauso um den See herum, wie sie es vor einer halben Stunde noch getan hatten. Fast war es wie ein Echo, nur dass die beiden da draußen in der Kälte sich an den Händen hielten. Was ist nur mit uns passiert, dachte Jan wieder und drehte den Blick in Charlottes Richtung. Die merkte es und lächelte ihn kurz an.

»Hat der Bursche eigentlich noch irgendwie versucht zu erklären, warum er dir immer wieder aufgelauert hat?«

»Was meinst du damit?«

»Ich meine es so, wie ich es gesagt habe.«

Charlotte trank von ihrem braunen Wolkengestöber mit Kaffeegeschmack. Dann sagte sie: »Er wollte mich beschützen.«

»Was?«

»Das hat er gesagt.«

»Wann?«

»Gleich am ersten Abend. Aber was er damit meint, hat er nicht gesagt.«

»Crazy.«

»Der ist nicht crazy. Er hat ziemlich schlimme Sachen erlebt. Und dafür hat er sich ziemlich gut im Griff.«

»Was für Sachen?«

Charlotte überlegte eine Weile. Dann begann sie von Kohlmanns Prozess zu erzählen und wie Liam in die Sache verwickelt war. Jan hörte schweigend zu. Er ließ Charlotte Zeit, unterbrach sie nicht und hakte auch nicht nach, wenn sie längere Pausen einlegte. Er kannte die Zusammenhänge, die zum Prozess geführt hatten. Er wusste von Maren Beister, einer ehemaligen Freundin von Charlotte, und von deren Mann Sören Beister. Nur durch dessen Selbstmord war die Polizei auf die Dateien mit kinderpornografischem Material gestoßen. Die Videos und Fotos hatten sich auf dem Computer von Sören Beister befunden. Viele der Männer, die auf den Dateien in eindeutigen Handlungen mit Mitgliedern eines Knabenchors zu sehen waren, wurden von Sören Beister erpresst. Heiner Kohlmann gehörte offenbar zu ihnen, auch wenn keine finanziellen Transaktionen während des Prozesses öffentlich gemacht wurden. Dass der Bursche, der sich bei Charlotte eingeschlichen hatte, eines der potentiellen Opfer jener sexuellen Übergriffe gewesen sein soll, schockierte Jan dann allerdings doch. Offenbar hatte er den Jungen falsch eingeschätzt. Das tat ihm im Nachhinein leid.

Jan fasste über den Tisch und nahm Charlottes Hände in seine. »Wie geht es dir bei alldem?«

»Das mit Maren kann ich nicht vergessen.«

Jan hielt weiter ihre Hände, ohne etwas zu entgegnen.

»Und alles andere auch nicht. Ich wollte Liam helfen, weil ... - Ich habe es irgendwann auch für mich getan.«

»Das verstehe ich sehr gut.«

Jan sah, wie sich Tränen hinter Charlottes Brille sammelten. Sie zog ihre Hände zurück, drehte den Blick wieder zum Fenster. Sie saßen noch lange im Café. Rot schimmernd zog die Dämmerung über das Land. Das Eis auf dem See begann zu glitzern, dann war der Moment vorbei und Dunkelheit senkte sich über alles.

Als sie mit dem Auto wieder vor Charlottes Wohnhaus standen, schaffte Jan es nicht, die entscheidenden Worte zu sprechen. Es wäre so leicht gewesen, doch er schaffte es nicht. Und auch Charlotte fragte nicht, ob er mit nach oben kommen wollte. Heute Abend würde es kein gemeinsames Glas Wein mehr geben und keine Versöhnung, bei der sie irgendwann gemeinsam im Bett landeten. Charlotte küsste Jan kurz auf die Wange, dann war sie aus dem Auto hinaus. Jan hatte noch seine Hand nach ihr ausgestreckt und mit tonloser Stimme ihren Namen genannt, schon sah er sie im Hauseingang verschwinden. Er wartete, bis das Licht in ihrer Dachgeschosswohnung anging, bevor er losfuhr.

Nach Sonnenuntergang sackten die Temperaturen auf minus zwölf Grad ab. Im Vergleich hierzu war es im ehemaligen Gemeindesaal beinahe warm. Jedenfalls gefror Jans Atem nicht mehr, als er eintrat. Prüfend hielt er die Hand an einen der langen Heizkörper. Dieser schien zu glühen, ohne dass es im Raum mehr als zwei Grad plus ergab. Frustriert schnappte Jan sich einen Stuhl und stellte ihn unter eines der in über zwei

Metern Höhe beginnenden Kirchenfenster. Es handelte sich zwar um keine Einfachverglasung, dennoch schien hier eindeutig eine Kältebrücke nach draußen zu liegen. Vor dem Immobilienkauf hatte Jan sich nicht für den Energiepass interessiert, der Auskunft über den Wärmeverbrauch des Gebäudes gab. Ein Fehler, wie er nun feststellte. Er hob den Blick. Warme Luft steigt auf, kalte fällt runter. Um den Saal warm zu bekommen, würde die Heizung Tag und Nacht volle Leistung bringen müssen. Was das für die Heizkosten bedeutete, mochte Jan sich gar nicht ausmalen. Jedenfalls würden die paar Taler, die er von Christian für seine Recherchen bekam, dafür nicht ausreichen. Blieb noch die Nummer als Zirkuspferd. Frieda Engel würde sich freuen, wenn er plötzlich von selbst Interesse an neuen PR-Terminen zeigen würde. Ärgerlich über sich selbst schleppte Jan erst die unhandliche Matratze in die Einliegerwohnung, bugsierte dann auch das zusammengebaute Bettgestell irgendwie die Treppe hinauf. Die unrenovierte Wohnung hob seinen Gemütszustand nicht unbedingt, dafür wurde es dort sofort warm, als er die Tür zur Treppe geschlossen hatte. Er schob das Bett vor eine Heizung und lehnte sich dagegen. Nach einer Weile raffte er sich wieder auf, holte noch einige Dinge von unten und machte sich eine Dosensuppe warm. Nach einer heißen Dusche kroch er ins Bett und starrte in das Schwarz jenseits des Fensters.

Irgendwo bewegte sich ein Licht, war kurz zu sehen, verschwand und tauchte für einige Sekunden wieder auf. Vielleicht eine weit entfernt stehende Straßenlaterne, die immer wieder von einem Ast verdeckt wurde, oder irgendeine Lampe, die zum

Hafenbetrieb gehörte. Jan stellte fest, dass es gar nicht so unangenehm war, wieder vom Bett aus einem Fenster sehen zu können. Die Fenster im Gemeindesaal waren dafür viel zu hoch. Erneut fasste er den Entschluss, möglichst bald mit der Renovierung der Einliegerwohnung zu beginnen. Und der Gedanke, es sich hier oben gemütlich machen zu können, versöhnte ihn mit den Tücken des Gebäudes. Den Gemeindesaal konnte er trotzdem weiterhin als riesiges Wohnzimmer behalten.

Dann klingelte sein Handy. Es war Charlotte.

»Was machst du gerade?«

Jan gestand, dass er schon im Bett lag.

»Ich liege auch auf dem Sofa«, sagte sie und meinte dann, dass der Nachmittag schön gewesen sei.

»Füße wieder aufgetaut?«

»Klar.«

»Ich könnte sonst vorbei kommen und sie massieren.«

Als Charlotte nicht antwortete, schob er nach, dass dies ein Scherz gewesen sei.

»Ach, Jan«, erwiderte sie.

Diesmal schwieg er.

»Ich war wirklich verletzt von dem, was geschehen ist.«

»Ich weiß«, meinte Jan. »Und es tut mir leid.«

Nun also doch, dachte er. Nun sprachen sie über das, was zwischen ihnen stand. Was ihnen Auge in Auge bisher nicht möglich gewesen war, schien am Telefon plötzlich zu gehen.

»Ich war verwirrt. Ich dachte, du willst mich nicht mehr«, sagte er.

»Und da musstest du dich gleich mit Julia einlassen?«

»Das war nicht geplant.«

»Aber es ging ziemlich schnell.«

»Ja.«

»Bedeutet sie dir etwas?«

»Ich kann das nicht erklären. Es war die Situation, in der alles passierte.«

»Dann bedeutet sie dir nichts?«

»Sie ist weg. Wir haben keinen Kontakt mehr, seit sie nach Göttingen gezogen ist.«

»Habe ich dir noch etwas bedeutet, während du mit ihr zusammen warst?«

»Ja.«

»Ja?«

»Du hast mir immer was bedeutet. Und du wirst es auch immer.«

Beide schwiegen eine Weile.

»Die Sache war kompliziert«, sagte Jan dann. »Und es war ein Fehler. Ich hätte bei dir sein sollen.«

»Wir hatten da etwas ganz Besonderes.«

»Ich weiß.«

»Ich hätte dir von unserem Kind erzählen müssen.«

Jan nickte. Weil sie ihn nicht sehen konnte, krächzte er ein heiseres Ja.

»Weinst du?«

»Nein.«

»Aber das darfst du, wenn du möchtest.«

Jan überlegte, ob er weinen wollte. »Nein, geht schon«, sagte er. »Ich wünschte nur, ich wäre bei dir gewesen, dann ... wer weiß ... vielleicht.«

»Du hättest es nicht verhindern können.«

»Vielleicht doch.«

»Lass uns über so was nicht nachdenken.«

»Es wäre jetzt schon geboren. Und wir wären zusammen Eltern.« Ohne dass Jan es merkte, lief ihm nun doch eine Träne übers Gesicht.

»Soll ich auflegen?«, fragte Charlotte.

»Nein.«

»Wir werden wohl beide noch eine Weile brauchen, was?«

»Ja.«

Sie schwiegen.

Jan stellte den internen Lautsprecher ein und legte das Handy neben sich. Damit Charlotte ihn weiterhin verstehen konnte, schob er beide Arme unter den Kopf und blickte auf das Telefon.

»Der Spaziergang war schön«, sagte sie schließlich. »Sollten wir wiederholen.«

»Das finde ich auch.«

»Was machst du jetzt?«

»Ich liege noch immer im Bett.«

»Unten im Saal?«

»Nein. Ich bin oben in der Wohnung.«

»Hast du sie dir gemütlich eingerichtet?«

Jan blickte auf die kahlen Wände und den nackten Fußboden. »Geht so. Ich muss noch etwas dran arbeiten.«

»Vielleicht komme ich mal vorbei und gebe dir ein paar Tipps.«

»Das wäre schön.«

»Echt jetzt?«

»Ja, klar.«

»Okay, dann tue ich es wirklich irgendwann.«

Jan beschloss, gleich am nächsten Morgen mit den Malerarbeiten zu beginnen. Dazu war es ganz gut, dass noch keine Möbel in der Wohnung standen. Seine Stimme war wieder fest, während er mit Charlotte über andere Dinge zu plaudern begann. Als sie das Telefonat schließlich beendeten, zeigte die Anzeige auf dem Handy eine Gesprächsdauer von zwei Stunden vierzehn Minuten.

26

Als das Handy wieder klingelte, war es noch immer tiefste Nacht. Jans Puls schoss in die Höhe. Dann sah er, dass es wieder Charlotte war.

»Hi«, sagte sie mit für die Stunde unerwartet energiegeladener Stimme.

»Hi«, krächzte er.

»Schläfst du noch?«

»Ähm ... «

»Willst du was ganz Tolles erleben?«

Automatisch dachte Jan an Sex, traute der Sache aber nicht. Sein »Na, klar« sagte er daher vorsichtig.

»Dann hol' ich dich in 15 Minuten ab.«

»Abholen?«

»Auf so einen klaren, frostigen Morgen habe ich schon lange gewartet. Wir haben minus dreizehn Grad und keine Wolke ist am Himmel. Da muss ich unbedingt ein paar Fotos machen, sobald sich die Sonne zeigt.«

Allein die Worte »minus dreizehn Grad« hatten bei Jan zu einer Gänsehaut geführt. Nun grub sich eine tiefe Kerbe senkrecht in seine Stirn. »Und wohin geht's?«, fragte er argwöhnisch.

»Wird eine Überraschung.«

Sein Blick ging zum Fenster und der rabenschwarzen Nacht dahinter. »Klingt toll«, sagte er.

Wenigstens war das Auto aufgewärmt, als Jan auf den Beifahrersitz sprang. Zum Duschen hatte er keine

Zeit mehr gehabt. Aber nasse Haare waren bei minus dreizehn Grad sowieso keine gute Idee. Charlotte steuerte den Wagen Richtung Harburger Bahnhof. Dann ging es über die Stadtautobahn, über die Elbbrücken und am Hamburger Großmarkt vorbei. Ein paar Kleinlastwagen rasten an ihnen vorbei, beladen mit frischem Gemüse, Obst oder Blumen. Auf dem Großmarkt herrschte schon lange Hochbetrieb.

Charlotte fuhr durch einen kurzen Tunnel, bog Richtung Rathaus ab, dann noch mal rechts und parkte schließlich direkt auf dem Vorhof zur St.-Petri-Kirche. Ein Schild mit Hinweis auf ein eingeschränktes Halteverbot ignorierte sie wegen der frühen Stunde.

»Und jetzt?«

Charlotte hatte sich ihre alte, etwas in die Jahre gekommene Leica S um den Hals gehängt. Zum Glück hatte Jan nicht gefragt, was aus ihrem wesentlich neueren Modell geworden war. Dass die größere Leica SL samt Tasche und Wechselobjektiven gemeinsam mit Liam Tebbe aus ihrer Wohnung verschwunden war, musste Jan noch immer nicht wissen. Die Tatsache an sich ärgerte sie genug. Da brauchte sie nicht noch belehrende Worte von Jan zum Thema.

Charlotte nahm den Rucksack auf den Schoß und zeigte Jan einen Schlüssel. »Wir gehen da jetzt hoch«, sagte sie und deutete mit einer Kinnbewegung den Kirchturm hinauf.

Jan wollte wissen, wo Charlotte den Schlüssel her hatte, doch die verriet es nicht, sagte nur, dass man zur richtigen Zeit eben vorbereitet sein müsse. Um dies zu unterstreichen reichte sie Jan das kleine Stativ, das im Fußraum vor der Rücksitzbank gelegt hatte. Die Autotüren schienen in der klaren Luft besonders laut zuzufallen. Charlotte ging zielstrebig auf eine Seitentür zu. Der Schlüssel passte. Durch einen kleinen Vorraum betraten sie die über achthundert Jahre alte Kirche. Wegen eines verheerenden Brandes 1842 entsprach vieles nicht mehr dem Original aus dem Mittelalter. Trotzdem ließen die hohen, gotischen Bögen mit den vier majestätischen Jochen die beiden Besucher einen Moment schweigend dastehen. Wegen der Dunkelheit konnten sie keine Details erkennen, auch die Hauptorgel lag in Schatten verborgen, dennoch erfüllte etwas schwer Greifbares die Halle.

»Schön, nicht?«, sagte Charlotte mit gesenkter Stimme.

Jan nickte.

Dann gingen sie zum Turmaufgang. Fünfhundertvierundvierzig Stufen. Jan zeigte wenig Begeisterung, als Charlotte die Zahl nannte. Der Aufstieg begann jedoch mit einer relativ komfortablen Wendeltreppe aus Stein.

»Fünfhundertvierundvierzig«, wiederholte Jan.

»Aber nur, wenn man ganz nach oben will.«

»Wollen wir das?«

»Mal sehen.«

Das Kinn auf die Brust gelegt folgte Jan der Gams vor sich bis zum ersten Glockenboden. Die Stundenglocke hing noch höher. Jan setzte Fuß vor Fuß. Längst war aus der Wendeltreppe eine Holztreppe geworden, die über Eck gebaut immer weiter nach oben führte. Die drei Glocken, die Jan und Charlotte bald unter sich ließen, waren einige der wenigen Hamburgs, die nicht im Zweiten Weltkrieg eingeschmolzen und zur Waffenproduktion benutzt wurden. Der letzte große Holzboden befand sich auf halber Höhe des Turms. Hier konnte man die große Turmuhr von hinten sehen. Ein tolles Stück Technik, dem Jan gerne mehr Aufmerksamkeit gewidmet hätte, auch wenn er sich für Uhren überhaupt nicht interessierte. Doch Charlotte wollte weiter. Jagdfieber hatte sie gepackt. Selbst wenn es noch über eine Stunde bis zum Sonnenaufgang war, wollte sie nichts verpassen. Die blaue Stunde, die Fotografen und Filmemachern gleichermaßen viel bedeutete, begann bereits hinter den spärlich verteilten Fenstern.

Oberhalb der Turmuhr schien die Treppe immer steiler zu werden. Sie führte in das immer enger zulaufende Kupferdach. Ab hier gab es keine eigentlichen Fenster mehr, sondern verschraubte Bullaugen. Charlotte wartete am ersten Bullauge auf Jan.

»Noch weiter?«, fragte Jan.

»Nur noch ein Stück.«

»Danke, dass du wartest.«

»Ich brauch' doch das Stativ.«

Jan schnaufte immer lauter, während es weitere sechsundneunzig Stufen bis zur dritten Ebene mit Bullaugen hinauf ging. Die Kälte im Turm berührte ihn nicht mehr. Sein Körper und sein Atem dampften. Charlotte schraubte am Verschluss eines Bullauges.

»Eigentlich nicht erlaubt«, gab sie zur Erklärung ab. »Aber es ist ja fast windstill.«

Eisige Luft zog in die Turmspitze. Von hier führte nur noch eine letzte Wendeltreppe bis ganz nach oben. Charlotte zog die Stativbeine unterschiedlich aus, um eine Stufe auszugleichen, und war für die nächste Zeit nicht mehr ansprechbar. Sie machte unterschiedliche Langzeitbelichtungen von der erleuchteten Stadt unter ihnen. Dann klappte sie schnell wieder alles zusammen, schraubte das Bullauge zu und nahm die Wendeltreppe in Angriff. Wortlos blickte Jan ihr hinterher. Dann sah er selbst aus dem geschlossenen Bullauge und begann langsam zu begreifen, was Charlottes Jagdinstinkt ausgelöst hatte. Er brauchte eine Weile, um sich vom Anblick loszureißen, dann kletterte auch er die letzte Wendeltreppe hinauf.

Auf hundertdreiundzwanzig Metern erreichte Jan fünf Minuten nach Charlotte Hamburgs höchsten Aussichtspunkt. Es war so eng in der Turmspitze, dass er und Charlotte nicht gleichzeitig aus dem Bullauge sehen konnten. Doch das störte Jan nicht. Er freute sich über das Glück, das Charlotte zu empfinden schien und ein Schwall innigster Zuneigung zu dieser Frau erfasste ihn ganz plötzlich. Es tat ihm leid, was sie in den vergangenen Monaten für Schmerzen erleiden musste; auch Schmerzen, an denen er schuld war. Dann wieder erfüllten ihn Zärtlichkeit und Liebe bei ihrem Anblick.

»Fantastisch«, sagte Charlotte, als das Morgenrot das Blau der frühen Morgenstunde vertrieb. In wenigen Minuten würde die Sonne über den Horizont kriechen. Die alte Leica war ihr lange ein guter Begleiter gewesen. Es war schön, sie wieder zu benutzen.

27

Die St.-Petri-Kirche lag unmittelbar an einer Einkaufsstraße. Charlotte legte ihren Presseausweis auf das Armaturenbrett und einen Zettel mit ihrer Handynummer darunter. Weil es noch keine neun Uhr war, hoffte sie, damit durchzukommen. Dann gingen sie einige Schritte Richtung Rathaus, um in einem Coffee-Shop zu frühstücken. Angenehme Wärme schlug ihnen entgegen. Der Kaffee tat beiden gut. Die mit Frischkäse bestrichenen Bagels auch. Gerne hätte Jan sich zu Charlotte aufs Sofa gesetzt und sich etwas an sie gekuschelt. Aber das ging natürlich nicht. Und das nicht nur, weil er wusste, dass sie Zärtlichkeiten in der Öffentlichkeit nicht mochte. Er hatte ihr wehgetan. Das hatte sie selbst gesagt. Es würde sehr lange dauern, um das wieder gutzumachen. Also setzte Jan sich auf einen Sessel ihr gegenüber. Der plötzliche Temperaturanstieg ließ Charlottes Wangen leuchten. Nach dem Frühstück beeilten sie sich, zurück zum Wagen zu kommen, denn Hamburgs Knöllchenschreiber gehörten zu der besonders fleißigen Sorte.

Charlotte setzte Jan vor seinem neuen Zuhause ab, lächelte zum Abschied breit und brauste davon. Sie würde die nächsten Stunden mit der Bildbearbeitung und Katalogisierung ihrer Fotos beschäftigt sein. Das kannte Jan schon. Und er wusste, dass sie dabei glücklich sein würde.

Jan duschte, zog frische Kleidung an, machte eine Waschmaschine mit Schmutzwäsche an und fuhr dann erneut in die Innenstadt. Die vergangenen vierundzwanzig Stunden hatten ihn extrem motiviert. Er hätte sofort mit dem Streichen seiner Einliegerwohnung beginnen können. Doch für so etwas hatte er jetzt keine Zeit. Er musste seinen Job machen. Er musste recherchieren. Heimlich grinsend nannte er es für sich selbst einen *Behördentag*, plante dementsprechend Wartezeit ein, und war dann angenehm überrascht, als er beim Grundbuchamt schneller als erwartet an die Reihe kam.

Eine Frau Ende fünfzig strahlte ihn an, als er sein Anliegen vorgetragen hatte. Ihr Mund lächelte und ihre Augen hinter einer großen Brille, die offenbar ein Relikt aus den 1980ern war, lächelten auch. »Und wo ist denn da wohl das berechtigte Interesse?«, fragte sie. »Sind sie vielleicht ein Nachbar, ein potentieller Mieter oder wollen Sie das Haus vielleicht kaufen?«

Jan lächelte zurück. Er hatte um einen Grundbucheinsicht gebeten. Zwar hatten Anwälte und Notare längst die Möglichkeit, derlei Informationen online zu bekommen, bei ihnen setzte man das hierfür erforderliche *berechtigte Interesse* automatisch voraus, doch jeder andere musste vorher schlüssig erklären, warum er einen bestimmten Grundbucheintrag einsehen wollte. Immerhin konnten diese Rückschlüsse auf das Vermögen oder die Schulden eines Eigentümers zulassen. Diese Informationen sollten nach Willen des Gesetzgebers nicht allgemein öffentlich zugänglich sein.

»Das habe ich doch gerade gesagt!« Erneut verwies Jan auf den Presseausweis, den er der Frau gereicht hatte und den sie noch immer in ihren kleinen Händen hielt. »Oleg Komarow ist tot. Seine Frau und die Kinder werden vermisst. Vermutlich hat er sie umgebracht. Und ich möchte herausfinden, wieso er das getan hat. Hierfür besteht ein öffentliches Interesse. Und wie Sie zweifellos wissen, gilt in so einem Fall für die Presse ein Auskunftsrecht. Oder sehen Sie das anders?«

»Nun mal nicht pampig werden, junger Mann.«

Überrascht zog Jan die Augenbrauen hoch.

Das Lächeln der Frau schien wie festgewachsen. »Ich wollte ja nur mal hören, ob wir beide wissen, wovon wir reden. Haben Sie Angaben zur Liegenschaft?«

»Sie meinen das Flurstück?«

»Flurstück und Flurkarte gibt es nicht mehr. Das ist jetzt die ALK.«

»Habe ich nicht. Weder das eine, noch das andere. Ich habe die Adresse.«

Die Frau hatte den Blick kurz auf ihren Monitor gerichtet, nun blickte sie wieder Jan an. Es war offensichtlich, dass sie ihm nicht entgegenkommen wollte. Mit einem tiefen Schnaufen tat sie es dann doch.

Wie sich herausstellte, war Oleg Komarow Alleineigentümer des Grundstücks und des darauf befindlichen Hauses in Hamburg-Allermöhe gewesen. Eine Grundschuld bei einer Bank oder einer anderen Institution war nicht eingetragen. Das bedeutete, dass beides schuldenfrei war. Oder anders ausgedrückt: Oleg Komarow hatte das Haus beim Kauf vor zwei Jahren komplett bezahlt. Eine erstaunliche Leistung für einen Einwanderer aus Russland, der offiziell als Lagerarbeiter beschäftigt war. Andererseits bedeutete es, dass Oleg nicht aus finanzieller Not die Sicherungen durchgegangen sein konnten.

Selbst wenn er anderswo plötzlich Schulden angehäuft haben sollte, durch den Kauf seines teuren SUVs etwa oder durch den Besuch in einem Spielcasino oder bei einem Pokerturnier, dann hätte er Haus und Grundstück gehabt, um damit alles oder zumindest einen Teil bezahlen zu können. Auch der Verlust des Arbeitsplatzes hätte ihn mit diesem finanziellen Rückhalt nicht derart aus der Bahn werfen dürfen, dass er seine Familie auslöscht und sich anschließend selbst umbringt.

Jan notierte die Angaben aus dem Grundbuch, machte ein dickes Fragezeichen dahinter und verabschiedete sich mehr als freundlich von der Beamtin. Sie lächelte ebenso freundlich zurück.

Anschließend aß Jan einen Happen an einer Imbiss-Bude, trank eine Cola und machte sich dann auf den Weg zum Einwohnerzentralamt der Stadt. Das Gebäude war klar strukturiert mit langen Gängen und verständlichen Hinweisschildern. Der Wartebereich zur Einbürgerungsabteilung war nur durch eine Glaswand mit einem offenen Durchgang von den Plätzen der Sachbearbeiter getrennt. Im Vorbeigehen schnappte Jan sich eine Broschüre zum Thema Einbürgerung. Dann ging er in den offenen Arbeitsbereich und auf den einzigen Schreibtisch zu, der besetzt war. Ein Mann mit spärlichem Haarwuchs tippte auf einer Tastatur herum. Er trug einen hellblauen Strickpullover. Wenig modern, aber seinem Tätigkeitsbereich offenbar angemessen. Jan bemerkte auf den Fingerrücken des Mannes eine ungewöhnlich dunkle Behaarung. Auch die Nase wirkte ungewöhnlich groß und knollenartig. Ein Frauenschwarm sah anders aus. Was Jan aber noch mehr als das altbackene Aussehen des

Mannes auffiel, war ein scharfer, fast schon ätzender Geruch, der den Schreibtisch umnebelte. Entweder benutzte der Mann ein Herrenparfüm für besonders Hartgesottene, oder er versuchte, auf eine äußerst missglückte Weise ein Alkoholproblem zu kaschieren.

Jan wünschte einen guten Tag und blieb geduldig vor dem Schreibtisch stehen, bis der Mann mit dem Tippen fertig war und ihn nicht weniger freundlich als die Beamtin aus dem Grundbuchamt ansah.

»Mein Name ist Jan Fischer ...«

Der Mann unterbrach Jan mit einer Handbewegung. Dann fragte er, ob Jan eine Wartemarke gezogen habe. Da Jan dies nicht hatte, wurde er gebeten, dies im Wartebereich nachzuholen und zu warten, bis seine Nummer angezeigt wurde. Also ging Jan zurück, riss sich eine Wartemarke ab. Er hatte die Nummer 128. In der Anzeige über der Tür leuchtete die Nummer 127. Da sonst niemand anderer im Warteraum und auch nicht im Großraumbüro war, wollte er gleich wieder an den Schreibtisch des Sachbearbeiters treten. Dann überlegte er es sich besser, wartete eine Minute, blätterte die vorher mitgenommene Broschüre durch, sah dann endlich, wie der Mann einen Knopf betätigte und die Zahl über der Tür eine Nummer weiter sprang. Ein heller Ton begleitete das Schauspiel. Jan ging wieder in das Büro.

»Darf ich?«, meinte der Mann und ließ sich die Wartenummer geben. »Mein Name ist Herr Voskors.« Er deutete auf ein entsprechendes Schild, das Jan bereits gesehen hatte, als er zum ersten Mal vor dem Schreibtisch stand.

»Ich heiße Fischer.« Jan legte seinen Presseausweis auf den Tisch und setzte sich, so wie es ihm eine einladende Geste von Herrn Voskors angeboten hatte. Jan hatte sich vorgenommen, von Anfang an mit offenen Karten zu spielen. Allgemeine Auskünfte zum Thema konnte er sich überall beschaffen. Es machte daher keinen Sinn, sich als Freund einer Person auszugeben, die eingebürgert werden wollte. Jan brauchte konkrete Informationen zur Familie Komarow.

Voskors hörte interessiert zu. Dabei ging sein Blick immer wieder zum Fenster. »Ist es nicht herrlich da draußen?«, fragte er plötzlich.

»Etwas kalt vielleicht«, erwiderte Jan.

»Also, ich finde das herrlich. Bei dem Wetter mag ja keiner vor die Tür gehen. Was meinen Sie, wie voll das hier sonst manchmal ist.«

»Ach so.«

»Ja. Aber entschuldigen Sie. Wo waren wir. Ach so, ja. Familie Komarow. Ich habe darüber gelesen. Kann man ja nur schwer dran vorbeikommen, was? Aber leider kann ich Ihnen natürlich keine personenbezogenen Auskünfte geben.«

»Das dachte ich mir schon«, entgegnete Jan. »Deshalb habe ich mir überlegt, ich könnte Ihnen vielleicht ein paar spezielle Fragen stellen, also allgemein zum Thema, und Sie könnten sie dann vielleicht genauso speziell zum Fall Komarow beantworten. So müssten wir keine Namen bemühen und keine Persönlichkeitsrechte verletzen und wüssten trotzdem beide, wovon wir sprechen. Ich schlage dies auch nur vor, weil Herr Komarow streng genommen ja gar keine Persönlichkeitsrechte mehr hat. Weil er ja tot ist.«

»Die gelten trotzdem weiter.«

»Ach so.«

»Ja. Und für seine Familienangehörigen sowieso. Von denen weiß man ja nicht genau, ob sie jetzt tot sind oder nicht.«

Jan presste kurz die Lippen zusammen. »Welcher Sachbearbeiter war denn für die Einbürgerung von Herrn Komarow zuständig. Vielleicht komme ich einfach noch mal wieder, wenn der im Hause ist.«

Voskors sah wieder zum Fenster, dann ließ er den Blick über die leeren Plätze seiner Kollegen schweifen. »Fangen Sie doch einfach mal mit Ihren Fragen an. Dann sehen wir ja, was geht und was nicht geht.«

Jan blätterte sein Notizbuch auf. »Oleg Komarow lebte meinen Recherchen nach zum Zeitpunkt seiner Einbürgerung, erst seit sechs Jahren in Deutschland. Aber kann man nicht eigentlich erst nach mindestens acht Jahren eingebürgert werden?«

Voskors wiegte den Kopf hin und her. »Kommt drauf an.«

Jan wartete auf eine Erklärung und schwieg so lange, bis der Mann weiter sprach.

»Na ja. Die Wartezeit lässt sich unter bestimmten Voraussetzungen verkürzen. Wenn man zum Beispiel besonders gute Sprachkenntnisse vorweisen kann. Wenn man Unterlagen über eine dauerhafte Beschäftigung nachweisen kann. Und solche Fälle eben. Dann kann man auch schon nach sieben Jahren eingebürgert werden.«

»Und nach sechs? Wie geht das?«

»Es gibt überall Ermessensspielräume.«

Jan nickte. »Das ist eine Umschreibung dafür, dass es auf das Wohlwollen des Sachbearbeiters ankommt, richtig?«

»Es sind Ermessensspielräume.«

Jan notierte das Wort und unterstrich es.

»Christina Komarow und ihre Kinder wurden nur sechs Monate später eingebürgert. Wie geht das? Die Zeit ihrer Anwartschaft war viel kürzer. Frau Komarow war damals erst seit einem Jahr in Deutschland. Und die Kinder ... Bei den Kindern weiß ich das gar nicht.«

»Ehepartner können viel früher eingebürgert werden. Und Kinder unter sechzehn werden im Normalfall miteingebürgert. Das ist kein Problem.«

»Ja, aber in Ihrer Broschüre hier, die ich eben im Warteraum noch anschauen durfte, steht, dass Familienangehörige nach zwei Jahren eingebürgert werden können. Also zwei Jahre, nachdem der Ehepartner bereits eingebürgert wurde. Hier, sehen Sie, hier steht es.«

»Ich kenne die Broschüre.«

»Außerdem muss auch hier ein Sprachtest gemacht werden. Man darf nicht vorbestraft sein und muss sich zum Grundgesetz der Bundesrepublik bekennen. Und für alles gibt es entsprechende Zertifikate, die man erst mal machen und dann vorlegen muss. Korrigieren Sie mich. Aber ich verstehe das so, wenn ich die Broschüre lese. Also, wieso ging das bei den Komarows nach sechs Monaten mit der Miteinbürgerung, wenn in der Broschüre eine Wartezeit von zwei Jahren steht?«

Voskors blickte aus dem Fenster. Offenbar freute er sich noch immer über das Wetter.

»Lassen Sie mich raten«, meinte Jan. »Ermessensspielraum.«

»Ermessensspielraum.« Voskors nickte.

Jan unterstrich das Wort in seinen Notizen nochmals.

28

Charlotte öffnete Jan die Wohnungstür mit einem Becher Tee in der Hand und schien noch immer gut gelaunt zu sein. Jan wollte ihr von seinen Recherchen erzählen, doch als erstes musste er sich die Fotos ansehen, die sie am Morgen gemacht hatte. Wenn man in einer Stadt lebte und arbeitete, vergaß man schnell, wie schön es dort sein konnte. Die Bilder, die Hamburg bei Tagesanbruch aus einer Höhe von über hundert Metern zeigten, waren atemberaubend. Zunächst war die Stadt noch ein Lichtermeer umgeben von einem dunklen Blau. Bei einigen Langzeitbelichtungen schlängelten sich die Scheinwerfer der Autos als Leuchtspuren durch die Straßen. Dann zeigte sich die Sonne am Horizont. Die Spitzen der Kirchtürme und Hochhäuser glänzten bereits, während in den Parks und zwischen den Häuserblöcken noch Dunkelheit lag. Auch dieser Effekt entstand, weil die Aufnahmen von einer Turmspitze gemacht worden waren. Auf Straßenniveau brauchte es zu diesem Zeitpunkt noch einige Minuten, bis die Sonne zu sehen war.

Jan merkte, wie zufrieden Charlotte mit ihren Bildern war. Also sparte er nicht mit entsprechendem Lob. Es war gut, dass sie Freude an der Arbeit hatte. Einige Aufnahmen würden hervorragend in ihr neues Buch passen. Es trug den Arbeitstitel *Tor zur Welt* und bezog sich damit auf den Anspruch der Stadt, durch ihren Hafen Verbindungen in alle Welt zu haben. Und das, obwohl sie einhundertzwanzig Kilometer von der Nordsee entfernt lag. Lediglich ein stetes Ausbaggern der Elbe hielt den Fernhandel am Leben.

Drei ausgewählte Bilder hatte Charlotte per E-Mail an Hamburger Tageszeitungen geschickt. Die Chancen standen nicht schlecht, dass eines der Bilder auf einer Titelseite landete. Die Wetterlage war stabil. Hamburg erlebte Anfang Februar einen Wintertraum wie schon lange nicht mehr. Die vom Kirchturm aus geschossenen Übersichtsaufnahmen illustrierten dies perfekt.

Ein Paket von zehn weiteren Fotos wollte Charlotte am nächsten Tag auf die Katalogseite der Bildagentur stellen, über die sie ebenfalls einen Teil ihres Einkommens bezog. Nicht viel, wie sie immer wieder betonte, aber es half, die laufenden Rechnungen zu bezahlen.

Jan nickte, während sie bei der kleinen Präsentation das Ende der Bildserie erreicht hatte. »Toll«, sagte er.

»Echt?«

»Ja, echt.«

»Aber du denkst an etwas anderes.«

»Nein. Die Bilder sind klasse.«

»Woran denkst du?«

»Ich?« Jan presste die Lippen aufeinander und verschränkte die Arme vor der Brust. »Darf ich dir von der Geschichte erzählen, an der ich arbeite?«

»Na klar.«

Jan wusste, dass es ihm helfen würde, seine Gedanken zu sortieren. Und Charlotte war eine gute Zuhörerin. Außerdem hatte sie ein Talent, an den richtigen Stellen die richtigen Fragen zu stellen. Als Jan zu den Details mit Kohlmanns Transportunternehmen kam, versteifte sie sich kurz. Doch Jan sprach weiter, erzählte von der vergeblichen Suche der Polizeitaucher am Bramfelder See. Dann begann er zu stocken. Dunkelheit hatte sich hinter den Fenstern ausgebreitet. Er sah sein eigenes Spiegelbild in der Scheibe. Er blickte zur Seite, merkte, dass Charlotte ihn beobachtete.

»Also, das ist jetzt total daneben«, begann er weiterzusprechen.

»Aber?«

Jan spitzte die Lippen.

»Aber?«, wiederholte Charlotte.

Er warf einen Blick zur Uhr. Es war kurz nach acht Uhr abends. Beste Tagesschauzeit. »Ich muss noch mal weg«, sagte er plötzlich. »Etwas klären.«

»Okay ...«

»Willst du mit?«, schob er spontan hinterher. »Es dauert nicht ewig. Aber ich muss noch mal in die Stadt. Genauer gesagt nach Bramfeld. Wir könnten dann noch etwas bei einem Italiener essen. Hast du Lust?«

Charlotte klappte das Notebook zu und stand vom Stuhl auf. »Bin dabei«, sagte sie knapp.

Kurz darauf saßen sie im Auto. »Ich werde dir eine Frau vorstellen. Eine Ukrainerin. Sie ist nett, aber sehr vorsichtig bei dem, was sie sagt.«

»Woher kennst du sie?«

»Sie ist Prostituierte.«

»Aha.«

Jan schüttelte den Kopf. »Das habe ich recherchiert.«

»Nennt man das so?« Charlotte grinste, während sie Jan aufzog.

»Sie war eine Freundin von Christina Komarow. Sie sind zusammen nach Deutschland gekommen.« Jan nickte zu seinen eigenen Worten und stellte die Heizung höher. »Wir müssen uns beeilen, um sie noch zu erwischen. Sonst müssen wir bis morgen früh um fünf warten, bis sie von der Arbeit kommt.«

»Klingt nicht so, als ob ich tauschen möchte.«

»Das willst du bestimmt nicht.«

Da es seit dem Vortag keinen Neuschnee gegeben hatte, waren die Straßen gut befahrbar. Und weil auch der Berufsverkehr mittlerweile abgeklungen war, erreichte Jan sein Ziel in weniger als einer halben Stunde. »Es ist bemerkenswert, wie die Entfernungen innerhalb der Stadt schrumpfen, wenn man zur richtigen Zeit auf der Straße ist«, meinte er halb zu sich, halb zu Charlotte. »Nicht nur die Zeit ist somit relativ, sondern auch eine Strecke von A nach B. Es war also mehr oder weniger logisch, dass Einstein aus beiden den Begriff der *Raumzeit* konstruiert hat. Findest du nicht auch?«

»Sicher«, sagte Charlotte. Dann stiegen beide aus und gingen zur Haustür. Auf dem Klingelschild stand M. Nasarenko.

»Willst du klingeln?«, fragte Charlotte.

»Ja. Vielleicht ist sie schon weg, und wir warten umsonst auf der Straße.«

»Wird sie nicht eingeschüchtert sein, wenn wir plötzlich zu zweit vor der Tür stehen?«

»Biete ihr eine Zigarette an. Sie raucht genauso viel wie du. Das verbindet.«

»So einfach funktionieren Frauen in deiner Welt?«

»Etwa nicht?«

Jan klingelte, während Charlotte in der Jackentasche nach ihren Zigaretten suchte. Die Flamme des Feuerzeuges erhellte ihr Gesicht, als die Tür geöffnet wurde.

Miriam Nasarenko trug wieder ihren schwarzen Mantel. Offenbar bevorzugte sie ihn für den Arbeitsweg, während der rote für die Freizeit war. Eine Strickmütze saß auf ihrem Kopf.

»Warum sind Sie zurückgekommen? Ich keine Zeit habe. Ich muss gehen.« Offenbar hatte Miriam ihren Besuch bereits durch ein Fenster in Augenschein genommen. Denn sie wirkte nicht überrascht, Jan vor sich zu sehen.

»Wir sind gleich wieder weg«, erwiderte dieser. »Das hier ist übrigens Charlotte. Eine sehr gute Freundin von mir. Sie können ihr genauso vertrauen wie mir.«

»Zigarette?«, meinte Charlotte und streckte das Päckchen nach vorne.

Miriam sah das rote Schächtelchen an, nickte dann und ließ sich nach der Zigarette auch Feuer von Charlotte geben. Mit Elan blies sie den Rauch des ersten Zuges in die kalte Winterluft. »Danke. Aber ich muss jetzt los«, sagte sie. »Sonst ich verpasse Bus.«

»Wir können Sie fahren«, schlug Jan vor.

»Nein.«

»Dann begleiten wir sie zur Bushaltestelle. Das ist alles. Okay.«

Miriam zuckte mit den Schultern und ging los. Jan bemühte sich, neben ihr zu bleiben, während Charlotte einen Schritt weiter hinten ging.

»Ich habe nur eine Frage«, behauptete Jan, obwohl er und Miriam und Charlotte wussten, dass es nie bei nur einer Frage blieb. »Wenn Christina und die Kinder noch leben würden, wo würden sie sich dann verstecken?«

Miriam blieb überraschend stehen, so dass Charlotte fast in sie hinein gerannt wäre.

»Oleg hat alle umgebracht.«

»Aber was, wenn nicht? Wer würde dann wohl wissen, wo sie sich verstecken? Wer, wenn nicht Christinas beste Freundin?«

»Das ist Blödsinn.« Als Miriam Nasarenko sich gefasst hatte, eilte sie weiter Richtung Bushaltestelle. Jan holte schnell auf. Charlotte kam mit etwas mehr Abstand als zuvor hinterher.

»Irgendjemand wird sie finden. Glauben Sie mir! Und ich will ihr nichts Böses. Ich will helfen.«

»Blödsinn.«

Ein älterer Mann mit Hut wartete bereits an der Haltestelle. Sonst war niemand zu sehen. Bei minus zehn Grad blieben die meisten Menschen lieber zu Hause. Jan holte eine Visitenkarte aus der Tasche. »Die Festnetznummer stimmt nicht mehr. Die Redaktion gibt es auch nicht mehr. Aber die Handynummer stimmt noch«, sagte er, während er Miriam die Karte entgegen hielt. Diese ließ die Zigarettenkippe auf den Boden fallen und trat sie mit der Stiefelspitze aus. Wortlos hob sie den Blick.

»Bitte«, sagte er und hielt sie ihr noch etwas dichter entgegen. »Rufen Sie mich einfach an. Ich kann Christina helfen.«

Als Miriam weiterhin nicht reagierte, trat er direkt neben sie und steckte die Visitenkarte in ihre Manteltasche. Noch immer wortlos ließ sie es geschehen. Dann kam der Bus. Miriam stieg noch vor dem alten Mann ein und wählte einen Fensterplatz auf der anderen Seite des Busses, so dass sie Jan und Charlotte nicht mehr sehen musste.

29

Sie gingen in eine Tapas-Bar, bestellten eine Flasche Selters, jeder ein Glas Rotwein und ließen sich die Karte geben. Mit dem Wein wurde ein Schälchen Oliven serviert. Anschließend stellte der Kellner zwei weitere Gläser und die Wasserflasche auf den Tisch. Jan hatte sich für Garnelen in Knoblauchöl entschieden. Vorher hatte er geklärt, ob das Charlotte recht sei. »Oder willst du heute noch geküsst werden?«

»Nicht nötig«, hatte sie geantwortet, ohne eine Miene zu verziehen.

Charlotte bekam Jakobsmuscheln an Trüffelbutter. Gemeinsam teilten sie sich dazu einen Korb mit Weißbrot und Aioli.

»Ich bin also eine sehr gute Freundin von dir«, meinte Charlotte nachdem sie mit dem Wein angestoßen hatten.

»Was hätte ich sagen sollen?«, entgegnete Jan. »Vielleicht, dass wir verlobt sind?«

Charlotte schüttelte den Kopf. »Du hast da übrigens was?«

»Wo?«

»Da!« Charlotte tippte an ihren Hals. »Unter dem Ohr.«

Jan fühlte mit den Fingern an der Stelle, auf die Charlotte deutete und hatte anschließend etwas Weißes auf den Fingerkuppen. »Oh, das ist Farbe. Ich habe vorhin noch etwas gestrichen.«

»Bist du noch nicht fertig mit der Wohnung?«

»Noch nicht ganz.«

Eine Kerzenflamme spiegelte sich in Charlottes Augen. Dann kamen schon die kleinen Teller mit den Garnelen und den Jakobsmuscheln. Jan und Charlotte waren nicht besonders hungrig. Deshalb beließen sie es bei einem Gang, aßen das Weißbrot und genossen den Wein.

»Glaubst du eigentlich, was du zu der Frau gesagt hast?«

»Dass Christina Komarow und die Kinder noch leben?« Jan zuckte mit den Schultern. »Es ist eine Möglichkeit. Eigentlich gar nicht so unwahrscheinlich, wenn keine Leichen gefunden werden, oder? Also, wenn jemand vermisst wird und lange Zeit nicht gefunden wird, dann denke ich eigentlich immer zuerst, dass er abgehauen ist. Könnte hier doch genauso sein.«

»Und wo sind sie?«

»Verstecken sich.«

»Warum?«

»Aus Angst.«

»Vor wem?«

»Vor Oleg Komarow. Vielleicht hat die Ehefrau was mitbekommen. Es ist ihr gelungen mit den Kindern zu entkommen, bevor er sie umbringen konnte. Er war aber weiterhin wild entschlossen, sein eigenes Leben zu beenden. Also ist er, als die anderen weg waren, allein ins Wasser gegangen.«

»Weiß nicht. Klingt komisch. Müssten sie dann nicht mittlerweile wissen, dass er tot ist?«

Jan nickte. »Vielleicht. Aber ich finde es komisch, dass sie bis heute nicht gefunden wurden.«

»Wer soll sie finden? Bei dem Frost, meine ich.«

»Das stimmt. Aber trotzdem ...«

»Ich glaube nicht, dass diese Miriam dich anrufen wird.«

»Wer weiß«, meinte Jan nachdenklich. »Aber ich habe ja auch nicht gesagt, dass ich aufhöre und sonst gar nichts mehr mache.«

»Würde mich auch wundern.«

Jan legte fragend die Stirn in Falten.

»Na, weil du ein Wadenbeißer bist.«

»*Wie bitte?*«

»Ja. Wenn du dich irgendwo festgebissen hast, lässt du nicht wieder los. Brauchst gar nicht den Kopf zu schütteln.«

Beide nippten am Rotwein. Dann fragte Charlotte: »Also, was kommt jetzt?«

»Wie meinst du das?«

»Was hast du als nächstes vor? Ich bin einfach nur neugierig.«

»Es gibt da eine Lagerhalle in Billbrook. Hab' ich dir schon davon erzählt?« Als Charlotte nickte, fuhr er fort. »Ich glaube jedenfalls, dass da krumme Dinger am laufen sind. Oleg Komarow hat da gearbeitet. *Hansa Transporte*. Gehört zum Kohlmann-Imperium.«

Charlotte war erneut wie elektrisiert, als der Name fiel. Schon als Jan in ihrer Wohnung von Kohlmann erzählt hatte, musste sie an Liam denken. Was er ihr über Kohlmann erzählt hatte, war schlimm, doch noch mehr fürchtete sie sich vor dem, was Liam ihr verschwiegen hatte. Seit er verschwunden war, sorgte sie sich um den Jungen. Die Kamera, die er mitgenommen hatte, war ihr dabei fast schon egal. Sie war

sogar noch einmal heimlich im Keller der Technischen Universität gewesen, um nach Liam zu suchen.
Doch dort es gab keine Spur mehr von ihm. Als
nächstes wollte sie vielleicht die Adresse seiner Pflegeeltern ausfindig machen. Falls sich das irgendwie be-
werkstelligen ließ. Kein einfaches Unterfangen, denn
die hießen mit Nachnamen bestimmt nicht zufällig
auch Tebbe. Als Jan nun von einer Lagerhalle sprach,
die Kohlmann gehörte, musste sie automatisch daran
denken, dass man vielleicht auch dort schlafen konnte.
Denn irgendwo musste Liam doch untertauchen. Es
waren immerhin mehr als zehn Grad minus da draußen.

»Ich werde sie wohl noch mal ein paar Nächte beobachten müssen, um zu sehen, ob sich da was tut«,
meinte Jan und holte sie damit aus ihren Gedanken
zurück.

»Wieso nur nachts?«

»Tagsüber ist da zu viel Betrieb. Wenn, dann drehen
die da nachts was.«

»Dann lass uns austrinken und nachsehen.«

»Wie bitte?«

»Was?«

»Du willst mit? Weißt du, wie kalt das werden kann?
Außerdem ist das eine richtig öde Angelegenheit.
Stundenlanges Warten, ohne dass sich wirklich was
tut.«

»Trink aus«, sagte Charlotte. »Ich verschwinde nur
noch mal kurz.«

Jan bezahlte und erwartete Charlotte mit ihrem Mantel am Ausgang. So entging er der Diskussion, ob sie die Rechnung teilen sollten. Im Wagen drehte Jan die Heizung voll auf, damit der Innenraum möglichst warm war, als sie den von ihm bereits vor einigen Nächten auserkorenen Beobachtungsposten vor der Lagerhalle von *Hansa Transport* erreichten. Nacheinander krabbelten sie durch den Spalt zwischen den Vordersitzen auf die Rücksitzbank. Das erforderte zwar akrobatisches Geschick, hatte aber den Vorteil, dass keine Wärme durch das Öffnen der Türen verlorenging. Jan hatte hinten noch den Schlafsack von seiner ersten Observation liegen und eine Wolldecke mit Pferdemotiv.

»Schick«, meinte Charlotte zu der Decke.

»Danke.«

Sie zogen ihre Schuhe aus, krabbelten dann gemeinsam unter die Decke und legten den geöffneten Schlafsack quer darüber.

Die Lagerhalle lag beleuchtet von gelbem Laternenlicht inmitten der kalten Winternacht. Die Rolltore waren alle verschlossen. Kein LKW war auf dem Hof zu sehen.

»Schon mal überlegt, wie du da reinkommst?« Charlotte hätte zu gerne einen Blick in die Hallen geworfen. Sicherlich gab es viele dunkle Ecken, in denen Liam sich verkriechen konnte, wenn er denn hier war. Aber nur, wenn man suchte, konnte man auch etwas finden.

Dann schüttelte Jan den Kopf. »Um das Gelände läuft ein hoher Zaun. Und das Gebäude ist bestimmt mit einer Alarmanlage gesichert. Das versuche ich lieber gar nicht erst.«

»Wir könnten eine Leiter mitbringen.«

»Was? Wie bitte? Dein Ernst?«

»Hast du nicht eine Leiter in deinem neuen Palast?«

»Ich habe eine Leiter. Aber die geht mir gerade mal bis zum Kinn.«

»Ich denke, wir kommen irgendwie über den Zaun.«

»Wieso wir?«

»Also ich.«

»Du?«

»Ich käme da drüber.«

Jan schnauft kopfschüttelnd auf. »Okay. Und dann?«

»Guck ich nach, was die da lagern.«

»Kaffee, Kakao, Spirituosen. Lebensmittel in Dosen. Hundefutter. Katzenfutter. Alles in riesigen Kartons und auf Hochregalen von mindestens zehn Metern Höhe. Viel Spaß.«

»Vielleicht gibt es einen Geheimraum ...«, in dem Liam schläft, dachte sie, sagte aber »... wo sich die Komarows verstecken.«

»Den gibt es nicht.«

»Aber gib zu, dass du selbst mal gerne reinschauen würdest.«

»Ja. Aber nicht, um dann von der Polizei bei einem Einbruch geschnappt zu werden. Außerdem gibt es einen Wachdienst. Der fährt regelmäßig Patrouille.«

»Was können wir denn sonst machen, außer nur auf die Halle zu starren.«

»Ich habe ja gesagt: Es wird langweilig.«

Im Halbdunkel sah Jan, wie Charlotte den Kopf bewegte. Vermutlich war es ein Nicken.

Als die Kälte das Wageninnere zurückeroberte, drängelten Jan und Charlotte sich enger zusammen.

Er nahm einen ihrer Füße und begann ihn durch die Socke zu massieren.

»Was wird das?«, fragte Charlotte.

»Nichts.«

»Dann ist es ja gut. Du stinkst nämlich nach Knoblauch.«

»Du auch.«

»Ich finde die Vorstellung widerlich, mit jemandem zu knutschen, der nach Knoblauch stinkt.«

»Ich auch«, meinte Jan und knetete weiter ihre Füße. Dann vertraute er wieder seinem Bauchgefühl, so wie er es bereits am frühen Abend gemacht hatte, als er bei Charlotte anrief, um sich mit ihr zu treffen. Und dann küssten sie sich doch.

»Du stinkst tatsächlich widerlich«, meinte sie.

»Dann gefällt es dir also?« Er sah einen Reflex der Straßenlaterne in ihren Augen. Ihre Arme umschlossen seinen Oberkörper, zogen ihn noch enger an sich. So eng, dass ein Küssen nicht mehr möglich war.

»Halt mich.«

Er wusste, dass sie leise weinte. Denn als sie sich nach einer Weile wieder ein bisschen voneinander trennten, hörte er sie schniefen.

»Ich liebe dich, Charlotte. Ein Teil von mir gehört einfach zu dir.«

Das Schniefen wurde lauter.

»Ist einfach so«, meinte er und war etwas irritiert, als er merkte, wie Charlotte leise kicherte.

»Ist dieses Teil etwa so groß wie der Rüssel von einem Babyelefanten?«

Jan runzelte die Stirn. Dann lachte er auch. »Kommt in etwa hin.«

»Dachte ich mir.« Sie streichelte sein Gesicht. »Fahren wir zu mir?«

»Unbedingt«, erwiderte er. Dann merkte er, wie Charlotte sich plötzlich versteifte. »Was ist?«

Von beiden unbemerkt war der Wagen des Sicherheitsdienstes am Einfahrtstor vorgefahren. Erst als sie die Rücksitzbank verlassen wollten, hatte Charlotte ihn entdeckt. Erneut hatte Jan kein Fernglas dabei. Trotzdem konnten beide erkennen, dass es ein bulliger Mann war, der kurz ausstieg, die üblichen Eintragungen an seinem Kontrollgerät vornahm und dann wieder ins Auto stieg. Doch anders als beim vorherigen Mal fuhr der Wagen nicht wieder weg.

»Was macht der denn da so lange?«, fragte Charlotte.

»Keine Ahnung.«

»Wieso darf der den Motor laufen lassen und wir nicht?«

»Weil wir *ihn* beobachten und er *uns* nicht bemerken soll.«

»Ja, toll.« Charlotte merkte die Kälte in ihren Körper zurückkehren. Aber an Wegfahren war in diesem Moment nicht zu denken.

»Jetzt passiert was«, meinte Jan und deutete die Straßen entlang. Dort rollte ein weißer Lieferwagen heran. Es war ein Mercedes-Sprinter. Gesamtgewicht unter 7,5 Tonnen. »Bin gespannt, was der hier will. Sonst habe ich hier nur Zugmaschinen mit Auflieger gesehen.«

Der Transporter hielt neben dem PKW des Wachdienstes. Zwei Männer stiegen aus. Der Beifahrer wurde vom Wachmann begrüßt, der nun wieder aus seinem Auto heraus war. Der zweite Mann ging zum Tor und schloss es auf. Nacheinander fuhren die beiden Fahrzeuge auf den Hof.

»Jetzt wird es spannend«, stellte Jan fest.

»Gut, dass ich darauf bestanden habe, herzukommen.«

»Sehr gut sogar.«

»Sollen wir die Polizei rufen? Oder willst du über den Zaun klettern, um zu sehen, was die da machen?«

»Wir sehen von hier aus zu.«

»Also, ich kann nicht viel sehen.«

Der Transporter fuhr auf das Tor 29 zu, machte eine Kurve und setzte dann langsam zurück. Die anderen beiden Männer standen daneben und sahen zu.

»Die machen da eindeutig was Illegales. Mal sehen, was die da rausholen.«

30

Oliver Jensch konnte es nicht fassen, als er seine Rippen brechen hörte. Spitze Knochensplitter bohrten sich in beide Lungenflügel und ließen ihn Blut spucken. Das konnte jetzt nicht sein. Das durfte nicht sein. Nun endlich hatte sich doch alles wieder zum Besseren für ihn gewendet. Er hatte neue Freunde. Menschen, die es gut mit ihm meinten. Im Sommer würde er mit einem neuen Job anfangen. Weg vom Wachdienst. Er würde mit einer echten Ausbildung beginnen und es allen noch mal zeigen. Man hatte ihm eine zweite Chance gewährt. Diese Chance gedachte er zu nutzen. Aber wie passte da ein zerquetschter Brustkorb zu und wie die gebrochenen Beine, die unter der Krafteinwirkung der Stoßstange zuerst nachgegeben hatten?

Eben noch hatte er mit Herrn Katō neben der Rampe gestanden. Den Fahrer kannte Oliver Jensch nicht. Doch Herr Katō war ein feiner Mann mit ausgesprochen guten Manieren. Er hatte Oliver von Anfang an ernst genommen. Er hatte mit ihm gesprochen, wie es sich für zwei Erwachsene gehörte. Herr Katō stammte aus Asien, vielleicht aus Japan, Vietnam oder Korea. Oliver kannte sich da nicht besonders aus. Wie ein echter Chinese sah er jedenfalls nicht aus.

Herr Katō erzählte, dass Herr Kohlmann in Schwierigkeiten stecke. Das wusste Oliver Jensch natürlich schon. Er kannte Herrn Kohlmann von seiner Zeit als

Solo-Sänger im Knabenchor. Auch Herr Kohlmann war immer ein feiner Mann gewesen. Gebildet und reich. Jemand, zu dem man aufschauen konnte. Wieso sollte Oliver also nicht bereit sein, ihm zu helfen.

Es war für Katō nicht ganz einfach gewesen, jemanden zu finden, der vor Gericht glaubhaft den Sexualpartner von Kohlmann darstellen konnte. Denn es durfte nicht einfach irgendjemand sein. Der junge Mann musste der Person auf den Videoaufnahmen wenigstens annähernd ähnlich sehen. Außerdem brauchte er eine Biografie, die es zum einen wahrscheinlich machte, dass er der Junge auf dem Videomaterial war und die ihn darüber hinaus anfällig für eine entsprechende Bestechungszahlung machte. Katō ließ sich die Mitgliederlisten des Hamburger Knabenchors für die letzten fünf Jahre geben und ging diese akribisch mit einem Vertrauten Kohlmanns durch. Schließlich entschied er sich für den mittlerweile neunzehnjährigen Oliver Jensch.

Oliver erfüllte die erste Anforderung ohne Probleme. Da die Videoaufnahmen tatsächlich aus einem ungünstigen Winkel und komplett ohne Nahaufnahmen entstanden waren, war dies auch nicht so schwierig. Berücksichtigte man ferner, dass die Aufnahmen fast drei Jahre alt waren und sich Heranwachsende in diesem Zeitraum stark veränderten, war der junge Mann sogar so etwas wie eine Idealbesetzung. Er sah dem Jungen auf dem Video nicht nur ähnlich, er hätte dieser sogar wirklich sein können. Da Oliver Jensch nachweislich zum betreffenden Zeitpunkt Chormitglied war, passte auch dieses Detail.

Bald noch wichtiger war es jedoch, dass der junge Mann mit seinem Leben nicht zufrieden war. Als

Heranwachsender sang er in Opernhäusern und auf vielen Theaterbühnen berühmte Solostücke. Er wurde als einer der *Drei Knaben* aus Mozarts *Zauberflöte* gefeiert und gab eine der beiden Knabenstimmen aus *Das klagende Lied* von Gustav Mahler. Auch einen der Knappen aus Wagners *Parsifal* lieh er seine Stimme. Doch dann kam der Stimmbruch und mit ihm das Ende des frühen Ruhms. In der Schule hatte Oliver Jensch bei weitem nicht die Klasse, die ihn als Sänger auszeichnete. So enttäuschte er mit einem eher schlechten Abschluss nicht nur seine Eltern, sondern am meisten sich selbst. Ein Jahr sang er danach noch in einem Männerchor, dann schmiss er auch diese Karriere. Seit einiger Zeit arbeitete er als angelernte Hilfskraft für einen privaten Wachdienst, fuhr nachts mit einem Kleinwagen verschiedene Objekte ab, um deren Alarmanlagen zu kontrollieren. Allen war klar, dass dies nicht sein Traumjob sein konnte.

Katō wusste bei Durchsicht der Unterlagen sofort, dass er mit Oliver Jensch den richtigen Mann für die Gerichtsposse gefunden hatte. Er bot ihm für seine Falschaussage eine beachtliche Summe sofort an und stellte zudem einen Ausbildungsplatz zum Groß- und Außenhandelskaufmann in einem Betrieb in Aussicht, der als Tochterunternehmen zum Kohlmann-Konzern gehörte. Den Ausbildungsplatz sollte er im Sommer bekommen. Er würde ganz unauffällig mit allen anderen Auszubildenden des Jahrgangs beginnen. Einzig sein schlechtes Abschlusszeugnis von der Schule sollte ihn von den anderen unterscheiden. Was er aus dieser Chance machen würde, sagte Katō mit schmeichelnder Stimme, würde dann allein an ihm selbst und seinem Ehrgeiz liegen.

Oliver Jensch stimmte dem Deal ohne Zögern zu. Er selbst war nie Opfer sexueller Übergriffe gewesen und konnte sich daher nicht vorstellen, was das für die anderen Chormitglieder bedeutete. Er war immer etwas Besonderes gewesen, hatte mehr Talent und Ehrgeiz als die anderen gehabt. Und nun bot man ihm eine zweite Chance. Katō bereitete den jungen Mann sehr genau auf seine große Rolle vor Gericht vor. Und Oliver spielte sie so überzeugend, wie man es sich von ihm wünschte. Die Richterin hatte ihm geglaubt. Und das war es, worauf es ankam. Alles lief wie geplant. Heiner Kohlmann wurde freigesprochen.

Das Geld, das man Oliver in bar gegeben hatte, verwahrte er im Haus seiner Eltern. Es gab da ein Versteck im Keller, das nicht mal seine Mutter oder sein Vater kannten. Man hatte ihm geraten, nicht plötzlich mit seinem neuen Reichtum um sich zu werfen. Aber das war ihm auch selbst klar gewesen. Er freute sich einfach nur, das Geld zu haben, und wartete ungeduldig auf den Sommer, um die Ausbildung bei *Kohlmann Logistic* anfangen zu können.

Dann tauchte plötzlich dieser Liam Tebbe bei ihm auf. Er war in Begleitung einer Frau, die Oliver nicht kannte. Liam konfrontierte ihn ohne Umschweife mit dem Vorwurf, dass er vor Gericht eine Falschaussage gemacht habe. Denn nicht Oliver sei auf dem Sexvideo mit Kohlmann zu sehen gewesen, sondern Liam. Angeblich habe Kohlmann ihn dazu gezwungen. Mit Psychotricks oder Erpressung oder so. Wie genau das gelaufen war, wollte Oliver gar nicht wissen. Liam Tebbe interessierte ihn nicht. Auch nicht dessen Probleme. Oliver hatte selbst genug Probleme. Und eines dieser Probleme war jetzt Liam Tebbe.

Also schickte er eine SMS an die Nummer, die Herr Katō ihm gegeben hatte. Es dauerte nicht lange, bis sich der freundliche Asiat bei ihm meldete. Man verabredete sich zu einem Gespräch. Dabei versicherte Katō dem jungen Mann, dass nichts passieren könne, solange er bei der vereinbarten Geschichte bleibe. Außerdem sagte er, dass sie ihn schon jetzt für eine geschäftliche Transaktion gebrauchen könnten. Er arbeite doch für *Elb-Security*. Ob es nicht möglich sei, dass er sich dort für eine bestimmte Tour in Billbrook einteilen lasse? Es war möglich. Deshalb kontrollierte Oliver seit einigen Nächten auch ein Lagerhaus von *Hansa Transport*.

Das Unternehmen gehöre zu *Kohlmann Logistic*, wurde Oliver erklärt, seinem zukünftigen Arbeitgeber. Da er nun schon fast zur Truppe gehöre, wolle man ihn in die internen Arbeitsabläufe einweihen. Ein Vertrauensbeweis sei dies und zugleich eine Gelegenheit für ihn, sich schon jetzt von den anderen Auszubildenden des kommenden Ausbildungsjahres hervorzuheben. Kohlmann persönlich wisse, wie wertvoll Oliver Jensch sei. Denn Loyalität würde Kohlmann mehr als alles andere in seinem Unternehmen belohnen.

Oliver erhielt am Nachmittag Bescheid, dass er in dieser Nacht nach der üblichen Kontrolle des Haupttores von *Hansa Transport* auf einen Lieferwagen warten sollte. Erfreut stellte er dann fest, dass Herr Katō mit im Wagen saß. Den Fahrer kannte Oliver nicht.

Als das Tor geöffnet war, fuhr Oliver hinter dem Transporter auf den Hof. Er parkte den Wagen und ging zu Katō. Der lächelte und nickte. Die Kälte schien dem Asiaten nichts auszumachen. Oliver hingegen begannen fast sofort Gesicht und Ohren zu frieren. Er trug zwar Handschuhe, doch die lächerliche Wollmütze, die ihm seine Mutter gekauft hatte, hatte er im Auto gelassen. Er wollte möglichst seriös aussehen, während er mit Herrn Katō zu tun hatte.

Tuckernd lief der Sprinter im Leerlauf. Katō fragte, ob Oliver wissen wolle, was der Transporter geladen habe. Durch sein bisheriges Engagement habe er es sich verdient, zu den Eingeweihten zu gehören. Oliver war gleichzeitig neugierig und geehrt. Als Katō eine auffordernde Geste machte, trat Oliver hinter den Lieferwagen und fasste nach dem Türgriff. Es war kaum genug Platz hinter dem Wagen, damit man die Hecktüren ganz öffnen konnte. Oliver bemerkte das sofort. Aber er wollte ja nur einen kurzen Blick auf die Ladung werfen.

Irritiert stellte Oliver Jensch jedoch fest, dass die Hecktüren abgeschlossen waren. Abwehrend streckte er die Arme aus, als der eben noch gemächlich im Leerlauf tuckernde Motor plötzlich aufheulte und das Gefährt einen Satz nach hinten machte. Zuerst zertrümmerte der Transporter Olivers Beine und zerquetschte dann seinen Brustkorb. Automatisch drehte der junge Mann den Kopf zur Seite. Er streckte eine Hand in Richtung seines neuen Förderers aus. Sagen konnte er nichts mehr. Das Blut in seinem Mund machte es unmöglich. Noch immer hörte er den Motor des Transporters heulen. Noch immer gab der Fahrer Vollgas. Durch die Rückfahrscheinwerfer vollzog sich Olivers Sterben wie im Rampenlicht. Es war sein letzter Soloauftritt.

Katō gab Dmitrij ein Zeichen, dass es vorbei war. Der kuppelte aus. Automatisch rollte der Wagen ein Stück vorwärts. Dann stieg er aus und besah sich den zusammengesunkenen Klumpen Fleisch hinter dem Wagen. Unbewusst fasste er sich an den Diamantring an seiner rechten Hand, drehte ihn hin und her.

Dmitrij wusste, was er nun zu tun hatte. Er musste Polizei und Rettungskräfte anrufen, um einen tragischen Arbeitsunfall zu melden, während der Asiat von der Bildfläche verschwinden würde.

Oliver Jensch war zu einem Sicherheitsproblem geworden. Eigentlich war er es von dem Augenblick an gewesen, als Kohlmann freigesprochen wurde. Man hätte ihn normalerweise sofort erledigen müssen. Doch zunächst war er noch ein kontrollierbares Risiko. Das änderte sich mit dem Auftauchen von Liam Tebbe und dieser unbekannten Frau, die ihn begleitet hatte. Sie hatten Oliver Jensch unter Druck gesetzt. Also hatte Katō beschlossen, das Problem endgültig zu lösen.

31

Automatisch hatten Jan und Charlotte sich nach vorn gelehnt. Sie umklammerte die Kopfstütze des Beifahrersitzes und guckte rechts daran vorbei, während Jan zwischen den beiden Vordersitzen hindurch starrte.

»Was war das denn jetzt? Ist der eben voll gegen die Wand gefahren?«

»Sieht so aus«, entgegnete Jan.

»Der eine geht jetzt weg«, stellte Charlotte fest.

»Ja. Aber eilig hat er es nicht.« Schweigend sahen sie zu, wie ein schmächtiger Mann zum Haupttor ging. Ein anderer stand beim Lieferwagen und telefonierte. Den dritten Mann konnten beide nicht sehen.

»Kommt der etwa auf uns zu?«

»Ja, verdammt«, meinte Jan. »Runter mit dir. Versuch dich in den Fußraum zu quetschen.«

Auch Jan versteckte sich hinter dem Fahrersitz. Zum Glück waren beide Sitze recht weit nach vorn geschoben, damit sie auf der Rückbank zu zweit mehr Platz hatten. Ein Schatten wischte am Fenster vorbei. Beide hielten den Atem an.

»Hast du was erkennen können?« fragte Jan nach etwa einer Minute.

»Nee. Nicht wirklich. Und du?«

»Weiß nicht. Vielleicht. Könnte ein Asiate gewesen sein.«

»Und jetzt?«

»Erst mal rühren wir uns nicht.«

»Was ist mit der Polizei? Wolltest du nicht, dass die nachgucken, was in dem Wagen ist?«

»Schon, aber …«, antwortete Jan. »Weißt du, wie man die Übertragung der Rufnummer ausschaltet?«

»Das ist nicht schwer. Aber wenn sie wollen, finden sie leicht raus, wer angerufen hat. Stört dich das?«

»Weiß nicht.«

»Gib mal her.«

Jan reichte Charlotte das Handy. Diese ging ins Menü und suchte die Rufnummernübertragung. Doch kaum hatte sie diese deaktiviert, hörten beide in einiger Entfernung eine Sirene. Neugierig hoben sie die Köpfe.

»Polizei?«, fragte Charlotte.

»Oder Rettungswagen.«

Ein Feuerwehrwagen und ein Rettungswagen trafen gleichzeitig bei der Hofeinfahrt ein. Rotierendes Blaulicht ließ die Szene unwirklich erscheinen. Der zweite Mann vom Lieferwagen winkte die Einsatzfahrzeuge zur Lagerhalle. Rettungssanitäter und Feuerwehrleute waren bereits bei der Arbeit, als der erste Streifenwagen auf den Hof fuhr. Offenbar war die Rettungswache dichter gelegen als die nächste Polizeistation.

»Da muss was passiert sein.«

»Sag bloß.«

»Doch«, meinte Charlotte. »Sonst hätten die doch nicht selbst die Polizei gerufen.«

»Ja. Aber vorher ist der eine noch schön abgehauen.«

»Jedenfalls werden die jetzt garantiert nachgucken, was in dem Laster ist.«

»Sollte man von ausgehen.«

»Ich wüsste zu gerne, was da passiert ist. Irgendwas muss doch schiefgelaufen sein.«

»Lass uns noch einen Augenblick warten.«

»Und dann?«

»Wirst schon sehen.«

»Was denn?«

Jan antwortete nicht mehr. Geduldig wartete er. Erst nach einer Weile meinte er, dass sie jetzt wieder nach vorn klettern könnten.

»Und dann?«

»Fahren wir da hin.«

Charlotte blickte mehr als überrascht.

»Wir müssen ja nicht die ersten sein«, sagte Jan. »Siehst du, wer da kommt?«

Ein Kleinwagen bog in die Straße und hielt direkt bei der Hofeinfahrt. Kurz danach kam ein schwarzer VW-Bus und stellte sich dahinter. Aus beiden Fahrzeugen stiegen dick angezogenen Gestalten. Die eine zerrte eine Fototasche vom Beifahrersitz, die andere öffnete die Heckklappe des Busses und holte eine Fernsehkamera heraus. Es waren zwei Blaulichtreporter. Jan würde sich nicht wundern, wenn bald auch der Kollege Wolfgang Burmeister am Einsatzort auftauchte. Einen Moment überlegte Jan sogar, ihn anzurufen und zu erzählen, was los war. Doch dann hätte er anschließend erklären müssen, was er hier machte. Und dazu hatte Jan keine Lust. Entweder bekam Burmeister den Einsatz selbst mit, oder er hatte Pech gehabt.

Fünf Minuten später waren zwei weitere Blaulichtjournalisten angekommen. Ungeniert betraten sie das Gelände und gingen zur Lagerhalle. Wäre das Kontrollhäuschen an der Toreinfahrt besetzt gewesen, wäre das nicht möglich gewesen. Dann hätten alle ihre Bilder durch den Zaun machen müssen. Aber so war niemand da, der sie aufhielt. Die Feuerwehrkräfte und

Polizisten schienen keine Probleme mit der Anwesenheit der Reporter zu haben.

Jan startete das Auto und stellte es hinter die anderen Fahrzeuge. »Kommst du mit?«

Als Antwort öffnete Charlotte die Beifahrertür. Beide hatten die Zwischenzeit genutzt, um ihre Stiefel wieder anzuziehen. Jan ging einen halben Meter vor Charlotte. Als ein Polizist auf sie aufmerksam wurde, zeigte Jan seinen Presseausweis vor. Der Mann nickte, bat die beiden aber, denselben Abstand wie die anderen Reporter zu halten.

»Wir halten uns zurück«, erwiderte Jan.

Das genügte dem Polizisten. Er ging zurück zu seinem Kollegen, während sich die Rettungssanitäter noch immer um einen am Boden liegenden Mann bemühten.

»Ich glaube, das ist der Wachmann«, sagte Jan.

Charlotte tippelte auf der Stelle. Ihr war noch kalt vom Warten im Auto. Der Wind, der um die Lagerhalle zog, tat sein übrigens. »Sollen wir ihnen von dem Mann erzählen, der abgehauen ist?«, fragte Charlotte mit klappernden Zähnen.

Jan überlegte, schüttelte dann den Kopf. »Das wird nichts bringen. Der ist bestimmt längst weg. Und wir wären in Erklärungsnot, was wir hier machen.«

»Schäferstündchen auf der Rücksitzbank«, schlug Charlotte vor.

»Das nimmt uns bei den Temperaturen keiner ab.«

Die Rettungssanitäter waren aufgestanden und sprachen miteinander. Auch eine Frau, auf deren Jacke *Notarzt* geschrieben stand, bemühte sich nicht weiter um den Mann am Boden. Zwei Polizisten waren zu ihr getreten. Leise sprachen sie miteinander.

Ein Stück abseits stand der Fahrer des Kleinlasters. Ein Feuerwehrmann hatte ihm eine Decke um die Schultern gelegt.

»Meinst du, er ist tot?«, fragte Charlotte.

Jan stimmte wortlos zu und sie verfolgten kurz darauf, wie eine weiße Plane über den Mann am Boden gelegt wurde. Ein Fernsehreporter hatte sich derweil den Einsatzleiter der Feuerwehr für ein Interview geschnappt. »Lass uns mal zuhören«, sagte Jan.

Der Einsatzleiter erzählte, dass die Feuerwehr gegen Null Uhr fünfzig zu einer eingeklemmten Person auf dem Gelände eines Zentrallagers gerufen wurde. Beim Eintreffen der Kräfte stellte sich heraus, dass die Person nicht mehr eingeklemmt war. Der Rettungsdienst habe sofort mit der Arbeit beginnen können. Die Bemühungen blieben jedoch leider erfolglos. Trotz sofort eingeleiteter Reanimationsversuche habe die Notärztin nur noch den Tod des Verunglückten feststellen können. Wie genau es zu dem Unfall gekommen sei, wisse er nicht. Dies herauszufinden, sei Aufgabe der Polizei. Allerdings wurde die verunfallte Person zwischen einem Lieferwagen und einer Mauer eingeklemmt. Dem Fahrer des Fahrzeuges sei nichts geschehen. Er werde jedoch zurzeit auch von den Rettungskräften versorgt.

»Wissen Sie, was der Wagen geladen hatte und was er heute Nacht hier gemacht hat?«, fragte der Mann mit der Kamera auf der Schulter und richtete weiterhin sein Mikrofon mit ausgestrecktem Arm auf den Feuerwehrmann.

»Der Wagen ist unbeladen. Alles Weitere müssen Sie die Polizei fragen. Dazu möchte ich keine Spekulationen anstellen.«

Der Reporter nickte, ließ die Kamera sinken und bedankte sich. Dann notierte er sich den Namen des Einsatzleiters. Ein Kollege aus einer anderen Nachrichtenagentur stand bereits parat, stellte sich anschließend dem Einsatzleiter vor und begann fast identische Fragen zu stellen.

Jan gab Charlotte ein Zeichen. Sie gingen zu einem der Polizisten. »Weiß man schon, wie das passieren konnte?«, fragte Jan. Er hatte sein Notizbuch in der Hand und sich als Mitarbeiter des Online-Nachrichtenportals *Lauffeuer* vorgestellt. Das war zwar übertrieben, aber das konnte der Polizist schließlich nicht wissen.

Der Mann hatte den Kragen seiner Uniformjacke hochgeschlagen. An Wind und an Regen war er in Hamburg gewohnt. Doch unter minus zehn Grad gab es nicht so oft, weshalb der Polizist sich trotz seiner Handschuhe die Hände rieb. »Der Transporter wurde zurückgesetzt«, sagte er mit angespannten Gesichtszügen. »Dabei hat der Fahrer den Wachmann übersehen. Solche Unfälle passieren im Hafen und bei Lagerhallen leider immer wieder. Das geht manchmal sehr schnell.«

»Der Wagen soll leer sein?«

»Ist er.«

»Und warum waren die heute Nacht überhaupt hier?«

»Das klärt der Verkehrsunfalldienst. Die sind unterwegs. Aber der Fahrer sagt, er wollte den Wagen nur abstellen, damit ihn morgen früh ein Kollege übernehmen kann. Er kannte den Wachmann. Sie wollten wohl noch eine rauchen und dann wollte der Mann den Fahrer bis zur nächsten S-Bahn mitnehmen.«

»Das ist ja noch tragischer.«

»Kann man sagen.«

»Wie alt war der Wachmann?«

»Neunzehn.«

»Ach du ...«

»Ja.«

Jan spürte, wie Charlotte neben ihm zusammengezuckt war. Diesmal lag es nicht an der Kälte.

»Und sonst war niemand vor Ort?«

»Nur der Fahrer und der Wachmann«, stimmte der Polizist zu.

»Wissen Sie, was der Wagen morgen laden sollte?«

»Nein. Der Fahrer wird mit ins Krankenhaus genommen. Dort werden wir ihn aber noch mal genauer befragen.«

»Macht Sinn.« Jan ließ sein Notizbuch sinken. »Tragisch.«

»So was passiert.«

Jan stimmte zu.

»In der Pressemitteilung morgen wird wohl noch mehr stehen«, meinte sein Gegenüber.

»Trotzdem danke. Das war schon mal was.«

Der Polizist nickte.

»Ist der Bestatter schon unterwegs?«

»Wie gesagt. Erst kommt noch der VUD.«

»Dann kann es ja noch eine lange Nacht werden.«

»Mal sehen.«

Jan sah Charlotte an, dann sah er wieder den Polizisten an, nickte noch mal und ging mit Charlotte davon. »Auf den Bestatter brauchen wir nicht zu warten«, sagte er. »Lass uns fahren.«

Eine ganze Weile saßen sie im Auto schweigend nebeneinander. »Neunzehn«, sagte Charlotte dann leise. »Und wir haben quasi zugesehen.«

»Es war ein Unfall.«

»Trotzdem.«

»Soll ich heute Nacht bei dir bleiben?«

Charlotte antwortete nicht. Sie starrte nur geradeaus durch die Windschutzscheibe, während die Lichter der Straßenlaternen regelmäßig über das Auto strichen. »Der Fahrer tut mir leid«, sagte sie dann.

Jan nickte. »Mir auch.«

»Aber weißt du, was ich nicht verstehe? Wieso ist der andere Typ abgehauen? Einfach so. Die müssen doch was zu verbergen haben.«

»Natürlich verbergen die was. Das sag ich doch die ganze Zeit.«

32

Sie lagen nebeneinander im Bett, doch schlafen konnten sie nicht. Jan nicht. Und Charlotte auch nicht.
Stocksteif lagen sie da. Er war mit ihr nach oben gegangen. Sie duschte heiß. Dann er. Im Bett hatte er
ihre Hand genommen. Irgendwann stand Charlotte
auf und ging ins Wohnzimmer. Jan richtete sich leicht
auf, sah Charlotte hinterher. Nach einer Weile folgte
er ihr. Sie stand am Fenster, blickte auf die Straße.

»Unfassbar, was?«

Charlotte nickte leise als Antwort.

»Was da wohl schiefgelaufen ist?«, sprach er weiter.
»Die hatten 'was vor. Und deshalb ist der andere auch
abgehauen. Der dritte Mann.«

So weit waren sie schon im Auto gewesen. Trotzdem
war es wichtig, alles noch einmal laut auszusprechen.
Während Jan laut dachte, ging Charlotte zum Küchentresen und stellte den Wasserkocher an. Sie nahm
ein Stück frischen Ingwer aus dem Kühlschrank, legte
ihn in eine Teekanne und goss das kochende Wasser
darüber. Dann holte sie zwei Becher aus einem Hän-
geschrank und stellte sie auf die Theke.

»Diese Lagerhäuser verbergen ein Geheimnis. Das
glaubst du doch, nicht wahr?«

Jan zuckte mit den Schultern. »Ich weiß es nicht.«

Sie blieben noch eine ganze Weile im Wohnzimmer,
redeten, pusteten den Dampf von ihren Bechern,

schwiegen, tranken. Dann gingen sie nacheinander ins Badezimmer und wieder ins Bett.

»Der Kaffee eben war echt mies«, sagte Jan, als er irgendwann merkte, dass auch sie noch immer nicht einschlafen konnte. Charlotte lächelte stumm. Jan machte immer dieselben, alten Scherze. Trotzdem war sie froh darüber. Vielleicht sogar, weil der Scherz alt und vertraut war.

»Ich weiß einen Trick, wie ich dich müde kriege«, sagte Jan ins fahle Halbdunkel.

»Ach ja?«

»Früher hat er immer geklappt.«

Er drehte sich auf die Seite, streichelte ihr Gesicht und ihre Haare. Dann zogen sie sich aus. Eine halbe Stunde später erkannte Jan an ihren gleichmäßigen Atemzügen, dass Charlotte schlief. Er hörte ihr lange zu. Beinah wäre er wieder aufgestanden und zurück ins Wohnzimmer gegangen, doch dann schlief auch er ein.

Weil beide keine Termine am kommenden Tag hatten, blieben sie bis mittags liegen. Dann kochte Charlotte echten Kaffee, und Jan machte Rührei, das er auf zwei Tellern neben gebuttertem Toast verteilte.

»Besser jetzt?« fragte er, nachdem auch Charlotte zu essen begonnen hatte.

Sie nickte. »Aber ich frage mich, wo Liam ist. Ich meine, bei der Kälte.«

»Er hat schon früher gewusst, wo er unterkriechen kann. Vielleicht ist er auch wieder zu seinen Pflegeeltern.«

»Glaube ich nicht.«

»Hat er nicht gesagt, dass sie ihm nichts getan haben?«

»Trotzdem.«

»Die Stadt hat ein Winternothilfeprogramm. Er muss bei der Kälte nicht draußen schlafen.«

»Ich weiß, aber in den Unterkünften soll man auch nicht besonders sicher sein.«

»Besser als draußen.«

Charlotte erwiderte nichts mehr darauf, fragte stattdessen, was Jan heute noch vorhabe.

»Flur streichen. Außerdem muss ich Textstellen 'raussuchen. Hab' morgen eine Lesung in Lüneburg. Die PR-Beraterin vom Verlag zwingt mich zu solchen Sachen.«

»Du Armer tust mir leid.«

Jan nickte. »Ich mir auch.«

»Ist sie sehr streng zu dir?«

»Sehr.«

Charlotte grinste leise. Er war froh, dass sie das konnte. »Und was hast du vor?«

»Ich mache den Fernseher an und tue gar nichts.«

»Das ist gemein.«

»Ich weiß.«

In Wahrheit hielt Jan Charlottes Vorhaben für eine gute Idee. Fernsehen würde sie ein bisschen von dem ablenken, was sie in der Nacht zuvor gesehen hatten. An der Tür umarmten sie sich gegenseitig fest. Er sagte, dass er sie abends noch mal anrufe, dann ging er. Doch anders als geplant, begann er in seinem neuen Zuhause nicht sofort mit Streichen, er suchte auch nicht nach geeigneten Textstellen für die Lesung in Lüneburg, sondern legte sich mit voller Kleidung aufs Bett. Schnell schlief er ein und wachte erst wieder auf, als das Tageslicht bereits verschwunden war. Es war aber noch nicht so spät, wie er zuerst befürchtete. Erst später Nachmittag.

Er stand auf, wusch sich das Gesicht und saß gleich darauf wieder im Auto. Auch er konnte nicht vergessen, was auf dem Lagerhof passiert war. Er brauchte unbedingt mehr Informationen. Das war klar. Und im Moment fiel ihm nur ein Ort ein, wo er diese bekommen konnte. Wie ein Verbrecher, der zurück an den Tatort kehrte, fuhr er zu der Spedition in Billbrook. Sein Gesicht war dort zwar bekannt, aber vielleicht half ihm die Dunkelheit. Es konnte auch sein, dass es einen anderen Wachdienst am Tor gab. Mit etwas Glück und Frechheit hoffte er auf das Gelände zu kommen. Ein Blick in die Hallen wäre gut. Außerdem erhoffte er sich, mehr über den Unfall aus der Nacht zu erfahren. Doch als er die Straße neben den Hallen entlang fuhr, änderte er seinen Plan spontan. Er brauchte gar nicht auf das Gelände. Eine viel bessere Gelegenheit sprang ihn an. Es war ein schwarzer Panther auf rotem Grund.

Jan wusste sehr genau, was in seinem Notizbuch neben der Beschreibung der roten Zugmaschine mit der Raubkatze stand: »Tommi« Und: »Kannte Oleg.« Er wendete bei der nächsten Möglichkeit und fuhr dem LKW hinterher. Bereits an der nächsten Kreuzung hatte er ihn eingeholt. Falls Tommi auf den Weg zur Autobahn war, musste Jan einen Weg finden, ihn vorher zu stoppen. Er wollte ihn überholen und dann langsam ausbremsen. Ein Manöver, das er nicht besonders gut beherrschte. Schon gar nicht bei den winterlichen Straßenverhältnissen. Doch erneut hatte Jan Glück. Nach kaum fünfhundert Metern setzte Tommi den Blinker rechts. Zur Autobahn ging es nach links. Rechts hingegen lag ein bei Truckern beliebter Rasthof. Das kleine Restaurant und die Sanitäranlagen dort wurden noch privat geführt. Keine Kette stand im Hintergrund. Dadurch fühlten sich die Fahrer persönlich angesprochen, einige betrachteten die Gaststube gar als ihr zweites Wohnzimmer. Selbst das Regionalfernsehen war sich nicht zu schade gewesen, schon mal über das Fernfahrerjuwel unweit der Autobahn zu berichten. Und auch Jan hatte dort schon gegessen.

Tommi parkte den Laster auf einem von Laternen beleuchteten Stellplatz und kletterte aus dem Cockpit, als hangele er sich an der Strickleiter eines Baumhauses hinunter. Er trug eine dunkle Jacke und wirkte bullig. Mehr konnte Jan so schnell nicht erkennen. Die PKW-Stellplätze waren etwas abseits von denen der Laster. Deshalb betrat Jan das Gasthaus erst etwa eine Minute später als Tommi. Wärme und Stimmen schlugen ihm entgegen. Die Theke war voll besetzt. An einigen Tischen saßen Gruppen, an anderen einzelne Männer.

Jan ging direkt zur Theke, sagt, dass er ein Bier wolle und ließ sich die Karte geben. Die Bedienung war Anfang fünfzig und keine Schönheit. Auch nie eine gewesen. Sie reichte Jan die Karte, und er nutzte die Gelegenheit den Blick über die Gäste schweifen zu lassen. Schnell glaubte er Tommi entdeckt zu haben. Eine schwarze Lederjacke lag auf einer Stuhllehne neben ihm. Tommi machte einen gutmütigen Eindruck. Er trug ausgebeulte Jeans und ein kariertes Hemd, unter dessen Kragen ein weißes Baumwollhemd heraus guckte. Das Gesicht des Fernfahrers vertrug zweifellos eine Rasur, aber offenbar legte Tommi keinen gesteigerten Wert darauf.

Jans Glückssträhne setzte sich fort. Tommi saß allein, und der Tisch neben ihm war ebenfalls noch frei. Jan setzte sich dort hin und wartete auf sein Bier. Interessierte studierte er die Karte. Als das Bier kam, deutete Jan auf die aufgeschlagene Seite und bestellte ein Schnitzel mit Bratkartoffeln. Dann nahm er einen großen Schluck vom Bier. Mit dem Handrücken wischte er sich den Schaum vom Mund, suchte Blickkontakt mit Tommi und meinte, als dieser ihn auch kurz ansah, dass er die Lackierung der Zugmaschine toll finde. »Den springenden Panther«, fügte er hinzu, als Tommi ihn wegen des Umgebungslärms nicht gleich verstand. »Tolle Arbeit. Ich hab' Sie aussteigen sehen. Fällt ja sofort ins Auge.«

Tommi nickte nur.

»Nee, im Ernst«, sagte Jan. »So was sieht man nicht oft. Die meisten Zugmaschinen sehen doch langweilig aus. War aber bestimmt nicht ganz billig, was?«

Tommi zuckte mit den Schultern. Dann deutete er auf ein Schild, das an der Wand neben dem Zugang zu den Toiletten hing. »Das Leben ist ganz schön teuer«, stand darauf. »Man kann es auch billiger haben, aber dann ist es nicht mehr ganz so schön.«

»Ihr Lebensmotto?«, fragte Jan, nachdem er es gelesen hatte.

»He?«, machte Tommi. Es war ziemlich laut im Raum.

Jan nahm sein Bier, stand auf und deutete auf einen der freien Stühle an Tommis Tisch. Tommi nickte, also setzte Jan sich.

Fünf Minuten lang ließ Jan sich etwas über Speziallackierungen erzählen, dann kam sein Essen. Bevor die Bedienung wieder gehen konnte, fragte Jan, ob er Tommi eine zweite Spezi ausgeben dürfe. Das vor ihm stehende Glas war fast leer.

»Wieso das denn?«, entgegnete der.

»Nur so.«

Jan sah die Bedienung an, und diese sah zu Tommi. »Was ist jetzt?«, wollte sie wissen.

»Nur so«, wiederholte Tommi Jans Worte. »Na, dann lass mal rüberwachsen. Kann ja nix schaden.«

Jan nickte und begann zu essen.

»Das sind noch echt reelle Portionen hier«, meinte er nach einigen Bissen.

»Ehrliches Essen«, stimmte Tommi zu. Dann kam seine zweite Spezi. Er prostete Jan zu. Der griff zu seinem Glas und erwiderte die Geste. Beide tranken.

»Von dem Unfall heute Nacht gehört?«, fragte Jan wie nebenbei.

Tommi nickte. »Kommt davon, wenn irgendwelche Leute zwischen den Fahrzeugen rumlaufen, die da nichts zu suchen haben. Wir sehen ja fast alles. Fast. Aber wenn da einer hinter den Wagen springt und sich an der Rampe plattdrücken lässt, dann ist das doch seine eigene Schuld.«

»War wohl jemand vom Wachdienst«, meinte Jan.

»Sag ich doch. Irgendwelche Leute. Haben bei den Rampen gar nichts zu suchen. Fahr' du mal rückwärts mit so einem Apparat.«

»Ich bewundere das immer wieder. Auch manchmal in der Stadt, wenn ich das sehe. Wenn so ein Brummi zur Anlieferung in eine viel zu enge Hofeinfahrt muss.«

»Auch so 'ne Sache. Die Leute warten nicht, bis man drin ist. Nee, im letzten Moment springen sie einem noch hinter den Wagen und versuchen sich durchzudrängeln. Fußgänger. Oft Frauen. Oder Mini-Fahrer. Alle lebensmüde.« Tommi schüttelte den Kopf.

»Dann kennen Sie den Hof, auf dem das passiert ist?«

»Klar. War ich schon tausendmal.«

»*Hansa Transport*, stimmt's?«

»Genau.«

»Hat da nicht auch dieser Typ gearbeitet, der seine Familie abgemurkst haben soll?« Jan schob die Frage hinterher, ohne Tommi anzusehen. Sie sollte eine möglichst normale Fortsetzung des Gesprächs darstellen. Aber Tommi antwortete nicht sofort. Also hob Jan den Blick. Tommi nahm sein Glas und trank einen Schluck.

»Oder habe ich da etwas verwechselt?«

»Nee, stimmt schon.«

»Komische Geschichte, was? Der Typ muss ja total daneben gewesen sein.«

»Nee, nee, so ist das auch wieder nicht«, korrigierte Tommi. »Der Oleg war schon in Ordnung.«

Nun blickte Jan interessiert. »Ach, den kannten Sie etwa auch?«

»Ja. Oleg war das. Wie gesagt.«

»Tut mir leid, wenn ich was Falsches gesagt habe. Manchmal quatscht man einfach so los. War aber nicht böse gemeint.«

Tommi machte eine wegwerfende Handbewegung. »Schon okay. So dicke waren wir auch nicht. Und ich habe ihn auch schon lange nicht mehr gesehen. Aber sonst war er ein netter Bursche. Etwas still vielleicht. Also keine Quasselstrippe.«

»Verstehe«, meinte Jan. »Also nicht so wie ich.«

Tommi lachte auf. »Genau. Ganz genau.«

Jan lachte auch. Dann schob er den Teller zur Seite, auf dem er nur einen Teil der Salatgarnitur liegengelassen hatte. Mit der Papierserviette wischte er sich den Mund ab, legte sie dann zusammengeknüllt auch auf den Teller.

»Na ja. Tragisch bleibt die Geschichte trotzdem. Vor allem, weil man Frau und Kinder nicht finden kann.«

Tommi nickte zustimmend. »War sowieso überraschend, dass er plötzlich geheiratet hat. Hat vorher nie was von 'ner festen Freundin erzählt, oder so.«

»Nee?«

»Nee. Der war immer gerne allein. Weißt du, was der in seiner Freizeit gemacht hat?«

»Nee.«

»Wandern. Der war wandern.«

»Verrückt«, sagte Jan grinsend dazu.

»Finde ich auch.«

»Und am liebsten in der Heide. Weißt du, da, wo sonst nur noch die alten Leute hingehen.«

Jan hob das Kinn.

»Ja, alle anderen wollen doch nur noch ans Meer. Oder sie fliegen ins Ausland. Auch, wenn's nur für ein paar Tage ist. Aber Oleg nicht. Der marschierte durch die Lüneburger Heide. Absolut verrückt.«

»Und wo genau da.«

»Wie, wo genau?«

Ganz weit hinten in Jans Gehirn begann es zu arbeiten. Er baute sich ein unkonkretes Gebilde aus der Tatsache zusammen, dass Oleg Komarows Familienangehörige verschwunden blieben und der Information, dass Oleg gerne in einsamen Gegenden wandern ging. Es war noch keine echte Idee. Trotzdem fügte Jan hinzu: »Hatte er einen Lieblingsplatz?«

»Weiß ich doch nicht«, wehrte Tommi ab. »Das ist ja auch schon ein paar Jahre her. Aber Moment, weißt du was er immer gesagt hat, wenn er von einer seiner Touren erzählte?«

»Was denn?«

»Nee, nicht gesagt«, verbesserte Tommi sich. »Gesungen hat er. Ja, gesungen. Und zwar: Hundeklo. Hundeklo. Und immer so weiter.«

»Nicht Katzeklo?«

»Wie?«

»Katzeklo. Ja, das macht die Katze froh«, vervollständigte Jan den Text.

»Nee. Doch. Ja. Genau. Hundeklo, Hundeklo. Das macht die Hunde froh. Woher weißt du das?«

»Ist ein Lied von Helge Schneider.«

»Hundeklo?«

»Nein, Katzeklo.«

Tommi schüttelte lachend den Kopf. »Ich kenn' nur: Da steht ein Pferd auf'm Flur.«

33

In der Nacht zog ein Wolkenband aus dem Norden heran, und die Temperaturen stiegen auf null Grad. Ursache war ein Tiefdruckgebiet aus Skandinavien, das das Tief aus Sibirien ablöste. Die große Kühlschranktür war damit erst einmal wieder geschlossen. Gegen morgen setzte prompt Schneefall ein. Jan bemerkte es mit Widerwillen, als er nach dem Aufstehen aus dem Fenster blickte. Nicht nur, dass er für das Räumen des Fußwegs verantwortlich war, der an der ehemaligen Kirche entlang führte, er hatte am Abend den PR-Termin in Lüneburg. Mit dem Auto normalerweise kein Problem. Die mittelalterlich geprägte Stadt lag gerade mal fünfzig Kilometer entfernt und war über die Autobahn leicht zu erreichen. Bei Neuschnee und entsprechendem Verhalten der anderen Verkehrsteilnehmer, die Jan grundsätzlich als störend empfand, würde er jedoch viel eher als gedacht aufbrechen müssen. Eigentlich hatte er für die gesamte Veranstaltung samt An- und Abfahrt nicht mehr als fünf Stunden eingeplant. Doch bei dem Wetter würde er nun vermutlich die Nacht in Lüneburg verbringen müssen.

Angefressen zog Jan dicke Sachen an und nahm den Schneeschieber, der noch als Erbstück vom Voreigentümer in einer Abstellkammer stand. Dreißig Minuten später kehrte er mit Rückenschmerzen zurück ins Haus. Er duschte, packte dann ein paar Sachen in einen kleinen Koffer und beschloss, sich aus dem Staub zu machen, bevor die drohend am Himmel hängenden Wolken ihn zum erneuten Schneeräumen auffordern konnten.

Die Fahrt nach Lüneburg war dann doch nicht so schlimm wie befürchtet. Die Räumfahrzeuge hatten gute Arbeit geleistet. Jan fuhr durch eine Schranke auf den Hotelparkplatz. Er wurde freundlich empfangen und erhielt eine Karte für die Tiefgarage. Frieda Engel hatte vorab alles für ihn geklärt. Sie wollte unbedingt, dass der Termin stattfand. Jans Buch musste erfolgreich vermarktet werden. Irgendwie schien dies ihr persönlicher Ehrgeiz zu sein.

Da er noch Zeit bis zur Buchpräsentation hatte, machte er einen Spaziergang durch die Altstadt und beschäftigte sich anschließend auf dem Hotelzimmer eine Weile mit seinem Vortrag. Er hatte sich entschlossen, Textstellen zu benutzen, die er bereits für andere Veranstaltungen herausgesucht hatte. Die Zwischenteile plante er frei zu sprechen. Die Zuhörer waren meist sehr interessiert, wenn er auch Einblicke in die Recherchearbeit gab. Das Buch einfach nur lesen konnten sie schließlich selbst.

Als Jan gegen 19.30 Uhr in der Buchhandlung am Marktplatz eintraf, war Beate Glück, die Inhaberin des Ladens, schon ganz aufgeregt. Per SMS hatte sie dreimal nachgefragt, ob alles in Ordnung sei und ob er trotz des Wetters rechtzeitig da sei. Und Frieda Engel hatte sich für seine Anreise nicht weniger interessiert. Erst als er die Buchhandlung betreten hatte und ihr ein entsprechende Kurznachricht schickte, schien sie zufrieden.

Jacken waren über bereitgestellte Stühle gelegt. Eine Traube aus Zuhörern hatte sich neben der kleinen Kaffeeküche der Buchhandlung gebildet. Dort verteilte Frau Glück zusammen mit einer Angestellten Sekt an die Gäste. Sie trug einen weitgeschnittenen Pullover auf einem grauen Rock und kontrastierte die Schlichtheit der Kleidung mit einem bunten Wollschal. Wie es sich für eine Vorzeigebuchhändlerin gehörte, baumelte ihr eine Brille an einer Kette vor der Brust. Jan schätzte die Frau nahe am Rentenalter, doch so dynamisch wie sie wirkte, würde sie den Laden sicherlich nicht sehr bald in andere Hände übergeben.

Jan wurde einigen Gästen persönlich vorgestellt, dann begab er sich zu dem Tisch, den man für ihn bereitgestellt hatte. Die Zuhörer setzten sich. Jan tat es nicht. Er ließ sich stattdessen auf der Tischkante nieder, drehte die Stehlampe etwas herum und begrüßte die Anwesenden. Die Veranstaltung verlief gut. Das Publikum war ihm wohlgesonnen. Immer wieder ließ er seinen Blick über die Menschen gleiten. Ein Gesicht in den hinteren Reihen gefiel ihm. Er lächelte, als sich ihre Blicke kreuzten. Wie vermutet kamen neben den Leseproben aus dem Buch besonders die frei eingestreuten Ausführungen zu den Recherchen gut an. Und so vergingen die zwei Stunden, die Jan Beate Glück versprochen hatte, angenehm schnell. Anschließend setzte Jan sich auf den Stuhl hinter dem Tisch, um Bücher zu signieren. Bei allen Käufern nahm er sich Zeit für ein persönliches Wort. Als die junge Frau mit der er zuvor Blicke getauscht hatte, an der Reihe war, sah er sie länger an und begann zu grinsen.

»Ich habe dich schon hinten sitzen gesehen«, sagte er.

Die Frau lächelte auch. »Das konnte ich mir ja nicht entgehen lassen. Jan Fischer persönlich bei uns im beschaulichen Lüneburg.«

Jan nickte. Vor ihm stand Kathrin Schneider. Sie kannten sich von der Universität. Das war zu jener Zeit gewesen, als Jan noch glaubte, dass er Jurist werden wollte und eines Tages die Kanzlei seines Vaters in Soltau übernehmen würde. Zu beidem war es nicht gekommen. Ebenso wenig wie zu der Liebschaft, die sich damals zwischen ihm und Kathrin anzubahnen schien. Sie waren lange Zeit enge Freunde gewesen, so eng, dass sie nach einer Party sogar einmal gemeinsam den Rest der Nacht auf einer Matratze verbracht hatten. Doch aus irgendeinem Grund waren sie nie ein echtes Paar geworden. Vor etwa anderthalb Jahren hatten sie sich dann wiedergetroffen. Aber auch da passte es nicht besser. Kathrin war verheiratet und Jan mit seiner Aufmerksamkeit sowieso ganz woanders.

»Wie geht es Dietmar?«, fragte Jan.

»Keine Ahnung!«, erwiderte Kathrin.

Interessiert hob Jan die Augenbrauen. Dann öffnete er den Buchdeckel und schrieb eine persönliche Widmung auf die vorderste Seite. Als er das Buch über den Tisch zurückschob, fragte er, ob Kathrin auf ihn warten würde, bis er mit dem Signieren fertig sei. Sie nickte.

Beate Glück schien sehr zufrieden. Sie verabschiedete Jan mit viel Lob für seinen Vortrag, während die Angestellte bereits dabei war, die Klappstühle fortzuräumen. Der Laden würde morgen früh um halb neun wieder aufmachen. Mit Beate Glück hinter dem Verkaufstresen, egal wie spät es jetzt schon war.

Jan ging zu Kathrin, die an der Ladentür auf ihn wartete. Er hob die Hand noch einmal zum Abschied und trat dann mit Kathrin in die Dunkelheit hinaus. »Wo kann man noch einigermaßen ungestört ein Gläschen trinken?«, fragte er.

Kathrin schlug eine Kneipe in einem Kellergewölbe vor. Dort spielten am Wochenende die lokalen Musikgrößen, doch in der Woche war es meistens nicht so laut und nicht so voll. Jan kam der Vorschlag entgegen, da sein Hotel nicht weit entfernt von der Kneipe lag. Beide befanden sich in historischen Gebäuden in der Nähe vom Stintfang.

Da es wieder zu schneien begonnen hatte, hakte Kathrin sich bei Jan unter. Ihre Stiefelsohlen waren etwas zu glatt für den teilweise vereisten Gehweg. Trotzdem schafften sie den Weg bis zum Ziel in zehn Minuten.

Jan kontrollierte sein Handy, als sie vor dem Kellerabgang zum Lokal standen. Während des Vortrags in der Buchhandlung hatte er es auf lautlos gestellt. Da er nicht wusste, ob er in den Kellergewölben Empfang haben würde, bat er Kathrin, schon mal vorzugehen. Dann rief er Charlottes Nummer auf. Er erzählte ihr, wie gut die Veranstaltung gelaufen war, wie souverän er mit seinem Publikum gespielt und wie gebannt es an seinen Lippen gehangen habe. Charlotte lachte. Schließlich meinte Jan, dass er die Nacht nun doch in Lüneburg verbringen würde. Die Straßenverhältnisse seien zwar offenbar nicht so schlecht, wie er zunächst befürchtet habe, aber wozu ein Risiko eingehen. Und eine Nacht im Hotel auf Kosten des Verlages sei ja auch mal ganz schön.

Nein, noch sei er nicht im Hotel, er wolle erst noch ein Glas in einem Lokal in der Nähe trinken, verriet er wahrheitsgetreu auf Nachfrage. Mit wem er dieses Glas trinken wollte, vergaß er jedoch zu sagen. Es war kalt auf der Straße, und das Gespräch musste nicht unnötig in die Länge gezogen werden. Er verabschiedete sich von Charlotte und ließ das Handy in seine Manteltasche gleiten.

34

Kathrin hatte sich an einen Bartisch in der Nähe der langgezogenen Theke gesetzt. Die Atmosphäre in der Kellerbar gefiel Jan sofort. Er setzte sich Kathrin gegenüber und lächelte. »Die kurzen Haare stehen dir gut.« Bevor Kathrin etwas erwidern konnte, brachte ihnen der Barmann ein Glas Weißwein und ein großes Bier an den Tisch.

»Ich dachte, nach dem vielen Gerede bist du durstig«, meine Kathrin.

Sie stießen an. »War das früher ein Weinkeller?«

»Oder Bierkeller. Jedenfalls kann man dahinten alte Bilder mit Fässern sehen. Musst du mal den Barkeeper fragen.«

Jan nickte. Mit einigen weiteren Fragen hatte er kurz darauf herausgefunden, dass Kathrin ihren Mann vor anderthalb Jahren verlassen hatte. Seitdem wohnte sie mitten in Lüneburg in einem Altbau mit hohen Decken und restaurierten Stuckkränzen in allen Räumen. Die Anwaltskanzlei, in der sie Teilhaberin war, funktionierte gut. Sie arbeitete viel und gerne, nahm sich zwischendurch aber immer wieder Zeit für ausgedehnte Städtereisen. Nach etlichen Hauptstädten in Zentraleuropa, die sie bereits in ihrer Sammlung hatte, plante Kathrin ihre nächste Reise nach Moskau.

»Da sind die aktuellen Temperaturen ja schon mal die ideale Vorbereitung«, bemerkte Jan grinsend. »Nun verstehe ich auch den kurzen Rock.«

Kathrin gab ihm einen Klaps auf den Oberschenkel und lachte dazu, doch Jan wurde schlagartig ganz ernst.

»Dann hast du die Dinge, die dir durch meine Schuld passiert sind, also einigermaßen weggesteckt?«, fragte er.

»Wieso deine Schuld? Das war nicht deine Schuld. Der Typ war ein Spinner. Irre können einem überall über den Weg laufen.«

Jan blickte weiterhin betrübt drein. »Ohne mich wäre er nie auf dich gekommen.«

»Lassen wir das«, wehrte Kathrin ab. »Viel wichtiger für mich war was ganz anderes. Dietmar nämlich. Ohne dich wäre ich vermutlich noch immer mit ihm zusammen. Er würde weiterhin seine weiblichen Studenten zu ausgedehnten Beratungsgesprächen treffen. Ich würde mir das alles noch immer gefallen lassen. Und so weiter und so weiter. Stattdessen habe ich mein Leben umgekrempelt. Meine Wohnung ist wirklich toll. Ich habe wieder Spaß am Job, betrachte meine Aufgabe mit ganz anderen Augen. Also, eigentlich ist für mich alles besser geworden.« Sie sah ihn direkt an. »Durch dich. Ja. Schüttel nicht den Kopf, Jan Fischer. Nimm es so hin, wie ich es sage. Mir geht es besser. Und daran bist du schuld. An nichts anderem.«

»Ich würde es gerne glauben.«

»Ob du das tust oder nicht, ändert nichts.« Eben noch blickte sie ernst, dann begann sie zu lächeln. »Jetzt reden wir erst mal über dein Buch. Immerhin habe ich es gekauft und mir ein Autogramm geben lassen. Wirst du eigentlich schon auf der

Straße angesprochen. Wollen die Leute Fotos mit dir machen, wollen alle Frauen Kinder von dir?«

Jan lachte auf und nickte. »Genau so läuft es.«

»Und bist du bei deinen Recherchen tatsächlich an einen Serienmörder geraten?« Kathrin stützte das Kinn auf einer Hand ab, sah Jan mit weit geöffneten Augen an.

»So ähnlich. Eigentlich ist er an mich geraten.«

»Was welchen Unterschied macht?«

»Ich lebe noch, und er sitzt im Knast.«

Kathrin nahm einen Schluck Wein. Etwas Lippenstift blieb auf dem Glasrand zurück. »Schon wieder an einer neuen Geschichte dran?«

»Vielleicht«, entgegnete Jan ausweichend.

»Du willst dich doch nicht auf deinem Ruhm ausruhen?«

»Nein.« Er grinste. »Da fällt mir was ein. Total andere Baustelle. Bereit?«

»Ja.«

»Ich sage dir jetzt mal was über die Lüneburger Heide. Und du sagst mir, was dir spontan dazu einfällt, okay?«

»Fang an.«

»Hundeklo«, sagte Jan.

Eine senkrechte Kerbe bildete sich auf Kathrins Stirn. »Klingt nach einem wahrgewordenen Rentneralptraum.«

»Was?«

»Wer schimpft am liebsten über Hundekot am Wegesrand?«

»Rentner.«

»Eben.«

Jan presste die Lippen aufeinander.

»Gefällt dir nicht?«

»Macht keinen Sinn für mich.«

»In welchem Zusammenhang?«

»Ein Mann hat das mal gesagt«, erklärte Jan nachdenklich. »Er war gerne Wandern in der Heide und hat etwas von einem Hundeklo erzählt.«

»Hundeklo«, wiederholte Kathrin.

Jan nickte. »Hundeklo. Hundeklo. Ja, dass macht die Hunde froh.«

»Helge Schneider.«

»Nicht Katzeklo. Hundeklo.«

Kathrin zuckte mit den Schultern. Als Jans Bier leer war, bestellte er sich noch eins. Nun war endgültig klar, dass er an diesem Abend nicht mehr nach Hause fahren würde. Es war eine schöne Sache, zu Fuß nur fünf Minuten vom Hotel entfernt zu sein. Warum die Gelegenheit nicht nutzen?

»Wir sollten uns öfter sehen und zusammen erzählen«, meinte er, als das Lokal sich zu leeren begann. Zwei Stunden waren vergangen, seit sie das Kellergewölbe betreten hatten.

Kathrin nickte. Sie ließ sich von ihm in den Mantel helfen.

»Hast du es weit?«, fragte er. »Soll ich dir ein Taxi rufen?«

Die Anwältin drehte sich herum und sah Jan eine Weile in die Augen. »Du könntest mir auch dein Hotelzimmer zeigen.«

Er zögerte mit der Antwort. Er zögerte so lange, dass beide wussten, dass er es nicht tun würde. Denn die Idee war ihm während des Abends auch ein paarmal durch den Kopf gegangen. Das konnte er nicht abstreiten. Doch dann hatte er sich an die Worte erinnert, mit denen er Charlotte der Ukrainerin Miriam vorgestellt hatte. *Sie ist eine sehr gute Freundin*, hatte er gesagt. Und er hatte erkannt, dass das nicht stimmte. Charlotte war mehr für ihn.

Kathrin fragte: »Schlechtes Timing, was?«

Jan nickte. »Schlechtes Timing. Wieder mal.«

Das Taxi, das Jan für Kathrin gerufen hatte, rollte über Kopfsteinpflaster heran und hielt neben den beiden Frierenden. Als Kathrin sich vorbeugte, um Jan einen Abschiedskuss auf die Wange zu geben, atmete er ihr Parfüm ein. Dann klappte die Autotür zu. Jan nickte zum Abschied, sah in der reflektierenden Scheibe aber nur sein eigenes Gesicht. Der Wagen rollt los, blieb jedoch nach wenigen Metern wieder stehen und das Beifahrerfenster ging hinunter.

»Als Kinder hatten wir so blöde Wortreime über Heideorte«, sagte Kathrin aus dem Fenster, als Jan neben ihr stand. »Zum Beispiel: Wie heißt der Bürgermeister von Wesel?«

Jan zuckte ahnungslos mit den Schultern.

»Esel«, ergänzte Kathrin.

»Und?«

»Und was reimt sich auf Hundeklo?«

»Keine Ahnung.«

Kathrin grinste. Auch sie hatte etwas zu viel Wein getrunken. »Undeloh«, meinte sie dann.

»Undeloh?«

»Undeloh, Hundeklo. Blöd, was. Aber so haben wir es als Kinder immer genannt. Keine Ahnung, ob

das unsere Idee war, oder ob wir es irgendwo aufge-
schnappt hatte. Aber zu Hundeklo fällt mir Undeloh
ein. Und jetzt gute Nacht, Jan Fischer.«

Die Scheibe ging hoch. Das Taxi fuhr an. Schnee fiel
Jan ins Gesicht. Rot leuchteten die Bremslichter, bevor
der Wagen um die Ecke bog. Weg war sie.

Jan steckte die Hände in die Manteltaschen und
drehte sich herum. Seine Schritte waren zu dieser späten Stunde die einzigen in der schmalen Gasse. Die alten Häuser links und rechts lagen im Schatten der
Nacht. Bei Tageslicht waren sie bestimmt wunderschön, doch so konnte er nicht viel von ihnen erkennen. Schlechtes Timing, dachte Jan, während er allein
zum Hotel ging.

35

In Harburg zeigte das Thermometer um acht Uhr morgens ein Grad Plus, während sich in der Lüneburger Heide weiterhin Minustemperaturen hielten. Charlotte wäre um diese Zeit noch gar nicht freiwillig aufgestanden, doch das Handy hatte sie geweckt. Eine halbe Stunde später war sie schon auf der Straße. Sie hatte eigentlich geplant, den Bus zum Harburger Rathausplatz zu nehmen, da sie den einen aber gerade verpasst hatte und der nächste erst in zehn Minuten kommen würde, entschied sie sich für einen Morgenspaziergang. Die Polizeiwache in der Knoopstraße war nicht so weit entfernt. Zu Fuß würde sie genauso schnell da sein, als wenn sie auf den Bus warten würde.

Ihre Fototasche mit der neuen Leica SL hatte nachts auf den Stufen vor der Wache gelegen. Eine Polizistin hatte sie beim Betreten der Dienststelle gegen Mitternacht gefunden. In einem der kleinen Fächer der Tasche befand sich Charlottes Visitenkarte. Die Polizisten hatten jedoch beschlossen, bis acht Uhr morgens mit einem Anruf bei der Fotografin zu warten.

Charlotte betrat das Gebäude. Ein uniformierter Beamter sah ihr durch eine Glasscheibe entgegen. Sie zeigte ihren Ausweis vor und sagte, weshalb sie gekommen sei. Selbst eine Quittung für die Kamera konnte sie vorweisen, da diese sich noch in der Steuermappe vom vergangenen Jahr befunden hatte.

»Da haben Sie aber richtig Glück gehabt«, meinte ein Beamter zu ihr, als sie im Wachbüro erzählte, dass sie die Tasche bei Fotoarbeiten nur kurz abgestellt hätte und diese dann plötzlich verschwunden gewesen sei. »Da muss wohl einer gedacht haben, dass Sie die vergessen haben. Jedenfalls kann es kein Dieb gewesen sein. Kamera und Objektive sind ja noch da.«

Der Mann nickte zu seinen eigenen Worten, während Charlotte ein Empfangsformular unterschrieb. »Und nächstes Mal etwas besser aufpassen«, meinte er, bevor er die Tasche über den Tresen schob. »Diese Art von Unachtsamkeit nennt man sonst *andere in Versuchung führen*.«

Eben noch hatte Charlotte den Polizisten als nett empfunden. Ihre Freude über die zurückgegebene Tasche war so groß, dass sie das Gefühl automatisch auch auf den Mann in Uniform übertragen hatte. Doch das änderte sich schlagartig. Dieser Beamte war offenbar nicht einfach nur nett, er hatte auch einen Hang dazu, andere Leute zu belehren. Das gefiel Charlotte gleich viel weniger. Wortlos griff sie nach der Tasche. Ein »Danke« hatte der Polizist mit seiner letzten Äußerung verwirkt.

Charlotte nahm den nächsten Bus zurück zu ihrer Wohnung. Dort packte sie die Kamera aus und sah sich alles ganz genau an. Den Akku hatte jemand aus dem Gerät entfernt. Er steckte in einem der kleinen Fächer im Inneren der Tasche.

Was hast du mit der Kamera gemacht, überlegte Charlotte. Liam hatte sie doch bestimmt nicht nur aus der Wohnung mitgenommen, um sie dann ein paar Tage später einfach so vor einer Polizeiwache abzustellen. Es musste einen Grund dafür geben. Und warum hatte er den Akku herausgenommen?

Am liebsten hätte Charlotte sofort Jan angerufen, um ihm zu sagen, dass er mal wieder zu Unrecht an das Schlechte im Menschen geglaubt hatte. Liam hatte die Kamera nicht gestohlen. Er hatte sie für irgendetwas gebraucht und als das erledigt war, zurückgegeben. Liam war kein Dieb.

Doch die Neugier war größer als Charlottes Triumph. Zunächst musste sie die Kamera genauer untersuchen. Mal sehen, ob sich nicht ein paar Aufnahmen auf der Speicherkarte befanden, die nicht von ihr waren. Sie schob den Akku ins Kameragehäuse und schaltete die Leica SL ein. Doch das Display zeigte, dass keine Aufnahmen vorhanden waren. Mehr noch, es wurde nicht einmal ein Aufnahmemedium angezeigt. Irritiert öffnete Charlotte das Seitenfach an der Kamera. Es steckte keine Speicherkarte an der vorgesehenen Stelle. Stattdessen entdeckte sie etwas anderes. Im Kartenfach war ein zusammengefalteter Zettel versteckt.

Da Charlotte das Stück Papier mit den Fingern nicht ohne Probleme heraus bekam, ging sie ins Badezimmer und holte eine Pinzette. Damit klappte es besser. Sie kannte Liams Handschrift nicht, war aber überzeugt, dass der kurze Brief, der beim Entfalten des Zettels zum Vorschein kam, von ihm stammte.

»Hallo Charlotte«, stand auf dem Papier. »Sorry wegen der Kamera. Aber guck dir die Fotos an. Das ist der Beweis. Nun musst du mir glauben. Aber du musst vorsichtig sein. Denn der Typ, der dich killen wollte, gehörte zu Kohlmann. Ich habe ihn in der Zeitung wiedererkannt. Du bist in Gefahr. Genau wie ich.

Denn diese Leute bringen andere Leute um. Oliver ist jetzt auch tot. Das war kein Unfall. Pass auf dich auf. Vielleicht versuchen sie es noch mal. Danke für alles. Bis irgendwann. Liam«

Charlotte hatte die Augenbrauen in die Höhe gezogen, während sie die Nachricht las. Dann musste sie gleich noch mal von vorne beginnen. In den paar Wörtern steckten so viele Informationen, dass in ihrem Kopf sofort verschiedene Dinge durcheinander purzelten. Dinge, die gar nichts miteinander zu tun haben sollten.

Am wichtigsten war für Charlotte die Behauptung, dass der Mann, der sie vor knapp einem halben Jahr überfallen hatte, etwas mit Kohlmann zu tun haben sollte. Den Zusammenhang begriff sie überhaupt nicht. *Der Engländer* sollte er heißen? Wieso *der Engländer*?

Sie hatte gedacht, der Kerl sei einfach nur ein Verrückter gewesen, der die Gelegenheit nutzte, als er eine Frau allein in einer einsamen Gegend erwischte. Vermutlich ein Vergewaltiger. Ja, er hatte sie gejagt, aber hatte er sie auch umbringen wollen? War das sein Plan gewesen? Die Polizei konnte ihn nicht mehr nach seinen Motiven befragen, denn er war selbst an jenem Sonntagnachmittag gestorben. Folglich hatte es auch kein entsprechendes Verfahren gegeben. Gegen tote Personen ermittelt niemand.

Verwirrt lief Charlotte durch ihre Wohnung.

Und was war mit diesem Oliver?

Schon hatte Charlotte den Zettel wieder in der Hand.

Kein Unfall?

Meinte Liam etwa Oliver Jensch? Den Burschen, dem sie vergangene Woche einen gemeinsamen Besuch abgestattet hatten? Den jungen Mann, von dem Liam behauptete, er habe vor Gericht eine Falschaussage für Kohlmann gemacht? Der gar nicht auf dem Beweisvideo zu sehen sein konnte, weil Liam das Opfer von Kohlmann war und nicht Oliver Jensch? Wieso war Oliver Jensch jetzt plötzlich tot? Konnte das stimmen. Ein junger Mann, noch keine zwanzig Jahre alt. So jemand stirbt doch nicht einfach.

Es sei denn, er hat einen Unfall oder ...

Oder er wird ermordet.

Krank sah er jedenfalls nicht aus.

Meinte Liam überhaupt Oliver Jensch? Oder gab es noch einen anderen Oliver?

Charlotte schüttelte den Kopf. Dann holte sie ihr Smartphone und machte ein Foto von Liams Nachricht. Sie wollte sie Jan schicken, verharrte stattdessen minutenlang stehend vor dem Fenster. Dann legte sie das Handy zur Seite, ohne die Bilddatei zu verschicken, ging wie in Trance in die Wohnküche, schaltete den Wasserkocher ein, ohne Wasser hinein gefüllt zu haben. Als sie ihren Fehler bemerkte, weil das Gerät protestierende Geräusche von sich gab, nahm sie es erschrocken von der Stromversorgung und ging damit zur Spüle. Eine kleine Dampfwolke stieg mit bösem Zischen auf, doch das nachfließende Wasser erstickte beides sofort darauf. Charlotte stellte das Gerät zurück auf die Basisplatte, schaltete den Strom aber nicht wieder ein.

Schon war sie wieder bei der Kameratasche. Liam hatte von Fotos geschrieben, die für irgendetwas Beweis sein sollten. Für was, wusste Charlotte nicht.

Ihre Finger suchten die Innentaschen ab und fanden schnell fünf Speicherkarten. Jede Karte für sich hatte keine riesige Speicherkapazität, reichte aber locker für eine Fotoserie aus. Charlotte zog es vor, nachdem sie die entsprechenden Daten auf ihren Computer übertragen hatte, die Karten sofort zu löschen und so für jeden neuen Einsatz ein freies Speichermedium zur Verfügung zu haben. Das machte die Arbeit entsprechend übersichtlich. Die Karten waren von ihr handschriftlich nummeriert, sahen aber ansonsten absolut identisch aus. Fast jedenfalls. Denn bei einer von ihnen war der Sicherungshebel nach oben geschoben. Somit war die Karte mechanisch gegen ein Löschen und Überschreiben gesichert.

»Schlauer Junge«, sagte Charlotte leise, wählte die entsprechende Karte aus und steckte sie in die Kamera.

Eine Serie von fünfzig Bildern wurde angezeigt. Mit geübten Bewegungen des Daumens navigierte Charlotte sich durch die Aufnahmen. Alle zeigten ein großes Haus oder Teile davon. In den Totalen sah man, dass es eine Villa war. Viel Glas richtete sich zum Garten aus. Eine Frontansicht des Gebäudes gab es nicht. Alle Aufnahmen mussten von jenseits einer Gartenmauer entstanden sein. Deshalb waren auch die Teleaufnahmen nicht besonders gut. Das Zoomobjektiv auf der Kamera war dafür nicht vorgesehen. Auch zeigten etliche Unschärfen, dass Liam kein Stativ für die Aufnahmen benutzt hatte.

Neben dem Gebäude parkten nacheinander unterschiedliche Fahrzeuge. Charlotte konnte dies an den Nummern der Bilder erkennen. Über eine Infodatei erhielt sie das Datum und die genauen Uhrzeiten dazu. Es handelte sich in jedem Fall um teure Limousinen. Charlotte erkannte einen Mercedes, einen BMW und einen Jaguar.

Zwischendrin gab es immer wieder Aufnahmen von den Fenstern. Wenn die Räume dahinter erleuchtet waren, konnte man auch Menschen sehen. Charlotte vergrößerte einige Details. Bei dem älteren Mann, der am häufigsten auf den Bildern auftauchte, musste es sich um Heiner Kohlmann handeln. Charlotte kannte sein Gesicht aus der Zeitung und aus dem Fernsehen. Außerdem waren einige andere Männer, ein paar Frauen und zwei Kinder auf den Aufnahmen zu sehen.

Als Charlotte mit der Fotoserie durch war, wechselte sie den Arbeitsplatz. Sie nahm die Speicherkarte aus der Kamera und steckte sie in ihr Notebook. Der Computerbildschirm war größer und höher auflösend. So konnte sie sich besser mit den Bildern beschäftigen. Erneut klickte sie alle Aufnahmen durch. Es waren aber so viele Personen auf den Bildern zu sehen, dass Charlotte einfach nicht verstehen konnte, was Liam als Beweis bezeichnen konnte. Und Beweis wofür? Nachdenklich presste Charlotte die Lippen aufeinander.

Dann begann sie sich jedes Bild einzeln vorzunehmen, erhöhte mit einer entsprechenden Software die Kontraste und entfernte möglichst viele Unschärfen. Die Aufgabe bewegte sich in einem Bereich, der Charlotte vertraut war und den sie beherrschte. Wichtiger aber noch war, dass sie sich bei dieser Arbeit konzentrieren musste und die anderen Fragen vergaß, die Liams Brief aufwarf. Warum hätte der Engländer sie ermorden sollten? Und was hatte Kohlmann mit dieser Sache zu tun?

36

Immer dichter werdender Schneefall ließ Jan zunehmend die Orientierung verlieren. Das Navigationssystem in seinem Smartphone hatte längst den Dienst quittiert. Über die Autobahn hätte Jan den Weg nach Hause leicht finden können. Doch er hatte sich dazu entschieden, Lüneburg in nordwestliche Richtung zu verlassen und über Landesstraßen einen Weg nach Undeloh zu suchen. Auf der Karte im Internet hatte das nicht so schwierig ausgesehen, aber in der virtuellen Welt gab es auch kein Schneetreiben. Als Jan komplett den Durchblick verloren hatte, hielt er in einem Dorf und klingelte an einer Haustür. Die Frau an der Tür trug einen blauen Arbeitskittel, so wie Jan ihn schon lange nicht mehr gesehen hatte. Kurz erklärte sie Jan, dass er nur noch zweimal abbiegen müsse, um auf die richtige Straße nach Undeloh zu kommen. Zehn Minuten mit dem Auto. Die Frau blickte zur Straße. Bei dem Wetter vielleicht eine halbe Stunde.

Zufrieden schlug Jan die Wagentür zu, ließ die Lüftung für die beschlagene Frontscheibe auf drei laufen und suchte sich weiter seinen Weg durch das unbekannte Land. Die Hinweisschilder waren mittlerweile ebenso mit Schnee bedeckt wie die Begrenzungspfosten am Straßenrand. Irgendwann rollte das Auto nur noch im Schritttempo, weil Jan keine Lust hatte, in einem Graben zu landen oder in einer Schneewehe steckenzubleiben. Endlich tauchte ein rechteckiges Ortsschild auf, dessen Mittelteil mit den Buchstaben *DELO* Positives erwarten ließ. Jan hielt beim Schild, wischte den Schriftzug mit der Hand frei und stellte erleichtert fest, dass er sein Ziel erreicht hatte.

Links und rechts einer Straße aus Kopfsteinpflaster lagen verschneite Höfe, Pensionen und Gasthöfe. Der Ort war mit seiner Gastronomie und den fast überall angebotenen Kutschfahrten voll und ganz auf den Tourismus eingestellt. Einen Tourismus, der zeitgleich mit der Heide blühte, also im Sommer. Frühling und Herbst brachten den Einheimischen auch noch ansehnliche Umsätze, doch Anfang Februar verirrte sich kaum ein Mensch in die Gegend. Deshalb war Jan froh, als er in einem kleinen Café Licht brennen sah. Er versuchte seinen Wagen so abzustellen, dass das nächste vorbeikommende Auto nicht automatisch in ihn hineinschlittern musste. Dann ging er durch einen Vorgarten, stieg zwei Stufen hinauf und trat seine Stiefel ab, bevor er die Tür zum Café öffnete. Wie nicht anders zu erwarten, war Jan der einzige Gast.

Mehrere Tische unterschiedlichen Stils standen vor den Fenstern. Auch die Stühle und Holzbänke waren Einzelstücke. Man konnte die Zusammenstellung daher als willkürlich bezeichnen oder als individuell. Ganz nach Belieben.

Im hinteren Teil des Raums brannte ein Kaminfeuer und strahlte seine Hitze bis in den letzten Winkel der Stube aus. Eine Holztreppe führte auf eine Galerie mit weiteren Tischen und Sitzgelegenheiten.

Jan ließ sich an einem Tisch nieder, von dem er durch eine Panoramascheibe in den Garten und zu seinem weiter rechts geparkten Wagen sehen konnte.

Sein Kommen war nicht unbemerkt geblieben. Eine freundliche Frau in den Fünfzigern blickte durch eine Tür in den Gastraum. Offenbar war sie in der Küche beschäftigt gewesen. Sie nahm eine Karte von einem Stapel und ging damit zu Jan an den Tisch.

Jan meinte, er habe nicht gewusst, ob das Café trotz des Schneetreibens geöffnet habe und hätte sich deshalb einfach gesetzt. Die Inhaberin beruhigte ihn mit einem Lächeln. Solange sie hier sei, habe das Café auch geöffnet, sagte sie.

»Wo kommen Sie her?«

»Hamburg.«

»Gute Fahrt gehabt?«

»Geht so. Also eigentlich komme ich jetzt gerade aus Lüneburg. Aber ich wohne in Hamburg.«

»Schöne Stadt.«

Die Wirtin ließ offen, welche der beiden genannten Städte sie meinte. Dann zählte sie auf, welchen Kuchen sie im Angebot hatte. Die Auswahl war wegen der Jahreszeit etwas eingeschränkt.

»Macht nichts«, meinte Jan. »Erst mal die Rinderkraftbrühe für mich. Der Kuchen kommt danach.«

Beides erfüllte Jans Erwartungen. Erst die heiße Suppe, dann der Kuchen. Dazu bestellte er Kaffee. Eine brennende Kerze auf dem Tisch und die Flammen im Kamin sorgten für die entsprechende Gemütlichkeit. Als die Bedienung erneut an seinen Tisch kam, fragte Jan nach dem, weshalb er hergekommen war.

»Gibt es hier in der Gegend eine Möglichkeit, wo man sich vor der Außenwelt verstecken kann? Ich meine, einen wirklich abgelegenen Ort. Also verstecken ist vielleicht das falsche Wort. Aber man sagt das ja manchmal so ... Ich meine, wo man die Seele baumeln lassen kann? Wo man nicht unbedingt gleich auf irgendjemanden trifft?«

»Sind Sie auf der Flucht?«, fragte die Frau interessiert.

»Nein«, wehrte Jan etwas zu heftig ab. »Ich ... bin Journalist. Und manchmal brauche ich einen Platz, um meine Gedanken zu sortieren oder auch, um ungestört schreiben zu können.«

»Wir haben ein kleines Gästehäuschen. Wenn Sie da hinten aus dem Fenster schauen, können Sie den Anbau sehen. Es gibt zwei Appartements. Mit Frühstück, wenn Sie möchten.«

Jan stand auf und trat an das Fenster mit Blick auf den hinteren Hofteil und das im rechten Winkel zum Hauptgebäude stehende Gästehaus. Es war ein Holzbau mit verschneitem Ziegeldach. »Toll«, meinte er. »Wirklich schön. Aber vielleicht etwas zu zentral. Ich meine einen Ort, der etwas abseits liegt. Hier ist man ja mitten im Ortskern.«

»Im Winter haben Sie hier Ihre absolute Ruhe«, versicherte die Frau. »Aber im Sommer haben Sie natürlich recht, da ist hier gut was los. Da sind wir auch meistens ausgebucht.«

Jan nickte nur.

»Kennen Sie Wilsede?«, fragte die Wirtin dann. »Das liegt oben am Wilseder Berg. Dort kommt man nur mit der Kutsche oder zu Fuß hin. Liegt mitten im Naturschutzgebiet. Da wohnen nur eine Handvoll Leute. Und man kann auch Ferienwohnungen mieten. Das kann man zurzeit durchaus als abgelegen bezeichnen. Im Sommer allerdings ...«

»Ich weiß«, sagte Jan. »Ich kenne Wilsede. Ich bin in Soltau groß geworden. Und alle Jahre wieder musste ich mit meinem Vater von der anderen Seite den Wilseder Berg erklimmen. Von Niederhaverbeck aus. Und deshalb weiß ich, was da im Sommer los ist.«

Die Frau grinste über Jans Kindheitstrauma. Dann überlegte sie weiter und meinte schließlich, dass es außerdem noch eine abgelegene Hütte am Rande des Totengrunds gebe. »Der Totengrund ist ein Tal am Fuße des Wilseder Bergs. Eigentlich dürfte da niemand wohnen. Wie gesagt, alles Naturschutzgebiet. Aber die Hütte gehört zu einem Hof aus Wilsede. Die haben eine uralte Sondererlaubnis, soweit ich weiß. Deshalb kann man in der Hütte theoretisch auch wohnen. Aber das will eigentlich keiner. Es gibt keinen Wasseranschluss, soweit ich mich erinnere. Keinen Strom. Einen Generator darf man da auch nicht benutzen. Und anders als in Wilsede selbst, dürften die Urlauber nicht mal ihr Gepäck mit dem Auto hinbringen. Also, wenn ich alles zusammenfasse, dann müsste das für Sie eigentlich abgeschieden genug von der Welt sein, oder?«

Die Wirtin lachte, denn sie meinte es als Scherz. Doch Jan überlegte, ob diese Information etwas für ihn wert war. Eine abgelegene Hütte am Rande eines Tals, das sich Totengrund nannte. Mitten in einem Naturschutzgebiet. Ein Ort, von dem niemand glaubte, dass sich dort jemand längere Zeit aufhalten konnte. Ein Ort wie gemacht, nicht zum Wohnen, sondern zum Verstecken.

37

Die Caféinhaberin blickte überrascht, als Jan ankündigte, sich die Hütte angucken zu wollen. Dann meinte sie, dass dies ambitioniert sei. Jan fragte, ob es nicht einen Versorgungsweg nach Wilsede gebe. Von dort könnte es zu Fuß doch nicht mehr besonders weit bis zur Hütte sein.

»Stimmt, aber mit ihrem Wagen kommen sie da nicht hoch. Jedenfalls nicht bei dem Wetter. Abgesehen davon, dass die Parkverwaltung es nicht lustig findet, wenn man da einfach so durch die Gegend fährt.«

»Und von hier zu Fuß?«

»Sagte ich doch schon.«

»Ambitioniert?«

»Richtig. Im Sommer keine große Sache. Aber der Schnee liegt da draußen genauso hoch wie hier. Da sehen Sie keine Wanderwege mehr. Den Hauptweg nach Wilsede hoch, meinetwegen. Es gibt Wegbegrenzungen an denen man sich orientieren kann. Aber dann weiter zum Totengrund? Da müssen Sie eigentlich schon vorher abbiegen. Und wenn Sie den Weg vorher noch nie gegangen sind ...« Mit einer Kopfbewegung deutete die Frau zum Fenster hinaus. »Wir haben Mittag, aber es sieht da draußen aus, als würde es gleich Nacht. Um vier wird es dann wirklich dunkel. Ich kann Ihnen nur raten, dann nicht da draußen allein unterwegs zu sein.«

»Gibt es Gespenster, oder was?« Jan wollte die Stimmung heben. Und das gelang ihm auch. Die Frau grinste.

»Nehmen Sie eins der Zimmer und dann gehen Sie morgen schon ganz früh los. Wenn es unbedingt sein muss. Selbst wenn Sie sich verlaufen, haben Sie dann noch immer genug Zeit, sich von jemandem retten zu lassen.«

»Oder ich leihe mir einen Geländewagen. Vielleicht von einem Bauern hier aus dem Ort.«

»Sie können sich hier eine Kutsche leihen. Aber mehr auch nicht. Der nächste richtige Autohändler ist in Jesteburg. Da wollen Sie nicht extra hinfahren. Sonst sind Sie noch mal einen halben Tag unterwegs.«

»Kutsche finde ich nicht so gut.« Jan behagte aber auch die Vorstellung nicht, sich ein Zimmer zu nehmen und den restlichen Tag dort festzusitzen. »Wo muss ich denn eigentlich lang gehen?«

Die Frau zeigte nach rechts. »Sehen Sie die alte Felsenkirche da?«

Jan nickte.

»Die Stichstraße einfach hoch. An den Gasthäusern vorbei und am großen Parkplatz, wo im Sommer immer die Kutschen stehen. Dann immer geradeaus. So kommen Sie automatisch nach Wilsede.«

»Und zum Totengrund?«

»Es gibt Wegmarkierungen. Auf großen Findlingen, die an den Kreuzungen der Wanderwege liegen. Dort muss man auf die Pfeile achten.«

»Pfeile?«, fragte Jan. »Dann gibt es hier Indianer?«

Wieder grinste die Frau. »Nein. Auch keine Toten. Also weder Indianer noch Gespenster.«

»Klingt doch ganz gut.« Dann sagte Jan, dass er eins der Zimmer mieten wollte und stimmte die Frau damit noch viel milder. Sein kleiner Koffer lag noch im Auto. Er fragte, ob er den Wagen dort, wo er parkte, stehen lassen könnte. Dann holte er seine Sachen und ging zusammen mit seiner Vermieterin zum Anbau hinüber. Bei dieser Gelegenheit stellten sie sich nun auch mit Namen vor. Die Frau hieß Werner.

Das Appartement war wirklich nicht viel mehr als ein kleines Zimmer mit Bad. Aber es reichte Jan. Er legte seinen Koffer auf einen Hocker, der beim Fenster stand und nickte Annemarie Werner zu, als er auch das Badezimmer inspiziert hatte. Er wartete, bis Frau Werner endlich gegangen war, zog dann eine weitere Lage Unterwäsche unter seinen Pullover, zwängte sich in seine Jacke, setzte die Kapuze auf und wickelte sich einen Schal um den Hals. Entschlossen stapfte er durch den Schnee zur Felsenkirche. Er hatte zwar die kleine Ferienwohnung gemietet, aber der offenbar etwas zu besorgten Frau nicht versprochen, dass er nicht trotzdem noch am selben Tag zum Totengrund gehen werde. Vermutlich würde er tatsächlich erst bei Dunkelheit zurückkehren. Aber das machte nichts. Deshalb hatte er das Zimmer gemietet. Er wollte bei dem Wetter nicht im Dunkeln nach zurück Harburg fahren. Mit Wohlbehagen dachte er stattdessen daran, wie er nach seiner Rückkehr den Abend gemütlich im Café oder in einem der Gasthäuser verbringen würde, an denen er gerade vorbei ging.

Der erste Teil der Strecke verlief recht gut. Zwar fand irgendwie immer wieder Schnee den Weg in Jans Stiefelschaft und das weiße Zeug fiel ihm in die Augen, sobald er den Blick zur Orientierung hob. Doch es ließ sich gut marschieren. Ein Trecker oder ein Allradfahrzeug hatte eine tiefe Spur in den Schnee gegraben und noch war nicht genug neuer gefallen, um diese Spur zu überdecken. Jan benutzte die Rinne als schmalen Pfad.

Wie seine Vermieterin es gesagt hatte, tauchten von Zeit zu Zeit große Findlinge am Wegesrand auf. Jan befreite jeden einzelnen von seiner Schneekappe und las, was darauf stand. Die Abzweigung zum Totengrund fand er nach nicht einmal einer Stunde Fußmarsch. Zufrieden mit der Entscheidung, doch schon an diesem Tag losgegangen zu sein, grinste Jan in sich hinein. Schnell merkte er dann jedoch, dass der bequeme Teil der Strecke zu Ende war. Ab der Kreuzung, an der er den Hauptweg verlassen hatte, gab es keine Furche mehr, die ihm den Weg wies. Auch Begrenzungspfähle oder andere Hilfsmittel konnte er nicht entdecken. Wenn er sich noch auf einem Pfad befand, dann konnte er es zumindest nicht sehen.

Irritiert blieb Jan stehen und blickte zurück zum Hauptweg. Seine eigene Spur im Schnee war deutlich zu erkennen. Das war immerhin schon mal etwas. Selbst wenn er den Totengrund und die Hütte nicht sofort finden würde, könnte er mit Hilfe der eigenen Spur zumindest zurück zum Hauptweg und von dort nach Undeloh finden. Er durfte nur die Zeit nicht aus den Augen verlieren. Da es gerade erst früher Nachmittag war, erwartete er noch über zwei Stunden Tageslicht. Das sollte locker reichen.

Langsamer als zuvor stapfte Jan weiter. Nun bedauerte er, keine Schirmmütze dabei zu haben. Denn der ewige Schneefall in die Augen war fast genauso anstrengend wie der Kampf durch den Schnee.

Was erwartete er sich von der Hütte?

Es gab drei Möglichkeiten. Erstens, die Hütte war leer. Genauso, wie es Frau Werner vom Café gesagt hatte. Zweitens, Christina Komarow und ihre Kinder versteckten sich dort vor irgendjemandem. Entweder vor Oleg, weil sie nicht wussten, dass er längst Selbstmord begangen hatte, oder vor Leuten, die Jan nicht kannte. Auf jeden Fall wäre dies für Jan das angenehmste Ende seiner Suche gewesen. Da gab es jedoch noch die dritte Möglichkeit. Und vor der graute es ihm: Christina Komarow und ihre Kinder könnten ermordet in der Hütte liegen. Oleg könnte sie alle drei getötet haben. Einen Grund für eine solche Wahnsinnstat kannte Jan nicht. Aber nachdem, was Oleg sich anschließend selbst angetan hatte, schien diese letzte Möglichkeit leider die wahrscheinlichste zu sein.

Jan schüttelte den Kopf. Nein, Möglichkeit eins war am wahrscheinlichsten. Vermutlich würde er gar nichts in der Hütte entdecken. Keine lebenden Menschen, keine Leichen, überhaupt keine Spuren von Familie Komarow. Immerhin war die Spur ausgesprochen vage, die Jan bis an diesen abgelegenen Ort mitten in einem Naturschutzgebiet geführt hatte.

Hundeklo. Undeloh.

Nicht nur vage, sondern fast schon verrückt.

Andererseits hatte Tommi im Klartext erzählt, dass Oleg Komarow gerne in der Heide unterwegs gewesen war. Wandern. Auf diesen Touren konnte er alles Mögliche entdeckt haben. Warum nicht eine einsam gelegene Hütte? Zufällig, oder weil ihm jemand davon erzählt hatte.

Ein Geräusch vor sich ließ Jan den Blick heben. Erst als er zu lauschen versuchte, merkte er, wie laut sein eigener Atem ging, wie sehr er vor Anstrengung schnaufte und schniefte. Dann stellte er fest, wie sehr das Tageslicht bereits am Schwinden war. Frau Werner hatte doch gesagt, dass es erst um vier dunkel sei. So spät konnte es doch noch nicht sein.

Dann verstand Jan, dass sie mit *dunkel sein* echte Dunkelheit gemeint hatte. Die Dämmerung musste schon vor einiger Zeit eingesetzt haben. Dazu die tief hängenden Wolken, die immer mehr Schnee heran führten. Jan versuchte, seine eigene Spur zurückzuverfolgen, verlor sie aber bereits nach weniger als zwanzig Metern aus den Augen. Mehr verärgert als beängstigt sah er sich noch immer vergeblich nach der gesuchten Hütte um. Nun war er schon so weit gekommen. Sollte er gleich wieder umkehren, nur weil es dunkel wurde? Was konnte schon groß passieren?

Wenn er die Hütte nicht fand, würde er einfach immer bergauf gehen und so zwangsläufig nach Wilsede kommen. Und selbst wenn er den Ort verfehlte, würde er früher oder später auf eine Straße treffen. Das Naturschutzgebiet war zwar groß, aber nicht so gewaltig, dass er nicht wieder hinaus finden würde. Das einzige, was nicht passieren durfte, war, dass er sich einen Fuß verletzte. Also schön vorsichtig weitergehen. Denn den Wanderweg musste Jan längst verlassen haben. Das merkte er an der Bodenbeschaffenheit. Bei jedem Schritt, den er machte, spürte er unter dem Schnee einen weichen, federnden Untergrund. Offensichtlich lief er geradewegs über eine ausgedehnte Heidefläche.

Langsam stapfte Jan weiter, zog sein Smartphone aus der Tasche und versuchte es noch einmal mit einer digitalen Landkarte. Das hatte bereits eine Stunde zuvor nicht geklappt, aber einen weiteren Versuch war es wert. Erneut wurde er enttäuscht. Das Gerät zeigte zwar, dass er Internetempfang hatte, aber offenbar reichte die Netzqualität nicht aus, um die gewünschte Karte zu laden.

Jan schaltete das Display aus, stellte dabei irritiert fest, dass er nun noch weniger als zuvor in der Landschaft erkennen konnte. Seine Augen mussten sich erst wieder an das Zwielicht gewöhnen. Weiter hinten sah er etwas, das wie ein Waldrand aussah. Rechts davon standen zwei menschliche Gestalten. Sofort schoss Jans Puls in die Höhe. Doch fast genauso schnell wurde ihm klar, dass die Figuren für Menschen zu groß waren. Allein wegen der Entfernung hätten es Riesen sein müssen, damit sie so groß wirken konnten. Des Rätsels Lösung mussten Wacholderbüsche sein. In der zunehmenden Dunkelheit konnte man die häufig in Gruppen stehenden Gewächse leicht mit Menschen verwechseln.

Über sich selbst grinsend wollte Jan schon weitermarschieren, als sich aus der kleinen Gruppe, die er ansah, ein Schatten löste. Langsam kroch dieser auf ihn zu. Jan verharrte regungslos. Nun konnte er den Schatten besser erkennen. Kaum zehn Meter entfernt blieb dieser stehen. Es war ein Wolf.

38

Die Zahl der Wölfe in der Lüneburger Heide war seit ihrer Wiederansiedlung sehr gering. Jedes Tier hatte ein riesiges Gebiet, das es durchstreifen konnte. Daher musste man ziemliches Glück haben, um einem Wolf in freier Natur zu begegnen. Doch Jan empfand in diesem Augenblick gar keine Freude darüber. Instinktiv suchte er den Boden nach einer Waffe ab. Doch da war nichts, mit dem er sich verteidigen konnte. Es sei denn, der Wolf hätte Angst vor Schneebällen.

Angeblich sollten Wölfe extrem scheue Tiere sein. Sie würden die Begegnung mit dem Menschen vermeiden, wenn es ihnen möglich war. Auf ihrer natürlichen Speisekarte stand der Zweibeiner nicht. Auch Jan war für ein Beutetier eigentlich viel zu groß. Eigentlich.

Jan kannte sich mit Wölfen viel zu schlecht aus, um sagen zu können, ob der Wolf ihm gegenüber hungrig aussah. Hatte er in den vergangenen Wochen genug Nahrung finden können. Es war sehr kalt gewesen. Viele Tiere hatten sich in Erdhöhlen versteckt. Größeres Wild wie Wildschweine oder Rehe konnte das natürlich nicht.

Noch immer starrte ihn der Wolf an. Jan starrte zurück.

Hieß es nicht, dass man bei solchen Begegnungen zwischen Mensch und Tier den Blickkontakt vermeiden sollte?

Jan traute sich nicht, den Blick abzuwenden. Er musste vorbereitet sein, falls das Tier zum Angriff übergehen sollte. Bei der zunehmenden Dunkelheit ließ es sich nicht genau erkennen, aber Jan hatte das Gefühl, als würde sich das Wolfsfell genauso sträuben wie seine eigenen Nackenhaare. Auch glaubte er die Zähne des Tieres unter heraufgezogenen Lefzen zu sehen, und das drohende Knurren, das Jan hörte, kam nicht aus seinem eigenen Magen.

Die Gedanken rasten in Jans Kopf, während sein Körper völlig regungslos blieb. Dann fiel ihm das Smartphone ein, das er noch immer in der Hand hielt. Es hatte eine Taschenlampenfunktion. Wenn er diese aktivierte, würde die Lampe auf der Rückseite ziemlich hell leuchten und seinen Gegenüber zweifellos blenden. Wäre das eine Abwehrmöglichkeit gegen den Wolf oder nur eine weitere Provokation?

Jan schaltete die Kamera ein, während der Wolf eine Vorderpfote aus dem Schnee hob und ganz langsam ein Stück weiter nach vorne stellte. Das reichte Jan. Er wollte nicht warten bis der Wolf die Entscheidung gefällt hatte, ob er angriff oder nicht. Jan beschloss selbst die Initiative zu ergreifen und drückte auf den Auslöser der Kamera. Zunächst versuchte das Gerät noch das anvisierte Objekt zu fokussieren, dann löste es das Blitzlicht aus. Erschrocken sprang der Wolf ein Stück zurück. Weil Jans Finger noch immer auf dem Auslöser lag, blitzte es erneut auf. Und dann noch einmal.

Der Wolf verschwand Augenblicke später in der Dunkelheit. Durch das grelle Licht konnte Jan selbst kaum noch etwas sehen. Er warf den Kopf von einer Seite zur anderen, um zu hören, ober der Wolf sich vielleicht von woanders erneut anschlich. Doch das tat er nicht.

Erleichtert lachte Jan auf und schüttelte den Kopf. Offenbar war es nun doch an der Zeit, den Rückweg anzutreten. Man musste die Zeichen richtig deuten, die einem gegeben wurden.

Jan versuchte sich an der Umgebung zu orientieren. Wo ging es weiter ins Tal und wo bergauf? Er entschied sich für eine Hundertachtzig-Grad-Kehre und wendete sich in die Richtung, in der er den Wilseder Berg vermutete. Das Smartphone steckte er zurück in die Jackentasche. Die Taschenlampenfunktion würde er später vielleicht noch gebrauchen können.

Entschlossen stapfte Jan weiter. Sorgen um sein Leben machte er sich noch immer nicht. Eher dachte er daran, wie peinlich es wäre, wenn er sich tatsächlich endgültig verlaufen würde und als letzte Möglichkeit den Notruf wählen müsste. Auch wenn das Smartphone weiterhin keinen Kontakt zu den GPS-Satelliten bekam, würde eine simple Triangulation über die Sendemasten des Mobilfunknetzes ausreichen, um Jan in einer Fläche zu orten, die klein genug war, um ihn zu finden. Aber an so etwas wollte Jan lieber nicht länger denken.

Und das brauchte er auch nicht. Er war höchstens dreihundert Meter weitergekommen, als vor ihm aus der Dunkelheit ein langgestrecktes, niedriges Gebäude auftauchte. Es war zu groß für die gesuchte Hütte. Auch fehlten Fenster in dem Bau. Trotzdem sah es so aus, als könnte das Gebäude Jan Unterschlupf bieten. Bevor er sich von einer lachenden Feuerwehrtruppe als dämlicher Städter aus den unendlichen Weiten der Lüneburger Heide retten ließe, würde er lieber die

Nacht in einem ungeheizten Unterschlupf verbringen. Das wäre sicherlich nicht sehr gemütlich, auch würden die Temperaturen in der Nacht bestimmt weit unter den Gefrierpunkt absinken, aber es wäre allemal besser als das zuvor ausgemalte Szenario. Mit Pech würde Jan sonst sogar noch selbst zu einer Nachricht in den Lokalzeitungen werden.

Nee Freunde, ohne mich, dachte er.

39

Jan ging an einem Holzzaun entlang, der mit Maschendraht für größere Tiere undurchlässig gemacht worden war, bis er zu einer Pforte gelangte. Sorgfältig verschloss er diese wieder hinter sich. Dann suchte er einen Eingang in das mit Reet gedeckte Gebäude. Gedämpfte Geräusche, die aus dem Bau nach draußen drangen, verrieten Jan, dass dieser nicht unbewohnt war. Schnell begriff Jan, dass er diese Nacht doch nicht frieren würde. Der Schafstall war vermutlich voll belegt. Und das bedeutete, dass es mindestens hundert kleiner Öfen auf vier Beinen gab, die ihre Wärme an den Raum abgaben.

Die Tür, die Jan kurz darauf entdeckte, war nicht abgeschlossen. Das verwunderte ihn ein wenig. Doch als er den Stall betrat und bei eingeschalteten Lampen über die Herde blicken konnte, verstand er den Grund. Ein Mann mit einem langen Mantel und einem breitkrempigen Hut stand am vorderen Gatter. Interessiert blickte er Jan entgegen.

Die Begrüßung zwischen dem Schäfer und seinem unerwarteten Gast fiel ziemlich einseitig aus. Jan redete, während der andere Mann zuhörte. Das Gesicht des anderen verriet nicht, was er dachte. Ob er sich über Jans Geschichte amüsierte, oder ob er sie ihm überhaupt glaubte, war an seinen Reaktionen nicht zu erkennen. Wie ein Dieb sah Jan vermutlich nicht aus. Dafür fehlte ihm jegliches Hilfswerkzeug.

Schließlich nickte der Schäfer doch noch und nannte seinen Namen, nachdem Jan sich vorgestellt hatte.

»Waldemar«, wiederholte Jan.

Der Schäfer nickte wieder. Jan fand den Namen passend für die etwas kauzig aussehende Gestalt, behielt die Einschätzung aber für sich.

Bald stellte sich heraus, dass Waldemar Körber mit einem Geländewagen zum Schafstall gekommen war. Die Spuren, denen Jan zu Anfang auf dem Hauptweg zwischen Undeloh und Wilsede gefolgt war, gehörten vermutlich zu diesem Fahrzeug. Das hörte Jan gerne. Weniger begeistert war er jedoch, als er hörte, dass Waldemar an diesem Abend nicht wieder nach Hause fahren wollte. Es war Lämmerzeit. Da blieb Waldemar genau wie andere Schäfer häufig über Nacht im Stall, um bei den Geburten helfen zu können. Er erzählte Jan, dass normalerweise alles ganz von allein und natürlich funktioniere. Doch ab und zu müsse er doch hier und da etwas an den Vorderläufen ziehen, bis die Lämmer draußen waren.

Meinetwegen, dachte Jan, aber ich würde heute Nacht trotzdem lieber in einem Bett schlafen.

Dieser Wunsch nützte aber nichts. Stattdessen durfte er sich ein Lager aus den herumliegenden Strohballen bauen. Waldemar ließ sich irgendwann ganz in Jans Nähe nieder. Sie sprachen nicht viel miteinander. Das schien nicht im Naturell des Schäfers verankert zu sein. Nur als Jan sagte, dass er einem Wolf auf der Heide begegnet sei, horchte der Mann auf. Die Nachricht gefiel ihm nicht.

»Er ist aber gleich weitergezogen«, setzte Jan hinzu.

»Hast du gehört, Freyja?«, meinte der Schäfer. »Ein Wolf.«

Der angesprochene Hütehund, der ebenfalls im Freiraum vor den Gattern lag, hob den Kopf. Seine Augen sahen den Schäfer an, während er die Ohren drehte, als seien es Satellitenschüsseln.

»Das ist deine Aufgabe.«

Zu Jan sagte Waldemar dann, dass im Winter nicht viel passieren könnte. »Auch wenn sie scharf auf die Lämmer sind. In den Stall sind sie bisher noch nie gekommen. Da muss man mehr aufpassen, wenn sie auf der Heide sind. Aber Freyja passt gut auf.«

Langsam legte der Hund den Kopf wieder auf die Vorderpfoten. Jan verschränkte die Arme hinter dem Kopf und streckte sich auch aus. Irgendwann schlief er ein, entschlossen, die Nacht später als Abenteuer zu verbuchen. Was er sich von der Hütte versprochen hatte, von der ihm die Cafébesitzerin erzählt hatte, wusste er selbst nicht mehr. Er würde den Rest der Familie Komarow nicht darin vorfinden. Weder vergnügt um eine Kerze sitzend, noch mit gespaltenen Köpfen auf dem Fußboden liegend. Und weil Jan das eigentlich schon sehr viel länger wusste, hatte er Waldemar auch nichts von seiner Suche nach der Hütte erzählt. Er sagte nur, dass er beim Wandern von der Dunkelheit überrascht wurde und dann den Rückweg nach Undeloh nicht gefunden habe. Diese Erklärung war viel besser, als alles andere.

Dass er irgendwann eingeschlafen war, merkte Jan erst, als Waldemar an seiner Schulter rüttelte. »Wenn Sie schon mal da sind, können Sie auch mithelfen«, bekam Jan als Erklärung geliefert.

Etwas desorientiert folgte Jan dem Schäfer in einen speziell abgeteilten Teil des Gatters. Dort gab es nur Platz für die trächtigen Schnucken.

»Die hier will nicht so richtig«, sagte Waldemar und deutete auf eines der Muttertiere. »Halten sie vorne die Läufe fest, während ich den Rest mache.«

Jan nickte. Doch besonders geschickt stellte er sich offenbar nicht an, denn Waldemar verlangte, dass er fester zugreifen sollte. »Richtig halten.«

»Mache ich doch.«

Das Tier, das er dann mit aller Kraft zu halten versuchte, strahlte eine ziemliche Wärme aus. Unwillkürlich dachte Jan daran, dass die Heidschnucke, wie die Schafgattung in der Lüneburger Heide hieß, auf diese Weise nun endlich doch zu *Heiz*schnucke wurde. Denn so hatte Jan den Namen der Tiere als Kind immer verstanden. Dass der erste Wortteil von Heide kam, hatte er erst sehr viel später begriffen. Und ein kleiner Teil von Jan fand danach noch immer, dass *Heiz*schnucke viel schöner klang.

»Festhalten! Gleich haben wir die Kleine!«

»Ich halte fest!«, gab Jan ächzend zurück.

Ziemlich stolz stellte Jan am nächsten Morgen fest, dass in dieser Nacht zehn Lämmer auf die Welt gekommen waren. Bei der Geburt von vieren hatte er geholfen. Auch Waldemar schien zufrieden. Jan schloss das daraus, dass der Schäfer ihn für die Arbeit, die er geleistet hatte, lobte. Geehrt, aber dennoch absolut sicher lehnte er das Angebot ab, die nächste Nacht wieder mit im Stall zu verbringen. Waldemar nickte.

Das Fahrzeug, auf dessen Beifahrersitz Jan sich schwingen durfte, hatte Allradantrieb und schien sich richtig über die Herausforderung zu freuen, die ihm der Neuschnee bot. Es fraß sich mit den Rädern durch das unberührte Weiß wie eine Kreissäge durch ein dünnes Brett.

Waldemar sah genauso aus, wie Jan sich fühlte: müde. Trotzdem konnte man erkennen, dass ihm die Fahrt durch den hohen Schnee auch Spaß machte. Jan ging es ebenso, und er war irgendwie froh über die hinter ihm liegende Nacht. In diesem Moment schien alles Sinn zu machen. Auch wenn es verrückt gewesen war, bei Dunkelheit und Minusgraden durch die verschneite Heide zu marschieren. Jan dachte an seine Begegnung mit dem Wolf. Dann dachte er an die Lämmer, bei deren Geburt er dabeigewesen war.

Sie fuhren noch immer auf einem Seitenweg, als Jan plötzlich den Blick hob. Er war auf ein Dach aufmerksam geworden, das ein Stück neben der Strecke aus einer Mulde heraus guckte.

»Ist das eine Hütte?«, fragte er.

Waldemar sah in die Richtung, in die Jan deutete und bestätigte es mit einem Nicken.

»Können wir kurz anhalten? Die würde ich mir gerne mal ansehen.«

40

Die Haustür wurde geöffnet, ohne dass Miriam Nasarenko es hörte. Auch die Schritte auf der Treppe zu ihrem Schlafzimmer nahm sie nicht wahr. Sie war gerade erst von der Einschlaf- in die erste Tiefschlafphase gelangt. So erschreckte sie sich ungewöhnlich heftig, als ein schwerer Stiefel gegen ihr Bettgestell trat. Sofort saß sie mit rasendem Herzen aufrecht. Sie konnte nicht gleich verstehen, was vor sich ging, zog nur automatisch die Decke schützend vor die Brust.

»Hallo«, sagte jemand. »Bekomme ich einen Kaffee?«

Miriam kannte die Stimme. Sie sprach ein ähnlich gebrochenes Deutsch wie sie selbst. Die Worte klangen hart und abgekackt, fasst so, als zerstückelte der Mann, der sie benutzte, die Sprache. Er stand neben dem Bett und spielte mit seinem Diamantring.

Dmitrij hatte einen Schlüssel zum Haus. Natürlich. Immerhin gehörte es den Leuten für die er arbeitete und für die, letztendlich, auch Miriam arbeitete.

»Was willst du?«, wollte Miriam wissen.

»Kaffee.«

»Ich habe bis fünf gearbeitet.«

»Na und?«

Miriam merkte, dass Protest keinen Sinn hatte. Außerdem war es ihr ganz recht, den Russen aus ihrem Schlafzimmer raus zu haben. Sie zog sich ihren Morgenmantel über und ging vor Dmitrij die Treppe hinunter. Dieser schaute sich noch einmal im Schlafzimmer um, bevor er Miriam folgte.

Wortlos ließ er sich auf einem Küchenstuhl nieder, sah der Frau zu, wie sie die Kaffeemaschine einschaltete. Bald erfüllte ein Gurgeln den Raum. Schließlich nahm er einen dampfenden Becher entgegen.

»Setz dich«, sagte er.

Miriam nahm den Stuhl, der am weitesten weg von Dmitrij stand.

»War ich nicht immer gut zu dir, Miriam?«, fragte der breitschultrige Mann mit leicht gesenktem Kopf. Er hatte seine Lederjacke nicht ausgezogen, was ihn noch breiter erscheinen ließ.

»Doch«, antwortete Miriam, obwohl das natürlich nicht stimmte. Sehr gut erinnerte sie sich an die Schläge, die sie regelmäßig bekommen hatte, nachdem sie und Christina Dmitrij kennengelernt hatten. Schläge, die selten ins Gesicht getroffen hatten, meistens in den Magen, auf die Nieren oder die Rippen. Immer möglichst so, dass keine Spuren hinterlassen wurden.

Und sie erinnerte sich auch noch an andere Schmerzen. Dmitrij hatte ihre Seele verletzt. Ihre und Christinas.

Nach Deutschland waren die beiden ukrainischen Dorfschönheiten als Au-pair-Mädchen gekommen. Sie hatten viel über das Land inmitten Europas gehört. Viel Schlimmes. Aber das gehört meistens der Vergangenheit an. Und viel Gutes. Überall sollte es nur Reichtum und Freiheit geben. Dieses Land wollte Miriam kennenlernen. Sie redete so lange auf Christina ein, bis sie mitkommen wollte.

Aber als sie endlich in Deutschland waren, schien es Reichtum und Freiheit nur für die anderen zu geben.

Au-pair war für die Familien, bei denen sowohl Miriam als auch Christina untergekommen waren, nur ein anderes Wort für legale Sklaverei. Für ein winziges Taschengeld sollten sie nicht nur die Kinder einhüten, sondern auch den gesamten Haushalt erledigen. Wäsche machen. Fußboden putzen. Badezimmer reinigen. Selbst die Wochenenden waren nicht automatisch frei. Und wenn sie eine Ausgeherlaubnis bekamen, mussten sie bis spätestens elf Uhr abends wieder zu Hause sein.

Miriam hatte den Plan gehabt, vielleicht eine Möglichkeit zu finden, länger als ein Jahr in Deutschland zu bleiben. Sie spekulierte auf ein Jobangebot, das mit einem weiteren Aufenthaltsrecht verbunden wäre. In der Gastronomie zum Beispiel. Falls es sich hierbei ergab, konnte man sich einen deutschen Mann angeln und so aus dem *vorübergehenden* ein *dauerhaftes* Aufenthaltsrecht machen. Eine anschließende Einbürgerung wäre die Krönung gewesen.

Doch all dies schien in immer weitere Ferne zu rücken. Miriam und Christina sahen sich fast nur bei dem wöchentlichen Sprachkurs, und das auch nur, weil das Vermittlungsbüro kontrollierte, ob die jungen Frauen wirklich dort auftauchten. Missbrauch des Aupair-Wesens war in Deutschland durchaus eine bekannte Größe. Doch wie sollte man kontrollieren, ob die Mädchen wirklich nur die vorgesehenen dreißig Stunden pro Woche arbeiteten? Wenn man mit in einem Familienverbund lebte, gab es keine Stechuhr, die die Arbeitszeit dokumentierte. Auch die Mindesthöhe des Taschengelds war theoretisch geregelt. Doch auch hier ließ sich schlecht ein Beweis gegen

Gastgeberfamilien führen, die sich nicht an die Vereinbarungen hielten.

Miriam war sehr enttäuscht über das, was sie erlebte. Mehr noch als Christina, die mit den Verhältnissen irgendwie besser zurecht kam. Dann merkte Miriam, dass ihr Gastvater heimlich ein Auge auf sie geworfen hatte. Nachdem sie erst einmal mit ihm im Bett gewesen war, war es leichter, neue Vergünstigungen auszuhandeln. Auch ihr Taschengeld wurde seitdem heimlich erhöht. Wesentlich sogar.

Leider war das Au-pair-Jahr da schon fast um. Aber eins hatte Miriam gelernt. Mit Sex konnte eine junge Frau aus der Ukraine in Deutschland wesentlich mehr Geld verdienen als mit harter Arbeit. Statt in den Zug nach Hause zu steigen, schnappte sie sich Christina und gemeinsam zogen sie in ein billiges Hotel. Miriam erzählte der Freundin etwas von Jobs als Tänzerin in Nachtclubs und wie viel Geld damit zu verdienen sei. Sie könnten das Geld sparen und sich währenddessen weiter nach einem legalen Aufenthaltsrecht in Deutschland umsehen. Christina wollte nicht recht, denn sie hatte durchaus eine Vorstellung davon, was der Begriff *Tänzerin* bedeutete. Trotzdem war sie dabei, als Miriam sich in einem entsprechenden Lokal vorstellte. Noch am selben Abend hatten beide einen neuen Job.

Das war auch der Abend, an dem sie Dmitrij das erste Mal trafen. Trotz seines primitiven Äußeren konnte er einigermaßen charmant sein, wenn er wollte. Er ließ sich die Ausweise der beiden Mädchen geben und sagte, sie würden sie zurückbekommen, sobald sie einen bestimmten Betrag für das Unternehmen erwirtschaftet hatten. Die genannte Summe würden sie den

Leuten schulden, für die sie jetzt arbeiteten, weil man ihnen eine neue Unterkunft bot, passende Kostüme stellte und die Formalitäten wegen des Aufenthaltsrechts erledigte.

Natürlich hielten die beiden jungen Frauen sich jetzt illegal in Deutschland auf, doch das sagte niemand laut.

Für kurze Zeit wurden Miriam und Christina tatsächlich nur als Tänzerinnen eingesetzt, auf der Bar, an der Stange oder zum Table-Dance. Doch dann wurde deutlich, dass man sie auch für andere Dienste vorgesehen hatte. Miriam war das von Anfang an klar gewesen, während Christina große Schwierigkeiten damit hatte. Sie übergab sich sogar, nachdem sie das erste Mal mit einem Mann für Geld geschlafen hatte. Es machte ihr auch keine Freude, dass sie sich für einen Teil des Geldes neue Sachen kaufen konnte. Immer wieder sprach sie davon, aufhören zu wollen und nach Hause zu fahren. Das ging aber nicht, solange sie ihren Pass nicht zurück hatte.

»Ich kann auch zur Polizei gehen«, drohte sie Dmitrij unverhohlen.

»Ich kann auch deine kleine Schwester ficken«, gab dieser zurück. »Ich weiß ja, wo sie wohnt.« Dann verprügelte er sie das erste Mal.

Miriam hörte erst später von dem Streit. Sie versuchte Dmitrij zu besänftigen, spielte seine willige Geliebte und bemühte sich immer wieder, Christina in Schutz zu nehmen. Doch die funktionierte weiterhin einfach nicht so, wie sie es hätte tun sollen.

Dmitrij nahm seinen Küchenstuhl und rückte ihn näher an Miriam heran. Mit ausdrucksloser Mine fragte er die Frau im Morgenmantel, ob es nicht mehr genug sei, was man ihr biete. »Ich meine, das Haus hier zum Beispiel. Welche Nutte wohnt sonst schon allein in einem Haus? Kannst du mir das sagen?«

Miriam konnte es nicht.

»Und die Arbeit. Immer im selben Laden. Das hat doch sonst keine. Ich meine, wir könnten dich auch von einer Stadt in die andere schicken. Genauso wie alle anderen. Die Freier stehen auf Frischfleisch. Immer neue Gesichter, neue Ärsche, neue Titten. Du hast es hier doch so richtig gut und weißt es nicht einmal.«

Miriam rückte nur ein winziges Stück mit dem Stuhl weiter nach hinten. Doch Dmitrij bemerkte es sofort. »Nicht. Bleib doch mal hier.«

Der grobschlächtige Mann streckte ein Bein aus und legte seinen Stiefel in den Schoß der Frau. Dasselbe tat er mit dem zweiten Stiefel. »Sind wir keine Freunde mehr?«

»Doch«, sagte Miriam leise.

»Dann erzähl mir, was du mit diesem Schreiberling zu tun hast.«

»Mit wem?«

Ganz plötzlich hatte Dmitrij eine Visitenkarte in der Hand. Er sah sie eine Weile schweigend an, legte sie dann auf den Küchentisch neben sich.

»Jan Fischer«, sagte er. »Erzähl mir was von Jan Fischer.«

Miriam schüttelte den Kopf. »Da war nichts«, behauptete sie, doch ihr Blick ging Richtung Hausflur. Dmitrij folgte dem Blick mit einer Kopfbewegung.

»Ja, genau. Die Karte war in deinem Mantel. Dumm, was?«

Miriam senkte den Kopf. Dmitrij wartete. Dann fasste er mit der linken Hand an seinen rechten Ringfinger, begann den klobigen Ring hin und her zu drehen. Den Ring, der Christina das rechte Augenlicht gekostet hatte.

Erneut war es damals zwischen Christina und Dmitrij zum Streit gekommen. Es ging um bestimmte Sexpraktiken, die sie sich weigerte mit den Freiern zu machen. Miriam hatte diese Probleme nicht. Es gab eben Dinge, für die man mehr Geld verlangen konnte. Das war der ganze Unterschied. Tat sie diese Dinge, die im Geschäft Namen trugen, welche oft mit irgendwelchen fremden Ländern zu tun hatten - griechisch etwa, spanisch oder englisch - dann bekam sie für eine Stunde so viel Geld wie sonst für zwei oder drei. Das war alles. In dieser Maßeinheit rechnete Miriam. Doch Christina konnte das nicht. Dmitrij verstand das nicht. Er dachte, Christina *wollte* nicht. Doch das stimmte nicht. Sie *konnte* nicht.

Offenbar merkte Dmitrij, an wen Miriam dachte, denn er spielte weiter an seinem Ring. »Normalerweise beschädige ich die Ware nicht«, sagte er. »Das weißt du. Ich tue nur, was sein muss. Mehr nicht.«

Miriam nickte.

»Hast du Angst vor mir?«, fragte er dann.

Sie antwortete nicht.

»Sag schon? Hast du Angst vor mir.« Ganz leicht stupste Dmitrij die Frau mit der Stiefelspitze an. Diese antwortete noch immer nicht, obwohl man hören konnte, wie sie trocken schluckte und ihr Brustkorb sich sichtbar immer schneller hob und senkte.

»Das brauchst du nicht«, sprach Dmitrij weiter. »Vor mir nicht.«

Nun war es Dmitrij, der den Kopf zum Flur drehte. Automatisch folgte Miriam seinem Blick. Dabei merkte sie, wie Dmitrij seine Füße von ihrem Schoß zog.

»Vor ihm solltest du Angst habe«, sagte er.

Miriam verstand nicht sofort was Dmitrij meinte, dann sah sie, wie eine weitere Person in den Türrahmen trat. Der Mann war viel besser gekleidet als Dmitrij. Er trug einen dunklen Anzug und polierte Schuhe. Auf seiner Nase saß eine Nickelbrille. Die Gesichtszüge des Mannes waren fein geschnitten und sahen asiatisch aus.

41

Das kleine Café in der Ortsmitte von Undeloh öffnete um zehn Uhr morgens. Für ihre Übernachtungsgäste stellte Frau Werner jedoch auf Wunsch schon eher ein Frühstück zur Verfügung. Sie wohnte im oberen Stock des Haupthauses. Jan sollte nicht zögern, bei ihr zu klingeln, falls er etwas brauche, hatte sie gesagt, als er die Ferienwohnung im Anbau bezog. Dieses Angebot nahm er wahr, nachdem der Schäfer ihn vor dem Café abgesetzt hatte. Lächelnd öffnete Frau Werner die Tür und wünschte ihrem Gast einen guten Morgen, doch dann bildeten sich Falten auf ihrer Stirn.

»Stimmt was nicht?«

»Sie riechen, als hätten Sie die Nacht im Schafstall verbracht.«

Jan hob einen Arm und schnüffelte an seinem Jackenärmel. »Stimmt. Merkwürdig.«

Nach dem Frühstück duschte er und kroch ins Bett. Er glaubte, sofort einschlafen zu können, doch immer wieder gingen ihm die Bilder der Dinge durch den Kopf, die er in den letzten vierundzwanzig Stunden erlebt hatte. Zunächst dachte er an die kleinen Lämmer. Sie waren bei den Heidschnucken zwar schwarz und nicht weiß wie bei den meisten anderen Schafsorten, trotzdem sahen sie genauso niedlich aus und entfalteten automatisch einen gewissen Zauber beim Betrachter. Auch ihr zaghaftes Blöken konnte das Herz anrühren. Augenblicklich darauf sah Jan den Wolf vor sich, so wie er einsam und hungrig auf der verschneiten Heidefläche vor ihm gestanden hatte. Es schien empörend, dass dieser Räuber es auf so niedliche Tiere wie Lämmer abgesehen hatte. Doch dann wurde Jan bewusst, dass nicht nur der Wolf Lammfleisch mochte. Die Osterlämmer hießen nicht nur so, weil sie zu Ostern fröhlich auf den Wiesen herum sprangen. Genug von ihnen landeten auf dem Grill oder endeten als Lammbraten.

Kurz darauf sah sich Jan wieder bei der einsamen Hütte am Rande des Totengrunds. Waldemar hatte mit seinem Geländewagen gestoppt, damit Jan sich die Hütte angucken konnte. Da es keinen erkennbaren Weg gab, war Jan querfeldein durch den hohen Schnee gestapft. Darin hatte er schon Übung.

Bereits aus einiger Entfernung sah er, dass niemand in der Hütte wohnen konnte. Es gab keine Spuren im Schnee. Niemand hatte hier etwas weggeräumt oder war auch nur um die Hütte herumgegangen. Zwar gab es Vertiefungen im Schnee, die durchaus von Menschen stammen konnten, doch waren diese vom Neuschnee so gut wie ausgelöscht.

Jan trat an ein seitliches Fenster, presste die Stirn an die Scheibe und legte beide Hände zur Abschirmung daneben. In der kleinen Butze, die er erkennen konnte, war niemand zu sehen. Zwei Stühle standen an einen Tisch gerückt. Es gab eine Schlafkoje und einen Eisenofen. Mehr war da nicht. Jan drehte den Kopf und schnüffelte. Kein Geruch von verbranntem Holz oder Kohle lag in der Luft. Die Sache mit der Hütte war ein totaler Reinfall.

Nicht besonders überrascht zuckte Jan mit den Schultern und ging zurück zu Waldemar. Der erzählte ihm auf der Weiterfahrt, dass die Hütte zum Kuhl-mannhof gehörte. Im Sommer waren manchmal Gäste darin. Leute, die bewusst die Einsamkeit suchten. Doch sobald es kälter würde und die norddeutsche Regenzeit begann, die bekanntlich von Oktober bis April gehen konnte, würde es in der winzigen Bude kein normaler Mensch lange aushalten.

Waldemar hatte sicherlich recht. Jan lag mit vor der Brust verschränkten Armen auf seine Bett und konnte dem, was der Schäfer in seiner Erinnerung sagte, nur zustimmen. Von den drei Möglichkeiten, die Jan sich ausgemalt hatte, traf also die erste zu. Die Hütte war leer und verlassen. Niemand hätte in sie hineingelan-gen oder sie verlassen können ohne Spuren zu hinter-lassen. Doch dort gab es keine Spuren. Weder im Schnee noch in der Hütte. Alles war tadellos aufge-räumt.

Als Jan sich auf die Seite drehte, einen Arm unter den Kopf schob und langsam in den Schlaf hinüber zu driften begann, verkündete sein Smartphone den Ein-gang einer Mitteilung. Er hatte das Gerät mit einem Ladekabel an die Steckdose angeschlossen. Nun streckte er die Hand aus, um es vom Bett aus zu errei-chen. Sein Arm war zu kurz. Es blieb Jan nichts ande-res übrig, als aufzustehen, oder die Nachricht zu igno-rieren. Für einen Moment tendierte er zu letzterem, dann piepte das Gerät erneut.

Schnaufend richtete Jan sich auf und angelte sich das Mobiltelefon. Charlotte hatte ihm zwei Fotos ge-schickt. Als er das erst öffnete, trudelte bereits ein drittes Bild ein. Insgesamt bekam Jan fünf Bilddateien zugeschickt. Es waren ziemlich unscharfe Bilder von zwei blonden Frauen und drei Männern. Der eine

Mann war kahlköpfig, der zweite schien einen Vollbart zu tragen und der dritte machte auf Jan, ohne dass er genau sagen konnte wieso, irgendwie den Eindruck, als sei er ein Asiat. Doch die Bilder waren zu schlecht, um das eine oder andere mit Bestimmtheit sagen zu können.

Schon wollte er Charlotte anrufen, um zu fragen, was die Bilder bedeuten sollten, als sein Handy einen eingehenden Anruf anzeigte. Charlotte erzählte in Kurzform von Liams Brief, den er in der vorübergehend verschwundenen, nun aber wieder aufgetauchten Kamera versteckt hatte.

»Welche verschwundene Kamera?«

»Hatte ich dir nicht davon erzählt?«

»Nein.«

»Dann muss ich das vergessen haben.«

Charlotte wischte das Thema vom Tisch und erzählte, dass sie die halbe Nacht damit verbracht hatte, die Aufnahmen so gut wie möglich zu bearbeiten.

»Liam war bei den Fotos zu weit weg. Und er hatte offensichtlich kein Stativ. Kannst du trotzdem etwas damit anfangen? Erkennst du jemanden?«

Jan schob die Bilder mit dem Daumen hin und her. »Die Frauen sind echt unscharf.«

Charlotte glucksté kurz auf, doch Jan war zu müde, um den unbeabsichtigten Witz zu verstehen.

»Und die Männer?«

»Sind schärfer«, meinte Jan. »Der eine scheint Asiat zu sein.«

»Habe ich auch schon gedacht. Aber richtig erkennen kannst du keinen, was? Die Aufnahmen müssen bei der Villa von Kohlmann entstanden sein. Ihn habe ich auch auf etlichen Fotos drauf, den kann man ganz gut erkennen. Weißt du eigentlich, dass Oliver Jensch tot sein soll?«

»Wer?«

»Kohlmanns Entlastungszeuge.«

»Der Junge vom Video?«

»Eben nicht. Sondern der Typ, der behauptet hat, er sei derjenige vom Video.«

»Weißt du was, Charlotte? Ich bin unheimlich müde. Ich war heute Nacht bei zehn Geburten dabei. Also lass mich am besten etwas schlafen, und dann reden wir nachher noch mal miteinander ...«

Charlotte glaubte sich verhört zu haben. Hatte Jan *zehn Geburten* gesagt?

»Wenn ich wieder zu Hause bin, melde ich mich bei dir, okay?«

»Bist du denn nicht zu Hause?«

»Nein. Ich bin in der Heide. In Undeloh, um genau zu sein. Und frag' jetzt nicht wieso, das war nämlich eine total bescheuerte Idee.«

»Dann will ich es erst recht wissen.«

»Nachher!«

Jan ließ das Handy, nachdem er sich von Charlotte verabschiedet hatte, zum Laden an der Steckdose und legte sich wieder aufs Bett. In weniger als fünf Minuten schlief er ein. Doch nur zwei Stunden später schlug er schon wieder die Augen auf. Für einen winzigen Moment fragte er sich, wo er war. Dann stand er auf, holte das Smartphone und setzte sich wieder auf das Bett.

Erneut öffnete er die Fotogalerie. Doch es waren nicht die Bilder von Charlotte, die ihn interessierten. Ein ganz bestimmter Gedanke hatte ihn geweckt. Schnell manövrierte er sich durch die Fotostrecke, die er selbst in den vergangenen Tagen gemacht hatte. Er fand einige Bilder, auf denen der Wolf zu sehen war. Eigentlich wollte Jan ihn nur mit dem Blitzlicht blenden, trotzdem waren diese Aufnahmen entstanden. Künstlerisch sogar einigermaßen wertvoll. Die Augen des Raubtiers leuchteten rot. Die Schneelandschaft rund herum sah bläulich aus. Die Kamera hatte beim automatischen Weißabgleich Mist gebaut. Auch von einigen Lämmern hatte Jan mit der Handykamera Aufnahmen gemacht. Einen Augenblick fühlte Jan wieder die Rührung in sich. Doch diese ganzen Bilder waren es nicht, die er suchte. Dann sah er sie, die Hütte. Auch von ihr gab es mehrere Bilder.

Eine Totale hatte er auf dem Rückweg zu Waldemar gemacht, indem er auf halber Strecke zum Geländewagen kurz stehen geblieben war. Die Spuren rund um die Hütte waren nur von ihm selbst. Doch davor hatte Jan noch einige Aufnahmen von der Stube gemacht, indem er sein Smartphone dicht an die Scheibe presste und mehrfach den Auslöser drückte. Obwohl das Glas etwas störte, schaffte der Blitz es, den Raum einigermaßen aufzuhellen. Jan konnte auf den Bildern erkennen, dass sie Hütte unbewohnt aussah. Alles war aufgeräumt, sauber und ordentlich. Sehr ordentlich sogar. Für eine alte Kate mitten in der Heide ungewöhnlich ordentlich.

42

Zur selben Zeit, als Jan begriff, was er als nächstes tun musste, war auch bei Charlotte die Entscheidung gefallen. Wenn sie Liam nicht finden konnte, so konnte sie zumindest herausfinden, was er ihr mitzuteilen versuchte. Es schien so offensichtlich für ihn, dass er den Fotos nicht einmal ein paar erklärende Worte beigefügt hatte. Aber was sah er auf den Bildern, was Charlotte nicht sah? Um dieses Geheimnis zu lüften, hatte sie sich entschlossen, denselben Weg wie Liam zu gehen. Sie musste an den Ort, wo die Fotos entstanden waren. Sie musste zu Kohlmanns Villa. Also suchte sie ihre wärmste Kleidung heraus. Als Fotografin war sie auf längere Wartezeiten auch an ungemütlichen, windigen, manchmal an schwindelerregend hohen Orten gewöhnt. Neben wärmenden Eigenschaften wie Wollpullover oder einem ordentlichen Jackenfutter war bei der Kleiderwahl in solchen Fällen eine wasser- und windabweisende Außenschicht wichtig. Das brauchten nur ein dünner Regenmantel und eine Regenhose zu sein. Hauptsache, sie hielten längere Zeit dicht. Charlottes Regenkleidung war schwarz. Nicht sehr modisch, wie sie wusste, dafür sehr viel unauffälliger als gelb, rot oder orange.

Ausgerüstet mit Kameratasche und Stativ fuhr Charlotte zur Elbchaussee. Wer etwas auf sich hielt, hatte seine Villa auf der Seite zur Elbe. Da die meisten Grundstücke zum Fluss hin abschüssig waren, gab es an einigen Plätzen sogar Sicht auf vorbeifahrende Schiffe. Bei Kohlmanns Anwesen traf dies zu. Der Unternehmer hatte das Glück, dass einige große Pappeln, die seit Jahren den Blick auf das Wasser versperrt hatten, von unbekannten Personen vor einiger Zeit in einer Nacht- und Nebelaktion abgesägt wurden. *Unbekannt* stimmte natürlich nicht ganz. Kohlmann wusste sehr gut, wen er mit den Baumfällarbeiten beauftragt hatte, doch gegenüber der ermittelnden Polizei und dem zuständigen Forstamt versagte bei entsprechender Befragung sein Erinnerungsvermögen. Im Gegenteil, er teilte offiziell sogar die Empörung über den illegalen Holzschlag. Einem Reporter hatte er im Interview zum Thema gesagt, dass er die alten Bäume sehr gemocht habe. Immerhin wären sie schon in seiner Kindheit da gewesen. Er habe damals viel in dem kleinen Forst gespielt. Dass die Bäume nun nicht mehr da seien, empfinde er als persönlichen Verlust. Zum Trost hatte Kohlmann nun einen Ausblick auf die Elbe, um den ihn nicht nur die Nachbarn beneideten. Auch Gäste, die Kohlmann bei allerlei Gelegenheiten auf seiner großen Terrasse empfing, zeigten sich regelmäßig beeindruckt.

Charlotte parkte ihr Auto abseits in einer Seitenstraße, ging die Elbchaussee entlang und schlug sich dann an geeigneter Stelle in die Büsche, um Kohlmanns Grundstück umrunden zu können. Die Stelle, an der Liam gelauert haben musste, um die Fotos von der Rückseite der Villa zu schießen, war nicht schwer zu finden. Zwar hatte der Neuschnee alle älteren Spuren verschwinden lassen, trotzdem glaubte Charlotte aufgrund des Winkels zum Haus am richtigen Ort zu sein. Sie legte eine runde Sitzunterlage

aus einem isolierenden Schaumstoff auf einen verschneiten Baumstumpf und setzte sich. Dann packte
sie die Tasche aus, schraubte ein riesiges 800-Millime-
ter-Teleobjektiv auf das Kameragehäuse und stellte ihr
Dreibeinstativ auf. Diese Ausrüstung hätte Liam auch
haben müssen, um anständige Ergebnisse von seiner
Detektivarbeit zu liefern. Dann hätte Charlotte nun
nicht selbst in der Kälte hocken müssen. Wenigstens
hatte der Schneefall aufgehört, und gelegentlich blickte sogar die Sonne durch die driftenden Wolken.
Charlotte spürte es sofort, wenn ein paar wärmende
Strahlen ihren Rücken trafen. Der schwarze Regenmantel saugte das Licht förmlich auf.

Es war gerade erst Mittagszeit. In der Villa war nicht
viel los. Eine Haushaltshilfe ging von Zimmer zu
Zimmer. Charlotte machte einige Aufnahmen von ihr.
Für einen Gärtner gab es glücklicherweise zurzeit
nicht viel zu tun. Die Terrasse und die Hofeinfahrt
hatte jemand vom Schnee befreit. Aber das war es
dann auch. Charlotte brauchte sich also keine Sorgen
vor einer plötzlichen Entdeckung zu machen.

Gegen halb eins kam eine blonde Frau in einem
schwarzen Mantel aus dem Haus. In einem teuren
SUV fuhr sie die Auffahrt entlang, wartete, bis ein
elektrisches Tor zur Seite gerollt war, und bog nach
rechts auf die Elbchaussee. Charlotte sah sich die mit
dem Teleobjektiv geschossenen Aufnahmen an. Sofort
wurde ihr klar, dass sie eine der Blondinen erwischt
hatte, die auch auf Liams Fotos zu sehen waren. Zufrieden blickte sie zu einem kleinen Vogel, der nicht
weit entfernt mit kratzenden Krallen kopfüber den
Stamm einer dünnen Birke hinunter lief. Charlotte
wusste nicht, um was für einen Vogel es sich handelte,

aber sie war froh, nicht mehr ganz allein zu sein. Trotzdem begann allmählich die Kälte in Charlotte zu kriechen. Es ging ganz langsam von den Füßen aus los.

Gegen vierzehn Uhr kehrte die blonde Frau mit ihrem riesigen Wagen auf das Grundstück zurück. Zwei Jungen mit Schultaschen krabbelten aus dem Auto. Charlotte machte mehrere Fotos. Der größere von beiden hatte auf dem Beifahrersitz gesessen, während der kleinere aus dem Fond geklettert kam. Als Charlotte die Bilder kontrollierte und die Jungen auf dem Display der Kamera vergrößerte, schätzte sie den jüngeren auf zehn und den älteren Jungen auf etwa vierzehn, fünfzehn Jahre. Beide waren sehr gut gekleidet. Nun wusste Charlotte auch, wer die blonde Frau war. Es musste Veronica sein, die Tochter des alten Kohlmanns. Die Jungen waren demnach dessen Enkelsöhne: Timothy Friedrich und Florian Emil. Blonde Frau Nummer eins von Liams unscharfen Aufnahmen war somit identifiziert, blieben noch blonde Frau Nummer zwei und die drei unbekannten Männer.

Charlotte schenkte sich etwas heißen Kaffee in einen Becher und wärmte ihre Finger daran. Ihre Handschuhe, die dünn genug waren, um damit die Kamera bedienen zu können, waren dabei kein Hindernis. Hunger hatte Charlotte keinen. Trotzdem aß sie ein Stück trockenes Knäckebrot. Es sollte sie zusammen mit den Kaffee von innen wärmen. Während sie kaute, blickte sie wieder hinüber zu der dünnen Birke. Der kleine Vogel war weg.

Es dauerte bis drei Uhr nachmittags, bis sich wieder etwas bei der Villa tat. Dann kam Veronica Kohlmann mit ihrem ältesten Sohn, Timothy, wieder aus dem

Haus. Der Junge warf eine Sporttasche in den dunklen SUV und sie fuhren davon.

Bald nachdem der Geländewagen das Grundstück verlassen hatte, begann es zu dämmern. In der Villa und in den Außenanlagen wurden Lichter eingeschaltet. Nun konnte Charlotte wieder ins Haus gucken. Am Mittag hatte die schräg einfallende Sonne eine Weile für brauchbare Beleuchtung gesorgt. Doch in der Zeit zwischen zwei Uhr und dem Einschalten der Lichter hatten die Räume für sie im Dunkeln gelegen.

Charlotte suchte die Fassade mit Hilfe des Teleobjektivs ab. Kurz sah sie die Haushaltshilfe an einem Fenster vorbei huschen, dann passierte wieder eine Weile nichts. Um fünf Uhr öffnete sich erneut das Einfahrtstor. Charlotte glaubte zuerst, dass Veronica mit ihrem ältesten Sohn vom Sport zurückkehrte, doch dann erkannte sie, dass es ein anderer Wagen war; nicht weniger wuchtig, aber etwas niedriger im Aufbau. Die Abblendlichter der Mercedes-Limousine wurden ausgeschaltet und Heiner Kohlmann stieg aus. Ohne nach links oder rechts zu gucken, schritt der Unternehmer auf seine Villa zu. Genau wie die anderen benutzte er einen Eingang auf der Rückseite des Hauses. Der Haupteingang an der Front diente offenbar mehr repräsentativen Zwecken.

Nur zehn Minuten nachdem Kohlmann ins Haus gegangen war, verließ die Haushaltshilfe das Gebäude. Neidisch blickte Charlotte der Frau nach. Zu gerne wäre sie jetzt auch nach Hause gegangen. Doch da Kohlmann jetzt im Haus war, bestand durchaus die Möglichkeit, dass er noch Besuch bekäme. Vielleicht von der blonden Frau Nummer zwei, oder einem der drei unbekannten Männer. Vielleicht zeigte sich der

asiatisch aussehende Mann, der auf Liams Bildern leider auch nur sehr schlecht zu erkennen war.

43

Nach dem Kunstturnen noch schnell ein neues Hemd und eine neue Hose für Timothy Friedrich kaufen, das war der Plan. Doch weil *mal eben schnell* nie klappte, stand Veronica von Ehrenburg nun schon seit einer halben Stunde in einer viel zu heißen Boutique und sah der Verkäuferin zu, wie sie den Jungen beriet. Die Auswahl der Hose war schon schwierig genug, doch als es an ein passendes Hemd ging, wurde die Sache zur Qual. Veronica zog ihr Handy und sah auf die Uhr. Das dauerte alles zu lange, viel zu lange. Eigentlich hätte sie den Einkauf schon abblasen sollen, als sie keinen Parkplatz direkt vor der Boutique finden konnte. Stattdessen war sie mit ihrem frisch geduschten Sohn über fünf Minuten durch die Kälte gehetzt. Selbstverständlich hatte er noch immer nasse Haare. »Mama, Mütze«, war das einzige, was er dazu zu sagen gehabt hatte. Eine zweite Verkäuferin bot Veronica ein Glas Orangensaft an. Vielleicht mit etwas Sekt? Die reiche Unternehmertochter zögerte. Sie war mit dem Wagen da und hatte die Verantwortung für Timothy, der mit im Auto saß. Aber es war wirklich sehr warm in der Boutique, und sie hatte nichts zu Mittag gegessen. Etwas Zucker klang gar nicht so verkehrt. Veronica nickte und nahm den O-Saft mit Sekt.

Endlich hatte Timothy sich entschieden. Veronica reichte ihre Kreditkarte über den Verkaufstresen. Mühsam lächelte sie ihren Sohn an, als sie den Laden verließen. Sie war froh, dass er etwas Passendes für den Empfang am Wochenende gefunden hatte und wollte die Stimmung nicht durch Vorwürfe kaputt machen. Der Junge reagierte sowieso sehr sensibel auf Stimmungsschwankungen. Also marschierten sie wortlos zurück zum Auto.

Der Feierabendverkehr verursachte weitere Verzögerungen, so dass sie die Villa an der Elbchaussee erst gegen halb sieben erreichten. Der Schlüsselbund fiel Veronica auf den Boden, als sie die Nebeneingangstür zu öffnen versuchte. Hoffentlich war Gesine, Vaters Haushälterin, wie versprochen noch da. In der Regel war auf Gesine Verlass, auch wenn sie nicht als Kindermädchen angestellt war. Florian würde sicherlich wieder vor dem Fernseher sitzen. Nicht die ideale Beschäftigung, aber Veronica war es recht, wenn es die Sache für Gesine leichter machte und sie selbst dafür kurz allein mit Timothy einkaufen konnte.

»Gesine«, rief Veronica, während sie ihren Mantel ablegte. Niemand antwortete. Dafür hörte sie Stimmen im großen Wohnzimmer, dessen Panoramascheiben den Blick auf den Garten und die Elbe erlaubten. Die Stimmen waren überdreht und quietschig. Offenbar sah Florian auf dem großen Flachbildschirm seines Großvaters fern und nicht auf dem kleineren Gerät oben, das zu ihrem Wohnbereich gehörte.

Als Veronica endgültig genug von ihrem Ehemann, Arne von Ehrenburg, hatte, von seiner Ignoranz, seiner Arroganz und seiner menschlichen Dummheit, war sie mit den Kindern in den ungenutzten Teil des riesigen Hauses gezogen. Dort hatten sie beinah ein autonomes Heim mit ausreichend vielen Schlafzimmern, Badezimmern und einem Clubraum, den sie als Wohnzimmer benutzen konnten. Nur zum Essen mussten sie hinunter gehen, da es keine Küche im Obergeschoss der Villa gab. Doch damit konnte Veronica leben, denn kochen gehörte nicht zu ihren Talenten.

Talente? Was für Talente? Veronica glaubte, keine Talente zu haben. Ganz anders als Arne, der Spross eines in die Bedeutungslosigkeit versunkenen Adelsstammes war. Ihr Mann war ein Genie im Beruf. Außerdem sah er gut aus, war in den letzten Jahren vielleicht etwas füllig geworden, verstand es aber weiterhin, die Leute mit seinem Charme erbarmungslos zu blenden. Er war als brillanter Kopf direkt von der Uni ins Unternehmen gekommen und hatte nach nur zwei Jahren nicht nur eine der besten Positionen bei *Kohlmann Logistic* inne, sondern auch die Tochter des Big Boss' um den Finger gewickelt. Einerseits war auch sie auf seinen Charme hereingefallen, anderseits hatte sie durch ihn die Chance bekommen, sich endlich aus der Umklammerung ihrer Eltern zu befreien. Die Schwangerschaft mit Timothy war letztlich das ausschlaggebende Argument für eine schnelle Hochzeit gewesen.

Doch schon bald stellte sich heraus, dass Arne und sie unterschiedliche Dinge liebten. Er liebte seinen Job. Sie liebte ihre Freiheit, wenn er nicht da war. Gegenseitig liebten sie einander nicht. Lachend hatte Arne irgendwann einmal gemeint, dass sie zumindest diese Gemeinsamkeit teilen würde. Doch für Veronica zeigte sich durch die Bemerkung nur, dass er nicht einmal denselben Humor wie sie hatte. Immer häufiger warf er ihr ihre flatterigen Nerven vor und nach Florians Geburt ein zunehmend prüdes Verhalten.

Auf die Idee, dass dies etwas mit ihm und seinen unverhohlenen Affären zu tun haben könnte, kam er nicht. Doch Veronica fand allmählich einen Weg, damit umzugehen. Der Geruch von fremdem Frauenparfüm an ihm begann ihr immer weniger auszumachen.

Nach Mutters Tod dauerte es dann noch zwei Jahre, bis Veronica die Konsequenzen zog. In der Villa ihres Vaters war genug Platz. Obwohl sie nie dorthin zurückkehren wollte, wohnte sie dann doch plötzlich wieder an der Elbchaussee. Die Sicht auf die Elbe war besser als früher, und Mutter fehlte, doch sonst hatte sich nicht viel verändert. Gesine führte noch immer den Haushalt, und Heiner Kohlmann war von morgens bis abends im Büro. Wenn er danach noch zu irgendeinem Treffen musste, hatte Veronica die Villa den ganzen Tag allein für sich und die Kinder. Dieser Vorteil überwog sogar die schlechten Erinnerungen.

»Florian, wir sind wieder da«, sagte Veronica laut in Richtung Wohnzimmer. »Weiß Opa, dass du seinen Fernseher benutzt?«

Der Wagen ihres Vaters hatte in der Einfahrt gestanden. Er war also schon zu Hause und musste wissen, wo Florian sich aufhielt, die Frage war somit rhetorisch. Während Timothy die Treppe nach oben preschte, natürlich ohne die Tüten mit den neuen Kleidern mitzunehmen, blickte Veronica sich nach Gesine um. War die Haushälterin etwas doch schon nach Hause gegangen? Eigentlich sorgte sie üblicherweise Punkt neunzehn Uhr fürs Abendessen und machte sich erst danach auf den Heimweg.

Schweiß bildete sich auf den Innenflächen von Veronicas Händen. Kurz dachte sie daran, in der Küche nach Gesine zu suchen, doch wie in einem wahrgewordenen Alptraum ging sie langsam auf das große Wohnzimmer zu. Von der Eingangshalle kommend musste sie dazu am Esszimmer vorbei. Langsam öffnete sie dann eine der beiden hohen Türen vor sich.

Der riesige Bildschirm tauchte das Wohnzimmer in bläuliches Licht. Die quietschigen Stimmen im Raum spiegelten den Irrsinn der laufenden Animationsserie wider. Gleichzeitig waren sie Ausdruck des Wahnsinns, der sich in Veronicas Kopf abspielte.

Die teure Ledercouch war leer. Florian saß auf dem ausladenden Lieblingssessel seines Großvaters. Genauer gesagt saß er auf dem Schoß des Großvaters. Vollkommen selbstverständlich hielt dieser den Jungen mit einem Arm umschlungen. Beide starrten auf den Fernseher, und beide taten, als sei es ebenso selbstverständlich, was Opas andere Hand am Bein seines Enkels tat. Er streichelte den Oberschenkel des Jungen. Und er streichelte ihn auch etwas höher.

Ganz langsam drehte Florian den Kopf. Scham und Qual lagen in seinem Blick. Er wusste, dass er nicht wollte, was der Opa tat. Aber er hatte nicht die Kraft, sich dagegen zu wehren. Solange beide so taten, als würde nichts geschehen, als würden sie einfach nur zusammen fernsehen, konnte Florian es irgendwie ertragen. Doch nun war seine Mutter da. Sie sah ihn mit offen stehendem Mund an, und das Unaussprechliche war Realität geworden. Das Geheimnis über das, was Opa manchmal heimlich mit ihm machte, war kein Geheimnis mehr.

Ein stummer Schrei steckte in Veronicas Hals. Die Erinnerung traf sie wie ein Faustschlag in die Magengrube.

Es war ein Vertrauensvorschuss an ihren Vater gewesen, dass sie mit ihren Kindern zurück in sein Haus gekommen war, zurück in die gepflegten und erhaben wirkenden Räume dieser Alptraumvilla. Sie hatte ihm eine zweite Chance gegeben. Erkannte er das denn nicht? Gleichzeitig war es von ihr ein Lechzen nach seiner Anerkennung und nach seiner Liebe.

Als Veronica zehn Jahre alt wurde, hatte Heiner Kohlmann angefangen, auch sie zu streicheln. Er hatte sie auf seinen Schoß genommen, genau wie er es in diesem Moment mit Florian tat. Zuerst hatte er sie nur gestreichelt, dann hatten seine Finger mehr getan, waren in ihren Körper eingedrungen und hatten damit ihr Innerstes verletzt. Mutter musste es gewusst haben. Doch sie kümmerte sich nicht darum. Sie war zufrieden mit dem Leben, dass ihr Mann ihr ermöglichte. Reisen, Feste und viel mehr. Das alles konnte sie haben, solange sie im richtigen Moment wegschaute. Hätte sie sich auf Veronicas Seite gestellt, nur ein einziges Mal, dann wäre ihr schönes Leben vorbei gewesen. Das glaubte Mutter jedenfalls. Wissen konnte sie es nicht. Denn sie hatte es nie versucht und somit nie herausgefunden, was dann wirklich geschehen würde.

Ab ihrem zwölften Geburtstag hatte Vater dann noch mehr mit Veronica getan. Unsagbare und schmerzliche Dinge. Er sagte damals, er tue es, um sie zu schützen. Sie brauche sich keine Sorgen zu machen. Auf diese Weise bleibe sie noch immer Jungfrau. Technisch gesehen hatte Vater recht, auch wenn sie trotzdem hinterher oft blutete.

Mit sechzehn lernte Veronica dann Arne auf einer von Vaters berühmten Gartenpartys kennen. Ein Jahr später verlobten sie sich. Das war ihre Rettung. Heiner Kohlmann ließ endgültig von seiner Tochter ab. Schon das ganze Jahr davor war es nur noch selten zu Übergriffen gekommen. Doch seit das Verhältnis zwischen ihr und Arne von Ehrenburg offiziell wurde, rührte Vater sie überhaupt nicht mehr an. Veronica verließ die Villa noch vor ihrem achtzehnten Geburtstag. Sie war im dritten Monat schwanger und glaubte, dass sie nie wieder einen Fuß in dieses entsetzliche Haus an der Elbchaussee setzen würde.

Hatte ihr Vater denn nicht begriffen, dass sie ihm mit ihrer Heimkehr die Möglichkeit geboten hatte, alles wieder gut zu machen? Sie liebte ihn. Er war doch ihr Papa. Warum liebte er sie nicht? Wenn er Timothy und Florian in Ruhe gelassen hätte, wäre dann nicht alles wieder gut gewesen? Wäre das nicht ein Beweis dafür gewesen, dass er Veronica respektierte? Sie hatte es so sehr gehofft.

Vom ersten Tag an hatte Veronica auf ihre Jungen aufgepasst. Niemals hatte sie einen der beiden mit Heiner Kohlmann allein gelassen. Nur ganz selten war sie ohne die Kinder weggefahren. Und immer nur am helllichten Tage, wenn Heiner Kohlmann ganz sicher zur Arbeit war. Und auch dann nur, wenn sie wusste, dass Gesine im Haus war. Gesine hatte stets versprochen, auf die Kinder aufzupassen. Auch dieses Mal hatte sie es getan.

Heiner Kohlmann musste sie nach Hause geschickt haben. Er wollte mit Florian allein sein, und das hatte er geschafft.

Timothy war der größere der beiden Jungen. Er sollte eines Tages der Firmenerbe werden. Heiner Kohlmann behandelte ihn streng und stellte schon jetzt hohe Ansprüche an dessen schulischen Leistungen; seine Umgangsformen, und er forderte ein reifes Auftreten von ihm. Deshalb war Timothy sicher vor seinem Großvater. Aber all das galt für Florian nicht. Florian durfte fast alles machen, was Timothy verboten war. Jede erdenkliche Dummheit ließ der Opa ihm durchgehen. Denn Florian war doch Opas kleiner Liebling.

Wie sehr er Opas Liebling war, begriff Veronica erst in diesem grauenvollen Augenblick. Mit Vehemenz traf die Erkenntnis sie. Und sie verstand, dass dieser Übergriff, dessen Zeuge sie gerade wurde, nicht der erste war. Wie oft hatte Florian das Streicheln und das Festhalten auf Opas Schoß schon erdulden müssen? Was war bei den anderen Malen noch passierte? Wo hatte Florian den Opa streicheln müssen?

Ohne Vorwarnung erbrach Veronica sich auf das polierte Eichenparkett. Ihr Innerstes kehrte sich nach außen. Erschrocken sprang Florian auf, nutzte die Gelegenheit, um dem Opa und seinem festen Griff zu entkommen. »Mama!«, stieß er aus.

»Geht es dir nicht gut, Liebes?«, fragte nun auch Heiner Kohlmann, während sich O-Saft und Sekt auf dem Parkett verteilten.

44

Die kalten Füße waren am schlimmsten. Andererseits hinderten sie Charlotte am Einschlafen. Mit dem Teleobjektiv suchte sie von Zeit zu Zeit die Fenster der Villa ab. Aber es gab nicht mehr viel zu entdecken. Bläuliches Flackern hatte in einem der unteren Räume den Betrieb eines Fernsehers verraten. Doch das Licht reichte nicht aus, um zu zeigen, wer sich in dem Zimmer aufhielt. Charlotte schaltete die Kamera aus. Die Kälte zerrte nicht nur an ihr, sondern auch am Akku.

Je weiter der Abend voranschritt, umso deutlicher wurde Charlotte, dass an diesem Tag kein Besuch mehr in der Villa zu erwarten war. Die Haushaltshilfe war schon lange weg. Hätte Kohlmann sie nicht da behalten, wenn noch Gäste kämen? Ganz bestimmt.

Gegen 21 Uhr beschloss Charlotte ihren Beobachtungsposten zu verlegen. Sie packte ihre Sachen zusammen und stolperte auf unterkühlten Beinen zum Auto. Mit laufendem Motor stellte sie sich an eine Stelle, von der sie die Einfahrt der Villa im Auge behalten konnte. Zwar war es widersinnig zu hoffen, dass dies nicht geschehen würde, denn nur wegen ein paar Fotos von Kohlmanns Gästen war sie schließlich hergekommen, trotzdem konnte Charlotte nur noch an eine warme Dusche, an einen heißen Tee und an ihr gemütliches Sofa denken.

Da sie nun wusste, dass sich Kohlmann tagsüber nicht in der Villa aufhielt, nahm Charlotte sich vor, am nächsten Tag erst abends mit der Observation fortzufahren. Der Platz, an dem sie mit dem Auto stand, schien dafür nahezu ideal. Im Ernstfall konnte sie in nur fünf Minuten auf ihrem alten Beobachtungsposten sein. Das würde reichen, um noch genügend gute Aufnahmen von potentiellen Besuchern machen zu können.

Zufrieden über diesen Entschluss nickte Charlotte sich selbst Mut zu. Eine halbe Stunde wollte sie noch mit der Heimfahrt warten, doch schon nach zehn Minuten hielt sie es nicht länger aus. Sie krabbelte vom Beifahrersitz auf den Fahrersitz und wollte gerade den ersten Gang einlegen, als sich das Einfahrtstor zu Kohlmanns Villa langsam zur Seite schob. Abgeblendetes Scheinwerferlicht verriet hinter dem Tor ein wartendes Auto. Was, wenn es Kohlmann mit seinem Angeber-Mercedes war? Würde sie ihm etwa nachfahren? Musste sie herausfinden, wohin er wollte und mit wem er sich traf?

Charlotte schüttelte den Kopf. Sie fühlte sich zu ausgezehrt und müde für eine solche Aktion. Warum war sie nicht einfach fünf Minuten früher weggefahren? Dann hätte sie über die Möglichkeit gar nicht nachdenken müssen. Wütend über sich selbst umklammerte sie das Lenkrad. Doch dann erkannte sie den Geländewagen von Kohlmanns Tochter.

Veronica bog auf die Elbchaussee und fuhr wie schon einmal an diesem Tag Richtung Stadt. Die hinteren Scheiben des Fahrzeugs waren getönt, trotzdem glaubte Charlotte zwei Personen auf den Rücksitzen erkennen zu können. Neugierig sah sie dem Auto hinterher. Wo fuhr Kohlmanns Tochter um diese Zeit mit ihren Kindern hin? Wohnten sie vielleicht gar nicht alle zusammen in der Villa? Das schien plausibel. Irgendwo musste ja auch der Vater der Kinder stecken. Vermutlich fuhr Kohlmanns Tochter mit ihren Kindern einfach nur nach Hause. Das musste es sein.

Als unmittelbar nachdem die Rücklichter des Geländewagens außer Sicht geraten waren, ein durchdringender Feueralarm aus Kohlmanns Villa drang, wusste Charlotte gar nicht mehr, was los war. Sie schaltete wieder in den Leerlauf und wartete ab, was geschehen würde. Fünf Minuten später hörte sie die Sirenen sich nähernder Feuerwehrfahrzeuge. Die Einfahrt zum Grundstück war durch das elektrische Tor blockiert. Doch irgendwie wussten die Leute aus dem zuerst eintreffenden Fahrzeug, wie sie das Tor von außen öffnen konnten. Ein Löschwagen fuhr auf das Grundstück, ein zweiter blieb auf der Straße stehen. Nur Augenblicke später tauchte auch ein Streifenwagen der Polizei auf. Ganz automatisch griff Charlotte nach der auf der Rückbank liegenden Kamera. Nun hatte sich das lange Warten doch noch gelohnt, wenn auch anders als gedacht.

Sollte sie noch mal zur Rückseite des Grundstücks laufen, weil sie von dort besser sehen konnte, was sich in der Villa abspielte? Auf jeden Fall. Und sie musste Jan anrufen. Wenn er zurück von seinem Trip in die Lüneburger Heide war, sollte er unbedingt wissen, was hier gerade passierte. Denn dass es sich beim Kreischen des Feuermelders um keinen Fehlalarm handelte, wusste Charlotte sofort, als sie ihr Auto verließ. Der Geruch von Rauch lag in der sonst klaren Nachtluft.

45

Die Schaufel, der Stock oder was für einen Gegenstand es auch immer gewesen war, hatte Jans Welt in Schwärze versinken lassen. Als er allmählich daraus erwachte, fühlte er sich völlig orientierungslos. Sein Nacken schmerzte und Übelkeit erfüllte ihn. Der Hieb war offenbar stark genug für eine leichte Gehirnerschütterung gewesen. Jan stellte fest, dass er auf einem Holzstuhl mit geflochtener Sitzfläche und Rückenlehne saß. Seine Arme waren von den Handgelenken aufwärts bis zu den Ellenbogen mit Klebeband an die Stuhllehnen gefesselt. Jan hätte besser im Bett liegen bleiben sollen, dann wäre ihm dies hier nicht passiert. Aber er hatte diese neue Idee entwickelt, diesen einen Gedanken, der ihn trotz der anstrengenden Nacht im Schafstall nicht länger schlafen ließ. Noch immer müde, aber auch voller Unruhe war er zu Annemarie Werner gegangen, um von der Vermieterin des Ferienappartements zu erfahren, wie er den Bauernhof der Kuhlmanns in Wilsede finden konnte. Den Hof jener Kuhlmanns, die Eigentümer der kleinen Hütte im Totengrund waren.

Der Wegbeschreibung, die Frau Werner lieferte, konnte Jan leicht folgen. Zum zweiten Mal innerhalb von vierundzwanzig Stunden stiefelte er den Hauptweg nach Wilsede hinauf. Erneut half ihm die etwa dreißig Zentimeter breite Fahrspur im Schnee beim

Vorwärtskommen. Nach einer knappen Stunde Fußmarsch erreichte er den einsam gelegenen Ort mitten
im Naturschutzgebiet. Weniger als fünfzig Menschen
wohnten dort dauerhaft. Die Fachwerkhäuser links
und rechts des Weges erweckten bei Jan den Eindruck,
als sei er in einem Museumsdorf. Die meisten Grundstücke waren mit hüfthohen Mauern aus Feldsteinen
umgeben. Steine gab es in der kargen Heidelandschaft
mehr als genug. Sie waren Überbleibsel eines gewaltigen Gletschers, der während der letzten Eiszeit über
das Land gekrochen war und es mit seinen erdrücken-
den Massen modelliert hatte.

Kuhlmanns Hof befand sich gleich am Anfang des
Dorfes. Frau Werner wusste sogar die Hofnummer.
Das Haupthaus war mit Reet gedeckt. In ihm sollte es
wie vor hundert Jahren aussehen. Das hatte Jans Vermieterin erzählt. Ein Nebengebäude diente als Schuppen für Gartengeräte.

Wie es sich gehörte, war Jan zur Haustür gegangen
und hatte den Türklopfer benutzt. Eine elektrische
Klingel gab es nicht. Als niemand reagierte, wiederholte Jan das Klopfen, dann ging er um das Haus herum, sah sich kurz das Gerätehaus an, ging erneut zum
Haupthaus und suchte nach einer Hintertür. Auch
hier klopfte er an, rief ein deutliches »Hallo« und
»Frau Kuhlmann, sind Sie da?«

Jan erhielt keine Antwort. Dafür ließ sich die Tür
öffnen, als er die Außenklinke probierte. Der Raum,
den er zögernd betrat, roch nach mehreren hundert
Jahren Geschichte. Vermutlich war das Haus bereits
im achtzehnten Jahrhundert gebaut worden.

»Frau Kuhlmann!«, rief Jan erneut laut, dann registrierte er eine Bewegung aus den Augenwinkeln. Das

war alles. Als nächstes fand er sich gefesselt auf einem Stuhl wieder.

Vorsichtig bewegte Jan den schmerzenden Kopf und sah sich in dem kleinen Raum so gut es ging um. Draußen war es bereits wieder dunkel. Ein winziges Fenster ließ nur etwas Licht von einer Hoflampe herein. An einer Wand zeichneten sich die Schemen eines breiten, mit einem Vorhang versehenen Regals ab. Außer dem Stuhl, auf dem Jan saß, gab es keine weiteren Möbel im Raum. Offenbar hockte er in einer Abstellkammer.

»Hallo«, rief Jan mit trockenem Mund. »Jemand da?«

Zum Teil rechnete er damit, dass Christina Komarow ihn hören und die Tür öffnen würde. Als er aus Undeloh losmarschierte, war er davon überzeugt gewesen, die vermisste Frau und ihre Kinder auf dem Hof zu finden. Die außergewöhnliche Ordnung in der Hütte beim Totengrund hatte ihn auf diese Idee gebracht. Aus irgendeinem Grund hatte er sich daran erinnert, was Alexanders Grundschullehrerin über den Haushalt der Komarows erzählt hatte. Jan hatte in seinem Notizbuch geblättert und festgestellt, dass seine Erinnerung ihn nicht trog. Alles sei im Haus der Komarows sehr sauber und ordentlich gewesen, so hatte es die Lehrerin beschrieben. Vielleicht sogar ein bisschen zu ordentlich, wenn das denn möglich sei. Und genau dies traf für Jans Geschmack auch auf die kleine Hütte im Totengrund zu. Das Bisschen, was er von der Stube gesehen hatte, war für eine einfache Hütte mehr als aufgeräumt. Selbst die kleine Scheibe am Eisenofen war geputzt. Wer machte so was in einer Ferienhütte? Die fünfundsiebzigjährige Vermieterin,

Wilma Kuhlmann, bestimmt nicht. Dann schon eher eine junge Frau, die daran gewöhnt war, ihren Haushalt blitzsauber zu halten. Vielleicht hatte Christina Komarow es aus Gewohnheit getan, oder aus Langeweile. Viel hatte es in der Hütte sicherlich nicht zu tun gegeben. Doch dann hatte in Deutschland und ganz Nordeuropa eine ungewöhnliche Wetterlage für extreme Minustemperaturen gesorgt, so dass die Komarows anderswo Unterschlupf suchen mussten. Was lag da näher, als bei der Eigentümerin der Hütte unterzukommen, einer alten Frau, die ganz allein in einem viel zu großem Haus wohnte? Wenn Christina Komarow und ihre Kinder weiterhin vorsichtig blieben, würde sie auch dort niemand finden. Soweit die ursprüngliche Theorie.

Auf dem Weg nach Wilsede hinauf, in der leicht rutschigen Fahrspur einen Fuß vor den anderen stellend, weiterhin müde und vom reflektierenden Schnee geblendet, hatte Jan jedoch an seiner Idee zu zweifeln begonnen und sich gefragt, was ihn in diese einsame Gegend geführt hatte? Da gab es einen Lasterfahrer, der ihm erzählt hatte, dass Oleg Komarow früher gerne wandern war? Na und? Außerdem reimte sich Undeloh auf Hundeklo. Geht's noch? Was Jan an der Idee aber am meisten zweifeln ließ, war ein anderer Grund. Er konnte nicht glauben, dass ausgerechnet er die Familie gefunden haben sollte, die seit Wochen erfolglos von einer Sonderkommission der Polizei gesucht wurde. Die Bilder von Christina, Katja und Alexander waren nicht nur in jeder Zeitung des Landes gedruckt worden, sie waren auch auf jedem Fernsehschirm und auf diversen Onlineportalen zu sehen gewesen. Wenn die drei noch leben würden, hätte das doch längst jemand anderer herausfinden müssen.

Plötzlich gab es Geräusch jenseits der Tür. »Frau Kuhlmann?«, rief Jan, soweit es seine Stimme zuließ. Als niemand antwortete, schloss er die Augen.

Aber was, wenn doch, fragte er sich. Warum hatte man ihn niedergeschlagen und an einen Stuhl gefesselt? Welchen Grund konnte eine alte Frau dafür haben? Warum war die Hintertür eigentlich nicht verschlossen gewesen? War er erwartet worden, vielleicht sogar in eine Falle getappt?

Die Schmerzen im Kopf und am Nacken erschwerten Jan das Denken. Beinah widerwillig hob er deshalb den Blick, als die Tür zur Kammer schließlich geöffnet wurde. Im fahlen Licht sah er eine alte Frau stehen. Sie wirkte sehr groß, doch der Schein trog wohl. Da der Türrahmen ziemlich niedrig war und sie aufrecht darin stehen konnte, maß sie auf keinen Fall mehr als einen Meter sechzig. Die Bäuerin trug einen dunkelblauen Kittel mit weißen Punkten über einem dunklen Rock und einem grauen Pullover. Ihre Beine steckten in blickdichten Strumpfhosen und die Füße in schwarzen Gesundheitsschuhen.

»Hallo«, sagte sie mit unerwartet fester Stimme.

Jan versuchte zu lächeln.

»Einbrecher werden bei uns so behandelt«, meinte die alte Frau dann auf Jans Frage, warum er gefesselt sei.

»Ich glaube, Sie wissen, dass ich kein Einbrecher bin.«

»Nicht?«

»Nein.«

»In mein Haus sind Sie jedenfalls eingebrochen.«

»Die Tür war nicht abgeschlossen, und ich habe nach Ihnen gerufen.«

»Also hatten Sie das Recht, einfach herein zu kommen?«

»Das hatte ich nicht. Aber wollen wir uns wirklich über so etwas unterhalten?«

»Worüber wollen Sie denn sprechen?«

Jan sah die alte Frau direkt an. »Über Christina Komarow und ihre Kinder.«

»Kenne ich nicht«, entgegnete die Bäuerin.

»Warum haben Sie mich dann niedergeschlagen?«

»Sagte ich doch schon. Das machen wir hier so mit Einbrechern.«

Jan überlegte, wie sie aus der Wiederholungsschleife heraus kommen konnten, die das Gespräch zu bestimmen drohte. »Rufen Sie Frau Werner in Undeloh an«, schlug er dann vor. »Die wird Ihnen sagen, wer ich bin.«

»Der können Sie ja alles Mögliche erzählt haben.«

»Ich nehme an, dass Sie mich durchsucht haben. Dann haben Sie auch meinen Ausweis und meine Visitenkarten gefunden.«

»Habe ich?«

»Sie können die Angaben im Internet prüfen.« Jan legte die Stirn in Falten. Irgendwie zweifelte er daran, dass die alte Frau über einen Internetanschluss verfügte.

»Ich werde die Polizei rufen und Sie ins Gefängnis werfen lassen.«

»Meinetwegen«, meinte Jan dazu. »Und bestellen Sie anschließend Frau Komarow schöne Grüße von mir. Und sagen Sie ihr, wenn ich Sie finden konnte, dann können das auch andere.«

Die alte Frau antwortete nicht, also legte Jan nach. »So oder so, sie ist hier nicht mehr sicher. Aber wenn sie will, dann biete ich ihr meine Hilfe an.«

Die Kuhlmann sagte noch immer nichts dazu. Jan konnte merken, wie sie nachdachte. Und weil sie so lange nachdachte, begann er selbst wieder an die mehr als gewagte Theorie zu glauben, dass sich Christina Komarow und ihre Kinder in diesem Haus versteckten? Was wäre das für eine Geschichte? Klar wollte er den Komarows helfen, auch wenn er selbst nicht wusste, wie genau das gehen sollte. Er war losgezogen, um Spuren zu finden. Dass Christina Komarow und die Kinder noch lebten, wer glaubte denn noch daran? Einen Plan, was er mit ihnen machen würde, wenn er sie tatsächlich fände, hatte Jan deshalb nicht. Aber was für eine Geschichte. Was für eine Geschichte.

Offenbar konnte die alte Frau Gedanken lesen, denn plötzlich spuckte sie einen unschönen Gedanken aus: »Ich sollte Sie totschlagen und den Schweinen zum Fraß vorwerfen!«

»Macht man das hier mit harmlosen Einbrechern so?«

Mit einen verächtlichen »Ach!« herrschte die Bäuerin ihn an. Dann plötzlich hörte Jan eine weitere Stimme. Im ersten Augenblick glaubte er, Miriam Nasarenko würde etwas aus dem Nachbarraum zu der alten Frau sagen. Doch es war nicht die gutaussehende Ukrainerin, die er am Bramfelder See gesehen und danach zweimal in einem nahegelegenen Reihenhaus besucht hatte. Einmal sogar in Charlottes Begleitung. Die Stimme sprach zwar mit dem passenden Akzent, doch sie gehörte eindeutig nicht Miriam.

Die alte Bäuerin drehte sich um und verschwand aus Jans Sichtfeld. Im Nachbarraum konnte er nun einen Tisch mit Stühlen und den Anschnitt von einem Herd sehen. Der Stuhl, auf dem er selbst saß, gehörte vermutlich zu den anderen Küchenstühlen.

»Christina?«, sagte Jan laut, während sein Herzschlag beschleunigte. »Kommen Sie herein. Ich weiß, dass Sie da sind.«

Die Frau, die eben noch gesprochen hatte, antwortete nicht.

»Sie brauchen keine Angst zu haben. Ich bin nicht gekommen, um Ihnen etwas zu tun.«

46

»Sie müssen das nicht tun. Noch nie hat Folter zu ver-
lässlichen Informationen geführt. Man weiß nie, ob
der Befragte die Wahrheit sagt oder wegen der
Schmerzen einfach nur das erzählt, was Sie von ihm
hören wollen. Deshalb ist Folter als Verhörtechnik
vollkommen überholt und untauglich. Sie wird nur
noch von Leuten angewendet, die nicht die Wahrheit
erfahren wollen, sondern ihre Opfer aus anderen
Gründen quälen wollen. Und die Folterer, die so was
tun, sind meistens Sadisten. Das ist nämlich kein Job
wie jeder andere. Wer andere Menschen absichtlich
quält, hat immer auch ein bisschen Spaß daran. Sie sehen nicht so aus, als würden Sie zu diesen Menschen
gehören.«

Jan sah die Frau an, die sich mit einem Hocker vor
ihn hingesetzt hatte. Über dem linken Auge trug sie
eine Klappe. Dunkles, glattes Haar fiel ihr bis über die
Schultern. Sie hatte einen schlichten Strickpullover
und Jeans an. Etwas zittrig fingerte sie an einer durch-
sichtigen Plastikschachtel herum. Der Deckel löste
sich mit einem leichten Ruck und fiel zu Boden.

»Alles, was ich gesagt habe, ist wahr«, fuhr Jan fort.
»Mein Name ist Jan Fischer. Ich bin Journalist. Prüfen
Sie das, bevor Sie mit solchen Sachen hier anfangen.
Ich habe nur recherchiert. So habe ich Sie gefunden.
Aber ich habe nicht vor, Ihnen etwas zu tun. Nicht Ih-
nen und nicht den Kindern. Vielleicht kann ich Ihnen

sogar helfen. Sagen Sie mir, vor wem Sie auf der Flucht sind. Ihr Mann kann es nicht sein. Sie wissen doch längst, dass er tot ist und damit für Sie keine Bedrohung mehr. Das stimmt doch, oder Frau Komarow? Christina, bitte, das muss nicht sein.«

Christina Komarow hatte eine Stecknadel aus der kleinen Schatulle genommen. Nun griff sie nach Jans rechter Hand. Den Hocker hatte sie leicht versetzt hingestellt, so dass sie nicht direkt vor Jan saß und gut an seine Hand heran kam. Den Arm konnte er wegen des Klebebandes, mit dem dieser umwickelt war, nicht rühren. Aber er konnte die Beine bewegen. Daran hatten Christina Komarow oder Wilma Kuhlmann, egal wer von den beiden ihn gefesselt hatte, nicht gedacht. Vielleicht waren sie es auch zusammen gewesen. Die eine hatte den bewusstlosen Mann vermutlich auf dem Stuhl festgehalten, während die andere seine Arme fixierte. Doch die Beine hatten sie vergessen. Wenn es nun wirklich zum Äußersten kommen sollte, würde Jan noch zutreten können. Christina schien sich dessen nicht bewusst zu sein.

Die junge Frau umschloss Jans Ringfinger mit der eigenen Hand und bog diesen leicht nach oben. Dann setzte sie die Nadelspitze unterhalb des Nagels an.

Jan wusste nicht, wie langer er den nun folgenden Schmerz aushalten würde. Blitze schossen vor seinen geschlossenen Augen hin und her. Natürlich hatte er schon einmal einen Holzsplitter unter einen Fingernagel bekommen, aber so ein Splitter schoss üblicherweise blitzschnell ins Fleisch und bewegte sich dann nicht mehr. Mit der Stecknadel war es anders. Ihre Spitze bewegte sich langsam, und mit etwas Kraft konnte Christina sie unter dem gesamten Nagel entlang schieben.

Jan gab grunzende Geräusche von sich. Es war kein echter Schmerzensschrei, erinnerte mehr an das missbilligende Grollen eines Bären. Jan wollte Christina nicht verletzen, aber er merkte, dass es gleich soweit kommen würde. Denn wenn er zutrat, dann hart und effektiv. Christina durfte ihren Fehler nicht korrigieren können. Wenn sie ihm nach einem halbherzigen Angriff mit der Hilfe von Wilma Kuhlmann auch die Beine festbinden konnte, wäre er ihr anschließend vollkommen ausgeliefert und alles würde von vorne beginnen. Das wollte Jan auf keinen Fall. Nein, wenn er Christina mit dem Fuß traf, dann so, dass sie anschließend handlungsunfähig war. Irgendwie würde er sie auf den Boden befördern müssen, um dann ihren Kopf zu treffen. Mit der alten Bäuerin sollte er anschließend hoffentlich auch irgendwie fertig werden. Doch so weit war es noch nicht.

Der Schmerz ließ nach, als Christina die Nadel zurückzog.

»Wer hat dich geschickt?«

»Ich wurde nicht geschickt. Ich habe von allein hergefunden.«

»Das stimmt nicht.«

»Doch, das stimmt.«

Als Jan die Augen wieder öffnete und seine Peinigerin wütend ansah, merkte er, dass sie nicht mehr nur zu zweit waren. Eine weitere junge Frau stand bei der Tür und sah ihn an. Ihr Gesicht war rundlich und trug noch die Züge der Kindheit in sich. Katja, dachte Jan.

Christina ließ den Ringfinger los und wechselte zu Jans Mittelfinger. Erneut setzte sie die Nadelspitze unter dem Nagel an. Doch dann merkte auch sie, dass Katja im Raum stand. Christina drehte sich kurz zur Seite. Nun war für Jan der beste Augenblick gekommen, um seinen Gegenangriff zu starten. Er tat es nicht. Stattdessen sah er, wie Katja den Kopf schüttelte.

Jan atmete erleichtert auf, denn ohne langes Zögern hatte Christina Komarow die Nadel zurückgezogen und Jans Finger losgelassen. Sie erhob sich vom Hocker und ließ die Nadel fallen. Während die erwachsene Frau den Raum verließ, blickte das Mädchen weiterhin Jan an. Schweigend ging es dann neben ihm in die Hocke, legte die fallengelassene Nadel zurück in das Kästchen und verschloss den Deckel.

47

Mehrfach rief Charlotte Jans Mobilfunknummer an. Immer meldete sich nur die Mailbox. Auch eine per Kurzmitteilung geschickte Aufforderung sie anzurufen, blieb ohne Resonanz. Heiner Kohlmann war mit dem Rettungswagen ins Krankenhaus gebracht worden. Von ihrem alten Beobachtungsposten auf der Rückseite der Villa aus hatte Charlotte sehen können, wie die Sanitäter den Mann mit Hilfe zweier Feuerwehrleute auf einer Trage aus dem Haus gebracht und in einen Rettungswagen verfrachtet hatten. Mit Blaulicht rollte der Wagen davon, während die Feuerwehr eine laut knatternde Belüftungsanlage im Gebäude aufbaute. Offenbar war das Feuer rechtzeitig durch die installierten Rauchmelder entdeckt worden und konnte deshalb schnell gelöscht werden. Allerdings schien Kohlmann eine Rauchgasvergiftung zu haben. Vielleicht hatte er selbst versucht, das Feuer zu löschen, oder er hatte bereits geschlafen, als es ausbrach. Menschen können im Schlaf nicht riechen, wusste Charlotte durch ihre Arbeit beim Harburger Tageblatt. Die Lokalzeitung hatte mehrfach über solche Fälle berichtet. Kohlmann könnte im Schlaf vergiftet worden sein, ohne es zu merken.

Erschöpft machte Charlotte sich auf den Heimweg. Sie duschte lange, machte sich einen Tee und goss ein Schnapsglas mit Rum in den Becher. Die Wolldecke auf dem Sofa reichte ihr nicht, deshalb holte sie noch die Federdecke aus dem Schlafzimmer.

Was ist in der Villa passiert, überlegte Charlotte. Wie konnte dort ein Feuer ausbrechen? Und wieso ging Jan nicht mehr ans Handy?

Sie schlief ein, bevor sie auch nur eine Antwort gefunden hatte.

Am nächsten Morgen probierte sie es erneut auf Jans Anschluss. Noch immer ohne Erfolg. Also wählte sie eine andere Handynummer und hoffte, dass diese noch aktuell war. Sie hatte die Nummer schon länger nicht angerufen. Doch ihre Sorge war unbegründet, Christian Freitag meldete sich fast sofort. Nach einigen Begrüßungsworten, bei denen sich die beiden gegenseitig versicherten, dass es ihnen gut gehe und dass es unglaublich sei, wie lange man sich schon nicht mehr gesehen habe, fragte Charlotte direkt nach Jan. Aber Christian hatte auch nichts von ihm gehört.

»Er ist an einem Lagerhaus interessiert, das zu *Kohlmann Logistic* gehört«, meinte Charlotte.

»Das ist bekannt.«

»Weißt du auch, dass es gestern Abend in Kohlmanns Villa gebrannt hat.«

»Ja«, bestätigte Christian. »Der Alte liegt mit Rauchgasinhalation in der Uniklinik.«

»Braucht ihr Bilder dazu?«

Christian überlegte kurz. »Da ist jetzt nicht mehr groß was zu holen. Vielleicht ein Flatterband der Polizei. Aber sonst ...«

»Ich habe, wie sie den alten Sack auf der Trage aus der Villa schleppen. Wie klingt das?«

»Wo hast du die her?«, fragte Christian überrascht.

»Selbst geschossen.«

»Nicht wirklich?«

»Also, was ist?«

»Seit der Alte vor Gericht stand, ist er für jede Geschichte gut. Und die Fotos hast du exklusiv?«

»Ich habe sonst keinen gesehen.«

»Das wäre natürlich die richtige Nummer, um uns bekannter zu machen. Aber leider habe ich kein Budget für so was«, sagte Christian zögernd. »Woanders kriegst du ordentlich was dafür.«

»Schon klar. Jan hat gesagt, dass ihr noch in den Kinderschuhen steckt. Aber wie wäre es mit einem Tauschgeschäft? Du bekommst die Fotos von mir, und ihr findet für mich die Handynummer von Kohlmanns Tochter raus. Veronica von Ehrenburg. Was sagst du dazu?«

Christian schien zu überlegen. »Das wird nicht leicht.«

»Ist mir klar.«

»Ich setzte jemanden drauf an. Ich kann aber nichts versprechen.«

»Versuch es einfach.«

»Wozu du die Nummer brauchst, willst du mir aber nicht sagen, oder?«

»Nee.«

Christian kicherte. Dann nannte er die Mailadresse vom *Lauffeuer*. Charlotte schickte die Fotos, ohne zu wissen, ob es mit der Gegenleistung klappen würde. Da sie sowieso nicht vorhatte, die Bilder an andere zu verkaufen, ging sie das Risiko gerne ein. Bereits eine halbe Stunde nach dem Telefonat mit Christian Freitag meldete sich eine gewisse Inez bei Charlotte. Diese sagte, dass es sich bei der Handynummer von

Veronica von Ehrenburg um eine Geheimnummer handeln würde.

»Aber weil du gut bist, in dem, was du machst, hast du sie trotzdem rausgefunden«, entgegnet Charlotte.

»Wie kommst du darauf?«

»Weil du sonst nicht schon nach einer halben Stunde anrufen würdest.«

Einen Augenblick war es still am anderen Ende der Leitung. Dann erzählte Inez, dass sie auch die Meldeadresse von Veronica von Ehrenburg habe. »Die Wohnung liegt in Eppendorf. Dort gehen auch die Kinder zur Schule. Eigentümer ist Arne von Ehrenburg.«

Charlotte kritzelte die Anschrift auf einen Fetzen Papier. Auch die Adresse der Schule schrieb sie sich auf. Vermutlich machte es am meisten Sinn, es dort zu probieren. Dann konnte sie einigermaßen sicher sein, Veronica von Ehrenburg zu erwischen. Die konnte sonst nach der Schule mit den Kindern überallhin fahren.

48

Jan hätte die Nacht nutzen sollen, um das Klebeband an einem Arm durch fortwährende Bewegungen und Drehungen so weit zu lockern, dass er diesen befreien konnte. Dann hätte er durch das kleine Fenster klettern und verschwinden können. Sensibel genug war er, um zu verstehen, dass er in dem alten Bauernhaus nicht erwünscht war. Doch der Schlag auf seinen Kopf hatte ihn mehr als gedacht außer Gefecht gesetzt. Die Nacht verbrachte er in einer Art Dämmerschlaf. Immer wieder überkamen ihn Übelkeitsanfälle. Irgendwann glaubte er sogar, eine Person mit einem riesigen Messer in der Hand an der Tür stehen zu sehen. Als der Morgen herankroch, hatte er das Klebeband kein bisschen gelockert. Geräusche verrieten, dass die Bewohner des Hauses auch schon wach waren. Katja Komarow brachte ihm etwas zu trinken. Sie trug, soweit Jan es erkennen konnte, dieselbe Kleidung wie am Vortag. Als das Mädchen sein Zuhause in Allermöhe an einem Morgen vor fast drei Wochen verlassen hatte, wusste es nicht, dass es für immer sein sollte. Weder Katja noch Christina oder Alexander hatten etwas packen und mitnehmen können. Katja hielt ihm ein Glas mit Wasser an die Lippen. Als er zu trinken versuchte, neigte sie es so, dass ihm die Flüssigkeit in den Mund lief. Das Mädchen befand sich an der Schwelle zum Erwachsensein. Katjas Gesicht war noch kindlich geprägt, doch die Augen verrieten, dass ihr Verstand schon sehr viel weiter war.

»Ich muss auf die Toilette «, sagte Jan, als das Glas fast leer war.

Katja verschwand, ohne etwas zu erwidern. Doch kurz darauf kam Christina Komarow herein. Sie hatte ein Messer in der Hand. Es war nicht ganz so groß wie das in Jans Traum, wenn es denn ein Traum gewesen war, trotzdem wirkte es auf Jan bedrohlich genug. Christina versicherte ihm, dass sie nicht zögern würde, ihm das Messer in Brust zu stoßen, wenn er irgendetwas versuchen würde. Dann schnitt sie die Klebebänder auf.

Jan konnte sich kaum auf den Beinen halten. Er torkelte aus der Kammer, fiel fast über die Türschwelle und sah sich in der Küche unmittelbar Wilma Kuhlmann gegenüber, die die Zinken einer Mistforke auf seinen Bauch gerichtet hatte. Um zur Toilette zu gelangen, musste Jan durch eine lange Diele gehen, an dessen Ende er die Haupteingangstür sah. Den Toilettenbesuch musste er bei offener Tür verrichten. Er wusch sich die Hände und das Gesicht. Auch den Nacken kühlte er sich mit kaltem Leitungswasser. Auf dem Rückweg zur Kammer wurde er genauso scharf wie auf dem Hinweg bewacht. Doch statt sich sofort wieder in den kleinen Vorratsraum treiben zu lassen, blieb er in der Küche stehen.

»Rufen Sie Frau Werner an«, sagte er zu der Mistforke und hob dann den Blick, um in die Augen von Wilma Kuhlmann zu sehen. »Sie weiß, dass ich auf dem Weg hierher war. Wenn ich nicht wieder zurückkomme, wird sie die Polizei rufen.«

Die Bäuerin blieb ungerührt, doch Jan merkte, dass seine Worte bei Christina Komarow eine Reaktion auslösten. Nervös sah sie die alte Frau an. Offenbar hatten die beiden auch schon über diese Möglichkeit gesprochen.

»Und meine Freundin weiß auch, wo ich bin. Und sie weiß, dass ich nach Ihnen gesucht habe.«

»Na und?«, entgegnet Wilma Kuhlmann.

»Wir werden hier nicht mehr lange allein sein. So oder so. Noch können wir uns gemeinsam etwas überlegen. Aber je länger ich verschwunden bleibe, umso größer wird die Wahrscheinlichkeit, dass jemand anderer her kommt und nach mir sucht.«

»Ein Bluff. Kein Mensch weiß, dass Sie hier sind.«

»Rufen Sie Frau Werner an. Und nehmen Sie mein Handy, um im Internet zu sehen, dass ich wirklich Jan Fischer bin. Journalist. Buchautor. Vorgestern habe ich noch eine Autorenlesung in Lüneburg gehalten. In der Buchhandlung am Marktplatz. Rufen Sie auch da an und fragen nach mir. Die Besitzerin des Ladens kann mich beschreiben. Sie heißt Frau Glück.«

Christina Komarow sah von Jan zur Bäuerin und wieder zurück. »Wir haben SIM-Karte aus Handy entfernt«, sagte sie dann. »Keiner wird dich finden.«

»Doch, sie finden mich. Und dann finden sie auch Sie.«

»Wir haben nichts getan.«

Jan überlegte, was er darauf erwidern sollte, doch offenbar reichte es der alten Bäuerin. Sie trat noch dichter mit der Forke an Jan heran und drängte ihn zurück in die Vorratskammer.

»Ich setzte mich nicht wieder auf den Stuhl«, sagte Jan, als Christina Komarow ihm mit einer Rolle

Klebeband folgte, und streckte stattdessen seine Hände vor. »Ich muss mich etwas hinlegen. Ich kann nicht noch mal stundenlang auf dem Stuhl sitzen.«

Die Frau mit der Augenklappe umwickelte schweigend seine Handgelenke. Jan setzte sich auf den Boden und lehnte sich mit dem Rücken an die Wand. Kniend fesselte Christina auch seine Beine. Als sie die Kammer verlassen hatte, rutschte Jan tiefer und legte sich auf die Seite. Nie zuvor hatte sich ein harter Holzboden so gemütlich angefühlt. Ohne es zu wollen, dämmerte er sofort wieder ein, begleitet von Stimmengemurmel aus der Küche. Wie lange es dauerte, bis Christina wieder bei ihm in der Kammer auftauchte, wusste er nicht. Er hörte plötzlich nur ihre Stimme neben sich.

»Eine Charlotte Sander hat fünfmal versucht dich zu erreichen«, sagte sie.

Trotz seiner misslichen Lage fand Jan es amüsant, wie die Ukrainerin *Charlotte* aussprach.

»Aber sie weiß nicht, wo du bist. Das sagt sie auf Mailbox. Du hast gelogen.«

Jan drehte sich zur Seite. »Ich habe nicht gelogen. Sie weiß, dass ich in der Lüneburger Heide bin. In Undeloh. Da braucht sie nicht lange zu suchen, bis sie Frau Werner findet. Und Frau Werner weiß, dass ich hier bin. Sie hat mir den Weg zum Hof beschrieben.«

»Frau Kuhlmann telefoniert mit Frau Werner. Sie sagt ihr, dass es dir gut geht.«

»Das nützt auch nichts. Jedenfalls nicht lange. Außerdem geht es ja gar nicht um mich. Sie und die Kinder werden gesucht. Und euch wird man auch finden. Egal, was mit mir ist.«

»Niemand sucht uns. Niemand wird uns finden.«

»Ich habe euch gefunden.«

»Wir sind tot.«

»Offiziell seid ihr nur vermisst.«

»Wenn sie uns finden, wir sind tot.«

Christina sah Jan nicht länger an, sondern blickte zum kleinen Fenster. Fahles Tageslicht spiegelte sich in dem Auge, das ihr geblieben war. Jan konnte Ratlosigkeit im Gesicht der Frau sehen, die mit einem Messer in der Hand neben ihm kniete. Und Angst.

»Warum«, fragte er. »Was hat Oleg getan?«

49

Ein weißer Dodge Ram fraß sich mit seinen fast vier-
hundert PS spielerisch durch den Schnee. Der Auspuff
des amerikanischen Geländewagens mit der offenen
Ladefläche dröhnte mit einem satten Bariton über die
verschneite Landschaft. Die Freude, den Allradantrieb
des Wagens endlich mal richtig nutzen zu können,
stand Dmitrij ins Gesicht geschrieben. Am liebsten
hätte er den Weg verlassen und wäre querfeldein
durch die Wildnis gefahren. Das wäre bestimmt besser
als Sex. Sex konnte er sich bei den Mädchen in der
Stadt jeden Tag holen. Aber dieses Gefühl hier, mit
dem blubbernden V8-Motor vor sich, dem vibrieren-
den Lenkrad in den Händen und einem Schaukeln wie
auf einem kleinen Boot im Sturm, wann hatte man das
schon mal?

Die Frau neben Dmitrij hatte erheblich weniger
Spaß an der Fahrt. Ihre Schulter schmerzte, weil der
grobschlächtige Russe am Lenkrad sie gegen eine
Wand geschubst hatte. Er war vor etwa einer Stunde
bei Annemarie Werner im Café erschienen und hatte
nach dem Besitzer des Autos gefragt, das bei ihr auf
dem Hof geparkt war. Vom ersten Augenblick durch
die bedrohliche Gestalt des Mannes eingeschüchtert,
kam es Frau Werner gar nicht erst in den Sinn, zu lü-
gen, zu leugnen oder sich irgendeine Geschichte
einfallen zu lassen. Sie sagte, dass der Besitzer des Autos bei ihr eine Ferienwohnung gemietet habe, worauf

sich der Russe das Zimmer von Jan Fischer zeigen ließ. Er lächelte, während er die Cafébesitzerin dazu aufforderte, vorweg zu gehen, doch sein Lächeln war von einer Art, die klar verständlich machte, dass er seiner Bitte wenn nötig auch mit Gewalt Nachdruck verleihen würde. Wie recht sie mit dieser Annahme hatte, erfuhr Frau Werner, als sie ihm im Gästezimmer weismachen wollte, sie wisse nicht, wo Jan sich zurzeit aufhalte. Der Sandsack, an dem Dmitrij regelmäßig trainierte, leistete bei seinen Attacken mehr Widerstand als diese schmächtige Frau. Annemarie Werner schleuderte durch den Raum und ihre Vorwärtsbewegung wurde sehr unsanft von einer Wand gestoppt. Anschließend verriet sie dem fremden Mann, dass Jan zum Hof von Frau Kuhlmann gehen wollte. Der läge in einem abgeschiedenen Dorf mitten in der Heide.

Frau Werner musste sich auf den Beifahrersitz setzen. Sie sollte Dmitrij den Weg zeigen. Außerdem hatte er noch nicht entschieden, was er abschließend mit ihr machen wollte. Sollte es mit dem Reporter, dessen Visitenkarte er bei Miriam Nasarenko gefunden hatte, zu einer Eskalation der Situation kommen, würde er die Frau vielleicht beseitigen müssen. Denn Zeugen, die ihn später identifizierten, konnte Dmitrij auf keinen Fall gebrauchen.

Die Strecke von Undeloh nach Wilsede schaffte der Dodge trotz des schwierigen Untergrunds in weniger als fünfzehn Minuten. Dmitrij hielt den Wagen an der Einfahrt zum Dorf an. Er wollte nicht, dass der dröhnende Motor seine Ankunft verriet. Bisher hatte er den Beutel mit der Waffe unter dem Beifahrersitz versteckt gelassen. Nun beugte er sich vor und griff an seiner Gefangenen vorbei zu einem Schubfach. Amüsiert darüber, dass die Frau ihre Beine möglichst weit zur Seite zog, so als könne er etwas von der vertrockneten Schachtel wollen, holte er den Beutel hervor und nahm eine SIG Mosquito heraus. Die Waffe wirkte winzig in Dmitrij riesiger Hand. Trotzdem wurde Annemarie Werner nun endgültig klar, dass der Russe sie auf keine Spazierfahrt eingeladen hatte.

Dmitrij ließ die Pistole in seiner Jackentasche verschwinden und wies Annemarie Werner an, ihm den Weg zum Hof zu zeigen. Schweigend ging sie durch den Schnee vorweg. Ebenso schweigend sah sich der Russe zuerst auf dem Hofgelände um, bevor er Annemarie Werner an der Haustür klopfen ließ. Als niemand öffnet, gingen sie um das Haus herum. Dmitrij blickte durch jedes Fenster, konnte aber keine Bewegung im Haus erkennen. Mit einem Kopfnicken wies er Frau Werner an, die Klinke der Hintertür zu benutzen, doch die Tür war verschlossen.

Dmitrij untersuchte das Schloss fachkundig und wusste ziemlich schnell, dass er die massive Hintertür genauso wie die Haustür vorne ohne größeren Aufwand nicht geöffnet bekommen würde. Erneut sah er sich in der Gegend um. Der nächste Hof lag ein gutes Stück entfernt.

»Gib mir Mantel«, befahl er Frau Werner. Die verstand nicht sofort, gehorchte aber, als Dmitrij nach ihrem Mantelkragen griff. Er wickelte seine Hand samt der SIG ein und zertrümmerte mit Hilfe der Waffe eines der kleinen Sprossenfenster auf der Hausrückseite. Mit dem Mantel beseitigte er die Glasscherben aus dem Rahmen, griff hindurch und entriegelte das Fenster.

Wer auch immer sich im Haus versteckt haben mochte, musste das Zerschlagen der Scheibe gehört haben und würde spätestens jetzt gewarnt sein. Doch der Einbruch war leise genug vonstattengegangen, dass vermutlich niemand anderer aus dem Dorf etwas mitbekommen hatte. Dmitrij warf seiner unfreiwilligen Begleiterin den Mantel wieder zu und verlangte, dass sie als erste durch das Fenster steigen sollte.

Das alte Klappergestell ist noch ganz gut in Form, stellte Dmitrij mit einem Zucken um die Mundwinkel fest, als Frau Werner erst das eine Bein über die Fensterkante schwang und dann das andere hinterher zog. Wenn sie zwanzig Jahre jünger gewesen wäre, hätte Dmitrij vielleicht sogar etwas Spaß mit ihr haben können. Wieder grinste er. Dann kletterte er selbst ins Haus. Etwas Glas knirschte unter seinen Stiefeln. Sofort hatte er die Pistole wieder in der Hand. Unweit der Hintertür lehnte eine Mistgabel an der Wand. Skeptisch sah Dmitrij das Arbeitsgerät an.

»Du gehst vor«, sagte er zu Frau Werner und ließ sich von der Küche aus, durch deren eines Fenster sie eingestiegen waren, jeden einzelnen Raum in dem eingeschossigen Haus zeigen. Von der Diele, die zur vorderen Haustür führte, gingen auf der einen Seite ein Badezimmer und ein Schlafzimmer ab, auf der anderen ein großes Wohnzimmer und noch ein Zimmer mit zwei Betten. Das Haus wirkte durch die langgestreckte Diele größer als es in Wirklichkeit war.

»Keiner da«, meinte Frau Werner erleichtert, als sie die letzte Tür geöffnet hatte. »Dann können Sie jetzt ja einfach wieder gehen.«

»Sagtest du nicht, die Alte wohnt allein?«

»Tut sie auch.«

Dmitrij ging in das Zimmer mit den beiden Betten. Die Matratzen waren genauso wie die Decken und Kopfkissen bezogen. Er hob ein Kissen hoch und roch daran. Dann zog er die Augenbrauen zusammen. Die Bettwäsche roch frisch gewaschen. Dmitrij erinnerte sich, in der Küche noch eine Tür gesehen zu haben. Sie war niedriger als die anderen und etwas schmaler. Vermutlich war der Raum dahinter nicht besonders groß, aber bestimmt groß genug, damit sich darin eine Person oder vielleicht sogar mehrere verstecken konnten. Wenn jemand sofort auf das erste Klopfen an der Haustür reagiert hatte, könnte er sich dort verkrochen haben.

»Wir gehen wieder in Küche«, sagte er und ließ Annemarie Werner erneut vorweg gehen. Dmitrij blieb weiterhin vorsichtig. Häusern, die er nicht kannte, misstraute er grundsätzlich. Hinter jeder Tür und in jeder Ecke konnte jemand lauern.

In der Küche probierte er zuerst, ob die Hintertür noch verschlossen war, oder ob womöglich jemand die Gelegenheit zur Flucht genutzt hatte, während sie die anderen Zimmer untersucht hatten. Die Tür war noch immer abgeschlossen. Dann wandte er sich der kleinen Tür in der Ecke neben einem hohen Geschirrschrank zu.

»Du machst auf!«, wies er Frau Werner an. Aufmerksam beobachtete er die ältere Frau dabei, wie sie zu der niedrigen Tür ging. Die Waffe hielt er mit gesenkter Hand. Seine innere Körperspannung befähigte ihn jedoch, die SIG jederzeit einzusetzen.

Die Tür schwang in die Küche auf, was nur sinnvoll erschien, weil die Kammer dahinter so winzig war. Der Raum war dunkel. Beinah erwartete Annemarie

Werner in dessen Schatten eine verängstigte Wilma Kuhlmann zu entdecken. Gleichzeitig fragte sie sich, warum sich dort überhaupt jemand verstecken sollte. Warum hatte Wilma Kuhlmann nicht einfach geöffnet, als an die Haustür geklopft wurde? Mit der Hand tastete Annemarie nach einem Lichtschalter. Eine sehr schwache Glühbirne zeigte ihr, dass die Kammer menschenleer war. Was sie einen kurzen Moment lang für eine kauernde Person gehalten hatte, entpuppte sich im schummrigen Licht als Küchenstuhl.

Dmitrij drängelte sich an Annemarie Werner vorbei. Er besah sich den Stuhl und entdeckte Reste von Klebeband an den Armlehnen und auf dem Boden. Sofort bildeten sich bei ihm Assoziationsketten, die ihm verrieten, dass hier jemand gefangen gehalten wurde. Während er die Klebestreifen näher untersuchte, entging ihm, wie der Puls von Annemarie Werner in die Höhe schnellte. Aufgeregt erkannte diese die Möglichkeit, dass sie die Tür zuschlagen und ihren Entführer in der Kammer einsperren konnte. Dazu musste sie nur schnell genug sein, und sie musste den Mut dazu aufbringen. Doch der Augenblick war viel zu schnell vorbei. Dmitrij wandte sich schon wieder um und kam leicht geduckt aus der Kammer heraus. Er versuchte noch immer zu begreifen, was es bedeuten konnte, dass in dem kleinen Raum offenbar jemand gefangen gehalten wurde, als sein Blick auf den Küchentisch fiel. Dort lag ein Geldschein unter einem handgeschriebenen Zettel. Mit einer Kopfbewegung deutete er darauf.

»Was ist das da ?«, fragte er.

Annemarie Werner folgte seinem Blick, trat an den Tisch und nahm den Zettel in die Hand. Eine verschnörkelte Schrift verriet, dass die Nachricht von einer älteren Person geschrieben wurde. Selbst wenn Dmitrij gedrucktes Deutsch lesen konnte, wäre er an der Entzifferung dieser Schrift vermutlich gescheitert. Annemarie Werner musste trotz der misslichen Situation, in der sie sich befand, kurz auflachen, als sie die Notiz las.

»Du sollst lesen!«, sagte Dmitrij drohend.

»Ich lese doch.«

»Laut!«

Annemarie Werner zuckte mit den Schultern. »Lieber Einbrecher. In meinem Haus gibt es nichts Wertvolles. Nimm die 50 Euro für die Mühe, die du dir gemacht hast. Und dann verschwinde bitte wieder genauso unauffällig, wie du hereingekommen bist. Danke.«

Frau Werner hob vielsagend die Augenbrauen, während Dmitrij auf sie zutrat und ihr die Notiz aus der Hand riss. Er versuchte die Nachricht selbst zu lesen, scheiterte aber tatsächlich an der verschnörkelten Schrift.

»Was soll das?«

Annemarie Werner fühlte sich so erheitert, dass sie ihre Angst vor dem fremden Mann fast vergaß. »Damit meint Frau Kuhlmann«, sagte sie, »dass ein Einbrecher alles im Haus ganz lassen soll, auch wenn er nichts Wertvolles findet. Sie wissen doch sicher selbst, dass solche Leute sonst aus Frust alles Mögliche zerstören und verwüsten.«

Dmitrij sah wütend aus. »Glaubst du, dass ich ein Einbrecher bin? Seh' ich aus wie Einbrecher?«

Annemarie Werner schüttelte den Kopf. »Das weiß ich nicht. Aber wir sind hier eingebrochen, oder?«

»Ich bin kein Einbrecher!« Dmitrij zerknüllte die Nachricht und warf den Zettel auf den Boden. Verärgert sah er sich in der Küche um. Der Kirschholzschrank neben der Vorratskammer war voller Geschirr. Das Gesicht zu einer Grimasse verzogen ging Dmitrij darauf zu, steckte die Waffe in seine Jackentasche und versuchte den Schrank umzukippen. Doch mit dem Geschirr im Oberschrank, dem Besteck in den Schubladen und den Schüsseln und Töpfen im Unterschrank war das Möbelstück viel zu schwer, um sich auch nur ein winziges Stück vom Platz bewegen zu lassen. Dmitrij grunzte vor Anstrengung, rutschte ab und riss sich einen Fingernagel ein. Fluchend sah er seine Hand an. Für einen Moment wollte er die Schranktüren aufreißen und jeden Teller einzeln auf den Boden schmeißen. Dann begann er plötzlich zu lachen.

Annemarie Werner wusste nicht, wie sie den Stimmungsumschwung deuten sollte. Ihre Angst vor dem fremden Kerl war sofort zurückgekehrt, als er sie so grimmig angesehen hatte und dann auf den Schrank losgegangen war. Doch offenbar schien der Russe sich nun wirklich zu amüsieren. Noch immer lachend ging er zum Küchentisch, griff sich die fünfzig Euro und meinte dann, dass sie wieder gehen würden.

»Durchs Fenster«, wies er seine Gefangene an. »Genau wie wir gekommen sind. *Unauffällig.* Richtig?«

Annemarie Werner nickte.

»Unauffällig«, wiederholte Dmitrij lachend. Dann gab er Frau Werner einen leichten Schubs, damit sie sich beeilte. »Wir werden bei dir auf Jan Fischer warten.«

Die Vorstellung, längere Zeit mit diesem grobschlächtigen Mann allein im Café zu sein, gefiel Annemarie Werner nicht. Andererseits bestand in Undeloh viel eher die Möglichkeit, dass jemand bemerkte, dass etwas nicht in Ordnung war. Das Café hatte sonst jeden Tag geöffnet. Wie würden Gäste oder Nachbarn reagieren, wenn die Tür verschlossen war. Würde jemand die Polizei rufen? Doch wie sich kurz darauf herausstellte, machte sich Annemarie Werner diese Gedanken umsonst. Als sie den Dodge erreichten, hatte ihr Entführer es sich schon wieder anders überlegt.

»Ich fahre alleine«, sagte er. »Du läufst.« Dann machte er der überraschten Frau klar, dass sie ihren gemeinsamen Ausflug auf keinen Fall jemandem erzählen durfte. Wenn sie auf die Idee käme, zur Polizei zu gehen und den Vorfall anzuzeigen, dann wisse er ja, wo sie wohne und wo er sie jederzeit finden würde. Dmitrijs flache Hand traf die Frau völlig unerwartet im Gesicht. »Kapiert?«

Annemarie Werner nickte.

»Wir werden sehen«, sagte er. Dann stieg er in den Dodge. Wummernd sprang der Motor an. Der Allradantrieb grub sich rückwärts einen Weg durch den Schnee, als das Fahrzeug wendete, und Frau Werner musste aufpassen, dass sie nicht überfahren wurde. Dmitrij nahm den Fuß von der Bremse und drückte aufs Gaspedal. Das Gefährt schoss vorwärts und entfernte sich mit zunehmender Geschwindigkeit. Zitternd griff sich Annemarie Werner an den Mantelkragen und verschloss ihn so gut es ging am Hals. Erst dann merkte sie, dass ihr Tränen der Erleichterung über das schmerzende Gesicht liefen.

50

»Das mache ich immer so«, hatte Wilma Kuhlmann zu Jan gesagt, als sie seinen interessierten Blick bemerkte. Dann legte sie den Fünfziger unter den Notizzettel. Beides hatte sie aus einer Schublade genommen. »Bringt Glück. Bisher ist noch nie jemand eingebrochen.«

Irgendwie war es Jan gelungen, Christina Komarow davon zu überzeugen, dass sie und die Kinder nicht länger sicher in dem Bauernhaus waren. Was Wilma Kuhlmann über das Thema dachte, wusste er nicht. Aber offenbar hatte auch sie eingesehen, dass sie ihre drei Gäste nicht bis ans Ende aller Tage bei sich verstecken konnte. Ob sie Jan vertrauen sollte, wusste Wilma hingegen noch immer nicht so genau. Jedenfalls behielt sie ihn sehr gut im Auge.

Als kleine Karawane marschierten sie durchs Dorf. Christina und die Kinder hatten ihre Kapuzen hochgeschlagen. Jan tat es ihnen gleich. Wilma Kuhlmann trug ein Kopftuch. So lange sie niemandem direkt auf ihrem Weg begegnen würden, sahen die drei Komarows und Jan wie normale Wanderer aus. Niemand, der einfach nur aus dem Fenster sah, konnte in ihnen die vermisste Familie aus Hamburg erkennen. Trotzdem mussten sie vorsichtig sein und so schnell wie möglich wieder von der Straße hinunter. Zum Glück war es nicht weit bis zu ihrem Ziel. Wilma führte sie zu einem Hof, der ähnlich wie ihrer am Rande des

Dorfes gelegen war. Dort wohnte ein alter Freund von ihr. Ein Freund aus Kindertagen, dem sie absolut vertraute.

Bernd Köhler hatte etwas, das der kleinen Gruppe, die auf dem Weg zu ihm war, sehr gut helfen konnte. Eine Kutsche, mit der er die Komarows und Jan ungesehen aus dem Naturschutzgebiet hinaus bringen konnte. Die bereits vorhandene Fahrspur von Wilsede nach Undeloh würde für eine Kutsche völlig ausreichend sein. Davon war Wilma Kuhlmann überzeugt.

Aus dem Schornstein von Bernd Köhlers Haus stieg eine schmale Rauchfahne in den Nachmittagshimmel. Er bereitete ein spätes Mittagessen vor, als Wilma an die Hintertür klopfte. Genau wie bei ihr zu Hause klopfte auch bei Bernd Köhler kein Mensch an die Vordertür. Wer Bernd kannte, der wusste, dass das Leben in seinem Haus komplett auf den Hof ausgerichtet war. Von der Hintertür konnte er direkt zur Scheune und zum Pferdestall.

Bernd Köhler freute sich, Wilma zu sehen. Ihren vier Begleitern nickte er freundlich zu. Der alte Mann trug Holzpantoffeln, hatte eine Cordhose mit gestopften Löchern und einen blauen Wollpullover an. Sein Gesicht war unrasiert. Offenbar legte er nicht mehr allzu viel Wert auf sein Äußeres, doch sein Inneres war nach wie vor erfüllt von Heiterkeit und guter Laune.

Wilma hatte sich eine Lügengeschichte zurechtgelegt, die davon handelte, dass die vier Gestalten, die sie begleiteten, sich verlaufen hätten und nun, erschöpft wie sie waren, ein Transportmittel nach unten bräuchten. Ob Bernd sie nicht vielleicht mit der Kutsche zurück nach Undeloh zu ihrem Auto bringen könnte. Der war sofort einverstanden, vorausgesetzt

Wilma würde auf ihn warten und dann mit ihm zu Abend essen. »Wirklich nur Abendessen«, fügte er hinzu und zwinkerte Wilma zu. Die schüttelte grinsend den Kopf.

»Na gut«, sagte sie. »Ich schäle sogar die Kartoffeln.«

Jan und Christina sahen sich an. Zum ersten Mal, seit er sie und die Kinder gefunden hatte, zeichnete sich so etwas wie ein Lächeln auf Christinas Gesicht ab.

Bernd Köhler zog sich andere Schuhe an. Dann deutete er auf Katja und Alexander. »Ihr kommt am besten gleich mit und helft mir mit Adda. Eigentlich heißt sie ja Adelgunde. Aber das ist natürlich zu lang und mal ehrlich, es ist auch kein Namen für ein Pferd, was? Adda bedeutet *die Edle*, wusstet ihr das? Seht ihr, schon was gelernt heute.«

Christina sah zu, wie die Kinder zusammen mit Bernd über den verschneiten Hof zum Stall hinüber gingen. Sie schien zu überlegen, ob sie hinterher gehen sollte, doch Wilma nickte ihr beruhigend zu. »Gehen wir kurz rein, bis er die Kutsche angespannt hat«, sagte sie. »Da ist es wärmer.«

Bernd Köhler öffnete das Scheunentor und rollte mit Alexanders Hilfe die Kutsche auf den Hof, während Katja das Pferd aus dem Stall führen durfte. Der alte Mann holte das Pferdegeschirr und zeigte den Kindern wie sie es bei Adda anzulegen hatten.

»Wer von euch hat das schon mal gemacht?«

Beide Kinder blieben stumm.

»Ach, das ist ganz einfach. Man muss es nur ein paarmal üben. Hier, Junge, nimm du mal den Riemen. Keine Angst, Adda ist eine ganz ruhige, alte Dame.«

Während er das sagte, kamen auch Jan und Christina Komarow herüber. Christina hatte es nicht länger im Haus ausgehalten. Jetzt, wo die Entscheidung gefallen war, wollte sie so schnell wie möglich weg von hier. Außerdem machte es sie nervös, die Kinder nicht unmittelbar bei sich zu haben.

»Sind gleich so weit«, sagte Bernd Köhler zu den beiden Neuankömmlingen. Dann hob er den Kopf, als sein Name von der Hofeinfahrt her gerufen wurde. Eine Frau kam den Weg am Haus vorbei auf sie zu. Noch bevor der Alte sie erkannte, hob Jan überrascht die Augenbrauen. Die Frau, die mehr taumelte als schritt, war Frau Werner, die Vermieterin seiner Ferienwohnung. Sie wirkte sehr aufgeregt.

»Herr Fischer! Ein Glück, da sind sie ja ...« Annemarie Werner wusste, dass Wilma Kuhlmann und Bernd Köhler miteinander befreundet waren. Die Kuhlmanns und die Köhlers hatten ihre Höfe seit Generationen in Wilsede. Auch wenn etwas Glück dazu gehörte, war es nicht völlig unwahrscheinlich gewesen, dass sie Wilma bei ihrem alten Freund finden würde. Und mit ihr auch Jan Fischer. Doch selbst wenn nicht, dann wäre Annemarie Werner trotzdem nicht allein zurück nach Undeloh marschiert, nur um womöglich dem Russen, der ihr zum Abschied so heftig ins Gesicht geschlagen hatte, noch einmal in die Arme zu laufen. Keuchend vom schnellen Gehen erzählte sie Jan, was passiert war. Wilma stand auch plötzlich neben ihr und hörte genau zu. Dann blickte Annemarie Werner die drei Komarows an. Einen nach dem anderen.

»Jedenfalls dürfen Sie auf keinen Fall zurück zum Café«, sagte Frau Werner und sah wieder Jan an. »Der Kerl wartet da auf Sie.«

»Wir rufen die Polizei«, schlug Bernd Köhler vor.

»Geht nicht«, wehrte Wilma ab. Sie wusste, dass ihr alter Freund nicht dumm war. Er würde sowieso bald darauf kommen, dass etwas mit Jan und mehr noch mit der jungen Frau und den beiden Kindern nicht stimmte. Auch Annemarie Werner schien sich ihre eigenen Gedanken zu machen.

»Dann bringe ich alle nach Niederhaverbeck runter«, schlug Bernd Köhler vor. »Das ist weit genug weg. Und von da müssen sie sich ein Taxi nehmen.«

Die Idee schien praktikabel, doch bevor sie ausgeführt werden konnte, dröhnte eine weitere, eine triumphierende Stimme über den Hof. »Dachte ich es mir doch!«, rief Dmitrij und zielte mit seiner SIG auf die gesamte Gruppe. Auch er hatte die Spuren im Schnee gesehen, die vom Wilmas Haus zur Straße führten. Das waren eindeutig die Fußabdrücke von mehreren Personen gewesen. Diese Personen mussten sich noch irgendwo in der Nähe aufhalten. Aber wo?

Dmitrij hätte Annemarie Werner erneut bedrohen und ihr derart viel Angst einjagen können, bis sie ihm verriet, wohin die Leute aus dem Haus gegangen sein könnten. Aber wenn die Frau behauptete, dass sie es nicht wisse, konnte er wiederum nicht wissen, ob sie log oder die Wahrheit sagte. Also setzte er die ältere Frau am Rande des Dorfes aus, tat so, als fahre er allein zurück zum Café, wendete nach einer Weile, hielt mitten auf dem Weg und rannte dann das letzte Stück zum Dorf zu Fuß zurück. Er sah gerade noch, wie Annemarie Werner von der Hauptstraße in eine

Hofeinfahrt abbog. Bereits in diesem Augenblick wusste Dmitrij, dass seine List funktioniert hatte.

Als er auf den Hof trat, sah er einen Mann bei Annemarie Werner stehen. Diesen Mann kannte er von Fotos. Es war der Reporter, der sich an Miriam Nasarenko herangemacht hatte. Doch außer Jan Fischer sah Dmitrij noch weitere Personen, die er kannte. Trotz der Kapuze erkannte er Christina Komarow fast sofort. Die Kinder mussten Katja und Alexander sein.

Im ersten Moment war Dmitrij geschockt. Natürlich hatte er auch schon über die Möglichkeit nachgedacht, dass Oleg die drei gar nicht umgebracht sondern laufengelassen hatte. Oder dass den dreien, auf irgendeine Weise, die Flucht gelungen war. Aber dann hatte er die Idee wieder verworfen. Zu sehr hatte er Oleg vertraut. Sie waren zwar keine Freunde im eigentlichen Sinne gewesen, aber Kollegen, die sich gegenseitig respektierten. Mehr noch als Kollegen. Sie waren ein Team. Deshalb hatte es Dmitrij auch persönlich berührt, als sie Olegs Leiche aus dem Fluss gezogen hatten. Doch nun war plötzlich alles ganz anders.

Er zielte zuerst auf Jan, schwenkte den Lauf dann auf Christina Komarow. Was hatte sie gerade zu ihm gesagt? Hatte sie seinen Namen genannt? Halt die Schnauze, Schlampe. Halt die Fresse. Was hast du mit Oleg angestellt? Warum hatte er seinen Auftrag nicht ausgeführt und euch nicht wie abgesprochen beseitigt?

Weil Dmitrij wusste, dass die Aufgabe für seinen Partner nicht ganz einfach sein konnte, immerhin hatte dieser mit der Frau und den Kindern fast zwei Jahre in einem Haus gelebt, hatte er Oleg angeboten, die Sache für ihn zu erledigen. Aber Oleg hatte abgelehnt. Er hatte gesagt, er habe alles im Griff. Dann hatte er

Dmitrij auf die Schulter geklopft und war nach Hause gefahren. Erst eine Woche später hatte Dmitrij wieder etwas von Oleg gehört. Es hatte in der Zeitung gestanden, war online zu lesen und im Fernsehen gewesen. Die Polizei hatte ihn tot unweit seines Hauses in einem Seitenarm der Elbe gefunden. Mit einem Fünfzig-Liter-Farbeimer an den Füßen.

Offenbar war Oleg doch nicht mit der Situation klargekommen. Doch Dmitrij hatte gedacht, Oleg habe sich umgebracht, nachdem er Christina und die Kinder erledigt hatte. Dass diese noch immer lebten, hielt Dmitrij für absolut unwahrscheinlich. Wenn Oleg ihnen das Leben retten wollte, warum war er dann nicht mit ihnen weggelaufen? Wieso hatte er sich stattdessen selbst umgebracht? Das war völlig unlogisch.

»Was hast du mit Oleg gemacht?«, knurrte Dmitrij, während er wieder auf Christina zielte. Die Hexe starrte ihn mit ihrem einen Auge an. »Ich hätte dich totschlagen sollen. Damals schon.«

Niemand erwiderte etwas. Nicht nur Dmitrij schien von der Situation überfordert. Er stand allein einer Gruppe von sieben Leuten gegenüber. Wie viel Patronen hatte die SIG im Magazin?

Es mussten zehn sein. Zehn Patronen für sieben Personen. Er durfte nicht allzu oft daneben schießen, wenn er alle erwischen wollte. Und Zeugen, das galt noch immer, konnte Dmitrij nicht gebrauchen.

Einen Augenblick überlegte Dmitrij, ob er Katō anrufen sollte, um die Situation mit ihm zu besprechen. Doch dann verwarf er den Gedanken. Dmitrij konnte den verdammten Asiaten nicht leiden. Und wenn er ihn über seine Entdeckung informierte, würde der Kerl den unerwarteten Erfolg bei den entsprechenden

Stellen vermutlich für sich verbuchen. Der Gedanke gefiel dem Russen nicht.

Warum war Katō nicht selbst hergekommen? Er hatte zwar die Information darüber, wo Jan Fischer war, aus Miriam herausgeholt, das musste man ihm lassen, aber um nachzusehen, ob dies auch stimmte, hatte er Dmitrij geschickt. Also war es jetzt auch allein Dmitrijs Aufgabe, die Situation entsprechend zu handhaben.

»Was ist da drin?«, fragte der Russe in die Runde und deutete nach rechts.

»Das ist der Pferdestall«, antwortete Bernd Köhler.

»Alle rein da«, befahl Dmitrij.

Die Idee war simpel. Er würde alle sieben in eine Pferdebox gehen lassen, den Verschlag schließen und dann einen nach dem anderen erschießen. Sollten nicht alle sofort tot sein, und die Wahrscheinlichkeit dafür war groß, dann würde Dmitrij die Sache mit eigenen Händen zu Ende bringen. Wichtig war, dass er als erstes die Stärksten erwischte. Das waren eindeutig Jan Fischer, dann Christina und vielleicht noch das Klappergestell aus dem Café. Die anderen vier sahen harmlos aus. Zwei Kinder und zwei Rentner weit über siebzig.

»Los, rein da!«

Dmitrij musste alle gleichzeitig im Auge behalten. Hier draußen konnten sie noch irgendwas versuchen. Wenn sie sich plötzlich verteilten, hatte er ein Problem. Im Stall hingegen würde er alles unter Kontrolle haben. Er merkte, wie sich sein Puls weiter beschleunigte. Sieben Menschen hatte er noch nie unmittelbar nacheinander umgebracht. Das war eine außergewöhnliche Situation. Besser, er brachte es so schnell wie möglich hinter sich.

Die Alte, deren Haus er vorhin durchsucht hatte, machte den Anfang. Sie stand der Stalltür am nächsten, ging nun darauf zu.

»Lassen Sie uns reden«, schlug Jan in diesem Moment vor.

»Wir reden drinnen«, antwortete Dmitrij.

Christina flüsterte Jan zu, dass Dmitrij sie alle erschießen würde. Doch das Flüstern gefiel Dmitrij offenbar nicht. Er trat einen Schritt vor und zielte direkt auf Christinas Kopf.

»Geh!«, zischte er.

Nacheinander setzte sich die Gruppe in Bewegung. Der Junge begann zu weinen. Katja nahm seine Hand. Bernd Köhler schüttelte den Kopf.

»Was soll denn das?«

»Geh, Alter. Wir reden drinnen.«

Als alle anderen bereits im Stallgebäude waren, drehte Jan sich noch einmal in der Tür um. »Wir können das regeln«, sagte er. »Erzählen Sie mir einfach, worum es wirklich geht. Dann regeln wir das.«

Dmitrij nickte zustimmend. »Geh«, sagte er.

Im Stall roch es nach Heu. Der Gang an der Pferdebox vorbei war recht eng. An der Wand hing weiteres Pferdegeschirr und Zaumzeug. Rechts führte ein Durchgang zum Heulager.

»In die Box. Alle in die Box. Ich will euch alle sehen.«

»Das ist doch blöd.«

»Geh, Alter. Geh einfach.«

Als alle in der Pferdebox waren, schloss Dmitrij die halbhohe Durchgangstür und schob den Riegel vor. Er sah die Gruppe lange an. Der Junge versteckte sich hinter seiner großen Schwester. Christina war direkt vor die beiden Kinder getreten. Die anderen Erwachsenen standen als kleinere Gruppe daneben. Mit so etwas hatte Dmitrij gerechnet. Wenn einer den anderen mit seinem Körper schützte, konnte er unmöglich alle sauber erwischen. Am schwierigsten würde es vermutlich bei den Kindern werden.

Dmitrij spürte, dass die Hand, mit der er die Pistole umklammerte, ganz kalt war. Er bekam tatsächlich so etwas wie Skrupel. Keiner dieser Menschen hatte ihm persönlich etwas getan. Aber das war auch nicht entscheidend. Er machte seine Arbeit. Das war alles. Das wurde schließlich von ihm erwartet. Und ein ganz klein bisschen machte es ja auch Spaß. Die Schlampe etwa, die Oleg auf dem Gewissen hatte, wie auch immer sie das angestellt hatte, die würde Dmitrij mit Vergnügen erschießen. Genug Prügel hatte sie die Jahre über schon bezogen. Jetzt war es Zeit, Schluss damit zu machen.

Dmitrij legte die zweite Hand zur Unterstützung an die Pistole, unterdrückte damit das leichte Zittern in seiner rechten Hand und zielte wie geplant zuerst auf Jans Kopf, als er eine Bewegung hinter sich erahnte. Blitzschnell schleuderte Dmitrij herum. Dann wurde ihm klar, dass eine Person in der Pferdebox gefehlt hatte. Vor Aufregung hatte er es nicht gleich bemerkt. Doch nun stand er dieser fehlenden Person gegenüber. Die alte Großmutter, die als erste in den Stall gegangen war, hielt den Stiel einer Heugabel in beiden Händen. Erst als Dmitrij den Blick senkte, merkte er, dass drei der vier Zinken bis weit über die Hälfte in seinem Unterleib steckten. Automatisch krümmte sich Dmitrijs Finger. Doch die Kugel, die den Lauf der SIG verließ, verschwand irgendwo im Deckenbereich. Die

Waffe entglitt Dmitrijs kraftloser Hand, während Wilma Kuhlmann ihr Gewicht noch mehr auf das vorgestellte linke Bein legte und so die Zinken der Heugabel noch weiter in den Mann hineintrieb.

51

Der Plan wurde noch einmal geändert. Da nun nicht mehr zu befürchten stand, dass Dmitrij im Café auf Jan lauern würde, konnte Bernd Köhler ihn und die Komarows mit der Kutsche nach Undeloh fahren. Dort stand noch immer Jans Auto, was ihr weiteres Vorwärtskommen erheblich erleichtern würde. Jan wusste schon, was er dann als nächstes machen wollte. Zunächst würde er sich eine neue SIM-Karte für sein Handy besorgen. Eine Prepaid-Karte mit neuer Nummer, die sich nicht gleich zu ihm zurückverfolgen ließ. Zwar wusste er nicht, ob ihre Verfolger überhaupt zu einer Standortbestimmung mit Hilfe der Telefonnummer in der Lage waren, doch zuzutrauen war es ihnen. Wenn sie so mächtig waren, wie es schien, dann hatten sie vielleicht auch Kontakte zu einigen Telefongesellschaften. Jan hatte seine Nummer nie geheim gehalten. Im Gegenteil. Seine Visitenkarte mit der alten Nummer war überall im Umlauf.

Außerdem fiel der Entschluss, dass auch Annemarie Werner sie nach Undeloh begleiten würde. Ursprünglich hatte sie angeboten, bei Wilma Kuhlmann zu bleiben, bis Bernd zurück war, doch die hatte das Angebot abgelehnt. Annemarie müsse doch zurück in ihr Café. Immerhin habe sie es Hals über Kopf verlassen. Und das stimmte natürlich. Annemarie konnte sich nicht einmal erinnern, ob sie die Tür abgeschlossen hatte. Sie hatte beim Weggehen viel zu viel Angst vor dem

Russen gehabt, um auf so etwas zu achten. Also wurde beschlossen, dass auch sie mit in die Kutsche steigen würde.

Die ganzen Gespräche bis zur Entscheidungsfindung, was nun zu tun sei, fanden in Anwesenheit von Dmitrij statt. Der umklammerte die ganze Zeit mit beiden Händen die äußeren Zinken der Forke. Längst war er am Verschlag zur Pferdebox auf den Boden gesunken. Das Ende des Holzstils der Forke berührte den Boden und zog Dmitrijs Oberkörper leicht nach vorn.

»Wir müssen einen Arzt rufen«, meinte Bernd Köhler.

Wilma Kuhlmann nickte. »Das mache ich, sobald ihr weit genug weg seid. Ich will nicht, dass Christina und die Kinder in die Sache verwickelt werden. Wenn ihr weg seid, rufe ich die Polizei und melde, dass ich einen Einbrecher mit der Mistgabel verletzt habe. Solange muss er eben noch aushalten.«

»Er blutet ja kaum«, meinte Annemarie Werner.

»Vielleicht sind es innere Blutungen«, gab Bernd zu bedenken.

Jan dachte, dass dies vermutlich stimmte. »Hauptsache, die Zinken bleiben stecken, bis Hilfe da ist.«

»Ich rühre ihn nicht weiter an«, meinte Wilma dazu. Ihre Stimme zitterte bei diesen Worten ebenso wenig wie die Pistole, die Jan vom Boden aufgehoben und ihr in die Hand gegeben hatte.

»Also gut«, sagte Jan, »dann lasst uns so schnell wie möglich losfahren. Wie lange brauchen wir nach unten?«

Bernd Köhler überlegte kurz. Er dachte über den Schnee nach. Adda war nicht mehr die Jüngste. Doch wenn der Weg einigermaßen befahrbar war, dann würde die Fahrt nach Undeloh nicht länger als eine halbe Stunde dauern. Höchstens vierzig Minuten.

»Dann werde ich in spätestens einer Dreiviertelstunde die Polizei anrufen.«

Alle waren einverstanden. Nur fünf Minuten später sah Wilma die vollbesetzte Kutsche vom Hof rollen. Jan hatte neben Bernd Köhler auf dem Kutschbock Platz genommen. Er nickte Wilma respektvoll zu, und diese winkte allen zum Abschied. Dann ging sie wieder in den Stall, holte sich einen Heuballen aus dem Lagerraum, legte ihn in ausreichend Abstand von Dmitrij auf den Boden und setzte sich darauf.

Die Augen des Schwerverletzten wanderten unaufhörlich hin und her. Sein Mund fühlte sich trocken an. Wie hatte ihm das nur passieren können? Ausgetrickst von einer alten Mumie. Aufgespießt wie ein Spanferkel.

Er spürte seine Hände kaum noch. Eigentlich spürte er so gut wie überhaupt nichts mehr. Auch keine Schmerzen. Wenn er in den Spiegel hätte sehen könne, wäre ihm aufgefallen, wie seine Gesichtsfarbe immer fahler wurde. Aber das konnte natürlich auch an der einsetzenden Dämmerung liegen.

Irgendwann stand Wilma vom Heuballen auf und schaltete die funzelige Stallbeleuchtung ein. Das Ticken einer billigen Wanduhr war das einzige, was die Stille im Stall erfüllte. Mit trockenem Mund stellte Dmitrij schließlich fest, dass sie gar nicht vorhabe, die Polizei zu rufen. Dabei schielte er zu der Uhr hinüber. Es war bereits Viertel nach vier. »Sie wollen mir nicht helfen. Sie wollen, dass ich sterbe.«

Wilma antwortete nicht.

»Warum?«, fragte Dmitrij. »Warum hilfst du nicht?«

Zunächst schien es, als sei Wilma Kuhlmann statt zu antworten zu sehr damit beschäftigt, ihre Hände zu reiben. Doch dann sagte sie: »Du hättest Christina und die Kinder erschossen, stimmt's? Einfach so. Und die anderen auch. Mich auch. Stimmt's?«

»Aber ich verblute!«

Wilma nickte. »Das stimmt.«

»Haben Sie kein Herz?«

Wieder schwieg Wilma eine Weile, dann sagte sie: »Weißt du, mein Junge, ich bin in einer Zeit aufgewachsen, in der man sich nicht so viele Gefühle leisten konnte. Damals musste man auch als Mädchen hart sein. Besonders sogar als Mädchen.«

»Das verstehe ich nicht«, hauchte Dmitrij.

»Das kannst du auch nicht. Das ist lange her. Sehr lange. Wie aus einem anderen Leben. Ich habe lange nicht mehr daran gedacht. Wir leben jetzt schon so lange in Frieden hier, weißt du. Aber diese andere Welt gibt es trotzdem noch. Das Böse, es lauert da draußen. Und wenn wir nicht aufpassen, kommt es irgendwann wieder. Wenn wir weiterhin in Frieden leben wollen, dann müssen wir gewappnet sein und wehrhaft. Ich bin bereit. Ich war es schon immer.«

Die letzten Worte hörte Dmitrij schon nicht mehr. Sein Verstand dämmerte dahin und seine Augäpfel drehten sich nach oben, ohne dass er die Lider schloss. Wilma wartete weitere zehn Minuten, bis das Leben ganz aus dem Mann gewichen war. Sie hatte schon früher Tote gesehen. Deshalb brauchte sie nicht nach Dmitrijs Puls zu fühlen, um zu wissen, dass er tot war. Langsam erhob sie sich vom Heuballen und stieg ein letztes Mal über die ausgestreckten Beine des Russen hinweg. Ohne Eile ging die alte Frau zum Haus. Nun war es an der Zeit, die Polizei zu rufen. Und während sie auf deren Ankunft wartete, wollte sie wie versprochen die Kartoffeln schälen. Bernd würde Hunger haben, wenn er bei Dunkelheit und Kälte den Rückweg durch die Heide geschafft hatte.

52

Das Umsteigen in Jans Wagen ging sehr zügig vonstatten. Jan wollte sich bei Bernd Köhler für die Hilfe bedanken, doch der alte Mann winkte ab. Alles, was er getan hatte, hielt er für selbstverständlich. Ohne vom Bock zu steigen, wendete er die Kutsche und schlug mit Adda denselben Weg ein, den sie gekommen waren. Das Pferd sollte in Bewegung bleiben, um nicht auszukühlen.

Annemarie Werner bot allen eine Stärkung in ihrem Café an, aber Jan wollte ebenfalls so schnell wie möglich weiter. Er holte seine Sachen aus der Ferienwohnung und warf sie in den Kofferraum. Die Kinder waren bereits auf die Rücksitzbank gekrochen. Christina verabschiedete sich von Annemarie Werner, auch wenn sie die Frau nicht näher kannte.

»Ich komme wieder, wenn die Sache ausgestanden ist«, versprach Jan. »Dann trinken wir in Ruhe einen Kaffee zusammen.«

»Ich nehme Sie beim Wort«, erwiderte die Cafébetreiberin. Sie sah müde und durchgefroren aus.

»Das können Sie.« Jan befreite den Wagen vom gröbsten Schnee. Den Rest erledigten nun die Scheibenwischer.

Die Heizung brauchte eine Weile, um das tiefgefrorenen Auto aufzuwärmen. Mit einem Blick über die Schulter sah Jan, dass Alexander den Kopf auf Katjas Schoß gelegt hatte. Diese kauerte ganz in der Ecke hinter dem Fahrersitz, so dass Jan nicht feststellen konnte, wie es ihr ging. Immerhin hatten beide Kinder vor kaum mehr als einer Stunde mit ansehen müssen, wie ein Mann mit einer Forke aufgespießt wurde. Zwar hatte dieser Mann sie mit einer Pistole bedroht und den Eindruck erweckt, als wollte er sie auch benutzen, trotzdem musste dieser Ausbruch der Gewalt ein Schock für die Kinder sein. Selbst Jan hatte mit den Bildern zu kämpfen, die ihm immer wieder im Kopf herum gingen.

Dann wendete er den Blick zu Christina Komarow, die neben ihm saß. Diese schaute schweigend auf die Straße. »Wie fühlen Sie sich?«, fragte Jan und erhielt ein Schulterzucken als Antwort.

»Wohin fahren wir?«

»An einen sicheren Ort«, entgegnete Jan, musste in Gedanken jedoch ein *Hoffentlich* hinzufügen. Dann stellte er eine Frage, die ihn schon länger beschäftigte. »Als ich in das Bauernhaus von Frau Kuhlmann kam … Bevor ich irgendetwas tun konnte, hatte man mich schon niedergeschlagen. Waren Sie das?«

Christina schüttelte den Kopf.

»Dachte ich mir«, meinte Jan. »Und wieso war die Tür nicht abgeschlossen? Das war doch eine Falle, stimmt's? Ihr habt mich erwartet!«

Die Frau neben ihm erwiderte nichts.

»Wer hat euch gesagt, dass ich kommen würde? Annemarie Werner?«

»Nein.«

»Wer dann?«

Christina zögerte mit der Antwort, dann sagte sie, dass es Miriam gewesen sei. Überrascht sah Jan die Frau neben sich an, beinah etwas zu lang, dann blickte er wieder auf die Straße. »Sie haben Kontakt zu Miriam Nasarenko?«

»Ja.«

»Sie weiß, dass Sie noch leben?«

»Ja.«

Jan schüttelte den Kopf. Damit hatte er nicht gerechnet.

»Sie sagte, dass Sie nach mir suchen würden. Sie würden sich als Zeitungsmann ausgeben. Aber ob das stimmt, wusste sie nicht. Und wir sollten vorsichtig sein. Das waren wir dann auch.«

»Kann man wohl sagen«, bestätigte Jan und dachte wieder an Wilma Kuhlmann. Am Morgen, als er auf die Toilette ging, hatte sie ihn ebenfalls mit einer Mistgabel bedroht. Er war erschöpft von der Nacht, die er zuvor gefesselt auf dem Stuhl in der Vorratskammer verbringen musste, und hatte die alte Frau daher nicht besonders ernst genommen. Doch Stunden später, als der Russe Dmitrij von Wilma Kuhlmann eine sehr ähnliche Heugabel in den Leib gerammt bekommen hatte, musste Jan diese Einschätzung revidieren. Nun sah es für ihn so aus, als sei er mit einem Schlag auf den Hinterkopf noch sehr gut davongekommen.

»Sie dürfen Miriam nicht mehr anrufen«, sagte Jan nach einer Weile.

Nun drehte Christina den Blick zu ihm. Offenbar war sie mit seinen Worten nicht einverstanden.

»Weil ich nicht weiß, wie dieser Dmitrij auf unsere Spur gekommen ist«, fügte Jan hinzu. »Vielleicht haben sie mein Handy geortet. Vielleicht. Aber selbst wenn sie das konnten, dann muss ihnen trotzdem jemand von mir erzählt haben. Und das kann nur Miriam Nasarenko gewesen sein.«

»Miriam verrät niemanden.« Das war eine Tatsache für Christina. Ihr Gesichtsausdruck sagte Jan, dass sie von dieser Ansicht auch durch ihn nicht abzubringen sein würde.

»Wenn Sie Miriam noch einmal anrufen, gefährden Sie das Leben von uns allen. Von mir, von Ihnen selbst und von den Kindern. Glauben Sie mir!«

Mehr gab es zu der Sache nicht zu sagen. Christina lehnte den Ellenbogen gegen die Tür und legte das Gesicht in eine Hand. Sie war nun schon so lange auf der Flucht. Und Miriam war eine noch viel längere Zeit die einzige Konstante in ihrem Leben gewesen. Christina konnte den Glauben an ihre Freundin nicht einfach aufgeben.

Jan fand auch ohne Navigationsgerät den Weg nach Lüneburg zurück. Er suchte sich einen Weg durch die verschneite Stadt. Im Licht der Laternen sah alles sehr nett und beschaulich aus. Im Gegensatz zu vielen anderen Städten war es Lüneburg gelungen, einen Teil seines mittelalterlichen Charmes zu erhalten. Jan fuhr an einem Teil der alten Stadtmauer entlang und suchte sich auf Höhe des Untersuchungsgefängnisses einen Parkplatz. Jan schärfte Christina ein, mit den Kindern im Auto zu warten. Dann sprang er aus dem Wagen.

Die Wohnung von Kathrin Schneider befand sich in einem Altbau ganz in der Nähe des Marktplatzes. Jan war zwar noch nie in der Wohnung gewesen, aber Kathrin hatte ihm stolz alles ganz genau über ihr neues Zuhause erzählt. Platz genug für vier Übernachtungsgäste sollte sie haben. Jan klingelte bei der richtigen Adresse, doch auch nach einem zweiten Klingeln wurde ihm nicht geöffnet.

Jan hoffte, dass Christina genug Geduld hatte, um im Auto zu warten. Dann drehte er auf dem Hacken um und lief direkt zum Marktplatz. Wo Kathrins Kanzlei lag, wusste er.

Irritiert blieb Jan auf halbem Weg stehen und blickte durch ein erleuchtetes Schaufenster. Es gehörte zu der Buchhandlung, in der er vor genau vier Abenden einen Vortrag über sein eigenes Buch und dessen Entstehungsgeschichte gehalten hatte. Es war unfassbar, dass dies erst vier Tage her sein sollte, so viel war in dieser Zeit passiert. *Von Tätern und Opfern* lag neben einigen anderen Titeln an prominenter Stelle im Schaufenster. Weiter hinten im Laden konnte Jan Beate Glück sehen. Es war kurz vor Feierabend, doch die Buchhändlerin schien es nicht eilig zu haben, nach Hause zu kommen. Dafür liebte sie ihren Beruf viel zu sehr. Einen Moment war Jan neidisch auf das ruhige Leben, dass Beate Glück zu führen schien. Das Gleichmaß ihres Tagesablaufs und der gemütliche Buchladen als Konstante in einer Welt, die aus den Fugen geraten war, erschienen Jan als reines Idyll. Dass Beate Glück in Zeiten des Internethandels vermutlich ebenso wie viele andere Einzelhändler um den Erhalt des Ladens kämpfen musste, blendete Jan in diesem Moment aus. Am liebsten wäre er einfach zu Beate Glück in den Laden gegangen und hätte sich von ihr eine Tasse Tee zubereiten lassen. Nach einem anregenden Gespräch wäre er anschließend die Regale durchgegangen und hätte sich eine Lektüre für den Abend ausgesucht. Dann sah Jan, wie sich sein eigenes Abbild in der Scheibe spiegelte. Er war unrasiert, sein Haar derangiert. In seiner jetzigen Verfassung passte er nicht in den Laden. Die Tasse Tee mit Beate Glück musste er verschieben. Und wieso überhaupt Tee? Jan hasste Tee. Schlimm genug, dass er ihn ab und zu von Charlotte vorgesetzt bekam.

Ohne sich noch mal umzusehen, schritt Jan weiter, wechselte die Straßenseite und lief quer über den vom Schnee geräumten Marktplatz. Bei der Kanzlei, die sich Kathrin mit zwei Partnern teilte, musste Jan einige Stufen hinaufsteigen. Die schwere Außentür war nicht verschlossen. Er kam in einen kleinen Vorflur. Eine Treppe führte nach oben zu den Räumlichkeiten eines Steuerberaters und eines Dermatologen. Jan klingelte im Erdgeschoss bei der Sozietät von Bremer, Junge und Schneider. Mit einem Schnarren wurde die elektrische Türverriegelung geöffnet. Der Empfangstresen war nicht mehr besetzt. Stattdessen kam Kathrin mit einem erfreuten, aber auch überraschten Gesichtsausdruck auf ihn zu. Schnell merkte sie, dass etwas nicht stimmte. Die sich langsam bildende Falte auf ihrer Stirn wurde tiefer, je mehr Jan ihr zu erzählen hatte. Sein Blick ging dabei immer wieder abschätzend zu den anderen Bürotüren.

»Außer mir ist niemand mehr da«, versicherte Kathrin zum zweiten Mal. Doch Jan konnte seine Nervosität nicht ablegen. Er nannte keine Namen, sagte nur, dass er nicht allein sei und dringend Unterschlupf für sich sowie für eine Frau und zwei Kinder brauchte. Erst einmal nur für eine Nacht. Sie könnten in kein Hotel und auch sonst nirgendwo hin. Er wisse, dass dies einem Überfall gleichkäme, Kathrin habe jedes Recht, seine Bitte abzuschlagen, aber im Augenblick falle ihm einfach niemand anderer ein, der ihm helfen könne.

Die Wohnung war ebenso schön wie groß. Der Flur und alle Wohnräume waren mit hellem Parkett ausgelegt, nur Küche, Badezimmer und Gäste-WC hatten Fliesen. Die Raumhöhe betrug mindestens drei Meter fünfzig, und genau wie Kathrin es Jan bereits erzählt hatte, schmückte restaurierter Stuck sämtliche Decken. Mitten im Stadtzentrum von Lüneburg gelegen, musste die Miete ein Vermögen kosten. Doch Kathrin lebte seit der Trennung von ihrem Mann allein. Sie hatte sich nur um ihr eigenes Wohl zu kümmern. Und zu diesem Wohlbefinden gehörten derzeit einfach ausgedehnte Städtereisen und eine schöne Wohnung.

Jan hatte Kathrin zuerst zum Auto geführt, damit sich alle schon einmal kurz kennenlernen konnten. Dann waren sie gemeinsam zu Kathrins Wohnung gegangen. Christina und die Kinder zogen ihre Schuhe im Flur aus und legten auch die dicken Jacken ab. Kathrin übernahm die Führung, zeigte alle Räume und schlug eine Bettenbelegung vor. Katja und Alexander konnten sich das Gästezimmer teilen. Jan sollte auf das Sofa im Wohnzimmer. Und Christina könnte, falls sie wollte, mit bei Kathrin schlafen. Da diese ein französisches Bett mit einer Breite von einem Meter vierzig hatte, war dies zumindest vorübergehend eine Möglichkeit. »Sie können natürlich auch mit zu den Kindern ins Gästezimmer. Aber dann wird es da vielleicht etwas eng.«

Christina erklärte sich mit der Aufteilung einverstanden. Alle waren so erschöpft von den hinter ihnen liegenden Ereignissen, dass niemand irgendwelche Extrawünsche äußerte.

»Gut, ich schlage vor, alle machen sich etwas frisch. Ich besorge währenddessen genügend Handtücher und kümmere mich um das Beziehen der Betten. Vielleicht kannst du mir ja etwas helfen, Jan.«

»Ich kann die Betten machen!«, sagte Christina.

Kathrin schüttelte den Kopf. »Sie setzen sich bitte einfach irgendwo hin und holen etwas Luft. Ehrlich gesagt sehen Sie nicht besonders gut aus. Soll ich Ihnen vielleicht einen Kaffee machen?«

»Ich kann Kaffee machen.«

Kathrin sah kurz zu Jan und nickte dann Christina zu. »Okay, dann machen Sie Kaffee.«

Gemeinsam gingen die Frauen in die Küche. Während die Kinder ins Badezimmer verschwanden, kehrte Kathrin schließlich zu Jan zurück. Der Schrank mit der Bettwäsche und den Handtüchern stand im Gästezimmer. Kathrin brachte die Handtücher ins Bad, dann half sie Jan dabei, zwei Stapelbetten nebeneinander zu stellen und die Matratzen und das Bettzeug zu beziehen.

»Is was?«, fragte Jan, als er Kathrins schrägen Blick von der Seite bemerkte.

»Du riechst irgendwie nach Ziege.«

Jan hob seinen Arm und roch an seiner Kleidung. »Schaf«, verbesserte er. Dann krauste er die Nase. »Na ja, und irgendwie nicht nur das, stimmt's?«

Kathrin grinste.

»Deshalb der Vorschlag mit der Dusche für alle?«

»Jip«, bestätigte die Anwältin.

Jan richtete sich auf und streckte die Hand nach ihr aus. Seine Fingerspitzen berührten Kathrins Schulter. Diese hielt ebenfalls mit dem Beziehen der Betten inne und sah Jan fragend an.

»Nichts«, sagte er. »Ich wollte nur, dass du weißt, wie toll du dich verhältst. Das würde nicht jeder machen.«

»Ach, hör auf ...«

»Doch. Wir sehen uns höchstens alle paar Jahre mal. Und diese Leute, die ich hier anschleppe, die kennst du überhaupt nicht. Und trotzdem hilfst du uns.«

»Ich sagte, du sollst aufhören«, meinte Kathrin. »Und das meine ich auch so!«

Es fiel Jan schwer, der Aufforderung zu folgen.

»Sag mir lieber, was hinter der ganzen Sache steckt«, meinte Kathrin dann.

»Später«, wehrte Jan ab.

»Das sind doch die drei, die aus Hamburg verschwunden sind, oder? Die, nach denen die Polizei sucht.«

»Später, Kathrin. Ich erzähle es dir später.«

»Alle Welt glaubt, dass sie tot sind.«

Jan nickte. »Das sind die drei. Aber ich habe jetzt einfach nicht die Kraft, dir alles zu erzählen.«

Kathrins Gesicht zeigte, dass sie mehr Informationen wollte, aber zunächst akzeptierte sie Jans Bitte.

Christina ging als zweite ins Bad, während Kathrin für die Kinder den Fernseher einschaltete. Zwei Zeichentrickfiguren lieferten sich einen erbitterten Kampf um einen Apfelkuchen. Katja und Alexander folgten dem Geschehen ohne sichtliche Rührung. Keiner von beiden lachte, als dem Zeichentrickkater eine Holzkeule auf den Kopf krachte und diesem eine riesige Beule zu wachsen begann. Beide Kinder trugen Sportsachen von ihrer Gastgeberin.

Auch für Christina hatte Kathrin frische Sachen zurechtgelegt. Da beide eine ähnliche Kleidergröße hatten, war dies nicht besonders schwer. Als letzter durfte Jan unter die Dusche. Eine trübe Brühe lief an ihm hinunter und verschwand im Abfluss. Für eine Rasur fehlte ihm das passende Werkzeug. Trotzdem fühlte er sich nach dem Abseifen und Haarewaschen viel besser.

Kathrin bestellte Pizza für alle und dazu Cola für die Kinder. Wein hatte sie noch genug im Haus. Christina nahm das Glas entgegen, das Kathrin ihr entgegen hielt. Die Sofagarnitur war groß genug für alle. Selbst als die Pizza kam, blieben sie vor dem Fernseher sitzen. Für die Kinder schien das Essen vom Lieferservice ein Fest zu sein. Zum ersten Mal sahen sie zufrieden aus. Beinah schien es so, als hätten die beiden wieder Freude am Leben.

Jan sah Kathrin an und gab ihr seine Gedanken mit einer Kopfbewegung in Richtung der Kinder zu verstehen. Diese nickte und bemerkte dann, dass der wortlose Informationsaustausch Christina Komarow nicht entgangen war. Diese bemerkte Kathrins Blick und schaute wieder zum Fernseher. Schweigend aß sie dabei ihre Pizza. Schweigend trank sie vom Wein. Auf diese Weise wurde der Abend immerhin so gemütlich wie es irgendwie ging.

Jan breitete für sich ein Laken auf dem Sofa aus, als die anderen in die Schlafzimmer wechselten. Auch wenn er sich den Tag über ziemlich gut gehalten hatte, schmerzte ihm noch immer der Kopf. Wilma Kuhlmann wusste, wie man zuschlug. Mit der Schwellung an seinem Hinterkopf hatte Jan sogar noch Glück gehabt. Was passierte, wenn Wilma Kuhlmann Ernst machte, hatte man an Dmitrij gesehen.

Das Einschlafen fiel Jan trotz der unbekannten Umgebung nicht schwer. Es war das erste Mal seit er aus Lüneburg weggefahren war, dass er sich richtig entspannen konnte. Dass die Wolldecke, die Kathrin ihm gegeben hatte, etwas zu kurz war und seine Füße deshalb unten heraus guckten, konnte daran nichts ändern. Irgendwann in der Nacht merkte er dann allerdings, dass er nicht mehr allein war. Jan öffnete die Augen. Das Wohnzimmer war nicht mit Gardinen abgedunkelt, daher konnte er im einfallenden Licht der Straßenbeleuchtung sehen, dass Kathrin sich vor dem Sofa auf den Boden gesetzt hatte. Ihr Kopf lehnte nur ein kleines Stück von Jan entfernt am Polster.

»Kannst du nicht schlafen?«

»Christina schnarcht.«

»Was?«

»Ja. Nur ganz leise. Kein Vergleich zu Dietmar früher. Aber das bin ich nicht mehr gewohnt.«

Jan musste schmunzeln. Dann streckte er die Hand aus und streichelte Kathrins Hinterkopf. Die drehte sich zu ihm herum. Trotz des fahlen Lichts glaubte er sie lächeln zu sehen. Dann wieder war er sich nicht mehr so sicher.

»Was ist mit den Kindern?«, fragte sie plötzlich.

»Was meinst du?«

»Hast du dir die Kleine mal angesehen.« Kathrin schüttelte den Kopf. »Nein. Wie solltest du ...«

Jan konnte hören, wie Kathrin leise schluckte.

»Sie ist verstümmelt.«

Jan verstand nicht, was Kathrin meinte.

»Ihre Brüste«, sagte diese. »Sie ist zwar noch nicht sehr weit entwickelt. Aber ihre Brüste wurden schwer misshandelt. Die eine Brustwarze ist annähernd amputiert. Richtig schlimm. Ich habe es gesehen, als ich die Handtücher ins Bad gebracht habe. Der Junge stand in der Dusche. Das Mädchen daneben.«

Da Jan nicht wusste, was er antworten sollte, sprach Kathrin weiter. Sie meinte, dass beide Kinder traumatisiert seien. »Guck dir nur mal an, wie sie sich verhalten. Wie sie sich aneinander klammern. Und die Frau ist auch traumatisiert. Alle drei. Die brauchen psychologische Betreuung. Und das Mädchen einen richtigen Arzt. Vielleicht lässt sich da noch was machen. Ich weiß es nicht. Ich hatte nicht genug Zeit, mir das genau anzusehen. Außerdem glaube ich auch nicht, dass sie das zugelassen hätte. Also bin ich einfach wieder raus aus dem Badezimmer und habe mit dir die Betten bezogen, als hätte ich nichts gesehen. Verrückte Sachen macht man manchmal.«

»Ich hatte keine Ahnung«, sagte Jan nach einem Augenblick des Schweigens. »Ich weiß so gut wie nichts über die Familie. Das alles kann uns wohl nur Christina Komarow erklären.«

»Dann musst du sie fragen.«

»Das werde ich.«

»Wann?«

»Wenn es geht, dann morgen.«

Dieses Versprechen reichte Kathrin. Sie nickte stumm.

»Willst du mit aufs Sofa?«, fragte er.

Kathrin nickte noch einmal. Während Jan weiter an die Rückenpolster heran rücken, legte Kathrin sich neben ihn. Das Sofa war recht breit, trotzdem mussten sie sich aneinander drängen, damit Kathrin nicht gleich wieder hinunter fiel. Vorsichtig schob Jan einen Arm unter ihren Kopf, den anderen legte er um ihren Oberkörper. Wortlos zog er sie fester an sich. Er roch ihre Haare und spürte ihren Körper an seinem. Nach einer Weile küsste er ihren Hinterkopf, dann schloss er die Augen, um noch etwas zu schlafen.

53

Der schwarze SUV erschien gegen Viertel vor acht an
der Grundschule. Am Vortag hatte Charlotte vergeblich auf den Wagen gewartet. Veronica von Ehrenburg
hatte die Kinder offenbar vom Unterricht entschul-
digt, nachdem bekannt geworden war, dass deren
Großvater in der Nacht zuvor durch ein Feuer schwer
verletzt wurde. Heiner Kohlmann schwebte weiterhin
in Lebensgefahr, so schrieb es die Boulevardpresse.
Mit eingeschalteter Warnblinkanlage hielt das große
Auto am Straßenrand. Die ganz in schwarz gekleidete
Veronica ging um den Wagen herum und öffnete die
hintere Tür. Charlotte konnte nicht alles genau sehen,
dafür war der Aufbau des Autos zu hoch, doch sie vermutete, dass die Mutter ihrem jüngsten Sohn beim
Aufsetzen des Schulranzens half, ihm ein paar nette
Abschiedsworte sagte und vielleicht sogar einen Kuss
gab, wenn dieser das, sogar auf die Gefahr hin, von
Klassenkameraden gesehen zu werden, mit seinen
neun Jahren noch akzeptierte. Als der Junge auf das
Schulgelände ging, trat Charlotte zu Veronica von Ehrenburg ans Auto. Sie nannte ihren Namen und bat
um ein kurzes Gespräch. Distanziert blickte die andere
Frau sie an. Beide waren fast gleich groß, doch während die Kleidung von Veronica von Ehrenburg kühle
Eleganz ausdrückte, trug Charlotte eine lila Daunenja-
cke auf einer weißen Jeans, dazu Cowboystiefel und
pyramidenförmige Ohrringe. Offensichtlich überlegte

die Angesprochene zunächst, ob sie der schrillen Person vor sich schon einmal begegnet war und dann, als sie sicher war, dass dies nicht der Fall war, in welche Schublade sie Charlotte stecken sollte. Ihr Urteil fiel nicht besonders positiv aus. Mit der knappen Feststellung, dass sie keine Zeit habe, wollte sie Charlotte stehenlassen. Also kam diese direkt zur Sache.

»Ich habe Sie in der Brandnacht gesehen.«

Veronica von Ehrenburg hielt in der Bewegung inne. »Sind Sie von der Presse?«

»Ich bin Fotografin.«

»Dann sind die Bilder von Ihnen, die meinen Vater auf Trage zeigen?«

»Ja.«

»Schämen Sie sich nicht?«

»Sollte ich?«

»Das ist ... Also, ich muss schon sagen ...« Veronica von Ehrenburg stockte.

»Ich habe alles gesehen. Auch, dass Sie unmittelbar vor dem Feuer weggefahren sind. Zusammen mit den Kindern.«

»Na und?«

Charlotte zuckte mit den Schultern. »Ich will sie nicht erpressen, Frau von Ehrenburg. Was Sie getan haben oder nicht, ist nicht meine Sache. Ich möchte Sie einfach nur um ein paar Minuten Ihrer Zeit bitten.«

»Das geht nicht.«

»Doch, das geht. Lassen Sie uns in Ihren Wagen steigen. Dort zeige ich Ihnen ein paar Fotos, und Sie sagen mir, ob Sie die Leute kennen. Mehr will ich nicht.«

Veronica von Ehrenburg schüttelte den Kopf, trotzdem stimmte sie schließlich widerwillig zu, ging um ihr Auto herum und stieg ein. Für einen Augenblick dachte Charlotte, dass sie auf einen Trick hereingefallen war. Denn als sie die Beifahrertür öffnen wollte, war diese verriegelt. Doch dann klickte es vernehmlich, und sie konnte ebenfalls in den aufgeheizten Wagen steigen. Der Innenraum roch nach Leder.

»Also?«, meinte Veronica von Ehrenburg ungeduldig, während die Warnblinkanlage weiterhin nervös tickerte. »Sie wollen mich also nicht erpressen? Abgesehen davon, dass ich auch gar nicht wüsste womit. Egal, zeigen Sie mir Ihre Fotos. Aber bitte schnell. Ich habe noch andere Dinge zu erledigen.«

Charlotte holte wortlos ihr Smartphone aus der Jackentasche und öffnete die Bildergalerie. »Als erstes möchte ich wissen, ob Sie diesen Mann hier kennen.«

»Lassen Sie sehen«, meinte Veronica von Ehrenburg und nahm Charlotte das Gerät aus der Hand. Sie brauchte nicht lange zum Betrachten des Fotos. Charlotte hatte das Bild aus der Onlineausgabe einer Zeitung. Das Gesicht des Mannes war gut zu erkennen.

»Was ist mit dem?«, wollte Veronica von Ehrenburg wissen.

»Also kennen Sie ihn?«

»Und wenn?«

Charlotte nannte den bürgerlichen Namen des Mannes. »Er wurde aber auch der Engländer genannt«, fügte sie hinzu. »Dieser Mann hat vor einem halben Jahr versucht, mich umzubringen. Die ganze Zeit dachte ich, es sei nur ein normaler Überfall gewesen. Ich dachte, er wollte mich vergewaltigen, oder sonst was. Aber mittlerweile weiß ich, dass es anders war. Er hatte es gezielt auf mich abgesehen.«

Überrascht krauste Veronica von Ehrenburg die Stirn. »Der da?«

»Ja.«

»Und warum?«

»Erkennen Sie ihn?«

Veronica von Ehrenburg antwortete nicht.

»Sagen Sie es mir«, verlangte Charlotte und fügte ein »Bitte« hinzu.

Schließlich nickte Veronica von Ehrenburg. »Ich habe ihn ein paarmal gesehen. Ab und zu.«

»Wo?«

»In der Villa.«

»Also im Haus Ihres Vaters?«

»Ja.«

»Was hat er da gemacht.«

Veronica von Ehrenburg zuckte mit den Schultern. »Soweit ich weiß, hat er meinen Vater manchmal gefahren. Meistens fährt er ja selbst. Aber ab und zu nimmt er sich auch einen Chauffeur.«

»Für seinen Wagen?«

»Weiß ich nicht.« Die Gefragte schüttelte den Kopf. »Nein, nicht für seinen. Der Mann kam mit einem eigenen Auto.«

»Er war Chauffeur? Und sonst nichts?«

Erneut zuckte Veronica von Ehrenburg mit den Schultern. »Und was sagt Ihnen das jetzt?«

»Weiß ich noch nicht«, entgegnete Charlotte. »Gucken Sie sich mal das nächste Bild an.«

Veronica von Ehrenburg blickte wieder auf das Display und schob das erste Bild zur Seite. Die Vergrößerung eines Fotos erschien, dass Liam aufgenommen hatte. Es zeigte die zweite Blondine, die Kohlmann in seiner Villa besucht hatte.

»Eine Frau«, meinte Veronica von Ehrenburg zu dem Bild. »Aber wer das genau ist ... Könnte sogar ich sein.«

»Das sind nicht Sie«, sagte Charlotte.

Unaufgefordert wechselte Veronica von Ehrenburg zur nächsten Aufnahme. Es war das unscharfe Bild eines vollbärtigen Mannes. Zum vierten Bild sagte sie: »Vielleicht ein Asiate.«

Charlotte beobachtete die Frau auf dem Fahrersitz ganz genau, während diese die Fotos betrachtete. Sie wusste, wie unscharf die Bilder waren, und dass man auf ihnen so gut wie nichts erkennen konnte. Es sei denn, man kannte eine der Personen. Dann war es vielleicht doch möglich. Vielleicht aufgrund einer bestimmten Art, die Haare zu tragen, oder einer typischen Körperhaltung. Den Asiaten und den Bartträger schien Veronica von Ehrenburg wirklich nicht zu kennen. Mit raschen Bewegungen ging sie die Bilder noch einmal bis zum Anfang durch, wollte das Handy dann zurückgeben. Doch Charlotte nahm es nicht entgegen. Sie sah Veronica von Ehrenburg direkt in die Augen. Das Bild der Blondine hatte Kohlmanns Tochter beim Zurückblättern einen Moment länger als die anderen angeguckt. Nicht sehr lange, aber lange genug, damit Charlotte es bemerkte.

»Ich weiß nicht, wieso es in der Villa Ihres Vaters zu brennen begonnen hat«, sagte Charlotte. »Ich weiß nicht, was Sie damit zu tun hatten. Und das interessiert mich auch nicht. Das ist allein Ihre Sache. Aber ich weiß, dass Sie die Frau auf dem Foto kennen. Streiten Sie es nicht ab. Sagen Sie mir einfach, wer sie ist.«

54

Sie nutzte ihren freien Vormittag, um sich selbst davon zu überzeugt, wie schlecht es dem alten Mann ging. Sie brauchte den Raum nicht zu betreten, in dem er lag, um das Piepen der Geräte zu hören, die ihn am Leben erhielten. Durch eine Glasscheibe sah sie das Häufchen Elend an, das aus Kohlmann geworden war. Er trug eine Gesichtsmaske. Allerlei Schläuche steckten in ihm. Doch das berührte Frauke Büren kaum. Sie ärgerte sich über den unpassenden Zeitpunkt, zu dem Kohlmann sich aus der Verantwortung gestohlen hatte.

Die Richterin war eine besondere Frau. Ihre Haare leuchteten beinah, wenn sie durch die von vielen Schatten beherrschten Flure des Strafjustizgebäudes schritt. Im Erdgeschoss war das Amtsgericht beheimatet, die oberen Geschosse gehörten dem Landgericht. Frauke Büren hatte die Karriereleiter ohne nennenswerten Aufenthalt erklommen. Prädikatsexamina an der Uni, drei Jahre Rechtsanwältin in der internationalen Großkanzlei *Kruger and Best*, dann Wechsel ans Amtsgericht und nach weiteren fünf Jahren ans Landgericht. Sie war in ihrer Rechtsprechung keinem Vorgesetzten verantwortlich, sie war unkündbar und konnte nun nicht mehr gegen ihren Willen versetzt werden. Diese Privilegien dienten dazu, das Richteramt vor Einflussnahme von außen zu schützen. Die großzügige Bezahlung erfolgte aus demselben Zweck.

Doch wegen des Geldes machte Frauke Büren den Job nicht. Sie kam aus sehr wohlhabenden Verhältnissen und benutzte das Gehalt lediglich als Taschengeld. Ihr Antrieb war der Umgang mit Menschen.

Frauke Büren verstand es, sich in andere Menschen hineinzuversetzen, ihre Motive und Gedanken zu ergründen. In ihrer Urteilsfindung war sie stets verständnisvoll und gerecht. Hatten äußere Umstände zum Fehlverhalten eines Angeklagten geführt, konnte sie Milde walten lassen. Begegneten ihr aber Trotz und fehlende Reue im Gerichtssaal, steuerte sie gerne die obere Grenze des vom Gesetz vorgesehenen Strafrahmens an. Bei den Kollegen war sie deshalb geachtet. Von den hierarchisch weit unter ihr stehenden Justizvollzugsbeamten wurde sie verehrt. Häufig stand sie mit ihnen oder mit einigen Anwälten zu einer gemeinsamen Zigarette vor dem Gericht. Ihr Gemüt schien dabei ebenso hell wie ihr freundliches Lachen.

Mit derselben Leichtigkeit bewegte sich Frauke Büren in den höheren Kreisen. Auf Empfängen machte sie in schlichter, aber eleganter Abendgarderobe eine mehr als gute Figur. Das Parkett von Geschäftsmännern und Politikern war auch das ihre. Natürlich gab es Neider, die sich verschwörerisch darüber ausließen, warum eine so schöne Frau mit über vierzig noch immer keinen Lebenspartner gewählt hatte. Aber die Bewunderer waren in der Überzahl. So gab es immer wieder auch Stimmen, die die parteilose Richterin als zukünftige Innensenatorin sahen. Das gefiel Frauke Büren. Und sollte es tatsächlich zu einer solchen Berufung kommen, dann war sie mehr als bereit dafür.

Dies war die strahlende Seite der Richterin. Sie war zwar kein Engel, aber nach außen gewandt ein Ritter in schimmernder Rüstung. Ihre dunkle Seite hingegen kannten nur sehr wenige. Der Dämon, der in ihr hauste, war und sollte ihr Geheimnis bleiben. Es gab Menschen, die eine ähnliche Faszination für Erniedrigung, Schmerz und Tod hatten. Heiner Kohlmann gehörte zu ihnen. Doch das Ausmaß von Frauke Bürens innerer Getriebenheit konnten selbst diese Leute nicht erfassen. Am meisten Verständnis fand sie in den Augen ihrer Opfer. Obwohl Verständnis nicht ganz passte. Erkennen traf es besser. Im Augenblick der größten Qual gab es bei diesen erbärmlichen Kreaturen ein Erkennen. Allein sie bekamen die wahre Dunkelheit zu sehen, die einen so mächtigen Teil von Frauke Büren ausmachte. Katja Komarow hatte ebenso zu ihnen gehört wie Liam Tebbe.

Leider hatte die Richterin keinen Zugriff mehr auf diese beiden. Der Chor, dem Tebbe angehört hatte, existierte nicht mehr, und Familie Komarow war ausgelöscht. Vielleicht wäre dies für Frauke Büren der richtige Zeitpunkt gewesen, um ihr finsteres Ich zu zügeln, auf weitere Opfer zu verzichten und sich auf diese Weise viel weniger angreifbar zu machen. Sie wusste, dass ihre dunkle Leidenschaft sonst nicht nur das Ende für ihre Karriere bedeuten konnte, sondern auch für ihr eigenes Leben. Doch der innere Trieb war zu groß; die Gier nach weiteren Opfern. Denn dies war die echte Macht, die man über andere Menschen haben konnte. Jemanden für Jahre ins Gefängnis zu stecken und zu wissen, dass er dort von einem jungen Menschen zu einem alten verwelkte, war ganz schön. Es ersetzte aber nicht das unmittelbare, pure

Vergnügen. Das gab es nur, wenn Frauke Büren den Jungen und Mädchen in ihre schmerzverzerrten Gesichter sehen, wenn sie deren Aufstöhnen hören und deren Angstschweiß riechen konnte.

Dieser düstere Antrieb war es, warum sie sich auf eine Beziehung zu den Leuten eingelassen hatte, die ihr bei der Erfüllung ihrer innersten Sehnsüchte halfen. Heiner Kohlmann hatte den Kontakt hergestellt. Die Umstände, wie er an diese Leute geraten war, hatte er nie verraten. Aber das brauchte er auch nicht. Der Schluss, dass es etwas mit den internationalen Kontakten seines Logistikunternehmens zu tun hatte, war augenscheinlich. Diese Leute, mit denen Kohlmann zusammenarbeitete, konnten organisieren, planen und waren in der Lage zu liefern. Alles.

Als Kohlmanns Vorliebe für minderjährige Knaben aufflog und er vorübergehend sogar ins Untersuchungsgefängnis musste, war die Organisation in Aufruhr. Mittelsmänner traten an Frauke Büren heran. Ihre Unterstützung wurde nicht erbeten, sondern als gegeben vorausgesetzt. Die Richterin tat, was sie konnte. Kohlmanns Schweigen und sein Freispruch waren nicht nur wichtig für ihn. Sie waren Grundlage dafür, dass alles andere weiter in geordneten Bahnen laufen konnte. Doch selbst nach seinem Freispruch war Kohlmann angreifbar und musste sich im Hintergrund halten.

Frauke Büren hatte nichts gegen die neue Rollenverteilung. Im Gegenteil. Es machte ihr Spaß, die Fäden in die Hand zu bekommen. Das Feuer in Kohlmanns Villa jedoch bereitete erneute Probleme. Die Richterin brauchte den alten Mann an der Spitze seines Transportunternehmens. Nur der Chef persönlich konnte an den offiziellen Regelungen vorbei ein paar Sachen drehen, die in keinen Geschäftsbericht gehörten. Den Schlüssel, den er sinnbildlich für das gesamte Unternehmen in der Hand hatte, waren seine Mitarbeiterkontakte. Seine Persönlichkeit konnte verschlossene Lagertore und allerlei andere, verborgene Wege öffnen. Dass Heiner Kohlmann nun auf der Intensivstation des Uniklinikums lag, war nicht gut.

»Ist mit dem Ableben zu rechnen?«, fragte die Richterin eine Krankenschwester, die nur ein Stück entfernt stand. Diese zögerte mit ihrer Antwort, wollte auf den behandelnden Arzt verweisen, doch Frauke Büren versicherte, dass sie keine übertriebene Rücksichtnahme brauche. Sie sei keine direkte Angehörige, nur eine sehr gute Freundin der Familie.

»Sind Sie nicht die Tochter?«

»Bin ich nicht.«

Die Schwester überlegte, dann nickte sie nur kurz zur Bestätigung. Frauke Büren atmete hörbar aus. Was wie Mitgefühl für einen Sterbenden aussah, war in Wahrheit ein Ausdruck von Frust. Auf Kohlmann konnte sie also nicht mehr zählen. Das war ein Problem. Ebenso wenig gefiel es der Richterin, dass sie den Russen Dmitrij nicht mehr erreichen konnte. Er war seit Kohlmanns Untersuchungshaft ihr persönlicher Kontaktmann gewesen. Es gab zwar noch andere Leute, die sie aus der Organisation kannte, aber wie weit konnte sie denen trauen?

Oleg Komarow hatte sich als Enttäuschung herausgestellt. Aus einem nicht nachvollziehbaren Grund hatte er sich umgebracht. Es war nicht einmal vollkommen sicher, ob er vorher die Aufgabe erledigt hatte, mit der Dmitrij ihn im Auftrag von Frauke Büren betraut hatte. Vermutlich hatte Oleg Komarow die Frau und die Kinder getötet, die zwar seinen Namen trugen, die in Wirklichkeit aber nie seine Frau und seine Kinder gewesen waren. Die Wahrscheinlichkeit war groß. Doch ein kleiner Zweifel würde bleiben, solange, bis die Polizei ihre toten Körper gefunden hatte.

Frauke Büren mochte diese Art von Zweifel nicht. Sie musste die Kontrolle über die Geschehnisse behalten. Die Vertriebswege die *Kohlmann Logistic* bot, waren erprobt und sicher. Doch wie lange noch? Hinter der Scheibe, durch die sie sah, lag der alte Mann im Sterben. Ärgerlich zog die Richterin ihr Smartphone aus der Tasche. Sie musste Dmitrij erreichen. Erst der strenge Blick der Krankenschwester, dem sie hierbei begegnete, erinnerte sie daran, wo sie sich befand. Schnell steckte sie das Gerät wieder weg und schenkte der Frau ein unschuldiges Lächeln.

55

Die Kamera am Eingang des kleinen Ladens in einer Seitenstraße der Lüneburger Innenstadt erfasste Jan und zeigte sein Bild auf einem großen Monitor. Einige Minuten hatte er vor dem Schaufenster gestanden, in dem verschiedene technische Geräte präsentiert wurden: Fotoapparate, Videokameras, HiFi-Verstärker, kleinere Kompaktanlagen, Handys in unterschiedlichen Preislagen und Notebooks. Es waren Gebrauchtgeräte oder als B-Ware ausgezeichnete Neugeräte. Jan war selbst nicht klar, ob er allmählich paranoid wurde, oder ob die Vorsicht, die seit der Begegnung mit Dmitrij sein ständiger Begleiter war, irgendwann sein Leben retten würde, jedenfalls zuckte er innerlich zusammen, als er sich beim Betreten des Ladens auf dem Bildschirm sah. Auch als er an den Glastresen trat, hinter dem der Eigentümer auf einem Hocker saß, blieb Jan weiter im Fokus einer Kamera. Der türkischstämmige Mann trug einen breiten Schnauzbart, Kinn und Wangen waren mit einem Kurzhaarschneider getrimmt, wobei der Bartansatz am Kinn grau schimmerte. Sein Gesicht verzog sich zu einem freundlichen Lächeln.

Jan wünschte einen guten Tag und sagte, dass er nach einem einfachen Handy mit Prepaid-Karte suche. »Nicht so was Verspieltes, wie das da.« Jan zeigte auf ein entsprechendes Gerät im Glastresen. »Gibt es die einfachen Dinger überhaupt noch?«

Neben einem noch breiteren Lächeln bekam Jan ein Klapphandy gezeigt.

»Beehren Sie uns bald wieder!«

Jan nickte beim Verlassen des Ladens, denn es war durchaus möglich, dass er wirklich noch mal zurückkam. Da Kathrin die Wohnung bereits am frühen Morgen verlassen hatte, sie musste zu einem Gerichtstermin, den sie nicht ausfallen lassen konnte, traf Jan bei seiner Rückkehr nur die Komarows an. Katja und Alexander saßen schon wieder vor dem Fernseher, während Christina Komarow in der Küche einen Kaffee trank. Jan stellte zwei Einkaufstüten auf einen Küchenstuhl und zeigte der Frau einige Kleidungsstücke, die er für sie und die Kinder besorgt hatte. Es waren eine Bluse, zwei Pullover und verschiedene Unterwäscheteile.

»Bei den Größen musste ich schätzen«, sagte er entschuldigend.

Christina presste die Lippen aufeinander und zog die Mundwinkel nach oben. Dann nickte sie und begutachtete die Kleidungsstücke näher, während Jan für sich Kaffee in einen Becher goss. Der Ton des Fernsehers drang bis in die Küche. Die Gelegenheit, allein mit Christina zu reden, schien günstig. Jan dachte an das, was er mit Kathrin in der Nacht besprochen hatte. Doch mit den Gewalttaten, die den Kindern offensichtlich angetan worden waren, wollte er das Gespräch nicht beginnen. Stattdessen holte er das eben erstandene Klapphandy aus einer der Kleidertüten.

»Ab sofort werden wir nur noch dieses Handy hier benutzen. Egal, ob wir jemanden anrufen, oder ob ich Sie erreichen muss.«

»Sie wollen weg?«, entgegnete Christina.

»Ich weiß es noch nicht. Um das zu entscheiden, muss ich erst mal wissen, was wirklich passiert ist und wer alles damit zu tun hat.«

Christina nestelte mit den Fingern am Stoff der neuen Bluse. »Sie fühlt sich gut an«, sagte sie. Jan nickte.

»Was ist mit Ihrem Mann passiert?«, fragte er dann.

Versonnen blickte Christina weiterhin die Bluse an. Jan ließ ihr Zeit. Schließlich sagte sie: »Soweit ich weiß, hat er sich umgebracht.«

»Ja. Das hat er«, bestätigte Jan. »Und alle Welt glaubt, dass er Sie und die Kinder auch umgebracht hat. Selbst dieser Bursche im Pferdestall hat das gedacht.«

»Dmitrij«, sagte die Frau.

»Sie kannten ihn.« Das war keine Frage, sondern eine Feststellung.

»Ja.«

»War er hinter Ihnen her?«

»Nein. Er dachte, wir sind alle tot. Sie haben ihn zu uns geführt.«

Jan atmete hörbar aus. Es war durchaus möglich, dass Christina Komarow mit dieser Einschätzung recht hatte.

»Warum haben Sie sich versteckt? Und vor wem? Sie müssen es mir sagen, sonst weiß ich nicht, wie ich Ihnen helfen kann.«

Trotz dieser Feststellung dauerte es noch eine Weile, bis Christina bereit war, auf Jans Fragen einzugehen. Es schien ihr irgendwann klar zu werden, dass sie keine Alternativen hatte.

»Oleg sollte uns töten. Mich und die Kinder.«

»Er sollte?«

»Das war der Auftrag.«

Jan biss sich mit den Zähnen auf die Unterlippe. Er wollte sofort nachfragen, wer diesen Auftrag erteilt hatte, entschied sich aber, Christina nicht zu unterbrechen.

»Er fuhr mit uns an See, um uns dort umzubringen. Die See liegt bei Miriam in der Nähe. Damit wollte er uns beruhigen. Aber dann er hat es nicht getan.«

Christina erzählte von dem Wäldchen am Bramfelder See und von der Schaufel, die im Kofferraum des Autos gelegen hatte. Wenn Oleg sie damit hätte erschlagen wollen, hätte sie sich nicht gewehrt, erzählte sie. Sie habe schon lange keine Kraft mehr gehabt, sich gegen ihn zu wehren. Doch statt sie zu töten, erzählte Oleg ihr lediglich, was man von ihm erwartete. Zuerst sollte Dmitrij mitkommen, um die Sache zu erledigen, doch Oleg wehrte den Vorschlag ab und meinte, er würde es allein tun.

»Oleg war kein guter Mann. Aber plötzlich er weinte. Er nahm mich in Arme, drückte mich an sich. Dann wir gingen zurück zu Wagen. Er fuhr uns weg. Weit weg zu Hütte.«

Jan kannte die Hütte in der Heide; am Rande des Totengrunds. Sie war klein, eng und stickig. Wenn der Eisenofen aus war, musste es in dem winzigen Raum kalt und klamm gewesen sein. War er an, musste man in der Hitze beinah ersticken. Über zwei Wochen versteckten Christina und die Kinder sich dort. Oleg hatte sie allein gelassen. Er hatte gesagt, er müsse zurück, sonst würde man nach ihnen allen suchen. Wenn sie sie suchten, würden sie sie auch finden. Aber wenn er zurückginge, würden alle glauben, dass Christina und die Kinder tot seien. Sein Selbstmord hatte die Illusion dann perfekt gemacht. Die

Polizei und die Öffentlichkeit glaubten an einen erweiterten Suizid, seine Auftraggeber, dass er die Nerven verloren hatte. Letzteres stimmte wohl auch, dachte Jan. Oleg Komarow hatte die Nerven verloren. Er wollte das Leben nicht mehr, das er führte. Wie viele Menschen er selbst umgebracht hatte, wusste niemand. Nur Oleg wusste es. Auch das nahm ein Ende, als er sich den Farbeimer an die Füße band und von der Brücke ins Wasser sprang.

»Wilma hat uns in Hütte gefunden. Sie wusste nicht, dass wir da. Zuerst sie war überrascht. Dann sie hat uns mit zu sich genommen.«

So in der Art hatte Jan sich das bereits zusammengereimt. Vermutlich hatte Oleg die Hütte früher einmal gemietet. Vielleicht auch öfter. Jedenfalls wusste er von ihr. Er wusste, wie man hinein kam und dass einen dort so schnell niemand finden würde. Vielleicht hatte er geplant, nach ein paar Tagen zurückzukommen und seiner kleinen Familie bei der weiteren Flucht zu helfen. Wieso er es nicht tat, sondern für sich selbst einen ganz anderen Ausweg wählte, würde sein Geheimnis bleiben.

»Warum sollte Oleg Sie töten?«, fragte Jan.

»Um Spuren zu beseitigen.«

»Was für Spuren?«

»Spuren von Kindern. Leute haben Sachen mit Kindern gemacht. Keine guten Sachen. Das sollte keiner erfahren. Kinder sollten weg. Und ich auch. Damit auch ich nicht mehr reden kann.«

»Aber wenn Sie wussten, dass die Kinder missbraucht wurden, wie ...« Jan stockte. »... wie haben Sie das ertragen können?«

»Was sollte ich tun?«, entgegnete Christina und schüttelte den Kopf. »Sie wissen, wo meine Familie lebt.«

Jan sah der Frau lange in ihr regungsloses Gesicht. Dann sprach er aus, was ihm längst klar war. »Katja und Alexander sind gar nicht Ihre Kinder.«

»Nein.«

»Dann ... Wo kommen sie her? Und wieso? In den Pässen stehen ihre Namen. Christina Komarow. Katja Komarow. Alexander Komarow.«

»Namen sind nicht echt. Die Pässe wurden gekauft.«

»Natürlich.« Jan nickte wieder. »Der Typ aus der Einbürgerungsabteilung gehört dazu. Er verkauft Pässe und neue Identitäten.«

Außerdem schien Katja zu alt, um Christinas Tochter zu sein.

»Hat Heiner Kohlmann etwas mit der Sache zu tun?«, wollte Jan wissen, doch auch diese Antwort kannte er bereits. Kohlmann kam wegen mutmaßlichen Kindesmissbrauchs in Untersuchungshaft. Es gab ein Video, das ihn angeblich mit einem minderjährigen Chorjungen zeigte. Wenn zusätzlich herausgekommen wäre, dass es eine Familie in Hamburg gab, deren Kinder nur da waren, um den Wünschen gewisser Personen willig zu sein, Personen zu denen auch Heiner Kohlmann gehörte, dann wäre das der endgültige Untergang des Unternehmers gewesen. Das Video hatten seine Anwälte mit Hilfe eines Zeugen als Belastungsbeweis entkräften können. Mit Hilfe eines falschen Zeugen. Liam Tebbe hatte es die ganze Zeit gesagt. Das hatten die Anwälte irgendwie hinbekommen. Aber wenn man Katja und Alexander gefunden hätte ... Wenn es eine großangelegte Untersuchung der ganzen Angelegenheit gegeben hätte, wer außer Heiner Kohlmann hätte dann noch mit im Netz der Ermittler gezappelt?

So unerträglich die Vorstellung auch war: Aus diesem Blickwinkel machte es Sinn, die Kinder und mit ihnen auch Christina Komarow verschwinden zu lassen. Christina war schon immer widerspenstig gewesen. Miriam hatte es Jan erzählt. Diese Haltung hatte sie das linke Auge gekostet. Wenn es zu einer Untersuchung kam, war auf sie kein Verlass. Also musste sie ebenso weg wie die Kinder. *Spuren beseitigen*, hatte Christina es genannt. Die Formulierung war korrekt. Mit dem Mord an Christina, Katja und Alexander wären alle Spuren beseitigt gewesen. Niemand hätte mehr erzählen können, was den Kindern angetan worden war. Es gäbe die Kinder nicht einmal mehr. Was für eine in sich schlüssige und gleichzeizig widerwärtige Logik.

Jan erschrak über seine eigenen Gedanken. Unwillkürlich stand er von seinem Platz auf, ging zur Tür und sah zum Sofa im Wohnzimmer. Christina folgte ihm mit ihrem Blick. Der Junge saß ganz nahe beim Mädchen. Zwar berührten sie sich nicht, trotzdem glaubte Jan die innere Verbundenheit beider zu sehen. Sie waren Gefangene in derselben bösartigen Welt. Alexander hatte beide Hände zwischen die zusammengepressten Oberschenkel gesteckt, Katja die Arme vor der Brust verschränkt.

»Sind sie überhaupt Geschwister?«, fragte Jan leise.

Christina schüttelte den Kopf. »Nein. Aber sie haben sich lieb.«

Am Nachmittag ging Jan erneut einkaufen, besorgte in einem Supermarkt und einer Drogerie ein paar Dinge. Christina begutachtete bei seiner Rückkehr die Lebensmittel ebenso, wie sie zuvor die gekaufte Kleidung angesehen hatte. Dann begann sie zu kochen. Als Kathrin nach Hause kam, aßen sie alle zusammen wie eine große Familie am Küchentisch. Danach gingen die Kinder wieder vor den Fernseher, während Jan den beiden Frauen erklärte, was er sich seit dem Gespräch mit Christina ausgedacht hatte. Er holte eine Plastiktüte mit Haarfärbemitteln hervor. Die Produkte waren, der Beratung einer Verkäuferin in der Drogerie zufolge, hautfreundlich und leicht zu verwenden. Weil Jan wusste, dass Kathrin mit Kamm und Schere umgehen konnte, musste sie den Komarows neue Frisuren verpassen. Erst danach sollte mit dem Haarefärben begonnen werden.

Christina Komarow, die ihre Haare schulterlang getragen hatte, bekam einen Stoppelhaarschnitt. Allein das veränderte ihr Aussehen bereits dramatisch. Sie fuhr sich mit den Fingern durch den Rest dessen, was bisher einen Teil ihrer Schönheit ausgemacht hatte. Ohne die Augenklappe, die sie zum Haareschneiden abgenommen hatte, wirkte ihr Gesicht nahezu nackt.

»Mir gefällt es!«, sagte Kathrin.

Im nächsten Schritt sollten die übrig gebliebenen schwarzen Haare blond gefärbt werden. Zunächst wurden aber die Kinder nacheinander in die, in einen Frisörsalon umgewandelte Küche gerufen. Katja bekam einen Bob geschnitten. Ihre Haare fielen zuvor bis zu den Schulterblättern. Mit der neuen Frisur sah sie nun viel weniger kindlich aus.

»Welche Farbe bekommt sie?«, wollte Kathrin wissen.

»Rot«, antwortete Jan und stellte das entsprechende Färbemittel auf den Küchentisch.

Auch Alexander trug seine Haare bisher ziemlich lang. Nun bekam er einen Undercut. Für die Seiten und den Nacken benutzte Kathrin einen Rasierer mit Aufsatz. Den Rest schnitt sie nach Gefühl.

»Schwarz«, sagte Jan, als Kathrin fertig war, und stellte eine dritte Packung Färbemittel neben die anderen.

Während die Frauen gemeinsam ins Badezimmer verschwanden und die Kinder, bis sie mit dem Haarefärben an der Reihe waren, wieder vor den Fernseher zurückkehrten, fegte Jan die auf dem Boden liegenden Haare zusammen. Danach holte er das neue Klapphandy aus seiner Hosentasche. Den fälligen Anruf bei Charlotte hatte er bis jetzt hinausgezögert. Eigentlich hätte er sie sofort anrufen sollen, als er die neue SIM-Karte gekauft hatte. Doch es war in den Tagen, die er nicht mit ihr gesprochen hatte, so viel passiert, dass er gar nicht wusste, wie er das Gespräch beginnen sollte. Wie sich zeigte, war diese Sorge völlig unbegründet. Als Charlotte sich nach dem zweiten Klingeln meldete, wollte sie nur wissen, seit wann er mit unterdrückter Rufnummer anrufe, dann begann sie selbst zu erzählen.

»Kohlmann liegt im Krankenhaus«, sagte sie. »Es gab ein Feuer in seinem Haus. Ich glaube, seine Tochter hat es gelegt. Veronica von Ehrenburg. Ja. Sie kam kurz vor dem Feuer aus der Villa. Und ihre Kinder hat sie vorher auch in Sicherheit gebracht. Wie sieht das denn für dich aus? Na, jedenfalls habe ich ihr das auch so vor den Latz geknallt. Und dann habe ich sie nach den Fotos gefragt. Die Fotos, die ich dir geschickt habe! Jan, du weißt doch. Liam hat die Bilder gemacht.«

»Ja, ja, die Fotos ...«

»Genau. Die eine Blondine von den Bildern war sie selbst. Und die andere, halt dich fest, ist die Richterin, die Kohlmann freigesprochen hat. Dr. Frauke Büren. Ich musste ganz schön bohren. Aber dann ist Veronica von Ehrenburg damit rausgerückt. Krass, was?«

»Krass«, wiederholte Jan, der zunächst gar nichts verstand und die Information, die ihm geliefert wurden, einzuordnen versuchte. »Und das weißt du von ...«

»Veronica von Ehrenburg. Hab' ich doch gesagt! Und das heißt«, sprach Charlotte weiter, »dass Liam einen Beweis für eine Absprache zwischen der Richterin und Kohlmann gefunden hat. Das ist doch der Hammer.«

»Na ja, Beweis ...«, meinte Jan. »Sie kennen sich also. Kohlmann und die Richterin. Das beweist es.«

»Ja. Und kaum ist Kohlmann freigesprochen, taucht die Büren bei ihm in der Villa auf. Das ist Klüngel.«

»Sehr wahrscheinlich«, stimmte Jan zu. »Damit lässt sich vielleicht was anfangen.«

»Vielleicht? Das reicht dir nicht?«

»Nein, reicht nicht. Aber es ist trotzdem gut, versteh' mich da nicht falsch.«

Charlotte schien enttäuscht über Jans Reaktion.

»Ich werde morgen wieder nach Hamburg kommen.«

»Wo bist du denn überhaupt?«

»Es ist einiges passiert. Ich erzähle dir morgen alles.«

»Wenn du meinst. Aber eine Sache habe ich noch.«

»Was denn?«

»Das erzähle ich dir dann auch morgen.«

»Na los, komm schon. Was ist es?«

Charlotte schwieg.

»Charlotte?«

Es blieb still im Telefon.

»Sag es mir.«

»Na ja«, Charlotte zögerte. »Dieser sogenannte Engländer, weißt du, der Typ, der mich überfallen hat. Er … hat auch für Kohlmann gearbeitet.«

Jan antwortete mit einem nachdenklichen Schweigen.

»Ja«, fuhr Charlotte fort. »Ich habe schon darüber nachgedacht. Erst mal scheint es keinen Sinn zu machen. Aber immerhin hatte Kohlmann ja was mit Marens Mann zu tun. Mit Sören Beister. Der hat den Chor geleitet, in dem Liam gesungen hat, und Kohlmann war der Mäzen. Offenbar bin ich denen irgendwie in die Quere gekommen, weil ich mich mit Maren getroffen habe. Also hat Kohlmann den Engländer auf mich angesetzt. Verrückt, was? Aber nur so kann ich mir den Zusammenhang erklären. Außerdem hat Liam gesagt, dass er mich beschützen will. Vor wem, das hat er zuerst nicht gesagt. Aber er wusste, dass der Engländer was mit Kohlmann zu tun hatte. Das hat er mir nämlich in einer Nachricht geschrieben. Ich konnte damit zuerst gar nichts anfangen. Aber nun, da Veronica von Ehrenburg die Verbindung zwischen dem Engländer und ihrem Vater bestätigt hat, muss ich die Sache wohl glauben.«

Während Jan zuhörte, sah er durch die offene Küchentür, wie Christina Komarow mit einem um den

Kopf gewickelten Handtuch ins Wohnzimmer ging und die Kinder zu Kathrin ins Badezimmer schickte. Alexander sollte zusehen, wie Katja die Haare gefärbt bekam. Immerhin war er danach selbst an der Reihe.

»Du darfst auf keinen Fall länger allein in der Wohnung bleiben«, sagte Jan, ging dabei zur Küchentür, sah Christina Komarow an, die sich aufs Sofa gesetzt hatte, meinte mit seinen Worten aber Charlotte, die ihm weiterhin durchs Telefon zuhörte. »Du musst da sofort weg.«

Charlotte antwortete nicht.

»Die Sache ist ernst«, sagte Jan. »Hinter mir war auch ein Killer her. Ein Russe.«

»Und?«

»Erst mal ausgeschaltet. Vielleicht sogar tot. Genau wie der Engländer.«

Charlotte überlegte, dann meinte sie: »Wo soll ich denn hin? Zu dir? Du bist nicht da, und ich habe keinen Schlüssel.«

»Bei mir ist es auch nicht mehr sicher. Was ist mit deinen Eltern?«

»Auf gar keinen Fall!«

Jan wusste, dass er den Vorschlag nicht weiter besprechen musste. Charlotte würde nicht zu ihren Eltern gehen.

»Dann ...«, überlegte Jan laut. »Dann geh zu Christian in die Redaktion. Sag ihm, dass es ein Notfall ist. Sein ganzes Büro steht voller Sofas. Für eine Nacht sollte es gehen.«

»Und danach?«

»Das überlegen wir uns dann.«

»Das ist dein Ernst?«

»Ja. Verschwinde aus deiner Wohnung. Und zwar so schnell wie möglich.«

»Aber das ist ...«

»Ich weiß«, unterbrach Jan und fügte hinzu: »Reine Vorsichtsmaßnahme. Aber ganz ehrlich: Ich habe Angst vor diesen Leuten. Die verstehen keinen Spaß.«

Jan musste noch weitere fünf Minuten Überzeugungsarbeit leiste, dann hatte er Charlotte so weit, dass sie versprach, ein paar Sachen zusammenzupacken und zu verschwinden. »Ich rufe dich nachher noch mal an, um zu hören, ob alles geklappt hat«, sagte er zum Abschied.

Ein Blick ins Wohnzimmer zeigte Jan, dass nun alle drei Komarows mit Turbanen aus Handtüchern auf dem Sofa saßen. Zufrieden nickte er. Dann holte er einen Fotoapparat und ein weiteres Klapphandy hervor. Beides hatte er von seiner zweiten Einkaufstour am Nachmittag mitgebracht. Für diesen Tag war er vermutlich der beste Kunde des kleinen Elektroladens gewesen, der versteckt in einer Seitenstraße von Lüneburgs Innenstadt lag. Er packte den Karton mit dem Fotoapparat aus und legte die Bedienungsanleitung auf den Tisch.

56

Es war ein merkwürdiges Gefühl, mit einer zu-
sammengerollten Decke unter dem Arm und einer ge-
packten Tasche in der Hand durch die Redaktion des
Lauffeuers in Petersens altes Büro zu gehen. Natürlich
drehten sich einige Köpfe nach Charlotte um. Alles
neue Gesichter. Keiner dieser jungen Nachwuchsjour-
nalisten wusste, wie es noch vor einem Jahr in den
Räumen ausgesehen hatte. Sie kannten nicht die All-
tagsarbeit in der Lokalredaktion einer Tageszeitung.
Die Welt dieser neuen Generation war rein digital.
Das Produkt ihrer Mühen wurde ausschließlich auf
Computern und Minicomputern wiedergegeben. Eine
gedruckte Version des *Lauffeuers* gab es nicht, würde
es auch nie geben. Nicht Verkaufszahlen waren rele-
vant für den Erfolg des Unternehmens, sondern Klickzahlen und das damit verbundene Interesse für Wer-
beplatzierungen. Charlotte fühlte sich wie ein Relikt
aus einer anderen Zeit. Eine Überlebende, die sich als
einzige an Geschichten aus der Vergangenheit erinnern konnte. Deshalb war sie ziemlich froh, als sie
Christian Freitag im ehemaligen Büro des Chefredakteurs entdeckte. Er grinste ihr breit entgegen.

Der Gründer des *Lauffeuers* schien selbst noch so
jung, dass er kaum aus der Schule heraus sein konnte.
Sein blondes Kinnbärtchen erinnerte an die zaghafte
Beflockung eines Konfirmanden. Charlotte lächelte
ihm ebenfalls entgegen. Bei ihrem ersten Besuch in

der Redaktion war Christian nicht da gewesen. Umso mehr genoss er es nun, der Fotografin sein Baby zu präsentieren. Nach einer wortreichen Begrüßung stellte er ihr einige Leute vor, erzählte von deren Fachgebieten und von der Begeisterung, mit der alle bei der Sache waren. Charlotte hörte zu und nickte immer wieder an den richtigen Stellen. Doch als der Abend langsam voran schritt und immer mehr Mitarbeiter die Redaktion verließen, bekam sie von Christian auch noch eine andere Wahrheit zu hören. Denn so gut, wie er es sich erhofft hatte, lief es für das *Lauffeuer* nicht. Nach wie vor fehlte es dem Onlineauftritt der Nachrichtenseite an einem Knaller, der dem Magazin eine nachhaltige Aufmerksamkeit in der Netzgemeinschaft verschaffte. Die Fotos von Kohlmanns Rettung aus seiner brennenden Villa, die Charlotte dem Onlinemagazin zur Verfügung gestellt hatte, waren zwar ganz gut gewesen, aber sie bewirkten noch nicht den richtigen Durchbruch, den es brauchte, um die Klickzahlen der Seite so zu erhöhen, dass sich daraus dauerhaft Kapital schlagen ließ. Zerknirscht gab Christian zu, dass sie nicht einmal die Redaktionsräume noch lange würden halten können. Natürlich könnten die Mitarbeiter vom *Lauffeuer* auch dezentral arbeiten, jeder für sich seine Artikel zu Hause verfassen, aber das entsprach nicht der Vorstellung von Christian. Er wollte ein Teamgefühl für seine Mitstreiter schaffen. Und das ging eben nur durch Gemeinschaft.

»Na ja, war schon klar, dass wir den Laden hier nicht ewig behalten können«, meinte Christian und machte mit den Händen eine vielsagende Geste. »Es war von Anfang an nur als Zwischenlösung gedacht. Solange, bis der Vermieter einen finanziell besser gestellten

Mieter finden würde. Dass das nun so schnell gehen würde, hätte ich allerdings nicht gedacht.«

»Was soll denn hier rein?«

»Ein Fitness-Center. Ja, so ist es leider. Was früher die Spielotheken und Videotheken waren, sind heute die Fitness-Center. Sie breiten sich überall aus.« Christian Freitag zuckte mit den Schultern. Dann wechselte er das Thema, indem er Charlotte eines der Sofas für ihre geplante Übernachtung empfahl.

»Ich habe sie schon alle ausprobiert«, sagte er grinsend. »Das da ist mit Abstand das Rückenfreundlichste.« Christian zeigte auf ein abgewetztes Ledersofa. »Natürlich musst du dir zum Schlafen eine Decke unterlegen. Aber dann ist es echt gemütlich.«

Charlotte bedankte sich erneut für die Möglichkeit, die sie von Christian zur Übernachtung geboten bekam, so als habe sie dies nicht bereits am Telefon und seit ihrem Eintreffen in der Redaktion nicht noch mal mindestens dreimal gemacht. Wieder winkte Christian ab.

»Hauptsache, du gruselst dich heute Nacht nicht in dem großen Gebäude. Ich meine, so ganz allein.« Christian zwinkerte ihr zu.

»Ach was«, wehrte Charlotte ab. Aber als Christian schließlich auch gegangen war, wurde ihr doch sehr schnell bewusst, dass sie nicht nur allein in der Redaktion war, sondern dass auch das gesamte Untergeschoss des Hauses menschenleer war. Zum Glück hatte Christian ihr ein Passwort für einen Gastzugang zu seinem Computer gegeben. Genau wie früher in der Redaktion des *Harburger Tageblatts* war der Benutzername *praktikant* mit dem Passwort *kuechendienst*. Sie loggte sich ein, surfte ein bisschen im weltweiten Netz und machte dann den Livestream eines TV-Senders an. Es war bemerkenswert, wie beruhigend menschliche Stimmen auf einen wirkten, wenn man allein in einer ungewohnten Umgebung war, auch wenn diese Stimmen nur aus Lautsprechern kamen.

Als Charlotte zum Zähneputzen zur Toilette ging, blieb sie einen Augenblick an der nach unten führenden Wendeltreppe stehen. Angestrengt lauschte sie in die Dunkelheit, die im Erdgeschoss auf sie wartete. Noch nie hatte es sie gestört, dass es keine trennende Tür zwischen der Treppe und den Redaktionsräumen gab. Nun tat es das. Eine Gänsehaut kroch ihr über den Rücken. Ungewollt schüttelte Charlotte sich, ging schnell zur Toilette und verkroch sich dann unter der mitgebrachten Decke auf dem Sofa. Den Fernsehton ließ sie weiterlaufen, wenn auch etwas leiser. Eigentlich hatte sich Jan noch mal bei ihr melden wollen. Das hatte er jedenfalls gesagt. Doch ihr Handy blieb stumm. Weil sie selbst seine neue Nummer nicht hatte, schloss sie irgendwann die Augen und versuchte einzuschlafen. Nervös drehte sie sich von einer Seite auf die andere und hörte den Heizungsrohren beim Knacken zu. Ein ganz spezieller Gedanke nagte an ihr. Etwas völlig Banales. Es hatte weder mit Mördern noch mit Gespenstern zu tun. Sie bereute es schlicht, dass sie Christian nicht mit nach unten begleitet hatte, als er gegangen war, um bei der Gelegenheit selbst zu kontrollieren, ob die Außentür richtig ins Schloss gezogen wurde. Nun musste sie sich darauf verlassen, dass er es getan hatte. Wütend darüber, dass sie diesen Gedanken nicht loswurde, richtete sie sich irgendwann auf, schlug die Decke zur Seite und war entschlossen, das Versäumnis nachzuholen.

Die Wendeltreppe knarrte fürchterlich auf dem Weg nach unten. Charlotte überlegte kurz, die großen Deckenlampen im Erdgeschoss anzumachen. Doch auch so kam genug Licht von draußen herein, um nicht zu stolpern. Außerdem gefiel ihr die Vorstellung nicht, dass man sie bei voller Beleuchtung wie in einem Schaufenster sehen konnte.

Durch den schmalen Flur konnte sie bereits erkennen, dass alles in Ordnung zu sein schien. Die Tür stand selbstverständlich nicht offen. Charlotte rüttelte an der Klinke und war mit dem Ergebnis mehr als zufrieden. Erleichtert kicherte sie auf, legte sich eine Hand über den Mund und ging dann zurück zur Treppe. Ihre Gedanken waren bereits wieder oben in der kleinen Kaffeeküche. Charlotte überlegte, ob es dort nur Kaffee oder vielleicht auch ein paar Teebeutel gab, als sie auf dem Parkplatz hinter dem Haus Geräusche zu hören glaubte. Eine Hand auf das Treppengeländer gelegt, blieb sie stehen. Nach etwa einer Minute, in der nichts geschah, zog sie die Augenbrauen hoch und beschloss nach oben zu gehen, um nach den Teebeuteln zu suchen. Im selben Moment zerriss ein Kreischen die Stille. Vor Schreck ging Charlotte in die Knie, dann begriff sie, dass jemand an der Hintertür geklingelt hatte. Der leise Schrei, den sie ausgestoßen hatte, war vom Kreischen der Klingel übertönt worden. Das widerwärtige Geräusch erklang nach wenigen Momenten erneut. Als Charlotte sich nicht rührte, rüttelte jemand an der Tür. Fingerknöchel klopften an die Milchglasscheibe und eine Stimme rief Charlottes Namen.

Voller Schrecken, im nächsten Augenblick aber auch voller Hoffnung, lief Charlotte zur Tür und fragte mit lauter Stimme, wer da sei. »Bist du das, Jan.«

»Ja, ja! Mach auf! Ist verdammt kalt hier im Wind.«

Nur Sekunden später zog sie Jan an seinem Jackenkragen durch die Tür, drückte ihn an sich und gab ihm einen wilden Begrüßungskuss. Damit hatte er nicht gerechnet. Mit hängenden Armen ließ er den Überfall über sich ergehen. Entschuldigend meinte er danach, dass der blöde Akku von seinem blöden neuen Klapphandy den Geist aufgegeben habe und er die Vermutung hegte, der Verkäufer, der ihm das Gerät angedreht hatte, habe ihn übers Ohr gehauen. »Das Ding sollte neu sein. Aber irgendwie glaube ich das nicht. Jedenfalls konnte ich mich nicht mehr bei dir melden. Ich hoffe, ich habe dich jetzt nicht erschreckt.«

»Quatsch«, wehrte Charlotte ab. Sie gingen nacheinander die knarrende Wendeltreppe hinauf und Charlotte schaltete sofort den Wasserkocher in der winzigen Kaffeeküche ein. Missmutig sah Jan, wie sie mit zwei Bechern, über deren Rand die Bänder von Teebeuteln hingen, zu ihm in Petersens altes Büro kam. Er hatte sich auf den einzigen Schreibtischstuhl gesetzt und unwillkürlich mit der Computermaus gespielt, die mit Christians Notebook verbunden war. Sein Gesicht wurde vom bläulichen Licht des Monitors beleuchtet.

»Kuschelig hast du es hier«, sagte er und deutete lächelnd auf die Decke, die auf dem Sofa lag. »Draußen ist es echt ungemütlich.«

Charlotte stellte die beiden Becher auf den Schreibtisch, trat zu Jan und küsste ihn auf die Stirn. Dann schob sie die Decke etwas zur Seite und setzte sich auf das Sofa. Ihre Hand klopfte zweimal auf den Platz neben sich.

Stumm stand Jan vom Schreibtischstuhl auf und setzte sich neben Charlotte. Es war merkwürdig, hier zu sein, bei ihr zu sein. Vor gerade mal einer Stunde hatte er Kathrins Wohnung in Lüneburg verlassen. Er ließ die beiden Frauen und die zwei Kinder dort in der Hoffnung zurück, dass sie vorübergehend in Sicherheit waren. Er hatte auch bereits einen Plan entwickelt, wie er den Komarows über die Zuflucht in Kathrins Wohnung hinaus zu einem neuen Leben verhelfen konnte. Allerdings war es ein Plan, der noch nicht ganz ausgereift war, über den er noch weiter nachdenken musste. Aber das konnte er auch morgen machen; nicht ausgerechnet jetzt.

Jan sah Charlotte von der Seite an, als sich ihre Hand auf seinen Oberschenkel legte. Kurz streichelte sie sein Bein, doch bald wanderte die Hand höher. Sie schob den zweiten Arm hinter seinen Nacken, schwang ein Bein seitlich auf seinen Schoß und küsste ihn. Als sich Jans Hand auf ihren Rücken legte und ihren Körper enger an sich zog, wusste Charlotte, dass sie nicht mehr allein war in diesem großen, leerstehenden, unheimlichen Gebäude.

Der Sex tat seine übliche Wirkung. Charlotte schlief fast sofort ein, während Jan den Drang verspürte, barfuß und mit freiem Oberkörper nach draußen zu gehen und einen möglichst großen Baum samt Wurzel auszureißen. Er stand auf, nahm verächtlich einen

Schluck von jenem Gebräu, das Charlotte aus der Kaffeeküche mitgebracht hatte und setzte sich an Christians Computer. Mittlerweile hatte sich das Notebook selbst gesperrt, doch Jan musste grinsen, als er den Benutzernamen *Praktikant* las. Einige Dinge blieben offenbar immer gleich. Er gab das entsprechende Passwort ein und suchte dann auf dem Presseportal der Polizei nach Mitteilungen aus dem Landkreis Harburg und dem benachbarten Heidekreis. Schnell fand er, was er suchte. Die Mitteilung stammte von dreizehn Uhr zwanzig. Ihr war zu entnehmen, dass es in Wilsede, mitten im Naturschutzpark Lüneburger Heide, zu einer Reihe von Einbrüchen gekommen war, die tödlich für den Einbrecher geendet hatte. Zunächst habe der fünfunddreißigjährige Mann russischer Herkunft ein Haus am Rande des Dorfes durchsucht, dessen Bewohnerin sich zur Tatzeit nicht im Haus befunden habe. Dann sei der Mann weitergezogen, um sein Werk offenbar bei einem weiteren Objekt in der Nähe fortzusetzen. Als er dort auf die Eigentümerin des vorangegangenen Objektes stieß, sei es zu einer Bedrohungslage mittels einer Schusswaffe und zum Abfeuern eines Schusses gekommen. Die fünfundachtzigjährige Frau habe daraufhin eine Mistforke benutzt, um sich des Angreifers zu erwehren. Dieser erlitt hierbei tödliche Stichverletzungen.

Jan presste die Lippen aufeinander und atmete schwer aus. Pressemitteilungen klangen meist so nüchtern, dass man sich die Schicksale, die damit verbunden waren, oft nur schwer vorstellen konnte. In diesem speziellen Fall wusste Jan jedoch mehr als im Text stand, und wenn er die Augen schloss, konnte er das schmerzverzerrte Gesicht des aufgespießten

Russen sehen. Also hatte es der Notarzt nicht mehr rechtzeitig geschafft, um ihm noch helfen zu können, dachte Jan. Dann las er weiter, dass das Vorgehen des Einbrechers aus Sicht der Polizei einigermaßen kurios gewesen sei. Denn da das Dorf nicht über öffentliche Straßen erreichbar war, sei es dort vorher noch nie zu geplanten Einbrüchen gekommen.

Automatisch nickte Jan, da es sich auch diesmal um keinen gewöhnlichen Einbrecher gehandelt hatte. Er hoffte sehr, dass Wilma Kuhlmann nun nicht selbst zur Zielscheibe der Leute werden würde, die hinter Dmitrij standen. Nachdenklich nahm er noch einen Schluck vom verhassten Aufgussgetränk, verzog angewidert das Gesicht und legte sich irgendwann auf ein Sofa in Charlottes Nähe. Als Decke benutzte er seine Jacke.

Nicht viel später, so schien es ihm jedenfalls, roch Jan echten Kaffee. Für eine Weile behielt er die Augen noch geschlossen, hörte aber, wie jemand am Notebook zugange war. Als er sich schließlich in die betreffende Richtung drehte, sah er Charlotte auf Christians Stuhl sitzen; einen Becher dampfenden Kaffee vor sich.

»Alles klar?«, fragte er.

Charlotte nickte.

Etwas später konnten sie Schritte auf der Wendeltreppe hören. Jan richtete sich auf. Er fröstelte etwas und war froh, als auch er einen Becher Kaffee in die Hand bekam. Christian Freitag betrat das kleine Büro mit einer Brötchentüte. Offenbar waren auch schon andere Mitarbeiter vom *Lauffeuer* in der Redaktion, hatten sich aber nicht getraut, in den abgetrennten Raum zu kommen.

»Habe mir gleich gedacht, dass das unten dein Auto ist«, sagte Christian und begrüßte die beiden Übernachtungsgäste. Dann öffnete er die mitgebrachte Tüte und hielt sie in Charlottes Richtung. Als Jan an der Reihe war, winkte er ab. Erst einmal reichte ihm der Kaffee. Er sah Christian zu, wie er sich am Kinn kratzte und war gefasst auf die Fragen, die kommen mussten.

»Ich kann also davon ausgehen, dass du auf etwas Spannendes gestoßen bist?« Christian sah Jan direkt an. »Oder warum müsst ihr beide hier schlafen? Ist bei euch etwa die Heizung ausgefallen?«

Jan schüttelte den Kopf.

»Dann hast du was für mich?«

Jan sah für einen Moment Christina Komarow mit einem blonden Stoppelhaarschnitt vor sich, dann Katja mit ihrer Bob-Frisur und Alexander mit seinem neuen Undercut. Christian Freitag fasste sich kurz an die Nase, als Jan nicht antwortete, dann schüttelte auch er den Kopf. »Machen wir kein Spielchen draus. Ich habe Charlotte erzählt, wie es um das *Lauffeuer* steht. Wenn du also was für mich hast, dann sag es mir einfach.«

Christian hatte das gute Recht, dies zu fordern. Denn immerhin war Jan in seinem Auftrag unterwegs gewesen. Und er bezahlte ihn für die Recherchen. Wenn auch nicht viel. Doch allein darum ging es nicht.

Jan tauschte mit Charlotte Blicke. »Wenn ich was Brauchbares habe, erfährst du es«, meinte er schließlich.

»Mehr kann ich nicht erwarten«, entgegnete Christian Freitag leise, und die Enttäuschung war ihm anzumerken. Er setzte sich an seinen Arbeitsplatz, als Jan den Raum verließ und Charlotte anfing, ihre Tasche wieder einzupacken und die Decke zusammenzurollen.

»Danke noch mal«, sagte sie an der Bürotür.

Christian winkte ab und lächelte etwas müde. Unübersehbar hatte er sich mehr von ihrem und vor allem von Jans Auftauchen versprochen. Plötzlich sah er wieder sehr jung aus. Mehr wie der Volontär, der er vor einer Weile noch war, und nicht nach einem Redaktionsleiter.

In der Redaktion sah Charlotte, wie Jan ein paar Worte mit Inez wechselte. Aaron, der Mann für die Polizeigeschichten, und Sybill, die eine Filmpremiere vom Vorabend für den Boulevard-Teil aufbereitete, saßen auch an ihren Plätzen. Sie blickten beide kurz hoch, doch Charlottes Anwesenheit in der Redaktion war nicht mehr so spannend wie gestern noch. Schnell wendeten sie sich wieder ihren Arbeiten zu.

Jan verabschiedete sich von Inez und fand sich kaum dreißig Minuten später im Schwimmbecken des Harburger Hallenbades wieder. Charlotte bestand darauf, ihre üblichen Bahnen zu ziehen, weil der Tag für sie sonst ein verlorener Tag sei, erklärte sie Jan. Der hatte sich eine Badehose nebst Handtuch am Einlass gekauft und schwamm lustlos von einem Beckenrand zum anderen, setzte sich anschließend auf eine beheizte Steinbank und sah Charlotte beim Rest ihres Frühsports zu. Sie wirkte sehr zufrieden, als sie etwas später aus der Damenumkleide kam.

»Was jetzt?«, fragte sie.

Sie gingen in eine Bäckerei zum Frühstück. Nun hatte Jan auch Hunger. Er suchte einen Platz in einer Ecke, gab nach Charlotte seine Bestellung auf und holte dann die Digitalkamera heraus, die er am Vortag in Lüneburg erstanden hatte. Kommentarlos zeigte er Charlotte die gespeicherten Aufnahmen. Zunächst konnte sie mit der Frau und den beiden Kindern auf den Bildern nichts anfangen. Dann zeichnete sich ein überraschtes Erkennen auf ihrem Gesicht ab, gefolgt von Skepsis und erneutem Erkennen. Offenbar legte sie im Geiste die Bilder von Christina, Katja und Alexander Komarow, deren Fotos sie durch die Polizeifahndung kannte, mit denen übereinander, die Jan ihr präsentierte. Ungläubig schüttelte sie den Kopf.

»Sie leben.«

»Ja.«

»Du hast sie gefunden?«

»Ja.«

»Wo?«

»Nicht so wichtig.«

Charlottes Mund blieb kurz offen stehen.

»Sorry. Es war in einem Heidedorf. Aber ich will das hier nicht so laut erzählen.« Mit einem Kopfnicken deutete Jan zu den Nachbartischen. »Was sagst du zu den Bildern?«

»Äh … was?« Charlotte drehte den Kopf leicht auf die Seite, blickte dann wieder auf den Fotoapparat in ihren Händen.

»Sind sie gut genug?«

»Wofür?«, entgegnete Charlotte. Es waren Porträtbilder. Alle drei Komarows blickten direkt in die Kamera, saßen offenbar nacheinander auf demselben Stuhl. Der Hintergrund war eine helle Wand.

»Kann man sie als Passfotos nehmen?«

Charlotte überlegte kurz. »Wenn man das Format im Computer zurecht schneidet. Warum nicht? Das Licht ist ja gut.«

»Musst du dazu nach Hause? Oder hast du dein Notebook im Auto?«

Charlotte schüttelte den Kopf. »Das brauchen wir aber auch nicht. Willst du Abzüge davon haben?« Als Jan nickte, fügte sie hinzu, dass man das Format an jedem Fotodrucker entsprechend ändern könnte. »Im Copyshop und den meisten Drogerien. Nicht richtig schön, aber es geht.«

Der Plan, den Jan sich in Lüneburg ausgedacht hatte, war nicht unproblematisch. Im Gegenteil, er enthielt etliche Risiken. Dennoch schien es Jan der Aufwand wert, wenn die Sache am Ende klappen würde. Mit gesenkter Stimme weihte er Charlotte in seine Gedanken ein. Das war unausweichlich, denn sie war ein wichtiger Bestandteil dieses Plans. Während er sprach, legten sich Falten auf ihre Stirn. Was Jan von seinem Vorhaben erzählte, gefiel ihr grundsätzlich, eine Frage blieb jedoch offen: »Warum das alles?«

Jan sah ein, dass er um eine Erklärung nicht herum kam. Wenn Charlotte bei seiner Idee mitmachen sollte, musste sie vorher alles erfahren. Also erzählte Jan, was Christina Komarow und vor allem die Kinder in den vergangenen zwei Jahren erleiden mussten. »Oleg Komarow war nicht der Vater«, sagte er. »Und Christina Komarow ist nicht die Mutter. Die beiden Kinder sind nicht einmal richtige Geschwister. Sie wurden nach Deutschland gebracht, um missbraucht zu werden. Nur dazu ... Und als die ganze Sache durch Kohlmanns Verhaftung aufzufliegen drohte, wollte man die Beweise beseitigen. So schlicht. So einfach. So grausam.«

Jan ließ Charlotte einen Moment, um das Gehörte zu verarbeiten. »Sie konnten zwar für eine Weile untertauchen«, sprach er dann weiter, »aber ewig geht das so nicht gut. Wir müssen ihnen helfen, endgültig zu verschwinden. Das heißt, wenn du mitmachen willst.«

Jan zweifelte nicht daran, dass Charlotte dies wollte, doch er musste zumindest gesagt haben, dass sie die Wahl hatte. Was er vorhatte, ging besser mit ihrer Unterstützung. Doch zur Not würde er es auch allein durchführen können. Die Frau ihm gegenüber hatte sichtlich Schwierigkeiten, das Gesagte vollständig zu erfassen. Die Monstrosität hinter den genannten Taten schien unvorstellbar. Sie lebten in einem zivilisierten Land. Wie war das, was Kohlmann und Seinesgleichen getan hatten, vielleicht immer noch taten, mitten in Deutschland möglich? Ohne es zu merken, sprach Charlotte diese Frage laut aus.

»Christina Komarow hat mir eine Antwort darauf gegeben«, erwiderte Jan. »Sie meinte, solange die einen reich sind und die anderen arm, geht das. Ich hatte Zeit, um darüber nachzudenken. Und ich glaube, dass sie recht hat. Der Reichtum, den einige Menschen auf dieser Welt anhäufen, ist für sich genommen schon pervers. Noch perverser ist es, was sie sich dafür alles kaufen können.«

Jan legte die Ellenbogen auf die Tischplatte und rieb sich nachdenklich die Hände. Dabei hielt er den Blick gesenkt. Es brauchte eine Weile, bis er Charlotte wieder in die Augen sah. »Was mit dem Komarows gemacht wurde«, meinte er dann, »ist nur eine konsequente Weiterentwicklung des Prinzips: Wer reich ist, kann sich alles kaufen. Absolut alles.«

Charlotte schüttelte den Kopf. Doch damit meinte sie nicht, dass sie an Jans Ausführungen zweifelte. Das Gegenteil war der Fall. Ihre Augen verengten sich, und ihr Mund wurde zu einem schmalen Strich. Wenn es darum ging, den Leuten, die hinter allem standen, eins auszuwischen, würde sie unbedingt dabei sein wollen. Jan konnte es ihr ansehen. Und damit war er nicht der einzige. Jeder, der gerade am Tisch vorbei kam, hätte es Charlotte ansehen können.

57

Um aus Charlotte eine Klischee-Russin zu machen, ging Jan mit ihr in der Hamburger Innenstadt einkaufen. Die entsprechende Kleidung war in einer Boutique leicht zu finden. Für passende Schuhe, Schmuck und eine Perücke besuchten sie ein großes Kaufhaus nahe der Binnenalster. In einem Hotelzimmer beim Hauptbahnhof wurde die Verwandlung schließlich vollendet. Als Charlotte aus dem Badezimmer kam, trug sie eine weiße Bluse auf schwarzen Leder-Hotpants. Über der Bluse hatte sie ein schwarzes Lederjäckchen an. Ihre Beine steckten in schwarzen Nylonstrumpfhosen. Auf ebenso schwarzen High Heels stöckelte sie durch das kleine Zimmer, und Jans weit geöffnete Augen konnten nicht verhehlen, dass der Anblick seine Wirkung tat. Zu einer gänzlich anderen Person wurde Charlotte jedoch durch die Perücke mit den schulterlangen, schwarzen Haaren und durch das extrem stark aufgetragene Make-Up. Ihre Lippen leuchteten rot, während sie die Augenbrauen schwarz gefärbt hatte. Dunkle Wimpernverlängerungen vervollständigten das Bild. Etwas tiefer als normal sprechend, versuchte Charlotte, den Akzent nachzuahmen, den sie bei Miriam Nasarenko gehört hatte.

»Meinst du, der Bursche wird anbeißen?«, fragte sie und schenkte Jan einen gelungenen Augenaufschlag. Der nickte zur Antwort.

»Aber übertreib es bloß nicht.«

»Warum?«, entgegnete Charlotte. »Wenn Typ so ist, wie du gesagt, dann er wird darauf stehen.«

Jan zuckte mit den Schultern. Vermutlich hatte Charlotte recht. »Willst du noch etwas üben?«, fragte er.

»Nein. Lass es uns einfach machen.«

Wieder nickte Jan. »Dann los.«

Er nahm seine dicke Winterjacke vom Bett, während Charlotte einen knielangen Mantel anzog. Das Hotel war nicht sehr weit von ihrem Ziel entfernt. Charlotte nutzte die Strecke, um etwas sicherer auf den ungewohnten High Heels zu werden. Zunächst bot Jan ihr noch einen Arm zur Hilfe an, doch bald meinte Charlotte, dass sie den Dreh nun raus habe. Nicht besonders schnell, aber einigermaßen elegant schritt sie den Bürgersteig entlang. Dies ging jedoch nur, weil es seit zwei Tagen nicht geschneit hatte und die Fußwege geräumt waren. Sonst hätten sie wegen der Schuhe selbst für die kurze Strecke ein Taxi rufen müssen.

»Ich hätte doch die Stiefel nehmen sollen«, meinte Charlotte nach weniger als zweihundert Metern.

»Da vorn ist es schon.« Jan wies auf einen Betonbau, der den kalten Charme der Sechziger ausstrahlte. »Hast du die Fotos?«

Charlotte hielt zur Antwort eine kleine Handtasche in die Luft.

»Lass dich nicht austricksen.«

Sie schüttelte den Kopf.

»Bereit?«

Erneut schüttelte sie den Kopf, lächelte dann jedoch breit und ging auf den Haupteingang des Verwaltungsgebäudes zu. Im Foyer orientierte sie sich an den Hinweisschildern. Ein Pförtner sah zu ihr hinüber.

Mit erhöhter Pulsfrequenz entschied Charlotte, ihre Verwandlung an diesem Mann zu testen. »Einbürgerungsabteilung. Dritter Stock. Das ist richtig?«, fragte sie mit verstellter Stimme.

Der Pförtner nickte und wies ihr den Weg zu den Aufzügen.

»Dankeschön«, flötete Charlotte, ging auf den Fahrstuhl zu und konnte weiterhin den Blick des Mannes auf sich spüren. Diesen Teil der Show konnte Jan noch durch die Glasflächen des Foyers verfolgen, danach begann für ihn das Warten. Nervös lief er auf einem Gehwegstück von nicht mehr als zehn Metern hin und her. Er verschränkte die Arme vor der Brust. Er sah am Gebäude hinauf zum dritten Stock. Die Fenster waren beleuchtet. Für einen Moment sprang ihn Panik an. Der Drang, Charlotte hinterher zu laufen, um sie zu stoppen und den Plan einfach abzublasen, schien die Oberhand zu gewinnen. Doch durch tiefes Luftholen beruhigte Jan sich wieder.

Nach weniger als zehn Minuten kam Charlotte schon wieder aus dem Bürogebäude heraus. Überrascht sah Jan ihr entgegen.

»Er ist da«, erklärte sie. »Ich habe ihn gesehen. Sitzt genau da, wo du es gesagt hast. Und sieht auch genauso aus. Ich glaube, er hat sogar denselben, blauen Strickpullover an, den du beschrieben hast. Aber in Ruhe reden kann man da im Moment nicht mit ihm. Viel zu voll. Und zu viele Kollegen. Wir warten besser auf später. Vielleicht ist es dann etwas leerer.«

»Mist«, meinte Jan, blickte auf seine Schuhe, blickte dann wieder Charlotte an. »Oder wir blasen es ab.«

Charlotte zog die Stirn in Falten. »Blasen? Du meinst Blowjob? Kostet hundert.«

»Lass den Quatsch«, wehrte Jan ab, aber Charlotte schnappte sich seinen Arm und zog ihn mit sich.

»Entspann dich mal, Fischer. Ich krieg das schon hin.« Sie führte Jan zu einem Coffee-Shop, dessen Werbeschild sie schon von weitem gesehen hatte. Zum Warten brauchte Charlotte einen warmen Ort. Außerdem tat der Kaffee beiden gut. Jan hielt seinen Becher in beiden Händen, sah Charlotte lange an und begann irgendwann zu grinsen.

»Was?«

»Dein Aufzug macht mich ganz verrückt.«

»Das ist ja wohl Sinn der Sache«, erwiderte Charlotte und ließ kurz die Augenbrauen nach oben schnellen.

Sie saßen mehr als eine Stunde auf den bequemen Sesseln des Coffee-Shops. Zu erzählen hatten sie genug. Dann verschwand Charlotte kurz auf die Toilette. Erst danach gingen sie erneut zum Einwohnerzentralamt. Aus den Fenster des Bürogebäudes drang kaltes Neonlicht. Gerade eben hielt Jan noch Charlottes Hand, im nächsten Moment hatte sie ihn losgelassen und beschleunigte ihren Schritt. »Da ist er«, zischte sie zur Erklärung. »Macht wohl schon Feierabend. Bleib hier. Den schnappe ich mir.«

Ihre Stöckelschuhe tackerten über den Bürgersteig. »Herr Voskors!«, rief sie.

Der Verwaltungsbeamte war damit beschäftigt, seinen Schal zu richten und schien Charlotte nicht zu hören. Dann holte er eine Art Skimütze aus einer Ledertasche und setzte sie auf den Kopf. Schon wollte er sich zum Gehen in die andere Richtung wenden, als diese unglaublich schöne Frau mit den langen schwarzen Haaren ihn erreichte. Irritiert sah der Mann sie an, dann suchte er die Gegend mit Blicken ab. Jan, der noch zu nahe stand, um nicht aufzufallen, drehte sich etwas zu schnell zur Seite, ärgerte sich über sich selbst und entschied dann, einfach in die andere Richtung zu verschwinden. Er hoffte, dass Voskors ihn nicht erkannt hatte. Vielleicht hätte er besser im Coffee-Shop warten sollen, so wie Charlotte es ihm vorgeschlagen hatte. Doch dazu war er nicht in der Lage gewesen. Er musste so nah wie möglich bei ihr bleiben, wollte auf sie aufpassen. Dass er sie durch genau dieses Verhalten auch in Gefahr brachte, ging ihm erst in diesem Moment auf.

Mit einer tiefen Falte, die sich senkrecht zwischen seinen buschigen Augenbrauen gebildet hatte, starrte Voskors Charlotte an. »Sie waren doch vorhin schon oben. Glauben Sie etwa, ich hätte Sie nicht gesehen? Was wollen Sie?«

»Ich brauche drei Pässe«, entgegnete sie und dachte gerade noch daran, ihren unechten, russischen Akzent zu benutzen. »Für Freunde.«

»Na und?«

»Ich Pässe von Ihnen kriege. Man mir das gesagt.«

Wütend drehte der Beamte sich vom Verwaltungsgebäude weg und eilte davon.

»Herr Voskors. Sie warten!«

Trotz ihrer High Heels war Charlotte sehr schnell wieder an der Seite des Mannes. Jan konnte dies mit einem Schulterblick sehen. Er blieb stehen, wechselte nach einigen vorbeifahrenden Autos die Straßenseite und folgte den beiden mit genügend Abstand. Widerwillig ließ sich der Beamte von der auffälligen Frau den ganzen Weg bis zur S-Bahnstation Hammerbrook begleiten. Dort blieben sie im Eingangsbereich stehen und führten ihr intensives Wortgefecht fort. Auch wenn Jan nichts verstehen konnte, sah er, dass die beiden offenbar unterschiedlicher Meinung waren. Irgendwann holte Charlotte den Umschlag mit den Passfotos heraus, die sie im Copy-Shop aufgedruckt hatten, und gab sie Voskors in die Hand. Automatisch öffnete der den Umschlag und sah hinein. Dann verstaute er ihn in der Ledertasche, die er über die Schulter gehängt hatte. Er sah noch immer nicht glücklich aus, musterte die Frau ihm gegenüber noch einmal abschließend, nickte dann und verschwand in der Station. Charlotte sah ihm hinterher, drehte sich irgendwann herum und guckte erst einmal, wo sie war. Mit Blicken suchte sie die Straße ab, die sie entlang gekommen war. Dann entdeckte sie Jan und winkte ihm. Doch der gab ihr Zeichen, ohne ihn weiterzugehen. Sofort kapierte Charlotte, dass Jan sehen wollte, ob Voskors wirklich mit der S-Bahn weggefahren war oder sie womöglich nun seinerseits verfolgen würde. Immerhin konnte es sein, dass er genauer herausfinden wollte, mit wem er es zu tun hatte. Wie sich zeigte, war die Vorsichtsmaßnahme unbegründet. Der Verwaltungsbeamte ließ sich nicht noch einmal sehen. Nach einigen Minuten folgte Jan Charlotte schnellen Schrittes, wechselte wieder die Straßenseite und gesellte sich zu ihr. Er nahm ihre Hand und küsste sie.

»Toll gemacht«, sagte er.

»Danke«, entgegnete sie. »Aber er war ganz schön sauer darüber, dass ich ihn einfach angesprochen habe. Es gefiel ihm überhaupt nicht, dass man uns zusammen sehen könnte. Der Mann dreht zwar krumme Dinger, ist aber selbst ein kleines Mäuschen mit zitternden Barthärchen. Außerdem stinkt er nach Alkohol. Und zwar richtig.«

Jan wusste, wovon Charlotte sprach.

»Na ja, jedenfalls gefiel ihm die Idee gar nicht, drei Pässe für mich anfertigen zu lassen. Wie das denn gehen solle, ohne offizielle Papiere und so. Was ich mir vorstelle. Da habe ich gesagt, dass er doch am besten wisse, wie das gehe. Dann fing er an von Bescheinigungen über Sprachtests und so weiter. Selbst als ich von Geld angefangen habe, hat ihn das nicht beruhigt.«

»Aber er hat die Fotos schließlich genommen?«

»Ja.«

»Wie lange soll es dauern?«

»Er schickt mir eine Nachricht. Ich habe ihm deine neue Nummer gegeben. Also lässt du mich in Zukunft besser rangehen, wenn es klingelt,« meinte Charlotte.

Das war ein Problem. Denn wer sagte, dass Charlotte in der Nähe war, wenn Voskors anrief. Trotzdem war die Entscheidung richtig. Sie konnte ihm auf keinen Fall ihre eigene Nummer geben. Sonst hätte Voskors sehr leicht herausfinden können, zu wem der Anschluss wirklich gehörte.

Charlottes Füße schmerzten von den ungewohnten Schuhen. Außerdem war ihr kalt. »Wo sind wir hier eigentlich?«

»Da vorne müssen wir links ab«, meinte Jan, »dann sind wir wieder beim Hotel. Aber wie war das jetzt mit den drei anderen Pässen?«

»Weiß ich nicht. Jedenfalls glaubt er offenbar, dass ich zu den Leuten gehöre, für die er sonst die Ausweise anfertigen lässt. Und das war doch auch der Plan.«

»Ja, das war der Plan.«

58

Der LKW verließ Woronesch am späten Nachmittag. Das Fahrzeug war alt, aber noch einigermaßen in Schuss. Dasselbe galt für den Fahrer. Er hatte die Strecke von Russland nach Deutschland schon öfter gemacht. Fast zweitausendfünfhundert Kilometer. Der günstigste Weg hatte lange Zeit durch die Ukraine geführt, direkt an Kiew vorbei, dann durch Polen bis nach Deutschland. Doch seit den Grenzauseinandersetzungen zwischen Russland und der Ukraine war es sicherer, die etwas längere Strecke über Weißrussland zu wählen. Dort waren die Straßen zwar auch nicht besser, aber man lief nicht so leicht Gefahr, von echten oder selbsternannten Soldaten aufgehalten zu werden. Die nächste Hürde, die es zu nehmen galt, war der Grenzübergang nach Polen. Weil Polen zum Schengenraum gehörte, gab es jenseits dieser Grenze keine offiziellen Personen- und Fahrzeugkontrollen mehr. Sofern man es also schaffte, unbehelligt nach Polen einzureisen, konnte man fast alle europäischen Länder ohne weitere Passkontrollen erreichen. Lediglich die Fahrzeug- und Ladepapiere mussten stimmen. Zudem musste man natürlich auf die Bestimmungen des jeweiligen Landes achten. Das betraf die Höchstgeschwindigkeiten ebenso wie vorgeschriebene Ruhepausen und das zulässige Gesamtgewicht. Überladene Fahrzeuge wurden in Deutschland von der Autobahnpolizei ebenso gerne aus dem Verkehr gezogen wie solche mit technischen Mängeln. In Polen musste man hingegen mehr darauf achten, nicht zu schnell zu fahren.

Der Fahrer kannte die Marotten der jeweiligen Länder. Er hielt sich, wenn möglich, an alle Vorschriften. Das war die beste und sicherste Methode, um eine Kontrolle der Ladung zu vermeiden. Und darum ging es schließlich.

Frauke Büren hatte bei ihren russischen Kontaktleuten darauf gedrungen, dass die Fracht eher als geplant nach Hamburg geschickt wurde. Wenn Kohlmann wirklich starb, entstand ein Machtvakuum in seiner Firma. Niemand wusste, wer dort dann die Kontrolle übernehmen würde. Allgemein war man davon ausgegangen, dass Heiner Kohlmann sein Unternehmen leiten würde, bis sein ältester Enkel groß genug war, um die Geschäfte zu führen. Doch der war zurzeit noch ein Schulkind. Ob es ein Testament gab, in dem für den Ernstfall alles geregelt wurde, wusste die Richterin nicht. Das war ein weiterer Grund, um sich über Kohlmann zu ärgern. Es war so typisch für Patriarchen seiner Generation, dass sie nicht an die eigene Vergänglichkeit glauben konnten und deshalb die notwendigen Vorkehrungen bis zum spätest möglichen Zeitpunkt hinausschoben. Im Zweifelsfall verließen sie diese Welt, ohne es jemals getan zu haben.

Die Richterin musste die notwendigen Entscheidungen nun selbst treffen. Das hatte sie bereits getan, als es um die Beseitigung der Komarows ging, ebenso wie sie das vorzeitige Ableben des Oliver Jensch beschlossen hatte. Die Leute aus Woronesch waren ihrem Rat gefolgt und hatten die entsprechenden Schritte umsetzen lassen. Das Gefühl zu wissen, dass man auf ihr Wort hörte, war mehr als befriedigend. Es war berauschend. Denn nun war sie Herrin über Leben und Tod. Gleichwohl wusste Frauke Büren, dass sie damit eine Position innerhalb der Organisation eingenommen hatte, in der Fehler nicht verziehen wurden. Doch da es den Russen nicht in erster Linie um irgendwelche Ehrenkodexe ging, sondern ums Geschäft, rechnete die Richterin sich aus, die Sache im Griff zu haben. Sie legte den Russen logisch dar, dass es Sinn machte, sofort zu handeln. Ursprünglich sollte Dmitrij nach Russland fliegen, um die Ware dort in Empfang zu nehmen und den Transport an ihren Bestimmungsort zu begleiten. Doch da dieser, seit er einen Hamburger Lokalreporter suchte, nichts mehr von sich hören gelassen hatte, musste die Transaktion auch ohne ihn laufen.

Der Sitzplatz neben dem Fahrer war deshalb leer, als er vor der polnischen Grenze unweit von Brest darauf wartete, dass der von seinen Auftraggebern bestochene Zollbeamte seinen Dienst antrat. Der Fahrer wusste, wie der Mann aussah. Er musste nur die Grenzanlagen im Auge behalten und auf das Auto des Mannes warten. Bei Dienstantritt bekam der Zöllner mitgeteilt, welche Fahrspur er zu kontrollieren hatte. Sobald er seinen Arbeitsplatz eingenommen hatte, konnte der Fahrer sich mit seinem LKW bei dieser Spur anstellen. Vorher nicht. Doch das Warten lohnte sich. Denn so wusste er, dass es eine unzureichende Kontrolle der Ladepapiere und nur einen flüchtigen Blick auf das Einreisevisum geben würde.

Der Fahrer blickte nach hinten. Zwei Drittel seines Laderaums wurden von Kisten voller Krimsekt eingenommen. Lediglich das letzte Drittel war für eine andere Fracht reserviert.

59

Das Hotel war nicht besonders teuer. Das Restaurant im Erdgeschoss und der kleine Pool im Keller stellten den einzigen Luxus dar. Charlotte hatte längere Zeit im Wasser verbracht, während Jan auf einer Liege saß und zuschaute. Schwimmen konnte man das, was Charlotte machte, wegen der Enge des Beckens nicht nennen. Trotzdem war sie danach so müde, dass sie auf dem Zimmer sofort einschlief, während Jan durch das Fenster auf ein schmutziges Hamburg starrte. Granulat färbte den Schneematsch am Straßenrand dunkel. Das Warten war zermürbend. Immer wieder klappte Jan das Handy auf, um nachzusehen, ob er eine Nachricht verpasst hatte. In dem kleinen Hotelzimmer fühlte er sich eingesperrt. Wie müssen sich die Komarows erst fühlen, überlegte er. Sie waren noch viel mehr Gefangene innerhalb von vier Wänden, als er und Charlotte. Wann würde Voskors anrufen? Schon morgen? Oder … vielleicht gar nicht?

Jans Entschluss kam spontan. Er schrieb eine kurze Notiz für Charlotte und deponierte sie auf dem Nachttisch unter dem Handy. Wenn alles wie geplant lief, konnte er die Nachricht wieder an sich nehmen, bevor Charlotte aufwachte. Mehr als zwei Stunden würde er nicht brauchen, um zum Truckertreff nach Billbrook und wieder zurück zu kommen. Die Chance war vage, aber falls er dort noch einmal Tommi mit seinem springenden Panther auf der roten Zugmaschine treffen konnte, hatte er ein paar neue Fragen, die er ihm gerne stellen wollte.

Ob er etwas über Dmitrij erzählen konnte, war die erste. Dmitrij und Oleg. Die beiden gehörten irgendwie zusammen. Was wusste Tommi darüber? Und dann wollte Jan zweitens wissen, was Tommi über einen Asiaten wusste, der Zugang zum Gelände von *Hansa Transporte* hatte. Immer wieder musste Jan an diesen Mann denken, der, kurz nachdem der Wachmann auf dem Gelände gestorben war, den Hof verließ und ohne offensichtliche Hektik einfach verschwand. Der Blick, den Jan in jener Nacht auf ihn erhaschen konnte, war nur kurz. Trotzdem war er sich nun mehr und mehr sicher, dass es sich wirklich um einen Asiaten handelte. Ebenso wie die Gestalt, die Liam in Kohlmanns Villa fotografiert hatte. Ja, das Foto war unscharf, und es war vollkommen spekulativ, aber was, wenn diese beiden Figuren ein und dieselbe Person waren? Der Asiat bei der Lagerhalle und der Asiat in der Villa. Würde Tommi etwas dazu sagen können? Der Lagerverwalter vielleicht. Und Herr Friedrich, der Personalchef, bestimmt. Aber bei denen brauchte Jan es gar nicht noch einmal zu versuchen. Tommi hingegen war ein vertrauensseliger Mensch und, besser noch, für den Preis einer Spezi sogar redselig.

60

Der Lastwagenfahrer hielt auf der Tour durch Polen nicht ein einziges Mal an. Zunächst ließ er Warschau rechts des Weges liegen, dann passierte er Lodsch und Posen. Mehr als sechshundertfünfzig Kilometer in einem Rutsch. Der Fahrer traute den ehemaligen Verbündeten nicht. Die Polen hatten sich von Russland abgewendet und waren der EU beigetreten. Schlimm genug. Doch auf keinen Fall würde der Fahrer sich von einigen polnischen Gangstern seinen Laster abjagen lassen. Erst auf dem Gebiet der Bundesrepublik Deutschland legte er wieder eine Pause ein. Doch auch hier stellte er sich zum Pinkeln neben den Wagen, ließ das Fahrzeug keinen Augenblick aus den Augen. Dann verriegelte er die Fahrerkabine von innen und legte sich zum Schlafen quer über die Sitze. Eine eigene Schlafkabine hatte der Wagen nicht. Nach zwei Stunden wachte der Mann von alleine wieder auf. An Berlin vorbei würden es noch etwa vier Stunden bis Hamburg sein. Die Straßenverhältnisse waren gut. Kein Schneefall mehr, seit er Weißrussland hinter sich gelassen hatte. Der Mann plante noch vor Mitternacht an seinem Zielort zu sein. Das musste gut zu schaffen sein.

61

Als sie die Augen öffnete, war er nicht mehr da. Vielleicht hatte sie die Zimmertür leise zugehen gehört. Vielleicht war es auch nur die Stille im Raum. Jedenfalls wusste sie, dass Jan weg war. Dann fand sie den Zettel unter dem Handy. Er war nicht zu übersehen. *Zurück so schnell ich kann. Muss nur 'was überprüfen. Bis gleich.*

Ohne genau sagen zu können warum, machte die Nachricht sie wütend. *Arschloch.*

Charlotte griff nach der Fernbedienung des Fernsehers. Doch kein Programm fand Gnade in ihren Augen. Daher war sie schnell mit den vorhandenen Kanälen durch.

Warum zog Jan einfach ohne sie los? Waren sie jetzt ein Team oder nicht? Waren sie wieder ein Paar oder nicht?

Charlotte schlug mit der Fernbedienung auf die Matratze. Sie bereute es, ihr Notebook bei der überstürzten Flucht aus ihrer Wohnung nicht mitgenommen zu haben. Auch die Nutzung ihres Smartphones hatte Jan ihr untersagt. So ein Spinner. Wer gab ihm das Recht zu bestimmen, was sie tat und was nicht? Von Anfang an fand Charlotte das übertrieben. Selbst dann noch, als Jan ihr von Dmitrij erzählt hatte und von dessen Ableben.

»Er war hinter mir her«, hatte Jan gemeint. »Und wenn Liam recht hat, dann haben es dieselben Leute auf dich abgesehen. Zumindest hatten sie es.«

Ja, sie *hatten* es. Der Engländer *hatte* versucht, sie umzubringen. Aber das war schon ein halbes Jahr her. Und seitdem war ihr nichts passiert. Vermutlich übertrieb Jan es mit seinen Sorgen um sie. Und Liam auch.

Im Fernsehen plärrte eine Talkshow halblaut vor sich hin, als das auf dem Nachttisch liegende Handy piepte. Sofort griff Charlotte danach. Sie rechnete mit einer Botschaft von Jan und fühlte sich unmittelbar versöhnt mit ihm. Doch die eingegangene Kurznachricht war so kurz, dass sie ihren Namen mehr als verdient hatte. *22.00 Uhr Eingang Planetarium*, stand auf dem Display. Mehr nicht. Die Nummer, von der die Nachricht kam, wurde nicht angezeigt. Irritiert starrte Charlotte auf den Text. Kein Namen oder Kürzel als Unterschrift.

Jan hätte doch dazu geschrieben, dass die Botschaft von ihm kam. Ein einfaches *J* hätte als Absender gereicht. Warum sollte er sie im Unklaren lassen?

Es gab nur wenige Menschen, die diese Nummer hatten. Jan und ... Kathrin Schneider aus Lüneburg, bei der sich die Komarows versteckten. Doch auch die hätte sich irgendwie zu erkennen gegeben und keine anonymen Nachrichten geschickt. Außerdem gab es keinen Grund für so eine geheimnisvolle Verabredung. Wenn Kathrin etwas von Jan wollte, hätte sie einfach anrufen können. Blieb nur noch einer, der die Nummer kannte: Voskors.

Charlotte sah auf die Uhr. Kurz nach neun. Wie lange war Jan schon weg? Irgendwie wusste sie, dass er nicht rechtzeitig wieder da sein würde, um mit ihr zum Planetarium zu fahren. Ihr Puls beschleunigte bei dem Gedanken, allein zum Treffen mit Voskors zu gehen. Konnte sie das überhaupt schaffen? Schon das Schminken dauerte seine Zeit. Nach ihrer Verwandlung in die falsche Russin würde es dann ziemlich knapp werden. Von der City zum Stadtpark brauchte sie locker eine halbe Stunde. Taxi finden. Quer durch die Stadt fahren. Durch den Park bis zum Planetarium stöckeln. Kaum zu schaffen.

Die zweite Möglichkeit bestand darin, die Kurzmitteilung zu ignorieren und darauf zu hoffen, dass Voskors sich am nächsten Tag noch einmal meldete.

Charlotte stand vom Bett auf, nahm die schwarze Perücke in die Hand und ging ins Bad. Sie war unentschlossen, doch im Grunde wusste sie, dass sie diese Gelegenheit nicht verstreichen lassen durfte. Wer konnte schon sagen, ob Voskors sich ein zweites Mal melden würde? Dann musste sie es eben allein machen. Jan war ja auch allein unterwegs. Er machte irgendetwas Wichtiges ohne sie, und sie würde das jetzt eben auch tun. Der Gedanke hatte etwas für sich, war beinahe beschwingend. Ihr Blick ging gerade in den Spiegel, während sie ihre Augenbrauen nachzog. Dann klebte sie die falschen Wimpern auf, griff zum roten Lippenstift. Sie versuchte zu lächeln. »Du machst einen Fehler«, las sie im Spiegel von ihren eigenen Lippen ab.

62

Keine rote Zugmaschine mit springendem Panther weit und breit. Der Zufall wäre auch zu groß gewesen. Trotzdem betrat Jan den Truckertreff unweit der A1. Musik spielte. Es war warm. Das Lokal nicht so voll wie bei seinem letzten Besuch. Tommi war nicht da. Auch nicht Manni, den Jan an einer Laderampe von *Hansa Transporte* kennengelernt hatte. Manni, der ihm von Tommi erzählt hatte. Die beiden Lasterfahrer, die viel in der Welt herumgekommen waren und viel zu berichten hatten. Jan sah die Anwesenden an. Machte es Sinn, das Foto des Asiaten herumzuzeigen? Egal wie unscharf es war? Wenn er schon mal hier war? Die Gesichter, in die er dann blickte, waren ausdruckslos und desinteressiert. Schneller als gedacht, war Jan wieder auf dem Hof. In einer Pfütze bei den Zapfsäulen der Tankstelle nebenan schimmerte bläulicher Kraftstoff. Die Temperaturen hatten sich in den vergangenen Tagen um den Gefrierpunkt eingependelt. Damit war es in Hamburg deutlich wärmer als noch vor einer Woche, trotzdem fror Jan. Die Nässe in der Luft war unangenehm.

Also zurück ins warme Hotelzimmer, dachte er. Zurück zu Charlotte. Erst als er in die falsche Richtung abbog, merkte er, dass er einen Umweg fuhr. Dann fand er sich bei den Lagerhallen von *Hansa Transporte* wieder. Über sich selbst wundernd stellte er den Motor aus und krabbelte auf die Rücksitzbank. Jan schlüpfte in den Schlafsack, den er sich beim letzten Mal mit Charlotte geteilt hatte, und zog den Verschluss hoch. Mit vor der Brust verschränkten Armen sah er an der Front der riesigen Halle entlang. Alle Tore waren verschlossen. Auch das Pförtnerhäuschen an der Hofeinfahrt war verlassen, das große Rolltor zugeschoben.

Jan dachte daran, wie es vor knapp einer Woche zu dem tödlichen Unfall auf dem Gelände des Transportunternehmens gekommen war. Was hatte er gesehen? Was bildete er sich nur ein, gesehen zu haben? Was war passiert? Was dichtete sein Verstand hinzu? Und wer war dieser asiatische Kerl? Immer wieder fielen ihm die Augen zu. Ärgerlich schüttelte er den Kopf. Wieso hockte er hier in der Kälte, während er bei Charlotte im Hotel sein könnte? Er hatte Lust, sie zu küssen, zu streicheln, ihre Haut zu riechen. Dann stellten sich völlig unerwartet Verbindungen in seinen Erinnerungen her. Er sah den Fahrer des Lasters vor sich, der den Mann vom Wachdienst mit seinem Fahrzeug beim Rückwärtsfahren an der Mauer der Laderampe zerquetscht hatte. Sanitäter hatten dem offenbar geschockten Mann eine Decke umgelegt. Auf dem Kopf des Mannes saß eine Wollmütze, die er so tief ins Gesicht gezogen hatte, dass selbst die Augenbrauen darunter verborgen waren. Trotzdem deckten sich die Gesichtszüge dieses Mannes in Jans Vorstellung plötzlich mit denen eines Anderen. Er hatte ihn in der Lüneburger Heide getroffen. Der Mann war grobschlächtig und brutal gewesen. Und er war bereit zu töten: Dmitrij. Der Vollbart, die Gesichtsform. Jan konnte sich irren, doch er glaubte es nicht.

Stückchenweise setzte sein Verstand weitere Puzzle-teilchen zusammen.

Liam hatte Charlotte geschrieben, dass Oliver Jensch tot sei. Kohlmanns Entlastungszeuge. Jan hatte sich um dieses Detail nicht weiter gekümmert, dafür gab es zu viel andere Dinge, die ihn beschäftigten. Doch nun glaubte er sich auch daran zu erinnern, dass jemand gesagt hatte, Oliver Jensch hätte für einen Wachdienst gearbeitet. Wenn das stimmte, dann war es durchaus möglich, dass ...

Jan zog sein Notizbuch, blätterte darin, schrieb hin-ein, dass er überprüfen musste, wie Oliver Jensch ums Leben gekommen war. Mit dem Ende des Kugel-schreibers tippte er sich danach auf die Unterlippe. Dmitrij war also hier gewesen. Und der Asiat auch. Beide waren bei dem tödlichen Unfall dabei.

Unfall?

Das Todesdrama an der Lagerhalle war kein Unfall.

Dmitrij und der Asiat hatten den Wachmann umge-bracht. Er wurde beseitigt. Genauso, wie die Koma-rows beseitigt werden sollten. Dieser Wachmann musste Oliver Jensch gewesen sein. Wie Liam Tebbe es behauptet hatte, musste Jensch für Kohlmann eine Falschaussage vor Gericht gemacht haben. Und damit diese niemals widerrufen werden konnte, hatte man den jungen Mann anschließend umgebracht. Sie sind noch immer dabei, Spuren zu verwischen, dachte Jan. Und sie sind sehr gründlich bei dem, was sie machen.

63

Der Taxifahrer konnte die herausgeputzte Russin nicht direkt bis zum Planetarium fahren. Das letzte Stück musste man, egal aus welcher Richtung man kam, zu Fuß bis zur Sternwarte gehen. Der Parkplatz, an dem Charlotte ausstieg, lag am Jahnring. Sie bezahlte den Fahrer und ging dann auf einen von Bäumen und Büschen umsäumten Weg zu. Obwohl sie als Zugeständnis an die frostigen Temperaturen die High Heels gegen kniehohe Stiefel und die Hotpants gegen eine enge Jeans eingetauscht hatte, sah die schwarzhaarige Frau in ihrem körperbetonten Mantel extrem reizvoll aus. Selbst der Taxifahrer, der täglich Dutzende Fahrgäste beförderte, sah der schönen Frau hinterher. Der Hamburger Stadtpark war zwar nicht New Yorks Central Park, trotzdem fand der Mann es gewagt von der Frau, um diese Zeit allein durch den Park zu gehen. Andererseits war es Winter. Welcher Lustmolch würde sich bei den Temperaturen schon stundenlang hinter Bäumen verstecken und auf einsame Fußgängerinnen warten? Der Mann schaltete die Beleuchtung des Taxischilds auf dem Dach ein, fuhr vom Parkplatz und hatte die Schönheit, die eben noch bei ihm im Auto gesessen hatte, kurz darauf wieder vergessen.

Der Weg, den Charlotte entlang schritt, wurde alle fünfzig Meter von einer Laterne beschienen. Wie ein helles Band schlängelte sich das verdichtete Granulat durch die umgebende Dunkelheit. Was sich hinter den Büschen und Bäumen verbarg, ließ sich nicht erahnen. Charlotte schritt langsam und atmete flach. Sie lauschte auf jedes Geräusch, das an ihr Ohr drang. Etwas Wind ging durch die Büsche am Wegesrand. In der Ferne hörte sie einige Autos fahren. Ganz still war es in einer Stadt nie. Egal, wo man sich befand.

Das letzte Wegstück führte schnurgerade auf den hohen Bau des Planetariums zu. Wer es wusste, konnte in dem Turm ganz deutlich seinen ursprünglichen Zweck erkennen, auch wenn er nur wenige Jahre als Wasserspeicher gedient hatte. Bereits 1930 hatte man den Turm zu seiner jetzigen Bestimmung umgebaut. Neben den üblichen Einführungen in die Himmelskunde wurden dort seit langem mit Hilfe der leistungsfähigen Projektoren auch spektakuläre Lichtshows und Konzertaufzeichnungen präsentiert. Die letzte Vorstellung des Tages, wusste Charlotte, lief aber bereits. Da aus Sicherheitsgründen niemand nach deren Beginn in den abgedunkelten Vorführraum eingelassen wurde, konnte Voskors Kurzmitteilung für sie also keine Einladung zu einer dieser Veranstaltungen bedeuten.

Wenn es denn Voskors war, der ihr geschrieben hatte, dachte sie.

Automatisch begann sie ihren Schritt zu beschleunigen. Wenn dies eine Falle war und sie von jemandem überfallen werden sollte, dann war die Stelle, an der sie sich gerade befand, ideal. Das angekündigte Ziel vor Augen würden die meisten Menschen vermutlich aufatmen und unvorsichtig werden. Charlotte wurde es nicht. Immer wieder sah sie nach links und rechts ins Unterholz. Sie fühlte sich beobachtet und keineswegs in Sicherheit. Jan eins auswischen zu wollen und deshalb allein herzukommen, war keine gute Idee gewesen. Endlich hatte sie den dunklen Wegabschnitt hinter sich gelassen und den Turm erreicht.

Es gab zwei Treppen, die zum Eingang des Gebäudes führten. Charlotte brauchte sich für keine zu entscheiden. Die leicht vorgebeugte Gestalt des Verwaltungsbeamten erkannte sie sofort. Voskors stand am ersten Treppenaufgang und sah ihr entgegen.

»Guten Abend«, sagte Charlotte.

Der Mann blickte sie eine Weile schweigend an. Durch seine krumme Körperhaltung wirkte er kleiner, als er wirklich war. Die Wollmütze auf seinem Kopf wirkte zudem irgendwie fehl am Platz und machte fast eine Witzfigur aus ihm. »Lassen Sie uns ein paar Schritte gehen«, sagte er irgendwann.

»Sind Pässe schon fertig?«

»Lassen Sie uns das im Gehen besprechen.«

»Ich ...«, Charlotte zögerte. »Es ist kalt. Wir besser rein gehen.«

»Nein«, wehrte der Mann ab. »Ich will spazieren gehen.«

»Aber ich nicht. Sie mir jetzt sagen, was Sie wollen.«

Voskors steckte eine Hand in seine Manteltasche und brachte sie anschließend samt einer Pistole wieder zum Vorschein. Automatisch sog Charlotte die kalte Luft ein. Dann sagte sie: »Die ist doch nicht echt.«

»Echter jedenfalls als Ihr gespielter Akzent«, entgegnete der Mann. Witzig sah er jetzt gar nicht mehr aus.

64

Den LKW konnte Jan schon lange hören, bevor er die Straße herunter kam und auf die Hofeinfahrt von *Hansa Transport* bog. Das Länderkennzeichen RUS elektrisierte den heimlichen Beobachter. Sofort holte er die Kamera hervor, die sie im Auto deponiert hatten. Charlotte wollte sie nicht mit ins Hotel nehmen, falls sie nach einem Ausflug aus irgendeinem Grund nicht dorthin zurück konnten. Jan schoss ein paar Fotos. Dann schrieb er in sein Notizbuch: »Ankunft von russischem LKW. 22.13 Uhr.« Als er das Büchlein zur Seite legte und wieder die Kamera zur Hand nahm, überlegte er, was jetzt zu tun sei. Was würde er machen, wenn der Laster aufs Grundstück fuhr? Jan hatte kein Handy dabei. Er konnte also nicht einfach bei der Polizei anrufen und einen Hinweis darauf geben, dass möglicherweise gerade Schmuggelgut aus Russland auf dem Gelände eines Hamburger Transportunternehmens angeliefert wurde.

Tuckernd stand der LKW über zehn Minuten vor dem verschlossenen Tor. Dann hörte Jan einen weiteren Motor. Es war ein dunkler Audi, der kurz darauf neben dem Laser hielt. Den Fahrer konnte Jan in der Dunkelheit nicht erkennen. Automatisch hielt er die Luft an. Was, wenn es der Asiat war?

Ganz leicht nickte Jan. Nun war er überzeugt davon, dass er es mit dem Asiaten zu tun hatte. Denn Dmitrij konnte es nicht sein. Dmitrij war tot. Blieb doch nur noch der Asiat. Der große Unbekannte. Doch diesmal würde Jan ihn nicht wieder entkommen lassen. Nach dem Mord an Oliver Jensch hatte sich der Mann aus dem Staub gemacht. Doch diesmal sollte ihm dies nicht so leicht gelingen. Zumindest musste Jan es schaffen, ein brauchbares Foto von ihm zu machen. So gut, dass er es später benutzen konnte, um den Asiaten zu identifizieren.

Langsam öffnete sich die Fahrertür des Audis. Jan benutzte die Kamera wie ein Jäger sein Zielfernrohr. Seine Finger waren steif vor Kälte. Trotzdem versuchte er die Schärfe so gut wie möglich einzustellen. Ein Mann schwang sich aus dem Fahrzeug, den Bewegungen nach war er jung und sportlich. Irgendwie passten die Bewegungen nicht zu dem Mann, den Jan schon einmal hier gesehen hatte. Kurz war Jan enttäuscht. Dann konzentrierte er sich wieder auf das, was er sah.

Der Mann trat an die Fahrerkabine des LKWs heran, wechselte ein paar Worte mit dem Fahrer. Dieser machte sich nicht die Mühe auszusteigen. Er wartete weiter, bis der junge Mann das Tor öffnete und den Weg für den Laster frei machte. Dann rollte der LKW an und fuhr auf das Gelände. Der dunkle Audi folgte. Der junge Mann stieg wieder aus, verschloss das Tor und hüpfte zurück ins Auto.

Nervös steckte Jan sich den kleinen Finger der rechten Hand in den Mund und biss darauf. Kurz danach sah er, wie der LKW eine Kurve einschlug und damit nicht wie erhofft zu einer der Laderampen fuhr, sondern links neben dem Gebäudekomplex verschwand. Der Audi folgte ihm im Schritttempo.

So schnell wie möglich krabbelte Jan aus seinem Schlafsack und zog sich mit kalt gewordenen Fingern die Schuhe wieder an. Was immer die Leute im Laster versteckt hatten, sie wollten nicht, dass ihnen irgendjemand beim Entladen zusehen konnte. Deshalb fuhren sie an der großen Halle vorbei und brachten sich auf der Rückseite des Gebäudes vor neugierigen Blicken in Sicherheit. Es war eine einfache Vorsichtsmaßnahme, die ihren Zweck erfüllte.

Leise fluchend stieg Jan aus seinem Auto und lief am Straßenrand entlang. Er musste irgendwie einen Blick auf die Rückseite der riesigen Lagerhalle bekommen. Doch das war nicht einfach. Als er das eine Ende des scheinbar unendlich langen Zauns erreicht hatte, der das Gelände umgab, sah er sich dichtem Dornengebüsch gegenüber. Erneut fluchte Jan, sah die Straße weiter hinauf. Das nächste Firmengelände begann etwa hundert Meter weiter. Mehrere Fahnen klimperten mit Metallringen an ihren Masten. Der Bereich zwischen *Hansa Transport* und dieser anderen Firma schien Niemandsland zu sein. Jan lief ein Stück weiter, um eine Stelle zu suchen, die nicht so stark bewachsen war. Und er hatte Glück. Nach kaum zwanzig Metern entdeckte er einen schmalen, asphaltierten Weg, der zum Tidekanal hinunter führte.

Der Kanal begrenzte die Firmengelände mit ungerader Hausnummer rückseitig. Er konnte von Schiffen zum Transport von schweren Lasten oder Stückgut benutzt werden. Jan stolperte durch die Dunkelheit, bis er das Ufer des Gewässers erreicht hatte. Ab dort achtete er genauer darauf, wohin er seine Schritte tat. Bereits auf dem schmalen Weg, der zum Kanal hinunter führte, wäre er zweimal beinah hingefallen. Das konnte er sich hier nicht erlauben. Ein Sturz ins eiskalte Wasser würde höchstwahrscheinlich tödlich enden. Kein Mensch würde ihn um diese Zeit rufen hören, und Schwimmen war bei den eisigen Temperaturen so gut wie unmöglich. Sehr schnell würde er bewegungsunfähig sein, die Muskeln würden verkrampfen und Jan unweigerlich ertrinken. Die von Eisschollen übersäte Wasseroberfläche glitzerte zwar nur einen Meter unterhalb der Kanalwand, doch unter den herrschenden Bedingungen hätten es auch fünfzig sein können. Das Ergebnis wäre dasselbe geblieben.

Mit respektvollem Abstand zum Kanal ging Jan am Ufer entlang zurück in Richtung des Zauns. Wie lange er für die ganze Strecke seit Verlassen des Autos gebraucht hatte, konnte er nur schätzen. Drei Minuten? Fünf waren realistischer. Vermutlich waren es zwischen sieben und zehn. Doch endlich hatte er sein Ziel erreicht. Zwischen Efeu und anderen Kletterpflanzen hindurch, die den Zaun als willkommene Rankhilfe benutzten, hatte Jan einen guten Blick auf das rückseitige Firmengelände. Der LKW stand quer zur Lagerhalle, der Audi etwas weiter zurück im Schatten des Lasters. Beide Männer hatten ihre Fahrzeuge verlassen. Die hinteren Flügeltüren des LKWs standen offen. Leider konnte Jan nicht auf die Ladefläche sehen, dafür stand das Fahrzeug falsch herum. Doch das war auch gar nicht nötig. Denn der Audifahrer hatte sich auf einen Gabelstapler geschwungen und begann bereits mit dem Abladen.

Zwar brannten nur einige Lampen an der Halle, trotzdem glaubte Jan zu erkennen, dass sich auf der Palette Sektkartons stapelten. Er benutzte das Teleobjektiv von Charlottes Kamera, um dichter ans Geschehen heran zu kommen, drückte den Auslöser mehrfach und suchte den Hof weiter ab.

Die Arbeiten gingen sehr zügig und relativ leise vonstatten. Als vier Paletten mit Sekt nebeneinander standen, folgten weitere Paletten mit kleineren Kartons. Mehrere Plastikbahnen waren um die Stapel gewickelt und verliehen ihnen Stabilität. Gleichzeitig erschwerte die Folie es Jan zu erkennen, womit die Kartons beschriftet waren. Erneut machte er ein paar Fotos. Dann setzte er die Kamera ab, um die Situation im Ganzen betrachten zu können. Sein eigenes Atmen, das Tuckern des Motors und die Hydraulik des Gabelstaplers waren zunächst die einzigen Geräusche, die er dabei hörte. Dann mischte sich noch etwas anderes darunter.

Der jüngere Mann brachte den Gabelstapler in den Leerlauf und stieg ab. Hinter den abgestellten Paletten glaubte Jan Bewegungen sehen zu können. Schnell hob er die Kamera und drückte wieder mehrfach den Auslöser. Dann hörte er so etwas wie Stimmen. Genau konnte er es jedoch nicht bestimmen. Dafür war der Ort des Geschehens zu weit weg.

Möglicherweise waren die Schatten von der Ladefläche des Lasters gesprungen. Auch der LKW-Fahrer musste dort irgendwo sein. Jan nahm den Kamerasucher kurz vom Auge, konnte so auch nicht mehr erkennen und blickte wieder durch die Kamera. Weiter rechts bewegte sich etwas. Autotüren klappten.

Nicht nur das schlechte Licht erschwerte das Beobachten, auch die abgeladenen Paletten trugen mittlerweile ihren Teil dazu bei. Automatisch biss sich Jan auf die Unterlippe. Als der Audi plötzlich rückwärts rollte, wusste Jan, dass er schon zu lange gewartet hatte. Abrupt drehte er sich um, starrte kurz auf das Glitzern des Kanals unter sich und lief dann so schnell wie möglich an der Uferkante entlang. Er suchte den schmalen Weg, den er zuvor entlang gekommen war. Als er ihn fand und entlang hetzte, erschien ihm dieser viel länger als auf dem Hinweg. Wütend über sich selbst, strauchelte er bei einer Bodenwelle und rannte dann weiter.

Er hatte scheinbar alles beobachtet und doch das Wichtigste verpasst. Nicht der Sekt und die anderen Kisten waren die Schmuggelware, der eigentliche Austausch hatte in deren Schatten stattgefunden. Der russische LKW-Fahrer würde die abgestellten Paletten vermutlich in aller Ruhe wieder aufladen, zu einem der vorderseitigen Laderampen fahren, dort parken und sich dann bis zum nächsten Morgen aufs Ohr hauen. Sobald der Betrieb auf dem Hof losging, würden die Paletten hochoffiziell ins Lager gelangen und deren zweifellos einwandfreie Papiere abgeheftet werden. Das würde jeder späteren Zoll- oder Buchprüfung standhalten. Dessen war sich Jan sicher. Doch was sich noch auf dem Laster befunden hatte, das würde in keinem Papier auftauchen.

Den Rückweg zu seinem Auto schaffte Jan in deutlich unter fünf Minuten. Trotzdem sah er nur eine leere Straße vor sich. Vom schwarzen Audi keine Spur. Das Rolltor zum Hofgelände war wieder ordnungsgemäß verschlossen. Jan sprang in seinen Wagen und fuhr mit heulendem Motor los. Er spekulierte darauf, dass das andere Auto Richtung Stadtgebiet unterwegs war. Wenn es stattdessen zur Autobahn fuhr, dann hatte Jan verloren.

Die Reifen wechselten von Asphalt auf Kopfsteinpflaster. Ein surrendes Geräusch erfüllte die Karosserie. Dann hatte Jan wieder glatte Fahrbahn unter sich.

Er beschleunigte weiter, sprang fast über einige quer zur Straße verlaufende Bahnschienen, wurde immer schneller. Er musste den Audi finden, bevor dieser den Zubringer zur nächsten Bundesstraße erreichte. Die B5 führte rechts Richtung Bergedorf, links in die Innenstadt. Es gab aber auch die Möglichkeit, unter der Bundesstraße hindurch zu fahren und so geradeaus Richtung Horn zu gelangen. Einmal hatte Jan sich schon blind für eine Richtung entschieden. Das wollte er nicht wiederholen müssen, zumal die Möglichkeiten nun bereits drei waren und anschließend immer mehr würden.

Fast glaubte Jan, dass er es vermasselt hatte, die Chance, die ihm heute Nacht geboten worden war, würde sich so bald nicht wiederholen, dann sah er die Rücklichter eines Autos vor sich auftauchen. Allzu viele Leute waren um diese Uhrzeit nicht im Industriegebiet unterwegs. Das Auto, das etwa hundert Meter vor ihm fuhr, passierte gerade die erste Auffahrt zur höher verlaufenden Bundesstraße. Es bog jedoch nicht ab, fuhr unter der anderen Straße hindurch, bog auch dort nicht Richtung Innenstadt ab, sondern bewegte sich weiter geradeaus.

»Also nach Horn«, zischte Jan zwischen zusammengebissenen Zähnen hindurch. Er war nun überzeugt davon, dass er den gesuchten Audi gefunden hatte. Jan verkürzte den Abstand bis auf fünfzig Meter und passte sich dann der Geschwindigkeit des anderen Autos an. Da für dessen Fahrer in dieser Nacht bisher alles reibungslos verlaufen schien, würde er hoffentlich nicht allzu oft in den Rückspiegel gucken.

65

Hilfesuchend blickte Charlotte die Treppe hinauf, doch bis die letzte Vorführung im Planetarium zu Ende war, konnte sie nicht damit rechnen, dass sich Leute am Eingang blicken ließen. Anders als bei Restaurants hielten sich in der Nähe der Türen auch keine hartgesottenen Raucher auf. Voskors bemerkte den Blick.

»Schauen Sie«, sagt er, »ich stecke die Pistole wieder weg. Alles ganz harmlos. Sie wollen etwas von mir, und ich etwas von Ihnen. Erzählen Sie mir, wie Sie auf mich gekommen sind. Wer hat Ihnen das mit den Pässen erzählt?«

»Olga«, antwortete Charlotte spontan.

»Bitte keinen Quatsch«, entgegnete Voskors, wobei sich sein Gesicht zu einer Grimasse verzog, die an ein eingefrorenes Grinsen erinnerte. »Gehen wir ein Stück.«

Charlotte spitzte die Lippen. Am sichersten wäre es, wenn sie die Treppe hinauf liefe und Schutz im Vorraum des Planetariums suchte. Vielleicht war sogar die Kasse noch besetzt. Vielleicht aber auch nicht. Und was würde das bringen? Sie war hier, um von Voskors neue Pässe für die Komarows zu bekommen. Auch wenn er Charlottes vorgespielte Identität durchschaut hatte, war es nicht ausgeschlossen, dass sie die Pässe trotzdem noch von ihm bekommen konnte.

»Wann haben Sie es gemerkt?«, fragte sie.

»Sofort als Sie den Mund aufgemacht haben«, entgegnete der Mann. »Sie konnten das nicht wissen, ab ich bin in der DDR aufgewachsen. Da hatten wir Russisch in der Schule. Lange her. Und ich war nie der Beste. Aber es reicht noch, um ihren Akzent als Quatsch zu erkennen.«

Unter Voskors wachsamen Augen griff Charlotte in den Mantel, holte ihre Zigaretten heraus und zündete sich eine an. Offenbar dauerte das Voskors alles viel zu lange. Er fasste nach Charlottes Arm und zog sie ein Stück mit sich. »Kommen Sie schon. Ich will nicht, dass uns die ganzen Leute sehen, wenn sie raus kommen.«

»Der Treffpunkt war doch Ihr Vorschlag.«

»Ja, und jetzt gehen wir eben einfach ein paar Schritte.«

Charlotte zuckte mit den Schultern. Der Weg führte an einem Wasserbecken vorbei und lief dann geradeaus bis zur nächsten Straße. Dahinter begann die große Festwiese, auf der schon Pink Floyd und die Rolling Stones gespielt hatten. Solange Voskors sie nicht in das benachbarte Unterholz ziehen wollte, schien das Risiko einigermaßen überschaubar.

»Also«, meinte der Mann nach einigen Metern. »Wer hat Sie zu mir geschickt?«

»Niemand hat mich geschickt. Ich mache das auf eigene Rechnung.«

»Rechnung?«

»Na ja, das sagt man doch so. Die Frau wird ausgenutzt. Sie ist illegal hier. Ich will ihr einfach nur helfen.«

»Und diese Hilfe wollen Sie sich entsprechend bezahlen lassen, stimmt's?«

Charlotte überlegte, was sie antworten sollte. Offenbar schien Voskors daran gewöhnt, dass jeder nur seinen eigenen Vorteil suchte. Daher machte es vielleicht Sinn, irgendetwas von Geld daherzureden. Doch während sie das tat, merkte sie, dass er damit auch nicht zufrieden schien. Auf halbem Weg zur Straße blieb er stehen und begann sie urplötzlich böse anzuschreien. Ob sie denn gar nicht wisse, mit wem sie sich da anlege und in wessen Namen sie aufgetreten sei?

»Diese Leute löschen Ihr kleines Leben einfach aus. Und meines auch. Einfach so. Auf keinen Fall werden Sie irgendwelche Pässe von mir bekommen. Das geht auch gar nicht. Ich habe gerade erst drei neue abgeliefert. Was glauben Sie, wie oft ich das machen kann, ohne dass es auffällt?« Mit dem Zeigefinger deutete Voskors auf Charlotte. »Ihr Gerede zeigt mir nur, dass Sie von überhaupt nichts eine Ahnung haben. Sie stochern herum und gucken mal, was passiert. Würde mich nicht wundern, wenn Sie von der Presse sind.«

Da Charlotte nichts erwiderte, verengten sich Voskors Augen. Genau wie Charlotte begann er sich in alle Richtungen umzusehen. Knackten dort nicht ein paar Zweige im nahegelegenen Unterholz?

»Wir sollten jetzt umkehren«, sagte Charlotte. Sie wollte unbedingt zum Planetarium zurück, um im Schutz der anderen Leute ein Taxi zu finden, das sie wieder ins Hotel brachte. Doch Voskors schien die Sache anders zu sehen. Ganz plötzlich hielt er wieder die Pistole in der Hand.

»Haben sie irgendetwas von unserem Gespräch aufgezeichnet?«

»Nein.«

»Aber Sie sind von der Presse.«

»Nein.«

»Wenn ich Ihnen jetzt eine Kugel in den Kopf schieße, dann weiß also niemand etwas von mir? Stimmt das etwa? Sagen Sie nichts. Ich werde es einfach tun und hinterher gucken, was passiert.«

Voskors war nicht der erste Mann, der Charlotte mit dem Tode bedrohte. Sie hatte einem Vergewaltiger sein Messer entwendet und es diesem so weit es ging in den Leib gestoßen. Am Ende war der Mann tot gewesen und nicht sie. Dann war da noch der Engländer gewesen. Dem wäre Charlotte aus eigener Kraft vermutlich nicht entkommen. Doch sie bekam unerwartet Hilfe, und auch dieser Gegner musste sein Leben lassen. Und nun stand Voskors mit der Waffe vor ihr. Er zielte direkt auf ihr Gesicht. Die Möglichkeiten, die Charlotte blieben, waren gering. So ruhig wie möglich fragte sie: »Für wen waren die drei Pässe?«

Voskors zögerte.

»Die drei neuen Pässe, von denen Sie sprachen. Für wen waren die?«

Der Beamte schüttelte den Kopf. Kicherte er etwa leise? »Sie wissen also wirklich gar nichts. Wie praktisch für mich.« Die Pistole zeigte weiter auf ihr Gesicht.

»Besser Sie tun es nicht«, sagte Charlotte. Ein heftiger Impuls wollte, dass sie sich umdrehte und loslief. Doch sie wusste, dass dies die komplett falsche Entscheidung wäre. Denn es war viel leichter, jemanden in den Rücken zu schießen, als ins Gesicht oder in die Brust. So ruhig wie möglich verschränkte sie die Arme vor dem Körper und sah Voskors direkt in die Augen. »Sie glauben doch nicht wirklich, dass ich allein hierher gekommen bin.«

Schnell huschte Voskors Blick von links nach rechts. Der Weg war leer. Doch der nahe Waldrand lag soweit im Dunkeln, dass er darin nichts erkennen konnte. »Fick dich!«, stieß er wutentbrannt aus. Speichel schoss Charlotte entgegen. »Verarschst du mich schon wieder?«

Die Hand mit der Pistole zitterte leicht. Charlotte wusste noch immer nicht, ob die Waffe echt war, oder ob es sich um eine gut gemachte Schreckschusspistole handelte. Doch bevor Voskors abdrücken konnte, um es ihr zu zeigen, leuchtete im Buschwerk ein Licht auf. Erschrocken riss Voskors die Waffe zur Seite und richtete sie auf die Lichtquelle. Dann leuchteten eine zweite und eine dritte Lampe auf. Bald wusste der Verwaltungsbeamte nicht mehr, wohin er zielen sollte.

»Sie werden jetzt von fünf Handykameras gefilmt«, sagte eine Stimme aus der Dunkelheit. »In wenigen Minuten kann das hier alles im Netz sein. Also hauen Sie lieber ab, solange noch nichts Schlimmes passiert ist.«

66

Der Audi, den Jan verfolgte, hatte das riesige Gewerbegebiet nahe der A1 verlassen. Die Straße führte nun an langgezogenen Häuserblöcken vorbei. Noch war ihnen kein anderes Auto begegnet, so dass Jan vorsichtig sein musste, um nicht aufzufallen. Wenn er dem anderen Wagen zu nahe kam, konnte der Fahrer schnell merken, dass er verfolgt wurde. Hielt Jan aber zu viel Abstand, bestand die Gefahr, an einer Ampel das Grün zu verpassen und auf diese Weise erneut abgehängt zu werden. Das wollte Jan unbedingt vermeiden. Also entschied er sich für einen Mittelweg. Näherte der Audi sich einer Kreuzung, gab Jan Gas, um möglichst schnell die jeweilige Ampelanlage zu passieren. Danach ließ er sich wieder zurückfallen. Auf diese Weise war er bereits an drei Ampeln gerade noch bei gelb über die Kreuzung gekommen. Beim vierten Mal würde es vermutlich noch enger werden. Jan drückte den rechten Fuß nach unten. Auch diesmal schien das Spiel zu klappen. Erst als Jan aus den Augenwinkeln zwei helle Lichtpunkte wahrnahm, die von rechts wie Geschosse auf ihn zuflogen, änderte sich die Wahrscheinlichkeit hierfür. Aus zwei Lichtern wurden vier. Jans Verstand formte ein *Nein*, während sein Fuß auf die Bremse stieg und die Hände das Lenkrad nach links rissen. Wie dröhnende Düsenjets schossen zwei hochgezüchtete Sportwagen über die Straße, schienen für einen Augenblick mitten auf der Kreuzung zu stehen, waren im nächsten schon darüber hinaus, jagten links und rechts an Jan vorbei und fochten ihr nächtliches Rennen unbeeindruckt weiter aus. Ob sie Jan überhaupt bewusst bemerkt, oder ihn nur als ein bewegliches Hindernis betrachtet hatten, würde er nie erfahren.

Jans Wagen reagierte noch immer auf das Gegenlenken. Die Reifen stellten sich quer zur Fahrbahn und versuchten das Auto in eine extrem enge Kurve zu zwingen, doch der Schwerpunkt des Fahrzeugs hatte etwas gegen die plötzliche Richtungsänderung. Jan begriff dies im selben Moment, als sich die rechten Reifen vom Untergrund lösten. Das Auto legte sich nach links. Eine Fahrt auf zwei Reifen schien möglich, doch nur für wenige Sekundenbruchteile, denn die Drehung um die Längsachse war noch nicht abgeschlossen. Schon berührte die linke Fahrzeugseite die Straße. Der Außenspiegel wurde weggerissen. Dann befand sich das Auto auf dem Dach, rollte weiter über die Fahrerseite, stand für wenige Momente wieder auf den Rädern und drehte sich erneut um sich selbst.

Der Sicherheitsgurt schnitt Jan die Luftzufuhr ab, zwei Airbags schossen ihm entgegen, einer von vorn, der andere aus der Fahrertür, doch am meisten zerrte das Drehmoment bei den Überschlägen an ihm. Zum Glück musste Jans Körper nicht der Kraft entgegen wirken, die das Fahrzeug herumwirbelte. Sonst wäre er zerquetscht worden. Stattdessen vollführte Jan, die Hände noch immer krampfhaft ums Lenkrad geschlossen, alle fünf Überschläge vollständig mit. Vielleicht hätte die Bewegungsenergie sogar für einen sechsten Überschlag gereicht, wenn das Fahrzeug nicht durch den Aufprall auf einen Baucontainer, der unweit der Kreuzung seit Wochen unbehelligt herumstand und zum Ärger der Straßenanwohner mehrere Parkplätze blockierte, abrupt zum Stillstand gebracht worden wäre. Die rechte Seite des Autos und der Container schmiegten sich wie ein Liebespaar aneinander, während Jan keuchend nach Atem rang. Zu keinerlei Bewegung fähig, blieb er starr auf seinem Sitz hocken.

Die Zeit hatte schon zu Beginn des Unfalls ihren üblichen Sinn verloren. Jan hatte jeden einzelnen Überschlag in allen Details mitbekommen, obwohl jede Rolle für sich weniger als eine Sekunde gedauert haben konnte. Dafür schrumpfte die Zeit vom Moment des Aufpralls auf den Container bis zum Erschallen der ersten Martinshörner auf einen einzigen Augenblick zusammen. Eine Stimme sprach Jan durch das zersplitterte Fahrerfenster an. Die Airbags verloren ihr Volumen, als sie zerschnitten wurden. Der Kopf, den Jan zuerst sah, trug keinen Feuerwehrhelm, sondern eine Polizeimütze.

»Können Sie mich hören? Können Sie sich bewegen?«

Jan konnte beides. Wieso denn auch nicht? War er denn nicht auf dem Weg nach Hause gewesen und hatte seinen Wagen nur passgenau am Straßenrand abgestellt? Was war daran schon wieder verkehrt? Jan drehte den Kopf und sah den Polizisten fragend an.

67

Ohne sich umzudrehen rannte Voskors davon. Das Zittern, das Charlotte ergriff, kam nicht allein von der Kälte. Noch immer sah sie die Pistole vor sich, mit der sie soeben bedroht worden war. Erst als der Verwaltungsbeamte ein Stück weg war, bemerkte sie, wie sich mehrere Gestalten vom Saum des nahegelegenen Waldes lösten und auf sie zutraten. Ganz vorn ging Christian Freitag. Er blickte Charlotte direkt an, dann sah auch er dem Mann hinterher.

»Nicht so gut gelaufen, oder?«, meinte er.

Charlotte schüttelte den Kopf. Dann standen auch Inez und Stefan, Aaron und Sybill bei ihr und bildeten so etwas wie einen schützenden Ring um die große Frau mit der dunklen Perücke. Alle Mitarbeiter vom *Lauffeuer*, die sich in der Redaktion befunden hatten, als Charlotte Christian Freitag telefonisch um Hilfe bat, waren mitgekommen. Ohne lange zu fragen, worum es ging, hatte Christian sich ins Auto gesetzt und war zum Stadtpark gefahren. Aaron hatte auf dem Beifahrersitz Platz genommen, weil er am größten und breitesten war, die anderen drei hatten sich nach hinten gesetzt. Den Wagen stellten sie auf demselben Parkplatz ab, auf dem der Taxifahrer Charlotte nur wenige Minuten später absetzte.

»Ich wusste nicht, ob ihr wirklich da seid«, sagte Charlotte ziemlich leise. »Ich habe zwar Geräusche im Park gehört, aber ...«

Sie brach den Satz ab. Dann ging sie von einem zum anderen und nahm ihn dankend in die Arme. Zu Inez musste sie sich hinunter beugen, bei Aaron dachte sie, sie würde einen Berg umarmen. Christian ging neben ihr, als sie sich auf den Weg zu seinem Wagen machten.

»Riskante Nummer«, meinte er. »Der Typ schien echt sauer auf dich zu sein. Erzählst du uns, womit du ihn geärgert hast?«

»Ich ...«, erneut zögerte Charlotte. Natürlich hatten die fünf die Wahrheit verdient, allerdings schien der Zeitpunkt dafür noch nicht gekommen. Christian bemerkte Charlottes Zwiespalt und sagte, dass er nicht sofort alles wissen müsse. Aber neugierig sei er schon.

»Es geht um Ausweise für Einwanderer. Der Mann da eben, er heißt Voskors, der besorgt die Papiere.«

Christian nickte, weil er zu verstehen glaubte. »Also gefälschte Ausweise.«

Charlotte schüttelte den Kopf. »Besser. Die Ausweise sind echt.«

»Wie das?«

»Er arbeitet beim Einwohnermeldeamt, Abteilung Einbürgerung. Und die Papiere, die er besorgen kann, sind wirklich echt.«

Christian nickte stumm. Die Geschichte klang gut, und er wusste, dass er alles zu hören bekam, sobald Charlotte bereit dazu war. Mit etwas Glück sprang sogar eine Story fürs *Lauffeuer* heraus. Aber er und die anderen waren nicht nur deshalb gekommen. Wenn ein Kollege um Hilfe bat, dann half man ihm, das war doch ganz klar. Besonders, wenn es Charlotte Sander oder Jan Fischer waren. Natürlich hatte Christian ihm geschmeichelt, als er Jan sagte, er solle sich die

Geschichte mit der vermissten Familie einmal genauer ansehen, weil er der Beste für so etwas sei. Doch es war mehr als ein Trick. Jan war in Christans Augen wirklich ein Fischer. Wenn er seine Netze auswarf, zappelte am Ende immer etwas darin. Und Charlotte Sander gehörte zu Jan, auch wenn die beiden es selbst manchmal zu vergessen schienen.

»Wo steckt Jan überhaupt?«, wollte Christian wissen. »Wieso lässt er dich allein bei solch einer Nummer?«

»Er beobachtet ein Lagerhaus.« Charlotte sah, wie die kleine Frau neben ihr den Kopf leicht drehte.

»Hansa Transport«, sagte Inez und bekam dafür ein Nicken von Charlotte.

Als die Gruppe Christians Auto erreichte, stellte sich ziemlich schnell heraus, dass der Wagen für sechs Personen eigentlich zu klein war. Das Problem wurde gelöst, indem Aaron mit nach hinten ging und Inez sich auf seinen Schoß setzen musste. Ein schiefes Grinsen auf dem Gesicht des Polizeireporters verriet, dass ihn das wenig störte. Als Inez das bemerkte, schlug sie ihm mit der flachen Hand auf den Oberschenkel.

»Au!«

»Pass auf«, zischte sie ihn an.

Auch Stefan und Sybill mussten enger als auf der Hinfahrt zusammenrücken. Doch keiner von beiden ließ sich anmerken, ob er das gut oder schlecht fand. Charlotte sagte Christian, dass er Richtung Hauptbahnhof fahren solle. Ihr Hotel würde in der Nähe liegen. Dann begann plötzlich ein Handy Geräusche zu machen. Die Insassen des Fahrzeugs sahen sich gegenseitig an, bis Charlotte merkte, dass es ihr Klapphandy war. Sie hatte es zuvor noch nie klingeln gehört. Mit etwas steifen Fingern fischte sie es aus der

Manteltasche und drückte es ans Ohr. Nachdem sie sich gemeldet hatte, lauschte sie längere Zeit, ohne etwas zu sagen. Dann meinte sie, dass sie sofort kommen würde und beendete das Gespräch. Christian blickte zu der schönen Frau mit der dunklen Perücke und den verlängerten Wimpern hinüber. Das Licht der vorbeigleitenden Straßenlaternen strich über ihr Gesicht. Ohne den Blick zu drehen, sagte sie, dass Jan mit dem Wagen verunglückt sei.

68

Das Krankenhaus, aus dem der Anruf gekommen war, lag nicht auf der Strecke zum Hauptbahnhof. Christian musste seine Route ändern. An einer S-Bahnstation ließ er Stefan und Sybill aussteigen. Beide wohnten im Stadtgebiet diesseits der Elbe und wollten mit der Bahn nach Hause fahren. Aaron und Inez blieben im Wagen sitzen. Schweigend betraten Charlotte und Christian die große Eingangshalle des Krankenhauses. Dort legte Christian kurz eine Hand auf ihre Schulter und nickte. Er würde hier auf sie warten.

Charlotte musste an der Notaufnahme eine Klingel betätigen und kurz vor einer geschlossenen Milchglastür warten, bis der Türsummer ging. Zwei Polizisten kamen ihr entgegen. Eine Frau und ein Mann. Der Mann war mit dem Funkgerät beschäftigt, das er in der Hand hielt. Die Polizistin musterte Charlotte im Vorbeigehen. Vermutliche eine zunächst antrainierte und dann automatisierte Gewohnheit. Als Charlotte an den beiden vorbei war, sah sie Jan auf einem Stuhl im Flur sitzen. Sein Kopf war zwar bandagiert, doch er blickte Charlotte mit wachen Augen entgegen. Die Orientierungslosigkeit, die ihn kurz nach dem Unfall heimgesucht hatte, war verschwunden. Er grinste Charlotte an und deutete stolz auf seinen Turban. Erleichtert ging sie vor ihm in die Hocke und nahm seine Hände in die ihren.

»Wie ist das passiert?«

»Das haben die da auch die ganze Zeit wissen wollen.« Jan deutete den Polizisten hinterher. »Aber ich weiß nicht, ob sie mir geglaubt haben.« Dann erzählte er von den beiden Sportwagen. »Vermutlich ein illegales Straßenrennen. Irrsinn bei der Witterung, aber die Wahnsinnigen verschaffen sich ja immer neue Kicks. Vielleicht mal eine Story wert.«

»Eine Story? Scheiße, du hättest tot sein können.« Charlotte biss sich auf die Unterlippe. Sie konnte es nicht wissen, aber Jan fand das in diesem Moment wahnsinnig sexy. Die falsche Russin mit den schwarzen Haaren hatte um sein Leben gebangt. Dann bemerkte er, dass Charlotte wirklich bekümmert aussah.

»Es ist wirklich nicht so schlimm«, versuchte er sie zu beruhigen. »Das hier hat mehr wehgetan.« Er deutete auf ein Pflaster in seiner Armbeuge. Ein Test des Blutalkoholwertes war nach einem solchen Crash nicht zu umgehen gewesen. Die beiden Polizisten waren erst zufrieden, als er diesem zugestimmt hatte. Da konnte er noch so oft von zwei Sportwagen reden, die den Unfall verursacht hatten.

»Was hast du da überhaupt gewollt?«

Jan erzählte von seinen Beobachtungen bei der Lagerhalle und dem Audi, den er anschließend bis nach Hamburg-Horn verfolgt hatte. »Dann die Ampel. Es muss die vierte oder fünfte gewesen sein, die ich bei dunkelgelb nahm. Von rechts diese beiden Autos. Und kawumm ... War ein ordentlicher Stunt. Mit mehrfachem Überschlag und allem was dazugehört. Ein Baucontainer hat mich dann gestoppt. Aber ich muss dir leider etwas beichten ... Deine Kamera. Also, die hat es wohl nicht so gut überstanden wie ich.«

»Die Kamera ist mir egal«, sagte Charlotte. »Was ist mit deinem Kopf.«

»Da kann ja nicht so viel kaputtgehen.«

»Das stimmt.« Endlich gelang Charlotte ein Lächeln.

»Nein, im Ernst«, sagte Jan. »Sie wollten mich hierbehalten. Zur Beobachtung. Aber ich habe gesagt, sie sollen dich anrufen. Hoffentlich hast du keinen allzu großen Schreck bekommen.«

Charlotte winkte ab. Dann erzählte sie von Christian, Aaron und Inez, die in der Eingangshalle warteten. »Wir waren zusammen auf dem Weg zum Bahnhof, als der Anruf kam.«

Über das, was Charlotte ihm dann vom Treffen mit Voskors am Planetarium erzählte, war Jan entsetzter als über seinen eigenen Unfall. Erst jetzt begriff er Charlottes Aufzug. Als Klischeerussin war sie ganz allein in den Stadtpark gegangen, um Voskors zu treffen.

»Was hättest du denn getan?«, verteidigte Charlotte sich. »Ich konnte dich nicht erreichen. Und vielleicht war das unsere einzige Chance, um an die Pässe zu kommen. Ich dachte, er hätte sie vielleicht schon fertig und wollte sie so schnell wie möglich loswerden. Du wärst doch auch hingegangen.«

»Aber niemals allein.«

»Ich war ja nicht allein. Was glaubst du, wo Christian und die anderen plötzlich herkommen?«

Jan überlegte einen Moment. Dann stellte er resigniert fest, dass beide Spuren, denen sie gefolgt waren, letztlich ins Nichts geführt hatten. Sein Warten vor der Lagerhalle war umsonst gewesen, der Audi, den er verfolgt hatte, auf Nimmerwiedersehen verschwunden. »Und aus Voskors werden wir nichts mehr herausbekommen. Die Pässe kriegen wir nicht. Und Informationen über seine sonstigen Auftraggeber garantiert auch nicht. Der Typ hat ja mehr Angst als sonst wer.«

»Es gab sowieso nie eine echte Chance auf die Pässe«, sagte Charlotte und öffnete vielsagend die Hände. »Er hat gerade erst drei neu ausgestellt. Noch mal drei wäre nicht gegangen. Sagt er jedenfalls.«

»Noch drei Pässe? Für wen?«

Charlotte zuckte mit den Schultern.

»Ist auch egal«, meinte Jan. »Ich habe es ja auch vermasselt. Ich hätte den Audi nicht verlieren dürfen. Keine Ahnung wie es jetzt weitergehen soll.«

»Aber das ist doch nicht deine Schuld.«

»Den Komarows nützt das auch nichts. Wie sollen sie ohne neue Namen und Pässe untertauchen?«

Charlotte antwortete nicht. Als sich Schritte näherten, sahen beide auf. Die Ärztin, die Jan untersucht hatte, war auf dem Weg von einem Behandlungszimmer zum nächsten. Ihr Gesicht wirkte zerknittert, doch die Augen wachsam.

»Also haben Sie jemanden gefunden, der Sie abholt?«

»Ja.«

»Was ist mit der Polizei?«

»Schon weg.«

»Dann auf eigene Verantwortung. Wie gesagt. Legen Sie sich zu Hause sofort hin und schonen sie den Kopf für mindestens drei Tage.«

»Das werde ich tun.«

»Falls Sie sich übergeben müssen, gehen Sie sofort zu Ihrem Hausarzt oder kommen Sie wieder her.«

Jan nickte. Dann war die Ärztin wieder verschwunden. Charlotte half Jan beim Aufstehen, auch wenn der sagte, dass dies nicht nötig sei. In der Eingangshalle kam ihnen Christian sofort entgegen. Aaron und Inez standen ebenfalls aus den Plastiksitzschalen auf, die in kleinen Gruppen vor den Fenstern zusammengeschraubt waren, hielten sich aber bei der Begrüßung zurück. Aaron knabberte an der Waffel einer Eistüte aus dem Automaten, während Inez mit einer Wasserflasche spielte.

»Ihr seid die Größten«, bedankte Jan sich für die Rückendeckung, die sie Charlotte bei dem Treffen mit Voskors gegeben hatten.

Automatisch lachte Christian Freitag auf. »Ja. Wir sind die Größten. Aber du kannst nicht mal geradeaus fahren.«

»Schätze, das stimmt.«

Die beiden Männer umarmten sich, auch wenn keiner von beiden so recht wusste, warum. Dann gingen alle zusammen hinaus zum Parkplatz. Viele Autos standen dort nicht. Diesmal durfte Jan vorne einsteigen, und Charlotte setzte sich mit nach hinten.

»Richtung Hauptbahnhof?«, Christians Blick ging fragend nach rechts. »Jan?«

Dieser hatte sich zwei Finger auf den Mund gelegt, sah kurz den Mann neben sich an, blickte wieder geradeaus in die Nacht. »Vielleicht auch nicht«, sagte er dann. »Hast du eine Hamburg-Karte im Wagen?«

»Du machst wohl Witze?« Christian Freitag deutete auf sein Smartphone, das er in eine Saugnapfhalterung an der Windschutzscheibe gesteckt hatte.

»Auch gut. Darf ich mal?« Jan streckte die Hand nach dem Gerät aus.

In Gedanken zog Jan eine Linie vom Lagerhaus in Billbrook an Hamburg-Horn vorbei quer durch die Stadt. Dabei starrte er auf das Display mit der Straßenkarte. Die gedachte Linie stimmte in etwa. Sie verlief nicht absolut gerade, aber wenn es auch nur den Hauch einer Möglichkeit gab, dass der Audi das Ziel angesteuert hatte, über das Jan nachdachte, dann musste er das kontrollieren.

»Können wir noch einen kleinen Umweg machen, bevor ihr nach Hause fahrt?« Jan stellte die Frage an Christian, blickte sich aber auch über die Schulter um, weil er sehen wollte, wie Inez und Aaron reagierten. Als beide mit den Achseln zuckten, sah er Charlotte an.

»Klar«, sagte sie. Also zeigte Jan auf der Karte, wo er hin wollte. Christian Freitag hob die Augenbrauen. Er erkannte das Gebiet. Unweit der Zieladresse lag der See, den die Polizei vor knapp zwei Wochen auf der Suche nach der vermissten Familie Komarow abgesucht hatte. Seine gehobenen Augenbrauen reichten, um Jan zu einer Begründung zu veranlassen. Jan sagte, dass dort eine Person wohne, der er gerne einen kurzen Besuch abstatten würde. Vielleicht sei sie auch gar nicht zu Hause, weil sie nachts arbeiten würde, aber das wisse man erst, wenn man an ihre Tür geklopft habe.

»Du meinst Miriam Nasarenko«, schlussfolgerte Charlotte.

Jan nickte. »Dmitrij wusste von ihr, wer ich bin. Seine Spur führt von der Heide über *Hansa Transporte* bis zu Miriam Nasarenko. Es ist nur ein Versuch. Aber immerhin ...«, Jan stockte. Niemand sagte etwas, bis er selbst weitersprach. »... ist es so 'was wie ein sicheres Haus. Ein Haus, in dem man sich gut verstecken kann.«

»Wer soll sich denn verstecken?«, fragte Charlotte.

»Was glaubst du, für wen die drei neuen Pässe von Voskors waren?«

»Die drei neuen ...«, Charlotte sprach nicht weiter. Zuerst sah sie Jan an und drehte den Blick dann zu Christian.

»Ich verstehe zwar kein Wort, aber von hier ist es ja nicht ganz so weit«, meinte dieser und startete den Wagen. Sie rollten vom Krankenhausparkplatz. Wegen der späten Stunde waren die Straßen frei und die Bürgersteige entvölkert. Mit etwas Vorstellungskraft ein geradezu unheimliches Szenario. Müde und kraftlos, wie sich die Insassen des Autos fühlten, hätten sie die letzten Überlebenden einer tödlichen Pandemie sein können. Auf einer Reise durch eine Geisterstadt. Niemand sprach während der knapp zwanzigminütigen Fahrt. Blasses Laternenlicht huschte über die Gesichter, dann bog Christian in die richtige Straße ein. Sie fuhren an einer Reihe Autos bis zu einer passenden Parklücke entlang. Der Eingang zu Miriam Nasarenkos Reihenhaus lag etwa dreißig Meter weiter die Straße entlang. Jan und Charlotte sahen sich an, dann erklärte Jan den anderen, dass sie schon mal hier gewesen waren. Er erzählte von der Ukrainerin und ihrer Verbindung zu den Komarows.

»Und?«, meinte Christian dazu, denn das wusste er bereits alles.

»Und jetzt würde ich mich gerne noch einmal im Haus umsehen.«

»Wegen der drei neuen Pässe von Voskors. Was auch immer das bedeuten soll. Richtig?«

Jan nickte.

»Und wie kommst du rein? Einfach klingeln?«

Jan nickte

»Und dann?«

»Wenn man mich reinlässt, gebt ihr mir eine halbe Stunde Zeit. Länger brauche ich nicht, um das Haus zu checken. Komme ich nicht rechtzeitig wieder raus, ruft ihr die Polizei.«

Christian blickte Jan in die Augen. »Was soll denn da sein? Wer soll da sein?«

»Das werden wir sehen.«

»Ich komme mit«, sagte Charlotte auf dem Rücksitz, aber Jan schüttelte den Kopf.

»Diesmal nicht.«

Charlotte wollte widersprechen, merkte aber, dass Jan nicht den Macho herausgekehrt hatte. Er meinte es ernst, und vielleicht war es tatsächlich gut, wenn sie mit Mehreren vor dem Haus warteten. Als Reserve und Rückendeckung. Charlotte hatte an diesem Abend selbst herausgefunden, wie wichtig dies sein konnte. Jan stieg aus dem Auto und erinnerte Christian an die Abmachung mit der halben Stunde, bevor er die Tür ins Schloss fallen ließ. Dann fasste er sich an den Kopf, zog den Verband runter, öffnete noch einmal die Tür und warf ihn auf den Beifahrersitz.

»Die Ärztin würde begeistert sein«, meinte Charlotte, als Jan abschließend zweimal auf das Autodach klopfte. Wortlos verfolgten die vier vom Wagen aus, wie Jan zur Haustür von Miriam Nasarenko ging.

Zunächst lief er auf der Straße, wechselte auf den Fuß-weg und ging dann durch den Vorgarten zur Haustür.

Die kalte Nachtluft kniff Jan ins Gesicht, und schnell begann er zu frieren. Der Temperaturunterschied zwischen dem aufgeheizten Auto und draußen war mehr als unangenehm. Als nach dem zweiten Klingeln noch immer nicht geöffnet wurde, dachte Jan erneut daran, dass dies Miriam Nasarenkos übliche Arbeitszeit im *Carribean Paradise* war. Machte ein Besuch um diese Uhrzeit überhaupt Sinn? Jan beantwortete sich seine selbst Frage, indem er den Finger auf dem Klingel-knopf ließ und erst wieder herunter nahm, als hinter der Tür Licht anging. Eine doppelte Verriegelung wurde geöffnet, und Jan machte sich innerlich dafür bereit, in das Antlitz eines Asiaten zu sehen. Doch im Türspalt erschien das Gesicht eines jungen Mannes. Seine Wangen waren hager, die Haare hellblond. Jan war sich nicht vollkommen sicher, aber er hätte darauf gewettet, dass es derselbe Mann war, den er bei der Lagerhalle gesehen hatte. Vielleicht stand sogar der Audi, den er bis ins Stadtgebiet verfolgt hatte, nicht weit entfernt in einer Parklücke. Entweder in dieser oder in einer Seitenstraße.

Die Blicke des Mannes tasteten Jan ab. In ihnen war keinerlei Erkennen zu sehen. Ganz offensichtlich wusste er nicht, mit wem er es zu tun hatte. Entweder das, oder er war ein sehr guter Schauspieler. Sein Sprachduktus ließ auf eine osteuropäische Herkunft schließen, doch sein Deutsch war nahezu perfekt. Das merkte Jan schon bei den ersten Worten. Im Gegen-satz zu Christina, Miriam und auch Dmitrij war dieser Bursche offenbar schon als kleines Kind nach

Deutschland gekommen. Dennoch konnte und wollte er seine Herkunft nicht komplett verbergen.

»Ich will zu Miriam«, wollte Jan gerade sagen. Er hatte sich für eine strikte Linie entschieden. Er wollte keine Fragen stellen. Er wollte um nichts bitten. Stattdessen wollte er eine Forderung stellen und Tatsachen schaffen. Doch so weit kam es gar nicht erst. Denn plötzlich hellte sich das Gesicht des jüngeren Mannes auf und ein spöttisches Grinsen spielte darüber.

»Haben es aber wirklich eilig, was Herr Müller. Richtig eilig. Können es gar nicht länger abwarten, wie? Na, mir soll's recht sein. Kommen Sie rein.« Der junge Mann machte einen Schritt rückwärts und hielt Jan die Tür auf. Überrascht zögerte dieser einen Augenblick, konnte dem Impuls, über die Schulter zurück zu seinen Begleitern zu gucken, nur mit Mühe widerstehen. Er wusste doch, dass Charlotte und Christian, Inez und Aaron da waren. Sie beobachteten alles ganz genau, sahen, wie er einen Schritt vorwärts machte und dann im Haus verschwand.

Im Flur wurde er von demselben schummrigen Licht wie bei seinem ersten Besuch empfangen. Jan rechnete damit, an der Küche vorbei zum Wohnzimmer geführt zu werden, weil er dort ebenfalls Licht sah, doch der Mann an der Tür streckte die Hand aus, um Jan am Ärmel zu packen. Er schüttelte den Kopf, als Jan ihn fragend ansah, deutet mit einem Nicken die Treppe hinauf.

»Erste Tür rechts.«

Jan räusperte sich kurz und sah die Treppe hinauf.

»Sie sind der erste. Genau wie bestellt.«, meinte der junge Mann grinsend. Dann klopfte er seine Hosentaschen ab. »Moment, ich hole eben den Schlüssel.«

Jans Brust verengte sich. Die Luft in dem schmalen Haus war stickig, doch das allein war es nicht. Jan konnte sich nicht vorstellen, was ihn oben erwarten würde. Er sah dem Mann nach, wie er ins Wohnzimmer verschwand. Ohne zu zögern ging er dann die Treppe hinauf, um sich einen Überblick zu verschaffen, bevor der blonde Mann wieder bei ihm war.

69

Jan stand im schmalen Flur des ersten Stockwerks. Ein kleines Fenster warf einen rechteckigen Lichtfleck auf den Teppich. Die Energiesparlampe an der Decke schien den Korridor eher noch dunkler zu machen. Die erste Tür rechts war verschlossen. Jan probierte sie nur kurz aus, ließ die Klinke langsam wieder nach oben gehen. Dem Raum gegenüber lag ein Badezimmer. Jan warf einen kurzen Blick hinein, sah dann wieder zur Treppe. Wie viel Zeit würde ihm bleiben, bis der blonde Bursche nach oben kam? Ohne lange zu überlegen, ging Jan weiter.

Vom Flurfenster konnte er den in Dunkelheit liegenden Garten erahnen. Neben dem Fenster warte die letzte Tür des Obergeschosses auf ihn. Jan rechnete damit, dass auch diese verschlossen war. Leise drückte er die Klinke. Leise schwang die Tür nach innen.

Jan konnte fast nichts erkennen. Nur wenig Licht fiel in den Raum. Geradeaus schien ein Bett zu stehen. Er nahm einen ätzenden Geruch aus Schweiß und Angst wahr. Es roch schlimmer als in einem Krankenhaus. Mit der Hand tastete Jan nach dem Lichtschalter, ohne den Blick vom Bett zu wenden. Er wollte keine Überraschung erleben und erlebte sie dann doch.

Als das Deckenlicht aufflammte, sah Jan eine gefesselte Gestalt auf dem Bett. Dass es sich bei dem Körper um Miriam Nasarenko handeln musste, begriff sein Verstand erst nach einer Weile. Die Frau war mit Stricken auf dem Bett fixiert. Sie war völlig entkleidet. Schnell blickte Jan nach links und rechts, vergewisserte sich, dass niemand hinter der Tür stand, bevor er in das Zimmer ging.

Seine Hände zitterten und die Knie versagten fast den Dienst, als er neben das Bett trat. Sein Blick fiel auf ein Kantholz, das an der Wand lehnte. Es war eine Konstruktionslatte aus Fichtenholz. Neun mal sechs Zentimeter. Käuflich in jedem Baumarkt. Jemand hatte das Kantholz mit einer Säge auf handliche Kürze gebracht. Der untere Teil war mit Gewebeband umwickelt, so dass die entstandene Schlagwaffe gut in der Hand lag.

Der Körper auf dem Bett war übersät von Hämatomen, das Gesicht kaum noch als ein solches zu erkennen, derart angeschwollen waren die Augenpartien, die Wangen und die aufgeplatzten Lippen. Nur an der Haarfarbe und der Größe der Person schloss Jan darauf, dass er Miriam Nasarenko vor sich hatte. Der Frau mussten fürchterliche Dinge angetan worden sein, wobei das an der Wand lehnende Kantholz eine wichtige, aber nicht die alleinige Rolle gespielt hatte.

Jan trat neben das Bett, streckte zitternd die Hand aus. Er konnte nicht glauben, dass in dieser entstellten Gestalt vor ihm noch Leben steckte. Doch dann merkte er, dass die Haut noch warm war.

»Ich sagte doch, die erste Tür rechts«, sprach ihn in diesem Moment eine Stimme von hinten an. »Das hier geht Sie nichts an.«

Jan blickte über die Schulter zurück. Der blonde Mann, der ihn ins Haus gelassen hatte, füllte den Türrahmen aus. Zunächst wirkte er verärgert, dann begann er wie zuvor zu grinsen.

»Es sei denn, Sie stehen auf sowas.« Bei seinem Grinsen entblößte der junge Mann im Obergebiss zwei auffällige Eckzähne. Anders als die Schneidezähne waren sie spitz zulaufend und erinnerten an Fangzähne. »Soll es ja geben. Also von mir aus können sie mit ihr machen, was Sie wollen.«

Jan hatte noch immer die Hand auf dem Arm von Miriam Nasarenko liegen. Automatisch fiel sein Blick auf die Bettdecke, die vor einem Kleiderschrank auf dem Fußboden lag, und ein einziger Gedanke nahm Besitz von ihm. Er musste Miriam Nasarenko bedecken; den geschundenen Körper wärmen und beschützen. So schnell wie möglich.

»So ein Angebot gibt es nicht alle Tage, was?«, meinte der blonde Mann von der Tür aus und brachte sich damit wieder in Jans Bewusstsein. Wortlos richtete sich dieser aus der gebückten Haltung, die er neben der misshandelten Frau eingenommen hatte, wieder auf, drehte sich um und ging langsam auf den anderen Mann zu. Dabei steckte Jan beide Hände in die Hosentaschen.

»Lieber doch nicht, was?« Der Blondschopf lachte kurz auf. Dann machte er einen Schritt nach hinten, um Jan in den Flur zu lassen. Doch dieser ging nicht an ihm vorbei, sondern immer weiter auf den etwas kleineren Mann zu. Überraschung zeichnete sich auf dessen Gesicht ab, vielleicht auch eine Spur Besorgnis, während er automatisch zurückwich. Dann spürte er die Wand in seinem Rücken. »He«, stieß er noch hervor, doch für eine angemessene Abwehrreaktion war es schon zu spät.

Jan ließ seinen Kopf nach vorn schnellen. Durch die paar Zentimeter, die er größer als sein Gegenüber war, traf er diesen mit seiner Stirn punktgenau auf das Nasenbein. Jan hörte ein Knirschen.

Die Überraschungstaktik hatte Jan von Wilma Kuhlmann übernommen. Die entsprechende Vorgehensweise verlangte, dass man den Gegner dann erwischen musste, wenn er nicht damit rechnete. Dmitrijs Gesichtsausdruck, als er die Zinken der Mistforke in seinem Körper bemerkt hatte, war ein erster Beleg für die Effektivität dieser Vorgehensweise gewesen. Das berstende Nasenbein des Blondschopfs konnte nun als weiterer gewertet werden.

Der Zorn über die Art, wie einige Menschen mit anderen Menschen umgingen, hatte sich in Jan aufgestaut. Vieles, was er in den vergangenen Tagen gesehen und gehört hatte, war in ihm zu einem stummen Schrei der Empörung herangewachsen. Besonders das, was den Komarows und auch Miriam Nasarenko angetan wurde. Alles zusammen fand Ausdruck in diesem einen Kopfstoß. Er hatte alle Energie, die ihm noch zur Verfügung stand, auf einen Punkt konzentriert. Er hatte keine Zweifel verspürt, wusste mit absoluter Sicherheit, dass er den Kampf mit dem jungen Mann gewinnen würde, noch während er auf ihn zugegangen war. Seine Stirnplatte war um ein Vielfaches härter als das Nasenbein seines Gegners. Der jüngere Mann bekam keine Gelegenheit mehr, die Hände nach oben zu reißen oder anderswie auszuweichen. Der Kopfstoß schaltete ihn sofort aus. Sein Rücken krachte gegen die Flurwand, dann sackte die ganze Gestalt in sich zusammen, kippte seitlich auf die Schulter und rührte sich nicht mehr.

Ein stechender Schmerz explodierte aber auch in Jans Gehirn. *Schonen Sie den Kopf.* Es war, als würde die Ärztin aus dem Krankenhaus noch einmal zu ihm sprechen. Aber Jan wollte sich nicht schonen. Er war wütend. Und der Schmerz machte ihn irgendwie nur noch wütender. Mit aufgerissenen Augen starrte Jan den jüngeren Mann zu seinen Füßen an. Nur zu gerne hätte er zugetreten und den Kerl weiter bearbeitet. Doch das war nicht nötig. Und der Kerl war es auch nicht wert. Andere Dinge hatten im Moment Priorität.

Jan rieb sich das Gesicht, versuchte den Schmerz hinter seinen Augen zu beherrschen. Etwas taumelnd drehte er den Kopf, sah wieder in den Raum hinter sich. Schwerfällig schleppte er sich zurück ins Schlafzimmer. Weil er zum Zerschneiden der Fesseln ein Werkzeug brauchen würde, hob er erst einmal die Decke vom Boden und legte sie bis zum Kinn über den nackten Körper von Miriam Nasarenko. »Ich bin's, Jan Fischer«, flüsterte er dabei. »Sie sind jetzt in Sicherheit.«

Er glaubte nicht, dass die Frau ihn hören konnte. Sie spürte vermutlich auch nicht, wie die Rückseite seiner Hand ganz vorsichtig über ihre Wange strich. Trotzdem wollte er sie trösten und ihr Mut zusprechen. Sein Handrücken berührte noch immer ihr Gesicht, als ein schrilles Geräusch die plötzliche Stille im Haus zerriss. Zuerst glaubte er, dass es nur in seinem Kopf kreischte, dann begriff er, dass jemand an der Haustür klingelte. Der Asiat, dachte Jan, während seine Hände sich zu Fäusten schlossen. Er war bereit zum Kampf, auch wenn sein Kopf das etwas anders zu bewerten schien.

70

Der Mann schien einem Film der Schwarzen Serie
entsprungen zu sein. Den Mantelkragen hatte er wie
Humphrey Bogart nach oben gezogen. Statt Hut trug
er eine dunkle Wollmütze. Charlotte hatte ihn sofort
gesehen, als er die Straße herauf kam. Zu Fuß. Entweder hatte der Mann sich ein Stück weiter von einem
Taxi absetzen lassen, oder sein Auto um die Ecke geparkt. Unruhe brach im Inneren von Christians
Wagen aus. Nun hatten auch die anderen den Kerl bemerkt. Gemeinsam hielt man den Atem an, als sich
der Mann, statt an dem Reihenhaus, das sie alle beobachteten, vorbeizugehen, auffällig umsah und dann
zur Haustür wendete.

»Jetzt nehmen sie Jan in die Zange«, meinte Aaron.

Ärgerlich blickte Charlotte ihn an. Dann fasste sie
zum Türgriff. Sie war nicht bereit, länger zu warten.
»Ruf die Polizei«, sagte sie zu Christian und stieg aus
dem Auto.

»Und was soll ich denen denn sagen?«

»Scheißegal. Hauptsache sie kommen her.«

»Wir wissen doch gar nicht, was Jan da drinnen gefunden hat.«

»Ruf sie an. Sofort!«

Christian gab die Anweisung nach hinten weiter.
Schon schwang auch die Fahrertür auf. Christian trat
auf die Straße und war sogleich unmittelbar hinter
Charlotte, als diese auf den gegenüberliegenden

Bürgersteig trat und zu Miriam Nasarenkos Reihenhaus ging. Ihre schnellen Schritte waren hart und zielstrebig. Sie hätte gleich mit Jan gehen sollen, dachte
sie. Dann sah sie, wie die Tür des Reihenhauses geöffnet wurde. Jemand stand dem Mann mit dem langen
Mantel gegenüber. Erleichtert erkannte Charlotte,
dass es Jan war. Der wiederum sah seinen Gegenüber
lächelnd an. »Da sind Sie ja, Herr Müller.«

Der Mann erwiderte den Blick durch die Gläser einer großen Brille. Er kannte Jan nicht, zögerte, war
beinah so scheu wie ein Reh. Aber sein Gegenüber
kannte seinen Tarnnamen. In bestimmten Kreisen trat
er nur als *Herr Müller* auf. Offenbar schien alles in
Ordnung zu sein. Dann hörte er Geräusche hinter
sich. Es waren die Schritte von mehr als einer Person.
Als er sich umsah, kamen eine Frauen und zwei
Männer auf ihn zu und schnitten ihm dem Rückweg
ab. Weiter hinten bei einem Auto stand noch eine
Person. Sie schien zu telefonieren. Automatisch versuchte Herr Müller zurück auf den Gehweg zu fliehen,
doch der kleine Vorgarten war schon voller Menschen. Menschen, die ihm keinen Platz machten, die
ihn nicht vorbei ließen.

»Alle rein hier!«, sagte Jan.

Charlotte und Christian drängten den nächtlichen
Besucher zur Tür. Aaron sorgten dafür, dass er auch
nicht zur Seite entwischen konnte. Mit einem Mal war
es sehr voll in dem schmalen Hausflur. Noch voller als
eben noch im Vorgarten. Denn bevor die Tür geschlossen wurde, drängelte sich auch Inez noch ins
Haus.

Das Gesicht des Mannes war glattrasiert, der kurze
Haaransatz unter dem Hut graumeliert. Weniger

asiatisch konnte man kaum sein. Herr Müller war definitiv nicht der Mann, den Jan und Charlotte von den Fotos aus der Kohlmann-Villa kannten. Trotzdem war auch er ein Teil des Puzzles. Er trug das ganz normale Gesicht des Grauens mit sich herum.

»In die Küche!«, befahl Jan dem Mann im Mantel. »Aaron, du passt auf ihn auf. Lass ihn nicht aus den Augen. Er darf hier nicht mehr weg. Wenn er Probleme macht, brich ihm die Beine.«

Jan sagte dies laut genug, damit Herr Müller seine Worte und die enthaltene Drohung mitbekam. Aarons fragender Gesichtsausdruck jedoch entging dem Mann. Der Polizeireporter war es gewohnt, im Fitnessstudio zu pumpen. Vom Knochenbrechen hatte er hingegen keine Ahnung. Aber das brauchte der Typ im Mantel nicht zu wissen. Aaron atmete so tief ein, bis die Sehnen an seinem tätowierten Hals zum Vorschein kamen. »Geht klar«, sagte er nur und schubste den Mann in die Küche.

Jan deutete auf Inez. »Du musst zurück zum Auto. Warte, warte, nicht sauer werden. Das ist wichtig. Du musst uns warnen, falls noch jemand kommt. Ruf dann sofort auf Christians Handy an. Wir müssen vorbereitet sein. Aber lass dich auf keinen Fall erwischen.«

»Die Polizei ist schon verständigt. Ihr könnt mich hier drinnen besser gebrauchen.«

»Bitte, Inez, es ist wichtig. Ich will in keine Falle tappen. Die Leute hier sind skrupellos. Und wenn die Polizei beschäftigt ist, lassen die manchmal ganz schön auf sich warten. Ich brauch' dich da draußen als unsere Augen und Ohren.«

Inez ließ die Schultern wieder sinken. Ihr Körper hatte sich zuvor vor Protest gestrafft. Sie war zwar klein, aber nicht weniger wehrhaft als die anderen. Da jedoch logisch klang, was Jan sagte, nickte sie.

»Außerdem brauchen wir zwei Rettungswagen und einen Notarzt«, fügte Jan hinzu. »Organisierst du die?«

»Zwei Rettungswagen?«, wiederholte Inez, während sie einen Blick mit Charlotte tauschte.

»Mit Notarzt. Und zwar schnell.« Jan sah auch zu Charlotte hinüber. »Eine schwerverletzte Frau und ein Mann.«

»Okay«, erwiderte Inez, bevor sie hinaus in die Nacht verschwand.

»Ihr beide«, sagte Jan dann zu Charlotte und Christian, »guckt euch das Wohnzimmer an. Aber vorsichtig.«

Charlotte hob fragend die Augenbrauen.

Jans Blick ging die Treppe hinauf. »Ich muss da noch mal hoch«, sagte er und merkte, wie Charlotte nach seiner Hand griff.

»Soll ich mitkommen?«

Er schüttelte den Kopf. »Ich will, dass du mit Chris hier unten aufpasst.«

»Wer ist da oben?«

Jan schluckte schwer.

»Miriam Nasarenko?«

Er nickte.

»Wie schlimm ist es?«

»Sehr schlimm.«

Charlotte schloss kurz die Augen, sah ihn dann wieder direkt an. »Na, dann los.«

Jan nickte. Aber zuvor brauchte er noch etwas für Miriams Fesseln. Er ging an Christian vorbei in die Küche. Aaron und Herr Müller sahen zu, wie Jan die Schubladen nach einem Messer absuchte.

»Sie dürfen mich hier gar nicht festhalten«, begann Herr Müller zu zetern. »Ich habe nichts getan.«

Als Jan statt eines passenden Messers eine Schere entdeckte und diese in die Hand nahm, blickte er den Mann im Mantel drohend an.

»Nichts habe ich getan! Gar nichts!« Eben noch hatte der Mann nur auf Aarons hünenhafte Gestalt geblickt und sich Sorgen über die fehlenden Fluchtmöglichkeiten gemacht. Nun griff Panik nach ihm. Das Wort *Polizei* hatte es nicht besser gemacht. Der Typ mit der Schere schien gefährlich zu sein, aber auf die Polizei war Herr Müller überhaupt nicht scharf. Mit einem bohrenden Blick starrte Jan den Mann an. Dann verließ er die Küche ohne einen Ton. Christian und Charlotte warteten noch immer im Flur, sahen zu, wie Jan weiter zur Treppe ging.

Er musste sich beeilen, wollte er oben noch einen Augenblick allein haben. Er wollte Miriam Nasarenko von ihren Fesseln befreien. Und er musste vor dem Eintreffen von Polizei und Rettungsdiensten ungestört einen Blick in das verschlossene Zimmer werfen.

Erste Tür rechts.

71

Als Jan noch nicht ganz die Treppe hinauf war, sah er, dass es ein neues Problem gab. Der jungen Mann am Ende des Flurs begann sich zu bewegen. Er stöhnte laut. Bald würde er seine Orientierung wiederfinden. Jan konnte nicht beides, den Kerl in Schach halten und sich um die *erste Tür rechts* kümmern. Ohne lange zu überlegen brüllte er deshalb die Treppe hinunter nach Aaron. Dann musste Christian eben bei Herrn Müller bleiben.

Doch nicht nur Aaron hatte ihn gehört, auch der Junge auf dem Fußboden schien Jans Worte mit einem Grunzen zu beantworten. Gleichzeitig schien er nach etwas auf seinem Rücken zu tasten. Messer oder Pistole, dachte Jan, sprang die letzten beiden Stufe hinauf und stürzte vorwärts. Der Kerl drehte sich. Es war eine Pistole, die er aus dem Hosenbund hervor beförderte. Kaliber neun Millimeter Parabellum. P 30 von Heckler und Koch. Erheblich größer als die Waffe, die Dmitrij auf dem Hof von Bernd Köhler in Wilsede auf Jan und die anderen gerichtet hatte. Dmitrij hatte keine so große Waffe gebraucht, wirkte er doch selbst bedrohlich genug. Der Junge hingegen, den Jan mit einem einzigen Kopfstoß niedergestreckt hatte, benutzte die P 30, um allen zu zeigen, mit wem sie es zu tun hatten. Ein Mittel, das auf der Straße und in den Clubs durchaus wirkte.

Jan musste die volle Länge des Flurs überwinden, während der Blondschopf nur den Arm nach vorn zu ziehen brauchte. Unfassbar langsam wurde die Mündung der Waffe gehoben. Mit dem Daumen entsichern. Dann abdrücken. Der Junge wusste, was er tat.

Der Knall glich im schmalen Flur mehr einer Explosion. Blitze zuckten durch Jans Kopf. Schon wieder. Noch heftiger als die Male zuvor. Und Blitze schienen aus der Waffe zu schießen. Es waren die kleinen, hässlichen Flammen des Mündungsfeuers.

Jan wusste, dass er nicht getroffen war. Das Geschoss jagte an ihm vorbei. Dafür hörte er hinter sich einen Aufschrei. Aaron riss eine Hand hoch und griff sich an die Schulter. Für einen Mann seiner Größe und seines Gewichts war er, nachdem Jan nach ihm gerufen hatte, die Treppe geradezu heraufgeflogen. Etwas zu schnell sogar. Denn die Kugel, die für Jan gedacht war, streifte Aarons Oberarm. Doch sie hatte nicht genug Wucht, um ihn die Treppe wieder hinunter zu befördern. Lediglich ein Hitzeschwall schoss durch seine Schulter und den Arm. Heftig genug, um ihn sauer zu machen.

Zu einem zweiten Schuss kam es nicht. Jan hechtete wie ein Footballspieler vorwärts, griff mit beiden Händen nach dem ausgestreckten Arm des Bondschopfes und riss die P 30 nach hinten. Etwas knirschte und knackte. Der Aufschrei des Jungen war fast so laut wie der Schuss zuvor. Nun war nicht mehr nur sein Nasenbein zertrümmert. Auch der Zeigefinger und das Handgelenk wurden mit solcher Wucht nach hinten gebogen, dass sie der Bewegungsenergie, die sich durch Jans Hechtsprung aufgebaut hatte, nichts entgegensetzen konnten. Die Knochen brachen wie sprödes Holz in einem Orkan.

Wenn es danach zu einem Kampf kam, dann nur zu einem kurzen. Denn das Kräfteverhältnis war ungleich verteilt. Jan hielt noch immer die Hand mit der Waffe umklammert, während Aaron mit donnernden Schritten durch den Flur lief und sich dann mit beiden Beinen auf den Rücken des Blondschopfs kniete. Sämtliche Atemluft entwich dessen Lungen. Selbst die Kraft zum Jammern wurde ihm genommen.

Jans Kopfschmerz drohte für einen Moment die Oberhand zu gewinnen, doch dann drehte er den Blick und sah Aaron dankbar an. Erst jetzt entdeckte er die Verletzung an dessen Schulter. Das Futter seiner Winterjacke quoll aus dem Stoff und schimmerte in einem feuchten Dunkelrot.

»Nichts passiert«, gab Aaron zur Antwort, als er Jans Blickrichtung bemerkte.

Langsam rappelte Jan sich auf und entwand dabei die Pistole aus der Hand des Jungen. »Er darf sich keinen Millimeter bewegen.«

Zustimmend schüttelte Aaron den Kopf, und eine Grimasse, die an ein Grinsen erinnerte, ließ keinen Zweifel daran, dass er es ernst meinte.

Einen Moment überlegte Jan, was er mit der Pistole machen sollte, legte sie schließlich auf das Fensterbrett am Ende des Flurs. Er versicherte sich, dass Aaron gesehen hatte, wo die Waffe lag, ging dann direkt ins Schlafzimmer. Kurz sah er Miriam Nasarenko an. Vorsichtig durchschnitt er ihre Fußfesseln mit der Küchenschere, ging zum Kopfende des Bettes, durchtrennte auch die Fesseln an den Händen. Behutsam legte er die Arme der gepeinigten Frau unter die

Decke. Dann berührte er mit der Hand ihre Stirn, sagte ihr, dass Hilfe auf dem Weg sei und alles wieder gut werde.

Jan wurde klar, dass er die Frau von Anfang an falsch eingeschätzt hatte. Sie hatte Unaussprechliches ertragen müssen, und trotzdem ihre Freundin nicht verraten. Christina Komarow hatte Jan erzählt, dass Miriam alles über deren Flucht und ihr Versteck in der Lüneburger Heide wusste. Doch Miriam hatte geschwiegen, egal was man ihr angetan hatte. Das war unglaublich.

Als Dmitrij in Wilsede auftauchte, war er auf der Suche nach Jan gewesen, nicht nach Christina und den Kindern. Dass dieser Teil der Familie Komarow noch am Leben war, hatte der Russe erst auf Bernd Köhlers Hof herausgefunden. Von Miriam hatte er es nicht erfahren. Er nicht und auch sonst niemand.

Jan hatte Christina Komarow verboten, noch einmal mit Miriam zu telefonieren. Er hatte der Frau, die er zweimal besucht hatte, nicht getraut. Zu keiner Zeit war er davon ausgegangen, dass Miriam selbst unter Folter das Geheimnis über das Verschwinden der Komarows für sich behalten würde. Traurig sah er das entstellte Gesicht an.

Es fiel ihm schwer, die Frau erneut allein zu lassen, aber eine Aufgabe wartete noch auf ihn. Zögernd ging er wieder zur Tür und trat auf den Flur.

»Noch immer fit?«, fragte er Aaron, der es sich auf dem jungen Mann am Boden sichtlich gemütlich gemacht hatte. Aaron nickte.

»Kein Schock?«

»Den gönne ich mir später.«

Jan war zufrieden, denn etwas anderes wollte er in diesem Moment gar nicht hören. Nun deutete er auf den Blonden. »Er muss einen Schlüssel haben.«

Jan ging in die Hocke und suchte den Mannes ab. Erst Jackentaschen, dann Hosentaschen. Als er nichts fand, tastete er den Fußboden ab, sah sich im schlecht beleuchteten Korridor um. Irgendwo musste der Schlüssel sein, den der Mann holen wollte, bevor er Jan ins erste Stockwerk gefolgt war. Der Schlüssel für *die erste Tür rechts*.

Jans Gesicht spiegelte sich in einer großen Blutlache, die sich neben dem Kopf des Jungen gebildet hatte. Ob das Nasenbluten mittlerweile aufgehört hatte, war Jan egal. Wenn der Kerl den Schlüssel nicht in einer Tasche hatte, musste er ihn in der Hand gehalten haben, als Jans Kopfstoß ihn traf. Dann müsste der Schlüssel auf den Boden gefallen sein.

Erneut ließ Jan den Blick schweifen. Ein Heizkörper vor dem Fenster warf einen Schatten auf den Boden. Darüber auf dem Fensterbrett lag die P 30. Jan ging die anderthalb Meter in gebückter Haltung, tastete den Boden unterhalb der Heizung ab. Endlich hatte er den Schlüssel in der Hand.

Noch immer war kein Martinshorn zu hören. Der Rettungsdienst sollte nach Richtlinie der Feuerwehr in acht bis zehn Minuten am Einsatzort sein. Inez' Anruf in der Leitzentrale musste etwa drei oder vier Minuten her sein. Blieben für Jan noch knapp vier Minuten, um sich den verschlossenen Raum gegenüber vom Bade-zimmer anzusehen.

»Lass ihn nicht entwischen.«

Aaron schüttelte den Kopf.

Jan ging um beide herum und wieder Richtung Treppe. Dann steckte er den Schlüssel zum anderen Zimmer ins Türschloss, drehte vorsichtig. Das Schloss schnappte zurück. Wie die Tür zu Miriams Schlafzimmer schwang auch diese nach innen auf. Eine Nachttischlampe erhellte das Zimmer. Sofort fiel Jans Blick auf das Kind, das ängstlich zusammengekauert am Kopfende eines Bettes saß. Dominiert wurde der Raum von einem gewaltigen Kleiderschrank. Der war so groß und schien so schwer zu sein, dass er den Jungen auf dem Bett erschlagen musste, falls er umfiele. Der Junge selbst konnte kaum älter als sechs Jahre sein. Vorschulalter oder erste Klasse. So etwas in der Art.

Übelkeit traf Jan wie ein Faustschlag in den Magen, als er daran dachte, was der vermeintliche Herr Müller mit dem Jungen getan hätte, wenn er wie beabsichtigt zu ihm ins Zimmer gekommen wäre. Die Worte, die der junge Mann zu Jan im Hausflur gesagt hatte, hallten in seinem Kopf nach.

Sie sind der erste. Genau wie bestellt.

Der erste von wie vielen?

Der Junge hatte die Knie vor die Brust gezogen, guckte Jan mit gesenktem Kopf an. Natürlich hatte er den Schuss gehört. Was er bedeutete, konnte er nicht wissen. Wer war der Fremde an der Tür? Jan öffnete beide Hände, machte eine allgemein geltende Geste zur Beruhigung. Ich tue dir nichts, hieß das. Sieh her, ich habe nichts dabei, womit ich dir wehtun kann.

72

Der Schuss ließ Charlotte aufschreien. Sie stand bei der Küchentür. Beinah wäre sie vor Schreck in die Knie gegangen. Nun hörte sie die Geräusche eines Kampfes. Dann ein deutliches »Alles klar! Alles klar! Uns geht es gut!« von Aaron. Er rief es so laut, dass es nur für alle im Untergeschoss gemeint sein konnte. Ebenso wie das folgende: »Wir haben alles im Griff.« Einen Moment war bei Charlotte der Impuls nach oben zu laufen fast übermächtig. Aber Jan wollte, dass jemand im Erdgeschoss Wache hielt. Er verließ sich auf sie und Christian. Also sah sie nur zur Treppe und dann wieder in die Küche.

»Hast du auch alles im Griff? Dann werfe ich einen kurzen Blick ins Wohnzimmer. Nur um sicherzugehen.«

Christian nickte. »Sei vorsichtig.«

Charlotte kannte das Erdgeschoss des Hauses von ihrem ersten Besuch bei Miriam Nasarenko. Es schien sinnvoll, alle Räume zu kontrollieren. In die Gästetoilette hatte sie schon geguckt. Das Wohnzimmer lag hinter der Küche. Als sie zur Klinke griff, war die Tür abgeschlossen.

»Zu. Aber der Schlüssel steckte von außen.«

»Mach vielleicht lieber nicht auf«, rief Christian.

Charlotte hatte die Hand schon ausgestreckt, drehte den Schlüssel und öffnete die Tür ein Stück. Die Deckenbeleuchtung war nicht eingeschaltet. Lediglich eine Stehlampe gab Licht. Die beiden Figuren auf dem Sofa rührten sich nicht, trotzdem bemerkte Charlotte sie sofort. Es waren eine junge Frau und ein Mädchen. Beide blickten ihr entgegen. Das Mädchen war etwa acht Jahren alt, die Frau Anfang bis Mitte zwanzig. Beide trugen Stiefel und Jacken, so als suchten sie trotz der Wärme im Haus Schutz in ihrer Kleidung.

»Hallo.« Es war ein heiseres Kratzen, das aus Charlottes Hals drang. Sofort drängte sich das Mädchen enger an die junge Frau. Dann hörte Charlotte ein Handy klingeln. Es kam aber nicht aus dem Wohnzimmer. Kurz darauf gab es Lärm in der Küche. Automatisch zog sich Charlotte vom Wohnzimmer zurück. Dumpfe Laute ließen auf Schläge schließen, dazu angestrengtes Stöhnen und leise Flüche. Als Charlotte die Küchentür erreichte, hatte Herr Müller seine Mütze nicht mehr auf dem Kopf. Außerdem hielt er sich beide Hände schützend vors Gesicht. Christian stand ihm mit geballten Fäusten gegenüber. Hitze war ihm ins Gesicht geschossen. Sein Smartphone lag auf dem Boden.

»Brauchst du Hilfe?«, fragte sie.

»Nein, aber vielleicht brauchen wir gleich einen dritten Krankenwagen. Könnte durchaus passieren.« Christian grinste hämisch. So hatte sie ihn noch nie gesehen.

Auch oben im Flur schien es wieder Bewegung zu geben. Charlotte trat auf die Treppe zu und rief nach Jan. Als der nicht antwortete, rief sie erneut seinen Namen, diesmal mit dem Zusatz, dass er sich hier unten unbedingt etwas ansehen müsse.

Nach einer gefühlten Ewigkeit hörte sie Schritte. Jan war nicht allein, als er die Treppe herunter kam. Er hatte einen Jungen an der Hand. Dessen Hosen waren dreckig. Auch er trug noch eine Jacke. Charlotte brauchte nichts zu fragen. Sie winkte Jan den Flur entlang zum Wohnzimmer, deutete hinein und nickte dabei.

Als Jan das Mädchen und die junge Frau sah, wusste er sofort, dass es nicht Mutter und Tochter waren. Er atmete tief durch, sah kurz zu Charlotte, sah wieder die Beiden auf dem Sofa an. Der Junge riss sich von seiner Hand los und lief zu den anderen. Nun passte alles zusammen. Das Mädchen, die junge Frau, der verängstigte Jungen. Die Schmuggelware aus dem Osten.

Jan war sich vollkommen sicher, dass die junge Frau und die beiden Kinder erst in dieser Nacht Hamburg erreicht hatten. Sie mussten auf der Ladefläche des russischen LKWs gehockt haben, den Jan an der Lagerhalle in Billbrook beobachtet hatte. Der Krimsekt war nur Tarnung. Die ganze Reise von Russland nach Hamburg hatten die Frau und die Kinder auf einer winzigen Fläche im Laderaum des Lasters verbracht. Bei Kälte. Ohne echte Toilette. Wer weiß, wie viele Stunden?

Ersatz für Familie Komarow, dachte Jan. Ein Mädchen. Ein Junge. Eine Frau.

Drei neue Pässe.

Alles genau wie vorher.

Vermutlich hatte man ihnen bei ihrer Ankunft im Haus die ans Bett gefesselte Miriam Nasarenko gezeigt. Als warnendes Beispiel. So ergeht es denen, die sich nicht an die Regeln halten, hieß die Botschaft.

Jan zweifelte nicht daran, dass Miriam sehr bald ganz beseitigt werden sollte. Möglichst spurlos.

Polizeiliche Ermittlungen durften auf keinen Fall zu dem Reihenhaus beim Bramfelder See führen. Denn hier sollte ab sofort eine neue Familie wohnen. Frau und Kinder waren schon da. Wer den Vater und Ehemann spielen sollte, wusste Jan nicht. Vielleicht der blonde Bursche mit der gebrochenen Nase. Vielleicht war ursprünglich sogar Dmitrij vorgesehen. Aber diese Wahl hatte sich zwischenzeitlich bekanntermaßen erledigt.

Schauder über die Vorstellung, was den beiden Kindern und der jungen Frau alles bevorgestanden hätte, ergriff wieder Besitz von Jan. Er dachte an die Verstümmelungen von Katja Komarows Brust.

Dann dachte er an das, was Linda Herrmann erzählt hatte. Die Sozialarbeiterin und Psychologin war wie er vor kaum drei Wochen zu der Fernsehsendung *Klartext* eingeladen gewesen, die dem Titel nach *Das Böse im Menschen* zum Thema hatte. Jan erzählte über die Erfahrungen, die er bei den Recherchen für sein Buch über Serienmörder gesammelt hatte, während Linda Herrmann zu sexuellem Missbrauch in unterschiedlichster Form Auskunft geben konnte. Triebbefriedigung und die Ausübung von Macht waren die Schnittmenge der Täterprofile.

»Was soll das bedeuten?«, hatte die Fernsehmoderatorin Klara Brandt gefragt.

»Dass es nicht nur die unmittelbare sexuelle Befriedigung ist, die viele Täter antreibt«, hatte Linda Herrmann daraufhin ausgeführt. »Die allermeisten Täter wollen ihre Opfer beherrschen. Und das über einen längeren Zeitraum hinweg. Ein sexueller Höhepunkt ist dabei gar nicht unbedingt nötig. Die Opfer sollen die Herrschaft des anderen anerkennen und sehr oft sollen sie dabei leiden.«

Linda Herrmann sprach davon, dass es in diesem Fall schwerer sei, passende Opfer zu finden. Während rein triebgesteuerte Täter sich häufig Opfer im Verwandten- oder Bekanntenkreis suchten, mussten dominierende und sadistische Tätergruppen andere Wege beschreiten. Speziell hierfür habe sich deshalb ein eigener Markt entwickelt. Auch in Deutschland »Man kann damit Geld verdienen. Und wo man Geld verdienen kann, gibt es auch Organisationen, die dies machen. Sie bieten eine Art Dienstleistung an. Die Opfer sind meist junge Frauen und Kinder. Wir müssen also unterscheiden zwischen einem Pädophilen, der eigenständig zum Täter wird, und einer Organisation, die entsprechende Opfer anbietet. Die Leute dort sind meistens selbst nicht pädophil und auch keine Sadisten. Sie bedienen einfach nur einen vorhandenen Markt.«

»Das heißt was genau?«, hakte Klara Brandt nach.

»Das heißt, dass jeder der es sich leisten kann und bereit ist, dafür zu zahlen, genau das geliefert bekommt, was seinen persönlichen Vorlieben entspricht. Frauen oder Kinder, die sichtlich leiden und schreien, wenn man sie missbraucht oder foltert. Aber auch Frauen und Kinder, die alles schweigend und starr über sich ergehen lassen. Je nach Geschmack.«

Jan blickte die Kinder an, die sich von beiden Seiten an die junge Frau drängten. Er hatte keine Vorstellung, wo die beiden herkam. Hatte man sie entführt? Stammte sie aus einem Waisenhaus? Wurden sie überhaupt von irgendjemandem vermisst?

Und die junge Frau? Hatte sie die Reise freiwillig an-getreten, gelockt mit falschen Versprechungen? Wuss-te sie auch nur annähernd, worauf sie sich eingelassen hatte? Wenn sie irgendwann begriffen hätte, was den Kindern angetan wurde, wäre sie dann selbst mehr Täterin oder Opfer gewesen? Vermutlich hätte man sie nicht nur dafür benutzt, um die Mutter der Kinder zu spielen. Auch die Frau hätte schlimme Zeiten vor sich gehabt.

Jan hörte Stimmen an der Haustür, dann die Tür-klingel. Die nahenden Martinshörner hatte sein Be-wusstsein bis dahin verdrängt. Doch nun war es so weit. Sie waren nicht mehr allein mit der Situation im Haus. Noch einmal sah Jan zum Sofa, dann ging er durch den Flur und öffnete die Haustür.

Um die Frau und die beiden Kinder würden sich Polizeipsychologen kümmern. Die Aufgabe von Jan bestand erst einmal darin, dem Notarzt den richtigen Weg zu weisen. Charlotte blieb im Wohnzimmer bei der Frau und den Kindern, während Jan die Leute vom Rettungsdienst herein ließ. Er ging auf der Treppe vorweg, bedeutete der Notärztin und den bei-den Männer mit den Sanitätsrucksäcken, ihm zu fol-gen. Im ersten Stock trafen sie zuerst auf einen am Bo-den liegenden Mann. Röchelnde Geräusche. Auch der Hüne, der neben dem jungen Mann kniete, schien verletzt zu sein. Alles überschaubar. Doch auf das, was die Ärztin und die Sanitäter dann sahen, waren sie nicht vorbereitet.

73

Zuckendes Blaulicht spiegelte sich auf Inez' Gesicht. Sie wollte den ankommenden Sanitätern den richtigen Hauseingang zeigen, doch endlich ging Christian ans Telefon. Seit jenem lauten Knall im Reihenhaus, der nur ein Schuss gewesen sein konnte, versuchte sie ihn zu erreichen. »Alles in Ordnung hier«, versuchte Christian sie nun zu beruhigen. »Aber bleib lieber, wo du bist.«

»Was ist passiert?«

»Weiß ich selbst nicht so genau. Aaron wurde angeschossen. Aber es geht ihm gut.«

Inez stand neben Christians Auto. Als sie hörte, was Aaron passiert war, machte sie automatisch einen Schritt auf die Straße. Den mit hohem Tempo ankommenden Streifenwagen bemerkte sie nicht.

»Achtung«, sagte eine Stimme. Jemand griff nach ihrem Arm. Inez wurde nach hinten und in Sicherheit gezogen.

»Ich ...«, meinte sie verwirrt ins Telefon. »Ja, die Polizei ist jetzt auch da.«

Christian sagte noch, sie solle im Auto warten, dann beendete er das Gespräch. Erst jetzt kam Inez dazu, ihren Retter richtig anzusehen. Die Straßenbeleuchtung war schlecht. Trotzdem bemerkte sie als erstes das freundliche Lächeln des Asiaten.

Das Gesicht des Mannes war glatt und ohne eine einzige Falte. Er trug eine Nickelbrille. Auf dem Kopf saß ein Hut. Als er sie ansprach, war seine Stimme angenehm weich und ruhig. »Sie müssen vorsichtiger sein ...«

»Oh ja, danke. Das war knapp.«

Wieder lächelte der Mann. »Ist ja auch ganz schön was los hier. Wissen Sie, was passiert ist?«

Als Katō von der Aktion im Industriegebiet erfuhr, hatte er sich ins Auto gesetzt und war direkt zur Lagerhalle gefahren. Doch es war zu spät, die Ware bereits übergeben. Der gesamte Apparat schien sich in Auflösung zu befinden. Jeder machte, was er wollte. Unter diesen Umständen war es schwer, effektiv zu arbeiten.

Katō fuhr schnell aber vorschriftsmäßig durch die Nacht. Als er die Wohnstraße in Bramfeld erreichte, sah er als erstes die Frau. Sie stand am Straßenrand, benutzte ihr Telefon, sah sich immer wieder suchend um. Er hielt möglichst weit entfernt. Noch konnte er die Frau nicht einschätzen. Sie war klein, konnte aber gefährlich sein.

Eine Passantin? Eine Frau, die auf ihren Freund oder ein Taxi wartete? Oder jemand, der das Haus beobachtete. Das Haus von Miriam Nasarenko.

Die Ukrainerin hätte längst aus der Stadt verschwinden sollen. So war es ursprünglich besprochen. Doch in dieser Nacht musste Katō zusammen mit der Information über die anstehende Lieferung erfahren, dass sie noch da war. Katō hatte aus der Frau alles herausbekommen, was er wissen wollte. Er kannte danach nicht mehr nur den Namen des Reporters, der mit ihr in Kontakt gestanden hatte, sondern vermutlich auch den Ort, wo man ihn finden würde. Dmitrij sollte Jan Fischer in das entsprechende Heidedorf folgen und herausfinden, was der Mann über die Geschäfte von Kohlmann Logistic wusste und wie er Miriam Nasarenko gefunden hatte. Wieso sich der Russe stattdessen auf einem Bauernhof von einer Greisin mit einer Forke aufspießen ließ, blieb bisher ungeklärt. Doch Katō wunderte sich nicht weiter darüber. Der Russe machte offensichtlich einen Fehler nach dem anderen. Wie ließ sich sonst erklären, dass Miriam Nasarenko noch in Hamburg war? Dmitrij hatte die mit Katō besprochene Vorgehensweise eindeutig missachtet und die Frau zu seinem Privatvergnügen weiterhin in dem Reihenhaus gefangen gehalten. Das alles entsprach keinesfalls einem professionellen Geschäftsgebaren.

Genauso wenig konnte Katō nachvollziehen, wieso über den üblichen Vertriebsweg bereits so kurz nach dem Kohlmann-Prozess neue Ware nach Hamburg geholt werden musste. Es war aufwendig genug gewesen, den Geschäftsmann mit Hilfe eines falschen Zeugen aus der Untersuchungshaft herauszubekommen. Der Freispruch, den er erhalten hatte, führte nicht automatisch dazu, dass die Geschäftsstrukturen in Hamburg wieder stabil waren. Das Feuer in Kohlmanns Villa sprach eher für das Gegenteil. Der alte Mann lag im Krankenhaus. Sein Gehirn war mangels Sauerstoffzufuhr so stark geschädigt, dass er nur noch mit technischen Mitteln am Leben gehalten wurde. All das war Ausdruck einer erheblichen Instabilität des bestehenden Geschäftsmodells. Trotzdem hatte Frauke Büren die Entscheidungsträger dazu gebracht, dass sie ihren Rat befolgten, statt Katōs Bedenken ernst zu nehmen und zunächst die weiteren Entwicklungen abzuwarten. Was bei einem solchen

Aktionismus herauskommen konnte, sah Katō, wenn er die Straße entlang blickte.

Der Junge, dem die Richterin nach Dmitrijs Tod das Abholen und Verwahren der neuen Ware anvertraut hatte, war mit seiner Aufgabe bewiesenermaßen überfordert. Irgendjemand war Alexej gefolgt. Katō war sich dessen nun sicher. Doch offenbar handelte es sich um keine Profis. Die Frau mit dem Handy, hatte ihn nicht weiter beachtet. Sie musste gesehen haben, wie er an der Mündung der Straße einparkte und das Licht ausschaltete, doch sie achtete jetzt überhaupt nicht mehr auf ihn. Es gelang ihm mühelos, sich ihr zu nähern.

Die Sirenen von Krankenwagen schwollen an und wieder ab. Zunächst hätte es Zufall sein können, dann merkte Katō, dass die Fahrzeuge dichter kamen. Das war nicht gut. Doch ihr Lärm half ihm, sich lautlos an die Frau heranzuschleichen. Sie ahnte nicht einmal, dass sich ihr der Tod von hinten näherte.

Wenn die Frau das Haus beobachtete, musste sie wissen, wer die Gegner der Organisation waren und was sie dort taten. Von der Polizei war die Frau nicht. Das hatte Katō schon ausgeschlossen. Sie war zu unbedarft. Zwei Rettungswagen und ein Notarztwagen schossen vorbei, während die Frau telefonierte. Leider gelang es Katō nicht, den Inhalt des Gesprächs mitzubekommen. Es blieb ihm nichts anderes übrig, als die Frau direkt zu befragen. Ihre Unachtsamkeit half ihm, die Begegnung wie zufällig wirken zu lassen. Er zog sie von der Straße, während ein Polizeiauto vorbei raste und hinter den Rettungswagen hielt.

»Was ist denn in dem Haus?«, fragte er direkt.

Für Inez ließ sich das Alter ihres asiatisch wirkenden Gegenübers nicht erraten. Lange Zeit sollten Menschen aus Fernost nahezu unverändert aussehen, bis sie ganz plötzlich alt und runzlig wurden. Der Mann sprach mit Akzent, wusste sich jedoch hervorragend auszudrücken. Außerdem war er für einen Japaner oder Chinesen ungewöhnlich groß.

»Das können Sie morgen alles in der Zeitung lesen«, entgegnete sie ausweichend.

»Dann sind Sie von der Zeitung?«

»So 'was Ähnliches.«

»Ah, so 'was Ähnliches«, wiederholte Katō. Sofort dachte er an Jan Fischer. Dieser Mann, dessen Visitenkarte sie von Miriam Nasarenko hatten, war ins Spiel zurückgekehrt. Und nun mischte er sich wieder ein.

Dmitrij war ein Versager. Genau wie Alexej. Der blonde Jüngling hatte sich bis zum Haus verfolgen lassen. Und jetzt flog alles auf. Jetzt war nichts mehr zu retten. Das Haus wimmelte von Menschen. Selbst die Polizei war schon da. Auch Katō konnte da nichts mehr machen.

Noch ein Auto bog in die Straße ein. Jemand mit einer Kamera sprang heraus.

»Kollegen von Ihnen?«, fragte Katō.

Inez zuckte mit den Schultern. »Sieht so aus.«

Katō verzog keine Miene. Dann nickte er freundlich und wünschte noch einen schönen Abend. Er zog es vor, auf keinem Foto und keiner Videoaufnahme zu sehen zu sein. Auch nicht nur im Hintergrund und nur ganz unscharf. Scheinbar völlig unbeteiligt schritt er an dem Haus vorbei, über dessen Fassade das grelle Spiel der Blaulichter tanzte. Erst am Ende der Straße bog er ab, ging durch die Parallelstraße zurück und saß fünf Minuten später wieder in seinem Auto.

Jemand wurde auf einer Trage aus dem Haus geholt. Vermutlich Miriam Nasarenko. Katō schüttelte stumm den Kopf. Dann führten Polizisten Alexej in Handschellen zu einem Streifenwagen. Das Gesicht des Blondschopfs sprach mit den entsprechenden Verbänden deutlich dafür, dass er aus einer körperlichen Auseinandersetzung als Verlierer hervorgegangen war. Auch dass sich der junge Mann allein mit der gerade erst ins Land geholten Frau und den Kindern im Haus aufgehalten hatte und keinerlei Unterstützung von erfahrenen Leuten bei dieser Aufgabe gehabt hatte, musste Katō als Fahrlässigkeit einordnen. Wenn sich diese Art der Entwicklung fortsetzen sollte, gefährdeten die Vorkommnisse in Hamburg möglicherweise weitere Teile des Netzwerkes. Ein nicht zu unterschätzendes Problem.

Noch ein Mann wurde in Handschellen aus dem Haus geführt und in einen Streifenwagen verfrachtet. Er trug einen langen Mantel und hatte eine Mütze tief in die Stirn gezogen. Katō rückte seine Nickelbrille zurecht. Kurz darauf sah er, wie weitere Personen aus dem Haus kamen. Die beiden Männer vorne konnte Katō nicht zuordnen. Einer schien an der Schulter verletzt. Es war ein Koloss von einem Mann. Die junge Frau, die beim Auto gewartet hatte, lief ihm entgegen. Dann schritten eine Frau mit schwarzen Haaren und schließlich ein Mann, dessen Gesicht Katō bereits von Fotos kannte, aus der Tür. Der Mann war Jan Fischer. Katō sah sich die Frau noch einmal genauer an. Da alle in seine Richtung gingen, war dies einfach. Trotz einer Perücke erkannte er in der Frau nun die Fotografin Charlotte Sander. Sie war Katōs Informationen nach eine Kollegin und die gelegentliche Sexualpartnerin des Journalisten.

Obwohl Katō seine Emotionen am liebsten kontrollierte, verspürte er Jan Fischer gegenüber eine Abneigung. Sein Verstand sagte ihm, dass es immer zu Komplikationen führte, wenn Journalisten urplötzlich von der Bildfläche verschwanden. Dennoch musste er sich eingestehen, dass er dem Mann und seiner Begleiterin am liebsten unmittelbar gefolgt wäre, um beide zu erledigen. Schade, dass die Vernunft dagegen sprach.

Die vier Gestalten und die Frau, mit der Katō gesprochen hatte, stellten sich zu ihrem Auto. Zigaretten wurden verteilt, Feuerzeuge gingen an. Ein Fotograf und eine Gestalt mit einer Videokamera gesellten sich zu der Gruppe. Jan Fischer schüttelte einige Hände. Gespräche wurden begonnen. Köpfe nickten immer wieder zustimmend.

Nein, es machte keinen Sinn, einen Reporter zu beseitigen, der mittlerweile selbst derartig in der Öffentlichkeit stand. Jan Fischer hatte seinen Erfolg. Sollte er sich darin sonnen. Solange er nicht mehr als die Verbindungen zum alten Kohlmann kannte, war er keine weitere Bedrohung für das Netzwerk. Wenn Katō seinem Auftraggeber vom Geschehen in Hamburg berichtete, würde er empfehlen, den Journalisten in Ruhe zu lassen. Seine Beseitigung war die Aufmerksamkeit nicht wert, die sonst damit verbunden wäre. Stattdessen dachte Katō über eine andere Möglichkeit nach, wie die Situation in Hamburg unter Kontrolle gebracht werden konnte.

Wieder ganz Herr über seine Gefühle sah Katō zu, wie Jan Fischer und seine vier Begleiter in ihr Auto stiegen. Mit einigen Vor- und Zurückbewegungen wurde der Wagen ausgeparkt. Am Steuer saß ein recht schmächtiger Mann, neben ihm der mindestens doppelt so breit Koloss mit der Schulterverletzung. Jan Fischer hatte sich nach hinten zu seiner Freundin und der kleineren Frau vom Straßenrand gesetzt. Katō konnte alle gut erkennen, nachdem das Auto gewendet hatte und nun langsam an ihm vorbei fuhr. Im Rückspiegel beobachtete er anschließend, wie ein Blinker gesetzt wurde und das Fahrzeug auf die Querstraße abbog. Katō sah noch einmal zum Reihenhaus hinüber, dann startete er den Motor seines Wagens.

74

Es war bereits nach zwei Uhr nachts, als Christian vor dem Hotel hielt. Der Abend hatte alle viel Kraft gekostet. Alles, was sie gesehen und getan hatten, dazu die vielen Fragen der Polizei. Eine offizielle Vernehmung sollte später im Revier stattfinden. Trotzdem hatte nach dem Eintreffen der Rettungskräfte und der ersten Streifenpolizisten noch alles eine gefühlte Ewigkeit gedauert. Entsprechend kurz fiel die Verabschiedung aus. Jan versprach, sich später in der Redaktion zu melden, dann ging er mit Charlotte durch die gläserne Schiebetür in die Hotelhalle. Sein Kopf pochte und seine Knochen schmerzten. Während der Auseinandersetzung mit dem jungen Mann im Haus von Miriams Nasarenko hatte sich Jans Körper im Ausnahmezustand befunden. Und auch danach, während er das Haus durchsuchte, Miriam von ihren Fesseln befreite und sich der fremden Frau mit den beiden Kindern gegenüber sah, beherrschte das Adrenalin ihn. Erst als Jan sich auf den Beifahrersitz von Christians Wagen sinken ließ, waren die Kopfschmerzen zurückgekehrt. Und das mit Vehemenz. Zu diesem Zeitpunkt war sein Autounfall mit fünffachem Überschlag gerade erst vier Stunden her.

Charlotte sah ebenfalls gezeichnet aus. Sie zog sich im Hotelzimmer die Perücke vom Kopf, ging ins Bad und drehte die Dusche auf. Wenn sie die Augen schloss, sah sie abwechselnd Voskors vor sich, wie er eine Pistole auf ihren Kopf richtete, und dann wieder den gemarterten Körper von Miriam Nasarenko. Das heiße Wasser in der Dusche verbrühte Charlotte fast die Haut, während ihre Schminke in den Ausguss floss. Erst nach einer halben Ewigkeit regelte sie die Temperatur runter. Als sie zurück ins Schlafzimmer kam, schlief Jan völlig bekleidet auf dem Bett. Er trug sogar noch seine Schuhe. Müde kniete Charlotte sich vor ihm nieder, zog ihm die Schuhe aus und deckte ihn anschließend zu. Dann krabbelte die auf der anderen Seite ins Bett und wünschte sich, sie könnte genauso leicht einschlafen wie Jan. Anders als erwartet, wurde ihr Wunsch erfüllt.

Beide schliefen bis zum Mittag durch. Erst als sich einige Sonnenstrahlen durch die fast geschlossene Wolkendecke auf das Bett verirrten, schlug Jan die Augen auf. Er streckte die Hand nach Charlotte aus und war froh, sie neben sich zu haben. Langsam richtete er sich auf und horchte auf das Klopfen in seinem Schädel. Die Taktfolge war langsamer geworden. Dafür schmerzte der Rest seines Körpers wesentlich mehr als in der Nacht. Zum Glück half auch ihm ein längerer Aufenthalt unter der Dusche. Jan putzte sich die Zähne und trank kaltes Wasser aus der Leitung. Dann suchte er Charlottes Mantel nach dem in Lüneburg gekauften Klapphandy ab. Er wusste, dass Kathrin und Christina auf seinen Anruf warteten.

»Ich bin's«, sagte er zur Begrüßung. Jan erzählte Kathrin einen Teil von dem, was in den vergangenen vierundzwanzig Stunden passiert war. Zuerst von seinem Unfall. Dann, dass die Idee mit den Pässen nicht klappen würde. Und schließlich von den Ereignissen in Miriams Wohnung. Durch ihre Tätigkeit als Anwältin war Kathrin es gewohnt, anderen Leuten zuzuhören, ohne sie ständig zu unterbrechen. Doch in Gedanken machte sie sich Notizen zu allem, was Jan erzählte. Sie vergaß allerdings die Hälfte wieder, als der von Miriam Nasarenkos Schicksal zu erzählen begann.

»Ich habe einen Bericht im Fernsehen gesehen«, entgegnete sie schließlich. »Und auch im Netz gibt es massenhaft Nachrichten über einen Polizeieinsatz in Hamburg.«

Dann bat Jan Kathrin, vorübergehend Christina Komarow das Telefon zu geben. Er musste auch ihr erzählen, was mit Miriam passiert war.

»Sie ist tot, nicht wahr?«, meinte die ukrainische Frau mit tonloser Stimme. »Miriam ist tot.«

Jan widersprach. »Man hat sie übel zugerichtet. Außerdem war ihr Körper dehydriert und unterkühlt. Doch nun ist sie im Krankenhaus. Die Leute dort tun alles für sie, was sie können.«

»Ich muss zu ihr«, stellte Christina noch immer mit monotoner Stimme fest. Trotz dieser scheinbaren Emotionslosigkeit wusste Jan, dass es ihr ernst mit dem Gesagten war. Er hatte bereits mit einer ähnlichen Reaktion gerechnet.

»Sie können dort nicht einfach hinfahren«, entgegnete er. »Das wissen Sie.«

»Ich muss.«

»Lassen Sie uns darüber reden.«

Also redete sie. Und sie redeten so lange, bis der Akku des Handys zu piepen begann. Dann reichte Christina das Telefon an Kathrin zurück. Auch mit ihr sprach Jan noch eine Weile. Erst danach suchte er nach dem Ladekabel und verband das Handy mit der

Steckdose. Charlotte war zwischenzeitlich ins Badezimmer gegangen. Nun kam sie zurück ins Schlafzimmer und sah Jan fragend an.

»Erst mal alles geklärt«, sagte er. »Gehen wir was
frühstücken? Dann erzähle ich dir, was ich mit Kathrin besprochen habe.«

Charlotte stimmte zu, fragte, wie er sich fühle.

»Glaub mir. Ich werde nie wieder mit dem Kopf in
einer laufenden Wäschetrommel schlafen«, erwiderte
er. »Und dir kann ich es auch nicht empfehlen.«

Charlotte zwang sich zu einem Lächeln. Für eine
Weile nahmen sie sich einfach in die Arme, dann fuhren sie mit dem Fahrstuhl nach unten. Aus dem geplanten Frühstück wurde ein Mittagessen. Charlotte
sah aus dem Fenster.

»Tut mir leid, dass ich das mit den Pässen vermasselt
habe«, sagte sie irgendwann.

»Das hast du nicht.«

»Er hat sofort gemerkt, dass ich nicht die war, für die
ich mich ausgegeben habe.«

»Es war nur ein Versuch, und die Idee nicht mal besonders gut.«

Jan nahm Charlottes Hand. Sie sahen sich lange an.
Das Grün in Charlottes Augen funkelte nicht ganz so
intensiv wie sonst. Es erinnerte Jan mehr an einen
dunklen See. Mit aller Überzeugungskraft, die er aufbringen konnte, versprach er ihr, dass alles gut werden
würde.

75

Da Jans Auto nur noch Schrottwert hatte, nahmen sie die S-Bahn. An der Station Harburg-Rathaus stiegen sie aus und gingen gemeinsam zur Fußgängerzone. Ihr Ziel war die Redaktion des *Lauffeuers*. Wie versprochen wollte Jan sich dort noch einmal sehen lassen, um allen für ihre Unterstützung zu danken. Als er und Charlotte die quietschende Wendeltreppe heraufkamen, herrschte bedrücktes Schweigen in der Redaktion. Auf einem großen Flatscreen lief ein Nachrichtensender ohne Ton. Jemand sagte Christian Freitag, wer gekommen war.

Ziemlich formell wurde Jan von Christian per Handschlag begrüßte. Charlotte ließ sich das nicht gefallen. Sie nahm den ehemaligen Volontär in die Arme. Dasselbe tat sie dann noch einmal mit allen, die in der Nacht zuvor dabei waren. Keiner der vier fehlte. Keiner von ihnen lag noch zu Hause im Bett. Inez und Aaron waren ebenso in die Redaktion gekommen wie Stefan und Sybill. Die anderen Redaktionsmitglieder hatten längst gehört, was alles passiert war.

»Warum so niedergeschlagen?«, fragte Jan und meinte damit nicht nur Christians düsteren Gesichtsausdruck.

»Na ja«, erwiderte dieser. »Guck dir die Nachrichten mal an. Alles ist voll von der Geschichte heute Nacht. Es gibt Fotos und Videomaterial im Überfluss. Nur wer hat wieder nichts davon? Rate mal.«

Jan brauchte nicht zu raten. Er wusste, dass keiner von ihnen Fotos oder Filme von Miriams Reihenhaus gemacht hatte. Auch Inez nicht, die draußen beim Wagen geblieben war. Zwar hätte sie einige Bilder machen können, als der Krankenwagen kam und Miriam Nasarenko von den Sanitätern abtransportiert wurde, doch als angehende Wirtschaftsjournalistin war sie nicht einmal auf die Idee gekommen. Und auch Aaron, seines Zeichens Polizeireporter des *Lauffeuers*, hatte keine Bilder gemacht, die sich nun exklusiv vermarkten ließen. Nur der Streifschuss an der Schulter blieb ihm als exklusive Erinnerung.

»Siehst du, da laufen sie wieder«, meinte Christian und deutete auf den Bildschirm hinter sich. Zunächst sah man, wie Miriam Nasarenko zu einem vor dem Haus stehenden Rettungswagen gerollt wurde. Zwei Sanitäter schoben die Trage, während die Notärztin nebenher ging und einen Infusionsbeutel in die Höhe hielt. Nach einem Schnitt kamen die junge Frau und die beiden Kinder aus dem Haus. Sie wurden von einer Polizistin begleitet. Die Gesichter der Frau und der Kinder hatte der Sender elektronisch verfremdet. Schließlich wurde ein junger Mann in Handschellen aus dem Gebäude geführt und in einen Streifenwagen gesetzt. Auch sein Gesicht war nicht zu erkennen. Kurz darauf bekam der Zuschauer Tagbilder vom Haus zu sehen. Eine junge Frau mit Mikrofon guckte in die Kamera und bewegte den Mund. Sie war so platziert, dass der Fernsehzuschauer den noch immer mit Flatterband abgesperrten Eingang zum Vorgarten sehen konnte. Im Anschnitt war ein weißer Transporter zu erkennen.

»Die Spurensicherung ist noch immer im Haus«, sagte Christian und drehte seinen Blick wieder zu Jan. »Aber wir haben gemeinsam entschieden, dass wir nicht noch einmal hinfahren und uns lieber komplett aus der Geschichte raushalten.« Christian schüttelte den Kopf über seine eigenen Worte. »Schön blöd, was. Der Laden kommt nicht ins Laufen, wir kriegen keine Werbekunden, der Vermieter will uns auf die Straße setzen, und was machen wir? Bei der ersten Geschichte, die ein richtiger Knaller ist und bei der wir auch noch mitten drin stecken, mischen wir medial nicht im Geringsten mit. Das ist echt der Hammer, oder?«

Jan zog die Augenbrauen in die Höhe. »Schau mal Chris«, versuchte er zu trösten. »Selbst wenn ihr ein paar Fotos hättet, was würde das ändern? Die Blaulichtexperten waren doch sowieso alle da. So was lassen die sich nicht entgehen. Und auf diesem Markt hättet ihr auch gar keine Chance, um dagegen anzustinken.«

»Ich weiß«, meinte Christian Freitag. »Es ist trotzdem zum Verzweifeln.«

Jan schüttelte den Kopf. »Was das *Lauffeuer* braucht, das sind entweder Exklusivstories oder Hintergrundgeschichten, auf die sonst niemand kommt. Das ist doch die Lücke. So kann es was werden. Alles andere wird vom Boulevard mehr als genug abgedeckt.«

»Weiß ich doch!« Christians Stimme klang zugleich genervt und angespornt. »Aber was soll ich machen? So etwas braucht Zeit und Ausdauer.«

»Das ist wahr«, stimmte Jan zu. »Und ein bisschen davon haben wir ja auch schon investiert.«

»Haben wir?«, fragte Christian.

»Na klar.« Jan machte eine Kopfbewegung in Charlottes Richtung. »Wie steht es denn mit der Geschichte um die gefälschten echten Pässe? Wer außer uns weiß davon?«

Christian blickte fragend in die Runde.

»Da sollten wir jetzt einhaken«, sprach Jan weiter. »Das ist eine Hintergrundgeschichte zu den Bildern von heute Nacht. Wir müssen Voskors festnageln. Hattet ihr nicht alle eure Handys beim Planetarium dabei? Waren denn da nur die Taschenlampen an, oder hat auch jemand wirklich gefilmt?«

Aaron hob die Hand. »Aber das Material ist ziemlich dunkel. Habe ich schon kontrolliert.«

»Egal«, meinte Jan. »Wir haben es exklusiv. Verstehst du? Und niemand kann es uns nachmachen. Nun brauchen wir nur noch die dazugehörige Geschichte rund zu machen.«

»Und wie das?«

»Wir schnappen uns Voskors.«

»Ach, so einfach ist das?«

»Ja, so einfach. Glaub' mir, den kriegen wir dran. Ich zeig dir, wie das geht. Und dann werden wir ihn alles vor einer Kamera erzählen lassen. Denn das ist es, was die Netzgemeinschaft will. Videos. Und zwar Exklusivvideos.«

»Das macht der niemals mit«, versuchte Aaron zu widersprechen.

»Doch, wird er. Denn ich glaube, dass er die Sache nicht nur für Geld gemacht hat. Der Kerl will etwas Besonderes sein. Und wir geben ihm die fünfzehn Minuten Ruhm, nach denen sich so viele Menschen sehnen.«

Jan verschränkte die Arme vor der Brust. Langsam ließ er seinen Blick wandern, sah von einem Redaktionsmitglied zum anderen. Die Gesichter, die ihm entgegen blickten, waren alle noch sehr jung. Inez die Wirtschaftsstudentin. Sie hob kurz die Augenbrauen, als Jans Blick sie traf. Aaron, der angehende Polizeireporter. Sybill und Claudette, die gemeinsam für Wettergeschichten und Boulevard zuständig waren. Und Martinez der Sportstudent. Sie alle wollten genau wie Christian daran glauben, dass das *Lauffeuer* noch eine Chance hatte. Sie verstanden nur nicht, wie Jan das Gesagte in die Tat umsetzen wollte.

Als sich in diesem Moment das Klapphandy in Jans Jackentasche meldete, begann dieser zu grinsen. Das Timing hätte nicht besser sein können. Natürlich hatte Jan sich mit seinen markigen Sprüchen ziemlich weit aus dem Fenster gelehnt, das wusste er. Aber er wusste auch, dass er noch einen Trumpf parat hatte. Er entschuldigte sich bei allen, die ihn ansahen, indem er eine Hand hob, zog das Handy ans Ohr, meldete sich mit Namen, nickte kurz und sagte dann, dass er runter kommen würde.

»Eine Sekunde«, sagte er und ging zur Treppe. Als er weniger als fünf Minuten später wieder nach oben kam, war er nicht mehr allein. Hinter ihm betraten zwei Frauen und zwei Kinder die Redaktion. Die Frau mit den Kindern hatte kurzgeschnittene Haare, deren blond so strahlend hell war, dass es wie eine eigene Lichtquelle wirkte. Über ihrem linken Auge saß eine schwarze Augenklappe. Auch das Mädchen hinter ihr trug kurze Haare. Diese schimmerten karminrot. Und der Junge an der Hand des Mädchens hatte einen Undercut, dessen längere Haare auf dem Oberkopf schwarz wie Klavierlack glänzten. Automatisch öffnete Christian Freitag den Mund, ohne jedoch einen Ton herauszubekommen. Im Gegensatz zu den anderen erkannte er sofort, wen er vor sich hatte. Allein der Glaube an das, was er sah, fehlte ihm noch.

»Das hier sind Christina Komarow, Katja Komarow und Alexander Komarow«, stellte Jan die drei Genannten der Redaktion vor. »Und die Dame hier vorn, ist Kathrin Schneider, die Rechtsvertreterin der drei.«

»Komarow«, wiederholte jemand leise. Dann konnte man auch andere Stimmen in der kleinen Redaktion hören. Stühle wurden gerückt. Alle Redaktionsmitglieder standen auf und bildeten einen Halbkreis um die Neuankömmlinge.

Jan nickte. »Die Komarows werden noch heute zur Polizei gehen. Frau Schneider wird sie begleiten. Doch vorher wollen sie uns etwas erzählen. Denn wir sind gemeinsam zu der Ansicht gelangt, dass es am besten ist, wenn sie sich erst einmal an die Öffentlichkeit wenden.«

Jan sah in die Runde. »Zum Schutz. Denn wenn alles öffentlich ist, was sie wissen, dann braucht man sie nicht mehr zu jagen. Und dann brauchen sie sich auch nicht mehr zu verstecken.«

Christian Freitag blickte die blonde Frau mit der Augenklappe und die beiden Kinder an. Er konnte noch immer nicht begreifen, was hier gerade passierte. Er hatte Jan Fischer losgeschickt, um einen exklusiven Hintergrundbericht über eine ermordete Familie zu recherchieren. Und was machte der daraus? Christian schüttelte ungläubig den Kopf.

»Die Komarows werden uns jetzt eine Menge erzählen«, fuhr Jan fort. »Warum sie sich bis jetzt verstecken mussten. Was sie erlebt haben. Und wer alles mit der Sache zu tun hatte. Hierbei werden Namen fallen, die uns allen bekannt sind. Heiner Kohlmann zum Beispiel. Und Herr Voskors von der Einbürgerungsabteilung des Einwohnermeldeamts.«

Jan sah Aaron direkt in die Augen. »Hast du eine Videokamera?«

Aaron nickte.

»Sehr gut. Dann können wir gleich mit der Aufzeichnung anfangen«, meinte Jan. »Wir werden dazu in Christians Büro gehen, wenn das in Ordnung ist ...«

Jan sah Christian an und bekam ein zustimmendes Nicken, als dieser merkte, dass es um sein Einverständnis ging.

»Die Tür bleibt während der gesamten Videoaufzeichnung offen«, sagte Jan. »Denn es gibt nichts zu verbergen. Alle können alles hören. Alle sollen sogar alles hören. Nur so funktioniert die Sache.«

»Genau so wird es gemacht«, sagte Kathrin Schneider in ihrer Funktion als Rechtsanwältin der Familie. Sie trug einen Business-Anzug. Ihre langen Haare waren streng nach hinten gekämmt und im Nacken zusammengesteckt. Auch die Aktentasche in ihrer Hand drückte Autorität aus. »Und danach gehen wir zur Polizei.«

76

Die Villa von Frauke Büren lag direkt am Goldbekka-
nal. Ausflugsschiffe fuhren im Sommer regelmäßig an
dem prachtvollen Grundstück vorbei. Wer von den
Schifffahrtsgästen Glück hatte, konnte in Ufernähe
einen Eisvogel sehen, wie er sich kopfüber ins Wasser
stürzte, um nach kleinen Fischen oder Krebsen zu tau-
chen. Im Winter fror der Kanal manchmal zu, so dass
man über das Eis mit Schlittschuhen bis zur Au-
ßenalster laufen konnte. Das Grundstück befand sich
seit mehreren Generationen in Familienbesitz. Bei einem Weiterverkauf wäre es ein Vermögen wert. Doch
Frauke Büren dachte gar nicht daran, es zu verkaufen.
Sie brauchte das Geld nicht. Auf ihren Konten und in
den Aktiendepots schlummerten weitaus größere
Werte.

Die Richterin war an diesem Abend allein im Haus.
Sie trug hohe Schuhe, eine sehr gut geschnittene Hose
mit einem engen, schwarzen Gürtel und darüber eine
weiße Bluse. Schwarz zeichnete sich ein BH unter dem
dünnen Seidenstoff ab. Auf dem Schreibtisch hinter
ihr stand ein halbleeres Champagnerglas.

Die Geschichte beim Bramfelder See war nicht gut
gelaufen. Gleich als Frauke Büren aus dem Gericht
nach Hause gekommen war, musste sie sich den
Champagner gönnen, um ihre Nerven zu beruhigen.
Das erste Glas hatte sie beinah mit einem Schluck

getrunken. Mit dem zweiten Glas ließ sie sich umso mehr Zeit.

Der Junge, dem sie den Auftrag gegeben hatte, die neuen Kinder und ihre Aufpasserin aus Kohlmanns Lagerhaus zu holen und diese dann in das Reihenhaus in Bramfeld zu bringen, hatte Mist gebaut. Alexej hatte sich überrumpeln lassen. Von einem, man mag es kaum glauben, Reporter. Frauke Büren kannte sogar den Namen des Journalisten. Ihre guten Verbindungen zur Staatsanwaltschaft machten es möglich. Der Mann hieß Jan Fischer.

Ein Name, der der Richterin schon vorher begegnet war. Dmitrij hatte von diesem Reporter gesprochen. Irgendetwas hatte der Journalist mit Miriam Nasarenko zu tun gehabt, also jener Strohpuppe, die seit einiger Zeit in dem Reihenhaus in Bramfeld gewohnt hatte. Doch niemand konnte sich genau vorstellen, was der Mann von der ukrainischen Nutte wollte. Und niemand glaubte daran, dass er durch sie an wichtige Informationen über die Organisation gekommen war, da ihr diese selbst gar nicht zur Verfügung standen. Doch nun das ...

Frauke Büren war geschockt, als sie durch Katō von der nächtlichen Polizeiaktion erfahren hatte. Es fiel ihr einigermaßen schwer, den Tag am Gericht durchzustehen. Denn mehr noch als das Bedauern darüber, dass sie die neuen Kinder, die man ihnen aus dem russischen Woronesch geschickt hatte, nun niemals kennenlernen und sie niemals in die eigenen Hände bekommen würde, beschäftigte sie der Gedanke, wie ihre Geschäftspartner auf das Geschehen reagieren mochten. Gaben sie ihr die alleinige Schuld an dem, was in Hamburg seit einiger Zeit schief lief? Wenn ja, dann hatte die Richterin ein echtes Problem am Hals. Ein Problem, das sich mit einem oder zwei Gläsern Champagner nicht lösen ließ.

Die Sache war weit mehr als ärgerlich. Sie war gefährlich. Frauke Büren streckte ihre Hand mit den makellos manikürten Fingernägeln aus. Vielleicht sollte die Richterin sich etwas Ablenkung verschaffen. Gerade jetzt wäre es nicht schlecht, die Gedanken mit etwas anderem zu beschäftigen.

Die überaus attraktive Frau biss sich mit den Schneidezähnen leicht auf die Unterlippe. Ihr Blick ging zu einem Überwachungsmonitor, auf dem abwechselnd unterschiedliche Kameraperspektiven ihres Grundstücks, des Hauseingangs und der Eingangshalle gezeigt wurden. Eine lange, dunkle Februarnacht hatte gerade erst begonnen. Doch die Scheinwerfer rund ums Haus gaben genug Licht, um alles gut im Auge zu haben. Wer nichts von den gut getarnten Kameras wusste, konnte das nicht ahnen.

Seit mehreren Tagen schlich sich eine schmächtige Gestalt durch den Garten der Villa. Frauke Büren hatte sie schon früh entdeckt. Doch statt die Polizei zu rufen, hatte sie abgewartet. Nervenstärke war eine ihrer besonderen Qualitäten. Und wirklich lieferte schon bald eine der Kameras ein brauchbares Bild ihres ungebetenen Besuchers. Die Richterin hatte leise gelächelt, als sie das Bild zum ersten Mal sah und sie tat es auch an diesem Abend wieder. Denn sie kannte die Person, von der sie belauert wurde. Es war ein Junge, mit dem die Richterin in der Vergangenheit schon viel Spaß hatte. Der Junge war Mitglied in einem Knabenchor gewesen.

Frauke Büren und Liam Tebbe hatten sich vor rund vier Jahren kennengelernt. Das Treffen hatte ebenfalls in dem Reihenhaus am Bramfelder See stattgefunden. Die Richterin war mit ihrem schwarzen BMW vorgefahren, während Liam von seinem Chorleiter persönliche hingebracht wurde. Die meisten Treffen waren sehr schön. Frauke Büren mochte es, wie der Junge sich zierte, wie sie ihn beherrschen und bändigen musste. Dafür benutzte sie Stricke und Gürtel. Manchmal schnürte sie ihm mit Paketband die Brustwarzen ab. Dann kam sie auf die Idee, dasselbe mittels einer Klaviersaite zu tun. Das Ergebnis war erschreckend und atemberaubend zugleich gewesen. Doch leider hatte der Junge danach nie wieder für sie zur Verfügung gestanden. Deshalb hatte sie dasselbe Spiel später noch einmal mit einem Mädchen gewagt. Mit Katja Komarow. Es hatte aber nicht halb so viel Spaß wie mit Liam gemacht.

Die Richterin starrte weiterhin auf den Überwachungsmonitor. Schon wieder bewegte sich etwas im Vorgarten. Auch in dieser Nacht war Liam Tebbe gekommen. Erneut beobachte er das Haus. Zweifellos wollte er sich an Frauke Büren rächen. Warum sonst sollte er all die Nächte vor dem Haus lauern? Aber hatte er auch den Mumm dazu? Die Richterin wollte dies zu gerne herausfinden.

Kurz entschlossen schritt Frauke Büren durch die Eingangshalle und öffnete die Vordertür. Es war kein Personal im Haus. Niemand, der sie und Liam Tebbe stören würde. Sie rechnete nicht wirklich damit, dass er gefährlich war. Er war ein Opfertyp und hatte die Schmerzen, die sie ihm unter höchster Erregung zugefügt hatte, stets ertragen, ohne sich zu wehren. Und

wenn er nun, da er etwas älter und fast schon ein echter Mann zu sein schien, mit der Überzeugung gekommen war, die Machtverhältnisse umdrehen zu
können, dann hatte er sich eben geirrt. Das Geräusch
ihrer Hacken hallte von den Mauern wider, als Frauke
Büren zurück ins Arbeitszimmer ging. In einer Schublade vom Schreibtisch lag ihre Sportpistole. Natürlich
hatte die Richterin einen entsprechenden Waffen-
schein.

Gespannt wartete Frauke Büren darauf, was Liam
nun machen würde. All die Nächte hatte er draußen
im Garten gehockt und an die Frau in dem großen
Haus denken müssen, das normalerweise abgeschottet
wie eine Festung war. Und all die Jahre davor hatte er
auch an sie denken müssen. An ihr schönes Gesicht,
an ihre geweiteten Pupillen, die ihre Augen komplett
schwarz erscheinen ließen, während sie ihm
Schmerzen zugefügt hatte. Nun endlich konnte es zu
einem Wiedersehen kommen, wenn er sich nur traute.
Die Vordertür der Villa stand offen.

Als das Telefon klingelte, schreckte die Richterin zusammen. Unwillig starrte sie auf das Festnetzgerät auf
dem Tisch. Ihre Handynummer kannten die wenigsten Menschen. Die Festnetznummer hingegen war
nicht gerade als geheim zu bezeichnen, selbst wenn sie
nicht im öffentlichen Telefonbuch stand. Frauke Büren ließ das Telefon zu Ende klingeln, ohne abzuhe-
ben. Doch nach wenigen Momenten begann es erneut,
die Stille im Haus zu stören.

Die Richterin meldete sich und erstarrte, als sie
von einem Journalisten der Boulevardpresse mit
Fragen behelligt wurde, mit denen sie nicht gerechnet hatte. Sie sollte zu einer Reihe von Vorwürfen

Stellung beziehen, die ihr auf einer Onlinenachrichtenseite mit dem Namen *Lauffeuer* gemacht wurden. Ungläubig hörte sie zu, blinzelte immer wieder mit den Augen.

»Kennen Sie Katja Komarow?«

»Nein.«

»Stimmt es, dass Sie sich mit dem Mädchen mehrfach in einem Haus zu sexuellen Zusammenkünften getroffen haben?«

»Kein Kommentar.«

»Hatten Sie mehrfach sexuellen Kontakt zu Minderjährigen beiderlei Geschlechts?«

»Nein.«

»Was meinen Sie zu den sehr präzisen Angaben im *Lauffeuer*? Ist das alles frei erfunden?«

»Kein Kommentar.«

»Wussten Sie, dass es ein Video gibt, in dem Katja Komarow sehr viel über Ihre sexuellen Vorlieben zu berichten weiß? Ich spreche hier von sadistischen Praktiken der übelsten Sorte.«

Frauke Büren legte den Hörer auf. Ihre Lippen formten tonlos die Worte: »Keinen Kommentar«. Doch was sollte ihr das nützen? Gerüchte und Verleumdungen brauchten keine Beweise, um von den Leuten geglaubt zu werden. Im Gegenteil. Die Leute freuten sich doch, wenn Schlechtes über jemanden gesagt wurde, der erfolgreicher war als sie. Frauke Büren war sehr erfolgreich. Sie war schön, und sie war reich. Ja, die Leute würden jedes Gerücht über sie glauben. »Die triebhafte Richterin« würde es schon morgen in der Zeitung heißen. Oder: »Die schöne Sadistin aus der Großstadtvilla.« Der Kreativität der Zeitungsleute war hier keine Grenzen gesetzt. Sex ging immer. Gewalt ging immer. Schöne Frauen gingen immer. Alles zusammen in einem Artikel war perfekt. Und selbst wenn die Macher ihre ausgedachten Titel mit Fragezeichen versahen oder Texte im Konjunktiv formulierten, änderte dies nichts. Frauke Bürens Ruf wäre zerstört.

Die Richterin war nicht erschrocken darüber, dass jemand die Wahrheit über sie sagte und ihr auf diese Weise einen Spiegel vorhielt, in dem ihr dunkles Ich zu sehen war. Die Wut über die Indiskretion erfüllte sie in einem viel größeren Maße. Warum erzählte Katja Komarow in aller Öffentlichkeit, was ein Geheimnis zwischen ihnen beiden hätte bleiben sollen? Die erwachsene Frau und das unschuldige Mädchen. Das war doch etwas ganz Besonderes zwischen ihnen gewesen. Hatte das Mädchen dies nicht begriffen? Und was war mit Liam Tebbe?

Aus den Augenwinkeln nahm Frauke Büren eine Bewegung am anderen Ende des Raums wahr. Ganz automatisch hob sie den Arm und schoss in diese Richtung. Die Kugel flog durch das Zimmer, bohrte sich irgendwo in über drei Metern Höhe in die Wand. Die Richterin hatte mit Absicht zu hoch geschossen. Trotz des unendlichen Zorns in ihr und der riesigen Enttäuschung über ihre Bloßstellung wollte sie den Jungen nicht töten. Jedenfalls nicht sofort. Sie wollte noch einmal ihren Spaß mit ihm haben. Genau wie damals. Was danach passieren würde, stand in diesem Moment noch nicht fest, und es war ihr auch egal.

Der Mann am Ende des Raums war kurz stehengeblieben, doch nun kamen seine Schritte wieder näher. Es war nicht Liam Tebbe, der auf den Schreibtisch der Richterin zutrat. Der Mann sah zwar auch noch jung aus, aber das kam wegen seiner feinen, asiatisch anmutenden Gesichtszüge. Sehr schnell begriff Frauke Büren, weshalb Katō zu ihr in die Villa gekommen war.

Die russischen Geschäftspartner waren nicht zufrieden mit den Entscheidungen, die die Richterin getroffen hatte. Für das Desaster im Reihenhaus beim Bramfelder See musste jemand die Verantwortung übernehmen. Man hatte Geld in die Auswahl und in den Transport der neuen Familie investiert. Ihr Mann beim Amt hatte extra neue Papiere besorgt. Echte Papiere. Durch die Entdeckung des Unterschlupfs und das Aufgreifen der Frau und der beiden Kinder würde mit großer Wahrscheinlichkeit auch Voskors vom Einwohnermeldeamt auffliegen. Die neuen Pässe befanden sich im Reihenhaus am Bramfelder See. Sie mussten längst von der Polizei gefunden worden sein. Voskors war ein wertvolles Mitglied der Organisation gewesen, selbst wenn er als Person nicht mehr als Dreck unter den Fingernägeln darstellte. Seine Enttarnung war ein in Zahlen kaum zu beziffernder Verlust. Um erneut an echte, deutsche Personalpapiere kommen zu können, würde man viel Energie investieren müssen.

Frauke Büren begriff die Logik, die hinter der Entscheidung der russischen Geschäftsleute stand. Der Hamburger Ableger ihrer Organisation war am Ende. Heiner Kohlmann war mehr tot als lebendig, seine Nachfolge nicht geregelt. Vermutlich würde bis auf weiteres seine Tochter das Unternehmen leiten. Und mit der war kein Geschäft zu machen.

Dmitrij war tot. Oleg war tot. Voskors stand kurz vor seiner Enttarnung. Selbst wenn Katja Komarow nicht mehr leben und nichts über Frauke Büren hätte erzählen können, wäre es aus praktischen Gesichtspunkten für die Leute aus Woronesch sinnvoll gewesen, die alten Strukturen in Hamburg komplett zu vernichten und dann mit einem neuen Team von vorn zu beginnen. Diesem Neubeginn stand im Moment nur noch eine Person im Weg.

Katō bedauerte die Entscheidung seiner Auftraggeber nicht. Er war nach Hamburg geschickt worden, um ein Problem zu lösen. Wenn Frauke Büren nicht mehr lebte, war das Problem erledigt, anders zwar als ursprünglich gedacht, dafür dauerhaft. Die Aussagen der Komarows waren dann nicht mehr wichtig. Ebenso wenig wie die von Miriam Nasarenko und der neuen Familie, die man nach Deutschland gebracht hatte. Sie alle wussten gar nichts über die Leute im Hintergrund. Denn alle mit denen sie zu tun gehabt hatten, waren bald tot.

Die blonde Frau am Schreibtisch sah Katō lange an. Seine asiatischen Gesichtszüge hatten ihr bei ihrer ersten Begegnung sehr gut gefallen. Beinah hatte es so etwas wie ein Knistern zwischen dem gutaussehenden Mann und der schönen Frau gegeben. Doch nun wirkte dieser Katō nur noch kalt und abstoßend auf sie. Er hatte ihr die Entscheidung überlassen, es selbst zu tun. Andernfalls würde er die Aufgabe für sie übernehmen.

Frauke Büren wusste, dass es keine Option war, den Mann einfach zu erschießen. Dann würden die Leute aus Woronesch jemand anderen schicken. Jemanden, der weniger verständnisvoll sein würde als Katō. Und es gab noch eine zweite Sache zu bedenken. Die Richterin brauchte nach vollbrachter Tat am nächsten Morgen nicht den Schmutz über sich in der Zeitung zu lesen. Zum zweiten Mal an diesem Abend hob sie die Waffe. Doch diesmal hielt sich »Das schöne Monster aus der Großstadtvilla« den Lauf an den eigenen Kopf. Das Kommende stand glasklar vor ihr, trotzdem begann die Hand von Frauke Büren leicht zu zittern. Sie schloss die Augen, zog die Stirn in Falten. Dann setzte sie die Pistole wieder ab und sah Katō hilfesuchend an. Dieser nickte. Er lächelte nicht, sah trotzdem freundlich aus.

Der Mann mit dem japanischen Vater und der deutschen Mutter hatte von Anfang an gewusst, dass seine Dienste auch heute Nacht von Nöten sein würden. Die meisten Menschen stellten sich alles so leicht vor. Aber das war es nicht, denn sonst würde man Katō nicht brauchen.

Für eine rein Weiße war die Richterin in Katōs Augen ungewöhnlich schön. Ihre Gesichtszüge waren eben und gleichmäßig, ihr schlanker Körper zeugte von Selbstdisziplin und Eigenwertschätzung. Nichts verachtete Katō mehr als aufgedunsene Menschen, Leute die ihren Körper nicht achteten und sich einfach gehen ließen. Als Frauke Büren die Waffe auf den Tisch legte, trat er neben sie und tat etwas, was er bei anderen noch nie getan hatte. Er streckte die Hand aus und streichelte ihren Hinterkopf. Die Differenzen, die er mit der Richterin hatte, waren aus der Welt geschafft. Nun konnte er auch wieder freundlich zu ihr sein. Die Waffe befand sich bereits in seiner anderen Hand, als er sagte: »Genießen Sie doch bitte Ihren Champagner, meine Liebe.«

EPILOG

Die ersten Krokusse zeigten sich Ende Februar. Anfang März schien die Sonne dann schon derart intensiv, als wollte sie um Entschuldigung für den ungewöhnlich strengen Winter bitten. Jan war gerade stolzer Besitzer eines zwar gebrauchten, aber wunderschönen kleinen Flitzers geworden. Er sauste mit offenem Verdeck durch die sommerlich anmutenden Straßen und hielt über das ganze Gesicht grinsend vor Charlottes Wohnblock. Nach fünf Minuten kam sie aus der Haustür, bewunderte den Wagen angemessen mit Blicken und Worten, dann setzte sie sich neben Jan. Es gab noch mehr Neues, was er ihr zeigen wollte.

»Wo fahren wir hin?«

»Zu mir.« Jan hob kurz die Augenbrauen. »Und der Wagen gefällt dir wirklich?«

»Schon, aber ...« erwiderte Charlotte.

»Was?«

»Aber habe ich auch genug Zeit, um mich an ihn zu gewöhnen? Wenn ich richtig gezählt habe, ist das dein dritter innerhalb kürzester Zeit.«

»Ja, aber nur weil mir der Volvo abgefackelt wurde.«

»Und weil du mit dem nächsten Auto Überschlag geübt hast.«

»Das auch.«

Sie kamen an einem Gasthaus vorbei, vor dem bereits einige Gäste in der Sonne saßen. Die Lufttemperatur war zwar noch nicht sehr hoch, doch mit einer

Decke über den Beinen war dies nach Jans Worten einer der schönsten Plätze auf Erden.

»Wie bitte?« entgegnete Charlotte ungläubig auf diese euphorische Feststellung. »Der Harburger Binnenhafen ist einer der schönsten Plätze auf Erden? Piept's bei dir?«

»Wir trinken dort nachher ein Alsterwasser, dann wirst du schon sehen. Okay?«

Charlotte zuckte mit den Schultern. »Meinetwegen. Bin schon sehr gespannt.«

»Gespannt darfst du sein, denn ich habe eine echte Überraschung für dich.«

Nach einigen Kurven fuhr Jan ein Stück am Deich entlang und hielt dann vor der ehemaligen Kirche. Charlotte blickte ihn mit ihren grün funkelnden Augen an. Die Kirche kannte sie schließlich schon.

»Komm mit rein«, sagte Jan. Dann führte er Charlotte die Treppe hoch zur Einliegerwohnung. Schon der Treppenaufgang war neu gestrichen. An der Außenwand mit dem Handlauf hingen einige Vergrößerungen von Fotografien, die Charlotte im Hamburger Hafen geschossen hatte. Sie nickte anerkennend.

»Guter Geschmack.«

»Danke«, erwiderte Jan.

Die Wohnung hielt, was der Treppenaufgang versprochen hatte. Sie strahlte auf Anhieb Wärme und Geborgenheit aus. Die Wände waren in einem freundlichen Gelbton gestrichen und erweckte so auch an trüben Tagen den Eindruck, als würde die ganze Zeit die Sonne scheinen. Jan hatte seine Musikanlage nach oben geholt und die beiden Standlautsprecher an einer Innenwand platziert. Bei der sparsamen Möblierung mit nur einem Ledersofa und Jans Lieblingssessel war der Raumklang phänomenal.

»Ein Glück, dass hier Parkett liegt«, meinte Jan, während er die Musikanlage noch lauter drehte. »Mit einem Teppich wäre der Sound nur halb so gut.«

»Aha«, rief Charlotte über den Lärm zurück.

»Super, was?«

»Ganz super.«

Jan nickte glücklich. »Und? Willst du jetzt das Beste sehen?«

»Was ist denn das Beste?«, antwortete Charlotte mit einem prüfenden Blick. »Dein Schlafzimmer?«

»Was? Ach ja, das hast du ja auch noch nicht gesehen.« Jan ging vorweg, öffnete die Tür zum Schlafzimmer. Auch dort war alles freundlich und vor allem aufgeräumt. Ganz anders als in seiner vorherigen Wohnung, die ab einem gewissen Zeitpunkt nur noch als Höhle gelten konnte. »Französisches Bett. Sehr gemütlich. Musst du unbedingt ausprobieren.«

»Zweifellos«, entgegnete Charlotte.

»Aber jetzt muss ich dir wirklich das Beste zeigen.« Erneut winkte Jan Charlotte, damit sie ihm folgte. »Hast du schon mal aus dem Küchenfenster geguckt?«

Charlotte schüttelte den Kopf. Das erste Mal, als sie in der Wohnung war, hatte sie schnell wieder die Flucht ergriffen. Die Vorstellung, dass Jan in eine ehemalige Kirche ziehen wollte, fand sie damals nur befremdlich. Und dass er insgeheim darauf gebaut hatte, sie würde mit einziehen, war noch viel verrückter gewesen. Nun aber ging sie bereitwillig in die Küche und auf das zweiflügelige Fenster zu, um zu sehen, was Jan ihr Tolles zeigen wollte. Ein Tisch mit zwei Stühlen stand vor dem Fenster. Grinsend meinte Jan,

Charlotte solle mal rausgucken. Also trat Charlotte an den Tisch und blickte durch das Fenster.

Bereits an der Tür war ihr aufgefallen, dass das Licht in der Küche irgendwie anders wirkte als in den anderen Räumen. Es war eher indirekt. Nun verstand sie auch, warum. Denn statt nach draußen gab das Fenster einen Blick in den großen Gemeindesaal frei. Das einfallende Tageslicht kam durch die Seitenfenster des Saals. Die eigenwillige Konstruktion erinnerte Charlotte an den Vorführraum eines Kinos. Sie wusste nichts dazu zu sagen. Denn es gab für sie noch mehr zu entdecken.

Der große Saal war nicht mehr leer. Ohne erkennbares Muster waren dort unten mehrere Schreibtische aufgebaut, alle ausgestattet mit Computern und Schreibtischstühlen. Ein wenig abseits standen drei Sofas in einer Art Hufeisenform zusammen. Charlotte kannte eines der Sofa sehr gut. Sie hatte vor knapp einem Monat eine Nacht darauf verbracht.

Jan klopfte grinsend gegen die Scheibe, und wie aus dem Nichts sprangen sechs Menschen in die Mitte der neuen Redaktion des *Lauffeuers*. Bis zu Jans Zeichen hatte sie sich unterhalb des Fensters an die Wand gedrängt und waren so für Charlotte nicht zu sehen gewesen. Nun begriff sie auch, warum Jan die Musik im Wohnzimmer so laut aufgedreht hatte. Ganz bestimmt wollte er damit das heimliche Kichern der Redaktionsmitglieder übertönen, die es nach dem Gesetz der Wahrscheinlichkeit nicht schaffen würden, bis zum richtigen Moment vollkommen leise zu sein. Christian Freitag hatte sich in der Mitte der Gruppe platziert, stellte nun ein Bein nach vorne und breitete die Arme wie ein Varietékünstler aus. Tatatata. Tusch. Applaus.

Jan grinste, während Charlotte mit offenem Mund den Blick in seine Richtung drehte.

»Überraschung gelungen?«

»Gelungen«, bestätigte sie.

Gemeinsam gingen sie die Treppe hinunter in den Saal. Mit amüsierten Gekicher und Geplapper wurden sie begrüßt. Sybill und Claudette waren da. Ebenso Martinez. Aaron hatte die Arme von hinten um Inez gelegt. Auf irgendeine Weise musste es ihr also doch gefallen haben, bei der Abfahrt vom Planetarium auf dem Schoß des breitschultrigen und trainierten Polizeireporters gesessen zu haben. Charlotte registrierte die neue Vertrautheit zwischen den beiden mit einem Grinsen.

»Unsere neue Redaktion!«, sagte Christian stolz. Dann zwinkerte er Jan zu. »Und wieder nur für 'n Appel und 'n Ei.«

»Wozu sind Freunde da?«, erwiderte Jan und dachte, dass er immerhin so viel Miete bekam, dass er nun die Heizkosten für den Kasten finanzieren konnte.

Christian machte mit zwei ausgestreckten Fingern und einem gekrümmten Daumen das Zeichen für eine abgefeuerte Pistole. »Ganz genau«, sagte er. »Darf ich euch in mein Büro bitten? Und ihr anderen bitte wieder an die Arbeit.«

Es gab erneutes Gekicher, während die Mitarbeiter des *Lauffeuers* zu ihren Schreibtischen gingen. Jan, Charlotte und Christian machten es sich derweil auf den drei Sofas bequem. Demonstrativ hielt Christian sein Handy in die Höhe.

»Unsere App läuft jetzt«, sagte er glücklich. »Die Komarow-Videos haben es voll gebracht. Und auch das Interview mit diesem Voskors wird noch immer fleißig geklickt. Wir sind jetzt mit im Spiel, Freunde. Und zwar so richtig.«

Charlotte sah zu Jan hinüber. Als dieser zustimmend nickte, wusste sie, dass Christian nicht übertrieb. »Ich kann auch noch was Neues zu der Sache beitragen«, sagte sie dann. »Liam Tebbe hat sich bei mir gemeldet. Er wohnt wieder bei seinen Pflegeeltern. Bis er achtzehn ist, meint er, wird er es bei ihnen aushalten.«

Jan hatte zunächst die Stirn in Falten gelegt. »Na, ist doch gut«, sagte er dann.

»Ja, und er hat mir noch mehr erzählt. An dem Abend, als Frauke Büren sich das Leben genommen hat, war er bei ihrer Villa. Er sagt, er hätte sie am liebsten umgebracht, für alles, was sie ihm angetan hat. Aber sie sei selbst einfach schneller gewesen.«

Jan und Christian wechselten Blicke.

»Und wisst ihr, wen er dort gesehen hat?«, fuhr Charlotte fragend fort. »Einen Asiaten. Es soll zwei Schüsse in der Villa gegeben haben. Und danach ist der Mann wohl einfach aus der Tür marschiert und dann verschwunden.«

Plötzlich stand Inez bei der kleinen Gruppe. »Ein Asiate?«, fragte sie. »Ich bin auch einem Asiaten begegnet.«

Alle Blicke vereinten sich auf ihr.

»Vor dem Haus. Ich habe doch die ganze Zeit draußen gewartet. Und da ist er plötzlich neben mir gewesen. Er war freundlich. Sehr freundlich.«

»Was hast du ihm erzählt?«

»Nichts.«

»Hat er dich ausgefragt?«

»Vielleicht hat er es versucht. Aber ich habe nichts gesagt. Nichts über uns.«

Wieder sahen Jan und Christian sich an.

»Vielleicht Zufall«, meinte Christian. »Asiaten gibt es viele.«

»Sehr viele«, stimmte Jan zu, trotzdem spürte er einen Schauer auf seinem Rücken. Er dachte an die Nacht, als Dmitrij mit einem Laster Oliver Jensch an der Verladerampe von Kohlmanns Lagerhalle zerquetscht hatte. Er dachte an den asiatisch aussehenden Mann in Kohlmanns Villa. Auch Liam wollte ihn gesehen haben. Bei der Richterin. In der Nacht als diese starb. Und nun die Geschichte von Inez. »Der Kerl macht mir Angst. Hoffentlich begegnen wir ihm nie wieder.«

Charlotte nicken zustimmend.

»Wenigstens hat Miriam Nasarenko sich einigermaßen erholt«, führte Christian das Gespräch fort. »Was aus ihr, Christina und den Kindern wird, muss sich noch zeigen. Entweder man schiebt sie ab, oder sie bekommen ein dauerhaftes Aufenthaltsrecht. Immerhin könnte es sein, dass ihnen in ihrer Heimat doch noch Gefahr droht.«

»Das glaube ich nicht«, entgegnete Jan. »Es gibt ja niemanden mehr, den sie belasten könnten. Was sie wussten, haben sie gesagt. Und es gibt auch niemanden mehr, der sich an ihnen rächen möchte.«

»Der Asiate vielleicht.«

Jan schüttelte den Kopf zu Christians Feststellung. Nach einer kurzen Pause fügte er jedoch ein »Hoffentlich nicht!« hinzu.

»Was macht dein Buch?«, fragte Christian in Jans Richtung, um die Stimmung wieder zu verbessern, während Inez die drei wieder allein ließ.

»Platz drei in der Sachbuch-Bestsellerliste.«

»Glückwunsch.«

»Danke.«

»Sagte ich schon, dass sich dein Name auch gut in der Liste unserer Mitarbeiter machen würde?«

»Nicht nur einmal.«

»Siehst du. Und weißt du, warum das so ist?« Christian Freitag grinste. »Weil ich nicht lüge.«

Jan lachte auf und rieb sich dabei das Gesicht. Dann merkte er, dass sich die Stimmung in der Redaktion irgendwie geändert hatte. Alle drei standen auf und gingen zu den Schreibtischen. Dort blickten sie wie die anderen zu einem großen Flachbildschirm hinauf.

»Was ist passiert?«, wollte Christian von Aaron wissen, der die Arme vor der Brust verschränkt hatte. Inez stand bei ihm. Der Polizeireporter deutete mit einer Kopfbewegung auf den Bildschirm. Ein Nachrichtenkanal zeigte das Foto eines kleinen Jungen. Er sollte vier Jahre alt sein und galt nach Polizeiangaben seit dem Nachmittag des Vortages als vermisst. Ein unbekannter Mann war mit dem Kind an der Hand unbehelligt aus einem Flüchtlingsheim in Hamburg-Bergedorf marschiert. Es gab Zeugen, die den Mann beschreiben konnten, aber keine Fotos aus den Überwachungskameras. Die Eltern hatten den Jungen erst am Abend vermisst, als alle anderen zum Essen in den Speisesaal kamen. Eine Suchaktion blieb erfolglos, dann berichteten einige andere Bewohner des Heims von einem Mann, der ein Kind an der Hand vom Gelände geführt hatte. Das Wachpersonal benachrichtigte die Polizei. Niemand konnte genau erklären, wie ein unbekannter Mann auf das Gelände gelangen und, was noch schlimmer war, es mit einem Vierjährigen einfach wieder verlassen konnte, denn niemand fühlte sich persönlich verantwortlich. Es gab in dem Heim so viele Menschen, so viele Erwachsene und so viele Kinder.

Jan und Charlotte sahen sich an. Automatisch griff er nach ihrer Hand. »Nun brauchen sie die Kinder nicht einmal mehr ins Land zu schmuggeln«, sagte Jan mit fast tonloser Stimme. »Sie kommen von ganz allein.«

DANKE

Allein lässt sich ein Roman nicht stemmen. Zum Glück habe ich gute Freunde, die bei der Umsetzung dieses Buches geholfen haben. Tausenddank für Ratschläge, Zuspruch, Schliff an der Dramaturgie, das Lektorat sowie das Coverdesign gehen an:

Armin Werra
Karsten Uhl
Ronja Rückheim
Alexander Zerbe
Dana Deuter
Bastian Pöhls
und Torsten Bischoff

Die Zusammenarbeit mit euch war wieder toll.

ISBN - 978-3740731779

UNBARMHERZIG

EIN JAN FISCHER UND CHARLOTTE SANDER ROMAN

Wie ein Suchscheinwerfer gleitet sein Blick über die Menschen. Schon lange hat er nicht mehr getötet, der Serienmörder, von dem niemand weiß, dass es ihn überhaupt gibt. Ohne es zu ahnen, kommt ihm der Hamburger Journalist Jan Fischer bei Recherchen zu einem 20 Jahre zurückliegenden Mord gefährlich nahe. Eine Abiturientin wurde damals mit einem Kabel erwürgt. Als die Fotografin Charlotte Sander ins Visier des Killers gerät, wird der Tod zu ihrem heimlichen Begleiter.